Stefanie Margret

Bona Fide – In Treu und Glauben

Historischer Roman

TINTE & FEDER

Das Buch

England 1066: In den Wirren der normannischen Eroberung rettet die angelsächsische Adelige Evaine dem normannischen Ritter Robert das Leben. In einem von Krieg zerrütteten Land steht Robert ihr bei der gefahrvollen Suche nach ihrem Vater bei und wird bald mehr als ihr Beschützer. Doch im Kampf um eine gemeinsame Zukunft müssen sie nicht nur den Hass ihrer Völker, sondern auch die Geister ihrer Vergangenheit besiegen.

Die Autorin

Stefanie Margret, geboren 1987, lebt mit ihrem Mann und ihren Kindern in Nordrheinwestfalen. Nach dem Studium der Mathematik und Physik arbeitet sie als Lehrerin an einem Gymnasium. Ihre Freizeit verbringt sie am liebsten mit einer Tasse Kaffee und einem guten Buch in ihrem großen Garten.

STEFANIE MARGRET

BONA FIDE

IN TREU UND GLAUBEN

HISTORISCHER
ROMAN

TINTE & FEDER

Die Erstausgabe erschien 2014 unter dem Titel
»Bona Fide: In Treu und Glauben« im Selbstverlag.

Veröffentlicht bei
Tinte & Feder, Amazon Media EU S. á. r. l.
5 Rue Plaetis, 2338 Luxembourg
September 2015

Umschlaggestaltung bürosüd° München, www.buerosued.de
Lektorat: Miriam Shahd
Satz: Monika Daimer, www.buch-macher.de
Gedruckt durch
Amazon Distribution GmbH
Amazonstraße 1
04347 Leipzig, Deutschland

ISBN: 9-781-503-94979-9

www.amazon.de/tinteundfeder

Für Markus

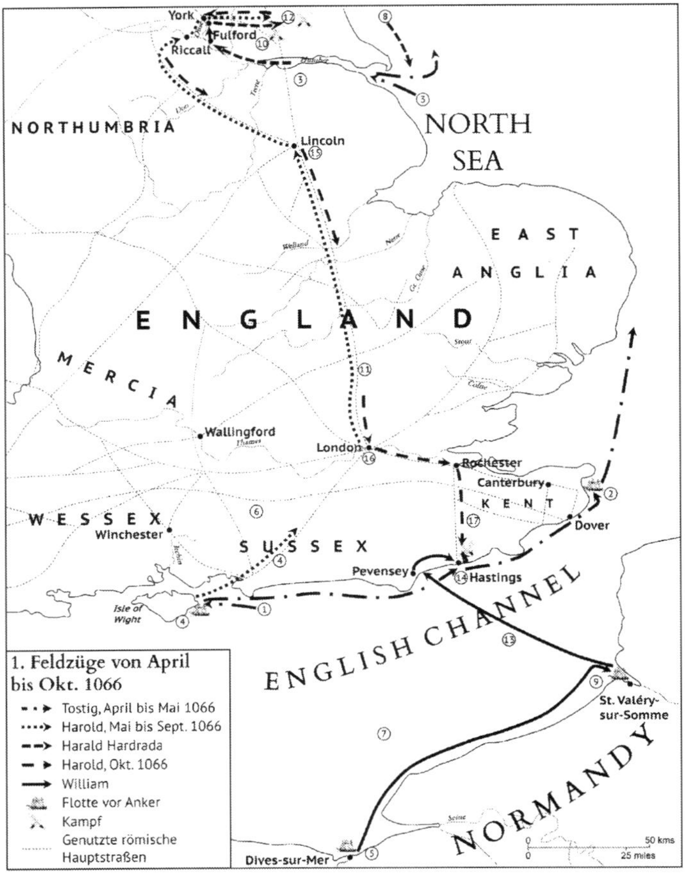
York
Fulford
Riccall
NORTHUMBRIA
NORTH SEA
Lincoln
EAST ANGLIA
ENGLAND
MERCIA
Wallingford
London
Rochester
Canterbury
KENT
Dover
WESSEX
Winchester
SUSSEX
Pevensey
Hastings
Isle of Wight
ENGLISH CHANNEL
St. Valéry-sur-Somme
NORMANDY
Dives-sur-Mer
1. Feldzüge von April bis Okt. 1066
Tostig, April bis Mai 1066
Harold, Mai bis Sept. 1066
Harald Hardrada
Harold, Okt. 1066
William
Flotte vor Anker
Kampf
Genutzte römische Hauptstraßen
50 kms
25 miles

① Ende April: Tostig Godwinson plündert die Küste.

② Mai: Tostig flieht bei Harolds Erscheinen. Bau der englischen Flotte.

③ Mai.: Tostig verwüstet Lindsey; wird von Edwin und Morcar vertrieben.

④ Mai bis Sept.: Harolds Flotte patrouilliert; 8 Sept.: Flotte ankert in London.

⑤ Aug. bis Sept.: William zieht Flotte und Armee zusammen.

⑥ 8. Sept.: Harold marschiert nach London.

⑦ 12. Sept.: Williams Flotte versucht Kanalüberquerung.

⑧ Sept.: Harald von Norwegen und Tostig greifen die Ostküste an.

⑨ Mitte bis Ende Sept.: Williams Flotte wartet in St. Valéry-sur-Somme.

⑩ 20. Sept.: Norweger besiegen Edwin und Morcar bei Fulford.

⑪ Harold marschiert nach Norden, um Harald Hardrada zu vertreiben.

⑫ 25. Sept.: Schlacht bei Stamford Bridge

⑬ Nacht vom 27. zum 28. Sept.: Williams Flotte setzt nach England über.

⑭ 29. Sept.: William schlägt sein Lager in Pevensey auf.

⑮ Erste Okt.-Woche: Harold und seine Armee kehren nach London zurück.

⑯ Zweite Okt.-Woche: Harold marschiert von London nach Sussex.

⑰ 13. Okt.: Harold und seine Armee treffen in Hastings ein.

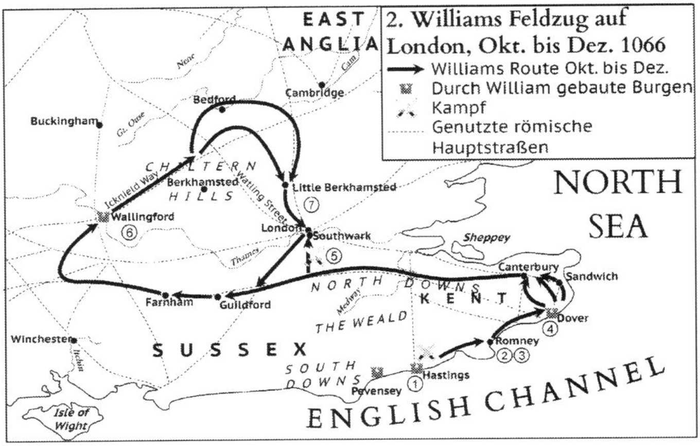

①15. bis 20. Okt.: Williams Armee erholt sich.

② Romney wird für den Widerstand gegen William bestraft.

③ Dover kapituliert darauf Ende Oktober.

④ 21. bis 28. Okt.: Ausbruch der Ruhr.

⑤ Englischer Ausfall wird zurückgeschlagen und Southwark niedergebrannt.

⑥ Erzbischof Stigand ergibt sich.

⑦ Mitte Dezember ergeben sich die verbliebenen engl. Anführer.

⑧ Ende Dez.: London kapituliert; William wird zum König gekrönt.

PROLOG

Ein solcher Komet erscheint nur, wenn ein Königreich einen König begehrt.

William dem Eroberer zugesprochen

NORMANDIE, April 1066

Es war ein Zeichen. Sein Erscheinen war außergewöhnlich und beängstigend. Überall verbreitete er Angst und Schrecken. Doch er war nur der Vorbote eines weitaus größeren Ereignisses. Die Welt würde danach nicht mehr dieselbe sein.

Nacht für Nacht kehrte er wieder. Sein glühender Schweif schwebte über ihnen wie die Androhung kommenden Unheils. Jeden Abend schien er größer zu werden. Zeitweise konnte man ihn sogar tagsüber sehen. So auch heute.

Robert hatte ihn auf dem gesamten Hinweg mit ungutem Gefühl beobachtet. Er erinnerte ihn an den Stern von Bethlehem. Und wie damals kündigte er einen neuen König an.

Edward, König von England, war tot. Statt eines Erben hinterließ er seinem Land gleich zwei angebliche Thronfolger.

Durch seine Mutter Emma war Edward mit William, dem *Duc de Normandie,* verwandt. Ihm hatte er bereits Jahre zuvor die Krone versprochen. Dennoch hatten die angelsächsischen Adeligen einen der ihren zum neuen König von England gewählt, Edwards

Schwager Harold Godwinson. So traf der *Duc* seit dem Frühjahr des Jahres 1066 Vorbereitungen, seinen Anspruch gewaltsam durchzusetzen.

Robert wurde das Gefühl nicht los, dass der Stern diesmal keine frohe Botschaft ankündigte. In der Tat schien er kein gutes Vorzeichen für seine Verhandlungen gewesen zu sein. Sie liefen schlecht.

»Du hast es mir versprochen, Melisande. Du hast versprochen, ihn in meine Obhut zu geben!« Sein Ton war eisern, als seine Worte durch die prunkvolle Halle schallten. Er konnte hierbei nicht nachgeben.

Er beobachtete sie. Sie stand am Fenster und vermied es, ihn anzusehen. Sie wusste genau, dass er recht hatte. Fahrig schob sie eine der blonden Locken aus ihrem Gesicht. Ihre zarte, blasse Haut wurde vom schwarzen Stoff ihres Kleides geradezu vorteilhaft hervorgehoben. Die Trauer stand ihr gut. In dieser Aufmachung erinnerte sie Robert an eine verklärte Heilige, eine strahlende Jungfrau aus den unzähligen Erzählungen seiner Kindheit. Es fehlte nur die züchtige Kopfbedeckung, um das Ensemble zu komplettieren. Aber darauf hatte sie sicher bewusst verzichtet. Vermutlich sah sie damit zu sehr nach der trauernden Witwe aus, die sie gar nicht war.

»Damals hast du auch nichts davon gesagt, dass du auf einen Feldzug nach England willst«, entgegnete sie. Jedes ihrer Worte klang weich und lieblich. Sie fügte sie in einem melodiösen Singsang aneinander. Wie Vogelgezwitscher.

Sie war klein und zart und ihre Figur noch immer geradezu mädchenhaft. Ihre Hände, Wangenknochen, der Schwung ihres Halses – alles an ihr war feingliedrig. Unruhig schritt sie vor dem Fenster auf und ab.

»Ich wusste es damals noch nicht. Aber es spielt auch keine Rolle«, sagte er ruhig. Ihr Auftritt ließ ihn völlig unbeeindruckt.

»Natürlich tut es das. Es ist viel zu gefährlich, ihn mit dorthin zu nehmen. Außerdem ist er viel zu klein, Robert. Er ist erst acht Jahre alt.«

Ihre Stimme war jetzt bittend. Sie bedachte ihn mit einem verzweifelten Blick aus großen blauen Augen.

»Ich weiß sehr genau, wie alt er ist«, entgegnete er scharf. »Doch hier ist er in Gefahr. Wenn ich ihn mitnehme, kann ich ihn schützen.«

»Wieso sollte er in Gefahr sein?« Ihre Stimme verlor den angenehmen Singsang. Scheinbar merkte sie, dass er ihr die Vogeln immer nicht abnahm.

»Dein Mann ist tot. Arnaud ist sein einziger Erbe.«

Unbeeindruckt zuckte sie die Schultern. So viel zur trauernden Witwe.

»So wie ich dich kenne, gedenkst du dich sicher recht bald erneut zu vermählen. Oder nicht?« Ihr Blick schoss zu ihm herüber. Für einen Moment musterten ihn die blauen Augen kalt. Sie fragte sich offenbar, was er wusste. Doch er erwiderte ihren Blick seelenruhig. Hastig wandte sie sich wieder ab. Er hatte die Gerüchte längst gehört. Vor allem, wen sie heiraten wollte. Aber er ließ sie lieber im Unklaren.

»Was hat das damit zu tun?« Sie bemühte sich angestrengt, den scharfen Unterton in ihrer Stimme zu verbergen, aber es gelang ihr nicht ganz.

»Nichts. Allerdings nehme ich an, dass die Aussicht, ein solch großes Erbe zu verwalten, für mögliche Bewerber von Interesse sein dürfte.«

Lauernd musterte sie ihn und verzog den Mund zu einem spitzen Schnütchen. Es sah reizend aus. Doch sie tat es vornehmlich, wenn sie verärgert war. Gut so, dachte er. Immerhin eine ehrliche Reaktion. Er hasste dieses Theater. Er konnte sich nicht daran hindern, sie weiter zu provozieren.

»Natürlich ist das keinesfalls der einzige Vorteil einer Ehe mit dir.« Er bedachte sie mit einem anzüglichen Blick. »Du verfügst ja über reichlich andere Vorzüge.«

»Schon gut!«

Die blauen Augen funkelten ihn nun wütend an. Abwehrend verschränkte sie die Arme vor der Brust.

»Worauf willst du hinaus?«, fauchte sie.

»Dass ich nicht sicher bin, ob dein neuer Gatte bei der Verwaltung des Erbes Arnauds Interessen vertreten wird. Oder nur seine eigenen.«

»Willst du damit etwa sagen …«

Er ließ sie gar nicht aussprechen.

»Dein Mann war alt, Melisande. Sein plötzliches Ableben wirft dennoch einige Fragen auf.« Langsam verlor er die Geduld. Sie sollte endlich aufhören, ihn zum Narren zu halten. »Wer sagt mir, dass Arnaud nicht ebenfalls etwas zustößt?«

»Das ist lächerlich! Und das weißt du!«

»Es geht hierbei weder um dich noch um mich, Melisande! Es geht allein um Arnaud!« Er spürte, dass die Wut in ihm hochkochte. Sie konnte unmöglich so blind sein. Arnaud wäre nicht der erste Erbe, der seine Kindheit nicht überlebte.

»Und ihn in einen Krieg mitzunehmen soll sicher sein?«, fragte sie zynisch. Sie bemühte sich jetzt gar nicht mehr, die Heilige zu spielen.

»Bei mir ist er sicher!«

Sie brach in Gelächter aus.

Wütend sprang er vor und packte sie rabiat bei den Schultern. Er wusste aus Erfahrung, dass das Vögelchen viel zerbrechlicher aussah, als es war.

»Du weißt, dass ich recht habe!« Heftig schüttelte er sie. »Es geht um sein Leben!«

»Lass mich los!«, keifte sie und versuchte, sich aus seinem Griff zu befreien. »Du widerlicher Rohling tust mir weh!«

Er hörte auf, sie zu schütteln, hielt sie aber weiterhin fest. Sie ließ ihm keine Wahl.

»Du wirst dein Versprechen nicht brechen, hörst du?« Seine Stimme war leise und messerscharf. Angewidert wand sie sich in seinem Griff und blickte ihn trotzig an. »Ich habe dir auch einst ein Versprechen gegeben. Erinnerst du dich?« Ihre Augen weiteten sich vor Empörung und die Zornesröte stieg ihr ins Gesicht.

»Wage es nicht!«, zischte sie.

»Wenn du dein Versprechen brichst, breche ich auf der Stelle meines!« Sein Griff hielt sie fest umklammert und seine Augen durchbohrten sie, sodass sie seinem Blick nicht mehr ausweichen konnte.

»Verdammt sollst du sein!«, tobte sie.

»War das etwa ein ›Ja‹, Melisande?«, knurrte er und verstärkte seinen Griff.

»Ja, du verdammter Hurensohn!«

Abrupt ließ er sie los. Mehr wollte er nicht. Schnaubend wich sie zurück und rieb sich die Arme, wo seine Hände sie umklammert hatten. Welch ein Pech für sie. *Sicher bekommt sie ein paar blaue Flecken an den Armen,* dachte er spöttisch.

Sie war schrecklich vorhersehbar. Die Sorge um Arnauds Sicherheit konnte sie nicht umstimmen. Für ihren persönlichen Nutzen hingegen würde sie ihr eigenes Kind verkaufen. Es fiel ihm schwer, seine Verachtung für sie zu verbergen.

»Das wird dir noch leidtun«, stieß sie wütend hervor.

»Ich denke nicht«, sagte er trocken. »Besser, du lässt jetzt seine Sachen holen. Ich möchte aufbrechen und deine Gastfreundschaft nicht weiter strapazieren.«

»Etwa sofort?« Entgeistert sah sie ihn an. »Ich will mich wenigstens von ihm verabschieden!«

»Ich breche jetzt gleich auf. Wenn es schnell geht, kannst du dich gerne von ihm verabschieden.«

Er hatte keinerlei Mitleid mit ihr. Sie hatte auch kein Mitleid mit ihm gehabt. Außerdem traute er ihr nicht. Er hatte allen Grund dazu. Je eher er mit Arnaud von hier verschwand, desto besser. Melisande löste sich immer noch nicht aus ihrer Starre.

»Das ist mein Ernst. Du solltest dich lieber beeilen.«

Wütend klappte sie den Mund zu und rauschte ohne ein weiteres Wort hinaus. Ungeduldig blieb er in der Halle und wartete. Sie ließ ihn sehr lang warten. Aber schließlich kam sie zurück. Mit Arnaud.

KAPITEL 1

Oh Herr, bewahre uns vor dem Zorn der Nordmänner!

Altenglisches Gebet

ALLINGHAM, Südengland, 21. September 1066

In der *burh* von Allingham herrschte ungewöhnliche Betriebsamkeit. Die längliche, aus Holz gefertigte Halle war voll von freien Kleinbauern und deren Erzeugnissen. Dazwischen stakste das mitgebrachte Vieh, das von Hühnern und Gänsen über Ziegen bis hin zu einem Ochsen reichte. Unermüdliches Getratsche von Männern und Frauen mischte sich mit dem Lachen von Kindern und dem Blöken und Gackern der Tiere. Alles in allem ergab es einen Lärm, der Evaine an das Sprachgewirr beim Turmbau zu Babel erinnerte.

Es war die Woche von Michaelmas, dem Fest des Erzengels Michael. Der Festtag kennzeichnete das Ende der Ernte und den Beginn des Herbstes. Der Sommer neigte sich dem Ende zu. Von nun an würden die Tage merklich kürzer, die Nächte kälter werden. Zu Michaelmas endete das Haushaltsjahr auf der *burh*. Daher trafen die ganze Woche schon zahllose Pächter ein, um die fälligen Pachtabgaben aus der gerade eingebrachten Ernte zu bezahlen.

An den beiden Langseiten der Halle standen sonst lange Bänke und Tische für die Mitglieder des Hausstands. Nun waren sie dem ankommenden Volk gewichen. Die Kopfseite der Halle blieb Godric, dem *Thegn* von Allingham, vorbehalten. Durch ein einstufiges Podest leicht erhöht, saß der *Thegn* an einer großen Tafel aus aufwendig beschnitztem Eichenholz in einem ebenso reich verzierten Lehnstuhl.

Evaine saß neben ihrem Vater an dessen Ehrenplatz. Durch das einzige Fenster an der Wand über ihnen schien das milde Licht des Septembertages herein. Trotz der Mittagsstunde war es in der Halle dämmrig. Das durch die offen stehende Tür einfallende Licht wurde von den davorstehenden Leuten verdeckt. Weder in den Wandleuchtern noch in der ausladenden Feuerstelle in der Mitte der Halle brannte zu dieser Zeit des Jahres ein Feuer.

Hin und wieder wehte ein frischer Windhauch in die stickige Halle. Dankbar sog Evaine ihn in sich auf. Am Morgen hatte es geregnet. Die Luft von draußen war angereichert mit den Düften des Spätsommers. Der Geruch nasser Erde mischte sich mit dem von frisch geerntetem Heu und dem süßen Duft reifer Beeren.

Drinnen jedoch war die Atmosphäre geschwängert von den Ausscheidungen von Mensch und Tier. Gerüche von menschlichem Schweiß und Fett und jene vom Mist und Urin der Tiere überlagerten sich. Die Nässe verschlimmerte den Gestank noch. Während Kleider, Haare und Fell trockneten, verursachten die Ausdünstungen einen beinahe unerträglichen Mief.

»*Cleacap!* Der Nächste! Macht schon!«

Die Stimme des *gerefa* dröhnte durch die hohe Halle und durchdrang den Tumult. Als Vorsteher des Haushalts auf der *burh* oblag es seiner Verantwortung, die ordnungsgemäße Abgabe der Pacht zu überwachen.

Ein junger Mann in der braunen Tunika eines *geburs,* der niedrigsten Klasse aller freien Bauern, trat vor. Wie jedes Jahr pflegte Godric die Abgaben seiner Pächter selbst in Empfang zu nehmen. Es war Ausdruck des persönlichen Bandes, das jeden einzelnen der freien Bauern an ihren Herrn band.

»Name?«, blaffte der *gerefa,* ein Mann namens Gyrth mit schmalem Gesicht und fliehendem Kinn, dessen schlaksige Arme und

Beine Evaine stets zu lang für seinen ungelenken Körper erschienen. An Tagen wie diesen genoss er sichtlich die Macht seiner hohen Position im Haushalt des *Thegn.*

»Wulfnoth, *hláford*«, entgegnete der Bauer und richtete seine Worte zugleich an den Vorsteher und an den *Thegn*. Nervös knetete er einen abgewetzten Geldbeutel in den Händen.

Als Evaine Wulfnoth erblickte, zwang sie sich, ihr aufkommendes Mitleid zu verbergen. Das Schicksal hatte ihm und seiner Familie im letzten Jahr übel mitgespielt. Ein Brand hatte im Frühjahr seinen ganzen Besitz mitsamt des Viehs und des zurückgelegten Saatkorns vernichtet. Die Familie hatte sich nicht anders zu helfen gewusst, als Evaines Vater um Hilfe zu bitten. Als ihr Herr hatte er diese Pflicht selbstverständlich erfüllt. Er hatte das Haus wieder aufbauen lassen und war für Möbel und Haushaltszubehör aufgekommen. Als neue Grundlage für ihren Lebensunterhalt erhielt die Familie zwei Ochsen, eine Kuh und sieben Schafe. Doch durch die Annahme dieser Hilfe waren sie auf der sozialen Leiter der Gesellschaft tief gefallen. Nichts von all dem gehörte mehr ihnen und alles würde nach Wulfnoths Tod in Godrics Besitz zurückgehen. So lang würde Wulfnoth für die Großzügigkeit seines Herrn Abgaben leisten und Dienst tun. Sehr viel mehr als vorher. Statt einem würde Wulfnoth nun zwei Tage in jeder Woche auf dem Land ihres Vaters arbeiten, zur Erntezeit sogar volle drei Wochen. Wenn das Erdreich in Kürze das erste Mal umgepflügt werden würde, musste er bis Martinmas jede Woche auf einem *hide* des Landes ihres Vaters diese Arbeit verrichten. Zwischen Martinmas und Ostern musste er als Schäfer für Godrics Herden dienen und im Frühjahr drei weitere *hides* Land pflügen, für die er das Saatkorn selbst bereitstellen musste.

Doch zu Wulfnoths Unglück war der Sommer nicht gnädig verlaufen. Er war zu nass und zu kalt für eine reichhaltige Ernte gewesen. Evaine bezweifelte, dass er im Frühjahr auch nur ein Korn für die Saat würde erübrigen können. Sollte es so kommen, würde seine Familie noch tiefer stürzen. Dann blieb Wulfnoth nichts, als sich und die Seinen als Sklaven zu verkaufen. Aber so weit war es noch nicht. Niemand wusste, was der Winter bringen würde.

Wulfnoth schüttelte seinen schmalen Geldbeutel auf dem Tisch vor ihnen aus.

»Zehn *pence, hláford.* Wie sie Euch zustehen«, sagte Wulfnoth. Auch dies gehörte zu den jährlichen Abgaben an seinen Herrn

Jeder Faser in Evaine widerstrebte es, das Geld anzunehmen. Für einen *gebur* war es viel, der Gegenwert von fünf Schafen. Aber so war die Ordnung der Dinge.

»Hab Dank, Wulfnoth«, antwortete ihr Vater, ohne die Münzen auf dem Tisch weiter zu beachten. »Wie geht es deiner Familie?«

Trotz der Größe seines Besitzes und der Vielzahl seiner Pächter hatte auch Evaines Vater Wulfnoths Geschichte nicht vergessen.

»Gut«, stammelte Wulfnoth nervös. »Meine Frau hat kürzlich einen gesunden Jungen bekommen. Er ist kräftig und schreit wie ein Kesselflicker.«

Ein weiteres Mäulchen, das gestopft werden will, dachte Evaine mitleidig.

»Das freut mich«, erwiderte ihr Vater ehrlich. »So nehmt die zehn *pence* als mein Geschenk zur Geburt«, sagte er. Anscheinend hatte er eine Möglichkeit gefunden, dem Mann sein Geld zu lassen, ohne ihn zu beschämen.

Wulfnoth wurde rot und bedankte sich überschwänglich, traute sich aber nicht, das Geld wieder einzustecken. Flink sammelte Evaine es auf und ließ es unter seinen betretenen Blicken zurück in den Beutel gleiten.

»Bestelle deiner Frau alles Gute«, verabschiedete ihn ihr Vater, »und lass dir aus der Kammer ein Dutzend Eier geben. Ich habe gehört, wenn deine Frau sie mit Milch verquirlt trinkt, wird es sie kräftigen.«

Er entließ Wulfnoth mit einem Winken und bedeutete Gyrth mit einem Seitenblick, Entsprechendes zu veranlassen.

»*Níehst!* Weiter! Der Nächste!«

Gyrths unwirsche Stimme zeigte, dass für ihn derlei Gespräche nur lästige Störungen des Ablaufs darstellten.

Evaine trug Wulfnoths Abgaben – eher die nicht gemachten Abgaben – in das alte Haushaltsbuch ein. Seit ihrer Rückkehr im letzten Jahr unterstützte sie ihren Vater bei der Führung der *burh* und übernahm immer mehr die Position ihrer vor Längerem verstorbenen Mutter als Herrin von Allingham. Während sie sich ganz auf das rhythmische Kratzen der Feder auf dem alten Pergament konzentrierte, entschied sie, Wulfnoth lieber nicht an die zwei Hennen und die dreiundzwanzig *sester* Gerste zu erinnern, die er ihrem Vater zu Martinmas schuldete.

Mit selbstbewussten Schritten und leicht verächtlichem Blick auf Wulfnoth trat bereits ein *geneat*, einer der wohlhabenden Bauern vor. Im Unterschied zu den *geburs* musste er keine Wochenarbeit auf den Feldern ihres Vaters verrichten. Stattdessen erledigte er andere Dienste, mähte zur Erntezeit, begleitete ihren Vater oder seine Gäste, übernahm Transportaufgaben, Stalldienst oder die Instandhaltung des Jagdgebiets.

Der Mann gab seinen Namen an und entrichtete die fällige Pacht für sein Land nebst der Abgabe eines Schweins für die Nutzung der gemeinschaftlichen Weideflächen. Während er mit ihrem Vater sprach, versuchte Evaine, das Gesprochene aufzuschreiben und dabei den aufkommenden Schreibkrampf in ihrer Hand zu unterdrücken. Die Sitzung dauerte nun schon seit dem frühen Morgen. Aber ihr Vater wurde nicht müde, das ankommende Volk in Empfang zu nehmen.

»Vielleicht solltest du eine Pause machen, Evaine«, wandte sich ihr Vater leise an sie, als der Mann sich zurückzog. »Deine Schwester kann dich ablösen.«

Evaine massierte ihre verspannten Muskeln in der kurzen Unterbrechung, bis der nächste Pächter vortrat. Kritisch betrachtete sie ihre immer krakeliger werdende Handschrift. In Anbetracht ihrer langen Ausbildung unter der Obhut von *Cwén* Edith war dieses Ergebnis ziemlich enttäuschend.

Die Wahl von Edith als Mentorin für seine beiden Töchter zeugte von Godrics Weitsicht. Die Gattin des im Januar des Jahres verstorbenen *Cyning* Edward war eine schillernde Persönlichkeit. Sie war nicht nur äußerst belesen und gebildet, sondern auch durchsetzungsfähig und willensstark. Man sagte ihr die »Intelligenz eines Mannes« nach. Im Vergleich zu vielen Männern, die Evaine kannte, war das allerdings eher eine Beleidigung für die *Cwén*. Von ihr hatte Evaine neben Lesen und Schreiben auch Französisch und ein wenig Latein gelernt.

»Wo ist Meredith überhaupt?«, wandte Godric sich erneut an Evaine.

Suchend sah er sich in der vollen Halle um, konnte sie aber nirgendwo entdecken.

»Bestimmt wieder bei diesem Bauern«, erwiderte Gyrth, der die Unterhaltung mit angehört hatte. »Ich meine, ihn eben gesehen zu haben.«

Evaine hatte Alric ebenfalls gesehen. Jetzt sah sie ihn nicht mehr. Weder ihn noch Meredith.

Godrics Miene verfinsterte sich sichtlich.

»Ach, es geht noch eine Weile. Sie kann mich später ablösen«, antwortete Evaine schnell. Damit trat bereits der nächste Mann vor und die Aufmerksamkeit ihres Vaters wandte sich ihm zu

»Name?«, gellte Gyrth erneut und wollte das Prozedere fortführen.

Doch die Aufmerksamkeit der Leute richtete sich diesmal nicht auf seine Stimme, sondern auf die aufkommende Unruhe am Eingang der Halle.

»He, ihr da! Seid gefälligst leise!« Gyrth versuchte vergeblich, die Ordnung wiederherzustellen.

Neugierig reckte Evaine den Hals, um über die Köpfe der Umstehenden hinwegsehen zu können und den Grund der Unruhe auszumachen.

Der Stuhl ihres Vaters scharrte über den Boden, als er sich neben ihr von seinem Platz erhob. Argwöhnisch spähte er hinüber.

Für gewöhnlich reichte seine stattliche Körpergröße aus, dass sich alle Köpfe respektvoll zu ihm umwandten, wann immer er einen Raum betrat. Nur selten musste er so wie jetzt die Stimme erheben.

»RUHE!«

Evaine zuckte zusammen. Dann senkte sich Stille wie ein Grabtuch über die Halle. Männer und Frauen verstummten. Das Gemurmel, das den Saal den Tag über erfüllt hatte, erstarb. Nur das Scharren der Tiere und das Gackern eines einzelnen Huhns waren zu hören.

Die Menge vor ihnen teilte sich, bildete eine Gasse von der eisenbeschlagenen Eichentür bis zu ihrem Platz hinter dem schweren Tisch. Die einfallende Helligkeit ließ Evaine blinzeln. Im Lichtkegel stand ein hochgewachsener Mann. Sein Helm und der Schild auf seinem Rücken fingen grell blendend die Strahlen der mittäglichen Septembersonne ein.

Evaine beschlich ein ungutes Gefühl. Entgegen den Gesetzen von Vertrauen und Gastfreundschaft hatte er Waffen und Schild nicht am Eingang zurückgelassen. Mit langen Schritten kam der Fremde durch die Gasse auf Godric zu.

»Wie ist Euer Name, Mann? Und was wollt Ihr?«

Godrics Worte tönten durch die Stille.

»Seid Ihr Godric von Allingham, *Thegn* des *Cyning?*«, entgegnete der Ankömmling, ohne auf die gestellte Frage einzugehen.

»Das bin ich. Und wer seid Ihr?«

Die Stimme ihres Vaters wurde merklich schärfer. Selten wagte es jemand, seine Fragen nicht zu beantworten.

Der Ankömmling trat bis vor die große Tafel und blieb nur wenige Schritte vor Evaine und ihrem Vater stehen.

Er trug einen kaum gebrauchten Spangenhelm. Ein Nasensteg bedeckte den größten Teil seines noch jungen Gesichts. Sein Haar unter dem Helm war strähnig und verschwitzt. Aus der Nähe konnte Evaine trotz der vielfältigen Gerüche in der Halle den intensiven Geruch von Pferd an ihm ausmachen. Also war er wohl ein Bote. Und weit geritten.

Zwischen den Falten seines Mantels erspähte sie den Griff eines Schwerts, der Waffe eines *Thegn.* Dann war er selbst ein Mann von Rang. Sein Auftraggeber vermutlich umso mehr.

»Ich komme als Bote des *Cyning* Harold.«

Durch die Menge ging ein erstauntes Raunen. Ein Bote des neuen *Cyning.*

Harold Godwinson war der Bruder von *Cwén* Edith und als *Eorl* von Wessex der mächtigste Adelige des Landes gewesen. Bereits am Tag nach dem Tod Edwards hatten die angelsächsischen Adeligen ihn zum neuen *Cyning* bestimmt. Als Mitglied des *witan* hatte auch ihr Vater ihn gewählt. Das war gerade ein Dreivierteljahr her.

»Was bringt Ihr?« Die Schärfe war aus Godrics Ton gewichen, doch der argwöhnische Ausdruck in seinem Gesicht nahm zu.

Der Bote griff in eine unter seinem Mantel verborgene Tasche und zog einen länglichen Gegenstand heraus, eingeschlagen in ein rotes, goldbesticktes Tuch. Mit wenigen Griffen löste er den Inhalt aus dem Tuch, auf dem Evaine das Banner von Wessex erkannte. Ein goldener Drache auf rotem Grund.

Wortlos legte der Bote den Inhalt vor Godric und Evaine auf die Tischplatte.

Es war ein hölzernes Schwert.

Godrics Miene versteinerte.

Es war kleiner als eine richtige Waffe, kaum länger als Evaines Arm. Die Klinge war aus Holz, das schlicht gearbeitete Heft aus Horn, mit Eisen beschlagen. Vom Alter war es dunkel und faserig geworden. Unzählige namenlose Hände hatten es abgegriffen und stumpf werden lassen. In die Klinge des Schwerts waren Zeichen eingraviert. Striche, Kreuze und Haken, die Evaine entfernt an Abdrücke von Krähenfüßen erinnerten. Symbole der alten Schrift. Eine Inschrift aus heidnischen Zeiten, einer düsteren Vergangenheit.

Fragend musterte Evaine das Gesicht ihres Vaters. Was sollte das heißen?

Beinahe ungläubig streckte Godric die Hand aus und berührte das faserige Holz mit den Fingerspitzen.

Er sah auf und sein Blick begegnete dem des Boten. Er nickte ihm zu, als hätte er die wortlose Botschaft verstanden. Doch war er anscheinend der Einzige. Evaines eigene Fragen spiegelten sich in den Mienen der Umstehenden wider.

Godric wandte sich an die erstarrte Menge.

»Der Empfang ist beendet. Kommt ein andermal her.«

Die Sprachlosigkeit der Umstehenden wandelte sich in unwilliges Gemurre. Alle waren gekommen, um dem *Thegn* die fälligen Abgaben zu entrichten. Einige waren stundenlang unterwegs gewesen. Noch nie hatten sie erlebt, dass er auch nur einen Einzigen wieder weggeschickt hatte.

»Herr!« Gyrth war genauso verdutzt wie Evaine.

»Schafft das Viehzeug hinaus,«, wandte Godric sich unwirsch an ihn. »Ruft stattdessen jeden Mann zwischen fünfzehn und fünfzig zusammen.«

»Jeden?«, echote Gyrth ungläubig.

»Jeden!« Godrics Ton war schärfer als notwendig.

Sichtlich eingeschnappt schluckte Gyrth den Rest seiner Fragen hinunter und tat, wie ihm geheißen. Godric beachtete ihn bereits gar nicht mehr. Stattdessen glitt sein Blick nervös zwischen dem hölzernen Schwert und dem Boten hin und her.

»Vater, was ist los?«, raunte Evaine ihm zu.

Statt einer Antwort schüttelte er unwillig mit dem Kopf.

»Geh, such deine Schwester, Evaine.«

Sie erhob sich langsam, während der Bote das geheimnisvolle Schwert in das Banner wickelte und zurück in die Tasche packte.

»*NÚ!* Sofort, Evaine!« Der angespannte Unterton in Godrics Stimme machte ihr Angst. Sie eilte durch die Menge zur Tür. Im Hinausgehen sah sie ihren Vater mit dem Boten die Halle in Richtung seiner Privaträume verlassen.

Langsam strömten die Leute aus der Halle auf den Vorplatz und blieben zögerlich stehen, unsicher, was sie tun sollten. Als Evaine draußen ankam, sog sie gierig die frische Luft ein und vertrieb den widerlichen Gestank aus ihren Lungen.

Der Himmel über ihnen war wolkenverhangen, wie schon seit Wochen. Es war ein regnerischer und kalter Sommer gewesen. Bereits gegen Ende August war das Wetter umgeschlagen und es war herbstlich kühl und nass geworden. Doch heute hatte sich der ruppige Wind gelegt und zwischen den Wolken am trüben Himmel blitzte die Sonne hindurch.

Sie warf einen sorgenvollen Blick zurück auf die Halle. Liebend gerne wäre sie ihrem Vater und dem Boten gefolgt. Welche Botschaft hatte er gebracht, die ihren Vater so verstört hatte? Was bedeutete das seltsame Schwert? Nur widerwillig löste sie sich von den vielen Fragen, die der plötzliche Besuch aufgeworfen hatte. Sie musste Meredith finden. Unter den herumstehenden Leuten war sie nirgends zu sehen. Doch sie konnte sich bereits denken, wo sie ihre Schwester finden würde. Und Alric.

Drei große Gebäude, die Küche, die Halle und die Ställe der *burh* bildeten einen rechteckigen Platz, an dessen Nordseite der Eingang zur Halle lag. Alle anderen Gebäude, wie etwa die Privaträume des *Thegn,* Kornspeicher, Brauhaus und Schmiede, gruppierten sich um dieses Zentrum herum. Eingeschlossen wurde die *burh* von einem mächtigen Erdwall. Von außen und innen wurde er mit zehn Fuß hohen Palisaden verstärkt. Der *bellgeat*, ein steinernes Torhaus mit einem massiven Eichentor, lag auf der Südseite des Platzes und war der einzige Aus- und Eingang des eingefriedeten Geländes.

Evaine verließ den Vorplatz in Richtung des *bellgeats*. Wegen des vielen Regens in diesem Sommer war das Erdreich aufgequollen. Das Vieh und die vielen Menschen hatten es noch schlimmer gemacht. Vorsichtig sprang Evaine zwischen den großen Pfützen umher und versuchte, nicht knöcheltief im Schlamm zu versinken. Nachdem sie das bewachte Torhaus passiert hatte, öffnete sich der Blick ins Tal des Slán River.

Die *burh* von Allingham lag auf der Hügelkuppe des Slán Hill und überblickte von dort Tal und Fluss. Von der Anhöhe aus konnte Evaine bereits die ersten Felder von Allingham sehen. Weiter unten schmiegten sich die ersten Hütten des Dorfes an den

Fuß des Hügels. Allingham lag genau zwischen der Biegung des Slán und dem Slán Hill und genoss den natürlichen Schutz dieser Abgeschiedenheit.

Ungefähr auf der Hälfte des Weges zwischen der *burh* auf der Hügelkuppe und dem Dorf im Tal befand sich ein kleiner Eichenhain. Diesen steuerte Evaine an.

In den heidnischen Vorzeiten, denen auch das seltsame Holzschwert zu entstammen schien, war es ein heiliger Ort gewesen. Evaine hatte davon gehört, dass die Alten aus dem Dorf ihn an besonderen Tagen des Jahres noch aufsuchten und seltsame Gebete sprachen. Ein Verhalten, das ihr Vater streng untersagte. Doch unter den einfachen Leuten ließen sich die alten Bräuche nur schwer unterbinden.

Evaine eilte schnellen Schrittes auf den Eichenhain zu. Sicher würden Meredith und Alric keine heidnischen Gebete sprechen. Was sie dort taten, war allerdings genauso unsittlich.

Drei mächtige Bäume bildeten das Zentrum des Hains. In ihre Stämme waren ebenfalls krähenfüßige Symbole geschnitzt. Außen herum wuchs eine Vielzahl junger Bäume und Ableger. Zusammen mit einigen Heckenrosen, an denen zu dieser Jahreszeit leuchtend rote Hagebutten reiften, hatte sich ein undurchdringliches Dickicht gebildet. Sorgsam hütete es die darin Befindlichen vor neugierigen Blicken, sowohl aus dem Dorf als auch aus der *burh*.

Evaine bemühte sich gar nicht, leise zu sein, als sie durch eine schmale Schneise im Gebüsch den Hain betrat.

»Alric! Meredith!«

Erschrocken fuhr das innig verschlungene Paar auseinander. Alric sprang instinktiv einen Schritt zurück und riss abwehrend die Hände hoch. Als wollte er zeigen, dass sie sich nirgendwo befanden, wo sie nicht hingehörten. Währenddessen strich Meredith hektisch ein paar zerzauste, haselnussbraune Haarsträhnen aus ihrem Gesicht.

»Evaine … was … was machst du hier?«, stammelte sie.

»Es erübrigt sich wohl, dir die gleich Frage zu stellen«, sagte Evaine mit einem Blick auf Merediths vom Küssen geschwollene Lippen.

Das Gesicht ihrer Schwester wurde noch eine Spur röter.

»Komm!«, befahl Evaine knapp.

Ohne Alric eines weiteren Blickes zu würdigen, wollte sie den Hain wieder verlassen. Doch Meredith rührte sich nicht vom Fleck.

»Meredith!« Vorwurfsvoll sah sie ihre Schwester an und versuchte, in ihren Ton alle Autorität zu legen, die sie als ältere Schwester besaß.

Doch Meredith blieb unbeeindruckt. Sie schüttelte eigensinnig den Kopf, bis die dunklen Locken flogen.

»Du verstehst das nicht …«

Langsam ging sie ein paar Schritte rückwärts auf den hinter ihr stehenden Alric zu. Evaine bemerkte, dass sich seine Hand sofort fest um ihre schloss.

Evaine verstand Meredith sogar sehr gut. Alric war groß und mehr als gut aussehend, mit kinnlangen blonden Haaren und einem breiten, jungenhaften Lächeln. Seine strahlend blauen Augen schienen immer ein wenig spöttisch zu zwinkern. Ganz so, als nähme er weder sich noch sonst etwas wirklich ernst.

Jetzt jedoch fixierten sie Evaine trotzig.

Evaine mochte ihn. Schon seit ihrer Kinderzeit, in der sie gemeinsam im Slán gebadet hatten. Er war gesellig und geistreich. Aber das alles änderte nichts an dem, was er war.

»Er ist gerade erst zurück, Evaine«, rechtfertigte Meredith sich. »Sie haben den *fyrd* erst vor Kurzem aufgelöst.«

Der neue *Cyning* hatte zu Beginn des Sommers den *fyrd* einberufen, um die Küste vor Überfällen aus der Normandie zu bewachen. Doch es war ruhig geblieben. Anfang September waren die zwei Monate Wehrpflicht der Bauern verstrichen und die Ernte musste eingebracht werden. Harold hatte seine Truppen wieder entlassen müssen. Evaine hatte heimlich gehofft, dass Meredith Alric über den langen Sommer vergessen hätte.

Doch das hatte sie nicht. Weder in diesem Sommer noch in dem davor noch in der langen Zeit, die sie mit ihr gemeinsam am Hof *Cyning* Edwards verbracht hatte.

»Vater lässt dich suchen«, sagte sie.

Merediths Gesicht verfinsterte sich augenblicklich. Ihre Miene nahm den störrischen Ausdruck an, den Evaine von unzähligen Auseinandersetzungen zwischen ihr und ihrem Vater kannte. Hartnäckig trotzte sie allen Versuchen, mit einem Mann höheren Standes vermählt zu werden. Inzwischen war sie zwanzig Jahre alt und weigerte sich, jemand anderen als Alric zu heiraten.

»Außerdem hat Vater eine neue Versammlung einberufen. Für alle Männer zwischen fünfzehn und fünfzig.«

Alric runzelte misstrauisch die Stirn.

»Weshalb?«

Evaine zuckte mit den Schultern.

»Ich weiß es nicht.«

Den seltsamen Zwischenfall mit dem Boten aus Wessex zu erwähnen, erschien ihr sinnlos. Sicher würde ihr Vater auf der Versammlung alles Wichtige sagen.

Widerstrebend schlossen Alric und Meredith sich ihr an, als sie den Eichenhain verließ. Aus den Augenwinkeln sah sie, dass Alric Merediths Hand fest in seiner hielt, bis sie aus dem Schutz der Bäume traten.

Schweigend gingen sie den Pfad zurück zur Burg.

Das Donnern von Hufen ließ sie zusammenfahren. Von oberhalb des Hügels preschte eine Gruppe Reiter auf sie zu. Sie jagten nur wenige *yards* entfernt an ihnen vorbei, ohne ihre Pferde nur im mindesten zu zügeln. Schlamm spritzte auf die Fußgänger.

Evaine schnalzte missbilligend mit der Zunge und wischte einige Spritzer von ihren Armen. Es waren *housecarls* ihres Vaters, offenbar mit sehr eiligen Aufträgen betraut. Es beschlich sie das ungute Gefühl, dass dies mit dem Boten aus Wessex zu tun hatte.

Sorgenvoll sah sie ihnen hinterher. Aus dem Dorf kamen die

ersten Bauern den Hügel herauf, um ebenfalls an der Versammlung teilzunehmen.

Auf dem Vorplatz der *burh* drängten sich die hinausgeworfenen Frauen, Kinder und das Pachtvieh. Die drei zwängten sich an ihnen vorbei ins Innere der Halle. Unmittelbar am Eingang blieben sie stehen. Es war bereits eine große Anzahl Männer versammelt, Mitglieder des Haushalts der *burh*, eingetroffene Bauern aus Allingham und all jene, die schon am Morgen da gewesen waren. Noch immer war die Halle erfüllt vom Mief des Morgens. Es war nicht einmal Zeit geblieben, das verschmutzte Stroh auszuwechseln.

Es herrschte unruhiges Gemurmel. Längst hatte sich herumgesprochen, was passiert war. Das Ganze warf unzählige Fragen auf.

Evaine sah sich um. Außer ihr und Meredith waren fast keine Frauen in der Versammlung. Gerade wurde Alric von einem fülligen Mann angesprochen. Aus den Gesprächsfetzen konnte Evaine folgern, dass es ein Nachbar seines Vaters namens Sigi war. Ihr Gespräch drehte sich um die noch nicht eingebrachte Roggenernte.

In Evaines unmittelbarer Nähe stand Winnie, eine zierliche junge Frau mit lockigem, dunklem Haar und unzähligen Sommersprossen, die auf der Burg als Magd arbeitete. Sie nickte ihr freundlich zu und Winnie nickte höflich zurück. Langsam schob sie sich durch die umstehenden Männer zu Evaine herüber.

»*Þesaþ ʒé hále,* Herrin«, begrüßte sie Meredith und Evaine

»*Þes þú hál,* Winnie«, entgegnete Evaine.

Meredith erwiderte ihren Gruß mit wortlosem Nicken.

»Ist es wahr, dass ein Bote des *Cyning* hier war?« Winnies Stimme war noch dünner als sonst und verriet ihre Aufregung.

Evaine nickte. »Ja, aber ich kann dir leider nicht sagen, weshalb. Ich bin genauso unwissend wie jeder andere hier.«

»Hilda hat gesagt, dass der *fyrd* wieder einberufen wird.«

Hilda war eine der anderen Mägde auf der Burg. Sie war furchtbar schwatzhaft. Bisweilen entsprach nicht einmal die Hälfte ihrer Behauptungen der Wahrheit. Auch jetzt fragte Evaine sich, woher sie das wissen wollte. Nichtsdestotrotz fand sie immer wieder willige Zuhörer, die ihr Gerede gerne weiterverbreiteten. Winnie war meist eine davon.

Alric und sein Nachbar hatten ihr Gespräch beendet und nun ihrerseits interessiert zugehört.

»Auf keinen Fall«, mischte sich Alric mit scharfem Ton ein. »Die zwei Monate *fyrd*-Dienst sind für dieses Jahr bereits um. Zu mehr können sie uns nicht zwingen!«

Der Nachbar nickte bekräftigend. »Außerdem: Wieso haben sie dann alle Männer rufen lassen? Für den *fyrd* stellen wir nur einen Mann alle fünf *hide* Land!«

Sie hatten recht. Doch Evaine sah immer noch das versteinerte Gesicht ihres Vaters vor sich. *Jeden, der ein Schwert halten kann!* Es war anders als sonst. Etwas stimmte nicht.

Ein grauhaariger Mann mischte sich ins Gespräch. Evaine schätzte, dass er die fünfzig Jahre bald erreicht haben würde.

»Sicher geht es um eine weitere Steuer.«

Seine neue Vermutung gewann sofort die Aufmerksamkeit aller in der Runde.

»Der *Cyning* muss seinen Thronanspruch gegen die Normannen und seinen Bruder behaupten. Dafür braucht er Soldaten. Und Soldaten sind teuer.«

Seinen Worten folgte einstimmiges Gemurmel.

»Würde mich nicht wundern, wenn wir mal wieder dafür herhalten müssen«, motzte Sigi.

Um sie herum wurde es nun immer leiser. Evaine wandte ihre Aufmerksamkeit der Kopfseite des Raumes zu. Dort, wo am Morgen noch sie gesessen hatte, stand nun Osric neben ihrem Vater, einer seiner *housecarls*. Sie kannte ihn seit seiner frühen Jugend. Er war selbst Sohn eines *Thegn* und wurde daher wie üblich im Hausstand eines anderen zum Kämpfer erzogen. Mittlerweile war er einer der engsten Gefolgsleute ihres Vaters.

»*Allingcynn!* Männer von Allingham!« Ihr Vater erhob sich. Seine beeindruckende Größe ragte über alle hinweg.

»Viele von euch haben bereits gehört, dass ein Bote des *Cyning* eingetroffen ist.«

Jetzt war es vollkommen still.

»Der Bote wurde hergeschickt, um uns zu sagen, dass der *fyrd* wieder einberufen wurde! Jeder Einzelne von euch wird hiermit zu den Waffen gerufen!«

Der Rest seiner Worte ging in lautem Protest unter. Empörung brandete schäumend auf wie vom Sturm gepeitschte Wellen.

»Wieso? Was soll das?« Die Rufe echoten von allen Seiten in ohrenbetäubender Lautstärke.

»Das könnt ihr nicht machen! Wir sind gerade erst zur Einfuhr der Ernte entlassen worden!«, schrie Sigi neben Evaine und sein Gesicht färbte sich dunkel vor Zorn.

Die Atmosphäre im Raum war mit einem Mal wie aufgeheizt. Besorgt sah Evaine sich um. Überall um sie herum wutverzerrte Gesichter und wachsende Aggressivität. Sie hakte Meredith fest unter und spürte, wie diese den Druck erwiderte.

»Wieso berufen sie den *fyrd* ein?«, raunte Meredith ihr zu.

Evaine schüttelte den Kopf. »Ich weiß nicht. Aber es ist sicher etwas vorgefallen.« Sie spürte, wie Angst in ihr hochkroch.

»Ihr habt kein Recht dazu! Wir haben unsere zwei Monate für dieses Jahr bereits abgeleistet!«, brüllte Alric aufgebracht.

Doch seine Worte gingen im Getose um ihn herum unter. Wutschnaubend begann er, sich durch die Menge einen Weg nach vorn zu bahnen.

Mit einem ängstlichen Blick auf die empörten Bauern um sie herum entschied Evaine, ihm zu folgen. Sie zwängte sich durch die von ihm gebildete Gasse und zog Meredith hinter sich her. Von rechts und links wurden sie angerempelt, achtlos trafen sie die Ellenbogen der Umstehenden, während über ihren Köpfen aufbrausend Fäuste in Richtung des *Thegn* geschüttelt wurden.

Alric war inzwischen vorn angekommen und blieb unmittelbar vor dem Platz des *Thegn* stehen.

»RUHE!« Osric versuchte, die empörte Menge zur Ordnung zu rufen. Doch der Unwille ertönte von allen Seiten nur noch lauter.

Evaines Angst nahm zu.

»Nein!« Alrics Stimme übertönte die der anderen. »Wir werden nicht ruhig sein!«

Seine fordernden Worte machten die anderen stutzig und weckten auch Osrics Aufmerksamkeit.

»Wir sind *folcfree!*«, brüllte Alric zu Godric und Osric hinauf. »Es ist unser Recht, hier in dieser Versammlung unsere Meinung zu sagen!«

Mit erboster Miene wollte Osric etwas entgegnen, doch Godric hielt ihn zurück.

»Wir haben unsere zwei Monate für dieses Jahr bereits abgeleistet!«, brüllte Alric weiter.

Ein Raunen der Zustimmung ging durch die Halle.

»Ihr könnt nicht jeden einberufen! Was ist mit dem Rest der Ernte? Wer soll die einbringen?«, mischten sich weitere Stimmen dazwischen. »Wir werden verhungern!« Erneut drohte die Versammlung im Lärm unterzugehen.

»IHR HABT RECHT!«, schrie Godric. »Ihr seid *folcfree*!«

Die Bauern stutzten bei seinen Worten. Gab er ihnen recht? Zögerlich flaute der Aufruhr ab.

Godric wartete, bis die erhitzten Gemüter so weit abgekühlt waren, dass seine Worte wieder zu ihnen durchdrangen.

»Ihr seid frei, eure Meinung zu sagen.« Er sprach laut, brüllte aber nicht mehr. »Mehr noch: Ihr seid frei, Waffen zu tragen.«

Er griff demonstrativ an das Messer, das er wie alle anderen an seinem Gürtel trug. Die einzige Waffe, die in einer offiziellen Versammlung erlaubt war.

»Doch als freie Männer habt ihr alle einen Eid geschworen! Genauso wie ich einen Eid geschworen habe!«

Seine Zuhörer horchten auf. Jeder wusste, von welchem Eid er sprach.

»Heute wird die Einlösung dieses Eides eingefordert! Ihr – genau wie ich – habt gesprochen: Beim Herrn, meinem Gott, schwöre ich, meinem Lord treu und wahrhaftig zu sein. Ich werde lieben, was er liebt, und hassen, was er hasst, gemäß Gottes Gesetz und irdischem Brauch.«

Es war still. Jeder kannte den Wortlaut dieses Schwures. Er war heilig, unantastbar.

»Mit diesen Worten hat mir jeder Einzelne von euch seine Treue geschworen, als er mich als seinen Lord angenommen hat.«

Godric ließ seine Augen über die Menge schweifen. Sein Blick wanderte durch die Reihen, von Gesicht zu Gesicht, erinnerte jeden Einzelnen von ihnen an den Tag, an dem er diesen Schwur geleistet hatte.

»Ich bin ein *Thegn* des *Cyning*. Und so habe ich es unserem *Cyning* geschworen, als ich mich ihm als meinem Herrn unterworfen habe. Das ist noch kein Jahr her.«

Als er bei Evaine und Meredith anlangte, sah Evaine die Sorge in seinem Gesicht.

»Jetzt, in dieser Stunde, werden wir unserem *Cyning* treu und wahrhaftig sein! Wir werden zum Schwert greifen und gegen seine Feinde kämpfen, wie das Gesetz unserer Väter es verlangt!«

Godric wartete, ob jemand etwas entgegnen würde. Doch über der Halle lastete Schweigen. Das Band ihres Eides fesselte jeden wie eine eiserne Kette.

»Geht jetzt nach Hause und verabschiedet euch von euren Weibern und Kindern. Findet euch bei Einbruch der Dämmerung mit Waffen und Schild ein. Wer keine hat, bekommt welche. Wir brechen im Morgengrauen auf.«

Wie versteinert verharrte die Menge in der Halle, stumm blickte einer zum anderen.

Evaine sah, wie Meredith ihre Hand in Alrics schob und er sie daraufhin fest an sich zog. Sachte drückte er ihr einen Kuss auf das dunkle Haar.

Auf dem Podest sprach ihr Vater leise mit Osric und wies dabei auf sie und Meredith. Osric nickte und bahnte sich einen Weg zu ihnen. Als er sie erreichte, streckte er Evaine auffordernd einen Arm entgegen.

»Kommt.« Seine kräftige Hand schloss sich fest um ihre. Evaine war mit einem Mal wie erleichtert. Für einen Moment war ihre sichere Welt ins Wanken geraten. Der feste Griff seiner Hand, die markanten Züge seines Gesichts, das ihr seit Kindertagen vertraut war, schienen ihr ein wenig Stabilität zurückzugeben.

Evaine winkte Meredith, ihr zu folgen. Unwillig löste sie sich von Alric. Schnell presste er einen Kuss auf ihre Lippen, denn jetzt achtete niemand darauf. Dann gab er sie frei. Evaine zog sie mit sich und ließ sich von Osric durch die Menge führen. Sie verließen die Halle und folgten ihrem Vater in seine Privatgemächer.

»Vater, was ist passiert?«

Evaine konnte die Frage kaum mehr zurückhalten, als Osric endlich die Tür hinter ihnen geschlossen hatte.

Godric war ernst, um seine Augen hatten sich tiefe Falten eingegraben. Er wirkte beinahe zehn Jahre älter als noch am Morgen.

»Warum haben sie den *fyrd* wieder einberufen?«, fragte Meredith. »Die Männer sind doch gerade erst zurück!« Ihre Stimme klang beinahe vorwurfsvoll. Evaine konnte ihre Angst vor einer neuen Trennung von Alric heraushören.

Ungeduldig blickte Evaine zwischen den beiden Männern hin und her.

Osric war an der Tür stehen geblieben und wartete schweigend darauf, dass ihr Vater das Wort ergriff. Seine Miene war unbewegt. Doch Evaine meinte, ein ungewohntes Glitzern in seinen grauen Augen zu erkennen. War es Erwartung?

Seufzend ergriff Godric das Wort.

»Ihr wisst, dass Godwinsons Bruder Tostig die Isle of Wight an der Südküste angegriffen hatte?«

Evaine nickte. Das war im Frühjahr gewesen. Doch soweit sie wusste, war er vertrieben worden.

»Edwin von Mercia hat ihn daraufhin nach Schottland vertrieben.« Godric sprach langsam, als wollte er sichergehen, dass sie alles verstanden. »Was niemand wusste, ist, dass er gemeinsame Sache mit den Norwegern macht. Harald Hardrada, der norwegische *Cyning*, ist mit einer Flotte an der Ostküste gelandet.«

Der kleine Raum war erfüllt von beengendem Schweigen, in dem Evaine versuchte, die Bedeutung seiner Worte zu verstehen.

Die Norweger. Wikinger. Ungläubig sah sie ihn an. Seine ernste Miene ließ keinen Zweifel an seinen Worten. Ihr Blick flog zu Osric. Er nickte grimmig, zur Bestätigung dessen, was ihr Vater gesagt hatte.

Ein Frösteln kroch an ihren Armen hoch. *Herr bewahre uns vor dem Zorn der Nordmänner.* Die Zeile eines uralten Gebets fiel ihr ein. Sie hatte es einmal irgendwo gelesen, aber nicht gedacht, dass sie es je selbst beten würde.

»Wie viele?«, fragte sie tonlos.

»Dreihundert Schiffe«, sagte Osric von der Tür aus. Ihr Vater warf ihm einen scharfen Blick zu.

Dreihundert Schiffe. Das war eine gewaltige Menge. Evaine spürte, wie sie eine Gänsehaut bekam.

»Aber Mercia und Northumbria sind weit oben an der Ostküste.« Sie begann laut zu überlegen. »Bis dorthin sind es fünf oder sechs Tagesreisen.«

Osric schwieg und mied ihren Blick.

Ihr Vater zögerte einen Moment zu lang mit seiner Antwort. »So ist es. Daher werden wir bei Morgengrauen aufbrechen.«

Evaine begriff, dass das noch nicht alles war. Es war noch mehr passiert, mit dem man sie nicht weiter beunruhigen wollte.

»Evaine«, Godric wandte sich nun direkt an sie, »ich werde mit den Männern aufbrechen.«

Sie nickte stumm.

»In meiner Abwesenheit werden alle Belange von Allingham in deinen Händen liegen. Gyrth wird hierbleiben und dich unterstützen.«

Mit seinen Worten legte sich eine bleierne Last auf ihre Schultern und ihre Seele.

»Aber bis dahin gibt es noch sehr viele Vorbereitungen zu treffen.«

Der kurze Rest dieses Tages rauschte unaufhaltsam an Evaine vorbei. Hastige Vorbereitungen für die Abreise rissen sie mit sich wie Stromschnellen. Sorge und Angst lasteten auf ihr, doch Hektik und Geschäftigkeit ließen ihr keine Gelegenheit, darüber nachzudenken.

Mittlerweile ging die Sonne hinter den hölzernen Palisaden von Allingham unter. Das feurige Rot des Sonnenuntergangs mischte sich bereits mit nächtlichem Blau und färbte die dichten Wolkenbänder in der Farbe reifer Beeren. Als scharfer, schwarzer Schatten hob sich der *bellgeat* vor dem intensiven Farbspiel des Abendhimmels ab.

Zum ersten Mal an diesem Tag kam Evaine dazu, einen Moment innezuhalten.

Sie starrte in den belebten Innenhof. Ihr Vater hatte nicht nur in Allingham die Männer zu den Waffen gerufen, sondern auch Boten in alle anderen Dörfer dieses *hundred* entsandt. Sie trafen nach und nach auf der *burh* ein. Weitere würden an vereinbarten Treffpunkten zu ihnen stoßen.

Evaine ließ ihre Hand in ihre Rocktasche gleiten und ertastete das kalte Metall. Das ungewohnte Gewicht lastete schwer darin. Die Schlüssel zu Allingham. Ihr Vater hatte mit ihr gemeinsam genaue Vorbereitungen für seine Abwesenheit getroffen. Obwohl sie es längst wusste, war er alle Details des Haushalts mit ihr durchgegangen. Er hatte ihr die Bedeutung der wichtigsten Dokumente erläutert. Die Schenkungsurkunde von Allingham, seinen Nachlass. Als Letztes hatte er ihr die Schlüssel zu seinen Privaträumen, zu der Truhe mit Schmuck und Vermögen gegeben. Alle Anweisungen bezüglich seiner Abreise hatte sie sorgsam ausgeführt. Doch hatte sie bei alldem keinen Augenblick Zeit gefunden, ein ruhiges Wort mit ihm zu sprechen.

Im Hof wurden nun die ersten Feuer angezündet. Daran saßen Gruppen von Männern und warteten auf den Morgen. Die meisten Bauern trugen nicht viel mehr als ihre gewöhnliche Kleidung. Einige konnten sich ein ledernes Wams leisten, das besser vor den Waffen eines Feindes schützte als Wolle und Leinen. Nur wenige trugen ein *byrnie*, ein metallenes Kettenhemd. Meist waren es die *housecarls* ihres Vaters, so wie Osric.

Doch jeder Mann besaß Helm und Schild. Einige der Helme waren alt und verwittert. An ihrer altmodischen Form konnte selbst Evaine erkennen, dass vermutlich schon ihre Väter und Großväter damit in den Kampf gezogen waren. Bei anderen hingegen glänzten ungebrauchte Spangenhelme, wie der des Boten aus Wessex. Diese waren von ihrem Vater gestellt worden. Es war Aufgabe des *Thegn*, die notwendige Kampfausrüstung bereitzuhalten, falls seine Männer zu den Waffen gerufen wurden.

Evaine schritt durch die Grüppchen der Kämpfer. Hier und da nickte sie einem bekannten Gesicht zu. Niemand würde in dieser Nacht schlafen. Stattdessen würden sich die Männer auf den morgigen Tag einstimmen. Während die Schatten der Nacht sich immer weiter ausbreiteten, erklangen an den Feuern die ersten Lieder. Es waren alte Lieder, schon von ihren Vätern gesungen. Lieder über Kampf und Krieg, über Tod und Treue.

Im Schein der Flammen erkannte Evaine die vertrauten Umrisse von Meredith. Sie stand ein wenig abseits in der Nähe einer Gruppe und lauschte dem Klang der tiefen Männerstimmen. Wortlos stellte Evaine sich neben sie und strich ihr zur Begrüßung sachte mit der Hand über den Rücken. Meredith sah sich zu ihr um. Als sie Evaine erkannte, lächelte sie schwach. Doch es war ein trauriges Lächeln.

Evaine ergriff ihre Hand und drückte sie leicht. Meredith erwiderte den Druck und wandte sich wieder den singenden Männern zu.

Sie hockten im Kreis um das Feuer. Die Flammen warfen zuckende Schatten auf ihre ernsten Gesichter. Es war eine gemischte

Gruppe aus Jungen und Älteren. Einer der Knaben sah so jung aus, dass Evaine kaum glauben konnte, dass er die erforderlichen fünfzehn Lenze schon erreicht hatte. Mit großen Augen lauschte er dem Text ihres Liedes. Evaine kannte es. Es war *The Battle of Maldon*, ein Epos über eine mehr als hundert Jahre zurückliegende Schlacht zwischen Angelsachsen und Norwegern. Jener Tag schien sich nun zu wiederholen. Damals hatten sie verloren.

Alric stand in der Mitte der Gruppe, direkt beim Feuer. Auch er trug nur ein Lederwams. Helm, Schild und Speer lagen neben ihm. Seine kräftige Stimme klang deutlich hervor, trug die Zeilen des Liedes über das Feuer hinweg in die hereinbrechende Dunkelheit.

Ihr Gesang war nicht melodisch oder harmonisch. Er hatte nichts gemein mit den weich fließenden Chorälen der Mönche, wie sie an Weihnachten oder Ostern in der Kirche erklangen.

Es war ein rhythmischer Sprechgesang, durchdringend und klangvoll. Wort folgte auf Wort. Harte Silben reihten sich schroff aneinander. Unablässig fielen die Verse nieder wie Schwertstreiche. Sie prasselten durch die Luft, vibrierten im Innern, bis man den Widerhall tief in den Knochen spürte. Ein Echo, das noch lange nachklang.

Ongan ceallian þa
ofer cald wæter
Byrhthelmes bearn
beornas gehlyston°

Die Kämpfer standen und lauschten,
als über das kalte Wasser
Byrhthelms Sohn schrie:

»Nu eow is gerymed°,
gað ricene to us,
guman to guþe;
God ana wat°
Hwa þære wælstowe°
wealdan mote.«

»Jetzt ist der Weg frei,
eilt schnell zu uns,
lasst den Kampf beginnen;
Und Gott allein weiß,
wer am Ende dieses Tages
das Schlachtfeld hält.«

Wodon þa wælwulfas
for wætere ne murnon°
wicinga werod,
west ofer Pantan,
ofer scir wæter
scyldas wegon,
lidmen to lande linde bæron.

Die Wölfe des Krieges rückten an,
unerschüttert vom Wasser
kam die Horde der Wikinger
westlich über den Pantan,
über das glitzernde Wasser,
formten ihre Mauer
aus Schilden aus Lindenholz.

Þær ongean gramum°
gearowe stodon
Byrhtnoð mid beornum;
he mid bordum het
wyrcan þone wihagan°
and þæt werod healdan
fæste wið feondum.

Dort standen sie
gegen ihren Feind,
Byrhtnoth und seine Kämpfer;
er befahl ihnen
den Schildwall zu formen
und mit aller Macht zu halten
gegen ihre Feinde.

Þa wæs feohte neh,
tir°æt getohte°.
Wæs seo tid cumen
þæt þær fæge men
feallan sceoldon.

So rückte die Schlacht
mit ihrem Ruhm näher.
Die Zeit war gekommen,
dass die Verdammten
auf diesem Feld starben.

»Er hat mich gefragt, ob ich mit ihm weggehe.« Meredith sprach leise in die Dunkelheit, ohne Evaine dabei anzusehen. Erschrocken ließ Evaine ihre Hand los. Sie konnte sie unmöglich jetzt allein lassen!

Meredith schien ihre Bestürzung zu spüren. Abwehrend schüttelte sie den Kopf.

»Nicht heute. Schon oft. Ich habe immer Nein gesagt.« Sie sprach langsam, beinahe so, als spräche sie zu sich selbst. »Ich habe gehofft, dass Vater es sich irgendwann anders überlegt.«

»Meredith … du weißt, dass es unmöglich ist.« Evaine suchte nach den richtigen Worten, fand sie aber nicht.

»Er ist ein *coerl*«, sagte sie schließlich.

»Noch«, erwiderte Meredith, »aber eines Tages wird er die vollen fünf *hide* Land besitzen.« Ihre Stimme war fest, genau wie ihr Glaube an Alric. »Dann wird er kein *coerl* mehr sein, sondern ein *Thegn.*«

Vielleicht würde er es wirklich eines Tages dorthin schaffen. Aber bis dahin …

Evaine hasste sich dafür, Merediths Träume zerstören zu müssen. Aber sie konnte nicht anders. »Dann werdet ihr bis dahin warten müssen.«

Meredith schwieg trotzig.

Vorsichtig versuchte Evaine, erneut auf sie einzuwirken. »Du kannst keinen *coerl* heiraten …«

»Ach ja? Sicher ist es besser, einen *Thegn* zu heiraten.« Sie sprach leise und doch beißend. »Du musst es ja wissen! Wo deine Ehe mit Cædmon so ein wunderbares Vorbild war!«

Ihre Worte trafen Evaine bis ins Mark. Rissen die verkrusteten Wunden erneut auf, die sie dank dieser Ehe mit sich herumtrug.

»Das war etwas anderes«, murmelte sie abwehrend, »es sind nicht alle Männer wie Cædmon.«

»Sicher nicht!«, entgegnete Meredith scharf. »Osric bestimmt nicht! Dann sag mir doch, warum du dich so standhaft dagegen sträubst, ihn zu heiraten!«

Wütend starrte Evaine in die Flammen. Sie hatte es nicht nötig, sich wegen Osric zu verteidigen!

Der Wunsch ihres Vaters, sie möge sich endlich entschließen, ihn zu heiraten, war ein offenes Geheimnis auf Allingham. Nichts sprach dagegen. Er sah passabel aus, war edler Abstammung und besaß allgemeine Anerkennung in Allingham. Es gab keinen Grund, ihn nicht zu heiraten. Gar keinen. Bis auf die kleine Stimme in ihrem Kopf, die eigensinnig darauf beharrte, dass sie nicht wollte. Dennoch ging es Meredith überhaupt nichts an! Es ging niemanden etwas an, außer sie selbst!

Sie schwiegen und lauschten den Versen des Liedes. Folgten Byrhtnoths Schicksal, wie er verbissen kämpfte und ihn dennoch jede Strophe unerbittlich dem grausamen Tod näher brachte.

*Þær wearð hream ahafen°,
hremmas wundon,
earn°æses georn;
wæs on eorþan cyrm°
Hi leton þa of folman
feolhearde speru
gegrundene garas fleogan;
bogan wæron bysige,
bord ord onfeng.*

*Das Kriegsgeschrei erscholl.
Die Raben kreisten über ihnen,
begierig nach Aas;
auf der Erde tobte die Schlacht.
Sie ließen ihre geschärften Speere
aus ihren Händen fliegen,
hart wie Pfeile;
auch ihre Bögen schossen eifrig,
ihre Schilde wehrten die Speere
ab.*

*Biter wæs se beaduræs°,
beornas feollon
on gehwæðere hand,
hyssas lagon.*

*Heftig war der Anstrum,
tote Krieger fielen nieder,
junge Männer
auf beiden Seiten.*

*»Hige sceal þe heardra
hearte þe cenre,
mod sceal þe mare,
þe ure mægen lytlað.*

*»Noch größere Entschlossenheit,
noch kühner der Geist,
das Herz noch tapfrer,
als unsere Stärke schwindet.*

*Here lið ure ealdor
eall forheawen,
god on greote°.
A mæg gnornian°
se ðe nu fram þis wigplegan
wendan þenceð.*

*Hier liegt unser Lord,
ein Held, im Staub,
niedergeschlagen im Kampf.
Unablässig muss der bereuen,
der nun versucht zu fliehen
von diesem Schlachtfeld.*

Ic eom frod feores;	*Ich bin alt,*
fram ic ne wille,	*doch ich werde nicht weichen,*
ac ic me be healfe	*ich wünsche zu sterben*
minum hlaforde,	*bei meinem Lord,*
be swa leofan men,	*mein Leben zu geben,*
licgan þence.«	*für den geliebten Herrn.«*

Erneut brach Meredith das Schweigen. »Er glaubt, dass er sich in diesem Krieg beweisen kann.«

Ihrem Tonfall konnte Evaine nicht entnehmen, ob Meredith diese Hoffnung teilte oder nicht. Evaine schwieg. Nur wenigen würde dies gelingen. Die meisten würden Byrhtnoths Schicksal teilen, ein ehrenvolles, aber einsames Ende auf einem Schlachtfeld.

»Ich gehe jetzt und verbringe die letzten Stunden gemeinsam mit ihm.«

Meredith ließ Evaine im Schatten zurück. Mit energischen Schritten trat sie in den Schein des Lagerfeuers, schob sich an den umstehenden Männern vorbei in Alrics Arme.

Evaine wandte sich ab und prallte direkt in jemanden, der hinter ihr stand. Das harte Metall eines *byrnie* schnitt ihr schmerzhaft in Brust und Hände.

»Oh … Entschuldigung.«

»Guten Abend, Evaine.«

Es war Osric. Seine Stimme war ihr vertraut. Doch in voller Ausrüstung war er kaum wiederzuerkennen. Er war der Inbegriff eines *housecarls*. Im Unterschied zu den vielen Bauern und Handwerkern, die an diesem Abend hier waren, war er ein Krieger, zum Kampf erzogen. Entsprechend hochwertig war seine Ausrüstung.

Der *byrnie* bedeckte seinen Oberkörper und reichte ihm bis zu den Knien. Vorn war er geschlitzt, um ihn beim Reiten nicht zu behindern. Das Schwert, das er trug, war ein Geschenk ihres Vaters. Es war kostbar und am Griff mit silbernen Intarsien verziert. Doch seine Lieblingswaffe war die zweihändige Axt, die über seinem Rücken hing. Evaine schauderte bei der Vorstellung, was er damit anstellen konnte.

Da er einen halben Kopf größer war als sie, musste sie zu ihm aufsehen. Das Feuer warf rötliche Schatten auf sein Gesicht. Es war regelmäßig geschnitten, mit einem eckigen Kinn und einer geraden Nase. Evaine hatte schon öfter gehört, wie einige der Mägde von ihm schwärmten. Sie waren der Meinung, dass er äußerst gut aussehend war. Womöglich stimmte das auch. Doch irgendetwas in seinem Gesicht störte Evaine. Vielleicht war es der Ausdruck seiner grauen Augen, denn der kam Evaine immer seltsam hart vor.

»Ihr hättet heute nicht bei dieser Versammlung sein sollen. Das war unvorsichtig von Euch.«

Evaine kam der Gedanke, dass sie vielleicht gar nichts an seinen Augen oder seinem Äußeren störte. Vielleicht war es die Art, mit der er stets versuchte, ihr Befehle zu erteilen. Sie sparte sich jegliche Erklärung und überging seinen Kommentar.

»Es war ein aufregender Tag, nicht wahr?«, sagte sie stattdessen und entfernte sich langsam mit ihm von der Gruppe der singenden Männer.

»In der Tat. Wer hätte gedacht, dass ein einziger Tag so viel Neues bringen kann.«

Bei seinen Worten kehrten alle Fragen zurück, die ihr schon den ganzen Nachmittag auf der Seele brannten. Noch immer hatte sie kaum etwas über den Boten aus Wessex erfahren. Sie folgte einem Impuls und beschloss, Osric zu fragen. Sie war sich beinahe sicher, dass ihr Vater ihn in alles eingeweiht hatte.

»Was für eine Botschaft hat der Bote heute überbracht?«

Sie schlenderten weiter durch die Gruppen um die Feuer und ließen den Lärm etwas hinter sich.

»Er brachte den Befehl des *Cyning*, den *fyrd* zu bewaffnen«, wiederholte Osric das Offensichtliche. Evaine hatte das Gefühl, dass er sie absichtlich falsch verstand. Doch sie würde nicht lockerlassen.

»Gewiss. Aber ich meine, was hat das Holzschwert zu bedeuten?«

»Das ist der Eidbote.«

»Der Reiter?«

»Nein, das Schwert.« Mit Blick auf ihr fragendes Gesicht fuhr er fort: »Das Schwert steht für den Eid, an den Euer Vater heute in der Versammlung alle erinnert hat. Es ist ein Zeichen des *Cyning*. Vor der Schlacht schickt er es zu uns, mahnt uns, unseren Eid einzulösen. Und nach der Schlacht bringen wir es ihm zurück, als Zeichen für die Einhaltung unseres Schwurs.«

Das erklärte das Alter des Holzschwerts und seinen symbolischen Charakter.

»Und die Inschrift?«

»Ich glaube, es bedeutet nichts anderes, als was es ist: Eidbote.«

Sie gingen schweigend ein paar Schritte weiter. Um sie herum war die Nacht erfüllt von den rhythmischen Klängen der Lieder und gedämpften Gesprächen am Feuer. Nur hin und wieder erklang ein verhaltenes Lachen. Niemand wusste, was der morgige Tag ihnen bringen würde. Sie erinnerte sich an ihre Empfindung vom Nachmittag. Das ungute Gefühl, dass im Norden mehr vorgefallen war, als ihr Vater ihnen sagen wollte. Und es war vielleicht die letzte Möglichkeit, Genaueres zu erfahren.

»Osric?«

»Ja?«

Sie blieb stehen, unsicher, wie sie beginnen sollte. Abwartend strich er sich mit der Hand eine Haarsträhne aus dem Gesicht.

»Wenn ich Euch darum bäte, würdet Ihr mir sagen, was der Bote meinem Vater gesagt hat?«

Erstaunt zog er die Augenbrauen hoch, woraufhin sie schnell fortfuhr: »Ich weiß, dass Ihr eben nicht alles gesagt habt. Ich habe es an Euren Blicken gesehen.«

Scheinbar mit sich ringend, musterte er sie nachdenklich.

»Bitte! Seid ehrlich mit mir. Ich kann es ertragen, aber ich muss es wissen.«

Er gab sich einen Ruck. Dann fasste er sie am Arm und nahm sie zur Seite. Flüchtig blickte er sich um und zog sie dann weg vom Licht des Feuers und den Stimmen der Menschen. Als sie außer Hörweite waren, begann er mit gesenkter Stimme zu sprechen.

»Es ist im Norden bereits zu einem ersten Gefecht gekommen.« Er stockte und wartete auf ihre Reaktion. Sie nickte nur.

»Die Norweger sind in der Nähe von Kliffland mit neuntausend Mann gelandet und haben die gesamte Küstenregion barbarisch geplündert. Wer nicht kapituliert hat, den haben sie dem Erdboden gleichgemacht.« Evaine spürte, wie sie bei seinen Worten zu zittern begann. Und das hatte nichts mit der Kühle des Septemberabends zu tun.

»Von dort aus sind sie südwärts gesegelt, in die Mündung des Humber und weiter über den Fluss Ouse.«

Evaine kannte sich mit der Landschaft des Nordens nicht näher aus. Angestrengt runzelte sie die Stirn und versuchte seinem Bericht zu folgen.

»Von dort aus weiter bis nach Riccall, südlich von York.«

York. Ihr dämmerte nun, worauf seine Schilderung hinauslaufen würde.

»Sie sind dann mit achttausend Mann gegen York gezogen. Edwin von Mercia und sein Bruder Morcar von Northumbria haben sich ihnen entgegengestellt. Bei Fulford sind sie aufeinandergetroffen. Das ist ein kleiner Ort südlich von York. Sumpfiges Gelände.« Er wartete wieder.

»Wie schlimm war es?« Instinktiv hatte sie ebenfalls die Stimme zu einem Flüstern gesenkt.

Er holte tief Luft und sah sie eindringlich an. Evaine bemühte sich, seinem Blick ruhig standzuhalten. Schließlich fuhr er fort.

»Sie haben sie im Sumpfland eingeschlossen. Wer dort nicht ertrunken ist, den haben sie abgeschlachtet. Bis auf den letzten Mann. Der Wasserlauf am Fulford war gefüllt mit Leichen, sodass die Wikinger ihn trockenen Fußes überqueren konnten.«

Evaine presste die Hand auf ihren Mund, um jeden Laut des Entsetzens zu verhindern.

Osric fasste ihren Arm noch fester und sein Gesicht kam ihrem noch etwas näher.

»Evaine, es gibt keine Armee mehr zwischen den Norwegern und uns. Godwinson muss sie so schnell wie möglich stellen und besiegen.«

Sei nickte und presste immer noch die Hand auf den Mund. Sie spürte Panik in sich aufsteigen, die jeden vernünftigen Gedanken blockierte.

Er ließ ihren Arm los und rückte wieder etwas von ihr ab.

»Ihr wolltet es wissen, daher habe ich es Euch gesagt.« Er musterte sie sorgenvoll, als bereute er seine Worte. »Vielleicht ist es bald wichtig, dass Ihr wisst, wie die Dinge stehen.«

Langsam ließ sie die Hand sinken und holte tief Luft. Versuchte die Angst niederzuringen, die von ihr Besitz ergreifen wollte. Keine Armee zwischen uns und den Wikingern. Die Worte hallten in ihr nach. In ihrem von Panik umnebelten Verstand zeichneten sich die Umrisse eines Gedankens ab, formten sich zu einer Frage, die sie gleichermaßen erschreckte wie Osrics Worte.

»Was ist mit den Normannen?«

Sie bereiteten sich seit dem Sommer auf einen Überfall aus der Normandie vor. Wenn Godwinson alle Truppen nordwärts führte, bliebe die Küste unbewacht zurück. William, Herzog der Normandie, hätte ein leichtes Spiel.

Osrics Miene verriet ihr, dass ihr Einwand berechtigt war.

»Ihr habt recht. Godwinson kann nicht beide Angriffe abwehren. Aber bisher haben die Normannen vergeblich auf gutes Wetter gewartet, um den Kanal überqueren zu können.«

»Und wenn das Wetter besser wird?«

Osric schüttelte den Kopf.

»Es ist bereits Ende September. Unwahrscheinlich, dass sie jetzt noch einmal günstigen Wind haben werden.«

Seine Antwort beruhigte sie etwas. Aber nicht ganz.

»Und wenn das Wetter dennoch besser wird?«

»Besser, Ihr betet zu Gott, dass es nicht so kommt.«

»Ich danke Euch, dass Ihr mir die Wahrheit gesagt habt.« Sie konnte das Zittern ihrer Stimme nicht ganz unterdrücken.

Er nickte. »Gute Nacht, Evaine … und lebt wohl.«

Er hatte sich schon beinahe umgedreht, um zu gehen, als er zögerte und nachdenklich ihr Gesicht betrachtete. »Wann wir uns wohl wiedersehen werden?« Seine raue Stimme ging ihr unter die Haut. Einmal ausgesprochen, stand die Frage übergroß und beherrschend im Raum. Ob sie sich je wiedersehen würden? Ob sie ihren Vater je wiedersehen würde?

Der Blick, mit dem er sie betrachtete, wurde weich und sie merkte, dass seine Augen an ihren Lippen hingen. Instinktiv befeuchtete sie diese mit der Zunge.

Dann, ganz langsam, beugte er sich vor. Sie wusste, was er vorhatte. Ruhig blieb sie stehen und ließ es geschehen. Seine warmen Lippen senkten sich auf ihre. Ganz sanft. Es fühlte sich angenehm an. Seine Lippen begannen sich sachte zu bewegen und zögerlich erwiderte sie seinen Kuss. Dann, als könnte er nicht länger an sich halten, schlang er einen Arm um sie und zog sie an sich. Seine Zunge drängte in ihren Mund. Leidenschaftlich eroberte er sie, nahm sie in Besitz, während sie ihn schwindelnd gewähren ließ.

Er löste sich abrupt von ihr und trat einen Schritt zurück. Heftig atmend sah er sie an, studierte ihr Gesicht mit brennenden Augen, als wollte er sich jeden Zug einprägen. Sie konnte nur dastehen und seinen Blick erwidern. Sie wusste nicht, was sie ihm sagen sollte.

Ohne ein weiteres Wort wandte er sich um und verschwand schnellen Schrittes zwischen den Feuern.

Sie blickte ihm nach und fühlte die Hitze in ihren Wangen und seinen Geschmack auf ihrer Zunge. Sachte berührte sie ihre Lippen mit den Fingerspitzen und fragte sich, was da gerade passiert war. Er hatte sie geküsst. Wild und leidenschaftlich. Hatte sie ihn auch geküsst? Was hatte sie gefühlt? Sie wusste es nicht.

Nachdenklich kehrte sie zu den Feuern zurück. Sie brauchte einen Moment, ehe sie merkte, dass sich in der Zwischenzeit etwas geändert hatte. Es war der Gesang. Er war verklungen. Stattdessen war Bewegung in die Gruppen der Männer um die Feuer gekommen.

Evaine sah Winnie, Hilda und weitere Mägde ihre Runden zwischen ihnen machen. Sie verteilten Getränke an die Kämpfer. Jeder von ihnen erhielt einen Becher *mead*.

Dann richtete sich die Aufmerksamkeit aller auf den *bellgeat*. Oben auf dem balkonartigen Vorbau, eingerahmt von zwei *housecarls* mit brennenden Fackeln, stand ihr Vater. Es gab nur wenige Gelegenheiten im Jahr, an denen er diesen exponierten Platz nutzte. Bei jeder waren dann zu Füßen des *bellgeat* auf dem großen Vorplatz seine Leute versammelt. So wie in dieser Nacht.

Ihr Vater ergriff das Wort: »Fortan seid ihr Krieger unseres *Cyning.*«

Außer seinen Worten war nur das Knistern der Feuer zu hören. Sein Blick schweifte über die Reihen – Bauern, Handwerker und *housecarls*, Jungen und Ältere, Männer, die zum Kampf erzogen waren, und solche, die noch nie ein Schwert gehalten hatten.

»Und als solche werden wir uns mit *mead* zutrinken. Es ist der Trank unserer Vorfahren, der Trank unserer Helden, von Beowulf und Byrhtnoth. Ein Zeichen, dass wir in ihrer Nachfolge stehen.« Er hielt seinen gefüllten Becher hoch. »Und wir werden den *mead*-Eid ablegen. Wie der *mead* wird er uns mit ihnen verbinden und stets daran erinnern, wofür wir kämpfen!« Er ließ seinen Worten Zeit, zu verklingen.

»Also sprecht mir nach.«

Er sprach langsam und eindringlich. Nach jedem Satz machte er eine Pause, in der die Männer in einstimmigem Bass seine Worte wiederholten:

»Ich schwöre hier vor meinen Leuten,
dass ich bis zum Tode kämpfen werde für meinen Cyning.
Wenn mein Cyning oder mein Herr sterben sollte,

so werde ich seinen Platz einnehmen.
Und kämpfen, wie er gekämpft hätte.
Falls einer der Männer hier sieht,
wie ich schwachen Herzens fliehe,
soll er mich an diesen Schwur erinnern,
den ich heute hier abgelegt habe vor meinen Leuten.«

Dann hob Godric den Becher und prostete ihnen wortlos zu. Sie tranken. Der *mead* war süß, aus Honig gebraut. Doch Evaine bildete sich ein, dass es ein bitterer Geschmack sein müsste.

Niemand auf Allingham fand in dieser Nacht Schlaf. Das Licht der Lagerfeuer erhellte die Dunkelheit, während ihr Rauch in den Nachthimmel stieg, vom Wind getrieben wie Wetterfahnen. In jener Nacht drehte sich der Wind. Zum ersten Mal in diesem Sommer kam er von Osten, von jenseits des Kanals.

KAPITEL 2

Mögen das Leuchten Eures Ruhmes
und der Donner Eures Angriffs
von Osten bis Westen zu hören sein
und seiet Ihr die Rächer des noblen Blutes!

William der Eroberer nach Henry of Huntingdon

SÜDENGLAND, vor der Küste von Pevensey, 28. September 1066

Unmerklich wandelte sich Schwarz in Nachtblau und wich danach zwielichtigem Graublau. Robert d'Arbuste beobachtete das sich ändernde Farbspiel am Horizont. Es war das erste Mal, seit ihre Schiffe in der Abenddämmerung an der französischen Küste abgelegt hatten, dass er etwas anderes sah als nächtliche Schwärze um sich herum. Dampfende Nebelfelder hatten sie eingehüllt und von den anderen Schiffen der Flotte getrennt, als wären sie allein auf dem dunklen Wasser.

Auf dem Schiff machte sich leise Unruhe breit. Robert spürte, wie die Aufregung auch ihn ergriff. Wie gebannt hing sein Blick am Horizont, denn ganz langsam ging hinter ihnen die Sonne auf. Zartes Rosa mischte sich in das Blau und verschmolz mit ihm an den Rändern zu intensivem Violett. Mühsam durchbrachen die Strahlen der morgendlichen Septembersonne die Nebelschleier. Dann endlich hob sich der graue Vorhang und gab den normannischen Schiffen den Blick auf die südenglische Küste frei. Robert hatte in seinem ganzen Leben noch nichts Vergleichbares gesehen.

Scharfe Steilwände ragten Hunderte Meter hoch aufrecht aus dem Wasser hervor. Schäumend brachen sich die Wellen an den strahlend weißen Klippen, die sich entlang des Horizonts dahinzogen, soweit Robert blicken konnte. Ein natürliches Bollwerk gegen jeden, der sich England vom Meer aus näherte.

Robert spürte, wie es ihn in den Zehen kribbelte, endlich Fuß auf englischen Boden zu setzen. Bereits seit Anfang September hatten sie in Dives-sur-Mer auf der anderen Kanalseite auf günstigen Wind gewartet.

»Es scheint, der Bastard hat mal wieder Glück«, sagte Gérard neben ihm, der ebenfalls beeindruckt die Küstenformation betrachtete. Wenn sie unter sich waren, sprachen sie von William, dem *Duc de Normandie,* stets scherzhaft von dem »Bastard«, als der er geboren war.

»Weit und breit nichts von Godwinsons Flotte zu sehen.« Robert ließ seinen Blick über das umliegende Meer schweifen.

Um sie herum tauchten nun in der Morgendämmerung unzählige weitere Schiffe aus dem Nebel auf. Jeder Adelige, der den Kampf des *Duc* unterstützte, hatte neben Männern und Ausrüstung einen Teil der angeblich tausend Schiffe, die zur Flotte zählten, beigesteuert. Die Auswahl reichte von klapprigen Fischerbooten über kleine Jollen und stabile Transportschiffe bis zu den neuen Drachenbooten, die der *Duc* in Dives-sur-Mer eigens von italienischen Fachkräften hatte bauen lassen. Robert selbst befehligte einhundert Mann und dreißig Schiffe seines Vaters, eines normannischen *Comte.*

Von der angelsächsischen Flotte war jedoch nichts zu sehen.

Robert wischte sich mit dem Handrücken ein paar Tropfen Salzwasser von der Stirn, die ihm in die Augen zu laufen drohten.

»Ich habe vor unserer Abfahrt mit einigen Leuten von FitzOsbern gesprochen. Angeblich musste er die Schiffe nach London abziehen, um neuen Proviant zu laden.« FitzOsbern war einer der engsten Vertrauten des *Duc*.

Gérard nickte. »Das schlechte Wetter und die lange Wartezeit in Dives-sur-Mer zahlen sich am Ende noch aus.«

»*Sieur! Sieur!*« Robert horchte auf, als er die helle Kinderstimme aus all dem tiefen Gemurmel heraushörte. Vom Heck des Schiffes schoss Arnaud flink über das überfüllte Transportschiff auf ihn zu und zwängte sich zwischen den Beinen der anderen Soldaten hindurch. Seit er ihn von Melisande weggeholt hatte, war er bei ihm zur Ausbildung als Knappe.

Schnaufend und mit hochrotem Kopf baute er sich vor seinem Dienstherrn auf. Von seinen blonden Haaren perlten salzige Tropfen und seine Ärmel waren bis zu den Schultern nass. Das Meer faszinierte ihn, wie fast alles auf ihrer Reise.

»Die Mora! Ich habe sie gesehen!« Wild gestikulierte er mit seinen dünnen Armen und hangelte sich dann an der Brüstung hoch, um einen besseren Blick zu haben. »Da! Da ist sie!« Aufgeregt wies er mit dem Finger auf eines der Schiffe am Horizont.

Neugierig blickten Robert und Gérard in die angezeigte Richtung. Das bezeichnete Drachenboot war deutlich größer als die umliegenden und hob sich durch ein vielfarbiges Segel leuchtend von den anderen ab. Ein Geschenk von Mathilda von Flandern an ihren Ehemann William, den *Duc*. Hoch oben am Hauptmast konnte Robert tatsächlich das päpstliche Banner im Wind flattern sehen. Ein goldenes Kreuz auf weißem Grund, eingerahmt von einer blauen Borte. Papst Alexander II. hatte ihnen die Standarte als Zeichen seiner Unterstützung mitgegeben. Bald würde sich zeigen, ob Gott tatsächlich auf ihrer Seite stand.

Nachdenklich musterte Robert die Küste, die vor ihnen lag. Die ersten Strahlen der klaren Morgensonne brachen sich an den Steilhängen und ließen diese in unzähligen Rot- und Goldfacetten aufglühen. Seine innere Unruhe nahm zu und er fragte sich, was sie hier erwartete. In jedem Fall waren ihre Aussichten besser als in der Normandie.

Als er auf der Versammlung in Lillebonne zum ersten Mal vom Plan des *Duc* gehört hatte, war es ihm wie eine wahnwitzige Idee vorgekommen. Eine ganze Armee aufstellen und dann mit Mann und Pferd über den Kanal segeln! Doch genauso kühn wie dessen Plan waren die Versprechungen des *Duc.* Wer ihn unterstützte, würde fürstlich belohnt werden mit Land und Titeln auf englischem Boden. Es hatte nicht viel gebraucht, um Robert zu überzeugen. Um seinem elenden Dasein zu entkommen, hätte er alles getan. Und so hatte er bereitwillig einen Pakt mit dem Teufel geschlossen. Oder vielmehr mit seinem Vater.

Die Klippen kamen jetzt schnell näher.

»Nicht mehr lang und wir werden an Land gehen.«

Arnaud gab einen jauchzenden Freudenschrei von sich. Seine Vorfreude auf ihren Feldzug war kaum zu bändigen und die lange Wartezeit in Dives-sur-Mer hatte er nur schwer ertragen können.

»Werden sie uns angreifen?« Die blauen Augen blitzten vor kindlicher Erwartung, »Ich meine, wenn wir an Land gehen?« Dabei hing er über der Brüstung und ließ die Arme in die schäumende Gischt baumeln. Robert kämpfte mit dem Impuls, ihn zurückzuzerren.

»Besser, du wünschst dir das nicht zu sehr«, warf Gérard spöttisch ein. »Mit Zwergen wie dir machen die Angelsachsen kurzen Prozess«, neckte er.

»Nein, *Sieur* d'Arbuste wird mit *ihnen* kurzen Prozess machen«, gab Arnaud fröhlich zurück. Als er sich wieder aufrichtete, waren seine blonden Haare klatschnass und das Salzwasser lief ihm die Schläfen und den Nacken herunter. Es schien ihn aber nicht zu stören, denn er grinste Robert freudig an.

Es sind Melisandes Augen, schoss es Robert durch den Kopf. Obwohl Arnaud nun schon mehrere Monate bei ihm war, faszinierte es ihn immer wieder. Äußerlich hatte Arnaud nichts von seinem Vater. Er hatte die gleichen blauen Augen wie Melisande und ihre hellblonden Haare. Zumindest bis jetzt hatte er auch ihre zierliche Statur geerbt. Robert hoffte für ihn, dass sich das noch auswachsen würde.

Doch sein Wesen ähnelte ihrem keineswegs. Er war aufgeweckt und unkompliziert. Auch als sich sein Leben auf einen Schlag änderte, hatte er dies erstaunlich gut überstanden. Mehr noch, er hatte echte Begeisterung für den Feldzug entwickelt, auf den sein neuer Dienstherr ihn mitnahm.

»Niemand macht hier kurzen Prozess.« Robert zog Arnaud zurück auf die Schiffsplanken.

»Und was machen wir stattdessen?« Die großen blauen Augen sahen ihn fragend an.

»Du bist wirklich schrecklich ungeduldig, weißt du das?«, erwiderte Gérard genervt. Doch Arnaud ignorierte den Kommentar. Er war es gewohnt, dass Gérard sich die Zeit damit vertrieb, ihn zu ärgern, und machte die Zänkerei gerne mit.

Robert wies auf die Unmenge an Segeln, die wie eine dichte Wolkendecke über das Wasser zu schweben schienen. »Bis tausend Schiffe verankert und ausgeladen sind, wird es sicherlich Abend werden.«

Arnaud seufzte frustriert.

»Und was machen wir danach?«

»Wir werden wieder warten.«

Ihre Schiffe gingen noch am selben Tag in Pevensey an Land. Die unzähligen Segelmaste reihten sich die Küste entlang kilometerweit aneinander wie ein Wald. Insgesamt transportierten die tausend Schiffe ein zwölftausend Mann starkes Heer, darunter zweitausend schwere Reiter, meist Mitglieder des normannischen Adels wie Robert selbst und deren Gefolgsleute. Dazu kamen genauso viele Bogenschützen und Infanterie, ganz abgesehen von Pferden, Rüstung und Waffen, Waffenschmieden, Köchen, Pferdeknechten und Knappen, Handwerkern und ein paar einzelnen Frauen zu Heilung von Wunden und weniger ernsten körperlichen Beschwerden.

Fasziniert ließ Robert seinen Blick über das Lager schweifen. Es erinnerte ihn an einen gigantischen Ameisenhaufen. Auf den ersten Blick war es ein unübersichtliches Gewimmel und chaotisches Durcheinander. Vorräte und Holz für die Befestigungen wurden abgeladen, Knechte kämpften lautstark mit widerspenstigen Pferden, widersprüchliche Befehle erschallten, auf die niemand reagierte. Die Luft war erfüllt von Geschrei und wüsten Beleidigungen, gepaart mit derbem Gelächter.

Doch auf den zweiten Blick schien sich das Chaos wundersam zu einem Ganzen zusammenzufügen. Gegen Abend waren die Schiffe vollständig abgeladen. Auf den Fundamenten des alten römischen Forts hatten sie einen befestigten Stützpunkt errichtet, die Motte. Dazu war ein zehn Fuß hoher Erdwall aufgeschüttet und durch hölzerne Palisaden bewehrt worden. Oben auf dem so eingefriedeten Hügel war ein neues, hölzernes Fort errichtet worden: private Unterkunft des *Duc* und Mittelpunkt der strategischen Überlegungen.

Robert erspähte Gérard, der durch das Durcheinander auf ihn zueilte. Er hatte in Begleitung von Arnaud Daedalus und die anderen Pferde untergebracht. Instinktiv hielt Robert auch nach Arnaud Ausschau und entdeckte den Blondschopf, der eilig versuchte, mit Gérards großen Schritten mitzuhalten. Es sah aus, als hätten sie keine guten Nachrichten.

»Die Schiffe!«, rief Arnaud ihm schon von Weitem entgegen und gestikulierte aufgeregt mit den Armen. »Sie brennen!«

Roberts Kopf fuhr herum zum Horizont, wo hinter den Wimpeln der unzähligen Zelte für Ritter, Handwerker und Tross der Küstenstreifen zu erahnen war. Blinzelnd schützte er seine Augen mit der Hand vor der niedrigen Abendsonne. Kleine graue Wolken stiegen ungefähr dort empor, wo er die Küstenlinie vermutete. *Merde!* Wie konnte das sein?

»Ist das wahr?«

Gérard und Arnaud hatten ihn mittlerweile erreicht.

Aufgeregt hüpfte Arnaud an Roberts Seite auf und ab.

»Sie brennen lichterloh!« Pures Entsetzen stand in seinem weichen Kindergesicht.

Gérard nickte grimmig. »Der *Duc* hat befohlen, die Schiffe zu verbrennen. Alle.«

Robert beobachtete die tanzenden Wolken, die hoch in den Abendhimmel aufstiegen. Die Rauchentwicklung nahm deutlich zu und aus den grauen Wölkchen wurden schwarze Rauchfahnen. Sachte blies der Seewind den Qualm Richtung Feldlager, sodass sich der Brandgeruch über dem Lager ausbreitete.

Er wollte ihnen den Rückweg abschneiden. Damit hatte der *Duc* den letzten Vorteil der angelsächsischen Armee beseitigt. Jetzt hieß es für beide Seiten siegen oder sterben. Ein Zurück gab es nicht mehr.

»Verdammter Bastard!« Die Worte entfuhren Robert, ehe er darüber nachdenken konnte. Gérard warf ihm einen warnenden Blick in Richtung Arnaud zu.

»Warum hat der *Duc* das getan?« Arnauds gepresste Stimme verriet, dass er die Tränen nur mühsam zurückhalten konnte.

»Wir brauchen sie nicht mehr. Jetzt sind wir ja hier«, versuchte Robert ihn zu beruhigen.

»Aber wie kommen wir ohne Schiffe nach Hause?« Eine große Träne kullerte über Arnauds schmutzige Wange und hinterließ eine helle Spur. Der Junge wischte sich mit der Faust verschämt über die Augen, wobei er Ruß und Schmutz in seinem Gesicht noch weiter verschmierte. Robert tat höflich, als würde er die Tränen nicht bemerken.

Sie waren bereits eine ganze Weile unterwegs. Für einen Achtjährigen, der das erste Mal von zu Hause getrennt war, offenbar zu lang. Robert hatte ganz vergessen, wie man sich als Achtjähriger fühlt. Aber er erinnerte sich, dass er in den ersten Wochen seiner Ausbildung als Knappe bei Melisandes Vater jede Nacht geheult hatte.

Gérards genervter Blick sagte: *Ich hab's dir ja gesagt. Du hättest ihn nicht mitnehmen sollen.* Diese Diskussion hatten sie auf der anderen Seite des Kanals zur Genüge geführt. Robert ignorierte ihn.

»Was wollen wir denn zu Hause? Wir sind zum Kämpfen hier. Und ich für meinen Teil habe noch keinen einzigen Angelsachsen zu Gesicht bekommen.« Beruhigend klopfte er Arnaud auf den Rücken. »Lass uns erst mal zusehen, dass wir etwas zum Abendessen bekommen. Und dann werden wir uns die Zeit wie richtige Soldaten vertreiben.«

Arnaud schniefte noch immer vernehmlich.

»Was bitte machen denn richtige Soldaten, Robert?«, fragte Gérard amüsiert.

Dabei warf er einen anzüglichen Blick auf die junge Frau, die vor dem Zelt neben ihnen in einem Kochtopf rührte und ihm offensichtlich schöne Augen machte.

»Schach«, erwiderte Robert trocken. Und an Arnaud gewandt: »Jeder vornehme Ritter sollte Schach spielen können.«

»Na, dann wünsche ich euch viel Vergnügen und mache in der Zeit, was weniger vornehme Ritter tun.« Mit einem breiten Grinsen drehte Gérard sich um und scharwenzelte zu der Köchin hinüber.

»Was meint er?« Mit gerunzelter Stirn blickte Arnaud ihm hinterher, während Robert ihn ins Innere ihres Zeltes schob.

»Kartenspiel. Er spricht vom Kartenspiel.«

»Kann die junge Frau denn Karten spielen?« Arnauds Aufmerksamkeit entging wirklich wenig. Vielleicht weniger, als Robert lieb war.

Er nickte versonnen.

»Oh, sie ist bestimmt sehr gut in dem, was sie tut.«

Bereits zwei Tage später, am Morgen des 30. September, verließen sie Pevensey wieder. Der *Duc* ließ nur eine kleine Besatzung bei der neu errichteten Motte zurück. Stattdessen zogen sie entlang der Küstenlinie Richtung Osten. Das Gelände war sumpfig und der Weg entsprechend mühselig. Roberts Pferd sank immer wieder in der morastigen Erde ein und er musste absitzen.

Ihr neues Ziel war Hastings, ein kleiner Fischerhafen. Obwohl Robert den *Duc* während ihres Marsches fortwährend verwünschte, waren die Gründe für ihren Umzug klar. Als militärischer Stützpunkt war Hastings für ihre weiteren Eroberungspläne weit besser geeignet als Pevensey. Auf einer Halbinsel zwischen den Flüssen Bede und Bulverhythe gelegen und durch Hügel vom Festland getrennt, war es geradezu perfekt zu verteidigen. Der einzige Weg hinein oder hinaus führte entlang einer alten Römerstraße. Diese kreuzte den Brede bei Sedlescombe, wo man nur mit einer Fähre übersetzen konnte. Jeder herannahende Feind musste daher durch dieses Nadelöhr. Von Sedlescombe aus führte die Römerstraße weiter nach Maidstone, wo sie sich mit der Hauptverbindungsstraße zwischen Dover und London vereinigte. Damit lag Hastings auf dem direkten Weg nach London.

Der Widerstand, auf den sie trafen, war mehr als gering. Die Bewohner von Hastings traf ihre Ankunft völlig überraschend. In Panik flohen die meisten und mit den wenigen, kaum bewaffneten Fischern hatten die schwer gepanzerten Ritter leichtes Spiel.

Während sie auch in Hastings eine befestigte Motte errichteten, trafen die ersten Berichte über den Verbleib von Godwinsons Armee ein. Für den Rest des Tages zog sich der *Duc* mit seinen engsten Beratern, seinen Halbbrüdern Odo de Bayeux und Robert de Mortain, zur militärischen Beratung zurück. Sie gehörten zu den wenigen Männern, denen er vertraute. Nachdem er mit nur sieben Jahren der illegitime Erbe seines Vaters, Robert I., geworden war, hatte der kindliche *Duc* den Rest seiner Jugend auf der Flucht vor seinen Feinden verbracht. Ein Schicksal, vor dem Robert Arnaud unbedingt bewahren wollte.

Von Mortain hielt Robert nicht besonders viel. Von den wenigen Gelegenheiten, zu denen er ihn getroffen hatte, unter anderem bei der Versammlung in Lillebonne, hatte er ihn nicht gerade als besonders scharfsinnigen Zeitgenossen empfunden. Eher einfältig, dafür aber recht brutal. Odo war nicht weniger brutal, aber schlau. Er war energisch und überzeugend. Nicht zuletzt seine Überzeugungskraft hatte die normannischen Adeligen für das gewagte Vorhaben gewonnen.

Die Ergebnisse ihrer Beratungen wurden den ranghöchsten normannischen Adeligen und Heerführern bei einer Versammlung am nächsten Morgen mitgeteilt. Als Stellvertreter seines Vaters nahm Robert ebenfalls daran teil. Um Arnaud die Warterei zu verkürzen, nahm er ihn auf dem Weg durch das Feldlager mit.

Ungeduldig blickte Robert sich wohl zum hundertsten Mal nach ihm um. Wann immer er ihm den Rücken zuwandte, blieb Arnaud von irgendetwas abgelenkt stehen. Jetzt hatte er ihn schon wieder aus den Augen verloren.

»Arnaud, *allez!*« Robert kam sich mehr wie Arnauds Amme als sein Dienstherr vor. Er machte sich noch vollkommen lächerlich dabei, ständig auf seinen Knappen zu warten. Dennoch traute er sich nicht, einfach weiterzugehen.

»Habt Ihr jemanden verloren, d'Arbuste?«

Robert blickte sich nach der herablassenden Stimme um und entdeckte einen normannischen Adeligen, etwa so alt wie er selbst. Aubrey de Vere. Er hatte Arnaud unsanft am Hemdkragen gepackt wie ein eingefangenes Kaninchen. Arnauds Gezappel und sein ängstlicher Gesichtsausdruck glichen auch einem solchen.

»Ich glaube, der hier gehört Euch? Nicht wahr?«, sagte der Mann mit süffisantem Grinsen und schwenkte den strampelnden Arnaud wie eine Trophäe hin und her.

»De Vere.« Robert nickte dem dunkelhaarigen Ritter knapp zu. Er war kein bisschen erstaunt, ihn hier zu sehen. Beinahe jede normannische Familie von Rang unterstützte den Feldzug. Erfreut war er darüber jedoch nicht.

»Lasst ihn los«, sagte er ruhig. Er hatte nicht die geringste Lust, sich mit ihm anzulegen. Noch nicht.

»Ihr solltet besser achtgeben auf das, was Eurer Obhut anvertraut wurde.« Missbilligend schnalzte de Vere mit der Zunge und schüttelte gespielt betroffen den Kopf. »Seine Mutter wäre nicht sehr erfreut.«

»Lasst Melisande und den Jungen meine Sorge sein und gebt ihn frei«, entgegnete Robert kalt und streckte auffordernd die Hand nach Arnaud aus.

Mittlerweile hatte sich eine Traube von Leuten um sie gebildet, die de Veres Schikane belustigt mit ansah.

De Vere ignorierte Roberts Aufforderung.

»Es hat mich sehr gewundert, dass der Junge in Eure Obhut gegeben wurde. Ich meine, Ihr kanntet seinen Vater ja kaum.«

Robert hörte die Heimtücke aus seinen Worten heraus. De Vere war mehr als gefährlich. In der Tat hatte Robert Melisandes Ehemann, Henry Le Besgue, nur ein einziges Mal getroffen. Ihre Bekanntschaft war somit äußerst flüchtig. Es hatte für einigen Gesprächsstoff gesorgt, dass Arnaud dennoch seine Ausbildung bei ihm absolvierte. Aber Robert scherte sich nicht um das Gerede.

»Ich kenne seine Mutter. Ich wurde bei ihrem Vater ausgebildet«, entgegnete er knapp. Arnaud strampelte ächzend und hatte schon einen knallroten Kopf bekommen. Robert kämpfte die aufsteigende Wut nieder. Er wollte sich nicht von de Vere reizen lassen, zumal de Vere sich wohl kaum vor aller Augen ernsthaft an Arnaud vergreifen würde.

»Lasst ihn jetzt gehen.« Robert machte drohend einen Schritt auf ihn zu.

»Nicht so schnell!« De Vere zerrte Arnaud zurück. Dieser begann leise zu wimmern. Wenn das Ganze je lustig gewesen war, dann war es nun endgültig vorbei.

»Immerhin hätte er meiner Obhut unterstanden, wenn Ihr nur ein wenig später erschienen wärt.«

Dann waren die Gerüchte über ihre Hochzeit also wahr. Robert dankte Gott, dass er rechtzeitig gekommen war.

»Ob Ihr nun Melisandes Gemahl seid oder nicht: Der Junge untersteht meinem Schutz! Der Vertrag wurde längst mit seiner Mutter ausgehandelt«, stieß er zwischen zusammengebissenen Zähnen hervor.

Über Arnauds Wange kullerten mittlerweile erneut dicke Tränen.

»Stört Euch unsere Hochzeit etwa?« De Veres schmale Lippen verzogen sich zu einem gehässigen Lächeln.

»Nicht im Geringsten.« Das war sein Ernst. Melisande war ihm völlig gleichgültig. Aber seit Arnaud bei ihm war, kursierten die wildesten Gerüchte über seine Beziehung zu ihr. »Doch wie günstig für Euch, dass ihr Mann so plötzlich verstorben ist.« Robert machte eine bedeutungsvolle Pause. »Aber Ihr wart bei seinem *Unfall* ja dabei.«

Unter den Umstehenden erhob sich erstauntes Gemurmel.

»Was soll das heißen?« De Veres Augen verengten sich gefährlich und sein Griff umklammerte Arnaud noch fester.

»Nichts. Ich möchte Euch nur meine aufrichtigen Glückwünsche aussprechen.«

»Lasst mich los!«, brachte Arnaud jetzt jammernd heraus. Er zappelte heftig und versuchte, sich mit den Armen aus der Umklammerung seines Peinigers zu befreien. Ein Versuch, der diesen nur amüsierte.

»Na ja, Schneid hat er ja. Aber den könnte er von Euch auch nicht lernen, d'Arbuste.« Robert versuchte, das höhnische Gelächter der Umstehenden auszublenden.

Arnaud wehrt sich nun noch heftiger und begann, nach de Vere zu treten. Dessen Belustigung schlug augenblicklich in Wut um.

»Was fällt dir ein! Lausiger Bengel!« Mit der freien Hand schlug er Arnaud so fest ins Gesicht, dass dieser laut aufschrie und sein Kopf zur Seite flog.

Robert hatte sein Schwert gezogen, ehe er einen weiteren Gedanken fassen konnte.

»Wagt es nicht noch einmal, ihn anzurühren!« Wut und Zorn brannten in seinen Wangen.

»Dann solltet Ihr und die Kröte mir besser nicht mehr in die Quere kommen!«

De Vere schleuderte Arnaud zu Boden und griff ebenfalls nach seinem Schwert. Arnaud heulte schmerzerfüllt auf, als er aufprallte. Besorgt schoss Roberts Blick zu ihm, während er gleichzeitig versuchte, de Vere nicht aus den Augen zu lassen.

Um sie herum erhob sich freudiges Gejohle angesichts einer bevorstehenden Auseinandersetzung. Robert fand sich und de Vere eingeschlossen in einer geifernden Menge Schaulustiger. Er spürte die Anspannung im ganzen Körper. Sein Puls begann sich zu beschleunigen, während der Rausch des bevorstehenden Kampfes durch seine Adern schoss. In seinen Fingern zuckte es bei dem Verlangen, de Vere einen Denkzettel zu verpassen.

»Was ist hier los?«

Die befehlsgewohnte Stimme brachte die Zuschauer sofort zum Verstummen. William FitzOsbern drängte sich durch die Umstehenden nach vorn. Er war Mitte vierzig und nicht besonders groß. An seinen dunklen Schläfen zeigten sich bereits graue Ansätze. Sein Auftreten war wie immer ruhig und vollkommen beherrscht. Dennoch – oder gerade deshalb – verströmte er eine unantastbare Autorität.

Er war einer der wenigen Freunde des *Duc*. Sein Vater war dessen Beschützer gewesen und in seinem Schlafzimmer gestorben, als er den zwölfjährigen *Duc* vor der Ermordung durch William de Montgomery bewahrte.

»D'Arbuste?« Robert und FitzOsbern kannten sich aus der Schlacht bei Varaville gegen Henry von Frankreich und Geoffrey d'Anjou vor neun Jahren. Danach hatte der *Duc* endgültig seine Position als *Duc de Normandie* behauptet.

Verstimmt wanderte sein Blick zwischen Robert und de Vere hin und her. Er legte größten Wert auf Disziplin. Streitereien im Feldlager wurden hart bestraft.

Robert umklammerte angespannt den Griff seines Schwerts. Er hatte nicht vor, diese Demütigung tatenlos hinzunehmen. Doch unter diesen Umständen blieb ihm keine andere Wahl. Widerstrebend ließ er sein Schwert in die Scheide gleiten.

De Vere schnaubte verächtlich und entspannte sich ebenfalls.

»Was für ein Glück für Euch, d'Arbuste.«

Robert hasste sein hämisches Grinsen und hätte es ihm gerne aus dem Gesicht geschlagen. »Wir sprechen uns noch, de Vere«, knurrte er.

FitzOsberns Blick wanderte von den beiden Rittern zu dem am Boden liegenden Jungen. »Gehört der Junge zu Euch?«

»Er ist mein Knappe«, antwortete Robert.

»Der junge Le Besgue.« Er nickte wissend. »Ich hörte davon. Helft ihm auf und dann lasst uns gehen. Die Besprechung fängt jeden Moment an.«

Er hatte kein Interesse an den Hintergründen der Streiterei. Eilig schritt er zum Versammlungszelt. Die Menschentraube um sie herum löste sich enttäuscht auf.

Robert sank neben Arnaud in die Knie.

»Alles in Ordnung?«

Arnauds Wange war rot und seine aufgeplatzte Lippe blutete. Die rechte Seite seines Gesichts hatte bereits begonnen, hässlich anzuschwellen. Seine schmalen Schultern bebten vor unterdrückten Schluchzern. Dennoch nickte er tapfer.

Der Zorn auf de Vere mischte sich mit Mitleid und Schuldgefühlen.

»Er scheint seiner Mutter nicht nur im Aussehen zu gleichen.« De Vere war neben sie getreten und musterte sie von oben herab mit einem verächtlichen Lächeln. »Vielleicht hättet Ihr besser eine Amme für ihn besorgt.«

Robert zog Arnaud schützend an sich.

»Das habt Ihr nicht umsonst getan, de Vere.«

Verächtlich rotzte de Vere auf den Boden und verfehlte Robert dabei nur knapp. Dann ging er.

Arnaud löste sich von ihm. »Was war das für ein Ritter?«, presste er unter Schluchzen hervor und wischte sich mit der Hand eine Träne von der Wange.

»Ein Arschloch.« Das war wohl die beste Beschreibung für de

Vere. Robert brachte es nicht über sich, ihm zu sagen, dass dies sein neuer Stiefvater war.

»Und, was gibt's Neues?«, fragte Gérard, als Robert nach der Versammlung in ihr gemeinsames Zelt trat.

Genervt ließ Robert sich auf der harten Kleidertruhe, dem einzigen Sitzmöbel im Zelt, nieder. Nach dem katastrophalen Zwischenfall mit de Vere war die Versammlung nicht sehr viel besser gelaufen.

»Wie geht's Arnaud?«, fragte er statt einer Antwort.

Gérard zuckte die Schultern. »Noch ein bisschen mitgenommen. Aber er wird's überwinden.«

Allein bei der Erinnerung knirschte Robert vor Wut mit den Zähnen.

»Dieses dreckige Schwein! Widerlicher Hurensohn!«, murmelte er wüst vor sich hin. De Vere war gefährlicher, als er befürchtet hatte.

Unruhig stand Robert wieder auf und begann, im Zelt auf und ab zu gehen.

»Was ist da zwischen de Vere und dir?« Gérard riss ihn aus seinen Gedanken.

Doch Robert winkte ab. Gérard hatte ihn bereits danach gefragt, als er Arnaud zu sich genommen hatte. Aber wie damals konnte er seinem Freund immer noch nichts sagen. Das Angenehme an Gérard war, dass er das klaglos akzeptieren konnte, ohne weiter nachzubohren. Wenn Robert eine Entscheidung getroffen hatte, dann unterstützte er ihn trotz aller eigener Bedenken.

»Schön. Wie war es denn nun auf der Versammlung?«, wechselte Gérard das Thema.

Die langwierige Besprechung hatte mehrere Stunden gedauert. Aber Robert konnte nicht sagen, dass er mit dem Ergebnis besonders zufrieden war. Seufzend nahm er wieder Platz und begann zu berichten.

»Godwinson ist mit seinem Heer immer noch in York, um

einen Angriff der Norweger zurückzuschlagen. Aber ersten Berichten zufolge hat er gewonnen. Der norwegische König Harald Hardrada ist angeblich gefallen.«

Gérard zuckte die Schultern. »Dann gibt es nur noch zwei Anwärter auf den Thron.«

Das stimmte. Allerdings hielt Robert den angelsächsischen *Eorl* Godwinson von Wessex für einen wesentlich gefährlicheren Gegner als Harald von Norwegen. Immerhin hatte er den Rückhalt der Bevölkerung.

»Es war wohl ein ziemliches Gemetzel. Sie haben fast achttausend Norweger abgeschlachtet.«

»Dann haben sie sicherlich auch einiges eingesteckt«, entgegnete Gérard unbeeindruckt. Er war ein unerschütterlicher Optimist. Eine Eigenschaft, die bisweilen zwar motivierend war, in der Regel aber nicht sehr hilfreich, um Entscheidungen zu treffen. Robert verließ sich dabei lieber auf seine angeborene Vorsicht.

In diesem Punkt gab er Gérard allerdings recht. Es war beinahe unmöglich, eine solche Schlacht zu gewinnen, ohne selbst Verluste zu erleiden. Und jeder Angelsachse weniger konnte ihnen nicht mehr in die Quere kommen. Dennoch war Godwinsons Sieg mehr als Respekt einflößend.

»Pevensey liegt ungefähr zwei Tagesmärsche südlich von London. Von dort ist er mit seinen Männern in einem Gewaltmarsch nach York gezogen. Sie haben einen Sechstagemarsch in drei Tagen und Nächten hinter sich gebracht.«

Beeindruckt pfiff Gérard durch die Zähne. Das machte den Sieg noch beeindruckender.

»Dann hat er es sicher nicht eilig, uns hier unten besuchen zu kommen«, folgerte Gérard. Nachdenklich kratzte er sich am Kinn, wo sich bereits deutlicher Bartwuchs zeigte. Eine der lästigen Begleiterscheinungen im Krieg war der Mangel an Körperhygiene. Es war beinahe unmöglich, sich täglich zu rasieren oder das Haar regelmäßig schneiden zu lassen. Trotz seines starken Bartwuchses störte das Gérard allerdings weniger als Robert. Allein bei seinem

Anblick begann es Robert im Gesicht zu jucken.

Robert nickte.

»Wenn er klug ist, wartet er jedenfalls noch ab. Seine Chancen werden immer besser, je länger er wartet. Seine Männer sind ausgeruhter und er hat Zeit, neue Truppen zusammenzuziehen. Unsere Versorgung gestaltet sich hingegen mit jedem Tag schwieriger.«

Sie hatten einiges an Vorräten mitgebracht. Bei solch einer Heeresgröße reichte das allerdings nur für ein paar Tage.

»Und was werden wir nun unternehmen – ich meine, außer warten?«

Abwesend spielte Robert mit der Klinge des Dolches in seiner Hand.

»Das Übliche. Der *Duc* hat angeordnet, in kleinen Abteilungen in der Umgebung unsere Vorräte aufzufüllen.«

Es war schlicht unmöglich, ein großes Heer zu versorgen, ohne sich die notwendigen Vorräte aus der Umgebung zu besorgen. Allein sein Pferd brauchte neben Gras oder Heu zehn Pfund Futtergetreide pro Tag. Pro Mann musste man täglich mit weiteren zwei Pfund Getreide rechnen. Wollte man das alles mitschleppen, bestünde der Tross nur aus Getreidekarren. Es gab kein Heer, das irgendwo durchzog, ohne das Umland in Mitleidenschaft zu ziehen. Er hatte dieses Gesicht des Krieges schon unzählige Male gesehen. Es gehörte dazu wie Läuse, Saufen, Schweiß und Blut. Aber das machte es nicht besser.

Gérard hob erstaunt die Brauen. »In Dives-sur-Mer hat er das strengstens untersagt.«

Robert zuckte die Schultern.

»Dives-sur-Mer war die Normandie, das hier ist England.«

Es erforderte äußerstes Geschick und sehr viel Disziplin, ein lagerndes Heer von Plünderungen und Überfällen auf das Umland abzuhalten. Der Bastard besaß allerdings beides. In Dives-sur-Mer hatte er alles darangesetzt, Plünderungen zu verhindern. Aber dort betrafen die Überfälle sein Land. Diesmal trampelten die Männer auf Godwinsons Land herum.

»Ich denke, er will Godwinson provozieren und zum Handeln zwingen.«

Gérard nickte verständig.

»Und je mehr Rauch wir dabei machen, desto eher sieht Godwinson ihn.«

Robert massierte missmutig seinen Nacken. Bisher gestaltete sich der Kampf um Englands Krone nicht sehr zufriedenstellend. Erst hatten sie monatelang in der Normandie gewartet, nun mussten sie sich mit Plündern über Wasser halten, bis Godwinson sich entschied, aus dem Norden zurückzukommen. Und wenn er klug war, ließe er sich damit sehr viel Zeit.

»Wir sollen eine Gruppe zusammenstellen und nach Bexhill reiten.«

Gérard schnaubte.

»Dann sollte Bexhill besser seine letzten Gebete sprechen.«

Bexhill lag an der Mündung des Bulverhythe. Das Gelände bis dorthin war flach, aber fast ausschließlich sumpfiges Marschland. Da die Pferde im weichen Boden nur langsam vorwärtskamen, hatte Robert außer sich selbst und Gérard nur Fußsoldaten mitgenommen und ein paar Pferde zum Transport der gesuchten Vorräte. Gegen Arnauds heftigen Widerstand hatte er auch ihn in Hastings zurückgelassen. Dies war kein Unternehmen für ein achtjähriges Kind.

Sie erreichten Bexhill gegen Mittag. Umgeben von Weiden und Feldern ragten die mit Stroh gedeckten Dächer der wenigen Hütten nur knapp über den hochgewachsenen Ähren von Roggen und Gerste hervor. Das Zirpen der Grillen und das Tschilpen der Spatzen verbreiteten eine trügerische Ruhe. Es war nicht besonders warm, dennoch war die Luft schwer und drückend. Die letzten Schwalben des Sommers flogen auf ihrer Jagd nach Insekten tief über die Hütten hinweg, erste Boten eines sich zusammenbrauenden Unwetters.

Sie überraschten sie auf den Feldern. Es waren fast ausschließlich Frauen und Kinder. Auf Roberts Befehl drängten sie diese in der Mitte des Dorfes, einem staubigen Platz, zusammen. Sie trieben sie vorwärts wie eine Herde wehrloser Schafe. Kreischend und schreiend stieben sie vor ihnen auseinander, rannten im Zickzack wie fliehende Hasen. Mit grölendem Gelächter jagten die Männer sie zurück wie bei einem Spiel. Robert ließ sie gewähren.

Schließlich kauerten ein halbes Dutzend Frauen, ein paar Kinder und zwei alte Männer in der Mitte des Dorfplatzes. Wimmern und leises Schluchzen übertönten das Zirpen der Grillen.

Robert beobachtete eine noch junge Frau. Sie zitterte wie Espenlaub und versuchte, einen Säugling in ihren Armen zu beruhigen, während ein blonder Knabe, jünger als Arnaud, an ihrem Rock hing.

»Wenn sie sich nicht widersetzen, wird keiner von ihnen angerührt!« Brüllend wiederholte Robert seinen Befehl. Er hätte es der zitternden Schar gerne begreiflich gemacht. Doch keiner von ihnen verstand ein Wort Französisch. So musste er darauf hoffen, dass sie schlau genug waren, sich nicht zu wehren.

»Durchsucht die Hütten nach allem, was wir mitnehmen können. – Aber nichts, das größer ist als eine Ziege.«

Er wollte nur mitnehmen, was sie bei ihrem Rückweg nicht behindern würde.

Schlimmer als eine Horde Barbaren fielen die Männer über das Dorf her, jagten versteckte Frauen und Kinder aus den Hütten hervor, schleppten alles heran, dessen sie habhaft werden konnten. Hühner, Ferkel und Ziegen, gebackenes Brot, Zwiebeln und Bohnen, geräucherten Fisch und gepökeltes Fleisch. Johlend wurden Gefäße mit Ale zutage gefördert. Einige rissen selbst bronzenes Kochgeschirr und Hornkämme an sich.

Mit lautem Geschrei zerrte ein untersetzter Fußsoldat eine junge Frau an den Haaren herbei, die sich offenbar in einer der Hütten versteckt hatte, prügelte sie zu Boden und zerrte an ihren Kleidern.

Robert gab seinem Pferd die Sporen und landete mit einem Satz neben ihnen. Grob riss er den Soldaten am ledernen Wams von der Frau herunter, schleuderte ihn in den Dreck.

»Ich habe gesagt, ihr fasst sie nicht an!«, donnerte er wütend.

Schluchzend rappelte die Frau sich hoch. Robert versetzte ihr einen unsanften Stoß in Richtung der Übrigen. Ihr Peiniger sandte Robert hasserfüllte Blicke zu, verzog sich dann aber auf der Suche nach materiellen Eroberungen.

Der Grat zwischen dem Vergnügen der Soldaten und ausufernder Brutalität war schmal. Sehr schmal.

Von der anderen Seite des Dorfes kam Gérard auf ihn zugaloppiert. In einer Staubwolke kam sein Pferd neben Robert zum Stehen.

»Habt ihr noch welche gefunden?« Der Anteil der Männer unter den Zusammengetriebenen war erstaunlich gering. Robert hätte nicht damit gerechnet, dass Godwinson so viele Bauern zu den Waffen gerufen hatte. Immerhin war Erntezeit.

Gérard schüttelte finster den Kopf. »Nein. Aber wir bekommen Besuch.« Er deutete mit dem Kopf auf die andere Seite des Dorfes. »De Vere.«

Robert horchte auf und hörte bereits die ankommenden Reiter.

Er unterdrückte einen Fluch. »Er ist bestimmt auf Ärger aus.«

Allein die Tatsache, dass er ihm mit einer Horde Reiter gefolgt war, versprach nichts Gutes. Grimmig nickend pflichtete Gérard ihm bei.

Das Hufgetrappel wurde lauter und durchdringender, wie ein herannahendes Gewitter. Im nächsten Moment fiel ein gutes Dutzend schwer bewaffneter Reiter von der gegenüberliegenden Seite auf dem Dorfplatz ein. Hysterisches Kreischen der Frauen begleitete ihr Erscheinen.

»Sieh an, d'Arbuste, mein Freund.« De Vere brachte sein schnaubendes Schlachtross kurz vor Robert und Gérard zum Stehen. »Was für ein Zufall, nicht wahr?«

Sie mussten kurz nach ihnen aufgebrochen sein. Pferde und Reiter waren verschwitzt von dem anstrengenden Ritt, ihn und seinen Männer einzuholen.

»Was wollt Ihr hier?« Robert hatte gerade überhaupt keine Lust auf seine Spielchen.

»Nun, ich dachte, was sollt Ihr allein Euren Spaß haben. Wie sagt man? Geteilte Freude ist doppelte Freude.«

»Wir sind hier so gut wie fertig. Also packt Eure Spießgesellen und zieht wieder ab.«

De Vere ignorierte seine Aufforderung. Stattdessen wandte er seine Aufmerksamkeit den zusammengetriebenen Dorfbewohnern zu.

»Tja, nicht gerade sehr viele. Seid ihr sicher, dass Ihr niemanden vergessen habt?«

Mit einer herrischen Handbewegung wandte er sich an seine Ritter. »Los, durchsucht die Hütten. Vorräte, Vieh, Männer, Weiber, Kinder – ich will alles!«

Robert knirschte vor Wut beinahe mit den Zähnen. Er würde ihn nicht mehr loswerden.

Während die Männer seinen Befehlen nachkamen, stieg de Vere von seinem Pferd. Betont langsam schlenderte er auf die Gefangenen zu. Bei seinem Herannahen wandelte sich das Wimmern und Schluchzen in Grabesstille, Frauen wie Kinder waren starr vor Angst.

In der Ferne ertönte düster das Grollen eines herannahenden Gewitters. Robert sah misstrauisch nach oben. Schwere Wolken ballten sich über ihnen zusammen. Hinter dem Dorf war der Himmel über dem Wald bereits rabenschwarz. Es würde bald regnen.

De Veres Aufmerksamkeit fiel auf eine junge Frau mit glattem, dunklem Haar. Kalt fixierte sie ihn, ein schmächtiges Mädchen mit ebensolchen Haaren an sich gepresst.

Ihre Furchtlosigkeit schien ihn zu provozieren. Lauernd trat er auf sie zu, zupfte an einer langen Strähne. Ihre Miene blieb vollkommen unbewegt. De Veres Finger strichen an ihrem Gesicht entlang. Ihr Mund verzog sich angewidert.

Plötzlich packte er sie grob am Kiefer, riss ihr Gesicht zu sich heran.

»Wo sind die Männer?«, brüllte er.

Sie zuckte nicht einmal zusammen.

»Wo sind die Männer?«

Sie schwieg trotzig. Robert bezweifelte, dass sie ein Wort verstand.

De Vere schlug ihr mit der Faust ins Gesicht, dass ihr Kopf heftig zur Seite flog. Das Mädchen in ihren Armen schrie auf.

»DIE MÄNNER? WO SIND SIE?«

Mit einem Satz sprang Robert von seinem Pferd.

»De Vere!« Er hatte keine Lust, die Schikane weiter mitanzusehen. »Ihr wisst so gut wie ich, dass sie vermutlich mit Godwinson im Norden sind!«

De Vere ließ von ihr ab.

»Wie Ihr meint, d'Arbuste«, entgegnete er beißend.

Sichtlich benommen von seinem Schlag mühte die Frau sich um ihr Bewusstsein. Sie holte keuchend Luft und spukte Blut und einen Zahn aus. Und doch stand blanker Hass in ihren stechenden blauen Augen. Sie stieß einen Schwall angelsächsischer Verwünschungen aus, von denen Robert einzig das wiederkehrende Wort »*orc*« verstand. Monster. Die allgemeine Bezeichnung der Angelsachsen für alle Normannen.

»*Sieur.*« Einer von Roberts Männern kam über den Platz auf ihn zu. »Die Hütten sind leer. Was sollen wir mit den Kornvorräten machen?«

»Lasst sie hier. Sie sind zu schwer zum Mitnehmen.«

De Vere wandte sich mit einer Kopfbewegung an einen seiner eigenen Leute. »Verbrennt sie.«

Der Reiter nickte knapp und preschte davon.

»Dann könnt Ihr gleich alle umbringen!«, entgegnete Robert scharf. Ohne das letzte bisschen Korn käme keiner von ihnen über den Winter.

»Welch eine gute Idee, d'Arbuste. Fangt mit den Männern an«, rief er seinen Leuten zu. Er warf einen Blick auf die beiden älteren Männer und einen Knaben von kaum vierzehn Jahren. »Bringt sie um.«

De Veres Männer zögerten nicht. Drei von ihnen sprangen von ihren Pferden und stürmten auf die Betroffenen zu. Mit einem schmatzenden Geräusch durchtrennten sie ihre Kehlen, ehe diese wussten, wie ihnen geschah. Innerhalb weniger Augenblicke fielen die Leichen in den Dreck, tränkten mit ihrem Blut den staubigen Boden. Die umstehenden Frauen kreischten vor Entsetzen. Der blonde Junge verbarg panisch das Gesicht in den Rockschößen seiner Mutter, während sich zu seinen Füßen eine rötliche Pfütze bildete.

Eine alte Frau begann hysterisch zu schluchzen, warf sich auf einen der Leichname.

»RUHE!« De Veres scharfe Worte bedurften keiner Übersetzung. Augenblicklich erstarben die Schreie zu leisem Winseln.

Angewidert wandte Robert sich Gérard zu. Er war ebenfalls abgesessen und neben ihn getreten. Er verzog verächtlich die Mundwinkel und sah ihn auffordernd an. Fast unmerklich schüttelte Robert den Kopf. De Veres Leute waren leicht in der Überzahl und schwerer bewaffnet. Wachsam beobachtete er, wie sie einen immer engeren Kreis um sie zogen. Seine eigenen Leute hielten sich unsicher im Hintergrund. Sie konnten sich nicht mit de Vere anlegen.

Wieder grollte der Donner. Wind kam auf und trieb Brandgeruch, gemischt mit dem Duft gerösteten Korns, über den Platz. Hinter einer der Hütten stieg eine Rauchfahne in den schwarzen Himmel. Die Kornvorräte standen bereits in Flammen.

Mit brennenden Fackeln kamen die Brandstifter zurück auf den Platz, begannen auf de Veres Zeichen hin, auch die anderen Hütten anzuzünden.

In wenigen Augenblicken war die Luft erfüllt vom beißenden Qualm des brennenden Strohs. Rauchschwaden zogen über sie hinweg, schmerzten beim Atmen in den Lungen. Hungrig fraßen sich die Flammen durch Dächer und Wände. Jede Windböe heizte sie weiter an und peitschte sie züngelnd von Dach zu Dach. Robert blickte in den wolkenverhangenen Himmel. Für Bexhill käme der Regen nicht schnell genug.

De Vere wandte sich wieder den gefangenen Frauen zu. Von dichtem Rauch umnebelt, beobachteten sie hustend und keuchend, wie ihre Häuser in Flammen aufgingen. De Veres Blick blieb erst an der dunkelhaarigen Frau hängen, dann an ihrer Tochter.

Er wies auf die beiden. »Die sind die Nächsten.«

Mit noch blutigem Schwert trat ein bulliger Ritter vor und packte mit unbewegter Miene das Mädchen an seinen mageren Armen. Die stahlblauen Augen seiner Mutter weiteten sich vor Entsetzen. Wie eine Wildkatze sprang sie auf den Mann zu und zerkratzte sein Gesicht. Mit schmerzhaftem Aufschrei schleuderte er sie zu Boden. Er zerrte den Kopf des Mädchens zurück, presste die Klinge an ihren dünnen Hals.

Instinktiv sprang Robert vor, stieß den Arm mit der Klinge zur Seite. Er versetzte dem Bulligen einen Tritt, der ihn taumelnd nach hinten stolpern ließ. Roberts Arme schlangen sich um die schmale Taille des Mädchens und zerrten es mit sich zurück.

Metallisches Schleifen ertönte, als Gérard sein Schwert zog. Robert sah aus dem Augenwinkel, wie er drohend einen Schritt auf einen zweiten Schlächter zu machte und sich dann zu der am Boden liegenden Frau herantastete. Mit dem freien Arm half er ihr hoch und schob sie hinter sich, sodass er sie mit seinem Körper verdeckte.

Wie ein überlautes Echo griffen auch de Veres weitere Männer zu ihren Schwertern, schlossen sie ein wie eine eiserne Wand. Rotglänzend spiegelten sich die Feuerzungen in den Klingen. Das Knistern der Flammen steigerte sich zu ohrenbetäubendem Brausen.

Robert presste das zitternde Kind fest an sich, fühlte, wie sich Gérard schützend in seinem Rücken positionierte.

Roberts Blick schweifte suchend über den Platz und zwischen den Hütten umher. Seine eigenen Männer standen in der zweiten

Reihe, warteten auf sein Zeichen. Ein falsches Wort und in Bexhill würde nicht nur angelsächsisches Blut fließen.

Er wies in Richtung der schwer beladenen Transportpferde. »Wir haben, wofür wir gekommen sind, de Vere!« Ein heftiger Windstoß trug seine Worte über das Prasseln der Flammen hinweg. »Kein Grund, die Frauen anzurühren!«

De Vere kniff die Augen zu gefährlichen Schlitzen zusammen.

»Wie Ihr wünscht, d'Arbuste. Ich werde sie nicht anrühren.« Er wandte sich an seine Leute, »Schafft sie dort hinein.« Dabei wies er auf eine der Hütten, deren Dach noch nicht in Flammen stand.

Robert wechselte einen erstaunten Blick mit Gérard. Wortlos zuckte dieser mit den Schultern.

Unter Schlägen und Beschimpfungen trieben de Veres Männer die Frauen in die Hütte.

Argwöhnisch hielt Robert das Mädchen weiterhin an sich gepresst.

»Was soll das?« Doch er erhielt keine Antwort.

Wie eine Herde zitternder Schafe standen Frauen und Kinder zusammengepfercht in der kleinen Hütte.

»Verbarrikadiert die Tür.« De Veres harte Stimme übertönte das Tosen der Flammen und des Windes.

Sie schlossen die Tür und blockierten sie mit Balken, die sie einem Hühnerzaun entrissen. Von drinnen drang gedämpftes Schluchzen heraus. Robert beschlich ein ungutes Gefühl.

De Vere winkte einen der Männer mit einer Fackel zu sich heran. Ein junger Soldat trat näher. Entsetzt stellten sich Robert die Nackenhaare auf.

»Zündet die Hütte an.«

»NEIN!«, entfuhr es Robert. Sogleich spürte er, wie er warnend von Gérard am Arm gepackt wurde.

Der junge Ritter zögerte. Ungläubig sah er von seinem Herrn zur Hütte und dann zu Robert.

»ANZÜNDEN!«, brüllte de Vere.

Der Junge regte sich immer noch nicht. Mit einer einzigen

Bewegung riss de Vere sein Schwert aus der Scheide und trieb es dem Jungen durch den Leib. Auf dem jugendlichen Gesicht zeigte sich pure Überraschung. Langsam klappte er zusammen, während ein schmales Rinnsal Blut aus seinem Mundwinkel tropfte. De Vere entwand dem Sterbenden die Fackel.

Ein Blitz zuckte über den grauen Himmel und tosendes Donnergrollen zerriss die Luft. Im nächsten Moment begann es heftig zu schütten. Dicke Regentropfen trommelten auf die metallenen Helme und rannen ihnen im Nacken unter die Kleidung. Innerhalb von wenigen Augenblicken war Robert komplett durchnässt. Der weiche Staub unter ihnen wandelte sich in Morast.

Qualmend erstarb die Fackel in de Veres Hand.

»Das ist ein Gottesurteil!«, brüllte Robert über das Rauschen des Regens hinweg, »Gott hat entschieden.«

Unter den Soldaten erhob sich ehrfürchtiges Gemurmel. Außer sich fuhr de Vere mit der Fackel zu seinen Männern herum.

»Zündet sie wieder an!«

Diesmal rührte sich keiner. Ängstlich starrten sie zum schwarzen Himmel empor. Das zuckende Leuchten eines weiteren Blitzes, gefolgt von Donnerschlägen ließ alle zusammenschrecken. Keiner wagte es, die Fackel erneut zu entzünden, aus Angst zur Strafe auf der Stelle vom Blitz erschlagen zu werden.

De Vere wirbelte zu Robert herum. Regen rann an seinem vor Zorn verzerrten Gesicht herab. Doch unter dem Hass konnte Robert den Zweifel erkennen. Was, wenn es wirklich Gottes Urteil war?

Robert blinzelte wegen des Regenwassers in seinen Augen. »Wollt Ihr das wirklich riskieren?« Der Regen dämpfte seine Worte und spülte ihm beim Sprechen Wasser in den Mund. Doch de Vere hatte jede Silbe verstanden.

Mit einem wütenden Fluch schleuderte er die Fackel in die aufweichende Erde. Er machte auf dem Absatz kehrt, stapfte durch den schlammigen Boden zu seinem Pferd. Seine Männer folgten seinem Vorbild.

Robert spürte einen Anflug von Erleichterung. »Lasst sie raus«, brüllte er.

Er schubste das Mädchen in Richtung seiner Mutter.

Surrend ließ Gérard sein Schwert in die Scheide gleiten.

»Wir sehen uns wieder, d'Arbuste.« Von seinem Pferd auf ihn herabblickend, hielt de Vere neben Robert an.

Seine Männer waren bereits vorgeritten. Vermutlich von der Angst vor Gottes Zorn getrieben. Die bepackten Pferde mit den Vorräten und alles Übrige, das sie finden konnten, hatten sie mitgenommen.

Durch den dichten Regenschleier sah Robert zu ihm auf.

»Das hoffe ich«, entgegnete er unbeeindruckt, »aber beim nächsten Mal sind es nur Ihr und ich.«

Ohne ein weiteres Wort gab de Vere seinem Pferd die Sporen und preschte durch den Regen davon.

KAPITEL 3

Warm wird kalt, Weiß zu Schwarz, Liebe zu Hass,
Licht zu Dunkel.
Alles, was nicht ewig ist, zerfällt mit der Zeit.

Altenglisches Sprichwort

ALLINGHAM, November 1066

Der Winter begann mit Martinmas. Das Wintergetreide war gesät und die Feldarbeit bis Candlemas beendet. Die Frauen verlagerten ihre Arbeit ins Innere der von Feuern erwärmten Häuser. Kühe, Schweine und Schafe, die nicht über den Winter gebracht werden konnten, wurden geschlachtet. Wann immer Evaine Schlächter und Metzger bei ihrer Arbeit beobachtete, wusste sie, warum der Monat *Blotmonað,* Blutmonat, hieß.

Gewöhnlich vergingen die wenigen Wochen zwischen Michaelmas und Martinmas wie im Flug, angefüllt mit den vielen Aufgaben und Vorbereitungen, die vor dem Winter noch erledigt werden mussten. Doch dieses Jahr kam es Evaine vor, als stünde die Zeit still. Mit jeder neuen Woche ohne Nachricht von ihrem Vater und den anderen Männern schien sie noch langsamer zu vergehen. Warten und Hoffen bestimmten ihre Gedanken und selbst ihre Träume, während die vielen Aufgaben zur Nebentätigkeit wurden, mit denen sie hilflos versuchte, sich abzulenken.

In allen Räumen schien eine bedrückende Stille beinahe greifbar den Platz der fehlenden Bewohner eingenommen zu haben. Dennoch musste das Leben auf Allingham weitergehen.

So nahm Evaine an diesem Morgen zum ersten Mal die Pacht ohne ihren Vater in Empfang. In der Halle waren fast ausschließlich Frauen und Kinder, um die Abgaben für ihr Land zu entrichten. Die Tätigkeit war langwierig und ermüdend, dennoch war Evaine dankbar, sich den ganzen Tag drinnen aufhalten zu können, in der Wärme des Feuers in der Mitte der Halle. Es war bereits seit Wochen ungewöhnlich kalt, obwohl bisher kaum Schnee gefallen war. Der Boden auf den Feldern war steinhart gefroren und Bäche und Teiche waren von einer handbreiten Eisschicht bedeckt.

Sie hielt eine Hand vor den Mund und blies hinein, um ihre klammen Finger wieder aufzuwärmen. Selbst in der Nähe des brennenden Feuers erwischte einen von Zeit zu Zeit ein kalter Luftzug von draußen.

Als sie vom letzten Eintrag in ihrem Haushaltsbuch aufblickte, wartete bereits eine blasse junge Frau vor ihr. Sie trug einen nur wenige Monate alten Säugling auf dem Arm und an ihre andere Hand klammerte sich ein kleiner Junge mit scheuen, braunen Rehaugen.

»*Gód morgen*«, begrüßte Evaine die Frau freundlich.

Auch unmittelbar neben den wärmenden Flammen hörte diese nicht auf zu zittern. Um ihren Kopf war ein *cuffie,* ein dichter Wollschal, geschlungen, aber wie alle *geburas* besaß sie keinen Mantel.

»*Þes þú hál, hlafdige.*« Die Antwort der Frau war kaum mehr als ein Flüstern. »Ich bin Ælfgifu, Wulfnoths Frau.«

Mit großen ängstlichen Augen, die denen ihres Sohnes glichen, sah sie Evaine an.

»Du hast hübsche Kinder, Ælfgifu«, versuchte Evaine, ihr die Angst zu nehmen. »Wie heißt du denn?«, wandte sie sich an den Jungen.

»Tofi«, erwiderte er leise. »Ich bin sechs.«

Evaine lächelte und ignorierte Gyrths genervtes Schnauben neben sich.

»Magst du gerne etwas Süßes?«

Obwohl er sich nicht traute, etwas zu erwidern, konnte Evaine das Leuchten der Vorfreude in seinem schmalen Gesichtchen sehen.

»Lauf zur Küche und sage dort, die Herrin schickt dich.«

Mit glänzenden Augen löste er sich von der Hand seiner Mutter. Von der Aussicht auf Leckereien hervorgelockt, lugte hinter Ælfgifus Rock ein weiterer dunkelbraun gelockter Schopf hervor. Er gehörte zu einem kleinen Mädchen von höchstens drei Jahren.

»Kann ich auch Feigen in Honig bekommen?«, fragte es mit großen Augen und eilte auf Evaines Zustimmung hin seinem Bruder hinterher, so schnell es die kurzen Beinchen zuließen. Evaine wandte sich erneut der Frau zu.

»Herrin, ich schulde Euch und Eurem Vater zwei Hennen und dreiundzwanzig *sester* Gerste.« Ælfgifus Stimme wurde noch leiser. »Aber ich kann die Abgaben nicht leisten.«

Evaine betrachtete ihren mageren Körper, der von der Anstrengung des Stillens noch ausgezehrter war. Von ihr und ihren drei Kindern war allein das Baby wohlgenährt.

»So bring mir, was du geben kannst, Ælfgifu«, sagte sie sanft, »den Rest kannst du im nächsten Jahr bringen.«

Verzweifelt schüttelte Ælfgifu den Kopf.

»Herrin, wir hatten das Wintergetreide noch nicht ausgesät, als Wulfnoth fort musste. Und allein konnte ich es nicht. Ich weiß nicht, wovon ich meine Kinder im nächsten Jahr ernähren soll.«

Mit jedem Wort hatte das Zittern in ihrer Stimme zugenommen. Jetzt musste sie heftig schlucken, um weitersprechen zu können.

»Ich bin gekommen, um zu verkaufen, was mir geblieben ist. Mich und die Meinen. Als Sklaven.«

Evaines Herz wurde schwer. Sie verkaufte ihre Freiheit für regelmäßige Mahlzeiten und ein Dach über dem Kopf. Vermutlich hatte sie verzweifelt auf Wulfnoths Rückkehr gewartet. Aber nun war der Boden knochenhart gefroren und eine Aussaat unmöglich geworden. Wahrscheinlich würde er nie zurückkommen.

»Wir können keine weiteren Sklaven mehr gebrauchen.«

Gyrths Stimme war hart und unbarmherzig. Ælfgifus Augen wurden groß. Wenn man ihre Bitte abschlug, würden sie und ihre Kinder den Winter nicht überstehen.

»Bitte, Herrin, ich kann nähen und ich bin fleißig. Ich …«

»Wir haben mehr als genug Sklaven«, fiel Gyrth ihr ins Wort.

Evaine spürte, wie sie die Wut packte.

»Ich werde über deine Bitte nachdenken, Ælfgifu«, sagte sie mit einem scharfen Seitenblick auf Gyrth. »Geh solang in den Hof. Meine Schwester schenkt dort Suppe aus. Lass dir einen Teller geben.«

Meredith verbrachte bereits den ganzen Morgen damit, Essen an die durchgefrorenen Bauern auszuteilen. Es war ein dicker Eintopf mit reichhaltiger Fleisch- und Gemüseeinlage.

Ælfgifu brachte kein Wort hervor. Wie gelähmt nickte sie und entfernte sich dann schwankend.

»Diese Entscheidung triffst nicht du«, zischte Evaine, als die Frau außer Hörweite war. »Ich entscheide das! Und ich werde sie selbstverständlich aufnehmen!«

Gyrth richtete sich noch ein wenig mehr auf, in dem hoffnungslosen Versuch, seinem schlaksigen Körper dadurch mehr Würde zu verleihen.

»Ich bin der *gerefa* Eures Vaters. Ich weiß um die zu verrichtende Arbeit und ich weiß, dass wir sie nicht brauchen können. Eine stillende Frau und ein Knabe von nicht mal zehn. Welchen Wert sollen sie haben?«

Evaine ging es nicht im mindesten um Ælfgifus Arbeitskraft und schon gar nicht um die der Kinder. Sie fühlte sich ihnen verpflichtet. Der Treueid der Bauern stellte auch an den Herren Verpflichtungen. So wie die Bauern ihre Abgaben zahlten und ihren Dienst erledigten, gewährte der Herr ihnen Schutz und Sicherheit. Für Evaine zählte dazu auch der Schutz vor einem

Schicksal, das einem in einem einzigen Jahr den Boden unter den Füßen wegreißen konnte. Und sie wusste, dass ihr Vater es genauso gesehen hätte. Doch es schien ihr unmöglich, einem Mann wie Gyrth dieses Pflichtgefühl zu vermitteln.

»Sie wird nicht immer stillen und der Junge wird älter werden«, sagte sie knapp.

Gyrth verengte die Augen zu Schlitzen.

»Auch die Kornkammern Eures Vaters sind dieses Jahr leerer als sonst. Mindestens die Hälfte der Bauern hat die Zahlungen auf das nächste Jahr verschoben.«

Evaine hörte sein nicht geäußertes Missfallen darüber, wenngleich er stark übertrieb. »Auf ein paar Mäuler mehr oder weniger wird es auch nicht ankommen. Ich werde nicht weiter darüber diskutieren«, sagte sie entschieden. »Geh und teile Ælfgifu meine Entscheidung mit!«

Sie bedeutete Gyrth, hinauszugehen und Ælfgifu zu folgen. Gekränkt verabschiedete er sich mit kaum merklichem Kopfnicken.

Ælfgifu blieb an diesem Tag nicht die Einzige, die sich verzweifelt der Fürsorge ihres Herren anvertraute. Für alle war der Sommer denkbar schlecht gewesen. Unzählige Wachdienste gegen die Normannen hatten die Männer von der Feldarbeit abgehalten. Die Ernte war schlecht gewesen wegen des nassen Wetters und zuletzt hatte die Einberufung des *fyrd* die Männer an den notwendigen Herbstarbeiten gehindert. Bei vielen der *geburas* hätte bereits eins von all dem gereicht, um das wackelige Gleichgewicht ihres jährlichen Überlebenskampfes ins Wanken zu bringen. Umso mehr fühlte Evaine sich verantwortlich und erfüllte ihre verzweifelten Bitten nach Kräften. Dennoch blieb es eine freudlose Veranstaltung.

Nach dem Abendessen zog sie sich mit Meredith in das Privatzimmer ihres Vaters zurück. Nicht nur weil es außer der Halle der einzige beheizbare Raum war, sondern auch um der erdrückenden Stille zu entgehen, die seit fast zwei Monaten in der Halle herrschte.

Evaine trat näher an die Wärme und den Lichtschein des

Feuers im Kamin heran. Ihre Finger strichen sachte über das Pergament. Vom häufigen Lesen war es bereits spröde und rissig geworden. Sie fragte sich, warum sie den Brief immer wieder las. Im tanzenden Schein der Flammen flogen ihre Augen über die Buchstaben und ihre Lippen wisperten lautlos die Worte, die sie beinahe auswendig kannte.

Meine liebe Nichte,
ich grüße Dich von Herzen und freue mich aufrichtig, von Dir zu hören. Meine Seele bangt in diesen grausamen Zeiten stets um Dein Wohl und das Deiner lieben Schwester. So erleichtert es mich zu hören, dass ihr wohlauf seid.
Deine dringende Sorge um Deinen Vater, meinen Bruder, teile ich aufrichtig. Daher bin ich Deiner Bitte, mich nach seinem Verbleib umzuhören, auch allzu gerne nachgekommen.
In der Tat gleicht unsere Abtei in diesen Tagen mehr einem Taubenschlag als einem Haus der Ruhe und Besinnung. Täglich strömen neue Flüchtlinge zu uns. Hilflose Frauen, Kinder und Alte suchen hinter unseren Mauern Schutz vor dem Schrecken der normannischen orcs. Das Elend dieser Leute ist unvorstellbar groß. Die Zahl der Waisen steigt von Tag zu Tag. Es gibt so viele Verletzte, die der Pflege bedürfen, dass sie längst nicht mehr im Krankenlager Platz finden. Aber noch größer ist die Anzahl derer, die seelischen Schaden genommen haben. Einigen von ihnen ist Entsetzliches widerfahren, dessen Schilderung ich Dir hier ersparen möchte. Doch so viel sei gesagt: Die Männer, die dies taten, tragen den Namen orc zu Recht. Ihre Grausamkeit ist bar jeder Menschlichkeit, wahrlich monströs. Doch wie es scheint, bleibt es Gott überlassen, sie dafür zu richten.
Du kannst meinen Worten entnehmen, dass die Arbeit, die auf uns lastet, gewaltig ist und auch jetzt, wo ich diese Zeilen schreibe, drängt sie mich zur Eile. Daher komme ich nun zu

Deinem eigentlichen Anliegen.
Täglich befrage ich die neu Eingetroffenen nach Neuigkeiten. Um Dir falsche Hoffnungen zu ersparen, sage ich das Wichtigste vorweg. Von Deinem Vater habe ich nur wenig in Erfahrung bringen können. Dennoch berichte ich Dir nun alles, was auch mir berichtet wurde.
Vor ein paar Tagen klopfte ein Verletzter an die Pforte unserer Abtei. Nach wenigen Sätzen stellte sich heraus, dass es ein Soldat war, der unter dem Banner Deines Vaters gekämpft hat. Er berichtete mir, dass Dein Vater nach unserem ruhmreichen Sieg bei Stamford Bridge mit seinen Männern südwärts zog, den Normannen entgegen. Aber auf dem Eilmarsch nach Süden verliert sich seine Spur bereits wieder.
Daher höre ich mich auch unter all jenen, die dem Schlachtfeld von Hastings entkommen sind, nach Deinem Vater um.
Was mir von jener Schlacht berichtet wurde, erschüttert mich zutiefst. Es war ein erbarmungsloses Morden, das vom Morgengrauen bis zum Sonnenuntergang dauerte. Lebende wie Tote wurden von den normannischen Rittern zertrampelt. Der morastige Boden färbte sich rot vom Blut der unzähligen Toten. Einige der Überlebenden sind noch heute so verstört, dass sie kein Wort über jenen Tag herausbringen. Ihr Entsetzen macht sie wahrlich sprachlos. Wenige haben das Gemetzel überlebt. Die normannischen Ritter verfolgten sie über die Anhöhe des Senlac Hill hinweg bis in die Wälder. Dort ist es ein paar von ihnen gelungen, sich vor den Verfolgern zu verbergen. Erschöpft und verwundet irrten sie ziellos umher, bis ihr Weg sie zu uns nach West Minster führte.
So sehr es mich selbst betrübt, aber meine Worte taugen wohl kaum zum Trost für Dich. Nur eines kann ich Dir mit Gewissheit sagen: Einige haben das Grauen von Hastings trotz allem überlebt.

Soweit nun zu dem, was ich in Erfahrung bringen konnte. Mögest Du mir verzeihen, dass es nicht die Botschaft ist, die Du Dir erhofft hast.
Ich beende meinen Brief nun zum wiederholten Male mit meinem dringenden Appell an Dich und Meredith, das schutzlose Allingham zu verlassen und bei mir in West Minster sichere Obhut zu suchen. Die Sorge um Eure Sicherheit beschert mir manch unruhige Nacht.
In tiefer Verbundenheit,
Dein Onkel Edwin, Abt von West Minster

Gedankenverloren strich Evaine über das rote Wachs von Edwins Siegel an der unteren Seite des Pergaments. Dann ließ sie die Hand mit dem Brief sinken und starrte nachdenklich ins Feuer.

»Es steht nichts darin. Jedenfalls nichts, was man gerne lesen möchte.«

Evaine wandte sich zu Meredith um, die an einer Handarbeit arbeitete. Evaines eigene Handarbeit lag unvollendet neben Meredith. Wegen der Kälte des ungemütlichen Abends waren ihre Finger noch immer klamm und ungelenk. Aber daran lag es nicht allein, dass ihr die Näherei so schlecht von der Hand ging. Während ihre Finger beschäftigt waren, schweiften ihre Gedanken ab. Und je länger sie über die Ereignisse dieses Herbstes nachdachte, desto bedrückter wurde sie.

Verständnislos schüttelte Meredith den Kopf. »Wieso liest du Edwins Brief immer wieder?«

Meredith hatte recht. Edwins Worte waren alles andere als tröstlich oder ermutigend. Vielmehr bestätigten sie die vielen schrecklichen Berichte, die sie seit der Schlacht von Hastings im Oktober gehört hatten. Dennoch klammerte sich ihr Herz verzweifelt an die geschriebenen Zeilen. *Einige haben das Grauen von Hastings trotz allem überlebt.* Sie musste einfach daran glauben, dass ihr Vater dazugehörte.

Seufzend legte sie den Brief zurück zwischen die Seiten des Buches, in dem sie ihn aufbewahrte.

»Du hast recht«, sagte sie an ihre Schwester gewandt und mit einem Blick auf die tiefe Dunkelheit draußen, »wir sollten schlafen gehen.«

Merediths dunkler Schopf war bereits wieder über ihre Stickerei gebeugt, sodass die Locken ihr Gesicht verdeckten. Kopftuch und Haarband hatte sie abgestreift und neben sich gelegt. Flink glitten ihre schlanken Finger über den Stoff und setzten sauber einen winzigen Stich neben den anderen. Sie war darin schon immer sehr viel geschickter gewesen als Evaine.

»Ich bleibe noch auf. Ich kann sowieso nicht schlafen«, erwiderte sie, ohne von ihrer Tätigkeit aufzusehen.

Evaine gähnte müde.

»Ja, ich schlafe auch schlecht. Es muss an der grässlichen Kälte liegen. Manchmal habe ich Angst, dass mir im Schlaf die Zehen abfrieren.«

Meredith schüttelte den Kopf, den Blick immer noch fest auf ihre Hände gerichtet. »Nein. Das ist es nicht. Aber ich liege oft stundenlang wach. Ich frage mich immer, ob ich es anders hätte machen sollen.«

Fragend musterte Evaine ihren gebeugten Kopf.

»Was meinst du?«

»Vielleicht hätte ich Ja sagen sollen«, murmelte sie vor sich hin. »Vielleicht hätte ich einfach mit ihm weggehen sollen.«

Evaine spürte, wie sie Mitleid mit Meredith überkam. In den zwei Monaten seit Michaelmas, seit Alric mit ihrem Vater nach Norden gezogen war, hatte sie kein Wort über ihn verloren. Dennoch konnte Evaine die Einsamkeit spüren, die sie wie ein Kokon umgab.

»Auch dann hätte der Krieg euch verfolgt«, entgegnete sie.

»Mag sein.« Meredith sah auf und begegnete Evaines besorgtem Blick. »Aber bis dahin hätte ich noch etwas Zeit mit ihm gehabt.« Ihre Augen schweiften ab, starrten in die Glut des Feuers.

»Ich wusste nicht, wie kostbar jeder Augenblick mit ihm war. Jetzt würde ich alles dafür geben.«

Evaine schwieg bedrückt. Sie konnte nichts sagen, um Meredith zu trösten. Also ließ sie es.

»Hast du das von Dremlingham gehört?«, fragte Meredith leise.

Evaines Blick glitt von Meredith zum Fenster, gegen das der Wind vereinzelte Schneeflocken und nasse Blätter trieb.

»Ja. Es muss schrecklich gewesen sein.«

Evaine hatte es schon vor einer Woche gehört. Dremlingham lag an der äußersten Grenze von Allingham *shire* zu Kent, im Spellbeorg *hundred*, auf der Route des normannischen Heeres. Sie hatten es vollständig niedergebrannt. Das Vieh für den Winter war noch nicht geschlachtet, also hatten die Normannen es mitgenommen. An das Schicksal der Menschen dort wagte sie nicht einmal zu denken.

»Die Mägde haben heute darüber gesprochen«, sagte Meredith langsam. Evaine biss sich auf die Unterlippe und verwünschte Hilda für ihr loses Mundwerk. »Sie haben alle umgebracht, Männer, selbst Kinder! Und die Frauen …« Merediths Stimme brach und sie starrte mit leerem Blick vor sich hin.

Evaine hatte einen eisigen Klumpen im Magen. Sie wusste, was den Frauen dort widerfahren war. Sie hatten sie mitgenommen, drei Tage lang. Dann waren sie ihrer überdrüssig geworden und hatten alle getötet, die sich noch nicht selbst das Leben genommen hatten.

»Alric hat eine Schwester in Dremlingham«, flüsterte Meredith.

Evaine nickte. Nach ihrer Hochzeit war Alrics Schwester zu ihrem Mann dorthin gezogen. Und mit dem Abzug ihres Mannes und ihrer Söhne war seine Mutter zu ihr gegangen.

Meredith schluckte angestrengt. Dann wurde ihre Stimme hart und kalt.

»Gott, ich hoffe, nein ich bete dafür, dass jeder Normanne da draußen in der Kälte erfriert!«

Evaine wusste nicht, was sie erwidern sollte. Mehr noch als die Worte ihrer Schwester erschreckte sie der kalte Ausdruck in Merediths sonst so warmen Mandelaugen.

Sie hatte ihr nichts von der Plünderung Dremlinghams erzählt und gehofft, dass ihr die Details erspart blieben. Aber dieser Krieg wütete mitten unter ihnen und schonte niemanden.

Das Klopfen an der Tür schreckte beide Frauen auf. Fragend sahzu Meredith. Diese zuckte unschlüssig mit den Schultern und legte ihre Stickerei zur Seite. Es war selten, dass sie zu dieser Zeit noch jemand störte.

»Ja bitte?«, rief Evaine.

Zögerlich wurde die Tür geöffnet und eine der Torwachen trat aus dem Dunkel des Flurs in das erleuchtete Zimmer. Der hagere junge Mann war dick vermummt gegen die winterliche Kälte. Unter seinem Helm hatte er eine Mütze tief in die Stirn gezogen und einen alten Schal um Mund und Nase geschlungen, sodass von seinem Gesicht nur ein schmaler Streifen um die Augen herum zu sehen war. In der rechten Hand hielt er eine sanft leuchtende Öllampe. Unsicher blieb er an der Türschwelle stehen und zog dann den Schal vom Mund, um sprechen zu können.

»Bitte entschuldigt die Störung. Aber es ist jemand am Tor, der um Einlass bittet. Ich weiß nicht, was ich tun soll«, sagte er.

»Um diese Nachtzeit, bei diesem Wetter?«, entfuhr es Meredith.

»Wer ist es und was will er?«, fragte Evaine.

Der Wächter zögerte.

»Es scheint, dass er Hilfe benötigt. Aber er ist nicht von hier.« Eindringlich sah er Evaine an. »Es wäre am besten, wenn Ihr mitkämt und selbst seht, Herrin.«

Evaine beschlich ein ungutes Gefühl. Zurzeit war es sehr gefährlich, einen Unbekannten einzulassen.

»Was heißt, ›er ist nicht von hier‹?«, hakte sie vorsichtig nach.

»Ich denke, er ist ein Normanne«, antwortete der junge Mann finster. Evaine hörte, wie Meredith scharf die Luft einsog, und spürte, wie sie selbst eine Gänsehaut bekam. Ihre Gedanken überschlugen sich. Sie hatte nicht gewusst, dass Normannen in dieser Gegend waren. Man vermutete sie zunächst in der Nähe von Dover, also mehrere Tagesreisen entfernt. Danach waren sie angeblich Richtung London gezogen. Bilder von Dover und der brennenden Burg tauchten vor ihrem inneren Auge auf. Außer einer Handvoll Wachposten war Allingham vollkommen schutzlos.

»Ist der Mann allein?«, fragte sie mit zitternder Stimme.

»Es wäre wirklich besser, wenn Ihr mitkämt«, drängte der Wächter. »Bitte!«

Evaine warf einen Blick auf Meredith. Sie war leichenblass geworden. Evaine schlang sich eine Decke um die Schultern.

»Warte hier«, sagte sie zu Meredith und wandte sich zur Tür.

Hastig liefen sie den dunklen Flur entlang und die Treppe hinunter. Evaine konzentrierte sich ganz darauf, dem kleinen Licht der Lampe zu folgen und nicht zu stolpern. Als sie den Burghof betrat, bereute sie sofort, dass sie keinen Mantel mitgenommen hatte. Der Wind riss ihr die Decke beinahe von den Schultern und drang schneidend durch den Stoff ihres Kleides. Schnell schlang sie die Decke noch enger um sich, während der Wächter weiter auf das Burgtor zueilte.

Draußen war es beinahe so finster wie drinnen. Dichte Wolkenbänder ließen nur vereinzelt Sterne hervorblitzen und der Mond war lediglich eine schmale Sichel. Vorgestern war Neumond gewesen.

Evaine spürte, wie die Kälte an ihren Beinen hochkroch. Mit klappernden Zähnen folgte sie dem sich entfernenden Lichtpunkt zum Tor.

Dort wartete neben dem jungen Mann bereits Gyrth, der ihr knapp zunickte. Offenbar hatte der Wachmann ihn ebenfalls informiert. Sie erwiderte das Nicken beinahe unmerklich. Dann folgte ihr Blick dem Schein der Öllampe, der auf das schmale Sichtfenster des Tores wies. Die Sichtklappe war zur Seite geschoben, sodass man durch das Gitter hindurch nach draußen sehen konnte.

»Seht selbst«, rief der Lampenträger ihr gedämpft durch seinen Schal zu.

Evaine versuchte, durch das Gitter nach draußen zu sehen. Aber es war so dunkel, dass man kaum etwas erkennen konnte. In einigen *yards* Entfernung zum Tor erkannte Evaine den dunklen Umriss eines Pferdes und daneben den eines Mannes. Er sah groß und kräftig aus und wartete bewegungslos neben dem Pferd. Irgendwie wirkte er unförmig. Nein, er hielt etwas auf dem Arm, etwas Schweres.

Evaine nahm dem Wachposten die Lampe ab und hielt sie so, dass zumindest ein kleiner Teil des Lichts durch das Gitter nach draußen fiel. Der schwache Schein wurde vom Metall eines Kettenhemdes reflektiert – ein normannischer Ritter. Evaines Mund wurde trocken. Nervös begann sie, an ihrer Unterlippe zu nagen. Sie versuchte, mehr zu erkennen. Ein Schwert hing an seiner Linken, dessen Griff im fahlen Licht golden schimmerte. Er trug einen langen, dunklen Mantel, der durch den Wind fest gegen seinen Körper gepresst wurde. Er wirkte nicht wie ein gewöhnlicher Bote. Wie vermutet hielten seine Arme etwas fest umschlossen. Aber auf die Entfernung konnte sie es nicht ausmachen. Wegen des peitschenden Windes hielt er den Kopf gesenkt, sodass sein Gesicht ganz mit der ihn umgebenden Dunkelheit verschmolz.

Als er den Schein der Lampe bemerkte, blickte er auf. Mit langsamen Schritten kam er näher. Unwillkürlich wich Evaine zurück und prallte mit dem Rücken gegen die beiden Männer, die sich hinter ihr am Sichtfenster drängten. Vor Schreck hätte sie beinahe die Lampe fallen lassen. Einer von beiden, dem sie auch noch auf die Füße getreten war, schnaubte ärgerlich in ihren Nacken, sodass sie seinen schlechten Atem riechen konnte. Evaine schauderte. Dann riss sie sich zusammen und rückte wieder näher an das Gitter. Der Ritter hatte sich bis auf wenige *yards* dem Tor genähert und war dort stehen geblieben. Beinahe so, als wollte er ihnen ermöglichen, ihn in Augenschein zu nehmen. Er war wirklich groß, mindestens sieben Fuß. Eine weitere heftige Windböe rüttelte am

Tor und zerrte am Mantel des Normannen. Sie blähte den Stoff, ließ ihn auseinanderflattern und zeigte Evaine, was der Mann so fest an sich gepresst hielt.

»Himmel, es ist ein Kind! Er hat ein Kind bei sich!« Aufgeregt fuhr Evaine zu ihren Begleitern herum.

»Ja, Herrin«, erwiderte der Schalträger gedämpft.

»Was ist mit dem Kind?« Es lag absolut reglos in den Armen des Ritters, sein blonder Haarschopf schimmerte im spärlichen Licht. Der Größe nach zu urteilen, war es nicht einmal zehn Jahre alt.

»Ich glaube, es ist krank. Scheinbar will er, dass wir ihm helfen«, entgegnete Gyrth unbeeindruckt und blies Evaine seinen schlechten Atem erneut ins Gesicht. Seine Nähe war ihr unangenehm.

Schnell drehte sie sich wieder zum Tor und starrte durch das Gitter – direkt in ein paar tiefschwarze Augen. Der Ritter stand auf der anderen Seite des Tores unmittelbar vor ihr. Sein Gesicht war nur wenige Fingerbreit von ihrem entfernt. Ihr Herz setzte einen Schlag aus.

Er sprach französisch.

Bittend drangen seine Worte durch das Gitter zu ihr. Seine Stimme klang rau und angestrengt. Er redete auf sie ein, als wollte er sie beschwören. Bruchstückhaft drangen einige der französischen Vokabeln in ihr Bewusstsein. Sie hatte sie einmal gekannt, doch ihr aufgeregter Verstand konnte ihnen keinen Sinn entnehmen. Aber seine dunklen Augen flehten eindringlicher als alles, was er sagte. Einem Impuls folgend wollte sie wegsehen, doch seine Augen hielten ihre fest, sodass sie seinem Blick standhalten musste. Sie spürte, wie sich ihr Puls beschleunigte.

»Was wollt Ihr von uns?« Ihre Stimme gehorchte ihr kaum und war nicht mehr als ein Flüstern.

Sein Bitten wurde lauter und drängender, als hinge sein Leben davon ab. Verzweifelt hämmerte er mit der Faust von außen gegen das Tor.

»Zurück mit dir!« Evaine zuckte zusammen. »Geh gefälligst ein paar Schritte zurück!« Gyrth brüllte dem Normannen mitten ins Gesicht. Doch der Normanne zuckte nicht mal mit der Wimper. Schwer atmend starrte er Evaine weiterhin durch das Gitter an.

Dann erlosch der Funke Hoffnung in seinen Augen und wich blanker Erschöpfung. Kraftlos löste er sich vom Tor und trat langsam zurück. Offenbar hatte er verstanden, was man von ihm wollte. Nach ein paar Schritten blieb er schweigend stehen. Er hatte das Kind an seine Schulter gelegt und drückte es mit einer Hand fest an sich.

Ächzend riss er mit der anderen Hand sein Schwert aus der Scheide, das im Lichtschein anklagend aufblitzte. Dann schleuderte er es mit voller Kraft gegen das Tor. Instinktiv hob Evaine die Arme vors Gesicht. Das Schwert schlug krachend gegen das Eichentor und prallte von dort zurück, fiel in den festgestampften Dreck.

Der Schreck fuhr Evaine in alle Glieder. Das Blut rauschte in ihren Ohren, während ihr Herz in ihrer Brust hämmerte.

Vor dem Tor zerrte der Normanne nun ebenfalls seinen Helm vom Kopf. Donnernd traf auch er das Tor und fiel neben seinem Schwert zu Boden. Der Wind trug seine flehenden Schreie in Fetzen zu Evaine herüber. Sie erinnerten Evaine an ein in die Enge getriebenes Tier. Unbewaffnet und barhäuptig sank er schließlich auf die Knie und presste das kranke Kind an seine Brust.

Evaine ertrug es keine Sekunde länger. Mit einem lauten Knall schlug sie das Sichtfenster zu.

»Öffnet die Tür!«, befahl sie mit zitternder Stimme. Die beiden Männer bewegten sich nicht.

»Na los, öffnet die Tür!«, sagte sie fest und hatte dabei ihre Stimme wieder unter Kontrolle.

»Herrin, er ist …« Gyrth musterte sie, als wäre sie irre.

»Aufmachen, habe ich gesagt!« Evaine brüllte ihm jetzt ebenfalls ins Gesicht und der Wind trug ihre Worte über den gesamten Burghof.

Seine Miene verhärtete sich. Doch der Junge mit dem Schal setzte sich schnell in Bewegung und entriegelte die schmale Eintrittspforte des Burgtores. Von der Kälte waren die Beschläge festgefroren und ließen sich kaum noch bewegen. Evaine warf Gyrth einen wütenden Blick zu, woraufhin dieser sich endlich daranmachte, zu helfen. Unter empörtem Kreischen gaben die Scharniere schließlich nach und die Tür schwang auf.

Evaine zog die Decke enger um sich und umklammerte den Griff der Lampe. Mit weichen Knien trat sie vor das Tor. Der Ritter kauerte reglos mit dem Kind auf dem Boden.

Mit vorsichtigen Schritten ging sie auf ihn zu. Trotz der Kälte spürte sie, wie sich Schweißperlen in ihrem Nacken bildeten und ihr den Rücken hinabliefen. Ihr Atem kam stoßweise und bildete in der kalten Nachtluft kleine Nebelschwaden.

Unsicher kniete sie sich neben ihn und das Kind. Dann stellte sie die Lampe neben ihnen ab. Er atmete schwer und beobachtete jede ihrer Bewegungen wie ein verletztes Raubtier. Langsam streckte sie die Hand aus und berührte zaghaft das Gesicht des Kindes. Es war ein kleiner Junge. Seine Stirn glühte vor Fieber und die blonden Locken klebten ihm an der Stirn. Er atmete noch, aber sein Atem kam nur schwach und ächzend.

»Er hat hohes Fieber«, wandte sie sich an den Ritter. Er nickte unmerklich. Im flackernden Lampenschein und aus der Nähe waren seine Wangen hager und eingefallen und tiefe Furchen lagen um seinen schmalen Mund.

Evaine zog die Decke von ihren Schultern und wickelte das Kind darin ein. Dabei stieß ihr Kopf fast mit dem des Normannen zusammen. Erschrocken zuckte sie zurück und sah ihn an. Auch auf seiner Stirn zeichneten sich Schweißperlen ab und seine Augen glänzten fiebrig.

»Ihr seid krank«, flüsterte sie. »Kommt! Wir müssen Euch ins Warme bringen. Gebt mir den Jungen. Könnt Ihr selbst laufen?« Offenbar verstand er sie nicht. Der Blick, mit dem er sie ansah, wurde mehr und mehr glasig.

Also streckte sie ohne weitere Worte die Arme nach dem Kind aus. Er nickte erschöpft und legte den Jungen vorsichtig hinein.

Schwankend erhob Evaine sich und wäre unter dem doch beträchtlichen Gewicht des Jungen beinahe gestürzt. Doch sofort umfasste sie der feste Griff des Ritters am Ellenbogen und stützte sie, bis sie sicheren Stand gefunden hatte.

»Danke!«, keuchte sie und nickte ihm zu. Sie wartete, dass er sich ebenfalls erhob. Doch er blieb nur schwer atmend am Boden kauern. Evaine befürchtete, dass er jeden Moment das Bewusstsein verlor. Sie wandte sich an die beiden Männer, die in sicherer Entfernung am Tor stehen geblieben waren und sie beobachteten.

»Kommt! Schnell! Er braucht Hilfe!«, schrie sie zu ihnen herüber. »Bringt ihn nach drinnen.«

Sie drehte sich um und begann, ihre Last zur Burg zu schleppen. Ohne die Decke fror sie am ganzen Leib, obwohl ihr wegen der Anstrengung Schweißperlen auf die Stirn traten. Sie hörte, wie sich die beiden hinter ihr mit dem Ritter abmühten.

Evaines Blick war fest auf das Wohnhaus gerichtet, aus dem ein schwacher Lichtschein drang. Sie schnaufte vernehmlich und wäre fast über ihre eigenen Füße gefallen, als Meredith über den Hof auf sie zugerannt kam und sie abstützte.

»Evaine, was ist los?«, Aufgeregt beäugte sie das Bündel in Evaines Armen.

»Ein Kind, Meredith«, erwiderte Evaine nach Luft schnappend. »Er ist schwer krank.«

»Ein Kind? Woher …? Was ist mit dem Normannen?« Fassungslos betrachtete Meredith das kleine Gesicht, das sich in der Dunkelheit blass von der Decke abhob.

Hinter ihnen ertönte Schnaufen und Murren. Meredith wandte sich um. Zwei schwarzen Schatten schleppten sich über den Hof. In ihrer Mitte schleiften sie den Ritter mit sich.

»Evaine! Ist das etwa der Normanne?«

»Sie sind krank, Meredith! Beide!«

»Wie konntest du …«

Evaine unterbrach jäh den wütenden Ausbruch ihrer Schwester.

»Bitte! Hilf mir erst, den Jungen hereinzubringen!« Damit lud sie den Jungen abrupt in Merediths Armen ab. Überrumpelt starrte Meredith auf das Gesicht mit den verschwitzten Locken.

»Schnell! Bring ihn rein!« Evaine war dankbar, das Gewicht los zu sein und schob ihre Schwester in Richtung Wohnhaus. Die beiden Männer mit dem bewusstlosen Ritter folgten ihnen.

Evaine ließ die Kranken in die Halle bringen. Dies war der einzige Raum, der zu dieser Stunde noch warm war. Im Kamin loderte nur noch eine schwache Glut. Aber im Vergleich zur Kälte draußen kam es Evaine wunderbar warm vor. Trotzdem legte sie als Erstes einige neue Scheite nach. Sie würden ja auch Licht brauchen. Währenddessen hatte Meredith den Knaben vorsichtig auf einer der Langbänke abgeladen.

»Er hat hohes Fieber«, stellte sie fest und strich dabei sanft über seine Stirn. »Aber seine Lippen sind ganz blau. Sie waren bestimmt schon tagelang draußen in der Kälte.«

Evaine nickte zustimmend und wandte sich dann zur Tür, durch die jetzt auch der Ritter hereingebracht wurde.

»Legt ihn hier ab«, bestimmte sie und wies auf den mit Fell gepolsterten Platz vor dem Kamin. Unsanft zerrten die beiden ihre Last dorthin und ließen sie dann mit einem dumpfen Aufprall grob zu Boden fallen.

»Raus hier!«, fauchte Evaine. Wütend schubste sie Gyrth und den Torwächter zur Tür. »Und weckt zwei Mägde auf. Am besten Hilda und Winnie. Ich brauche sie hier.« Dann knallte sie die Tür hinter ihnen zu.

Evaine versuchte, tief durchzuatmen und ihre Gedanken zu ordnen. Was sollte sie jetzt mit den Kranken tun? Doch bevor sie eine Antwort gefunden hatte, wollte Meredith das Gleiche von ihr wissen.

»Und jetzt?« Wütend hatte sie die Hände in die Seiten gestemmt und blitzte Evaine aus ihren Mandelaugen an. Müde und ratlos schüttelte Evaine den Kopf.

»Ich weiß es nicht. Ich weiß es wirklich nicht. Aber er ist noch ein Kind. Hätte ich ihn draußen liegen lassen sollen?«

»Und der da?« Meredith wies geradezu angewidert auf den reglosen Mann vor dem Kaminfeuer.

»Was soll er hier? Sollen wir uns um ihn kümmern? Gott weiß, was sie uns hier eingeschleppt haben!« Merediths Stimme wurde immer lauter und vorwurfsvoller.

»Ich weiß! Ich weiß!« Evaine wurde nun auch ungehalten. »Sollte ich ihn sterben lassen? Ist es das, was du willst?«

»Ja! Ja, genau das hättest du tun sollen!«, schrie Meredith und kam wütend einige Schritte näher. »Er soll draußen verrecken! Er soll sterben und uns sollte das überhaupt nicht kümmern!« Ihre Stimme überschlug sich. »Ihn hat es ja auch nicht gekümmert, als seine Leute unseren Vater umgebracht haben!«

Evaine holte aus und schlug ihr mit der flachen Hand ins Gesicht. Erschrocken schnappte Meredith nach Luft und wich vor ihr zurück.

»Sag so etwas nie wieder!« Evaines Stimme war schneidend. »Nie wieder, hörst du? Vater ist nicht tot!«

Ihre Hand begann zu zittern, während ihr klar wurde, was sie gerade getan hatte.

Merediths Wange färbte sich rosa. Fassungslos starrten sie sich an.

Schnell wandte Evaine sich um und kniete sich neben den Ritter. Doch sie spürte Merediths bohrenden Blick in ihrem Rücken. Schließlich fand Meredith ihre Sprache wieder.

»Ich werde mich um den Jungen kümmern. Ich werde für ihn alles tun, was möglich ist.« Sie sprach jetzt ganz ruhig, doch jedes ihrer Worte war messerscharf. »Doch um ihn da kümmerst du dich. Du ganz allein! Und niemand sonst! Dafür werde ich sorgen.«

Die Schritte der ankommenden Mägde unterbrachen sie. Verschlafen und mit zerzausten Haaren eilten sie in die Halle.

»Bringt Wasser, Tücher und Seife zum Waschen. Beeilt euch!«, wies Evaine sie an und schon huschten sie wieder hinaus.

Meredith hatte sich inzwischen erneut dem kleinen Jungen zugewandt. Im Raum breitete sich eisiges Schweigen aus, das nur vom rasselnden Atem des Ritters unterbrochen wurde. Der Junge war inzwischen totenstill.

Angestrengt konzentrierte Evaine sich auf den Kranken, der bäuchlings vor ihr lag, und rollte ihn vorsichtig auf den Rücken. Bei seiner Körpergröße und Statur kostete es sie einige Mühe. Als sie ihn schließlich so weit hatte, musterte sie ihn aufmerksam. Im Schein des Feuers waren seine Augen blutunterlaufen und seine Haut wirkte fahl. Das dunkle Haar klebte ihm verschwitzt an den Schläfen.

Hatte er irgendeine Art Fieber? Oder eine Lungenentzündung? Aber er hustete nicht und der Junge auch nicht.

Während sie sich über ihn beugte, um die Spange seines feuchten Mantels zu öffnen, nahm sie den beißenden Geruch von Urin und Kot wahr, der durch die Wärme des Feuers immer intensiver wurde. Übelkeit stieg in ihr hoch und sie musste ein Würgen unterdrücken. Angewidert wich sie zurück.

Wie bei einem Echo stieß auch Meredith auf der anderen Seite des Zimmers ein angeekeltes Keuchen aus.

»Oh, igitt!« Offenbar roch das Kind genauso wie der Ritter.

»Evaine!« Meredith kreischte plötzlich ihren Namen und Evaine fuhr erschrocken zu ihr herum. »Sie haben kein Fieber! Sie haben Durchfall! Schrecklichen Durchfall! Hier sind überall Scheiße und Blut!«

Evaine wurde schlecht. Das durfte nicht wahr sein! Bitte nicht! Typhus! Cholera! Sie durfte gar nicht daran denken. Wegen ihr würden sich alle anstecken! Sie starrte den Ritter an. Seinetwegen.

Schuldgefühle und Panik gemischt mit Abscheu drohten sie zu überwältigen. Sie versuchte, sie abzuschütteln. Es war ihre Entscheidung gewesen. Jetzt musste sie etwas tun.

Angeekelt war Meredith vom Krankenbett des Jungen zurückgesprungen. »Ich kann das nicht! Mir wird schlecht!« Sie stolperte Richtung Tür.

»Meredith!« Evaines Stimme klang schrill in ihren eigenen Ohren. »Reiß dich zusammen!« Sie war nicht sicher, ob sie das zu Meredith oder zu sich selbst sagte.

Die Hand vor den Mund gepresst, schüttelte Meredith den Kopf.

»Wir waschen sie und dann bringen wir sie ins Bett. Hast du verstanden?«

»Ich mach das nicht!«

Evaine sprang auf und packte ihre Schwester an den Schultern.

»Du musst! Es geht nicht anders!« Sie schüttelte sie, als könnte sie Meredith dadurch zur Vernunft bringen.

»Lass mich!« Meredith riss sich los und wankte mit zusammengepressten Lippen weiter rückwärts zur Tür.

»Meredith, bitte! Lass mich hiermit nicht allein!«

Meredith stieß mit dem Rücken gegen die verschlossene Tür und presste sich dagegen, als wollte sie möglichst viel Abstand zwischen sich und die Kranken bringen.

»Bitte.« Evaine formte das Wort mehr mit den Lippen, als dass sie es aussprach.

Merediths Blick sprang zwischen Evaine und den Kranken hin und her. Auf ihrem Gesicht zeichnete sich ihre Zerrissenheit deutlich ab. Endlich hefteten sich ihre Augen auf Evaine. Dann nickte sie gequält.

Stunden später ließ Evaine den Kopf erschöpft auf ihre Arme sinken. Sie war todmüde, aber sie hatten das Schlimmste überstanden. Meredith hatte Wort gehalten und sie nicht im Stich gelassen. Aber sie hatte auch darin Wort gehalten, dass sie sich nicht im Geringsten um den Mann gekümmert hatte. Evaine hatte ihn gemeinsam mit den Mägden aus seiner Rüstung und seiner Kleidung geschält. Dann hatte sie ihn mit Unmengen heißem Wasser gewaschen. Jetzt lag er nackt und halbwegs sauber vor ihr auf einer Strohmatratze in einer der Gästekammern. Während alldem war er nicht zu Bewusstsein gekommen. Im Nebenzimmer hatte Meredith das Kind gepflegt. Jetzt konnten sie nur noch warten.

Unruhig warf der Ritter den Kopf zur Seite und stöhnte leise. Evaine hob den Kopf. Die Kerze an seinem Bett war längst erloschen. Aber durch das schmale Fenster drang bereits das erste Morgenlicht und tauchte das kleine Zimmer in düstere Blau- und Grautöne. Es war einfach möbliert. Außer dem Bett mit dem Kranken gab es nur eine kleine Kommode neben dem Fenster und einen Hocker, auf dem Evaine an seinem Bett saß. Auf einem zweiten Stuhl hatte sie seine Sachen gestapelt.

Sie beobachtete ihn, wie sich seine Brust beim Atmen hob und senkte und er unruhig den Kopf hin und her warf.

Wie war er nur hierhergekommen? Ihr Blick glitt an seinem Körper entlang. Er hatte eindeutig die Statur eines Kriegers. Über seine muskulöse Brust zogen sich mehrere Narben kreuz und quer. Manche bereits ganz silbrig, andere noch leuchtend rosa. Eine Schnittwunde an seiner Schulter war kaum verheilt und höchstens ein paar Wochen alt. Schaudernd dachte sie an Hastings und verdrängte den Gedanken schnellstmöglich wieder.

Sie sah zu dem Stuhl mit seiner Kleidung und seiner Rüstung. Schließlich besiegte ihre Neugierde die Erschöpfung und sie erhob sich seufzend.

Zuunterst lag sein *byrnie.* Das Metall glänzte kalt im Morgenlicht. Allein das war seltsam. Ein Bote konnte sich gewöhnlich kein Kettenhemd leisten. Sie griff nach seinem Mantel, der oben auf dem Stapel lag. Schon während sie ihn aufnahm, fühlte sie, wie glatt und dicht der Stoff gewebt war. Hätte sie das allein nicht von seiner Qualität überzeugt, dann spätestens die aufwendigen Stickereien, die als Borte entlang des Saumes verliefen. Selbst im fahlen Licht schimmerten sie geradezu. Wenn er den Mantel nicht gestohlen hatte, dann war er ein vermögender Mann.

Abgesehen von Kettenhemd und Mantel war er auch im Übrigen gut ausgestattet. Sie fand ein gepolstertes Lederwams, zum Schutz gegen den Druck des *byrnie*, lederne Handschuhe, einen schön gefertigten Dolch und einen schweren Gürtel mit Gürteltasche.

Seine wollene Unterkleidung hatte sie von Winnie verbrennen lassen. Unmöglich, sie noch einmal von Blut und Dreck zu reinigen.

Zunächst untersuchte sie die Gürteltasche. Sie hatte ungefähr die Größe eines Geldbeutels, war aber leichter und beinhaltete weder Geld noch Gold, sondern kleine geschnitzte Figuren. Das Material fühle sich glatt und kühl an, wie Horn oder Elfenbein. Irritiert ließ Evaine sie zurück in den Beutel gleiten.

Dann nahm sie sich sein Oberkleid vor. Suchte in der Dunkelheit nach möglichen Taschen. In der Innentasche des Hemdes ertastete sie schließlich ein paar Münzen. Ein Siegel, ein offizielles Schriftstück oder irgendetwas, das ihn als Boten auswies, hatte sie nicht gefunden. Was hatte er dann allein hier zu suchen?

Sie spielte nachdenklich mit dem Heft des Dolches. Dabei fielen ihr sein Schwert und sein Helm wieder ein, die noch draußen vor dem Tor lagen. Sie musste dafür sorgen, dass sie morgen hereingebracht wurden, bevor sie jemand stahl. Bilder von der Szene am Tor tauchten vor ihrem inneren Auge auf, wie verzweifelt er das Kind an seine Brust gepresst und um Hilfe gefleht hatte. Wo wollten die beiden nur hin?

Sie ging zurück ans Bett und musterte sein Gesicht, versuchte intensiv, darin etwas über ihn zu erfahren. Doch weder die schmerzlich gerunzelte Stirn noch seine geschlossenen Augen gaben irgendetwas preis. Es war ein angenehmes Gesicht. Das konnte man selbst jetzt sehen, wo es von der Krankheit ausgezehrt und fahl war.

»Hoffentlich war es das wert«, flüsterte sie ihm zu.

»Das hoffe ich auch.« Meredith stand in der Tür, den Kopf müde an den Türrahmen gelehnt. Sie hatte dunkle Schatten unter den Augen. Ihre Locken waren zu einem unordentlichen Zopf verschlungen, aus dem sich einzelne Strähnen gelöst hatten. Vorn auf ihrem Kleid hatte sie große dunkle Flecken. Evaine wollte gar nicht wissen, woher sie stammten.

»Ich hoffe, du weißt, was du da getan hast, Evaine«, sagte Meredith ernst.

»Ich bete, dass es das Richtige war.«

Es war dunkel um ihn herum, wie am Grund eines tiefen schwarzen Gewässers. Er war gefangen in der Dunkelheit und vollkommen allein. Sein Verstand war wie betäubt und versagte jeglichen Dienst. Er erinnerte sich an nichts, konnte keinen Gedanken fassen. Seine Sinne waren wie benebelt, sodass er nichts fühlte. Nichts außer schrecklicher Hitze, brennendem Durst und krampfartigen Schmerzen. Dies musste die Hölle sein.

Manchmal war er nicht allein in der Finsternis. Er hasste es, wenn sie kamen, die Teufel. Hämische Grimassen, verschwommene Gesichter, die ihn heimsuchten und quälten. Ihre körperlosen Fratzen schienen seinen Körper zu geißeln. Versetzten ihm bohrende Stiche, bis in seine Eingeweide. Dann ergötzten sie sich an seiner Qual. Ihre Münder formten Worte, riefen ihm zu, doch er verstand sie nicht. Ihr höhnendes Gelächter hallte wie Donnergrollen in seinem Kopf. Verzweifelt versuchte er seine Ohren zu verschließen, aber dann lachten sie nur noch lauter, bis das Grollen in seinem Kopf unerträglich wurde. Er wollte sie abschütteln, aber sie waren überall. Panisch versuchte er zu entkommen, fühlte den Schweiß und die Hitze seines Körpers. Seine Anstrengung war übermenschlich. Doch sie gaben nicht nach, trieben ihr Spiel mit ihm, neckten ihn, bis es sie langweilte. Dann ließen sie ihn in Ruhe und er war froh, wenn er wieder allein war in der Dunkelheit.

Hin und wieder war es ihm, als tauche sein Verstand aus dem dumpfen Dunkel hoch. Dann nahm er vereinzelte Geräusche um ihn herum wahr, einen frischen Windhauch in der stickigen Luft oder eine wohltuende Kühle auf seiner glühenden Stirn. Gnade, so schien es ihm. Göttliche Gnade in seiner unerträglichen Hölle. Doch sein Bewusstsein tauchte nie ganz aus der Finsternis auf und so konnte er nicht ausmachen, woher die Geräusche kamen und was um ihn herum geschah. Wenn er dann die Augen öffnen wollte und gegen den dumpfen Schleier ankämpfte, merkte er nur, wie er wieder ganz in die Dunkelheit versank.

Als er wieder einmal aus seinem Dämmerzustand auftauchte, überraschte es ihn daher, dass er geblendet wurde. Helles Licht schien ihm in die Augen. Er war schon so lang an das Dunkel gewöhnt, dass seine Augen das Licht kaum ertrugen. Schnell schloss er sie wieder und horchte in sich hinein, ob er auch wieder andere Empfindungen wahrnahm. Der brennende Durst war noch da. Doch die Schmerzen hatten etwas nachgelassen. Ihm war heiß.

Er versuchte erneut, die Augen zu öffnen. Doch die Helligkeit schmerzte ihn immer noch in den Augen. Der Durst war unerträglich. Er versuchte, sich zu räuspern. Seine Kehle war staubtrocken und Schlucken fühlte sich an, als hätte er eine Schwertklinge in seinem Hals. Er wollte unbedingt etwas trinken. Aber sein Körper gehorchte ihm nicht. Er schaffte es nicht einmal, sich aufzurichten.

Dann vernahm er das leise Geräusch von Schritten auf einem Holzboden und mit einem Mal verschwand die gleißende Helligkeit zugunsten eines angenehmen Dämmerlichts und er konnte endlich etwas sehen. Er befand sich offenbar in einer kleinen Kammer. Rechts von ihm war ein Fenster, durch das das schreckliche Licht hereingeschienen hatte. Jetzt waren Vorhänge vorgezogen. Er selbst lag in einem Bett, spürte ein weiches Kissen unter seinem Kopf und eine mit Stroh gefüllte Matratze unter sich.

Dann wieder das leise Klackern der Schritte. Jemand beugte sich über sein Bett, er sah in das Gesicht einer jungen Frau. Lange, dunkle Locken umrahmten ein schönes Gesicht, aus dem ihn grüne Augen aufmerksam ansahen. Wenn er vorher in der Hölle gewesen war, musste sie ein Engel sein. Er hatte immer gedacht, Engel wären blond und trügen weiße Gewänder. Aber ihr Kleid war schlicht und von einem gewöhnlichen Rotbraun. Als sie feststellte, dass er wach war, schenkte sie ihm ein bezauberndes Lächeln und sprach ihn freundlich an. Aber er verstand sie nicht. Wie könnte er auch, wenn sie ein Engel war? Er versuchte zu sprechen und wollte ihr sagen, wie durstig er war.

Doch ehe er dazu imstande war, verschwand ihr engelsgleiches Gesicht wieder und für den Moment glaubte er, zu verzweifeln. Das Brennen in seinem Hals würde ihn umbringen. Zu seiner großen Erleichterung kam sie jedoch zurück und hielt ihm einen

Becher an die Lippen, als hätte sie sein Verlangen in seinen Augen gelesen. Er trank gierig und merkte, wie er die Hälfte des kühlen Wassers verschüttete.

Geduldig hielt sie ihm den Becher hin und füllte ihn auf seinen flehentlichen Blick hin erneut nach. Während er weitertrank, sprach sie wieder leise auf ihn ein. Ein sanftes Gemurmel, von dem er nichts verstand. Es klang, als würde sie auf ein kleines Kind einreden, und das beruhigte ihn irgendwie.

Das Wasser hatte das Brennen in seiner Kehle etwas gemildert und er ließ sich erschöpft zurücksinken. Nachdem sein schlimmstes Verlangen gestillt war, merkte er wieder, wie heiß ihm war. Die Luft in der kleinen Kammer kam ihm stickig vor und seine Haare klebten ihm an der Stirn, während neue Schweißperlen an seinen Schläfen hinunterliefen.

Sie war immer noch im Zimmer, und nachdem sie eine Weile zu seiner Rechten gekramt hatte, kam sie zurück ans Bett mit einer Schale Wasser und einem Tuch. Sie tauchte das Tuch in die Schale und wischte ihm damit über Stirn und Schläfen. Es tat gut und er fühlte sich bereits ein bisschen besser. Dann strich sie seine Bettdecke zurück. Oberhalb seiner Taille war er nackt und es schien ihm, als hätte er unterhalb auch nicht viel mehr an. Ebenso vorsichtig wie sein Gesicht wusch sie dann seine Arme und seinen Hals. Ihre schlanken Hände fühlten sich kühl und sanft auf seiner Haut an. Er war ihr unendlich dankbar.

Er beobachtete sie, wie sie den Lappen für ihn immer wieder neu in der Schale auswusch und dann über seinen Körper strich. Sie sagte dabei nichts und schien das gleiche schon unzählige Male gemacht zu haben. Eingehend studierte er jede Regung in ihrem Gesicht und sog ihre Züge in sich auf. Sie hatte volle Lippen und ihre Augen wurden von dichten dunkeln Wimpern gerahmt. Er glaubte, in seinem ganzen Leben noch nie etwas Schöneres gesehen zu haben. Hin und wieder zuckte es um ihren Mund und ihre Bewegungen stockten für einen Augenblick, wenn ihre Hand mit dem Tuch über eine Narbe auf seinem Körper strich. Es verwunderte ihn, denn er selbst bemerkte die meisten kaum noch. Sie schien seinen Blick zu spüren und sah von ihren Händen zu ihm auf. Als sie sich seiner eingehenden Musterung bewusst wurde, schoss eine leichte Röte in ihre Wangen und sie blickte schnell wieder auf ihre Hände. Während sie ihn wusch, konnte er ihren Duft wahrnehmen. Leicht und frisch. Er erinnerte ihn an den Duft von Kletterrosen.

Als sie fertig war, räumte sie die Schüssel weg. Dann öffnete sie das Fenster hinter den Vorhängen. Unter der kalten Luft von draußen wölbten sich die Vorhänge nach innen und die kühle Luft strich über seinen noch feuchten Körper hinweg. Er wollte ihr gerne sagen, wie dankbar er ihr war.

Er räusperte sich. Aus seinem Hals kam jedoch nur ein heiseres Krächzen und nicht einmal er selbst konnte daraus ein menschliches Wort verstehen.

Doch der dunkelhaarige Engel hatte ihn gehört und trat wieder ans Bett. Als sie sich über ihn beugte, schenkte sie ihm wieder ihr warmes Lächeln. Die Farbe ihrer Augen erinnerte ihn an kühles Moos, wie es zu Hause auf den Felsen am Meer wuchs.

Sachte legte sie einen ihrer Finger an ihre Lippen.

»Sch. Still! Nicht sprechen.« Jetzt hatte er sie verstanden. Sie sprach Französisch mit ihm und er wunderte sich, wieso der schöne Engel mit Akzent sprach.

Sie drückte ihn zurück in die Kissen und bedeutete ihm zu schlafen. Gerne folgte er dieser Anweisung und spürte auch schon, wie der Schlaf ihn übermannte. Zum ersten Mal seit einer gefühlten Ewigkeit sank er nicht mehr in das unheimliche Dunkel hinab, sondern in einen tiefen Schlaf.

Er träumte von meergrünen Wellen, die gegen moosbewachsene Felsen schlugen. Erinnerungen aus seiner Kindheit tauchten vor ihm auf. Der Burghof im strahlenden Sonnenschein, das Lachen seiner Mutter und der durchdringende Geruch von rosafarbenen Kletterrosen. Er selbst als Kind und sein Vater, der ihn den Umgang mit Pfeil und Bogen lehrte.

Er lag wieder zu Hause auf der Wiese unter der alten Buche.

Generationen seiner Familie hatten bereits ihre Initialen in ihren Stamm geritzt. Er hatte sich ebenfalls darin verewigt. Kunstvoll hatte er die Buchstaben R und A in den Stamm geschnitzt. Das Messer hatte er von seinem Vater bekommen, denn ein Knappe sollte sein eigenes Messer haben. Als Ritter würde er ihm ein eigenes Schwert schenken.

Er lag auf dem Rücken im Schatten des Baumes. Die Sonne flimmerte durch das grüne Laub und zauberte Sonnenflecken neben ihm auf den Boden. Verträumt schaute er in das wogende Blättermeer, das sich über ihm sacht im Wind bewegte. Und mit einem Mal blickten sanfte grüne Augen aus der Blätterdecke auf ihn herab. Er fühlte sich wohl.

Doch das Szenario veränderte sich. Es wurde dunkel. Als käme ein schweres Sommergewitter, wurde der Himmel über ihm tiefschwarz. Mit einem Schlag wurde es eiskalt. Das Blätterdach und die Wiese waren verschwunden. Um ihn herum war frostige Ödnis, eisige Steppe. Es pfiff ein schneidender Wind. Die grünen Augen sahen immer noch auf ihn herunter. Aber die Sanftmut war verschwunden. Weit aufgerissen und angsterfüllt starrten sie ihn durch rostige Gitterstäbe hindurch an.

Mit einem Schlag nahm sein Verstand seine Arbeit wieder auf, ordnete alle verworrenen Eindrücke zu einem Bild. Und seine Erinnerung kam glasklar bis in jedes Detail zurück. SIE! Sie war das am Tor gewesen. ARNAUD! Lähmende Angst durchfuhr ihn. Das blasse, von Fieber gezeichnete Gesicht tauchte vor seinen Augen auf. Er hatte versucht, zu entkommen. Als die Ruhr unter ihnen ausgebrochen war, hatte er versucht, ihr zu entgehen, Arnaud von dort wegzuschaffen. Aber es war zu spät gewesen. Er hörte wieder das schmerzliche Stöhnen, wenn die Krämpfe seinen kleinen Körper schüttelten. Spürte wieder seine eigene Hilflosigkeit, als er untätig mit ansehen musste, wie sein Zustand immer schlechter wurde. Aber er konnte nur warten und beten, dass sie bald Hilfe fanden. Und dann das jämmerliche Wimmern, das er kaum ertragen konnte. Später hörte das Wimmern auf. Das war noch schlimmer. Ab da lauschte er panisch auf jeden Atemzug. ARNAUD!

Schweißnass fuhr er aus dem Schlaf hoch. Sein Herz hämmerte in seiner Brust. Hektisch sah er sich um. Diesmal war er allein in der kleinen Kammer. Es war dämmrig. Blass hob sich das kleine Fenster gegen die dunklen Wände ab. Die Vorhänge waren jetzt wieder zur Seite gezogen, sodass er die silbrige Mondsichel sehen konnte. Bei seiner Ankunft war noch beinahe Neumond gewesen. Offenbar war er bereits seit Tagen hier. Wie viele Stunden waren wohl vergangen, seit er das letzte Mal aufgewacht war? Oder waren es Tage? Er hatte keine Ahnung. Wo zur Hölle war er? Und wo war Arnaud? Kalte Angst umklammerte sein Herz und lähmte seine Gedanken. Wenn ihm etwas passiert war!

»ARNAUD!« Er rief, so laut er konnte. Seine Stimme war ein raues, brüchiges Krächzen, das kaum die kleine Kammer erfüllte und erst recht nicht durch die Tür auf den Gang drang. Niemand würde ihn hören. Er musste raus aus diesem Bett!

Mühsam stemmte er sich hoch, bis er aufrecht im Bett saß. Ihn schwindelte leicht und sein Magen fühlte sich flau an. Gerne hätte er sich jetzt schon wieder hingelegt. Dennoch schlug er die Decke zurück. Darunter war er splitternackt. Sofort umfing ihn die Kälte des unbeheizten Zimmers. Ihn fröstelte. Suchend fuhr sein Blick durch das Zimmer. In der Ecke neben der Tür entdeckte er seine Sachen. Sauber zusammengelegt lagen seine Kleider auf einem Stuhl. Sein Kettenhemd lag darunter auf dem Boden und schimmerte schwach im Mondlicht. Vorsichtig schwang er die Beine über die Bettkante. Er merkte, wie ihm kalter Schweiß ausbrach und die Übelkeit zunahm. Vorsichtshalber hielt er erst einmal inne. Sein Herz schlug heftig gegen seinen Brustkorb.

»ARNAUD!« Erneut versuchte er es mit Rufen. Angestrengt lauschte er in das Halbdunkel. Draußen säuselte der Wind gegen das kleine Fenster. Die Balken seiner Zimmerdecke ächzten leise. Auf dem Gang vernahm er das gedämpfte Knacken des Holzfußbodens. Erwartungsvoll horchte er auf. Doch dann wurde es wieder still.

Er dachte an den dunkelhaarigen Engel. Er hatte ihn in ihre Arme gelegt. Das war das Letzte, woran er sich erinnerte. Wenn er nur ihren Namen wüsste! Er musste sie finden. Oh Gott, bitte mach, dass Arnaud noch lebt! Inbrünstig sandte er Stoßgebete zu allen Heiligen, die ihm einfielen.

Er wartete ab. Wartete, dass der Schwindel und die Übelkeit nachließen. Mittlerweile zitterte er am ganzen Körper. Er war sich nicht sicher, ob vor Kälte oder vor Anstrengung. Es war auch einerlei. Er musste jetzt aufstehen.

In greifbarere Nähe fand er nichts, an dem er sich abstützen konnte. Neben seinem Bett befand sich lediglich ein kleiner Hocker. Der Stuhl mit seiner Kleidung stand hinten in der Ecke des Zimmers. Allein würde er nicht hochkommen. Aus dem Augenwinkel nahm er ein metallisches Funkeln wahr. Sein Schwert! An das Fußende seines Bettes gelehnt, glänzte es im fahlen Licht. Er hangelte danach und bekam den Griff zu packen. Fest umschloss seine Hand das kalte Metall und er spürte das vertraute Gewicht. Er zog es zu sich heran und merkte erschrocken, wie schwach er war. Es fiel ihm schwer, das Schwert zu halten, das sonst wie natürlich zu ihm gehörte. Vorsichtig glitten seine Finger über die glatte Klinge. Wie immer tröstete ihn das Gefühl und machte ihm Mut.

Energisch setzte er die Klinge mit der Spitze auf den Boden und stützte sich dann auf den Griff. Mit ganzer Kraft hievte er sich vom Bett hoch und schaffte es tatsächlich, auf die Beine zu kommen. Seine Muskeln zitterten vor Anstrengung und er merkte, wie der Schwindel ihn wieder überkam. Einen Schritt nach dem anderen! Er musste nur einen Schritt nach dem anderen machen. Mit Gewalt versuchte er, die Kontrolle über seinen lahmen Körper zu gewinnen. Konzentriert atmete er ein und wieder aus. Die Übelkeit und der Schwindel wurden immer schlimmer. Er blinzelte angestrengt, um das Flimmern vor seinen Augen zu vertreiben. In seinen Ohren rauschte es.

Unvermittelt flog die Tür zu seiner Kammer auf und das Zimmer wurde vom Licht einer Öllampe erhellt. Wie aus dem Nichts stand die engelsgleiche Frau im Eingang. Mit wirren Haaren und in einem hellen Nachthemd, nur mit einem Tuch um die Schultern. In seiner Anspannung hatte er sie nicht kommen hören.

Erschrocken fuhr er hoch und verlor im selben Moment sein Gleichgewicht. Langsam wie ein träger Sack Mehl kippte er nach vorn. Der Boden kam ihm immer näher, ohne dass er etwas tun konnte.

Schneller, als er es ihr zugetraut hätte, sprang sie nach vorn, um ihn abzustützen. Wie ein Stein fiel er in die ausgebreiteten Arme. Er traf sie mit der ganzen Wucht seines Körpergewichts und riss sie mit sich. Die Lampe in ihrer Linken fiel scheppernd zu Boden, leuchtete aber weiter. Sie war nicht nur schneller, als er ihr zugetraut hätte, sondern auch kräftiger, als ihre schlanke Erscheinung es vermuten ließ.

Eisern stemmte sie sich mit allem, was sie hatte, gegen sein erdrückendes Gewicht. Sie schaffte es nicht, seinen Sturz aufzuhalten, doch immerhin lenkte sie die Wucht seines Falls, sodass sie beide seitlich auf das Bett fielen.

Das Bettgestell krachte protestierend, als er darauf aufschlug und sie mitten auf ihn fiel. Ihr Ellenbogen rammte sich in seinen Magen. Keuchend blieb ihm die Luft weg. Dann prallte ihr Kopf unsanft mit dem seinen zusammen. Sein ganzer Schädel schien davon zu vibrieren.

Nach Luft ringend blieben sie liegen.

Sie rappelte sich als Erstes wieder hoch. Ihm wurde bewusst, dass er vollkommen nackt war und sie lediglich ein Nachthemd trug. Vielleicht war ihr das ebenfalls aufgefallen, denn sie hatte einen hochroten Kopf und bemühte sich, so schnell es ging von ihm herunterzukrabbeln.

Schnaufend blieb sie am Fußende des kleinen Bettes hocken. Dort betastete sie vorsichtig die Stelle an ihrer Augenbraue, wo sie mit ihm zusammengestoßen war. Sachte befühlte sie die kleine Platzwunde mit den Fingerspitzen und inspizierte anschließend missmutig das Blut, das daran klebte. Dann streifte sie es achtlos an ihrem Nachthemd ab. Er lag schief auf dem Rücken im Bett. Seine Beine hingen seitlich über die Bettkante. Auch sein Schädel brummte und er war sich nicht sicher, ob er sich übergeben musste. Tief einatmen. Er wartete regungslos. Atmete nochmals. Vielleicht würde es ja ohne gehen.

»Was sollte das?« Sie hatte ihre Aufmerksamkeit jetzt erneut ihm zugewandt. Anklagend fixierte sie ihn. »Wo wolltet Ihr hin? Ihr seid viel zu schwach zum Aufstehen!« Wieder dieser seltsame Akzent.

»Arnaud«, erwiderte er schlicht. Mehr brachte er jetzt nicht heraus.

Ihr Blick änderte sich und das empörte Funkeln in ihren Augen verschwand.

»Arnaud?«

»Wo ist er?«

Er stützte sich auf die Ellenbogen.

»Meint Ihr den Jungen?«

Er nickte kraftlos. Er sah in ihrem Gesicht, wie sie ihre Antwort abwog. *Himmel, sag etwas!*

»Ich war gerade bei ihm. Sein Zimmer liegt gleich neben Eurem.«

Dann hatte sie ihn also doch gehört. Zögernd fuhr sie fort.

»Er lebt. Aber er ist noch sehr krank.«

Bei ihren Worten fiel ihm ein Stein vom Herzen. Er fühlte sich, als wäre eine tonnenschwere Last von ihm genommen. Im Stillen dankte er Gott und allen Heiligen.

Müde ließ er sich zurückfallen. Blieb einfach liegen. Ihm war eiskalt und ihn fröstelte wieder. Aber er konnte sich nicht dazu aufraffen, die Decke unter seinen Beinen hervorzuziehen. Wieder fiel ihm auf, dass er auch noch nackt war. Aber es kümmerte ihn nicht wirklich. Wie es schien, hatte sie ihn bereits öfter nackt gesehen.

Sie war inzwischen aus dem Bett gestiegen. Zerrend beförderte sie die Decke unter ihm hervor und deckte ihn zu. Das Frösteln wurde etwas besser.

»Könnt Ihr Euch richtig ins Bett legen?«, fragte sie in ihrem komischen Akzent.

Ihr war wohl nicht klar, was sie da von ihm verlangte. Er wollte hier liegen bleiben und die Augen schließen. Vielleicht würde er einfach sterben. Jetzt sofort. Er war noch nicht ganz sicher.

Geschäftig begann sie, seine Beine ins Bett zu heben und dann die Decke darüber zu richten.

»Was meint Ihr? Könnt Ihr Euch etwas hochziehen? Dann ist es viel bequemer.«

Sie würde keine Ruhe geben. Seufzend tat er ihr den Gefallen und stemmte sich hoch, bis er seinen Kopf wieder auf das Kissen sinken lassen konnte.

Offenbar fror sie ebenfalls in ihrem Nachthemd. Wärmend rieb sie sich über die Arme. Sie ging zurück zum Eingang, wo ihr das Tuch von den Schultern gefallen war, und sammelte es ein. Emsig hob sie auch die Lampe auf und stellte sie neben seinem Bett auf den Hocker.

»Geht es Euch besser?«, fragte sie und trat wieder an ihn heran.

Müde nickte er. Im flackernden Schein der Lampe sah sie ebenfalls erschöpft aus. Unter ihren Augen lagen tiefe Schatten. Gerade unterdrückte sie ein Gähnen.

Er griff nach ihrer Hand, die lose herabhing. Erstaunt sah sie ihn an. Im dämmrigen Licht sahen ihre Augen dunkel aus.

»Arnaud! Ich muss ihn sehen!«, drängte er heiser.

»Bald«, erwiderte sie, »wenn es Euch besser geht. Ihr solltet noch ein wenig schlafen.« Unbehaglich versuchte sie, ihre Hand aus seiner zu lösen, aber er hielt sie fest.

»Bitte geht noch nicht.«

Er war schon zu lang allein in diesem Albtraum. Er sehnte sich nach der Gegenwart eines menschlichen Wesens.

Ihre andere Hand spielte nervös mit den Ecken des Tuches und sie warf einen flüchtigen Blick zur Tür. Dann nickte sie und setzte sich auf die Bettkante.

»*Merci*«, flüsterte er und schloss die Augen.

Er hielt ihre Hand immer noch fest. Es tat gut, menschliche Nähe zu spüren. Er hätte sie gerne weiter gehalten, doch sie rutschte unbehaglich auf der Matratze herum und versuchte nachdrücklich, ihre Hand aus seiner zu befreien, und so gab er sie frei.

»Kann ich Euch etwas fragen?«

Er nickte, ohne die Augen zu öffnen.

»Wie lautet Euer Name?«

»Robert d'Arbuste«, antwortete er und sah sie wieder an. Sie kaute auf ihrer Unterlippe. Und spielte mit den Fransen des Tuches.

»A und R. Ich habe die Initialen auf Eurer Kleidung gesehen«, sinnierte sie vor sich hin. »Ist Arnaud Euer Sohn?«

Das war gewiss die nächstliegende Vermutung, aber nicht die Wahrheit.

»Nein«, antwortete er ächzend, »er ist mein Knappe.«

Sie nickte nur und musterte ihn eindringlich. Zwischen ihren Augenbrauen erschien eine kleine steile Falte. Offenbar hatte sie noch mehr Fragen.

»Wohin wart Ihr unterwegs?«

Er konnte ihre Neugierde gut verstehen. Immerhin hatte sie einen vollkommen Fremden eingelassen. Aber ihre direkten Fragen und der strenge Ton ihrer Stimme gaben ihm das unangenehme Gefühl, ausgefragt zu werden.

»Eine Nachricht an *Cwén* Edith«, entgegnete er einsilbig. Das Reden strengte ihn mehr an, als er vermutet hätte.

»Auf dem Weg dorthin seid Ihr und der Junge dann erkrankt?«, folgerte sie.

Er nickte.

»So viele waren bereits krank. Ich hatte gehofft, dass er sich nicht anstecken würde, wenn …« Er brach in einen Hustenanfall aus. Schnell reichte sie ihm etwas Wasser und er trank gierig.

»Euer Hals ist vom Fieber ausgetrocknet. Es wird bald besser werden, wenn Ihr viel trinkt.«

Sie setzte das Wasser zur Seite und schüttelte dann das Kissen unter seinem Kopf auf. Ihre dunklen Locken ruhten auf seiner nackten Schulter, während sie sich über ihn beugte. Wieder nahm er ihren zarten Duft war. Dann schob sie ihm das Kissen wieder unter.

Sein Hals hatte sich ein wenig beruhigt und es drängte ihn, das Gespräch fortzusetzen. Er hatte ebenfalls tausend Fragen.

»Euer Name, *Madame?«*

»Evaine. Evaine von Allingham.«

»Evaine«, wiederholte er murmelnd.

Es klang weich und melodiös. Und besonders. Es passte gut zu ihr.

»Ihr seid hier auf der *burh* von Allingham, dem Stammsitz des *Thegn* von Allingham«, klärte sie ihn auf.

»Euer Ehemann?«

»Nein.« Sie schüttelte lächelnd den Kopf. »Mein Vater.«

»Ihr sprecht Französisch?«, krächzte er.

Ein spöttisches Lächeln umspielte ihren Mund.

»Ihr seid nicht die ersten Normannen in England.« Dann fuhr sie fort: »Mein Vater hatte lang ein Amt am Hof von *Cyning* Edward inne. Und wie Ihr sicher wisst, nannte er sich zwar ›*Cyning* aller Engländer‹, sprach aber selbst kaum ein Wort Angelsächsisch.« Trocken fügte sie hinzu: »Aber ohne seine Vorliebe für die Normandie wärt Ihr und Euer Herzog ja nicht hier.«

Offenbar war sie über die politische Situation im Bilde. Ohne Edwards enge Beziehungen zur Normandie hätte der Herzog keinen so starken Thronanspruch gehabt.

»Meine Schwester und ich haben bei Hofe Französisch gelernt.«

»Wo steht Euer Vater jetzt?« Nicht wenige der angelsächsischen *Eorls* hatten sich nach der Niederlage bei Hastings auf die normannische Seite geschlagen, um zu retten, was ihnen geblieben war. Er vermutete, dass ihr Vater dazugehörte, wenn sie ihn aufgenommen hatte.

Doch ein schmerzhafter Zug erschien um ihren Mund und die kleine Falte zwischen ihren Brauen trat noch deutlicher hervor.

»Er gehört zu Harold Godwinsons Gefolge …« Sie stockte.

Wie hypnotisiert klebte ihr Blick auf ihm, bis er merkte, dass sie die frische, noch rosig leuchtende Narbe auf seinem Oberarm anstarrte. Sie schluckte angestrengt, dann blinzelte sie und riss ihren Blick von der Narbe los.

Er begriff. Bilder unzähliger toter Angelsachsen tauchten vor seinem inneren Auge auf. Der Boden war übersät davon. Frisches Blut mischte sich mit dem schlammigen Boden von Hastings, bis man das Gefühl hatte, durch ein Meer von Blut zu waten. Er glaubte, wieder den metallischen Geruch zu riechen. So intensiv, dass man meinte, es sogar auf der Zunge zu schmecken. *Senlac* nannten die Angelsachsen den Ort. Für ihn klang es wie *Sanguelac*, See aus Blut. Er versuchte, das Bild abzuschütteln, so wie er es immer tat, wenn ihn die Erinnerungen heimsuchten. Aber diesmal wurde er das beklemmende Gefühl nicht los, das ihr Blick in ihm ausgelöst hatte.

»Ihr habt nichts mehr von ihm gehört?«, fragte er vorsichtig.

»Nein«, flüsterte sie. »Seit Hastings nichts mehr.«

Sie schwiegen beide. Evaine wandte den Blick von ihm ab und schaute in Gedanken versunken in das Halbdunkel des kleinen Zimmers. Sie kaute wieder an ihrer Unterlippe. Er hätte ihr gerne etwas Tröstliches gesagt. Aber er konnte es nicht. Es kam ihm unaufrichtig vor. Zu deutlich sah er auch die Leichen seiner Kameraden vor sich, Leichen von Männern, mit denen er gelacht und getrunken hatte. Sie lagen neben den Angelachsen im blutigen Morast, ihre Schädel gespalten von angelsächsischen Äxten. Damals hatte er kein Mitleid gehabt und kein Erbarmen. Doch jetzt fühlte er sich mit einem Mal schuldig. Er war immer sicher gewesen, dass es im Kampf weder Recht noch Unrecht gab. Es war brutal und es war grausam, aber so war es eben. Es gab nur wenige Regeln. Töte niemanden, der am Boden liegt, greife niemanden heimtückisch von hinten an, fertig. Er hatte sich daran gehalten und immer ein reines Gewissen gehabt. Bis jetzt. Doch irgendwie hatte sie die Regeln geändert. Sie hatte alles auf den Kopf gestellt. Es war ihm ein Rätsel. Wieso hatte sie ihm nur geholfen? Was sie über ihren Vater erzählt hatte, machte es ihm noch unverständlicher. Hätte er es auch getan, wenn er an ihrer Stelle gewesen wäre? Er war sich nicht sicher, aber er glaubte es nicht. Schließlich konnte er die Frage nicht mehr länger aufschieben.

»Wieso?«, flüsterte er mitten in das mit Schweigen gefüllte Dämmerlicht hinein. Sie hob den Kopf und begegnete seinem fragenden Blick.

»Wieso habt Ihr uns geholfen?«

Mit einem leisen Seufzen schaute sie von ihm zu dem dunklen Holzkreuz, das über der Kommode hing.

»Ich musste es tun. Es war richtig«, antwortete sie, den Blick fest auf das Kreuz gerichtet. »Das heißt nicht, dass es leicht war oder dass ich es gerne getan habe«, fügte sie kühl hinzu. Ein harter Zug zeigte sich um ihren Mund und ihr Ton wurde bitter. »Manchmal ist das Richtige ungerecht und grausam. Es verlangt geradezu Unmenschliches von einem.«

Die Hände zu Fäusten geballt, biss sie die Zähne so fest zusammen, dass ihre Lippen zu einem schmalen Strich wurden. Ihre anklagenden Worte erfüllten die ganze Kammer und lasteten schwer auf der Stille, die folgte.

Robert war nicht sicher, wem ihre bitteren Worte galten, Gott oder ihm. Vielleicht wusste sie es selbst nicht. Doch er merkte, wie das Gefühl der Schuld in ihm zunahm. Sie hatte ihm geholfen, um das Richtige zu tun. Ihre Worte hallten in ihm nach. Sie hatte recht. Das Richtige war oft grausam und brutal. Er erinnerte sich schmerzlich an jenen Tag vor fast zehn Jahren, als er Melisande sein Versprechen gegeben hatte. Es hatte ihn beinahe umgebracht. Aber auch das war richtig gewesen. Abwesend rieb er die Stelle an seinem Hals direkt unter seinem linken Ohr, unterließ es aber, als es ihm bewusst wurde.

Sie atmete tief durch. Dann entspannte sich ihr Körper ein wenig und sie wandte ihren Blick wieder ihm zu.

»Dennoch war es das Richtige.«

Es klang seltsam versöhnlich und milderte etwas die dumpfe Last auf seiner Seele.

»*Merci.*«

Es war abgedroschen, belanglos. Es drückte seine eigentlichen Gefühle nicht einmal ansatzweise aus. Dennoch gab es auch kein Wort, keinen Ausdruck, der es eher beschreiben konnte.

Sie blickte zu Boden. Sie verstand nicht, wie ernst es ihm war.

Erneut griff er nach ihrer Hand und hielt sie fest. Zwang sie, ihn wieder anzusehen. Intensiv begegnete sein Blick ihren grünen Augen.

»Ich danke Euch!«, wiederholte er eindringlich und hoffte, dass sie verstand, wie viel mehr er eigentlich sagen wollte.

Sie hielt seinem Blick stand. Schließlich nickte sie langsam.

»Ja«, flüsterte sie schlicht.

Er lockerte den Griff um ihre Hand, ließ aber nicht los. Diesmal entzog sie ihm ihre Hand nicht. Erschöpft schloss er erneut die Augen. Das Gespräch hatte ihn ermüdet. Gleichzeitig hoffte er, dass sie noch nicht ging und ihn mit den quälenden Sorgen in der Dunkelheit allein ließ. Sie schien seinen Wunsch nach Ruhe zu spüren. Denn sie sagte nichts mehr und blieb einfach an seiner Seite sitzen. Er horchte auf ihren gleichmäßigen Atem. Willig ließ er zu, wie die Monotonie des Geräuschs ihn einlullte und ihn langsam der Schlaf erneut übermannte.

»Es tut mir so leid«, flüsterte Evaine.

Er hatte darauf bestanden, dass sie ihn endlich zu dem Jungen, zu Arnaud, brachte. Es ging ihm zwar etwas besser als in der vergangenen Nacht, aber aufzustehen hatte ihn alle Kraft gekostet. Als er schließlich am Bett des Jungen saß, waren sie und er in Schweiß gebadet. Von der Anstrengung war sein Gesicht wieder fahl und die Kleidung, die er eben erst angezogen hatte, nass geschwitzt. Sie hatte ihm etwas zum Anziehen gebracht. Sein ledernes Waffenhemd schien ihr zu unbequem. Also hatte sie etwas Altes von ihrem Vater herausgesucht. Der Stoff war vom häufigen Waschen schon ganz dünn geworden und die Farbe war ein undefinierbares Graubraun. Ihr Vater war etwas kleiner als er, dafür aber ein wenig fülliger, sodass das Hemd ihm an den Armen ein paar Fingerbreit zu kurz, um den Bauch aber dafür umso weiter war. Es hätte eigentlich lächerlich aussehen müssen. Aber er sah nur elend aus. Seine Wangen waren eingefallen und er hatte die Lippen fest zusammengepresst. Seine Augen lagen tief in den Höhlen und waren von Sorgenfalten umgeben.

Evaine fiel ein, dass »er« ihr seinen Namen verraten hatte. Sie musste sich erst daran gewöhnen, ihn in Gedanken nicht mehr nur als »den Ritter« oder »den Normannen« zu bezeichnen.

Robert. Robert d'Arbuste. Bereits sein Name war durch und durch normannisch. Die ersten Tage hatte sie ausgeblendet, wer er war. Er war ein namenloser Unbekannter, ein Mann ohne Vergangenheit, einfach ein Mensch, dem sie helfen musste. Aber jetzt, da er wach war, war es anders. Sie konnte es nicht mehr verdrängen. Jede Faser seines Körpers, jeder Muskel, jede Narbe schienen sie anzuschreien, dass er vielleicht ihren Vater auf dem Gewissen hatte. Die empörte Stimme in ihrem Kopf wurde immer lauter, forderte sie auf, sich zu weigern, noch irgendetwas für ihn zu tun. Doch dann dachte sie wieder an sein gekrächztes »Wieso?« von letzter Nacht. Und im gleichen Moment verstummte die aufgebrachte Stimme und sie spürte Scham. Brauchte es einen Grund, ein Menschenleben zu retten? Sie hatte kein Recht, über ihn zu richten. Und doch räumte er ihr dieses Recht ein mit seinem kleinen, leisen »Wieso?«.

Sachte legte Robert die Hand auf die fiebrige Stirn des Jungen. Arnauds Lippen waren vom Fieber aufgesprungen und farblos. Seine Haut war beinahe so weiß wie das Betttuch, auf dem er lag. Nur die Schatten um seine Augen hoben sich dunkel von seinem Gesicht ab. An seiner Stirn lief eine Schweißperle hinab in die bereits feuchten Haare an seinen Schläfen. Bei seinem Anblick wurde Evaine ganz elend zumute. Letzte Nacht hatte sie es nicht übers Herz gebracht, dem Normannen die ganze Wahrheit über seinen Knappen zu sagen. Doch selbst ein Blinder konnte sehen, dass es schlecht um den Jungen stand.

Bereits beim Betreten des Zimmers meinte man den Todeskampf zu spüren, der hier ausgefochten wurde. Obwohl es nicht übermäßig warm war, war die Luft stickig. Der Geruch von Exkrementen lag unangenehm in der Luft. Keuchender Atem erfüllte die kleine Kammer. Der Junge atmete so schwer, dass man sofort auf das angestrengte Auf und Ab horchte, in Sorge, dass es plötzlich aufhören könnte. Hin und wieder wurde sein hörbarer Atem von gequältem Stöhnen unterbrochen.

»Sein Durchfall wird einfach nicht besser«, wisperte sie.

Instinktiv hatte man das Gefühl, leise sein zu müssen, um das Kind in seinem schweren Kampf nicht zu stören.

Der Normanne nickte nur stumm. Sanft streichelte seine Hand die bleiche Kinderwange. Sie konnte nicht anders, als schreckliches Mitleid mit ihm zu haben.

»Glaubt Ihr, Gott straft einen Knaben für die Sünden eines Mannes?« Seine Stimme war immer noch ein wenig heiser von der Austrocknung. »Ein unschuldiges Leben für die Schuld eines anderen?«

»Nein«, entgegnete sie fest, weil sie das einfach nicht glauben konnte.

»Und wenn es zu viel Schuld ist? Mehr, als ein einziges Leben tilgen kann?«

Vehement schüttelte sie den Kopf, doch er fuhr fort, ehe sie etwas erwidern konnte.

»Habt Ihr schon einmal etwas bereut, *Madame?«*

Er fuhr sich mit der Hand über das Gesicht und massierte dann gedankenverloren seinen Nacken.

Reue. Ja, sie hatte schon etwas bereut. Sie dachte an Cædmon. Bitter bereut.

»Ich meine, wirklich bereut? So sehr, dass Ihr auf der Stelle Euer Leben dagegen aufwiegen würdet?«

Sie schluckte. Nein so sehr hatte sie noch nichts bereut. Sie suchte nach etwas Tröstlichem, das sie ihm sagen konnte.

»Es ist nicht Eure Schuld.«

Die Worte klangen in ihren eigenen Ohren hohl und leer. Doch etwas Besseres fiel ihr nicht ein.

»Über seine Schuld sollte besser Gott richten.«

Hinter ihnen erklang Merediths kühle Stimme ebenfalls auf Französisch. Überrascht fuhr Evaine zu ihr herum. Sie stand im Türrahmen, die Arme abwehrend vor der Brust verschränkt, und fixierte den Normannen kalt. Auch er sah vom Bett hoch und richtete sich etwas auf.

»Eure Schwester, *Madame?* Die Ähnlichkeit ist nicht zu übersehen.«

»Meredith, unser *Gast* heißt Robert d'Arbuste.« Evaine betonte das Wort *Gast* überdeutlich. Dann wandte sie sich ihm zu. »Meine Schwester, Meredith von Allingham.«

Er nickte ihr zu und ignorierte Merediths angreifende Worte.

»Ich möchte auch Euch danken, *Madame.* Für Eure Obhut und Pflege. Ich stehe tief in Eurer Schuld.«

»Ich habe es nicht für Euch getan«, erwiderte Meredith schneidend. »Ich habe es nur dem Jungen zuliebe getan.«

Bei ihren Worten spannte sich sein Körper wachsam an und die Furchen um seine Augen wurden noch tiefer.

»Ich verstehe«, entgegnete er tonlos. »Dann danke ich Euch in Arnauds Namen.«

Meredith quittierte seinen Dank lediglich mit einem herablassenden Blick. Die Atmosphäre in dem engen Raum war unerträglich und die Spannung zwischen dem Normannen und ihr beinahe greifbar. Einzig Arnauds leises Wimmern war zu hören.

Evaine ging an das kleine Fenster und öffnete es, um etwas frische Luft hereinzulassen. Ein kalter Windstoß fuhr herein. Evaine hoffte, dass er auch Merediths Gemüt etwas abkühlte.

Meredith trat an das Bett des Jungen und befühlte prüfend seine Stirn. Ratlos schüttelte sie den Kopf. »Sein Durchfall wird einfach nicht besser«, sagte sie auf Angelsächsisch.

Sie griff über den Mann hinweg nach einem Tuch und benetzte es in der wassergefüllten Schale, die auf der Truhe neben dem Bett stand. Sorgfältig tupfte sie die Schweißperlen von Arnauds Stirn und bemühte sich dabei, den Normannen möglichst nicht zu berühren.

Er saß schweigend daneben und beobachtete jede ihrer Handbewegungen eindringlich, als hoffte er, dass Arnauds Zustand sich daraufhin bessern würde. Geistesabwesend rieb er wieder mit der Hand eine Stelle links an seinem Hals.

»Wie geht es ihm?«, fragte er leise. In seiner Stimme lag ein beinnahe flehender Unterton.

Meredith ignorierte ihn und hielt einen Becher Wasser an Arnauds leicht geöffneten Mund. Doch das meiste lief an seinen Lippen vorbei und sickerte in das Bettlaken. Resigniert stellte sie den Becher auf der Truhe ab.

»Er hat immer noch hohes Fieber und muss dringend etwas trinken, sonst wird er austrocknen«, klärte Evaine ihn in normannischem Französisch auf.

Bei diesen Worten vergrub der Ritter das Gesicht in seinen Händen.

Evaine fand, dass Meredith ihm großes Unrecht tat. Jeder konnte sehen, wie sehr ihn die Krankheit des Kindes mitnahm.

Meredith trat vom Bett zurück. Kritisch musterte sie den verzweifelten Mann am Bett des Kindes. Mit einem Mal weiteten sich ihre Augen. Sie sog scharf die Luft ein und fuhr dann wie eine zorngeladene Furie zu Evaine herum.

»Du hast ihm Vaters Sachen gegeben!«

Evaine zuckte zusammen. Auch er fuhr hoch.

»Er brauchte etwas zum Anziehen, Meredith. Es sind doch nur alte Sachen.«

»Vaters Sachen!« Ihre Stimme wurde lauter. »Du lässt diesen Mörder Vaters Sachen tragen!«

Drohend wies sie auf ihn und funkelte ihn mit hasserfüllten Augen an. Misstrauisch sah der Normanne von einer Schwester zur anderen. Sie sprachen jetzt angelsächsisch, dennoch konnte man die Bedeutung ihrer Worte an ihren Gesichtern ablesen.

»Meredith!«

»Doch, Evaine! Genau das ist er, ein Mörder!«

»Hör sofort auf!« Evaines Worte prallten wirkungslos an ihr ab.

»Nein, verdammt! Das werde ich nicht! Er hat Menschen getötet, unsere Freunde, unsere Familie! Wie kannst du einfach so tun, als wäre es nicht wahr! WIE?«

»SEI STILL!« Evaine schrie nun ebenfalls. Sie wollte das nicht hören. Sie würde verrückt, wenn sie an ihren Vater dachte. Wenn sie sich vorstellte, dass er auf diesem elenden Schlachtfeld starb, ohne dass es jemanden kümmerte. Angestrengt kämpfte sie gegen das Brennen in ihren Augen an.

»Wie könnte ich *nicht*? Wie könnte ich ihm *nicht* helfen?«

Meredith schnappte nach Luft, um etwas zu entgegnen, aber sie ließ ihr keine Gelegenheit dazu.

»Um uns herum sterben Menschen! Ich kann nicht länger untätig zusehen, wie noch mehr sterben, wie dieses Kind stirbt!«

Sie würde es nicht zulassen. Sie würde nicht zulassen, dass Arnauds Tod niemanden kümmerte. Es kümmerte sie!

Merediths Mund klappte wieder zu und sie funkelte Evaine schweigend an. Finster betrachtete sie dann das keuchende Kind.

»Er stirbt sowieso.«

Evaine wusste, dass sie recht hatte. Aber es ausgesprochen zu hören, war wie ein Schlag ins Gesicht.

»Wir können nichts mehr für ihn tun.«

Nein, so einfach würde sie Meredith die Sache nicht machen. So schnell gab sie nicht auf!

»Wir vielleicht nicht. Aber jemand anderes«, entgegnete Evaine und wischte entschlossen eine Träne aus ihrem Augenwinkel.

»Du hast das schlechteste Wegegedächtnis, das ein Mensch haben kann!«, sagte Meredith gereizt. »Wenn du nicht so oft hinmüsstest, könntest du dir wahrscheinlich nicht mal den Weg zum Abort merken.«

Es war das erste Mal, dass sie auf dem Weg ein Wort gesprochen hatte, dabei waren sie bereits seit dem Morgengrauen unterwegs. In angespanntem Schweigen waren sie Stunden durch die eisige Kälte gestapft. Mittlerweile war es vermutlich schon Mittag vorbei. Aber sicher konnte Evaine das nicht sagen. Tiefhängende Wolken tauchten den Himmel in ein einheitliches Grau. Die Sonne war den ganzen Tag noch nicht hervorgekommen. Im Schatten des Waldes war es noch trüber, sodass die Dämmerung noch schneller hereinbrechen würde. Es wäre wirklich besser, sie würden sich beeilen.

Unsicher musterte Evaine den Pfad, der sich vor ihnen teilte. Zum tausendsten Mal ging sie in Gedanken den Weg durch. Aber irgendwie passte es nicht zusammen.

»Letztlich spielt es auch keine Rolle. Sie wird uns sowieso nicht helfen.« Missmutig rieb Meredith die kalten Hände aneinander und blies ihren warmen Atem hinein, wobei sich kleine Dampfwolken bildeten.

»Das ist lediglich eine Frage des Preises«, antwortete Evaine trocken.

Das hoffte sie zumindest. Sie versuchte, in ihren Schuhen mit den Zehen zu wackeln, aber sie spürte sie inzwischen fast nicht mehr. Sie waren beide vom Kopf bis zu den Fußspitzen durchgefroren. Es war bitterkalt. Immerhin waren sie im Wald vor dem pfeifenden Wind etwas geschützt.

Meredith ließ sich genervt auf einem alten Stamm nieder, der abgebrochen neben dem Pfad auf dem Waldboden lag. Fröstelnd wickelte sie sich noch enger in ihren Mantel.

Der Normanne hatte darauf bestanden, dass Evaine seinen Mantel nahm. Eigentlich war es ihr unangenehm und sie fühlte sich unwohl damit. Doch sie konnte nicht ablehnen. Er wollte ihr unbedingt helfen. Sein Mantel war tiefblau und wunderbar dicht gewebt. Als Borte waren in schillerndem Smaragdgrün und Dunkelblau seltsame Figuren, halb Fisch halb Frau, aufgestickt. Da der Ritter mehr als einen Kopf größer war als sie, reichte sein Mantel bei ihr fast bis auf den Boden. Am Kragen wurde er mit einer goldenen Fürspann zusammengehalten, auf dem sich zwei seltsame Schlangen kunstvoll ineinander verflochten und die Initialen A und R bildeten. Entlang des Saumes zog sich ein Schriftzug in lateinischer Sprache, doch ihre Lateinkenntnisse reichten nicht aus, um ihn zu übersetzen. Zweifelsohne war der Mantel ein kleines Vermögen wert. Als Meredith sie darin sah, hatte sie lediglich verächtlich die Brauen hochgezogen, aber weiter nichts gesagt. Inzwischen war Evaine froh, den Mantel angenommen zu haben, denn er wärmte viel besser als ihr eigener oder das vergleichbare Stück, das Meredith trug.

»Vielleicht ist es ja gar keine Weggabelung, sondern nur eine breite Wildschweinfährte«, überlegte Evaine laut.

Kritisch inspizierte sie die beiden Pfade und suchte nach irgendeinem Anhaltspunkt. Wonach sie genau suchte, wusste sie selbst nicht. Bei ihrem ersten und einzigen Besuch war es Frühling gewesen. In ihrer Erinnerung war der Weg von grünem Dickicht beinahe zugewachsen, über ihr hatte sich das zarte Frühlingslaub erstreckt. Bei Sonnenschein war ihr der Wald sehr viel freundlicher vorgekommen. Jetzt war alles braun und tot und wirkte beängstigend und unwirtlich. Sie erkannte den Weg kaum wieder. Außerdem schien es schon sehr lange her.

»Es ginge bestimmt schneller, wenn du mir helfen würdest, Meredith.«

Doch Meredith ignorierte den Kommentar und blieb reglos auf ihrem Baumstamm sitzen. Missbilligend beobachtete sie Evaines hilflose Versuche, sich doch noch zurechtzufinden.

Schließlich stand sie auf. »Ich habe genug von dem Ganzen, Evaine. Ich gehe jetzt zurück.«

»Wir müssen fast da sein. Bitte gib jetzt nicht auf!« Evaine wollte um keinen Preis umkehren. Nicht, nachdem sie so weit gelaufen waren.

»Du weißt so gut wie ich, dass es bald dunkel wird. Ich werde hier nicht vollkommen allein im Dunkeln umherirren.«

Sie hatte die Hände in die Hüfte gestemmt und sah Evaine herausfordernd an.

»Und du weißt so gut wie ich, dass Arnaud sterben wird, wenn Rheda ihm nicht hilft!« Evaine verlor die Geduld und herrschte ihre trotzige Schwester an: »Herrgott, Meredith! Er ist ein Kind! Könntest du ruhig schlafen mit einem Kind auf deinem Gewissen? Ich für meinen Teil werde alles tun, was ich kann.«

Sie war es satt. Den ganzen Weg über hatte Meredith sie mit ihrem anschuldigenden Schweigen gequält.

»Warum bist du überhaupt mitgekommen, wenn du das alles hier für so sinnlos hältst?«

Ohne ihr noch eine Chance zur Erwiderung zu geben, drehte sie sich um und stapfte blindlings drauflos. Wenn Gott wollte, dass sie dem kleinen Arnaud half, sollte er jetzt dafür sorgen, dass sie den richtigen Weg nahm.

»Wegen dir!«, fauchte Meredith von hinten. »Damit du nicht allein gehen musst! Oder glaubst du, irgendein anderer hätte dich begleitet, wenn du denen helfen willst?«

Doch Evaine wollte ihr nicht zuhören. Warum trug sie überhaupt für alles die Verantwortung? Das hier war nicht ihre Schuld! Sie konnte auch gut allein gehen. Und genau das würde sie jetzt tun. Doch sie war erst ein paar Meter weit gekommen, als Meredith hinter ihr erstickt ihren Namen rief. Warum kam sie nicht einfach nach?

»Was ist denn?«

Immer noch aufgebracht wirbelte sie herum. Dann blieb jedes weitere Wort in ihrem Hals stecken. Meredith stand noch genau dort, wo sie eben gestanden hatte. Doch nun waren ihre Augen weit aufgerissen und ihr Gesicht war kreideweiß. Sie wagte kaum zu atmen, während an ihrer Kehle das kalte Metall einer Klinge glänzte.

Er stand in Armeslänge Abstand von ihr entfernt und hielt das Schwert drohend an ihren Hals, während er seine Aufmerksamkeit eigentlich Evaine zugewandt hatte.

Evaine war unfähig, sich zu bewegen. Sie starrte ihn an, doch in ihrem Kopf wollte sich kein einziger klarer Gedanke formen.

Es begann zu schneien. Kleine, feine Flocken, die lautlos niederfielen und auf dem knochenharten Boden liegen blieben wie eine leichte Puderschicht. Wortlos standen sie sich gegenüber.

Langsam begann Evaines Gehirn zu arbeiten. Er war kräftig, aber kaum größer als Meredith. Er trug Helm und Kettenhemd, beides war sorgfältig gepflegt. Ebenso sein Mantel. Ein Normanne. Evaines Handflächen wurden feucht. Ihr Mund hingegen war staubtrocken und sie schluckte angestrengt in dem Versuch, ein Wort hervorzubringen.

»Was wollt Ihr?«, krächzte sie schließlich auf Französisch.

Er nickte zu ihr herüber.

»Euer Mantel, *Madame!*«

Instinktiv strich sie mit der Hand über den feinen, blauen Stoff. Er wollte sie ausrauben. Ein Räuber. Sie sah zu ihm herüber. Wie ein hypnotisierter Hase vor der Schlange starrte sie in sein Gesicht. Er wirkte relativ jung. Der Nasenschutz seines Helmes bedeckte sein Gesicht zum größten Teil, sodass sie nur wenig von seinen Gesichtszügen sehen konnte, hauptsächlich Mund und Kinn. Seine Lippen waren zu einer harten Linie zusammengepresst. Er wirkte brutal. Mit klammen Fingern begann sie, die Schnalle zu öffnen. Der Mantel rutschte von ihren Schultern. Sie fing ihn auf und streckte ihn ihm entgegen. Kleine Schneeflocken fielen indessen auf ihre Arme und Schultern und bedeckten auch ihr Kleid mit einer feinen, weißen Schicht.

Er schüttelte den Kopf. Irritiert ließ Evaine den Arm sinken. Wollte er noch mehr? Schwer spürte sie den goldenen Armreif in der Tasche ihres Kleides, mit dem sie Rheda bezahlen wollte.

»Woher habt Ihr den Mantel?«, fragte er harsch.

»Ich …«

Warum wollte er das wissen? Wie sollte sie es ihm erklären? Hilflos sah sie Meredith an, die immer noch unbeweglich dastand und versuchte, das Zittern ihres Körpers zu unterdrücken. Evaine kaute nervös auf ihrer Unterlippe herum.

»Ein Freund von mir hat so einen Mantel. *Genau* so einen Mantel.« Bei diesen Worten legte er den Kopf schief und musterte sie eingehend. »Ich suche ihn. Woher habt Ihr diesen Mantel?«

Ihr Patient. Er sprach von Robert d'Arbuste.

»Er hat ihn mir gegeben«, platzte es aus ihr heraus.

Es war die Wahrheit.

»Wie bitte?«

Der Normanne spuckte die Worte geradezu aus. Grimmig packte er Meredith am Arm und zerrte sie näher an sich heran. Sie schrie erschrocken auf und versuchte, sich zu befreien. Doch die Klinge seines Schwerts presste sich noch fester an ihren Hals. Sie erstarrte.

»Bitte nicht«, wimmerte sie leise.

Ihre Unterlippe zitterte und ihre aufgerissenen Augen glänzten feucht.

»Ihr solltet mich nicht zum Narren halten!«, brüllte er Evaine an. »Los! Woher habt Ihr den Mantel?«

Evaine wurde panisch. Kalter Schweiß brach ihr aus. Es war doch die Wahrheit!

»Ich halte euch nicht zum Narren! Bitte! Er ist krank!«, schrie sie mit zitternder Stimme zurück.

Seine Linke packte Merediths Haar und zerrte ihren Kopf dicht an seinen. Meredith winselte leise.

»Wo ist er?«

Es war, als hätte er ihre Worte überhaupt nicht gehört.

»Bitte! Hört auf! Ich bringe Euch zu ihm!«

Er wartete reglos ab, als dächte er über ihre Antwort nach. Schnell sprach sie weiter und hielt ihren Blick dabei auf ihn gerichtet.

»Ich bringe Euch zu ihm. Er lebt. Der Junge auch.«

Bei der Erwähnung des Jungen zuckte es um seinen Mund. Kaum merklich rückte die Klinge von Merediths Hals ab.

»Woher weiß ich, dass sie noch leben?«

Rastlos suchte sie nach etwas, das ihn überzeugen würde.

»Robert. Sein Name ist Robert d'Arbuste und der Junge heißt Arnaud.«

Der Ritter wartete unbewegt.

»Sie waren unterwegs zu *Cwén* Edith. Ein Botengang.«

Der Griff in Merediths Haar lockerte sich ein wenig, woraufhin Meredith sofort so weit wie möglich von seinem Gesicht abrückte. Er duldete es und wartete auf weitere Details.

»Sie sind unterwegs erkrankt. Dem Jungen geht es sehr schlecht. Wir sind unterwegs, um Hilfe zu holen.«

Bei diesen Worten gab er Merediths Kopf ruckartig frei und über seine grimmige Miene huschte ein Anflug von Besorgnis. Er ließ das Schwert an Merediths Kehle etwas sinken. Augenblicklich sprang Meredith zur Seite und brachte sich in sichere Entfernung.

Erleichtert atmete Evaine auf und wagte es für einen Moment, ihren Blick von seinem Gesicht zu lösen. Meredith zitterte am ganzen Körper, doch es ging ihr gut.

Der Ritter hatte sich wieder unter Kontrolle und hielt immer noch das Schwert drohend in ihre Richtung. Evaine meinte, Sorge in seinem Gesicht zu erkennen.

»Inwiefern krank?«

»Sie haben heftigen Durchfall. Blutig. Daneben Krämpfe und Fieber.«

Er nickte, als hätte sie seine Fragen richtig beantwortet, und ließ langsam das Schwert weiter sinken.

Aus dem Augenwinkel sah Evaine, wie Meredith langsam näher an sie heranrückte. Als sie bei ihr war, hakte sie sich bei ihr unter und drückte sich fest an sie. Angenehm spürte Evaine ihre Körperwärme durch ihr dünnes Kleid und bemerkte erst jetzt, dass sie ohne den Mantel vor Kälte schlotterte.

»Wir versuchen Hilfe zu holen. Etwas gegen den Durchfall.«

Sie hoffte inständig, sein Vertrauen zu gewinnen. Doch sie hatte ihn noch nicht ganz überzeugt.

»Wieso tragt Ihr seinen Mantel?«

Abwartend hielt er immer noch das Schwert in der Hand.

»Euer Freund wollte helfen, aber er ist noch zu schwach, um aufzustehen. So bat er mich, wenigstens den Mantel zu nehmen, da er wärmer ist als meiner.«

Er nickte langsam und steckte das Schwert dann mit einer fließenden Handbewegung in die Scheide, die an seinem Gürtel hing. Scheinbar passte dieses Verhalten zu seinem Freund.

»Ich glaube Euch. Wie lauten Eure Namen?«

»Evaine und Meredith von Allingham«, antwortete Evaine. »Euer Freund und der Junge sind auf der *burh* von Allingham. Es ist nur wenige Stunden Fußmarsch von hier entfernt.«

»Ihr sagtet, dass Ihr Hilfe holt. Ich werde Euch begleiten.« Sein Ton duldete keinen Widerspruch.

Evaine wartete, dass er sich vorstellte, aber er schwieg. Stattdessen schnalzte er laut mit der Zunge. Irritiert runzelte Evaine die Stirn, als lautes Geraschel aus dem Unterholz ertönte und ein riesiges braunes Schlachtross auf den Normannen zutrabte. Instinktiv wichen Evaine und Meredith zurück. Das Tier war muskulös und sein Rist reichte Evaine bis an die Schulter. Schnaubend stellte es sich neben ihn und stieß ihn sachte mit dem Maul an. Er streichelte seine weichen Nüstern und grummelte ihm eine unverständliche Begrüßung zu. Er musste sein Pferd im Unterholz versteckt haben, um sich besser anschleichen zu können. Fröstelnd warf Evaine sich den Mantel wieder um und griff nach Merediths Hand.

»Wir werden doch nicht wirklich mit ihm gehen, oder?« Meredith sprach leise auf Angelsächsisch, in der Hoffnung, dass er sie nicht verstand.

»Wir haben wohl keine Wahl«, murmelte Evaine zurück, »vielleicht ist er wirklich ein Freund von ihm.«

Merediths Antwort war ein verächtliches Schnauben. Diese Hoffnung schien sie nicht wirklich zu teilen.

Dem Ritter war das leise Gespräch nicht entgangen und er beäugte sie wachsam. Den Braunen hatte er am Zügel genommen, um ihnen zu Fuß zu folgen. Unschlüssig wandten sie sich zum Gehen. Es schneite immer noch und inzwischen waren die Flocken größer geworden. Boden und Pflanzen waren von einer fingerdicken Schneeschicht bedeckt. Evaine wusste immer noch nicht, welchen der Pfade sie nehmen musste. Sie schickte ein inniges Stoßgebet zum Himmel, dass er sie den richtigen Pfad wies, und entschied sich für den rechten.

Ob durch Gottes Hilfe oder durch puren Zufall, nach einer knappen Stunde erreichten sie tatsächlich das Häuschen. Vom Wetter geschunden kauerte es zwischen Brombeersträuchern unter dem dürftigen Schutz einer riesigen Kiefer. Die Wände waren mit Waldreben bewachsen, die die winzigen Fenster und die Tür beinahe ganz zugewuchert hatten. Das Dach war mit Stroh bedeckt, das so verrottet aussah, dass es vermutlich längst undicht war. Die Tür aus Eichenholz war durch den ewigen Wechsel der Jahreszeiten verzogen und schief, doch schien sie nach wie vor ihren Dienst zu verrichten. Auf den ersten Blick wirkte das kleine Haus verlassen, als hätte sich seit Jahren niemand mehr darum gekümmert. Auf den zweiten Blick bemerkte man jedoch einen Schlagblock neben dem Häuschen und darum einige frisch geschlagene Scheite. Fußspuren im Schnee führten von dort zur Tür. Durch den Kamin stiegen kleine Rauchwölkchen auf. Offensichtlich war Rheda zu Hause.

»Wer wohnt hier?«, fragte der Normanne mit argwöhnischem Blick auf das armselige Haus. Er stand dicht hinter Evaine und Meredith. Den ganzen Weg war er zwei Schritte hinter ihnen gegangen, um sie besser im Auge zu haben.

»Ihr Name ist Rheda«, sagte Evaine nach hinten gewandt.

»Eine Hexe?«

Eilig schüttelte sie den Kopf.

»Nein, nein, sie ist eine Heilerin«, versuchte sie ihn zu beschwichtigen.

Einige *yards* von dem Haus entfernt blieben sie stehen. Eine Gruppe wilder Haselnusssträucher verbarg sie vor den Blicken der Bewohner.

»Er kann nicht mitgehen«, raunte Meredith ihr halblaut auf Angelsächsisch zu.

Evaine nickte. Das war ihr ebenfalls klar. Niemand würde

ihnen helfen, wenn es sich um Normannen handelte. Schon gar nicht Rheda. Sie wechselte einen kurzen Blick mit Meredith und nahm sich dann ein Herz.

»Ihr könnt nicht mit hineingehen.«

Augenblicklich verfinsterte sich seine Miene und sein Mund bildete wieder die schmale Linie. Sein Körper spannte sich an und er baute sich drohend vor ihr auf.

»Wenn Ihr … Wenn Sie Euch sieht … wird sie uns nicht helfen«, stammelte sie hastig.

Ihr Einwand schien ihm einzuleuchten, denn sein Mund entspannte sich etwas. Ermutigt fuhr sie fort.

»Es wäre besser, wenn Meredith und ich einfach …« Erschrocken schluckte sie den Rest des Satzes hinunter, als sie die harte Spitze einer Klinge an ihren Rippen spürte. Sie neigte leicht den Kopf und sah aus den Augenwinkeln die Klinge eines Dolches, den er aus dem Ärmel seines Hemdes gezogen hatte. Sie klammerte sich an Merediths Hand, die sich erstaunt zu ihnen umwandte. Evaine hörte sie beim Anblick der Klinge merklich Luft holen.

»Ich verstehe Euren Einwand.« Er sprach leise, doch aus dem Schatten des Helmes fixierten seine Augen sie kaltblütig. »Ihr geht allein. Eure Schwester bleibt bei mir.«

»Nein!«

Meredith protestierte laut, aber er ignorierte sie schlicht.

»Und wenn Ihr mich hinters Licht führt, bringe ich sie um.«

Unfähig zu sprechen, nickte Evaine hektisch. Sie wünschte, er würde endlich den Dolch von ihren Rippen nehmen.

»Geht!« Er entfernte den Dolch und gab ihr einen unsanften Stoß in Richtung Haus. Sie stolperte über den unebenen Boden, fing sich aber wieder. Besorgt blickte sie sich um. Die beiden waren halb von den Haselnusssträuchern verborgen. Merediths Gesicht war blass, während ihr Blick Evaine folgte. Auffordernd nickte der Ritter Evaine zu und sie setzte sich zögernd in Bewegung.

An der Türschwelle fragte sie sich, was sie mehr scheute, den Ritter hinter ihr oder die Begegnung mit Rheda vor ihr.

Schließlich hob sie die Hand und klopfte an. Das laute Pochen hallte durch den lautlosen Wald. Es schneite immer noch und die weißen Flocken schienen jedes Geräusch zu verschlucken. Im Haus regte sich nichts. Nervös glitt Evaines Hand in die Tasche ihres Kleides und ertastete das kalte Metall des goldenen Armschmucks darin. Leise betete sie zum heiligen Judas Thaddäus, dem Schutzpatron der aussichtslosen Fälle. Viel hoffnungsloser ging es ja wohl nicht. Drinnen rührte sich immer noch nichts. Doch es musste jemand hier sein. Sie erinnerte sich an den Rauch aus dem Kamin und die frischen Holzscheite. Sie klopfte erneut an.

Jetzt vernahm sie von drinnen das Quietschen eines ungeölten Scharniers und dann das Ächzen eines Holzbodens. Die Tür vor ihr öffnete sich eine Handbreit und Rheda musterte ihren Gast eindringlich von oben bis unten. Dann öffnete sie die Tür wortlos und ließ Evaine eintreten.

Die üblichen Vorstellungen von einer Hexe trafen auf Rheda keineswegs zu, eher genau das Gegenteil. Sie war ungefähr in Evaines Alter und ausgesprochen hübsch. Etwas kleiner als Evaine, hatte sie die schlanke, straffe Figur eines Menschen, der sich häufig an der frischen Luft aufhält. Ihr Haar war dunkel, fast schwarz, und glatt. Am auffälligsten waren ihre blauen Augen, die einen stets eindringlich zu mustern schienen, bis man sich unter dem intensiven Blick ganz unwohl fühlte.

Beim Eintreten fand Evaine sich direkt in einem engen, dunklen Wohnraum wieder. Der Raum schien für alles genutzt zu werden und war genauso armselig wie das Äußere der Hütte. Ein paar Hühner staksten mitten durch das Zimmer. Bei Evaines Eintritt reckten sie sich leise gackernd.

Es gab kaum Kochgeschirr. Der einzige verbeulte Topf hing über dem offenen Feuer und verströmte einen intensiven Essensgeruch. Es roch nach Suppengemüse und Eintopf. Evaines Magen meldete sich hörbar, da sie seit Stunden nichts gegessen hatte. Eine verkratzte Holztruhe an der rechten Zimmerwand, ein grob zusammengezimmerter Tisch und zwei wacklige Schemel waren die einzigen Möbel. In einer Ecke lagen zusammengeknüllt ein Haufen zerschlissener Decken, ein altes Fell und ein Mantel. Offenbar das Bett. Einen Strohsack gab es nicht.

Mit einem dumpfen Poltern schlug Rheda die Tür wieder zu. Obwohl das Geräusch nicht laut war, zuckte Evaine nervös zusammen. Das war Rheda nicht entgangen, woraufhin sie spöttisch eine ihrer dunklen Augenbrauen hochzog.

»Ihr wart schon einmal bei mir. Was wollt Ihr diesmal?«

Ohne jede Begrüßung kam sie recht unfreundlich direkt zur Sache. Auch das Bild einer sanften, gütigen Heilerin entsprach nicht gerade der Realität. Evaine riss ihren Blick von dem armseligen Zimmer los und stellte sich Rhedas taxierendem Blick.

»Ja, ich war schon einmal hier. Damals war es Frühling und der Weg sehr viel besser zu finden. Mein Name ist Evaine«, setzte sie langsam an und nahm dabei die Kapuze des Mantels ab. In Rhedas Gesicht zuckte es.

»Ich erinnere mich. Evaine von Allingham. Ihr wolltet etwas für einen Mann haben.« Ein hämisches Lächeln umspielte ihre Mundwinkel. »Ja genau, Ihr hattet Probleme im Bett.« Das Lächeln vertiefte sich.

Evaine spürte, wie ihre Wangen zu brennen begannen. Die Erinnerung an jenen Tag war entsetzlich und Evaine hatte während des ganzen Weges damit gekämpft, sie zu verdrängen. Es war das Demütigendste, was sie in ihrem Leben je getan hatte. Allein dafür hasste sie Cædmon. Wenn es nicht um Leben und Tod ginge, hätte sie sich diesem Spott niemals ausgesetzt.

»Hat es genutzt?«, fragte Rheda schadenfroh. Evaines Unwohlsein schien ihr zu gefallen. Unverhohlen begutachtete sie ihre Kleidung, besonders den teuren Mantel. In der ärmlichen Umgebung und im Vergleich mit Rhedas abgenutzten Sachen wirkte er geradezu deplatziert.

Doch Evaines Herkunft schien ihrem Hohn noch die gewisse Würze zu verleihen. Evaine suchte nach einer Antwort. Sie hasste es, an diese Zeit auch nur zu denken. Es war im Frühling vier Jahre her. Es schien unendlich weit weg und doch ging es ihr schrecklich nahe. Schließlich schluckte sie ihren Stolz hinunter und gab Rheda, was sie wollte. Es zählte nur, dass sie Arnaud half.

»Die Ehe wurde geschieden.«

Rhedas Lachen war leise und kalt und schmerzte Evaine bis ins Mark.

»Tja, es gibt Dinge, die kann man weder lernen noch herbeizaubern«, giftete sie. »Nun gut, genug geplaudert. Was kann ich heute für Euch tun, *hlafdige?*«

Aus ihrem Mund klang die höfliche Anrede wie eine Beleidigung. Evaine ignorierte es und überlegte, wie sie ihr Anliegen möglichst geschickt vortragen konnte.

»Ich suche Hilfe für ein krankes Kind. Er hat schlimmen Durchfall. Ich sorge mich um sein Leben.«

Das spöttische Lächeln war verschwunden und Rheda lauschte Evaines Worten konzentriert. Dann stellte sie gezielt einige Fragen zu Konsistenz und Häufigkeit des Durchfalls sowie den weiteren Symptomen.

»Er hat die Ruhr«, urteilte sie knapp. Das hatte der Normanne auch gesagt. Ihre gehässige Art und ihr noch junges Alter täuschten leicht über ihr großes Wissen hinweg.

»Kannst du ihm helfen?«

Rhedas Miene verriet nichts. Es war unmöglich vorherzusehen, was sie nun tun würde. Zwischen einem »Ja« und einem Rauswurf war alles möglich.

Rheda drehte sich um und ging an das kleine Fenster neben der Tür, dessen Fensterläden verschlossen waren. Erst glaubte Evaine, dass sie die Fensterläden anstarrte. Doch dann bemerkte sie den schmalen Spalt im verzogenen Holz, durch den man hinaus in den Wald sehen konnte.

»Findet Ihr nicht auch, dass Freundschaft in diesen gefährlichen Zeiten das Wichtigste ist?« Abrupt wechselte Rheda das Thema, ohne auf Evaines Frage geantwortet zu haben.

Evaine schwieg, doch Rheda wandte sich zu ihr um und schien

tatsächlich eine Antwort zu erwarten. Evaine nickte, unsicher, worauf die Heilerin hinauswollte. Das klang ganz und gar nicht nach Rheda. Offenbar zufrieden mit der Reaktion, drehte diese sich wieder zum Fensterladen und sah nach draußen.

»Ja, das denke ich auch«, sinnierte sie weiter. »Außerdem sagt es viel über einen Menschen aus, mit wem er Freundschaften pflegt. Nicht wahr?«

Evaine beschlich ein ungutes Gefühl. Hatte sie Meredith und den Normannen gesehen?

»Beispielsweise, ob jemand ein rückratloser Kriecher oder eine billige Hure ist!«, zischte Rheda. Dabei fuhr sie zu Evaine herum. Abscheu und Hass glitzerten in ihren Augen und ihre Mundwinkel verzogen sich in Verachtung.

»Ist es nicht interessant, dass außer Eurem kleinen Patienten auch das gesamte normannische Heer an der Ruhr leidet?«

Evaine begriff, dass sie ihre Ankunft längst bemerkt hatte. Sie spielte lediglich mit ihr. Frust und Ärger wallten in ihr auf, die sie nur mit Mühe im Zaum halten konnte.

»Was ist nun, hilfst du mir oder nicht?«, fragte sie zwischen zusammengebissenen Zähnen.

Erhobenen Hauptes und genauso kalt erwiderte sie Rhedas Blick. Mochte sie von ihr denken, was sie wollte! Mal sehen, ob sie den goldenen Armreif ablehnen würde.

»Ich will erst Eure Freunde draußen begrüßen«, sagte Rheda mit beißendem Unterton. Daraufhin schnappte sie sich ihren Mantel und schoss aus der Tür. Verdutzt spurtete Evaine ihr hinterher.

Eiligen Schrittes legte Rheda die wenigen *yards* bis zum Haselnussstrauch zurück, während der alte Mantel hinter ihr herwehte. Vor Meredith und dem Normannen blieb sie stehen, beide sichtlich erstaunt. Evaine erreichte sie einen Moment später.

»Evaine, was ist los?« Entgeistert schaute Meredith sie an und musterte dann neugierig Rhedas auffallende Erscheinung.

Doch Evaine zuckte nur ratlos mit den Schultern. Sie hatte keine Ahnung, was hier vor sich ging, was Rheda vorhatte.

»Eure Schwester, *hlafdige?*«

Rhedas bissiger Ton entging Meredith nicht. Abwehrend verschloss sich ihre Miene.

»Dann bist du Rheda?«

Rheda ging nicht darauf ein.

»Ich unterhielt mich gerade mit Eurer Schwester darüber, welch reizende Freunde Ihr habt.« Sie richtete ihren unangenehmen Blick auf den Normannen und ein boshaftes Funkeln trat in ihre Augen. Rheda wandte ihre Aufmerksamkeit wieder Meredith zu.

»Eure Schwester wollte mich gerade davon überzeugen, Euren teuren Freunden zu helfen«, fuhr sie zuckersüß fort. »Nun, vielleicht wollt Ihr mir auch etwas dazu sagen.«

Evaine schwante, dass der Sinn lediglich darin lag, auch Meredith zu traktieren. Wieso nur einen Menschen schikanieren, wenn man sich zwei vornehmen konnte?

»Ich bezeichne diesen Abschaum nicht als meine Freunde, und eher würde ich mir die Zunge abbeißen, als für sie um Hilfe zu bitten.«

Merediths scharfe Worte brachten Rheda aus dem Konzept. Damit hatte sie offenbar nicht gerechnet. Irritiert legte sie den Kopf schief und musterte Meredith perplex. Es war das erste Mal, dass Evaine sie sprachlos erlebte. Wenn auch nur für einen Moment.

»Und was wollt *Ihr* dann von mir?«

»Ich komme für keinen dieser normannischen Bastarde Ich bitte um Hilfe für ein *Kind*. Ihn hier«, Meredith wies mit dem Kopf auf den Normannen, »kannst du von mir aus gerne vergiften.«

Der Blick des Ritters wanderte argwöhnisch zwischen Meredith und Rheda hin und her.

Evaine hoffte, dass Merediths Worte die Heilerin überzeugen würden, und versuchte, nicht auf die bekümmerte Stimme in ihrem Hinterkopf zu hören, die meldete, dass jedes Wort von Meredith ernst gemeint war.

Während Rheda nachdachte, herrschte Schweigen. Die

Schneeflocken fielen weiterhin sachte um sie herum zu Boden. Über ihnen krächzte ein einsamer Eichelhäher. Der Normanne machte immer noch keine Anstalten, zu reagieren.

»Was ist das für ein Kind?«, hakte Rheda vorsichtig nach.

Meredith presste die Lippen zusammen und schwieg. Das boshafte Funkeln trat zurück in Rhedas Augen und sie nickte. Evaines Mut sank. Sie würde auch einem normannischen Kind nicht helfen.

Der Normanne hatte ihrer angeläschsischen Unterhaltung bisher regungslos gelauscht. Trotz Rhedas spürbarer Aggressivität hatte er sie nur wie hypnotisiert angestarrt.

Jetzt löste er sich urplötzlich aus seiner Starre. Erstaunt beobachtete Evaine, wie sich der normannische Ritter seinen Helm vom Kopf zog. Ohne den Helm sah er bereits weit weniger bedrohlich aus. Er hatte braunes Haar und dunkelbraune Augen.

Evaine und Meredith wechselten fragende Blicke. Auch Rheda starrte ihn an. Diesmal lag keine Spur Bosheit darin, eher Entsetzen. Ihre Augen weiteten sich vor Verblüffung und jeglicher Anflug von Überheblichkeit erlosch.

Ungläubig registrierte Evaine, dass sie blass wurde und angestrengt schluckte. Sie sah immer unbehaglicher aus. Evaines Blicke flogen zwischen den beiden hin und her, während sie sich wortlos ansahen. Meredith verfolgte das Schauspiel genauso ratlos.

Der Ritter blickte Rheda eindringlich an und nickte ihr zu. Woher kannten sie sich? Als wortlose Antwort zuckte es um ihren Mund. Dann drehte sie sich auf dem Absatz um und lief zurück zum Haus. Seine Augen folgten ihr. Erst als sie die Tür hinter sich geschlossen hatte, wandte er sich wieder Evaine und Meredith zu.

»Folgt ihr.«

Bildete sie es sich ein oder war sein Ton weniger schroff als eben?

»Was sollte das?«, fragte Meredith sie auf Angelsächsisch. »Kennen die sich etwa?«

»Ich habe keine Ahnung.«

Der Ritter fuhr grob dazwischen.

»Worauf wartet ihr?«

Er klang wie vorher, kalt und drohend, sodass Evaine der Aufforderung schleunigst nachkam. Ohne erneut anzuklopfen, betrat Evaine wieder den jämmerlichen Wohnraum und sah sich um. Rheda war nirgends zu entdecken. Ihr abgewetzter Mantel lag achtlos auf dem Boden und der Eintopf über dem Feuer brodelte vor sich hin.

»Rheda?« Sie ärgerte sich, dass ihre Stimme so unsicher klang. Da sie keine Antwort erhielt, versuchte sie es erneut mit möglichst fester Stimme.

Vom Wohnraum gab es nur eine einzige Tür in ein weiteres Zimmer. Sie war angelehnt und durch den Türspalt fiel schwacher Lichtschein. Da sie keine Antwort erhielt, entschied Evaine, einfach einzutreten. Ihre Schritte knarzten auf den alten Dielen. Vor der Tür blieb sie erneut stehen und überlegte, ob sie anklopfen sollte. Aus dem Zimmer drangen Geklapper und das leise Klirren von Metall. Eine Bewegung neben ihr lenkte ihre Aufmerksamkeit auf die dunkle Holztruhe mit dem übermäßigen Chaos an Handwerkszeug. Doch jetzt bewegte sich nichts mehr. Gerade als Evaine dachte, sie hätte sich getäuscht, sah sie ihn. Ein dunkler Haarschopf lugte hinter der Truhe hervor. Evaine trat einen Schritt zurück. Der Schopf gehörte einem kleinen Mädchen von ungefähr fünf Jahren, das reglos in der Ecke kauerte. Es war mager und blass. Sein abgewetztes Kleidchen musste an einigen Stellen dringend ausgebessert werden und schien an den Ärmeln langsam zu kurz zu werden. Das Kind drückte eine alte Puppe fest an sich. Neugierig erwiderte es Evaines Blicke. Es hatte die gleichen auffällig blauen Augen wie Rheda. Hatte das Mädchen vorhin auch schon in der Ecke gesessen?

Ein erneutes Scheppern aus dem anderen Zimmer zog Evaines Aufmerksamkeit wieder zur Tür. Beherzt klopfte sie an und trat ohne abzuwarten hinein. Evaine war sich nicht sicher gewesen, was sie in dem Zimmer erwarten würde. Scheinbar fanden alle Aktivitäten wie Kochen, Essen, Arbeiten und Schlafen in dem anderen Zimmer statt. Doch mit dem Inhalt dieser kleinen Kammer hatte sie nicht gerechnet.

So unordentlich, wie der andere Raum war, so ordentlich war dieser. Er war noch kleiner als das andere Zimmer und an jedem der Wände standen Regale bis unter die niedrige Decke. In diesen reihten sich unzählige Töpfe, Tiegel und Dosen aneinander. Von der Decke hingen in bunten Sträußen getrocknete Blumen und Kräuter herab. Sie verströmten einen intensiven Duft. Evaine roch Kamille und Lavendel gemischt mit dem Geruch von Bienenwachs und weiteren anderen Nuancen, die sie nicht zuordnen konnte. Mittendrin stand ein winziger Tisch. Rheda hatte gerade einige der Töpfchen daraufgestellt und zerstampfte deren Inhalt in einem Mörser. Bei Evaines Eintreten blickte sie nicht auf, sondern fuhr schweigend fort mit ihrer Arbeit. Als sie fertig war, nahm sie aus einer Schatulle in den Schränken ein kleines Leinensäckchen und füllte das hergestellte Pulver hinein. Dann erst sprach sie zu Evaine.

»Hier sind Kräuter für einen Tee. Er soll ihn dreimal täglich trinken.«

Zweifelnd sah Evaine das Säckchen an, das die Heilerin ihr hinhielt. Er konnte nichts trinken. Sie hatten es ja versucht. Rheda bemerkte ihren Blick.

»Wenn es nicht geht, so macht einen Aufguss. Taucht die Spitze eines sauberen Tuchs hinein und flößt ihm dann so oft es geht einige Tropfen ein. Es wird den Durchfall mindern und das Fieber senken. Wenn Ihr Glück habt, wird er irgendwann wieder wach. Ich kann Euch aber nichts versprechen.«

Evaine nickte und wollte nach dem Säckchen greifen. Doch Rheda zog ihre Hand schnell zurück.

»Meine Bezahlung«, sagte sie kalt.

Evaine zog den goldenen Armreif aus der Tasche und sah, wie Rheda vor Erstaunen eine Augenbraue hochzog. Eine so hohe Entlohnung hatte sie sicher noch nie bekommen. Die übliche Gegenleistung bestand aus einem oder zwei Hühnern.

Wortlos hielt Evaine ihr den Armreif hin. Sie zögerte, ihn zu ergreifen. Evaine war nicht sicher, ob Rhedas Widerwille nun ihr oder sich selbst galt.

»Ich habe deine Tochter gesehen. Sie sieht dir sehr ähnlich.«

Wenn nicht für sich selbst, so sollte sie ihn wenigstens für ihr Kind nehmen. Argwöhnisch musterten sie die kalten blauen Augen. Evaine hielt ihr immer noch den Armreif entgegen. Widerstrebend griff Rheda danach und legte ihn dann schnell auf den kleinen Tisch, als hätte sie Angst, sich daran zu verbrennen. Dann gab sie Evaine das Leinensäckchen. Evaine steckte es in ihre Manteltasche und wandte sich zum Gehen. Als sie durch die Tür in das erste Zimmer treten wollte, ertönte Rhedas kalte Stimme hinter ihr.

»Ihr solltet darauf achtgeben, mit wem Ihr Euch abgebt, Evaine von Allingham.«

Evaine drehte sich zu ihr um. Rhedas Miene verriet nicht, ob es eine Drohung oder ein Rat war.

»Eure Freunde werden vielen hier nicht gefallen.«

»Ich danke dir«, entgegnete Evaine ruhig. Dann ging sie hinaus.

Angespannt starrten die vier Erwachsenen auf den kleinen Mund. Ganz wenig öffneten sich die spröden Kinderlippen und die Zunge blitzte dazwischen hervor, leckte den winzigen Tropfen Flüssigkeit auf, der an den blassen Lippen gehangen hatte. Dann verschwand sie wieder.

Vorsichtig tauchten Evaines Hände die Spitze des Tuchs erneut in Rhedas Teeaufguss, zogen sie heraus und hielten die tropfende Ecke über Arnauds Gesicht. Wieder perlten ein paar Tropfen am feuchten Stoff herab und landeten genau zwischen seinen Lippen. Und erneut erschien die Zunge.

»Und? Klappt es?«

Wie gebannt hatte Robert das Schauspiel beobachtet. Jetzt studierte er aufmerksam jede Regung in Evaines konzentriertem

Gesicht. Die kleine Öllampe neben dem Bett warf wechselnde Schatten auf ihre gerunzelte Stirn.

»Ich glaube schon.«

Sie richtete sich auf und löste ihren Blick von Arnauds Mund. Ihre Augen wanderten erst zu Robert und Gérard und dann zu Meredith, die einige Schritte hinter ihnen stand.

Robert spürte, wie er sich bei ihren Worten etwas entspannte. Erst jetzt merkte er, wie fest er Gérards stützenden Arm umklammert hielt, und lockerte seinen Griff.

»Rheda hat gesagt, wir sollen so fortfahren. So oft wie möglich. Je mehr Flüssigkeit er auf diese Weise zu sich nimmt, desto besser.«

Robert nickte. Was auch immer zu tun war, sie würden es tun.

»Ich werde beginnen.«

Robert drehte sich zu Meredith um. Aus dem Schatten der düsteren Kammer trat sie einen Schritt vor in den schwachen Lichtkegel der Öllampe. Sie hatte die Arme vor der Brust verschränkt und fixierte die anderen kühl.

»Bring mir etwas zu essen herauf«, sagte sie zu Evaine. »Ich lege sowieso keinen Wert auf ein gemeinsames Abendessen.«

Dabei warf sie Gérard einen vernichtenden Blick zu.

»In Ordnung. Ich werde dich später ablösen«, entgegnete Evaine. Dabei vermied sie es, Robert oder Gérard anzusehen.

Fragend wanderte Roberts Blick zwischen den Schwestern und Gérard hin und her. Sie hatten offensichtlich keinen guten Start gehabt. Außer, dass er ihnen bei seiner Suche über den Weg gelaufen war, hatte Robert aber bisher nichts erfahren.

Stundenlang hatte er auf ihre Rückkehr gewartet. Solang er es aushielt, hatte er an Arnauds Bett gesessen und war fast wahnsinnig geworden vor Ungeduld. Dann begann es zu dämmern und er konnte nicht mehr. Von da an hatte er reglos in seinem Bett gelegen und die Decke angestarrt. Beobachtete, wie das Licht, das durch das Fenster hereinfiel, immer weniger wurde. Das schwere Kreuz über der Kommode warf aschgraue Schatten. Schließlich war es ganz dunkel geworden. Er war sich beinahe sicher, dass ihnen etwas zugestoßen war. Ein Unglück mehr, das er zu verantworten hatte.

Doch sie kamen zurück. Lang nach Einbruch der Dunkelheit drangen schließlich Stimmen vom Burghof zu ihm empor. Er hörte das Schnauben eines Pferdes und den schwachen Widerhall von Silben, die beinahe wie Französisch klangen. Aber sie kamen nicht nur zurück, vielleicht konnten sie Arnaud auch endlich helfen.

Während die Anspannung des Tages allmählich von ihm abfiel, merkte er, wie erschöpft er war. Er spürte, wie seine Beine begannen, ihm den Dienst zu versagen. Ein kleines Rinnsal Schweiß rann kitzelnd an seinem Rücken hinab. Seine Schwäche war grässlich. Mühsam stützte er sich noch etwas mehr auf Gérard an seiner Seite. Er war in seinem Leben noch nie so froh gewesen, seinen Freund zu sehen, wie an diesem Abend.

Evaine stand auf und machte den Platz frei, den Meredith nun einnahm. Als ihr Blick auf Robert fiel, blieb er prüfend auf seinem Gesicht haften.

»Ihr seht nicht gut aus.« Sie legte ihre Hand an seine verschwitzte Wange und musterte ihn besorgt. Dabei sah sie selbst erschöpft und müde aus. Unter ihren Augen lagen wieder tiefe Schatten, die sich von ihrem blassen Gesicht scharf abhoben. Ihr Haar war vom Schnee ganz feucht. Statt der sonst weichen Wellen kringelten sich nun unzählige Löckchen um ihren Kopf. Es sah aus wie ein dunkler Heiligenschein.

»Ihr bekommt schon wieder Fieber. Bitte bringt ihn wieder in sein Bett.« Sie schob ihn und Gérard sanft Richtung Tür.

Bei dem Gedanken, wieder in die Einsamkeit und Dunkelheit seines Krankenzimmers zurückzukehren, brach ihm noch mehr Schweiß aus.

»Nein. Noch nicht.«

Er wollte noch mit Gérard sprechen. Und mit ihr.

»Gut. Dann in den Aufenthaltsraum«, sagte sie seufzend. Sie war offensichtlich zu müde, um sich noch mit ihm zu streiten

»Gut, Robert. Gehen wir.«

Gérard schleppte ihn in die große Halle, in der bereits ein Feuer im Kamin entfacht worden war. Obwohl Robert schon einige Tage hier war, hatte er von der Burg fast nichts gesehen. Er erinnerte sich nur verschwommen an den Abend seiner Ankunft. Danach hatte er sein Bett nicht mehr verlassen, außer, um sich an Arnauds zu schleppen.

Während Evaine sich um das Abendessen kümmerte, ließen er und Gérard sich auf den langen Holzbänken nieder. Robert wischte sich den Schweiß von der Stirn und japste nach Luft.

»*Mon Dieu*, du bist wirklich schwächlich wie ein altes Weib«, beschwerte sich Gérard. »Aber leider um einiges schwerer.«

Er war ebenfalls etwas aus der Puste. Die letzten Schritte hätte er Robert beinahe tragen müssen. Als Robert halbwegs wieder zu Atem gekommen war, hatte er tausend Fragen an seinen Freund.

»Wie hast du mich hier gefunden?«

»Als ich aus Winchester zurückkam, hatte im Lager noch niemand etwas von euch beiden gehört. Also bin ich los, um euch zu suchen. Ich hatte schon befürchtet, ich finde eure Kadaver irgendwo unter einer englischen Eiche.« Bei der Erinnerung an diese Stunden schüttelte Gérard sich immer noch.»Aber dann bin ich im Wald über jemanden gestolpert, der zufällig deinen Mantel trug.« Finster schüttelte er den Kopf. »Ich dachte, die zwei hätten dich und den Zwerg irgendwo am Wegesrand verscharrt.«

Robert konnte die Empörung immer noch in seiner Stimme hören. Er konnte sich auch durchaus ausmalen, dass die Beseitigung dieses Missverständnisses nicht gerade freundlich abgelaufen war. Kein Wunder also.

»Und jetzt verrate mir bitte mal, wie du an diese beiden Weiber gekommen bist«, wollte Gérard nun seinerseits wissen.

Robert berichtete Gérard von seiner Ankunft in Allingham und von Evaines und Merediths Gastfreundschaft. »Ohne sie wäre ich wohl nicht mehr hier. Und Arnaud erst recht nicht«, schloss er.

»Mmh.« Was Gefühle betraf, war Gérard nicht sehr gesprächig.

»Was hat sich seit meiner Abreise getan?« Robert wechselte das Thema. Er brannte auf Neuigkeiten und wollte sich gerne von den politischen Ereignissen ablenken lassen.

»*Bof*, nicht so viel. Der *Duc* hatte wohl auch die Ruhr. War wohl mehr als unausstehlich deswegen«, sagte Gérard und begann gähnend, seine unbequeme Rüstung abzulegen. »Die Nachricht, dass Winchester kapituliert, hat ihn immerhin erfreut.«

»Ach ja?«

»Ja, ich habe Edith von Wessex die Botschaft des *Duc* überbracht, dass FitzOsbern mit der neu eingetroffenen Verstärkung nach Winchester marschiert.«

»Und da hat sie es vorgezogen, sich zu unterwerfen«, beendete Robert.

Gérard stand auf und ließ rasselnd sein Kettenhemd zu Boden fallen. Er seufzte, als er das beträchtliche Gewicht endlich los war. »Nicht nur das«, fuhr er fort. »Sie hat den *Duc* auch davon überzeugt, sie weiterhin als Statthalterin in Winchester einzusetzen. Sie behält alle ihre Besitztümer.«

Robert musste schmunzeln. Das war typisch.

»Sie ist gerissen. Aber sie ist ja schließlich auch eine Godwinson.«

Nach dem Tod ihres Bruders Harold und ihrer anderen Brüder in der Schlacht von Hastings war Edith das Oberhaupt der Godwinson-Familie. Ihre Unterwerfung bedeutete somit die Unterwerfung der mächtigsten angelsächsischen Adelsfamilie.

»Ja, sie ist wirklich sehr klug. Und gebildet.«

Evaine stand in der Tür und rieb sich müde mit der Hand über die Stirn. Robert hatte sie gar nicht kommen hören. Eine zierliche Magd mit Sommersprossen folgte ihr und trug Platten mit Brot und kaltem Braten auf. Zitternd stellte sie die Platten und einen Krug mit Wein vor ihnen ab. Dabei starrte sie Gérard an, als käme er geradewegs aus der Hölle. Dann verschwand sie schleunigst wieder.

»Woher kennt Ihr Edith von Wessex?«, fragte Robert erstaunt.

»Ich hatte Euch doch erzählt, dass ich lang mit meinem Vater und meiner Schwester bei Hofe war. Ich war eine ihrer Hofdamen.« Sie trat ein und schloss die Tür hinter sich. »Ich habe viel von ihr gelernt. Sie war nicht umsonst eine der engsten Vertrauten von König Edward.«

Seufzend ließ sie sich neben Robert nieder.

»Entschuldigt das dürftige Abendessen, aber in der Küche war längst niemand mehr da«, sagte sie und wies auf das kalte Abendbrot.

Robert war es einerlei. Beim Anblick des Essens begann sein Magen hörbar zu knurren. Seit Evaine und Meredith die Burg verlassen hatten, hatte er keine Menschenseele mehr zu Gesicht bekommen. Und auch nichts zu essen. Er war beim Personal offensichtlich nicht sehr beliebt. Ein leises Grummeln verriet ihm, dass sich Gérards Magen gerade ebenfalls gemeldet hatte.

»Bitte fahrt fort. Ich wollte Eure Unterhaltung nicht stören«, sagte Evaine.

Robert wandte sich wieder Gérard zu. »Was ist noch passiert?«

Zögernd blickte dieser von Robert zu Evaine.

Um Evaines Mundwinkel zuckte es.

»Ich denke, du kannst vor ihr ganz offen sprechen«, meinte Robert.

Immerhin hatte Evaine ihnen so viel Vertrauen entgegengebracht, sie aufzunehmen. Ohnehin konnte er sich nicht vorstellen, wem sie die Informationen verraten sollte.

»Wie du meinst.« Schulterzuckend griff Gérard nach einer Scheibe Brot. »Nach Dover hat sich inzwischen auch Canterbury ergeben. Wir haben jetzt also Sussex, Kent und große Teile von Hampshire unter unserer Kontrolle.«

Nachdenklich kaute Robert auf einem Stück Fleisch. Das bedeutete, dass jetzt ganz Südostengland unter normannischer Herrschaft war. Im Norden war die Lage hingegen noch unsicher.

»Aber die Haltung Londons ist noch nicht entschieden«,

überlegte Robert laut, nachdem er sein Fleisch heruntergeschluckt hatte. Ohne die Unterwerfung Londons war der angelsächsische Widerstand noch nicht gebrochen. London war dabei der Knotenpunkt, der die Verbindungswege des Landes zu Themse und Meer beherrschte.

»Genau. Aber London ist zu groß, um im Sturm genommen werden zu können«, erwiderte Gérard und puhlte ein Stück Fleisch aus seinen Zähnen.

Robert griff nach dem Weinkrug und schüttete sich und Gérard einen Becher ein. Evaine winkte ab, als er auch ihr davon anbot.

»Sicher? Nach diesem Tag habt Ihr es Euch mehr als verdient.«

»Lieber nicht. Er steigt mir schnell zu Kopf.«

Stattdessen knabberte sie an einer Scheibe Brot.

Gérard warf ihm einen Blick zu, der besagte: »Wie bitte kann einem ein Becher Wein zu Kopf steigen?« Der Wein war saurer als die Weine aus Frankreich und nicht besonders lecker, aber er belebte Roberts matten Geist. Er wandte seine Aufmerksamkeit wieder der militärischen Lage Londons zu.

»Hast du eine Ahnung, wie der *Duc* vorgehen wird?«

Gérard strich sich nachdenklich über das Kinn, an dem sich bereits ein kräftiger Bartschatten zeigte. Robert fiel auf, dass er selbst seit Tagen unrasiert war. Vermutlich sah er mittlerweile selbst aus wie ein Angelsachse. Mit verlottertem Haar und zotteligem Bart. Im gleichen Augenblick begann es ihn zu jucken. Morgen brauchte er als Erstes eine Rasur.

»Als ich los bin, ist er mit der Armee nordöstlich gezogen, entlang der alten Römerstraße. Nach Wallingford«, fuhr Gérard fort.

»Warum Wallingford?«

»Dem dortigen *Thegn* schien es wohl gesünder, sich auf unsere Seite zu schlagen. Er hat den *Duc* eingeladen, dort die Themse zu überqueren. Angeblich wird Robert d'Oyly seine Tochter heiraten.«

Robert kannte d'Oyly flüchtig. Seines Wissens hatte er sich bisher nicht wesentlich ausgezeichnet. Die Tochter eines ansässigen

Thegn zu heiraten, sicherte ihm den Anspruch auf den Titel und die Ländereien. An einer Furt über die Themse gelegen, hatte die Grafschaft eine Schlüsselposition für die Kontrolle des Themse-Tals.

Genau für so eine Gelegenheit war er selbst nach England gekommen. Verdammt! Während er hier festsaß, ging die Eroberung munter voran. Robert verwünschte seine Hilflosigkeit.

Er überlegte, was wohl als Nächstes passieren würde. »Wenn er nach Wallingford zieht, hat er London eingekreist. Die umliegenden Landstriche sind verwüstet. Damit ist London fast vollkommen isoliert.«

Von der Außenwelt abgeschnitten, blieb dem *witan* in London dann nur noch die Wahl, sich zu ergeben oder die Sicherheit der Stadtmauern zu verlassen und die Normannen offen anzugreifen. Es war schwer abzuschätzen, wie die verbliebenen angelsächsischen Adeligen reagieren würden. Sie wirkten unorganisiert und nach dem Tod der führenden Godwinsons ziemlich ziellos. Auch wenn es immer noch möglich war, so hatte sich bisher noch niemand gefunden, der die unentschlossenen Parteien erneut unter seinem Banner zusammenscharte. Ohne eine klare Führungsperson standen ihre Chancen, die Normannen im Kampf zu schlagen, schlecht. Andererseits machten sie auf Robert einen äußerst sturen Eindruck. Wer wählte schon einen vierzehnjährigen Knaben zum Thronfolger? In ihrer Auflehnung gegen die Eroberer war ihnen alles zuzutrauen.

»Es ist nur noch eine Frage der Zeit, bis der *witan* sich kampflos unterwirft.« Gérard war wie immer Optimist. »Die *Eorls* von Mercia und Northumbria sind mehr oder weniger die einzigen, die noch übrig sind. Sie werden in Kürze auch kapitulieren.«

»Was ist mit Stigand?«

»Wer?« Gérard griff nach einem weiteren Stück Braten.

»Stigand, der Erzbischof von Canterbury.« Gérards Namensgedächtnis war mehr als schlecht.

»Ach so, er hat dem *Duc* bereits seine Unterwerfung unterbreitet. Kurz nach der Kapitulation von Canterbury.«

Robert stopfte sich einen Brocken Brot in den Mund und grübelte kauend. Dann lag Gérard mit seinem Optimismus vielleicht richtig. Die Brüder Edwin von Mercia und Morcar von Northumbria waren die beiden letzten wirklich mächtigen *Eorls*. Aber bisher hatten sie keine ernsthaften Versuche gemacht, gegen die Normannen zu Felde zu ziehen. Nach der Schlacht bei Stamford Bridge hatten sie keine neuen Truppen für die Schlacht bei Hastings ausgehoben. Und auch jetzt zögerten sie erneut, eine Armee aufzustellen. Sicherlich wogen sie ebenfalls ihre Chancen ab. Wenn sie jetzt noch das Schwert gegen den *Duc* erhoben, würde sie das im Falle einer Niederlage ihre Position und Ländereien kosten. Im schlimmsten Fall ihr Leben. So blieb ihnen noch die geringe Hoffnung, dass der *Duc* sie wieder als *Eorls* einsetzen würde. Bei Stamford Bridge hatten sie schließlich nur gegen die Norweger gekämpft.

»Was passiert, wenn diese beiden sich ebenfalls ergeben?«, fragte Evaine und zerkrümelte ein Stück Brot zwischen ihren Fingern.

»Dann wird sich der *Duc* vom *witan* zum neuen König von England krönen lassen«, erläuterte Robert.

»Und ein paar von ihnen werden sich für eine lange Zeit von England verabschieden.« Gérard war aufgestanden und streckte sich ausgiebig. »Eine Gruppe von *Thegns* und *Eorls* soll laut FitzOsbern als Geiseln in die Normandie gebracht werden.« Er unterbrach sich, um herzhaft zu gähnen. »Die beiden gehören dann sicher auch dazu.«

»Geiseln?« Evaine richtete sich ruckartig auf. »Was für *Thegns*? Um wen handelt es sich?«

Irritiert über eine so abwegige Frage schüttelte Gérard den Kopf.

»*Pardon, Madame.* Aber ich kenne keine Namen.«

Sie sank zurück und starrte nachdenklich vor sich hin.

Robert musterte sie neugierig. Sie war der Unterhaltung bisher schweigend, aber aufmerksam gefolgt. Wieso interessierte sie das?

»*Alors,* ich verabschiede mich. Gute Nacht, *Madame.«*

Gérard machte ein knappe Verbeugung Richtung Evaine.

Doch diese war so tief in Gedanken versunken, dass sie gar nichts mitbekam.

»Gute Nacht, Robert. Bis morgen.« Er klopfte ihm zum Abschied auf die Schulter. »Schaffst du's allein ins Bett?«

Robert hatte keine Lust, sich schon zu verabschieden. Er hatte den ganzen verdammten Tag herumgelegen. Der Wein hatte ihn wieder wach gemacht. Wenn er sich hier ein wenig ausgeruht hatte, würde er den Rückweg schon schaffen.

Auf Roberts Nicken hin sammelte Gérard seine Sachen zusammen und ging zu dem Zimmer, das Evaine ihm bei ihrer Ankunft gezeigt hatte.

Als er fort war, wandte Robert sich Evaine zu.

»Madame, woran denkt Ihr?«

Sanft riss er sie aus ihren Gedanken. Sie blinzelte ihn an.

»Ach, nichts.«

Robert hätte sein Schwert drauf verwettet, dass sie gerade emsig über etwas brütete. Nur was? Ihr Interesse an der politischen Situation war erstaunlich groß für eine Frau. Aber sie hatte ja in Edith von Wessex scheinbar ein interessantes Vorbild gehabt. Gerade strich sie eine der dunklen Kringellocken aus ihrer Stirn.

»Ihr müsst wirklich ein Engel sein.«

Zum ersten Mal an diesem Abend lächelte sie. Es war zwar nur ein kleines Lächeln, das nicht ganz ihre Augen erreichte, aber immerhin. Er mochte es, wenn sie lächelte. Es milderte die Schärfe, mit der ihre intelligenten Augen ihr Gegenüber musterten und genau einzuschätzen schienen.

»Ein Engel? Ich?«

»Natürlich. Es kommt mir mehr als wunderbar vor, dass Ihr heute Gérard getroffen habt.«

Das Lächeln verschwand abrupt.

»Ich fand das Zusammentreffen mit eurem *Freund* nicht ganz so himmlisch.«

»Er ist einer meiner engsten Freunde«, wandte Robert ein. Eigentlich war er sogar sein einziger.

Sie schnaubte und putzte die Brotkrümel von ihrem Kleid.

»Dann tut Ihr mir wirklich leid.« Eilig biss sie sich auf die Lippen, als wären ihr die Worte ohne ihren Willen entschlüpft.

Es ärgerte Robert, dass sie ein so schlechtes Bild von Gerard hatte.

»Wieso denkt Ihr das?«

Sie zuckte die Schultern, als spielte es keine Rolle, was sie dachte. Doch aus irgendeinem Grund war es ihm wichtig, dass sie seine gute Meinung über Gérard teilte.

»Sagt schon!« Er hatte die Arme hinter dem Kopf verschränkt und sich mit dem Rücken an die Wand gelehnt. Herausfordernd sah er sie an.

Energisch stand sie auf und machte ein paar Schritte von ihm weg zum Feuer.

»Gut, wenn Ihr es wissen wollt.« Sie drehte sich zu ihm um. »Ich halte nicht sehr viel von Eurem Freund.«

So viel hatte er auch schon herausgehört. Als er nichts sagte, sprach sie weiter.

»Er hat Euch zurückgelassen. Euch und das Kind. Das ist für mich keine Freundschaft.«

Ihre wenigen Worte fällten ein messerscharfes Urteil. Dabei wusste sie nichts über Gérard. Oder über ihn. Er hatte gedacht, er würde es zurück zum Lager schaffen. Er konnte ja nicht ahnen, dass Arnaud auch krank werden würde.

»Ich habe ihn aufgefordert, weiterzureiten. Wir hatten einen Befehl«, sagte er knapp.

Sie schwieg. Aus schmalen Augen sah sie ihn weiterhin an. Seine Worte änderten nichts an ihrer Meinung.

Er sagte sich, dass ihm ihre Meinung egal war. Sollte sie denken, was sie wollte. Dennoch spürte er den zwanghaften Drang, sie zu einer weiteren Äußerung zu provozieren.

»Ihr seht das anders?«

»Ein Befehl«, äffte sie ihn verächtlich nach. »Wenn es um das Leben eines Freundes geht, spielt das keine Rolle.«

»Gehorsam und Treue sind immer bedingungslos.«

Er hatte die Worte ausgesprochen, ehe er sich dessen bewusst wurde. Erschrocken hielt er inne. Es waren die Worte seines Vaters. Dumpf tauchte jener regnerische Nachmittag vor seinem inneren Auge auf. In seinem Kopf hörte er die beherrschte Stimme seines Vaters. Kontrolle. *Du hast die Kontrolle über dich selbst vergessen.* Er hatte dafür gesorgt, dass er es nie mehr vergaß. Wieder meinte er, ihn zu spüren, den scharfen Schmerz an seiner Kehle unterhalb seines linken Ohres und griff instinktiv dorthin. *Esto fidelis usque ad mortem … Sei getreu bis in den Tod …*

Evaines verächtliches Schnauben riss ihn aus der Vergangenheit.

»Darin liegt der Unterschied zwischen uns beiden: Eure Treue gilt Befehlen, meine gilt Menschen!«

Ihre Worte kränkten ihn. Mehr noch, sie verletzten ihn. Sie hatte keine Ahnung, was sie da sagte. Wieso überhaupt hatte sie die Macht, ihn zu verletzten? Sie war ihm egal. Er kannte sie nicht. Sein Schmerz schlug in Ärger um.

»Das ist der Grund, warum Ihr diesen Krieg verloren habt. Weil Eure Leute nicht wissen, wem ihre Treue gilt.« Er sah das Erstaunen auf ihrem Gesicht und dann, wie Ärger in ihren Augen aufblitzte. Doch er konnte seine Zunge nicht im Zaum halten. »Genau. Nach Stamford Bridge haben Eure *Eorls* von Mercia und Northumberland nicht in Hastings mit Godwinson gekämpft. Und auch jetzt wissen sie nicht, wem ihre Treue gilt. Jeder hier kämpft nur für seine Sache. Und stirbt für seine Sache!«

Sie öffnete den Mund und klappte ihn wieder zu. Ihre Hände krallten sich zornig in ihren Rock. Um ihre Mundwinkel zuckte es verächtlich. Wut und Schmerz standen in ihren grünen Augen.

Schlagartig wurde ihm klar, was er gerade gesagt hatte. Sein Herz begann, nervös in seiner Brust zu pochen. Jetzt hatte er sie ebenfalls verletzt. Aber er fühlte sich nicht besser, sondern nur noch schlimmer.

»Gut zu wissen«, sagte sie beißend. »Dann weiß ich ja beim nächsten Mal, für wessen Sache Ihr sterbt!«

Abrupt drehte sie sich um, sammelte die leere Platte vom Abendessen und den Weinkrug ein und ging zur Tür.

Er realisierte, dass sie gehen würde. Ohne ein weiteres Wort. Panisch starrte er ihren Rücken an. Nein! Sie konnte nicht einfach so gehen. Er konnte seine Worte nicht so stehen lassen.

»Evaine!«

Sie hielt inne, den kerzengeraden Rücken zu ihm gekehrt. Er konnte sehen, wie sich ihre Schultern unter ihren wütenden Atemzügen bebend hoben und senkten.

Verdammt. Warum hatte er sich überhaupt zu diesem Gespräch hinreißen lassen?

Reglos wartete sie, ob er noch mehr sagen würde. Ein Holzscheit im Kamin knackte laut und brach zischend entzwei.

»Was Ihr über Gérard gesagt habt …«

Er wusste nicht, wie er den Satz fortführen sollte. Wieso war es ihm so wichtig, was sie von Gérard hielt? Die Gedanken in seinem Kopf rasten, ohne dass er eine Entschuldigung in Worte fassen konnte.

»Bitte. Verzeiht mir.«

Er merkte, dass er sie anflehte. Sie wartete weiter. Ließ das Beben ihrer Schultern etwas nach? Sein Kopf war erfüllt vom Pochen seines Pulses und seinem aufgeregten Atem.

Endlich nickte sie, ohne sich zu ihm umzudrehen. »Es ist schon spät«, sagte sie. »Ich werde sehen, ob ich Meredith ablösen kann.«

Dann ging sie. Er starrte ihr hinterher und dann starrte er die geschlossene Tür an.

Verdammt, verdammt, verdammt. Wieso hatte er das nur zu ihr gesagt? Erneut drängten sich die Worte seines Vaters in seinen Kopf. *Gehorsam und Treue sind bedingungslos.* Verzweifelt verwünschte er all das auf die andere Seite des Kanals.

Wieder war er allein. Fühlte sich elend.

Er hatte sie verletzt. Und sie hatte dies in keiner Weise verdient. Er konnte sich ausmalen, was sie nun von ihm dachte. Undankbar. Vielleicht lag es genau daran. Nicht ihre schlechte Meinung über

Gérard hatte ihn aufgeregt. Es war zugleich ihre Meinung über ihn.

Gut, wieso kümmerte es ihn? In ihren Augen war er sowieso nur ein dreckiger *orc.* Doch eine leise Stimme in seinem Kopf verriet ihm, dass er log. Sich selbst belog. Sie hatte ihn bisher niemals behandelt wie einen *orc.* Nie. Und genau darum war es so wichtig, was sie über ihn dachte. Er wollte es wert sein. All das, was sie für ihn getan hatte, für Arnaud tat.

Bitter breitete sich der Geschmack in seinem Mund aus, dass er es heute Abend nicht wert gewesen war.

Ob es nun an Rhedas Gebräu lag oder einfach an der aufgenommenen Flüssigkeit, am nächsten Morgen hatte sich Arnauds Zustand endlich gebessert. Das hohe Fieber war gesunken. Statt hitziger Fieberträume hatte er zum ersten Mal wieder geschlafen. Evaine bildete sich sogar ein, dass seine Haut heute nicht ganz so bleich aussah wie noch am Abend zuvor.

In der Nacht hatte sie Meredith abgelöst. Während der schier endlosen Stunden in der Dunkelheit am Bett des Jungen hatte Evaine die Auseinandersetzung mit Robert immer wieder in ihrem Kopf wiederholt. Jetzt noch spürte sie Ärger wie bittere Galle in sich hochsteigen, wenn sie nur daran dachte. Hätte sie genauso gedacht wie er, wäre er längst tot. Und der Junge auch.

Treue und Gehorsam sind bedingungslos. Kalt und hartherzig. Wie konnte er nach allem, was passiert war, noch so sprechen? Er war es nicht wert. Nichts von allem, was sie für ihn getan hatte. Keine einzige schlaflose Nacht, kein Gebet, keine Sorge, kein einziges böses Wort zwischen Meredith und ihr. Je länger sie darüber nachdachte, desto wütender wurde sie.

Mahnend erinnerte sie sich daran, warum sie so gehandelt hatte. Nicht für ihn, für sich selbst. Das hatte sie immer wieder versucht Meredith zu erklären. Sie konnte nicht anders handeln, ohne ihren eigenen Wert, ihre moralische Integrität zu verlieren. Das musste genügen.

Dennoch, ein kleiner Teil von ihr reagierte trotzig und wütend wie ein launisches Kind. Irgendeine Ecke ihres Verstandes hatte hartnäckig darauf gehofft, dass er anders wäre. Besser als das, was alle anderen über die *orcs* sagten. Dieser Teil hatte sich geirrt.

Im Geiste hatte sie das Gespräch immer wieder durchgespielt, während sie allein in der Dunkelheit saß und auf den hechelnden Atem des Jungen horchte. Seine Worte ließen sich nicht mehr aus ihrem Kopf verdrängen. *Eure Leute wissen nicht, wem ihre Treue gilt.* Wem galt ihre eigene Treue?

Die Frage drängte sich ihr auf, zum ersten Mal in ihrem Leben. Und sie wusste keine Antwort.

Bisher hatte sie einfach zu ihrer Familie gehört, zu ihrem Vater und Meredith. Ihnen galt ihre ganze Treue. Mehr erwartete man nicht von ihr als Frau. Eine Weile hatte sie auch zu Cædmon gehört. Es war zwar bitter, aber sie war ihm treu gewesen, ohne Frage.

Doch zu wem gehörte sie jetzt? Meredith? Sie schien sich immer weiter von ihr zu entfernen.

Und ihr Vater? Sie ertrug es kaum, den Gedanken zu Ende zu führen. Geiseln. Wie ein winziger grüner Trieb im Schnee keimte die Hoffnung in ihr. Es war so unwahrscheinlich. Ihr Verstand warnte sie eindringlich, sich nicht daran zu klammern.

Doch die Hoffnung hatte ihren Preis. Und je kleiner sie war, desto mehr zahlte man. Evaine zahlte mit Unruhe und Zweifel. Die nagende Ungewissheit zerfraß ihr Inneres schlimmer als die Aussichtslosigkeit.

Aber es gab auch noch Allingham. Wie eine wärmende Glut tröstete sie der Gedanke an Allingham, ihr Zuhause. Ohne ihren Vater war sie verantwortlich für die *burh*. Allingham galt ihre Treue. Dem Land, seinen Leuten und ihrer Familie.

Oder war das nicht mehr genug? *Jeder hier kämpft nur für seine Sache.* Roberts Worte nagten an ihr. War es genug, für das Wohl seiner Lieben einzutreten? *Und stirbt für seine Sache.* Verfluchter *orc!*

Sie wünschte sehnlich, mit ihrem Vater zu sprechen und seinen Rat zu hören.

Wenn sie die Augen schloss, sah sie ihn vor sich. Er strahlte Stärke und Ruhe aus. Eine unbezwingbare Festung, in der sie stets Rückhalt und Sicherheit gefunden hatte, egal, was in ihrem Leben schiefgegangen war. Als Kind hatte er für jedes ihrer kleinen und großen Probleme die passenden Worte gefunden. Ein aufgeschürftes Knie, ein Streit mit Meredith, bei allem. Wohlverdiente Schelte, Worte des Trostes oder ein guter Rat. Manchmal war es nur ein spöttisches Necken, das ihr das gute Gefühl gab, dass nichts Schlimmes passiert war.

Aber auch nach dem Desaster mit Cædmon hatte er den richtigen Ton gefunden. Er hatte sie zu nichts gedrängt, sondern einfach zur Ruhe kommen lassen.

Das Gefühl, dass er da war, sie immer zu ihm zurückkehren konnte, es war so tief und so beruhigend gewesen.

Doch sie hatte es verloren. Dort, wo es sich befunden hatte, war nun Leere. Er war weg und die Gewissheit, dass sie von nun an allein entscheiden musste, jagte ihr schreckliche Angst ein. Nach welcher Prämisse hätte er gehandelt?

Fürchte Gott, tue Recht und scheue niemanden. Er hatte es unzählige Male gesagt. Immer dann, wenn er sich nach gründlicher Überlegung gegen eine Anordnung oder die herrschende Meinung entschieden hatte. Mit den *Eorls* und auch mit *Cyning* Edward war er stets hart ins Gericht gegangen. *Gehorsam und Treue sind bedingungslos.* So hätte er nie gesprochen, dachte sie abschätzig. Dennoch war er mit Harold Godwinson in den Kampf gezogen. Sie fand keine Antwort und keine Ruhe.

Irgendwann nach Mitternacht war sie schließlich selbst zu Bett gegangen und todmüde in einen bleiernen Schlaf gesunken, aus dem sie bei Tagesanbruch genauso müde erwachte.

Sie machte sich auf den Weg zur Küche. Die Nachricht von der Ankunft ihres neuen *Gastes* hatte sich sicher bereits herumgesprochen. Dennoch wollte sie sichergehen, dass er auch etwas zum Frühstück erhielt. Noch einer, der ihre Fürsorge nicht verdiente!

Die Hand schon am Türgriff der dunklen Küchentür, zögerte

sie. Ein unbestimmtes Gefühl, ein flüchtiger Eindruck, dass etwas anders war, ließ sie stutzen.

Von drinnen drangen aufgeregte Stimmen nach draußen, die wild durcheinandersprachen. Das war an sich nichts Besonderes. In der Küche ging es für gewöhnlich betriebsam zu. Gunna, die Köchin, führte ein strenges Regiment. Wie eine garstige Krähe scheuchte ihre hagere Gestalt die Mägde Hilda und Winnie von rechts nach links. In ihrer Art konnte sie jedem Feldherrn Konkurrenz machen.

Evaine lauschte auf das Stimmengewirr. Eine Männerstimme, laut und aggressiv, übertönte die anderen. Das war es, was sie zögern ließ. Sie überlegte, wem die wütende Stimme gehörte. Dem Küchenjungen gehörte sie nicht. Dann erkannte sie es. Es war Gyrth, der *gerefa.*

Mit ungutem Gefühl vernahm sie, wie die Stimmen drinnen immer hitziger wurden. Hatte sie gerade ihren Namen gehört? Die Eichentür war zu massiv, um den Sinn der Worte ausmachen zu können. Das reichte. Sie würde nicht in ihrer eigenen *burh* an den Türen lauschen!

Entschlossen trat sie in die Küche. Bei ihrem Erscheinen verstummten die Anwesenden abrupt. Dann hatte sie sich also nicht geirrt. Sie hatten über sie gesprochen.

In der Küche standen Gunna, Winnie, Hengest, der Küchenjunge, und Gyrth. Außerdem noch einige weitere Männer. Der Kleidung nach die letzten *housecarls* ihres Vaters, die hier gar nichts zu suchen hatten. Evaine glaubte, einen von ihnen zu erkennen. Der Mann neben Gyrth – war das nicht der junge Wächter mit dem Schal? Sie war sich nicht sicher. Bisher hatte sie mit den Männern ihres Vaters kaum etwas zu tun gehabt.

Alle Augen waren auf sie gerichtet. Winnie und Hengest konnte sie ihre Schuldgefühle sofort ansehen. Winnie war unter ihren Sommersprossen knallrot geworden. Gunna ließ langsam ihre in die knorrigen Hüften gestemmten Arme sinken. Ihre Miene war undurchdringlich. Gyrth hingegen setzte eine hoheitsvolle

Miene auf. Evaine beschlich eine böse Vorahnung.

»Stimmt etwas nicht?« Sie bemühte sich, ruhig zu sprechen.

»Jawohl! Hier stimmt so einiges nicht. Und zwar ganz und gar nicht!«, blaffte Gyrth sie an. Sie holte tief Luft, um ihn für seinen unverschämten Ton zurechtzuweisen. Doch Gunna war schneller.

»Hilda ist krank.« Ihre monotone Stimme war noch freudloser als sonst und ihr scharfkantiges Gesicht todernst. Das ungute Gefühl steigerte sich zu klammer Angst. Vor Schreck vergaß Evaine Gyrths Unverschämtheit.

»Was ist mir ihr?«

»Sie hat Durchfall.«

Evaine blinzelte sie an. Hatte sie richtig gehört? Durchfall?

»Genau wie das dreckige Pack, das ihr hereingelassen habt!« Gyrths Stimme bebte vor Zorn.

Evaines Puls begann zu rasen und Angst legte sich wie ein eiserner Panzer um ihren Brustkorb. Die Ruhr. Hilda hatte sich angesteckt. Das konnte nicht sein! Meredith und sie selbst waren die Einzigen, die die Kranken gepflegt hatten. Sonst war niemand in ihre Nähe gekommen. Außer – ihr Puls wurde noch schneller, als sie daran dachte – außer in der Nacht ihrer Ankunft. Hilda und Winnie hatten ihnen Wasser und Tücher gebracht. Aber konnte das sein? Sie selbst und Meredith waren auch nicht krank!

Sprachlos sah sie von Gunnas starrer Miene zu Winnie, die unbehaglich zu Boden blickte, und zu Hengest, der nervös an einem seiner abstehenden Ohren zupfte. Wenn sich nun alle ansteckten? Es war ihre Schuld. Allein ihre.

Das Schuldbewusstsein war ihr wohl ins Gesicht geschrieben, denn einer der *housecarls* wagte einen weiteren Angriff.

»Alles nur, weil Ihr diese dreckigen Bastarde hereingelassen habt.«

Drohend trat er einen Schritt vor. Evaine zwang sich, nicht zurückzuweichen.

»Seid ihr Euch sicher?«

Ihr Verstand und ein letzter Funke Hoffnung zwangen sie,

Gunna nach weiteren Details zu fragen.

»Wie schlimm ist der Durchfall?«

»Wie Wasser. Seit dem frühen Abend.«

»Vielleicht ist es ja kein schlimmer Durchfall.« Leise meldete sich Winnie zu Wort, wobei mit jedem Wort die Röte höher in ihre Wangen stieg. »Sie hat gestern noch von dem Fisch gegessen. Und ich hab ihr noch gesagt, sie soll's lassen.«

»Das glaubst du doch selbst nicht, du einfältige Kuh.« Grob fuhr Gyrth ihr über den Mund. Winnie wurde knallrot.

»Gyrth hat recht. Das ist doch kein Zufall, wo die *orcs* uns hier diese Seuche einschleppen!«, fiel der junge Wachmann ein.

Evaine klammerte sich an den Strohhalm, den Winnie ihr bot. Vielleicht war es wirklich nur eine Magenverstimmung, verdorbenes Essen.

»Wir sollten erst einmal abwarten.«

Sie brauchte Zeit. Zeit, um ihre Gedanken zu sortieren, zu überlegen, was zu tun war. Wieder wünschte sie sehnlich, ihr Vater wäre hier.

»Und Krämpfe hat sie.«

Gunnas Worte erstickten jeden Besänftigungsversuch im Keim.

»Da seht ihr's! Sie hat sich angesteckt!«

Grimmig sah Gyrth sich zu den anderen um und gestikulierte mit den Händen. Der junge Mann neben ihm nickte bekräftigend. Gunna verschränkte abwehrend die Arme vor der Brust. Selbst Winnie wagte es nicht mehr, Evaine in die Augen zu sehen, und blickte verschämt zu Boden.

Evaine biss die Zähne zusammen. Sie musste dem ein Ende setzen.

»Ich bin die Herrin dieser *burh*!«, presste sie hervor. »Ich habe getan, was ich für richtig hielt. Und ich würde es wieder tun.« Trotzig reckte sie das Kinn empor.

»Nicht genug, dass die *orcs* uns die Köpfe einschlagen, Ihr lasst zu, dass wir an ihren Seuchen verrecken!«, murrte der junge Wachmann und stellte sich nun ebenfalls gegen sie.

Evaine hatte das Gefühl, mit dem Rücken zur Wand zu kämpfen. Worauf würde das hier hinauslaufen?

»Ich habe Godric zehn Jahre lang als *gerefa* gedient«, fiel Gyrth würdevoll ein. »Nie hätte er das zugelassen!«

Evaine fühlte die Blicke der anderen auf sich. Entweder sie würde sich nun durchsetzen oder sie verlor die Kontrolle über Allingham. Sie ballte die Hände zu Fäusten.

»Mag sein«, entgegnete sie kühl. »Aber mein Vater ist nicht mehr hier. Und ich zwinge niemanden, zu bleiben.« Ihre Wut verlieh ihren Worten Nachdruck. »Wem es hier nicht passt, dort ist die Tür!«

Unter den anderen in der Küche herrschte betretenes Schweigen. Herausfordernd blickte Evaine in ihre verschlossenen Gesichter, doch keiner wagte mehr, etwas zu sagen.

»Dann geht wieder an eure Arbeit.« Sie versuchte, das Beben in ihrer Stimme zu unterdrücken.

Gunna gab ein abfälliges Schnauben von sich. Dann wandte sie sich um und begann in der Küche zu kramen. Unbeholfen tat Hengest es ihr gleich. Mit einem letzten Blick auf Evaine verließen auch die *housecarls* und Gyrth die Küche.

Zitternd wandte Evaine sich um, um ebenfalls zu gehen. Die Auseinandersetzung hatte an ihren Nerven gezerrt.

»Herrin, was ist mit Hilda?«, wandte Winnie zögerlich ein.

Richtig. Hilda. Bei dem Gedanken daran fühlte Evaine erneut einen schweren Klumpen aus Schuld und Angst in ihrem Magen.

»Sorge dafür, dass sie alles hat, was sie braucht.« Winnie nickte. »Dann warten wir erst einmal ab.«

Als der Freund des Normannen zwei Tage später die *burh* verließ, hatte Hildas Zustand sich bereits wieder gebessert. Allem Anschein nach hatte Winnie recht behalten. Es war lediglich eine Magenverstimmung durch verdorbenen Fisch gewesen.

Evaine stand auf dem Hof, um den Normannen zu verabschieden. Es war kalt und sie hatte eigentlich nicht die geringste Lust dazu. Aber auch er war ein Gast gewesen und sie betrachtete es irgendwie als ihre Pflicht. Besonders nach der Auseinandersetzung mit dem Haushalt durfte sie nicht ihre eigene Antipathie gegen die *orcs* zeigen.

Er hatte seine spärliche Habe bereits auf sein Pferd geladen. Sein *byrnie* schimmerte im blassen Licht des noch jungen Morgens. Wortkarg wie an den anderen Tagen auch nickte er ihr zu.

Sie betrachtete sein Gesicht, während er die Haare aus seinem Gesicht strich und eine Lederhaube zum Schutz gegen den Druck des Helms überzog. Mittlerweile wirkte er nicht mehr ganz so brutal auf sie wie noch bei ihrer ersten Begegnung. Jetzt empfand sie seine braunen Augen eher als seltsam direkt. Er sprach wenig und war verschlossen. Aber was er sagte, meinte er auch so. Und irgendwie hatte es sie beeindruckt, mit welcher Vehemenz sein Freund ihn verteidigt hatte.

Einem Impuls folgend sprach sie ihn an.

»Ihr verlasst uns?«, sagte sie mehr, um ein Gespräch zu beginnen.

Er machte ein erstauntes Gesicht, denn das war offensichtlich.

»Ja. Ich muss zurück«, entgegnete er knapp und griff nach seinem Helm. Anscheinend zog er es vor, nur voll bewaffnet durch angelsächsisches Land zu reiten. Ihr kam plötzlich der Gedanke, dass es womöglich nicht ganz ungefährlich gewesen war, allein aufzubrechen und die beiden zu suchen.

»Es war sehr mutig von Euch, allein hierherzukommen«, sagte sie ehrlich.

Er zuckte mit den Schultern.

»Er hätte das Gleiche für mich getan.«

Es klang nicht wie die höflichen Floskeln, die man gewöhnlich von sich gibt, wenn man trotz aller Überzeugtheit von sich selbst dennoch bescheiden wirken will. Es klang aufrichtig und überzeugt. Vielleicht war er doch ein besserer Freund, als sie zunächst gedacht hatte.

»Ihr kennt ihn wohl schon lang?« Sie schlang die Arme um

ihren Oberkörper, weil ihr ohne Mantel allmählich kalt wurde.

»Lang und gut«, entgegnete er und zog den Helm über. Jetzt reduzierte sich sein Gesicht wieder auf seine ernsten, braunen Augen und den schmalen Mund.

Lang und gut. Plötzlich hätte sie ihn gerne mehr nach dem Mann gefragt, der, so wie die Dinge lagen, noch eine Weile ihre Gastfreundschaft in Anspruch nehmen würde.

Er stieg auf sein Pferd und sie wusste, dass es ihre letzte Chance war.

»Ist er ein Mann, auf dessen Wort man sich verlassen kann?«, rief sie über den Hof.

Der Normanne runzelte die Brauen, sichtlich irritiert, dass sie dergleichen interessierte. Dann nickte er.

»Felsenfest.«

Mit einem wortlosen Winken wendete er sein Pferd und ritt durch den *bellgeat* aus dem Hof.

Arnauds Zustand besserte sich mit jedem Tag. Wie so oft bei Kindern erholte er sich bald besser und schneller als sein Herr. Natürlich war er immer noch schmächtig und blass. Evaine hatte stets den Impuls, ihn mit irgendetwas zu füttern. Doch abgesehen davon war er munter. Inzwischen waren sie seit fast zwei Wochen in Allingham und es fiel Arnaud immer schwerer, seinem Körper noch etwas Ruhe zu gönnen.

Auch jetzt zappelte er unruhig neben seinem Herrn hin und her. Sie saßen in Godrics Privatzimmer. Es war früher Nachmittag. Doch das Wetter war noch immer trüb und so fing es bereits zu dämmern an.

»Schach.« Mit einem leisen Klicken schmiss der Normanne eine der kleinen Figuren auf dem rot-weiß karierten Spielfeld um. »Du konzentrierst dich einfach nicht.«

Evaine zog eine Augenbraue hoch. Sie hatte die beiden schon öfter beim Spielen beobachtet. Aber sie verstand es immer noch nicht. Es war ein seltsames Spiel. Die Hälfte der kleinen Elfenbeinfiguren war weiß, die andere rot bemalt. Abwechselnd bewegten sie eine der Figuren auf dem Feld. Setzte man seine Figur auf ein belegtes Feld, konnte man die dort stehende Figur wegnehmen. Soviel hatte sie schon verstanden. Das Muster, nach dem man die unterschiedlichen Figuren bewegte, hatte sie aber noch nicht durchschaut.

Arnaud schnaubte frustriert.

»*Sieur,* kann ich nicht etwas nach draußen gehen?«

»Willst du keine Revanche?«, fragte d'Arbuste.

»Mmh.« Arnauds Gesicht zeigte keine Begeisterung bei der Aussicht auf eine weitere Partie.

»Vielleicht könntest du hinuntergehen und noch etwas Holz holen?«, schaltete Evaine sich mit einem Blick auf das heruntergebrannte Kaminfeuer ein. Während die beiden über ihrem Spiel gesessen hatten, hatte sie sich gemüht, an einem ihrer Kleider eine aufgelöste Naht zu schließen. Aber im schlechten Licht fiel ihr das Nähen noch schwerer als sonst.

Arnaud warf seinem Herrn einen hoffnungsvollen Blick zu.

»Kann ich gehen, *Sieur?«*

»Gut.« Der Normanne gab auf. »Mach schon.«

Erleichtert sprang Arnaud auf.

»Wo finde ich es, *Madame?«*

»Am besten gehst du zur Küche und fragst dort danach.«

Er spurtete hinaus.

Er war bereits draußen, als er erneut den Kopf zur Tür hereinstreckte.

»Wie sagt man ›Feuerholz‹ in Eurer Sprache, *Madame?«*

»*Se gafolwydu*«, antwortete Evaine.

»*Se gafolwydu«,* wiederholte er murmelnd und zog dabei konzentriert die Brauen zusammen. Dann verschwand auch sein blonder Schopf nach draußen.

Lächelnd sah Evaine ihm nach. Er war wirklich ein drolliges Kerlchen.

»Vielleicht solltet Ihr ihn mal gewinnen lassen«, wandte sie sich an den Normannen.

Mit hochgezogenen Brauen sah er sie an.

»Wieso?«

Er hatte sich ebenfalls gut erholt. Seine Haut hatte den fahlen Ton verloren. Seine Wangen waren nicht mehr eingefallen. Noch immer schmal, betonten sie jetzt sein scharfes Profil. Das schwarze Haar war inzwischen so lang geworden, dass er kaum noch wie ein Normanne aussah. Ein wenig zu dicht und zu struppig schien es nur kurz geschnitten richtig zu liegen. Jetzt stand es unordentlich zu allen Seiten ab. Wie bei einem Straßenräuber. Er sah gut aus. Sehr gut sogar, wenn sie ehrlich war.

»Nun, dann würde er vielleicht lieber mit Euch spielen.«

»Aber so kann er nicht aus seinen Fehlern lernen«, entgegnete er, als wäre ihr Einwand vollkommen unsinnig. »Er muss lernen, sich zu konzentrieren.«

»Nun, er wird es aber auch nicht lernen, wenn er keine Lust hat, zu spielen«, gab sie zurück und sah wieder auf ihre Handarbeit. Eigentlich war es eine Kleinigkeit, aber ihre Stiche sahen wie immer vollkommen schief aus. Entnervt entschied sie, alles wieder aufzutrennen.

Er schwieg und begann, die umgeworfenen Figuren zurück in das lederne Säckchen zu räumen. Ausgebreitet diente ihnen die bemalte Innenseite als Spielfeld.

Sie ließ das Kleid lustlos in ihren Schoß sinken.

»Kann ich Euch etwas fragen, *Sieur* d'Arbuste?«

»Robert, *Madame.* Robert genügt.«

Sie nickte.

»Nun …wieso muss er es überhaupt lernen? Es ist doch nur ein Spiel.« Sie verstand seinen Ernst in Bezug darauf nicht.

Er schaute von dem Säckchen auf und sah sie an. »Natürlich. Aber es lehrt Weitblick. Und Geduld.«

Nachdenklich drehte er eine der kleinen Figuren zwischen den Fingern. Es war ein geschnitztes Pferdchen aus hellem Elfenbein.

»Und worum geht es?« Seine Worte machten sie neugierig. Umso mehr, als sie die Regeln bis jetzt nicht begriffen hatte. Wenn selbst ein Knabe es verstand, konnte es doch nicht so schwierig sein.

»Es ist das Spiel der Könige.« Er kramte in dem Säckchen und hielt ihr eine der rot bemalten Figuren hin. »Der König.«

Ihre Neugierde siegte. Entschlossen legte Evaine die Handarbeit zur Seite und kam zu ihm herüber auf die Bank. Mochte Meredith es ein andermal fertig machen. Sie war dabei sowieso viel geschickter.

Sie nahm die rote Figur und betrachtete sie eingehend. Es war in der Tat ein König, aufwendig und detailliert geschnitzt. Mit gestrenger Miene und einem gewaltigen Bart saß er auf einem Thron. In der Hand hatte er ein Schwert und eine Krone auf seinem Haupt.

»Ich habe es auf Sizilien gelernt. Von einem Sarazenen. Sein Name war Ibn-at-Timma.«

Sie gab ihm die Figur zurück, worauf er ihr eine andere reichte. Diesmal war es ein Fußsoldat. Vollständig ausgerüstet mit Spangenhelm und normannischem Drachenschild.

»Ein Bauer«, klärte er sie auf.

»Auf Sizilien?«

Er war ganz schön weit herumgekommen. Es kam ihr unendlich weit weg vor. Sie hatte nicht einmal eine ungefähre Vorstellung, wo sich Sizilien befand.

»Als Söldner. Ich war bei der Eroberung von Messina unter Robert Guiscard dabei.« Er überlegte einen Moment, »Das war vor fünf Jahren. Anno 1061.«

Ein Söldner. Evaine wusste nicht viel darüber. Ihrem Ruf nach waren sie brutal und raffgierig, nicht besser als Räuber und Diebe. Jederzeit bereit, ihren mageren Sold durch Plünderung und Mord ein wenig aufzubessern. Sie dachte an all die alten und jungen Narben auf seinem Körper. Wie von selbst wanderte ihr Blick zu seinem Hals, zu der verblassten Narbe unterhalb seines linken Ohres. Sichtbares Mal dessen, was er war. Und was er getan hatte.

»Und wie war es dort?«, fragte sie, unsicher, ob sie die Antwort hören wollte.

»Warm.« Er grinste breit. »Warm und sonnig.«

Wenn er lächelte, verzog er den Mund ein wenig schief. Es sah irgendwie anziehend aus. Sie konnte es sich lebhaft vorstellen. Seine Haut braungebrannt von der sizilianischen Sonne. Erstaunlicherweise schien es sehr viel besser zu ihm zu passen als das Schachspiel und die friedliche Umgebung ihres Zuhauses. Vielleicht lag es nur an den wilden dunklen Haaren. Aber Evaine bildete sich ein, dass in seiner Haltung, seinen Bewegungen eine innere Anspannung lag. Wie die eines wachsamen Tieres. Ihr Vater hatte ihr erzählt, dass er als Knabe einen jungen Wolf gefunden hatte. Er hatte ihn mitgenommen und gezähmt. Doch egal, wie lang er bei ihm lebte, den Argwohn, die Wachsamkeit verlor er nie. Irgendwie musste sie an die Geschichte denken.

»Im Sommer ist es dort brüllend heiß«, fuhr er fort. »Unter dem Kettenhemd schwitzt man beinahe ununterbrochen, egal ob man reitet, geht oder einfach nur still sitzt. Man wird regelrecht im eigenen Saft geschmort. Und am Ende des Tages ist man gar.«

Angesichts dieser bildlichen Beschreibung musste sie lachen.

»Da lobe ich mir das englische Wetter! Hier seid Ihr am Ende des Tages höchstens eingefroren.«

»Ja. So etwas wie Sonne scheint es in England nicht zu geben.« Er schüttelte sich leicht bei dem Gedanken. Die Reise nach Allingham schien ihm in denkbar schlechter Erinnerung.

»Und dieser Sarazene, In…« Sie konnte sich den Namen nicht merken.

»Ibn-at-Timma«, half er nach.

»Er brachte Euch Schach bei?«

Sie legte den Bauern zurück in das Säckchen.

»Genau. Anfangs war ich auch nicht sehr begeistert. Es langweilte mich.«

Das konnte sie gut nachvollziehen. Wenn er schweigend mit

Arnaud über dem Spielfeld brütete, wirkte es alles andere als unterhaltsam.

»Timma war der Meinung, es mangle mir an Geduld. Durch das Schachspiel würde ich sie lernen.« Er zuckte die Schultern. »Und so spielten wir. Aber auf Sizilien gab es auch sonst nicht viel zu tun.«

Er wies auf die Spielfiguren. »Soll ich es Euch erklären?«

Wieso nicht. Wenn sie sowieso hier zusammensaßen. Sie nickte.

»Gut.« Sichtlich zufrieden schüttete er die Figuren erneut aus. Dann reichte er ihr alle roten herüber. »Das sind Eure.«

Er breitete das Säckchen als Spielfeld aus. Eine nach der anderen positionierte er die Figuren auf dem karierten Feld.

»Für Timma war das Schach ein Spiegel des Lebens. Hier wie dort gibt es Könige und Ritter, Bischöfe und einfache Bauern«, erläuterte er.

Sie tat es ihm mit ihren Figuren nach. König, Ritter und Bauern hatte sie bereits gesehen. Auch der Bischof mit seiner Mitra und dem Bischofsstab war gut zu erkennen.

»Was ist das für eine Figur?«

Fragend hielt sie die Schnitzerei hoch. Sie ähnelte dem König, saß ebenfalls auf einem Thron.

»Die Dame«, erwiderte er mit verschmitztem Unterton. »Auch hier verhält es sich wie im wahren Leben: Gewinnen kann nur der König. Doch verliert man seine Dame, ist das Spiel nur noch halb so schön.«

Er schenkte ihr erneut sein schiefes Lächeln, das sie bereitwillig erwiderte. Vielleicht war Schach doch unterhaltsamer, als sie zunächst gedacht hatte.

»Und was ist nun das Ziel?«

»Das ist einfach: Schlagt meinen König. Dann habt Ihr gewonnen.«

»Hm.« Das klang nicht besonders kompliziert. »Und all die anderen Figuren?«

»Sie verteidigen Euren König. Ohne Hilfe seiner sich opfernden Untertanen ist er verloren. Der geringste Bauer hingegen kann oft das Spiel entscheiden.« Er nahm einen davon hoch und drehte ihn in der Hand. »Er kann dem König seinen Thron retten, sich selbst dabei zum Feldherrn aufschwingen.«

Sie musterte sein kantiges Profil. Er schien sehr viel mehr zu sehen als die kleine geschnitzte Figur. Sie hatte sich schon gefragt, was ihn hierhergetrieben hatte. Ihn und den Jungen.

»Dafür seid Ihr nach England gekommen, nicht wahr?«

Er löste sich von dem kleinen elfenbeinfarbenen Bauern.

»Sicher«, erwiderte er leichthin, »Wir sind doch alle Glücksritter. Einfache Bauern, die versuchen, das Spiel zu ihren Gunsten zu entscheiden.«

Er stellte den Bauern zurück auf seinen Platz.

Natürlich wusste sie, wovon er sprach. Im Spiel der Mächtigen gab es stets Heerscharen von Glücksrittern. Abenteuerlustige oder Verzweifelte. Menschen, die alles gewinnen wollten oder nichts zu verlieren hatten.

Dennoch passte er irgendwie nicht in dieses Bild. Sie hielt ihn nicht für einen Abenteurer. Er hatte Arnaud nicht leichtsinnig in diesen Krieg geschleppt. Dazu war seine Sorge um ihn viel zu groß.

Doch wie es schien, hatte er auch einiges zu verlieren.

»Wie ein einfacher Bauer kommt Ihr mir nicht gerade vor«, sagte sie und deutete auf seine teure Kleidung.

»Vielleicht nicht gerade ein Bauer«, gab er zu, »aber auch nicht mehr als ein Söldner.«

»Aber ein gut bezahlter Söldner, wie es aussieht.«

Um seinen Mund erschien ein bitterer Zug. »Ihr solltet Euch vom Äußeren nicht täuschen lassen, *Madame.* Mein Vater genießt einiges Ansehen in der Normandie.« Seine Stimme wurde kalt. »Mich macht das allerdings nicht zu mehr, als ich gesagt habe.«

Grimmig blickte er auf das Schachspiel hinunter und rückte zwei von ihren Figuren zurecht. Sie hatte an einer alten Wunde gerührt. Evaine begriff, dass sie eine dritte Gruppe von Glücksrittern vergessen hatte. Jene, die verzweifelt versuchten, etwas hinter sich zu lassen.

»Und wann werdet Ihr wieder mitspielen?«

Er sah sie fragend an.

»Im Spiel Eures *Duc,* meine ich.«

Gestern war das Wetter milder gewesen und er war zusammen mit Arnaud ein Stück geritten. Im Grunde rechnete Evaine fest damit, dass er bald aufbrechen würde.

Seine Miene wurde undurchdringlich.

»Wir werden in Kürze aufbrechen. Verzeiht, wenn wir Eure Gastfreundschaft länger als nötig beanspruchen«, entgegnete er kühl.

Da war er wieder, der Wolf. Bereit, beim leisesten Geräusch die Zähne zu fletschen.

»Nein, nein.« Sie schüttelte heftig den Kopf. »Das ist es nicht.« So hatte sie es ganz und gar nicht gemeint. »Ihr seid hier willkommen. Bitte bleibt so lang, bis Ihr vollständig genesen seid. Auch Arnaud zuliebe.«

»Ich danke Euch, *Madame.«* Er neigte leicht den Kopf, doch der verschlossene Ausdruck in seinem Gesicht blieb. Es war nicht leicht, ihn wieder zu besänftigen.

»Ich …« Sie wusste nicht, wie sie beginnen sollte. Eigentlich hatte sie auf etwas ganz anderes hinausgewollt. Jetzt hatte sie es völlig falsch angefangen.

»Wenn wir weiterhin nur reden, werdet Ihr niemals Schach lernen«, wechselte er das Thema. Doch es klang nicht so entspannt wie zuvor.

»Nein … ich meine … gewiss …«, stammelte sie. »Ich wollte noch über etwas anderes mit Euch sprechen.«

Jetzt hatte sie seine volle Aufmerksamkeit. Eindringlich musterten sie die schwarzen Augen. Mit einem Mal war sie furchtbar nervös. Ihre Hände wollten einfach nicht stillhalten. Unruhig begann sie, mit einem der rot bemalten Reiter zu spielen.

»Und?« Argwöhnisch legte er den Kopf schief, als sie nicht weitersprach.

Evaine riss sich zusammen.

»Eurer Freund, Gérard, er berichtete von der Kapitulation Londons.« Der argwöhnische Ausdruck verstärkte sich.

Evaine wurde noch nervöser. Es war so schwer, ihn darum zu bitten. Was, wenn er es ihr abschlug? Oder sie einfach auslachte?

»Nun, … er hat gesagt, der *witan* hätte Geiseln genommen. Und diese würden in Kürze in die Normandie gebracht.«

Er nickte kaum merklich.

»Ich möchte sie sehen!«, platzte sie heraus.

»Wen?« Er konnte ihr offenbar überhaupt nicht folgen.

»Die Geiseln. Mein Vater … vielleicht ist er dabei.« Sie merkte, wie sie rot wurde. Es war eine so lächerliche Idee. Aber sie wurde den Gedanken einfach nicht mehr los. »Ich meine, wenn er dabei ist, wenn er in die Normandie gebracht wird … Ich würde ihn nie wiedersehen«, schloss sie verzweifelt.

Zu ihrer Erleichterung blieb er vollkommen ernst.

»Ich verstehe Eure Sorge«, erwiderte er langsam. Er wirkte ehrlich betroffen. »Aber was kann ich dabei für Euch tun?«

Hektisch stellte sie den Reiter in ihrer Hand wieder auf das Spielfeld.

»Bitte bringt mich dorthin!«

Vor Überraschung zog er die Augenbrauen hoch.

Sie hielt seinem Blick entschlossen stand. Es war ihr bitterer Ernst.

»*Pardon,* aber wisst Ihr, was Ihr da von mir verlangt?«

»Ich denke schon.« Sie versuchte, sich ihre Unsicherheit nicht anmerken zu lassen. Sie hatte keine Ahnung, worauf sie sich einließ. Aber es war ihr egal.

Bestimmt schüttelte er den Kopf.

»Nein. Ich bin gerne bereit, mich nach seinem Verbleib zu erkundigen,« erwiderte er. »Aber ich kann Euch nicht mitnehmen. Es tut mir leid.«

Er ließ keinerlei Raum für Diskussionen.

Doch sie hatte mit seinem Widerstand gerechnet.

»Ihr kehrt doch sowieso dorthin zurück. Ich möchte Euch nur begleiten«, versuchte sie ihn zu überzeugen. »Ihr seid in keiner Weise für mich verantwortlich. Ich verspreche, ich werde Euch nicht im Weg sein.«

Vor Aufregung sprudelten die Worte nur so aus ihr hinaus.

»Ich weiß nicht, wie Ihr Euch das vorstellt«, schnaubte er. »Es sind mindestens zwei Tagesreisen bis London. Wollt Ihr wirklich bei diesem Wetter draußen im Wald übernachten?«

»Das macht mir nichts aus«, schoss sie zurück. Dabei hatte sie daran noch gar nicht gedacht. Es war immer noch eisig kalt.

»Ach nein?« Sein Ton wurde deutlich schärfer. Offenbar verlor er die Geduld. »Habt Ihr eine Ahnung, was es heißt, jetzt zu reisen? Ihr könnt Euch nicht einmal vorstellen, welcher Abschaum sich im Moment in den Wäldern herumtreibt! Und *ich* möchte mir nicht einmal vorstellen, was die mit Euch machen würden!«

Seine Worte verfehlten ihre Wirkung nicht. Angst begann ihre Entschlossenheit zu lähmen. Auch in ruhigeren Zeiten war ihr Vater bei ihren Reisen sehr vorsichtig gewesen. Unterwegs wurden sie immer von einer Handvoll seiner persönlichen *housecarls* begleitet. *Man weiß nie, was für ein Pack in den Wäldern lauert,* hatte er gesagt. Sie verdrängte den Gedanken. Er hätte auch nie zugelassen, dass sie einen fremden Ritter aufnahm. Und schlimmer als ein dahergelaufener Normanne konnten die auch nicht sein, redete sie sich ein.

»Ich muss meinen Vater sehen!«, flehte sie. »Ich weiß, dass es gefährlich ist. Aber es kümmert mich nicht.«

»Nun, Euch vielleicht nicht, aber mich!« Der Ärger war ihm deutlich anzusehen, »Wenn ich Euch mitnehme, trage ich die Verantwortung für Euer Wohl.«

»Ich sage doch, ich bin für mich selbst verantwortlich«, beharrte sie.

»Nein. Und dabei bleibt es!« Mit befehlsgewohntem Ton

wollte er das Gespräch beenden und wandte sich wieder dem Schachspiel zu.

Evaine wünschte, sie könnte ihn anders überzeugen. Es war unredlich. Sie wusste es und schämte sich ein wenig dafür. Doch er ließ ihr keine Wahl. Er war genauso halsstarrig wie sie selbst.

»Ihr schuldet es mir.«

Seine Bewegung gefror. Als er sie ansah, spiegelten sich Ärger und Wut in seinem Gesicht. Die dunklen Augen verengten sich gefährlich. Beinahe wünschte Evaine, ihre Worte zurücknehmen zu können. Wortlos funkelte er sie an. Sie sah, wie Schuldgefühle mit seinem Widerwillen rangen.

»Wie Ihr wünscht, *Madame*«, presste er schließlich unwillig hervor. »Ich werde Euch mitnehmen und auch wieder zurück nach Allingham bringen.« Das war mehr, als sie gefordert hatte. »Aber«, seine Worte waren messerscharf, »ich mag es nicht, zu irgendetwas gezwungen zu werden. Ihr solltet diesen Fehler nicht noch einmal machen.«

Evaine nickte kaum merklich. Vor Anspannung hatte sie die Luft angehalten. Seufzend atmete sie aus. Aber es wollte sich keine rechte Erleichterung einstellen. Sie hatte bekommen, was sie gewollt hatte. Aber eine kleine, feige Stimme in ihrem Kopf flüsterte, dass er vielleicht recht gehabt hatte. Evaine brachte sie zum Schweigen. Egal, wie gering ihre Hoffnung war. Egal, was sie dafür tun musste. Und wenn sie wie Orpheus in die Unterwelt marschieren müsste. Sie wollte ihren Vater wiedersehen!

Arnauds geräuschvolle Rückkehr durchbrach die eisige Stille. Polternd stieß er die Tür auf und mühte sich ächzend mit dem Brennholz ab. Die schmächtigen Arme bis oben hin gefüllt, balancierte er einen wackeligen Turm aus Scheiten zum Kamin. Mit dumpfen Knallen ließ er die Scheite an der Feuerstelle zu Boden fallen.

»Denkt Ihr, das wird genügen, *Madame?*« Japsend wischte er sich über die verschwitzte Stirn.

»Ja. Vielen Dank.« Sie versuchte, sich nichts von der Anspannung zwischen ihr und seinem Herrn anmerken zu lassen. »Das wird wohl eine ganze Weile genügen.« Sie rang sich ein schwaches Lächeln ab.

Mit stolz geschwellter Brust kam er zu ihnen herüber. Neugierig beugte er sich über ihr immer noch nicht begonnenes Spiel.

»Spielt Ihr auch Schach, *Madame?«,* fragte er.

»Sie lernt es gerade«, antwortete der Normanne knapp an ihrer Stelle.

Arnaud nickte zufrieden. »Gut. Dann muss ich nicht mehr ständig mit *Sieur* d'Arbuste spielen.«

»Nein! Auf keinen Fall. Hast du den Verstand verloren, Evaine?«

In diesem Punkt waren der Normanne und Meredith sich ausnahmsweise einig. Fassungslos sah Meredith von ihr zu ihm hinüber.

Sie hatten in der großen Halle zu Abend gegessen. Seit der Normanne sein Bett verlassen konnte, aßen sie gemeinsam. Nach einigen Abenden eisigen Schweigens hatte Meredith sich schließlich mehr oder weniger damit abgefunden.

Das Essen war inzwischen abgeräumt. Gerade hatte Evaine Meredith die Entscheidung vom Nachmittag mitgeteilt. Sie sah keinen Sinn darin, diese Auseinandersetzung länger als nötig aufzuschieben. Je eher sie Meredith davon in Kenntnis setzte, desto besser. Dann konnte er es sich nicht mehr anders überlegen. Oder sie selbst.

»Das kann unmöglich dein Ernst sein!«

Aufgeregt sprang Meredith von ihrem Platz auf. »War das etwa seine Idee?«, fauchte sie in Richtung Robert.

Mit verschränkten Armen und finsterer Miene musterte er sie und Meredith.

»Sei nicht albern«, fuhr Evaine dazwischen. »Er ist davon genauso wenig begeistert wie du!«

»Und warum will er dich dann mitnehmen?«

»Ich habe ihm keine Wahl gelassen.«

Sie versuchte, Meredith zurück auf ihren Platz zu ziehen, doch die schüttelte energisch ihre Hand ab.

»Das kann ich nur bestätigen«, knurrte Robert und erntete einen giftigen Blick von Meredith.

»Weißt du eigentlich, wie gefährlich das ist?« Vor Aufregung glühten Merediths Wangen rot. »Du kennst doch selbst alle Berichte von Plünderungen und Vergewaltigungen! Soll ich dir etwa noch einmal Onkel Edwins Brief vorlesen?«

»Nein, das brauchst du nicht«, entgegnete Evaine ruhig. Ihr klang jedes seiner Worte noch deutlich in den Ohren. *Sie tragen den Namen* orc *zu Recht. Ihre Grausamkeit ist bar jeder Menschlichkeit, wahrlich monströs.* Doch auch das konnte ihren Entschluss nicht ins Wanken bringen.

»Ich habe ihr das Gleiche gesagt«, warf d'Arbuste ein. »Aber sie ist stur wie ein Esel.«

»Du willst nicht wirklich allein mit ihm gehen?« Mit einer verächtlichen Handbewegung wies Meredith auf Robert.

»Er hat versprochen, mich sicher hin- und zurückzubringen.«

»Pah! Ich traue ihm keinen Fingerbreit über den Weg.«

Meredith fixierte ihn wütend.

Doch er ließ sich zu keiner Erwiderung provozieren. Unbewegt und kalt erwiderte er ihre hitzigen Blicke.

»Aber ich.« Es war ihr aufrichtiger Ernst. Sie holte tief Luft und startete einen neuen Versuch, ihre Schwester zu beruhigen. »Ich weiß, dass du dir Sorgen machst«, sagte sie sanft.

»Dann frage ich mich, was das soll!«

»Ich will Vater sehen«, entgegnete Evaine schlicht.

Das war alles. Meredith musste es verstehen. Wer könnte diesen Wunsch nachvollziehen, wenn nicht sie?

»Wenn er lebt, ist er gewiss unter den Geiseln«, beharrte sie, »andernfalls gibt es keinen Grund, wieso er noch nicht zurückgekommen ist.«

Das aufgebrachte Funkeln in Merediths Augen verschwand.

Stattdessen musterte sie Evaine mit einer Mischung aus Sorge und Mitleid.

»Evaine ... bitte tu das nicht«, murmelte sie gequält. »Du weißt, wie unmöglich das alles ist. Du machst dir selbst etwas vor.«

Evaine spürte, wie sich ein Kloß in ihrer Kehle bildete. Sie wollte das nicht schon wieder hören! Sie wollte ihren winzigen Hoffnungskeim nicht schon wieder gegen die geballte Wut der Verzweiflung verteidigen. Warum wollte nicht einmal Meredith sie verstehen? Wenn sie nun alle recht hatten? Angestrengt schluckte sie den Kloß hinunter.

»Wenn du recht hast ...«, ihre Stimme zitterte, »dann will ich es wenigstens sicher wissen.«

Sie merkte, wie ihr Blick glasig wurde. Achtlos wischte sie die Tränen weg. »Ich kann nicht den Rest meines Lebens darüber nachgrübeln. Ich kann nicht weiter darüber nachdenken, ob«, sie zwang sich, es auszusprechen, »ob Vater lebt oder nicht. Ob er im schlammigen Boden von Hastings liegt oder auf einem normannischen Friedhof. Ich muss es wissen!« Sie schniefte vernehmlich. »Ich habe nur diese eine Gelegenheit. Und ich werde sie nutzen!«

Bei ihren Worten hatten Merediths Lippen begonnen, verdächtig zu zittern. Sie schluckte, ohne etwas zu erwidern.

»Wirst du mich begleiten?«

»Nein!« Mit scharfer Stimme mischte Robert sich erneut in das Gespräch ein. »Ich sagte, ich bringe Euch dorthin. Mehr nicht.«

»Es gilt für Meredith gleichermaßen wie für mich!«, entgegnete Evaine heftig. Sie hatte auch seinen fortwährenden Widerstand satt. Trotzig funkelte sie ihn an.

»Euer Vertrauen in mich in allen Ehren! Aber ich bin nur ein Mann! Ich kann nicht allein ein ganzes Nonnenkloster beschützen!«

Ihre Vernunft gab ihm recht. Doch diese Entscheidung hatte nichts mit Vernunft zu tun.

»Nur Meredith und mich!«

»Lass gut sein, Evaine.« Merediths Stimme war mit einem Mal

erstaunlich sanft. In ihren Augen glänzten Tränen. »Ich will gar nicht mit.«

»Wieso nicht? Du würdest Vater nie wiedersehen!«

»Vielleicht ist er bereits unterwegs nach Hause. Und wenn wir nicht da sind …« Meredith stockte.

Evaine schüttelte den Kopf. Über all das hatte sie sich bereits unzählige Male den Kopf zerbrochen. Nächtelang hatte sie wach gelegen und jede Möglichkeit in Betracht gezogen. Inzwischen war sie felsenfest davon überzeugt, dass ihnen nur noch diese einzige Hoffnung blieb.

»Er war mit Sicherheit beim *witan.* Er hätte den *Ætheling* niemals im Stich gelassen. Er ist bis zum Schluss geblieben. Und dann haben sie ihn mit allen anderen festgenommen.«

Jetzt quollen dicke Tränen aus Merediths Augen und liefen über ihre erhitzten Wangen.

»Aber was ist mit Alric?«, flüsterte sie.

Die Verzweiflung in ihrer Stimme schnitt Evaine ins Herz. Was war mit Alric? Sie schämte sich einzugestehen, dass sie kaum an ihn gedacht hatte. Was hatte ihn aufgehalten? – Wenn er noch lebte …

»Ich werde hier auf ihn warten!« Meredith rang um ihre Beherrschung und versuchte, der Tränenflut Einhalt zu gebieten. »Wenn er zurückkommt, werde ich hier sein«, sagte sie entschieden.

»Dann ist es beschlossen.« Robert stand auf. Ruhig, aber unmissverständlich sprach er zu Meredith: »Ich werde Eure Schwester nach London bringen und wieder zurück. Und Ihr werdet hier warten.«

Sie beschlossen, am frühen Morgen des übernächsten Tages aufzubrechen. So blieb Evaine noch ein Tag Zeit, einige Vorbereitungen zu treffen. Als sie schließlich Meredith den schweren Schlüsselbund, das Symbol des Haushalts von Allingham, übergab, hatte sie ein mulmiges Gefühl. Es war kaum zwei Monate her, dass sie den Schlüssel von ihrem Vater entgegengenommen hatte. Sie hatte geglaubt, ihn zurück in seine Hände legen zu können. Jetzt hatte sie Zweifel, ob er je wiederkehren würde. Ob sie selbst Allingham wiedersehen würde? Der Gedanke erwischte sie eiskalt und machte ihr mehr Angst als alle Erzählungen über Räuber und Vergewaltigungen.

Der Abend war schon fortgeschritten und über die *burh* hatte sich bereits nächtliche Stille gelegt. Dennoch hatte Evaine plötzlich den dringenden Wunsch, nach draußen zu gehen. Sie wollte noch einmal den Geruch der heimatlichen Luft in sich aufnehmen. Noch einmal den Geräuschen lauschen, die ihr selbst nachts so vertraut waren. Sie schlug sich in ihren Mantel und trat in die bittere Kälte. Der Winter umklammerte das Land mit eisigen Klauen. Es war inzwischen Dezember. Die erste Woche des Advents hatte begonnen. Doch trotz der Fastenzeit konnte sich Evaine kein bisschen auf das nahende Weihnachtsfest besinnen. Es kam ihr ungerecht vor. Das Jahr schritt unaufhaltsam voran, während ihr eigenes Leben immer mehr ins Stolpern geriet.

Sie ging auf den Vorplatz zwischen Küche und Halle. Augenblicklich begann die Kälte, in ihre Glieder zu kriechen. Doch während ihr Körper zu bibbern begann, konnte sich ihr überhitzter Geist langsam beruhigen.

Gierig sog sie die kalte Luft ein. Man konnte den Frost beinahe schmecken. Als sie pustend ausatmete, bildeten sich weiße Wolken in der Kälte. Sie lauschte in die Stille. Es war eine klare und finstere Nacht. Sie legte den Kopf in den Nacken und blickte empor. Über ihr wölbte sich der Himmel wie ein schwarzes Tuch. Unzählige Sterne strahlten daran, winzig wie Nadelstiche. Ein Meer von leuchtenden Perlen, von göttlicher Hand einzeln in die Dunkelheit gewebt. Ob die Sterne überall gleich aussahen? Wie sah der Nachthimmel wohl in der Normandie aus oder gar in Sizilien?

»Woran denkt Ihr?«

Die tiefe Stimme des Normannen durchdrang die Stille. Als hätten ihre Gedanken ihn herbeigehext. Erschrocken zuckte Evaine zusammen und fuhr zu ihm herum.

Besänftigend hob er die Hände.

»Entschuldigt. Ich wollte Euch nicht erschrecken.«

Sie atmete hörbar aus. Wieder bildeten sich helle Dampfschwaden.

»Nein. Schon gut. Ich war nur so tief in Gedanken, dass ich Euch nicht gehört habe.«

Sie ärgerte sich über ihre Furchtsamkeit. Er musste sie für verrückt halten. Erst beharrte sie darauf, ihn zu begleiten. Und dann benahm sie sich innerhalb ihrer eigenen Wälle wie ein Hasenfuß.

»Ihr wart so nachdenklich. Was hat Euch beschäftigt?«

»Die Sterne«, erwiderte sie ehrlich.»Ich habe mich gefragt, wie sie wohl in Sizilien aussehen.«

Er lächelte, seine Zähne glänzten hell in der Dunkelheit.

»Wunderschön.« Er blickte ebenfalls zum Himmel hinauf. »Wie hier.«

»Aber sind es dieselben?«

Er sah sich suchend am Himmel um. »Ich denke schon«, erwiderte er schließlich. »Seht Ihr dort den hellen Stern?«

Ihre Augen folgten der Bewegung seiner Hand.

»Welchen?«, fragte sie lächelnd. »Die Auswahl ist ziemlich groß.«

Er trat hinter sie und wies erneut nach oben, sein Arm eine Verlängerung ihrer Blickrichtung. »Seht Ihr?«

Sie nickte.

»Der Polarstern. Man kann ihn hier wie dort zur Navigation benutzen.«

»Hier sagt man *scipsteorra*«, bestätigte sie. »Schiffsstern. Er weist einem stets die Nordrichtung an.«

»Genau. Dann habt Ihr in Allingham wohl die gleichen Sterne gesehen wie ich auf Sizilien.«

Die Vorstellung hatte etwas Verbindendes. Einen Moment betrachteten sie schweigend die Gestirne über ihnen, jeder seinen Gedanken nachhängend.

»Vielleicht steht unser Schicksal schon dort oben geschrieben«, sagte sie. »Unser Lebensweg ist vielleicht längst eingewebt in das Muster der Sterne.«

Dann wäre bereits entschieden, ob sie hierher zurückkehren würde. Alles wäre lang vor ihrer Geburt vorherbestimmt. Der Gedanke war beruhigend und gleichzeitig beengend.

»Glaubt Ihr das?«

Sie konnte Erstaunen und Skepsis aus seiner Stimme heraushören. Er musterte sie von der Seite. Sie wandte ihren Blick vom Nachthimmel ab und sah ihn an.

»An Litania Major im Frühjahr dieses Jahres war hier für lange Zeit ein seltsamer Stern zu sehen. Die Leute nannten ihn den langhaarigen Stern.« Sie zuckte die Schultern. »Er war zumindest kein gutes Vorzeichen für die Herrschaft von *Cyning* Harold.«

Er nickte. »In der Normandie konnte man ihn auch sehen.« Als er grinste, blitzten seine Zähne wieder in der Dunkelheit. »Für den *Duc* war er ein besseres Omen.«

»Dann glaubt Ihr also nicht an die Macht der Sterne?«

»Oh doch. Ich glaube sehr wohl an ihre Macht. Spätestens am Jüngsten Tag werden sie vom Himmel fallen und jeden Einzelnen von uns erschlagen, wie es in der Offenbarung steht. Aber ich glaube nicht daran, dass sie unser Leben bestimmen. Das wäre zu leicht.«

»Wieso leicht?«

»Nun, wir würden es uns doch ein wenig zu einfach machen. Wenn alles, was wir tun, bereits vorherbestimmt ist, wenn wir keine Entscheidung mehr treffen müssten?« Er schüttelte entschieden den Kopf. »Nein. Wir tragen die Verantwortung für unser Leben. Und für jede einzelne unserer Taten.«

Evaine fand es erstaunlich, dass ein Mann seines Schlages, seines Berufs, von Verantwortung für seine Taten sprach.

Er wandte sich ihr nun ganz zu und sah sie ernst an.

»Was Ihr für mich und Arnaud getan habt, das war Eure Entscheidung. Ihr habt sie getroffen. Daher danke ich Euch« – er schmunzelte – »und meinem Schöpfer, dass Ihr das Tor aufgemacht habt und nicht Eure Schwester.«

Sie lächelte ebenfalls. Dann wurde er wieder ernst.

»Und ich werde Euch zu Eurem Vater bringen. Dafür werde ich die Verantwortung tragen.«

Sie nickte nur, weil sie nicht wusste, was sie darauf erwidern sollte. Fröstelnd wackelte sie von einem Fuß auf den anderen.

»Ihr zittert. Wir sollten nach drinnen gehen.«

»Mmh«, erwiderte sie unwillig. Obwohl es so kalt war, war die Nacht wunderschön. Unter dem schwarzen Himmel fühlte sie sich frei und die Last auf ihrer Seele schien ein wenig kleiner zu werden.

»Was habt Ihr überhaupt hier draußen gemacht?«, fragte er.

»Ich habe mich verabschiedet«, antwortete sie verschämt. »Es ist schon ein Weilchen her, dass ich Allingham für längere Zeit verlassen habe. Und bisher … war ich immer sicher, dass ich zurückkehren würde.«

»Das Leben ist niemals sicher«, entgegnete er trocken.

»Ich weiß. Aber dieser Ort hier scheint es zu sein.«

Sie konnte seinen zweifelnden Blick spüren. Nach seinen Maßstäben war Allingham zurzeit alles andere als sicher.

Sie mühte sich, ihre Empfindungen in Worte zu fassen. »Ich gehöre hierher. Egal was passiert, ich kann immer hierher zurückkommen. Es ist … als hätte ich in diesem Erdreich Wurzeln geschlagen. Wie die Bäume da vorn.« Sie wies auf die hohen Schatten nahe des *bellgeat*. »So tief und so stark, dass ich hier auch einen Sturm oder eine Dürre überstehen kann.«

Er hörte ihr regungslos zu, als wären ihm solche Gefühle vollkommen fremd.

»Wisst Ihr nicht, was ich meine?«, fragte sie kopfschüttelnd.

»Ich weiß sehr wohl, wovon Ihr sprecht«, erwiderte er langsam. Er ließ seinen Blick in die Dunkelheit schweifen. Sein Profil hob sich nur wenig von der Schwärze um sie herum ab. »Aber ich denke nicht, dass es für mich noch einen solchen Ort gibt.«

Wieder spürte sie, dass er sich das Leben eines Söldners nicht ausgesucht hatte. Er war getrieben, ruhelos. Zog von einem Schlachtfeld zum nächsten. Und schleppte dabei etwas mit sich, das er eigentlich verzweifelt hinter sich lassen wollte.

Als er sich wieder zu ihr drehte, war seine Stimme fest. Doch seine dunklen Augen wirkten traurig. »Ich wünsche Euch, dass Ihr Euch dieses Gefühl noch lang bewahren könnt.«

KAPITEL 4

Sie brachen im Morgengrauen auf. Den ganzen Tag ritten sie durch gefrorenen Schnee und begegneten dabei im Wald keiner Menschenseele. Die Tage im Dezember waren kurz. Eigentlich viel zu kurz, um noch zu reisen. Daher waren sie auch nicht so weit gekommen, wie sie gehofft hatten. Als die Sonne über den Wipfeln der kahlen Bäume unterging, ordnete Robert an, ein Lager für die Nacht aufzuschlagen. Das »Lager« bestand aus einem dürftigen Feuer, das er mühsam aus ein paar mitgebrachten Reisigzweigen anfachte und mit feuchtem Holz am Brennen hielt. Es qualmte mehr, als es brannte, und die Wärme, die es verströmte, reichte nicht aus, ihre feuchten Kleider auch nur halbwegs zu trocknen. Wortlos vertilgte jeder ein paar Bissen Brot. Selbst Arnauds fortwährendes Geplapper war im Laufe des Nachmittags vor Kälte und Anstrengung verstummt.

Fröstelnd starrte Evaine in die knisternden Flammen. Sie saß mit angezogenen Knien vor dem Feuer und hatte sich eng in ihren Mantel geschlagen, zitterte aber dennoch am ganzen Körper.

Im Dickicht des Waldes war die Nacht durch die feine Schneeschicht erstaunlich hell. Statt in tiefes Schwarz war alles in fahles Grau getaucht, in dem Geäst und Sträucher bedrohliche Schatten warfen. Beunruhigt lauschte Evaine in das Halbdunkel. Obwohl sich keiner von ihnen rührte, war die Nacht von beständigen Geräuschen erfüllt. Im Unterholz um sie herum raschelte und knackte es fortwährend. Evaine bemühte sich, nicht daran zu denken, woher das Rascheln kam. Mäuse und Ratten war noch die angenehmste Vorstellung. Sie schauderte leicht und verdrängte den Gedanken. Über die aufsteigenden Funken hinweg sah sie Robert an. Er starrte nachdenklich in die qualmenden Scheite. Arnaud lag in eine Decke eingeschlagen neben ihm. Nur sein blonder Schopf lugte hervor. Evaine hätte ebenfalls gerne geschlafen und beobachtete den Jungen neidisch. Dann hätte sie wenigstens diese quälende Kälte nicht mehr gespürt und ihren knurrenden Magen.

Sie schob die vom Schnee durchnässten Schuhe näher ans Feuer und biss die Zähne zusammen, als das Gefühl mit stechenden Schmerzen in ihre Zehen zurückkehrte.

Die kreisenden Gedanken in ihrem Kopf ließen sie nicht zur Ruhe kommen. Mit etwas Glück würden sie morgen schon auf das normannische Heer treffen. Bei dem Gedanken an Tausende *orcs* krampfte sich ihr Magen zusammen. Die Worte aus Edwins Brief drängten sich zurück in ihr Gedächtnis. *Ihre Grausamkeit ist bar jeder Menschlichkeit, wahrlich monströs.* Es war Wahnsinn, blanker Wahnsinn, einfach dort hineinspazieren zu wollen. Der vernünftige Teil ihres Selbst rebellierte immer lauter.

Doch er hatte schon einmal gegen jenen Teil verloren, der sich verzweifelt danach sehnte, ihren Vater wiederzusehen. Und letztlich war es nun auch zu spät. Sie konnte nicht mehr zurück.

Sie würde sich einfach an Robert halten, redete sie sich selbst zu. Er hatte ihr zugesagt, sie sicher dort hinzubringen, und sie vertraute ihm. Das musste sie sich gar nicht einreden. Es war so. Sie würde einfach immer in seiner Nähe bleiben. Und dann …? Hoffen, dass sie ihren Vater fand?

Wahrscheinlich machte sie sich nur etwas vor, dachte sie bitter. Immerhin war die Chance, ihn unter den Geiseln zu finden, doch verschwindend gering. Wahrscheinlich war ihre ganze Hoffnung einfach nur lächerlich. Meredith hatte ihr das deutlich zu verstehen gegeben.

Aber klammerte sie sich nicht mit der gleichen lächerlichen

Hoffnung an ein Wiedersehen mit Alric? Und was war die Alternative? Einfach warten? Oder akzeptieren, dass sie beide für immer verloren hatten? Nein! Verzweifelt schüttelte sie den Gedanken von sich.

»Ist Euch kalt?« Durch den Rauch des Feuers sah Robert besorgt zu ihr herüber. Scheinbar hatte sie sich wirklich geschüttelt. Statt ihm ihre diffusen Gedanken zu erklären, nickte sie nur bibbernd.

»Ja. Ich spüre die meisten meiner Gliedmaßen nicht mehr. Und die, die ich spüre, schmerzen vor Kälte.« Mit klammen Händen versuchte sie, ihre schlotternden Beine warmzureiben.

Er nickte und stand dann vorsichtig auf, um den schlafenden Arnaud nicht zu wecken. Evaine dachte, dass er neues Holz nachlegen würde. Stattdessen kam er um das Feuer herum und setzte sich direkt hinter sie.

Im nächsten Augenblick fand sie sich zwischen seinen langen Beinen wieder. Sein warmer Brustkorb drückte sich eng an ihren Rücken. Dann schlug er den dichten blauen Mantel fest um sie beide und seine Arme zogen sie noch näher an ihn heran. Stocksteif blieb sie sitzen, überrumpelt von der unerwarteten Nähe.

»Ist es so besser?« Sie konnte seinen warmen Atem spüren, wie er über ihre Haut strich und sich dabei die Härchen in ihrem Nacken aufrichteten.

Es war bereits viel besser. Seine Körperwärme umfing sie und schob sich wie ein schützender Schild zwischen ihren Körper und die eisige Kälte der Dezembernacht. Dennoch fühlte sie sich irgendwie unbehaglich in seiner plötzlichen Nähe. Der enge Kontakt mit seinem Körper war ungewohnt und machte sie nervös. Sie spürte, wie ihre Haut anfing zu prickeln und ihre Wangen zu glühen begannen. Sie schluckte hektisch und brachte statt einer Antwort lediglich ein Nicken zustande.

Eine Weile blieb er einfach nur ruhig so sitzen, als spüre er ihre innere Anspannung. Evaine fühlte das stete Auf und Ab seines

Brustkorbs bei jedem Atemzug. Langsam durchdrang seine Wärme alle gefrorenen Schichten ihres Körpers, taute sie Faser um Faser auf. Während ihre zitternden Muskeln sich entkrampften, wich ihre Anspannung dem wohligen Gefühl, wieder all ihre Gliedmaßen zu spüren. Sein Atem strich sanft an ihrem Kopf vorbei und bewegte kitzelnd die kleinen Härchen, die sich wegen der Feuchtigkeit aus ihrem Zopf gelöst hatten und nun wirr um ihren Kopf abstanden.

Direkt neben ihrer Wange verfing sich der Feuerschein im glänzenden Metall seiner Fürspann. Neugierig legte Evaine den Kopf zur Seite und betrachtete das reich verzierte Schmuckstück, das ihr schon unterwegs zu Rheda aufgefallen war.

Eingebettet in den warmen Schimmer des Goldes schienen die dunkelblauen Saphire lebendig und geheimnisvoll zu glühen. Der Glanz des Goldes brach sich in den unzähligen fein gearbeiteten Details seiner Initialen A und R. Die umlaufende Inschrift war kaum zu lesen. Sie erinnerte sich daran, dass es Lateinisch war. Sie kniff die Augen zusammen und neigte den Kopf noch etwas weiter, um die Buchstaben erkennen zu können.

Robert nieste hinter ihr. »Könnt Ihr nicht für einen Moment den Kopf stillhalten? Euer Haar kitzelt mich fortwährend in der Nase«, beschwerte er sich leise, mehr amüsiert als verärgert.

»Entschuldigt«, gab Evaine lächelnd zurück, »aber ich habe nur Eure Fürspann bewundert.«

In der Dunkelheit kam ihr ihre eigene Stimme laut vor und sie senkte sie schnell, um Arnaud nicht zu wecken. »Sie ist wirklich außergewöhnlich schön.«

»Mmh.«

Mit ein paar Handgriffen löste er die Fürspann vom Mantel und hielt sie ihr hin. Sie nahm sie aus seiner Hand und drehte sie neugierig im Feuerschein.

»Eure Initialen, nicht wahr?«, fragte sie leise.

Sie konnte fühlen, wie er hinter ihr mit dem Kopf nickte.

»Und was ist das für eine Inschrift?«

Er blickte auf die Brosche in ihren Händen. Mit einem sanften Kratzen strich seine unrasierte Wange an ihrer vorbei. Sie konnte seinen Duft wahrnehmen. Er roch gut. Eine erdige Grundnote, gemischt mit dem würzigen Geruch von Pferd, den Aromen des Waldes und männlichem Schweiß.

»*Esto fidelis usque ad mortem.* Sei getreu bis in den Tod.«

»Ihr sprecht Latein?«, fragte sie verwundert und musterte ihn von der Seite.

»Nein. Ich kann nicht einmal lesen. Aber mein eigenes Familienmotto werde ich wohl noch kennen.« Sie konnte das leise Lächeln in seiner Stimme hören.

Nachdenklich ertasteten ihre Finger das Relief der Buchstaben. *Sei getreu bis in den Tod.* Sie musste unwillkürlich an ihr Gespräch auf Allingham am Abend vor Arnauds Genesung denken. *Treue und Gehorsam sind bedingungslos.*

»Ziemlich düster für ein Familienmotto. Findet Ihr nicht?«

Er schnaubte belustigt, seine Wange kratzte dabei an ihrer.

»Eigentlich gar nicht. Eigentlich ist es eine Zusage, ein Versprechen.«

Seine warmen Hände berührten ihre, als er nun selbst die Fibel nahm und in den Feuerschein hielt, während sie ihre eisigen Finger wieder in der Wärme des Mantels vergrub. Er hatte kräftige Hände mit Schwielen vom Reiten und Schwertkampf. Als sie ihr zum ersten Mal aufgefallen waren, hatte es ihr Angst eingeflößt. Nun beruhigte sie der Anblick und gab ihr ein Gefühl der Sicherheit.

»Es ist der Anfang eines Zitats aus der Offenbarung des Johannes«, fuhr er leise fort. »*Esto fidelis usque ad mortem, et dabo tibi coronam vitae.* Sei getreu bis in den Tod, so will ich dir die Krone des Lebens geben.«

Sie konnte sich nicht erinnern, diese Zeile schon einmal gehört zu haben. Doch er hatte recht, in ihrer Gänze verloren die Worte den Beigeschmack der Hoffnungslosigkeit. Mehr noch, das darin verborgene Versprechen war seltsam tröstlich.

»Daher ist Treue für Euch die wichtigste aller Tugenden«, stellte sie fest.

»Ja. Für Euch etwa nicht?«

Nachdenklich blickte sie weiter auf die Fürspann in seinen Händen. Sie schüttelte den Kopf.

»Nun, welche ist Euch noch wichtiger?«, hakte er nach.

Angestrengt dachte Evaine über seine Frage nach und starrte auf die verschlungenen Schlangen, als könnten sie eine Antwort auf diese Frage geben.

»Glaube«, sagte sie schließlich und war auf einmal mehr als zufrieden mit ihrer Wahl.

»Glaube?«

»Genau. Der Glaube an Gott und Jesus Christus. Jede andere Tugend – Gerechtigkeit, Güte, Barmherzigkeit, Aufrichtigkeit – geht daraus hervor.«

Ihre Worte schienen ihn für einen Moment genauso sprachlos zu machen, wie seine Frage sie gemacht hatte.

»Ihr seid erstaunlich, *Madame*«, sagte er schließlich. »Eine wirklich gute Antwort.«

»Ach ja?« Sein Lob ließ sie erröten und sie war froh, dass er es in der Dunkelheit nicht sehen konnte. »Also gebt Ihr mir recht?«

»Weit gefehlt, *Madame!*« Er lachte leise auf, »aber im Grunde liegen Eure und meine Antwort gar nicht so weit auseinander.«

»Wie meint Ihr das?«

»Die Treue ist der Fels, auf den unser Leben gebaut ist. Ohne sie bricht alles zusammen, wie ein Haus ohne Eckpfeiler – die Treue eines Ritters zu seinem Herrn. Die Treue eines Edelmanns zu seinem König. Die Treue eines Mannes zu seiner Frau. Versteht Ihr?«

Evaine verstand ihn genau. Jede Beständigkeit, jede Sicherheit in diesem Leben fußte auf dem Vertrauen in die Treue des anderen.

»Ich denke schon.«

»Sie alle«, fuhr Robert leise fort, »sie alle sind Ausdruck der einen, heiligen Treue zu Gott. Und an die Einhaltung dieser Treue knüpft Gott sein Versprechen.«

So hatte sie die Dinge noch niemals betrachtet. Jedes dieser Versprechen erhielt seinen Wert, seine Heiligkeit erst dadurch, dass es vor Gott abgelegt wurde.

Seine Worte ließen seine Einstellung in einem ganz anderen Licht erscheinen. So gesehen war seine Treue keine unnachgiebige Sturheit, wie sie damals in Allingham gedacht hatte.

»Ihr könnt es Glaube nennen oder Treue zu Gott. Aber beides liegt nicht besonders weit auseinander«, schloss er und steckte dann die Fürspann zurück an seinen Mantel.

Evaine musterte sein markantes Profil mit der geraden Nase und dem maskulinen Kinn. Sie hatte ihm nicht zugetraut, so klare Prinzipien zu haben.

Ihr Blick fiel auf die schillernde Borte, die rund um seinen Mantel verlief.

»Was sind das für Wesen auf der Borte Eures Mantels?«, wechselte sie das Thema. Die leuchtend bunten Fabelwesen, halb Frau, halb Fisch, waren ein seltsames Motiv für einen Reisemantel.

»Die Melusine, meine Ahnfrau«, gab er zurück.

»Eine Fischfrau?« Evaine brach in lautes Gelächter aus, das Arnaud aus dem Schlaf hochfahren ließ.

»Sch«, zischte Robert belustigt.

Evaine hielt sich die Hand vor den Mund. Erst als Arnauds gleichmäßiges Atmen ankündigte, dass er wieder eingeschlafen war, trauten sie sich wieder zu reden.

»Das kommt davon, wenn Ihr mich auf den Arm nehmt«, flüsterte Evaine.

»Na hört mal! Das ist die Wahrheit!«, wisperte Robert in ihr Ohr.

Ungläubig schüttelte sie den Kopf.

»Doch! Es ist mein Ernst. Sie ist eine Vorfahrin meiner Mutter.«

Evaine hörte ihm mit zusammengezogenen Brauen zu und war sich nicht sicher, ob er sie weiterhin neckte. Doch seine Stimme hinter ihrem Rücken klang erstaunlich überzeugt.

»Meine Mutter ist Adelaide de Lusignan«, sagte er in einem Tonfall, als ob dies die Sache erklären würde.

»Und?«

»Das Geschlecht der *Seigneurs* de Lusignan geht zurück auf eine Wasserfee namens Melusine.«

»Eure Vorfahrin ist also ein Fisch?«, fragte Evaine und musste sich dabei das Lachen schon wieder verkneifen.

»Wasserfee«, korrigierte er.

Evaine glaubte ihm kein Wort. Dennoch lauschte sie neugierig seinen Worten.

»Stammsitz der Familie meiner Mutter ist das Dörfchen Lusignan unweit von Poitiers im Poitou. Die Gegend ist warm und sonnig, selbst im Winter ist es angenehm mild. Ganz anders als hier.«

Robert stieß demonstrativ die Luft aus und produzierte weiße Dampfwolken in der Winterluft. Evaine lächelte und hauchte ebenfalls ein paar Nebelschwaden in das Dunkel.

»Die Gegend ist hügelig, sodass an den sonnigen Hängen Wein angebaut wird.«

Seufzend ließ Evaine sich gegen seinen warmen Brustkorb sinken und starrte zum Nachthimmel empor, an dem vereinzelte Sterne aufblitzten. Sommer! Jetzt im tiefsten Winter war alles so erstarrt, dass man sich kaum vorstellen konnte, dass je wieder Frühling werden würde. Allein der Gedanke, freiwillig und ohne Mantel einen Schritt vor die Tür zu wagen, kam ihr beinahe abwegig vor.

Die spärliche Wärme des langsam verglimmenden Feuers streifte ihr Gesicht. Evaine schloss die Augen und stellte sich vor, es wären die letzten Strahlen der Abendsonne in Lusignan, während sie versuchte, den süßen Wein auf ihrer Zunge zu schmecken.

»Meine Mutter Adelaide ist die Tochter von Hugo IV. de Lusignan und Audéarde, der Tochter des Grafen de Thouars«, fuhr Robert fort. Seine Stimme klang so weich und sanft wie die Hügel des Poitou. »Und Hugo, also mein Großvater, war bereits der vierte Herr der Burg Lusignan. Mit dieser Burg hat alles angefangen.«

Evaine öffnete wieder die Augen und kehrte aus dem sonnigen Poitou zurück in die graue Dunkelheit des winterlichen Wessex.

»Ich dachte, mit der Melusine hat es angefangen?«

»Ja, die Burg von Lusignan war ein Geschenk der Melusine an ihren Ehemann Raymond.«

»Sehr großzügig von ihr.«

»Mehr als das, denn Lusignan ist eine der größten Burgen Frankreichs.«

Evaine schnaubte ungläubig. Sie hatte beinahe angefangen, ihm zu glauben, aber jetzt übertrieb er sicher maßlos.

Robert ignorierte ihren unausgesprochenen Zweifel und fuhr unbeirrt fort.

»Lusignan liegt hoch oben auf dem Felsplateau eines schmalen Vorgebirges. Zu allen Seiten fallen schroffe Felswände ab. Aus genau diesem Felsen ist die ganze Burg erbaut. Nicht wie Allingham aus Holz, sondern …«, er suchte nach einem ihr bekannten Vergleich, »eher wie eine Kirche, aber … viel gewaltiger.«

»Ihr scherzt doch?«

Belustigt schüttelte er den Kopf.

»Ganz und gar nicht. In der Normandie und in Frankreich sind sehr viele Burgen aus Stein erbaut. Überhaupt sind die Burgen dort größer und massiver.«

»Und Lusignan ist eine der größten davon?«, fragte sie ungläubig.

»Ihr habt sehr gut zugehört, *Madame«,* entgegnete er sanft.

Wenn in alldem auch nur ein Körnchen Wahrheit steckte, war seine Familie noch sehr viel mächtiger, als sie gedacht hatte. Man erkannte auf den ersten Blick, dass er vornehmer Abstammung war, aber all das schien ihr doch zu fantastisch.

»Durch das Tal unterhalb der Burg fließt die Vonne und das Dorf Lusignan liegt am Fuß der Felsen«, fuhr Robert fort. »Man kann die Burg bereits zwei Tagesreisen entfernt sehen. Dann sieht es aus, als würde sie über dem Dorf und dem Fluss schweben. Sie ist praktisch uneinnehmbar und beherrscht von dort oben die gesamte Umgebung.«

»Größer als die Burg von Dover?«, hakte Evaine skeptisch nach.

»Wesentlich größer, aber auch schöner! In England gibt es nichts Vergleichbares!«

Kopfschüttelnd blickte sie in das verlöschende Feuer. Evaine war immer noch nicht bereit, ihm so ohne Weiteres zu glauben, und nahm sich fest vor, irgendwann Gérard danach zu fragen.

»Jene Burg und all ihren Besitz verdanken die Herren de Lusignan der Melusine«, kam Robert nun langsam wieder auf den Beginn ihrer Unterhaltung zu sprechen.

Irgendwie schien es Evaine passend, dass eine so fantastische Burg wie Lusignan von einem solch fantastischen Geschöpf wie der Melusine herrührte.

»Der Ritter Raymond ritt einst mit seinem Begleiter durch die üppigen Wälder des Poitou zur Jagd. Die beiden verirrten sich und ein wilder Eber tötete seinen Begleiter. Einsam und traurig irrte Raymond im Wald umher, bis er an einen Fluss kam und auf eine wunderschöne Jungfrau mit Namen Melusine traf.«

»Mit oder ohne Fischschwanz?«

»Wie? Ach, zunächst erst einmal ohne.«

Evaine nickte. Dann würde dieser Teil bestimmt noch kommen.

»Die schöne Melusine tröstete ihn in seinem Leid«, fuhr er leise fort, »mehr noch, sie versprach ihm, dass ihm fortan das Glück hold wäre, wenn er sie nur zur Frau nähme.«

Er unterbrach sich selbst und stand auf, um das Feuer neu zu schüren. Ungeduldig beobachtete Evaine ihn dabei, wie er in der Glut des Feuers stocherte. Er wusste wirklich, wie man seine Zuhörer auf die Folter spannte.

Er legte ein paar der feuchten Holzstücke nach, die unter lautem Zischen zu qualmen begannen. Ohne die schützende Wärme seines Körpers umschloss Evaine sofort die schneidende Kälte und sie war froh, als er sich wieder hinter sie setzte.

»Wo war ich?«, fragte er.

»Er solle sie zur Frau nehmen«, half Evaine ihm auf die Sprünge.

»Genau. Raymond stimmte von ihrer Schönheit und Lieblichkeit überwältigt zu. Doch sie hatte eine einzige Bedingung.«

Wieder fügte Robert eine betont lange Pause ein.

»Und welche?« Evaine tat ihm den Gefallen und fragte nach.

»Niemals«, Robert senkte die Stimme, »niemals dürfe er sie am Samstag bei ihrem Bade beobachten«. Mit gewohnter Stimme fuhr er fort: »Willig schwor Raymond ihr diesen heiligen Eid. Sie lebten viele Jahre glücklich zusammen, in denen Raymond sich jeden Samstag an sein Versprechen hielt. Und wirklich verließ ihn seit seiner Hochzeit mit Melusine das Glück nicht mehr. Er wurde berühmt für seinen Ruhm und seine Tapferkeit. Sie hatten zehn Söhne, alle gebildet und ruhmreich.«

»Und Bescheidenheit gehörte sicher auch zu den Tugenden derer de Lusignan?«, zog Evaine ihn auf.

»Gewiss. Genauso wie unglaubliche Schönheit. Eine Eigenschaft, die sich übrigens auf all ihre Nachfahren vererbt hat.«

Evaine meinte, ein verschmitztes Lächeln in seiner Stimme zu hören, und lächelte ebenfalls vor sich hin, während sie die spärliche Wärme genoss, die das Feuer nun wieder ausstrahlte.

»Doch eines Tages kehrte Raymond von der Jagd heim, während Melusine noch badete, und ihn überkam der drängende Wunsch, sie nackt zu sehen.«

Evaine lauschte seinen Worten und ahnte bereits, wie die Geschichte enden würde.

»So überraschte er sie bei ihrem Bad. Dabei sah er, wie sich ihre untere Hälfte in einen Fischschwanz verwandelte. Zugleich hatte Raymond seinen Schwur gebrochen und im selben Augenblick verwandelte Melusine sich für immer in eine Wasserfee und entschwand ins Meer. Und mit seiner Frau verließ Raymond auch all sein Glück.«

»Was passierte mit Melusine?«

»Sie wurde nie mehr gesehen. Nur wenn ein neuer Herr auf Lusignan Einzug hält, zeigt sie sich«, schloss er.

»Das ist eine ziemlich traurige Geschichte.«

Robert zuckte die Schultern. »Raymond hat sein Schicksal selbst besiegelt, als er den Eid gebrochen hat, den er ihr gab.«

»Aber er hat ihn aus Liebe gebrochen«, protestierte Evaine.

»Mag sein, aber ein Eid ist nun mal ein Eid.« Roberts Tonfall klang plötzlich seltsam hart. Ehe sie ihm erneut widersprechen konnte, fuhr er seufzend fort: »Das ist jedenfalls die Geschichte meiner Familie. Wollt Ihr mir nicht auch etwas über Eure Familie verraten? Was ist der Leitspruch Eurer Familie?«

Überrumpelt von dem plötzlichen Themenwechsel brauchte Evaine einen Moment, um aus dem fernen Poitou zurück in ihre eigene Welt zu kommen.

»Äh … es gibt keinen. Und auch keine Vorfahren mit Fischschwänzen.«

»Nicht einmal mit Hasenzähen?«, fragte er nach.

»Nein, nicht einmal das.« Sie hätte ihm gerne ebenfalls etwas von sich und ihrer Familie erzählt. Angestrengt dachte sie darüber nach.

»Fürchte Gott, tue Recht und scheue niemanden«, sagte sie schließlich. »Das kommt einem Leitspruch wohl am nächsten. Mein Vater hat es unzählige Male gesagt. Es ist so etwas wie sein persönliches Credo.«

»Wie ist er so, Euer Vater?«

»Er ist klug und großzügig. Und aufrichtig … *Cyning* Edward hat großen Wert auf seinen Rat und sein Urteil gelegt. Wenn er eine Meinung hat, ist er darin sehr standhaft, manchmal geradezu dickköpfig.« Sie wandte den Kopf zu ihm um. »Ich denke, wenn Ihr ihn unter anderen Umständen getroffen hättet, hättet Ihr ihn gemocht.«

»Etwa weil ich ebenfalls dickköpfig bin?«

»Nein!« Lächelnd schüttelte sie den Kopf. »Nein, ich denke,

Ihr habt die gleiche Vorstellung von Ehre.«

»Mmh.« Er schien nicht ganz überzeugt.

»Jedenfalls hat ihm seine unbeugsame Art nicht nur Freunde gemacht, daher hat er den Hof vor ein paar Jahren verlassen. Aber *Cwén* Edith mochte ihn sehr, gerade wegen seiner Aufrichtigkeit.«

»Warum seid Ihr nicht am Hof der Königin geblieben und mit ihr nach Winchester gezogen? Das wäre sicherer gewesen, als in diesen Zeiten nach Allingham zurückzukehren.«

»Ich bin schon einige Jahre nicht mehr am Hof. Ich war verheiratet«, gestand sie leise.

»Oh.«

Er war erstaunt und das überraschte sie nicht. Nichts an ihrer Erscheinung verriet etwas von ihrer Ehe. Mit Absicht. An diesen Abschnitt ihres Lebens wollte sie möglichst nicht erinnert werden.

»Das tut mir leid«, sagte er leise. Es klang aufrichtig.

Ihr tat es ebenfalls leid, aber nicht so, wie er es meinte. Sie hätte es einfach dabei belassen können. Dennoch fuhr sie fort: »Er ist nicht tot. Die Ehe wurde geschieden.«

Sie fragte sich, warum sie es ihm überhaupt erzählte. Für gewöhnlich vermied sie es, mit irgendeinem Menschen darüber zu reden. Sie ertrug es kaum, wenn Meredith das Thema ansprach.

Er entgegnete nichts und eine Weile starrten sie beide schweigend in die Flammen und lauschten dem gleichmäßigen Rhythmus des Kinderatems. Es hatte etwas ungemein Beruhigendes. Arnaud quälten weder Sorgen noch ängstigte er sich vor dem, was der nächste Tag bringen könnte. Selbst hier, mitten im Wald, schlief er mit dem Gefühl der Sicherheit, voller Vertrauen zu Robert.

»Es ist schwer, keine Kinder zu haben.« Roberts Stimme war belegt.

Bei seinen Worten fühlte sie die gewohnte Bitterkeit in sich aufsteigen. Unfruchtbarkeit war die häufigste Ursache für eine Scheidung. Daher hatten es auch alle gerne geglaubt, als Cædmon eifrig Gerüchte über ihre angebliche Unfruchtbarkeit verbreitete. Dennoch hatte sie allen gegenüber geschwiegen. Niemand, außer ihrem Vater und Meredith, kannte den wahren Grund für ihre Scheidung. Lieber ertrug sie das niedere Gerede als die demütigende Wahrheit.

Doch heute kam ihr das Schweigen vor wie eine Lüge. Vielleicht lag es an der Ernsthaftigkeit seines Mitgefühls. Vielleicht auch an dem seltsam bitteren Unterton in seiner Stimme, so als wüsste er, wovon er sprach. Sie verstand sich selbst nicht, doch zu ihrer eigenen Überraschung hörte sie sich weiterreden.

»Daran hat es nicht gelegen.«

Sie konnte quasi spüren, wie er hinter ihr fragend die Augenbrauen hochzog. Im nächsten Moment begann er, sich verlegen zu räuspern.

»Hächm … Ach so.«

Sie runzelte die Stirn, unsicher, was er meinte. Dann schoss ihr die Röte in die Wangen, als sie es begriff. UNTREUE! Er glaubte, sie wäre Cædmon untreu gewesen!

»GOTT! Nein! Ich … ich habe nicht … nicht, was Ihr denkt!«, platzte sie heraus.

»Oh, gut … Ich meine … verzeiht mir«, stammelte er. »Ich dachte ja nur … Es gibt nicht viele Gründe für eine Scheidung.«

»Nein! Aber ich war es nicht!« Ihre Wangen brannten vor Scham. Wie konnte er so etwas von ihr denken!

»Dann war er es also?«, folgerte Robert vorsichtig.

Ihr blieb keine Wahl, als beschämt zu nicken. Es war so demütigend. Eine Frau, die ihren Mann nicht in ihrem Bett halten konnte. Allein dafür hasste sie Cædmon.

Sie konnte bereits spüren, wie sich sein Mitleid wie ein übelriechender Dunst über ihr zusammenzog. Sie brauchte kein Mitleid und sie wollte es nicht! Ihre Gefühle für Cædmon waren tot. Sie waren einen langen, siechenden Tod gestorben, während einer Ehe, in der sie immer mehr spürte, wie egal sie ihm war. Unfruchtbarkeit! Wie zynisch! Um das zu wissen, hätte er wenigstens hin und wieder ihr Bett aufsuchen müssen. Übrig blieb nur das Gefühl der

Minderwertigkeit und Unzulänglichkeit, das seither an ihr nagte. *Es gibt Dinge, die kann man nicht lernen oder herbeizaubern.* Rheda hatte nur ausgesprochen, was sie danach selbst über sich gedacht hatte.

Doch Robert hatte ganz und gar nicht vor, sie in seinem Mitleid zu ertränken.

»Wieso wurdet Ihr dann geschieden? Nur weil ein *Mann* nicht weiß, in welches Bett er gehört, ist das noch lang kein Grund für eine Scheidung.«

Er ließ nicht locker. Vor Unbehagen sank sie immer mehr in sich zusammen. Sie konnte ihm unmöglich die ganze Wahrheit sagen.

»Bitte ... Ich möchte nicht darüber reden«, murmelte sie.

»*Mon Dieu!*«, er setzte sich kerzengrade auf. »Doch nicht etwa mit Eurer Schwester?«

»Nein, natürlich NICHT! Ich ... ich habe ihn erwischt ... dabei,« stammelte sie, »ihn ... und ... seinen Beichtvater.«

Evaine wünschte, sie könnte einfach hier und jetzt vor Scham sterben! Es war das Demütigendste, das Erniedrigendste, das ihr je passiert war. Sie hasste es, darüber zu sprechen. Warum also ausgerechnet jetzt mit ihm?

Allein bei der Erinnerung daran begannen ihre Wangen zu brennen. Die beiden in dem engen Beichtstuhl. Cædmons lustvolle Grimasse und der Kopf, den er fest zwischen seine Schenkel presste, während sie direkt auf den haarigen Hintern von Pater Wulfnoth starrte.

Er sagte immer noch nichts. Doch sein an ihren Rücken gepresster Brustkorb begann sanft zu vibrieren, bebte immer stärker, derweil Robert ein ersticktes Prusten von sich gab. Er lachte!

Empört wirbelte sie zu ihm herum und sah ihm zum ersten Mal an diesem Abend direkt ins Gesicht. Im selben Moment brach er in leises Gelächter aus. Wie konnte er darüber lachen?

Es war ein dunkles, raues Lachen. Seine Zähne blitzten in der Dunkelheit auf und seine dunklen Augen funkelten belustigt. Sie hatte ihn noch nie richtig lachen sehen. Gegen ihren Willen ging ihr die tiefe Vibration seines Lachens unter die Haut, steckte sie an und ein Lächeln machte sich auf ihrem Gesicht breit.

»Warum lacht Ihr?«, fragte sie. »Es war überhaupt nicht komisch!«

»Doch!« Er hörte auf zu lachen, aber seine Augen funkelten immer noch. »Das Leben ist manchmal urkomisch.«

»Und was bitte ist so lustig daran?«

Sein Blick glitt langsam ihr Gesicht hinab, folgte dem Schwung ihres Halses bis zu den Rundungen ihrer Schultern, die von ihrem eigenen braunen Mantel bedeckt wurden. Es war vollkommen harmlos und dennoch begann ihre Haut überall zu prickeln, wo sein Blick sie streifte. Mit einem Mal war sie sich wieder intensiv seiner unmittelbaren Nähe bewusst, seiner muskulösen Beine an ihren Schenkeln, der Hand, die nun wie zufällig auf ihrem Rücken ruhte. Seine Augen glitten zurück zu ihrem Gesicht und seine Stimme klang ungewohnt dunkel, als er weitersprach: »Weil Ihr die anziehendste Frau seid, der ich je begegnet bin.«

Evaine traute ihren Ohren nicht.

Sein Blick verharrte einen Moment zu lang auf ihren Lippen und ließ ihren Mund trocken werden. Ihr Herz begann so hektisch zu hämmern, dass er es ohne Zweifel spüren konnte.

»Euer Mund, Eure Schultern …« Sein Blick streifte den Stoff über ihrem Schlüsselbein und seine Stimme wurde noch eine Spur tiefer. »Alles an Euch ist unwiderstehlich weiblich, wisst Ihr das nicht?«

Als er sie erneut ansah, war der Schalk aus seinen Augen gewichen. Stattdessen loderte etwas anderes darin. Sein Gesicht war ihrem auf einmal gefährlich nah. »Euer Körper ist geschaffen um einen Mann um den Verstand zu bringen«, wisperte er.

Evaine wagte kaum zu atmen. Jeder Muskel, jede Faser von ihr waren gespannt wie die Sehne eines Bogens. Ihr ganzer Körper schien vor Aufregung zu prickeln und zu glühen, obwohl er sie kein einziges Mal berührt hatte. Eben noch wäre sie gerne vor Scham gestorben und nun fühlte sie sich so lebendig wie nie. Er begehrte sie! Der Gedanke war wie ein Rausch.

Sein Mund verzog sich zu einem anzüglichen Grinsen und dann brach sein spöttischer Tonfall den Bann. »Und ausgerechnet Ihr heiratet einen Mann, der auf Schwänze steht!«

Atemlos starrte sie ihn an. Ihr Verstand wurde übertönt vom Brausen des Bluts in ihren Ohren.

»Oh.«

Mehr fiel ihr nicht ein. Noch nie hatte ein Mann so mit ihr gesprochen. Sie müsste empört sein, sagte sie sich, zutiefst beleidigt. Stattdessen kribbelte ihre Haut immer noch vom Klang seiner Stimme.

»Ihr müsst zugeben, dass das schon irgendwie komisch ist«, flüsterte er an ihrer Wange und lachte erneut leise und dunkel. Sein Lachen brachte ihr Herz erneut aus dem Rhythmus.

Sie war verwirrt. Sie hatte ihm die schlimmste Demütigung und Enttäuschung ihres Lebens offenbart – und er lachte! Und sie selbst? Zum ersten Mal fühlte sie sich nicht wie eine halbe Frau, wenn sie an all das dachte. Ganz im Gegenteil, sie fühlte sich begehrenswerter denn je. Wieder begann ihre Haut zu prickeln. Sein warmes Lachen hatte jeden Gedanken an ihre weibliche Unzulänglichkeit weggespült.

Wieso hatte sie es ausgerechnet ihm gesagt? Innerlich schüttelte sie über sich selbst den Kopf. Vielleicht, weil er ihr so viel von sich erzählt hatte. Doch wenn sie darüber nachdachte, hatte er über sich selbst gar nichts gesagt!

»Ihr solltet jetzt etwas schlafen.« Sein Lachen war verklungen und er wurde wieder ernst. »Morgen wird ein anstrengender Tag.«

»Und was ist mit Euch?«

»Ich werde wach bleiben und aufpassen«, entgegnete er. »Ihr könnt also beruhigt schlafen.«

Er hatte leicht reden, denn an einen ruhigen Schlaf war in seiner Nähe nun nicht mehr zu denken.

Robert erwachte bei Morgengrauen. Hinter den kahlen Bäumen glühte der Himmel bereits zartrosa. Die ersten Sonnenstrahlen zwängten sich zwischen den dunklen Schatten der Baumstämme hindurch.

Das Feuer war erloschen, als Robert irgendwann im Laufe dieser langen Nacht für ein paar Stunden die Augen zugefallen waren. Evaine lag direkt neben ihm. Sie hatte sich unter ihrem Mantel zu einer Kugel zusammengerollt. Von ihrem strengen Zopf war kaum mehr etwas übrig. Eine einzelne Strähne hatte sich direkt in ihrem Nacken zu einer perfekten Locke geringelt. Fasziniert blickte Robert darauf hinab und spürte den Wunsch, die Locke zu berühren. Er wollte sie um seinen Finger wickeln, nur um zu sehen, ob sie sich dann immer noch so perfekt kringeln würde.

Er ballte die Hände zu Fäusten und schüttelte den Gedanken ab. Da Evaine halb auf seinem Mantel lag, konnte er nicht aufstehen, ohne sie zu wecken. Ungeduldig zog er den Mantel aus und legte ihn ihr um die Schultern. Kälte hin oder her – er musste jetzt dringend Abstand zwischen sich und diese Frau bringen!

Mit großen Schritten stapfte er am schlafenden Arnaud vorbei, um sich irgendwo im Gebüsch zu erleichtern. Der dämmrige Wald war totenstill und die Luft eiskalt. Bei jedem Atemzug schmerzte sie stechend in der Lunge.

Außer Sichtweite des Lagers wollte er seine Blase entleeren. Als er den passenden Baum für sein Bedürfnis gefunden hatte, lehnte er müde den Kopf an die grobe Rinde des Stamms.

Seit er erwacht war, hatte sein Verstand die endlose Kette von Gedanken wieder aufgenommen, die er bereits die ganze Nacht durchgespielt hatte. Wie ein Hund, der versucht, sich selbst in den Schwanz zu beißen, jagte ein Gedanke den nächsten.

Der Poitou, Lusignan … Was hatte er ihr nur alles erzählt? Die Worte waren wie von selbst aus ihm herausgeflossen. Es war so leicht und entspannt gewesen, mit ihr zu sprechen. Ihre Gegenwart fühlte sich regelrecht vertraut an.

GOTT! Er dachte an die Geschichte ihrer Ehe und unterdrückte den Impuls, seinen Kopf gegen den Baum zu schlagen. Wenn er wenigstens betrunken gewesen wäre, dann hätte er eine Erklärung für seine Unverschämtheit. Er hatte sich gehen lassen. Wie hatte er nur so mit ihr sprechen können?

Aber sie konnte auch nicht wirklich so naiv sein! Schließlich wusste sie, wie sie aussah! Oder nicht? Nur weil dieser Tölpel nicht wusste, was man mit Titten anfing … Himmel, sie hatte wirklich die schönsten … Verdammt, verdammt, verdammt! Derartige Gedanken waren jetzt auch nicht gerade hilfreich. Robert versuchte, sich aufs Pinkeln zu konzentrieren. Er war wütend. Wütend auf sich selbst und wütend auf sie, weil sie ihn in diese dämliche Lage gebracht hatte. Sie hätte gefälligst in Allingham bleiben sollen, wo sie hingehörte. Stattdessen …

Ein leises Knacken ließ ihn aufhorchen. Es war purer Instinkt. Der Instinkt, der ihn unzählige Schlachten, Kämpfe und Hinterhalte hatte überleben lassen und ihn bis hierher, in diesen elenden englischen Wald, gebracht hatte. Und derselbe Instinkt ließ ihn nun mit heruntergelassener Hose herumfahren und dabei blitzschnell den Dolch aus dem Gürtel seines Wamses ziehen. Er hatte die aufgehende Sonne im Rücken, sodass sie seinen Angreifer blenden musste. Doch für einen Moment blendete sie auch ihn in der gleißenden Reflexion des glitzernden Schnees. Robert kniff die Augen zusammen und riss die andere Hand vor Augen. Es war nur ein Augenblick, ein Herzschlag, der ihn zögern ließ, zuzustechen.

Es war genau dieser Augenblick, der Arnaud das Leben rettete. Blinzelnd starrte Robert in das leuchtende Geflimmer und in Arnauds sprachloses Gesicht. Roberts Herz bollerte und das Blut toste durch seine Adern. Entsetzt ließ er den Dolch in den puderigen Schnee fallen und trat keuchend einen Schritt zurück.

Während sich seine Augen schnell an das gleißende Licht gewöhnten, nahm sein Verstand die Arbeit nur langsam wieder auf. Arnaud stand direkt vor ihm und sah ihn mit großen Augen an.

»*Sieur?*« Neugierig legte er den Kopf schief und betrachtete Roberts Erektion. »*Sieur,* stimmt etwas nicht?«

»ARNAUD! Schleich dich gefälligst nicht von hinten an!« Er brüllte aus Leibeskräften und wirbelte zugleich herum, um seine Hose wieder hochzuziehen. »Ich hätte dich fast umgebracht!«

»Verzeiht, *Sieur*«, murmelte Arnaud kleinlaut. »Ich sah, dass Ihr Euch in die Büsche aufmachtet, und da ich auch mal musste …«

Robert sah ihn über die Schulter hinweg an. Der Junge trippelte von einem Fuß auf den anderen. Scheinbar war es ein sehr dringendes Bedürfnis. Robert erinnerte sich, dass er Evaine und Arnaud eindringlich untersagt hatte, sich nachts allein vom Feuer zu entfernen.

»Nun mach schon«, grummelte er ihm zu und nickte in Richtung des nächsten Baumes. Arnaud flitzte auf der Stelle los. Es tat ihm ehrlich leid, den Jungen angeschrien zu haben, aber der Schreck war ihm einfach in alle Glieder gefahren.

Nur in eines nicht, dachte Robert genervt. Verdammtes Weibsbild! Während von Arnauds Baum ein lautes Plätschern zu vernehmen war, behinderte ihn seine ungewollte Erregung immer noch.

»Seid Ihr noch nicht fertig?« Arnaud stand inzwischen wieder neben ihm, was auch nicht gerade hilfreich war. »Vielleicht ist er verstopft?«

»Wie bitte?«

»Nun … zu Hause war der Mühlbach einmal angestaut und dann ist er auch angeschwollen …«

»Hau ab!«

Arnaud wusste genau, wenn es Zeit war, das Weite zu suchen, und jetzt war es definitiv so weit. Er machte auf der Stelle kehrt und preschte zurück zu Evaine und den Pferden.

Als Robert sein morgendliches Geschäft endlich verrichtete hatte, war er überzeugt, dass der Tag nicht mehr schlimmer werden konnte. Während er noch seine Hose zuband, ertönte hinter ihm erneut Arnauds leises Geraschel.

»Was machst du schon wieder hier?«, fragte er und fuhr herum. »Geh zurück und fang an, die Pferde …« Robert erstarrte.

Nur wenige Schritte entfernt stand statt Arnaud ein großer

Angelsachse. Sein Schwert glänzte im Schein der Morgensonne. Er war beinahe so groß wie Robert und sah mit seinem strohigem Haar und dem verfilzten blonden Bart wild aus.

Roberts Hand fuhr erneut zu der Waffe an seinem Gürtel. Mit Entsetzen tastete er an der leeren Stelle herum. DER DOLCH!

Die stahlblauen Augen des Angelsachsen hatten seine Bewegung verfolgt. Nun lag ein mörderisches Funkeln darin, als sie den Dolch auf dem verschneiten Waldboden fixierten. Die Erkenntnis traf Robert wie ein Schlag in die Magengrube. Er war unbewaffnet! Sein Herz begann wild zu hämmern. Schweißperlen bildeten sich auf seiner Stirn und in seinem Nacken. Seine Finger zuckten nervös, als wollten sie den Griff seines Schwerts umklammern, das er neben Evaine am Feuer zurückgelassen hatte.

Sein Gegenüber stieß ein kurzes, tiefes Lachen aus. Als er sprach, erinnerten seine Worte Robert an das dumpfe, gutturale Bellen eines angreifenden Hundes. Doch er brauchte keinen Übersetzer, um sich auszumalen, was gerade gesagt worden war.

Der Angelsachse verzog den Mund zu einer Grimasse, die verächtliches Lächeln und tierisches Zähnefletschen zugleich war. Mit langsamen Bewegungen aus dem Handgelenk schwenkte er sein Schwert hin und her. Leise surrend glitt das Metall durch die Luft. Er war mager, doch an seinen sehnigen Armen traten mit jeder Bewegung harte Muskelstränge hervor. Tänzelnd kam er Schritt für Schritt auf Robert zu, während die surrende Klinge immer näher kam.

Das Blut in Roberts Adern pulsierte. Ein Windstoß trug beißenden Schweißgeruch zu Robert herüber. Sein Angreifer lebte vermutlich schon seit Wochen im Wald. Seine Kleidung starrte vor Dreck. Alte Blutflecken waren darauf eingetrocknet, die rostroten Flecken an seinem linken Oberarm waren frischer. Das lederne Wams schien die Kleidung eines Bauern zu sein, keines Kriegers. Trotz des Gebarens wirkte sein Umgang mit dem Schwert leicht unbeholfen. Robert dachte bitter, dass der Mann längst tot wäre, wenn er eine Waffe gehabt hätte, und ballte erneut seine leeren Hände.

Robert sah das hasserfüllte Zucken der Mundwinkel unter dem filzigen Bart. Im nächsten Augenblick schmetterte der Angelsachse mit wildem Geschrei sein Schwert auf ihn nieder. Robert gelang es gerade noch, sich zu ducken. Er spürte den Luftzug der vorbeizischenden Klinge. Seitlich sprang er an dem Angelsachsen vorbei und landete auf allen Vieren. Tastete, wühlte mit den Händen im nassen Schnee nach dem Nächstbesten, das er unter der Schneedecke finden konnte. Ein Ast, so dick wie Roberts Handgelenk, aber er fühlte sich beunruhigend morsch in seiner Hand an.

Sein Angreifer wirbelte erneut zu ihm herum. Robert schaffte es auf die Knie, während der andere bereits mit beiden Händen erneut das Schwert auf ihn niederfahren ließ. Robert riss den Ast hoch, der splitternd unter der Wucht des Schlages zerbrach. Das Schwert rammte sich zwischen Roberts Knien in die Erde. Robert stieß den scharfkantigen Stumpf des zersplitterten Holzstücks in den Oberarm des Angelsachsen, genau dort, wo die frischeren Blutflecke sein Hemd beschmutzten.

Der Getroffene stieß einen kehligen Schrei aus. Frisches Blut färbte den dreckigen Stoff. Robert stürzte sich auf ihn und riss ihn von den Füßen. Ächzend wälzten sie sich im Schnee. Der Angelsachse versuchte sich unter ihm hervorzuwinden, angelte nach dem Griff seines Schwerts. Robert rang ihn mit Armen und Beinen nieder. Sein Gesicht war nur wenige Fingerbreit vom Gesicht des Angelsachsen entfernt. Stoßweise schlug ihm der stinkende Atem ins Gesicht. Seine eigenen Muskeln begannen vor Anstrengung zu zittern. Da erscholl ein gellender Schrei und fuhr Robert bis ins Mark.

EVAINE! Panik flammte in ihm auf. Sein Kopf fuhr in die Richtung, in der er sie zurückgelassen hatte. Der Angelsachse nutzte seine Chance sofort. Mit voller Wucht traf Robert ein Schlag ins Gesicht. Es knirschte laut, als Knochen auf Knochen traf und ihn heißer Schmerz durchfuhr. Es fühlte sich an, als wäre sein Kiefer in tausend Stücke zersplittert. Der Schmerz vernebelte seine Sinne, er kämpfte um sein Bewusstsein. Dann fühlte er den

Körper des Angelsachsen auf sich und den gefrorenen Boden unter sich. Er rang nach Luft, als sich der Unterarm des Angelsachsen gegen seine Kehle presste. Mit den Armen hielt er dagegen, starrte in das bärtige Gesicht über sich. In dem verfilzten Bart hatten sich Schweißperlen und Speicheltropfen verfangen. Robert schnappte nach Luft, helle Flecken begannen vor seinen Augen zu tanzen. Er sah nach oben in den klaren Winterhimmel und blinzelte ungläubig. Hinter dem Kopf des Angelsachsen tauchte Arnauds schmales Gesicht auf. Die blauen Augen waren vor Angst weit aufgerissen, aber sein kleiner Mund zeigte feste Entschlossenheit. Sein Anblick ließ die blanke Angst erneut in Robert aufwallen. Wenn der Angelsachse Arnaud bemerkte, wäre der Junge tot. Robert stemmte sich gegen die Umklammerung und registrierte entsetzt den Dolch in Arnauds Hand. Die hellen Flecken wurden größer. Er tastete panisch auf dem Boden herum. Ein Stein. Fest schloss sich seine Hand darum. Schon stach Arnaud auf den Angelsachsen ein. Er traf ihn am Schulterblatt, aber nicht annähernd fest genug, um ihm unter dem Lederwams ernstlich zu schaden. Die Augen des Bärtigen weiteten sich vor Überraschung, als der plötzliche Schmerz ihn herumfahren ließ. Arnaud machte einen Satz zurück. Robert ließ dem Angelsachsen keine Gelegenheit, weiter zu reagieren. Der Stein traf ihn knirschend an der linken Schläfe. Sein Gesicht spiegelte sein Erstaunen wider, bevor er die Augen verdrehte und in sich zusammensackte.

Keuchend holte Robert Luft. Der Stein fiel ihm aus der Hand, kullerte über den Boden und hinterließ blutige Spuren im Schnee. Arnaud stand wie erstarrt neben ihm und dem reglosen Körper. Sein Mund bewegte sich, klappte auf und wieder zu, ohne einen Laut von sich zu geben. Seine Faust umklammerte immer noch den Dolch, an dessen Spitze Blutstropfen herunterliefen.

Robert kämpfte sich unter dem Angelsachsen hervor. Schwankend kam er auf die Beine. Sein erster Griff galt dem Schwert im Schnee. Taumelnd warf er einen Blick auf dessen Besitzer. Aus seiner Schläfenwunde sickerte Blut. Ein gezielter Hieb mit dem

Schwert und die Sache wäre erledigt. Aber er hatte keine Zeit zu verlieren.

Er winkte Arnaud, ihm zu folgen, und hastete zu Evaine. Er betete, dass er nicht zu spät kam.

Als sie aus dem Dickicht heraus waren, konnte er sie bereits hören. Evaines verzweifeltes Schluchzen mischte sich mit wollüstigem Stöhnen, das Robert an das Grunzen eines brünstigen Schweins erinnerte. Dann sah er sie.

Sie lagen auf dem Boden neben der Asche des Feuers. Ein massiger Leib mit zottigen dunklen Haaren wälzte sich über Evaine. Sie wehrte sich verzweifelt, trat mit Händen und Füßen gegen seinen Wanst, ohne viel gegen das erdrückende Gewicht ausrichten zu können. Geifernd zerrte er an ihrem Ausschnitt, schnaufte und fummelte mit der anderen Hand an seiner Hose. Mit lautem Ratschen gab der Stoff ihres Kleides nach. Evaine schrie entsetzt auf, während ihr Vergewaltiger einen Laut des Triumphs von sich gab.

Hass, Ekel und Zorn entzündeten sich an dem Anblick wie trockenes Stroh an einem einzelnen Funken, rasten wie ein Lauffeuer durch Roberts Adern. Seine Erschöpfung löste sich in Rauch auf. Blind vor Wut stürmte er auf die beiden zu. In seiner Geilheit bemerkte der Fette sein Kommen nicht einmal. Mit beiden Armen riss Robert seinen fülligen Körper von Evaine herunter, schleuderte ihn auf den gefrorenen Boden. Er sah noch schmieriger und verlauster aus als der Bärtige. Mit grimmiger Befriedigung bemerkte Robert die lange Schnittwunde auf seiner Wange, aus der frisches Blut sickerte. Offenbar hatte Evaine sich erbittert gewehrt. Sein fleischiges Gemächt leuchtete rot und pulsierend aus seiner Hose hervor. Als der Fettwanst Robert erblickte, färbte sich sein wabbeliges Gesicht aschfahl. Für mehr ließ Robert ihm keine Zeit. Mit beiden Händen hob er das angelsächsische Schwert und ließ es auf den schwammigen Hals des dreckigen Schweins niedersausen. Das Metall durchdrang geschmeidig Fett, Sehnen und Fleisch. Mit lautem Krachen gaben die Wirbelknochen nach und sein aufgedunsener Kopf trennte sich vom Rest seines Körpers, rollte über den Boden, während sein Blut ringsum den unberührten Schnee tränkte.

Schnaubend ließ Robert das Schwert sinken und wischte sich mit einer Hand den Schweiß von der Stirn. Er starrte auf den Stumpf des Halses, aus dem hellrotes Blut sprudelte. Der metallische Geruch erfüllte die Luft, derweil sich rund um die Leiche große rostrote Lachen bildeten. Angewidert verzog Robert das Gesicht. Der Schleier der Raserei löste sich langsam auf.

Neben ihm erklang ein erstickter Laut des Entsetzens. Erst jetzt bemerkte Robert Arnaud neben sich. Er war genauso fahl wie der Tote. Fassungslos stierte er in die glasigen Augen des abgetrennten Kopfes. In der Rechten hielt er immer noch den Dolch umklammert. Sachte zog Robert ihn an sich, löste die Waffe aus der kleinen Hand und warf sie in den Schnee. Er selbst fühlte sich immer noch unfähig, den blutverschmierten Griff des Schwerts wieder loszulassen. Wortlos barg er den blonden Schopf an seinem Wams. Es gab nichts, was er jetzt hätte sagen können. Arnauds Hände krallten sich in das harte Leder. Mit der freien Hand strich Robert ihm über den Rücken und spürte das heftige Zittern des kleinen Körpers, als sich lautlose Tränen Bahn brachen. Doch Robert wusste, dass es ihm nicht helfen würde. Dieser Anblick würde ihn nie mehr verlassen.

Heftiges Würgen lenkte Roberts Aufmerksamkeit auf Evaine. Sie kauerte immer noch auf dem Boden und erbrach sich gerade auf die Aschereste der letzten Nacht. Als sie den Kopf wieder hob, hatte ihre Haut die gleiche graue Farbe. Ihre linke Augenbraue war aufgeplatzt und ein feines Blutrinnsal lief von dort ihre Schläfe hinab. Er hatte sie ins Gesicht geschlagen. Der Anblick schürte erneut die Wut in Robert. Er wünschte, er hätte den Fettwanst mehr leiden lassen. Ihr zerrissenes Kleid klaffte vorn weit auseinander und enthüllte ihr dünnes weißes Unterkleid.

Voller Entsetzen richtete sich Roberts Blick auf ihre nackten Schenkel unter den hochgeschobenen Röcken.

»Evaine …« Er wusste nicht, wie er fragen sollte, was ihm auf der Seele brannte.

Sie sah ihn an. Ihr Körper begann unkontrolliert zu zittern – vor Kälte oder vor Schock?

»Evaine … ist alles in Ordnung?«

Sein Kiefer fühlte sich seltsam steif an, doch noch dämpfte die Beklemmung den Schmerz.

Bei seiner Frage verstärkte sich das Zittern und Tränen rannen ihr über die Wangen, mischten sich mit der Blutspur aus ihrer Augenbraue. Doch sie nickte ihm zu.

»Ich meine … wirklich in Ordnung?« Seine Stimme zitterte ebenfalls.

Sie nickte erneut und fuhr sich mit der Hand über die Augen, verschmierte dabei Tränen und Blut in ihrem Gesicht.

»Ja … Er hat nicht …« Haltlose Schluchzer mischten sich in ihre Worte.

Die Erleichterung durchflutete Robert mit einer Heftigkeit, die ihn selbst überraschte. Dankbar presste er den wimmernden Arnaud noch fester an sich. Es war so knapp gewesen. Wenn er nur einen Augenblick später … wenn Arnaud nur einen Moment …

Robert roch ihn, noch ehe er Evaines plötzliche Erstarrung, ihre weit aufgerissenen Augen bemerkte.

Mit einer einzigen Bewegung schubste er Arnaud so weit es ging von sich und wirbelte mit dem Schwert in der Hand herum.

Der hagere Angelsachse stand unmittelbar hinter ihm. In der Rechten hielt er Roberts Dolch. Seine linke Gesichtshälfte war bereits mit Blut überzogen. Langsam rann ein schmales Rinnsal von der Schläfe in seinen Bart und seinen Hals entlang, an dem die Muskeln vor Anspannung hart hervortraten.

Die blauen Augen blitzten zornig, als er die Klinge seines eigenen Schwerts an der Kehle spürte.

»Du scheinst darum zu betteln«, knurrte Robert durch zusammengebissene Zähne, den Schmerz in seinem Kiefer ignorierend. »Dann bringe ich zu Ende, was ich eben angefangen habe.«

Der Gedanke bereitete ihm grimmige Freude. Er würde sein warmes Blut auf dem kalten Schnee verteilen, wie das seines fetten Begleiters.

Der Angelsachse spuckte ihm verächtlich vor die Füße, entschlossen, die Waffe in seiner Hand nicht fallen zu lassen.

Robert holte aus, um ihm das Schwert in die Kehle zu treiben. Plötzlich fühlte er, wie sein Schwertarm von hinten festgehalten wurde, und sah im nächsten Moment fassungslos, dass Evaine an seinem Arm hing.

»Robert! Nein!«, kreischte sie in sein Ohr.

Er versuchte sie abzuschütteln, aber sie klammerte sich hartnäckig an ihn.

»Was soll das?« Er brüllte ihr direkt ins Gesicht und schleuderte sie dann mit einer kräftigen Bewegung zu Boden.

»Robert! Bitte nicht!« Sie schrie panisch und rappelte sich wieder auf.

Sprachlos vor Wut starrte er sie an, während er zugleich versuchte, den Angelsachsen in Schach zu halten.

»Bitte nicht!«

Er wollte nur noch das Blut dieses stinkenden Schweins auf der Erde verteilen. Seine Muskeln zuckten vor Verlangen, zuzustechen.

»Warum nicht?«, brüllte er zurück. »Warum sollte ich diesen dreckigen Bastard nicht umbringen?«

Er verstand die Welt nicht mehr! Sein widerlicher Kumpan hatte sie eben beinahe vergewaltigt. Warum bei allen Heiligen wollte sie ihn schützen? Bebend vor Zorn wartete er auf eine Erklärung von ihr.

Wieder rannen Tränen aus ihren Augen. Doch sie sah ihn gar nicht an. Wie gebannt starrte sie auf das Gesicht des Mannes, an dessen Hals er immer noch die Schwertklinge presste.

Der Bärtige erwiderte ihren eindringlichen Blick. Um seine eiskalten Augen zuckte es eigenartig. Die Hand mit der Waffe sank herab und der Dolch entglitt seinen Fingern.

Evaines Stimme bebte, als sie endlich sprach.

»Das … das ist Alric, Merediths Verlobter.«

Nach einer halben Tagesreise hatten sie den Wald hinter sich gelassen und ritten auf der Stane Street, einer alten Römerstraße, nach Wallingford, Richtung London. Mit ihr folgten sie zugleich den Spuren des vorübergezogenen normannischen Heeres. Der *Duc* war seiner Politik der verbrannten Erde treu geblieben. Dörfer und Höfe waren verlassen oder in Flammen aufgegangen. Von Vieh oder Menschen keine Spur mehr. Nur noch Ödland.

In der Abenddämmerung erreichten sie Wallingford und wurden bereits von Gérard und einigen Stallburschen in Empfang genommen.

»Gérard!« Arnaud saß vor Robert im Sattel und begrüßte ihn freudig.

»Sieh an, Zwerg!« Gérard half ihm vom Pferd.

»Wo sind die anderen?«, fragte Arnaud und sah sich suchend um.

Von dem fünftausend Mann starken Heer, das sie Anfang November verlassen hatten, war nichts zu sehen. Keine Soldaten, keine Ritter, kein Tross, nicht das Meer von Zelten und Wimpeln und nicht das Flackern der unzähligen Lagerfeuer in der Abenddämmerung. Auch der Lärm des unaufhörlichen Geredes, das Geklapper der Handwerker und das laute Bellen von Befehlen war verstummt.

»Ihr seid zu spät«, entgegnete Gérard. »Sie sind bereits in Berkhamsted, auf der anderen Seite der Themse.«

Robert schwang sich ebenfalls aus dem Sattel. Gérards Worte überraschten ihn nicht. Aber im Moment hatte er kein Interesse an den Details. Er war müde. Seine Muskeln, insbesondere sein Hintern, schmerzten von dem langen Ritt und das Kettenhemd drückte ihm unerträglich auf Schultern und Rücken. Er hatte es jetzt seit drei Tagen ununterbrochen an. Doch am schlimmsten waren die Schmerzen in seinem Kiefer. Er hatte das Gefühl, dass sein Unterkiefer auf das doppelte angeschwollen war. Jede Bewegung, egal ob sprechen oder essen, tat höllisch weh.

»*W*ie siehst du denn aus?«, entfuhr es Gérard bei seinem Anblick. »Was ist euch zugestoßen?«

»Freunde von Evaine«, presste Robert erbittert zwischen den Zähnen hervor und warf ihr einen bösen Blick zu. Er sehnte sich nur noch nach einem starken Becher Wein, um den Schmerz zu betäuben, und einem Platz zum Schlafen.

»Aber scheinbar keine netten«, stellte Gérard mit Blick auf Evaine fest.

Sie sah kaum besser aus als er. Die Wunde an ihrer aufgeplatzten Augenbraue war mittlerweile verkrustet und das Auge darunter ein wenig zugeschwollen. Rundherum hatte sich ein Bluterguss gebildet, der violett leuchtete.

Seit dem Überfall der Angelsachsen hatte sie kein Wort mehr mit ihm gesprochen. Sie hatte stumm auf ihrem Pferd gesessen und vor sich hingebrütet.

Robert hatte es ebenfalls vorgezogen, zu schweigen. Allein bei dem Gedanken an ihr Verhalten knirschte er vor Wut mit den Zähnen. Er bereute es sofort. Der kleinste Druck auf seinen Zähnen fühlte sich an, als würde jemand glühende Nägel durch seinen Kiefer treiben.

»Oh doch! Ein sehr guter Freund!«, zischte Evaine in Richtung Gérard.

»*Sieur* d'Arbuste hat ihn umgebracht!«, platzte Arnaud dazwischen und sprach zum ersten Mal die Ereignisse des Vormittags an. »Er hat ihm den Kopf abgehackt. Anschließend ist das Blut nur so aus seinem Hals gespritzt. Den anderen habe ich erdolcht!« Bei der Erinnerung an seine Heldentat leuchteten seine Augen begeistert auf. »Beinahe zumindest.«

»Aha. Ich verstehe«, entgegnete Gérard abwesend, schien der wirren Geschichte allerdings nicht das Geringste entnehmen zu können. »Jedenfalls sollten wir schnellstmöglich nach Berkhamsted aufbrechen«, nahm er den Faden wieder auf. »Es sieht so aus, als würde der *Duc* von dort aus endlich nach London ziehen.«

»Mag sein. Aber heute reite ich nirgendwo mehr hin«, nuschelte Robert und versuchte, beim Sprechen seinen Kiefer möglichst nicht zu bewegen.

»Nein. Aber wir sollten im Morgengrauen aufbrechen. Dann sind wir in Berkhamsted, bevor …«

»WEIN!«, unterbrach Robert ihn und reichte Daedalus' Zügel an einen der Stallburschen weiter. »Wein oder Ale!«

»Schon gut. Schon gut!« Lachend schlug Gérard ihm auf den Rücken. »Dann eben alles Weitere nach dem Essen.«

Sie aßen im Zelt. Zwei aufgebockte Schilde dienten als Tisch. Nachdem Robert sein Kettenhemd losgeworden war und zwei große Becher Ale zu sich genommen hatte, ging es ein wenig besser. Wein wäre ihm noch lieber gewesen, aber in diesem verlausten Land gab es nicht einmal das.

Das Essen bestand hauptsächlich aus dem dunklen Brot, das über offenem Feuer gebacken wurde. Er bekam kaum etwas davon herunter. Bei dem Versuch zu kauen fühlte es sich an, als schlüge man mit einem Schmiedehammer auf seinen Kiefer ein. Immerhin konnte das Ale seine tröstende Wirkung so noch besser entfalten.

Arnaud hingegen langte ordentlich zu. Nach allem schien ihm der Appetit nicht vergangen zu sein. Robert war dankbar für sein robustes Gemüt. Dennoch konnte er die nagenden Schuldgefühle nicht abschütteln. Ohne den Jungen säße keiner von ihnen jetzt hier.

Im Gegensatz zu Arnaud hatte Evaine kaum etwas gegessen. Den Kopf in die Hand gestützt, kauerte sie schweigend an der anderen Seite des provisorischen Tisches. Robert bemühte sich, sie zu ignorieren.

»Also, was für Neuigkeiten gibt es aus Berkhamsted?«, wandte er sich an Gérard.

Das Sprechen fiel ihm trotz Ale immer noch schwer.

»Der *witan* hat kapituliert. Kurz nach der Ankunft des *Duc* in Berkhamsted haben sie ihm ihre Unterwerfung unterbreitet.«

»Alle?«

»Die *Eorls* von Mercia und Northumbria, der Erzbischof von York und alle anderen *Eorls*, die noch in der Stadt weilten. Selbst dieser Vierzehnjährige, den sie zu Godwinsons Nachfolger gewählt hatten.« Ein breites Grinsen erschien auf seinem Gesicht. »Sie haben dem *Duc* London auf dem Silbertablett präsentiert. Jetzt muss er nur noch hinmarschieren und es sich holen. Es wäre doch zu schade, wenn wir das verpassen würden.«

»In der Tat.« Robert spürte grimmige Befriedigung. Endlich nahm dieser elende Feldzug die gewünschte Wendung. Sie hatten es mehr als verdient, die Eroberung Londons mitzuerleben.

»Und was ist euch nun heute zugestoßen?«, fragte Gérard leichthin in die Runde. Roberts Lust, darüber zu sprechen, hielt sich immer noch in Grenzen.

»Wir wurden überfallen«, nuschelte Arnaud mit vollem Mund. »Aber den Fetten hat *Sieur* d'Arbuste umgebracht.«

Bevor Gérard weiter nachhaken konnte, erschien ein Stallbursche am Zelteingang.

»*Mon Sieur*«, begrüßte er Robert. »Wenn Ihr kurz …«

Gérard stand auf, ehe Robert sich erheben konnte.

»Lass gut sein. Ich gehe schon.«

Robert war dankbar, einfach sitzen bleiben zu können. Seine Glieder kamen ihm bleischwer vor.

»Wir sprechen uns später«, wandte Gérard sich im Gehen an Robert und verschwand nach draußen.

»*Sieur?*« Inzwischen hatte Arnaud den Mund wieder leer, langte aber bereits nach dem nächsten Stück Brot. »Warum habt Ihr den anderen nicht umgebracht?«

Robert konnte spüren, wie sich Evaines Aufmerksamkeit schlagartig auf ihr Gespräch richtete.

»Weil er ein Freund von Evaine ist«, entgegnete er knapp und vermied es, sie anzusehen.

Er hätte es liebend gerne getan – seinen dreckigen, angelsächsischen Hals durchtrennt! Vielleicht hätte er dann außer dem Schmerz in seinem Kiefer auch ein wenig Genugtuung verspürt. So tat es nur höllisch weh.

Nachdenklich kaute Arnaud auf seinem Bissen herum. Mit gerunzelter Stirn musterte er Evaine.

»Warum hat er sie dann geschlagen?«

Roberts Blick wanderte unmerklich zu Evaines Wange. Inzwischen war sie längst nicht mehr rot. Ihr Blick begegnete seinem, dann wandte sie sich verschämt ab.

Er hatte nicht verstanden, welche Worte die beiden miteinander gewechselt hatten. Doch die Sprache seiner Gesten war unmissverständlich gewesen. Er hatte ihr eine gescheuert und ihr dann vor die Füße gespuckt.

»Das ist wohl kaum unsere Angelegenheit, nicht wahr?«, sagte er zu Arnaud. »Du solltest jetzt schlafen. Wie Gérard schon angekündigt hat, brechen wir morgen früh nach Berkhamsted auf.«

Wie aufs Stichwort gähnte Arnaud herzhaft. Doch vorher musste Robert noch etwas Wichtiges mit ihm besprechen. Es war ihm auf dem Weg nach Wallingford eingefallen. Und es musste heute noch sein.

Er winkte ihn zu sich heran.

Robert zog den Dolch aus seinem Gürtel und reichte ihn Arnaud.

»Ein Knappe sollte seinen eigenen Dolch haben«, wiederholte er die Worte seines Vaters. Es schien eine Ewigkeit her, dass dieser es zu ihm gesagt hatte. »Du hast ihn dir heute redlich verdient.«

Der Dolch hatte ihn heute beinahe umgebracht und ihm zugleich das Leben gerettet.

Mit großen Augen sah Arnaud auf die Waffe in seinen Händen. Im Nu war er wieder hellwach. Sprachlos glitten seine Finger an Heft und Klinge entlang.

»Es ist ein ›A‹ für ›Arbuste‹«, sagte Robert und wies auf den verschlungenen Buchstaben aus Silber, der das Heft des Dolches zierte. »Aber von heute an ist es ein ›A‹ für ›Arnaud‹.«

»Ihr meint, ich kann ihn behalten?« In Arnauds Kinderaugen spiegelten sich Ungläubigkeit und Entzücken.

Robert löste die lederne Scheide des Dolches von seinem Gürtel.

»Ich habe ihn von meinem Vater bekommen, als ich selbst noch ein Knappe war«, sagte er und begann die Scheide an Arnauds Gürtel zu befestigen.

»Ich habe keinen Vater mehr«, gab Arnaud leise zurück, während er mit den Augen aufmerksam jeder von Roberts Bewegungen folgte.

»Und ich habe keinen Sohn«, erwiderte Robert und zog dabei den Gürtelknoten fest. »Dann passen wir zwei doch ganz gut zusammen.«

Kameradschaftlich klopfte Robert Arnaud auf die Schulter. »Ich war heute sehr stolz auf dich.«

Auf Arnauds Gesicht machte sich ein Strahlen breit. Seine Überwältigung brach sich in übersprudelnder Begeisterung Bahn. Wild fuchtelte er mit der Klinge in der Luft herum und hieb laut schreiend auf unsichtbare Feinde ein.

»Seht her, Evaine!« Mit überschwänglichen Gebärden sprang er auf Evaine zu und demonstrierte ihr sein neues Geschenk. Indessen kam der Dolch Evaine gefährlich nah.

»Ja, sehr schön«, sagte sie matt und versuchte zu lächeln.

»Arnaud!«, ging Robert mahnend dazwischen. »Steck ihn jetzt wieder weg. Wenn du willst, kannst du Gérard noch draußen suchen und ihn ihm zeigen.«

Robert hoffte, dass er diesen Abend nicht bald bereuen würde. Aber irgendwann musste Arnaud sowieso lernen, verantwortungsvoll mit einer Waffe umzugehen.

Nur widerstrebend ließ Arnaud den Dolch zurück in die Scheide gleiten. Dann schoss er auf der Suche nach Gérard nach draußen. Robert konnte hören, wie er draußen laut nach ihm krakeelte.

Im Zelt breitete sich eine unangenehme Stille aus.

Robert betrachtete Evaine über den Rand seines Ale-Bechers hinweg. Sie starrte auf die Brotkrümel an ihrem Platz und kaute an ihrer Unterlippe herum. Sie sah müde und abgekämpft aus. Auf ihrer blassen Haut wirkte der Bluterguss noch dunkler. Aber vor allem machte sie auf ihn einen bekümmerten Eindruck

Gereizt und lauter als nötig stellte Robert seinen Becher auf dem Schild ab.

Sie hatte bekommen, was sie gewollt hatte. Er hatte sie mitgenommen. Und er hatte ihren verlausten Freund am Leben gelassen. Sie hatte keinen Grund, in beleidigtes Schweigen zu verfallen. Er hingegen hatte allen Grund, ärgerlich zu sein!

Ohne sie wären er und Arnaud gar nicht in diese Lage gekommen. Und nur um ein Haar wäre Arnaud …

»Ich habe dir noch gar nicht gedankt«, unterbrach sie leise seine Gedanken und schnipste ein paar Brotkrümel über die Tischplatte.

Während des Überfalls war ihnen der letzte Rest gewundener Höflichkeit abhandengekommen. Nach allem kam es ihm inzwischen auch lächerlich vor. Scheinbar empfand sie es ebenso.

»Wofür?«, fragte er unwirsch.

»Dafür, dass du es nicht getan hast«, sagte sie und sah ihn an. Schuldbewusstsein spiegelte sich in ihren grünen Augen.

»Du hast mich doch darum gebeten«, erwiderte er. Seine Stimme klang selbst in seinen eigenen Ohren harscher als beabsichtigt. Es regte ihn immer noch maßlos auf.

»Dennoch weiß ich, dass es nicht selbstverständlich ist. Er wollte dich umbringen und du hast ihn am Leben gelassen. Meinetwegen.«

»In der Tat«, grummelte er. »Es wäre besser für ihn, wenn er mir kein zweites Mal über den Weg läuft.« Doch er merkte bereits, wie sein Zorn anfing zu verrauchen.

»Also: danke«, sagte sie leise.

Er nickte knapp und entgegnete nichts. Weil ihm in der entstehenden Pause nichts anderes einfiel, nippte er erneut an seinem Ale. Sie schwieg und starrte unglücklich vor sich hin. Geistesabwesend fuhr sie sich mit der Hand über die Wange.

In Gedanken war sie scheinbar wieder bei den Ereignissen des Morgens.

»Nun, Meredith wird dann sicher sehr froh sein«, sagte er schließlich, nur um das Schweigen zu brechen.

»Ja, gewiss«, erwiderte sie schwach.

Wieder folgte betretenes Schweigen.

Auf einmal tat sie ihm leid. Er konnte gut mit dem Hass und der Verachtung ihrer Landsleute umgehen. Es kümmerte ihn nicht. Mochten sie ihn *orc* nennen. Es war ihm egal.

Aber er wusste, wie schmerzlich die Verachtung der eigenen Leute einen traf. Wie ein entzündlicher Stachel, der sich immer tiefer ins Fleisch bohrt.

»Evaine«, hob er sanft an, »ich weiß nicht, was er zu dir gesagt hat, aber …«

»Bitte lass uns von etwas anderem sprechen«, unterbrach sie ihn gequält. »Lass uns das Ganze einfach vergessen, ja?«

Er zuckte die Schultern. »Wie du willst.«

Wenn es nach ihm ging, gerne. Aber scheinbar war sie diejenige, die nicht vergessen konnte.

»Wir sollten schlafen gehen«, sagte er und massierte seinen schmerzenden Kiefer. »Morgen Abend um diese Zeit sind wir in Berkhamsted. Und übermorgen vielleicht schon in London.«

Er stand auf und wünschte ihr eine gute Nacht. Dann ging er nach draußen, um noch einmal nach Arnaud und Gérard zu sehen. Aus dem Dunkel kam Gérard bereits auf ihn zu.

»Ist England denn nicht schon genug geplagt?«, rief er ihm entgegen und riss übertrieben die Arme hoch. »Jetzt gibst du dem Zwerg auch noch eine Waffe und lässt ihn auf die angelsächsische Bevölkerung los! Ich gebe ihm keine zwei Wochen, ehe er damit jemanden umgebracht hat.«

»Er wird lernen, damit umzugehen, wie jeder andere auch. Und im Moment ist mir jeder Angelsachse weniger lieber«, murmelte Robert bitter.

»Wie das?« Gérard hob fragend die Augenbrauen. »Das sind

ja ganz neue Töne von dir. Ihr habt unterwegs wohl ein paar interessante Freundschaften geschlossen.«

Er grinste ihn an und deutete einen Kinnhaken auf Roberts geschwollenen Kiefer an.

»Frag nicht«, nuschelte Robert.

»*Bon*« – Gérard zuckte die Achseln – »aber zumindest könntest du mir mal sagen, was *sie* hier macht.«

Robert konnte die Empörung heraushören.

»Sie sucht ihren Vater. Ich habe ihr versprochen, sie hierher mitzunehmen.«

Die mildernde Wirkung des Ales ließ langsam nach und das Sprechen fiel ihm wieder schwerer.

»Ist das dein Ernst?« Gérards Stimme war ungewöhnlich scharf. »Reicht es nicht, dass wir den Jungen mit uns herumschleppen? Jetzt auch noch dieses Frauenzimmer, auf das wir jede Sekunde aufpassen müssen?«

Er war sichtlich aufgebracht.

»Nicht für lang.« Robert fuhr sich müde mit der Hand über die Augen. »Sie redet sich ein, ihr Vater wäre unter den gefangenen *Thegns*. Sobald sie Gewissheit hat, bringe ich sie zurück.«

Gérard schnaubte verächtlich.

»Als hätten wir nichts Besseres zu tun, als sie durch die Gegend zu eskortieren!« Er packte ihn an der Schulter und sah ihn eindringlich an. »Ich hab die Schnauze voll davon, auf irgendwelchen Schlachtfeldern im Dreck zu schlafen, für einen Söldnerlohn den Kopf zu riskieren, damit Arschlöcher wie Robert Guiscard noch reicher werden! Am Ende dieses Krieges will ich mit mehr dastehen als dem Hemd, das ich am Leibe trage! Hast du vergessen, wofür wir hergekommen sind?«

Roberts Geduldsfaden war an diesem Abend äußerst dünn. Er hatte nicht die geringste Lust, sich bei Gérard für all das zu rechtfertigen, was er sich schon unzählige Male selbst gesagt hatte.

»Ganz und gar nicht!« Unwirsch schob er die Hand von seiner Schulter. »Ich weiß es besser als jeder andere! Ich habe meinen

Vater um jeden einzelnen Mann, um jedes Pferd und jeden Schild angebettelt! Und ich habe mir geschworen, dass es das verdammt noch mal letzte Mal war, dass ich ihn um irgendetwas bitten muss! Also halte mir gefälligst keine Vorträge!«

Er hatte zu laut und zu viel gesprochen. Jetzt bezahlte er für seinen Ausbruch mit glühenden Stichen, die von seinem Kiefer in seinen ganzen Kopf ausstrahlten. Er wünschte nichts sehnlicher, als dieses Gespräch zu beenden und endlich zu schlafen.

»Ach ja?« Gérard war noch nicht fertig. »Dann frage ich mich, was das soll! Warum halst du sie dir auf? Kannst du dir nicht irgendeine billige Schlampe für dein Bett suchen, wie jeder andere auch?«

Jetzt reichte es! Wütend trat Robert einen Schritt auf Gérard zu.

»Sie wärmt weder mein Bett noch dein Bett noch sonst irgendjemandes! Ist das klar?«, brüllte er und ignorierte den pochenden Schmerz, der seinen Kopf mit jedem Wort erfüllte.

»Und warum machst du es dann?«, donnerte Gérard zornig zurück.

»Ich habe ihn dazu genötigt.«

Sie fuhren zu Evaine herum, die im erleuchteten Zelteingang stand. Ihr Blick wanderte bedrückt zwischen den beiden hin und her. Robert fragte sich, wie viel von ihrem Gespräch sie mit angehört hatte. Er hatte mittlerweile hämmernde Kopfschmerzen. Wenn er morgen wieder auf einem Pferd sitzen wollte, musste er dringend schlafen.

»Ich habe getan, was ich für richtig hielt«, sagte er knapp mit der Absicht, dieses Gespräch endgültig zu beenden.

»Dann sieh zu, dass du am Ende nicht mit *richtig* leeren Händen dastehst!«, sagte Gérard bitter, die Hände zu Fäusten geballt. »Du spielst hier die Amme für kleine Jungs und unvernünftige Weiber! Unterdessen verteilt der *Duc* munter Lehen an jene, die sich an der Eroberung Englands beteiligen!«

Robert sah in das Gesicht seines Freundes, die buschigen Brauen waren wütend zusammengezogen. Es war selten, dass er mit ihm stritt. Er hätte ihm einfach befehlen können, die Klappe zu halten, sich aus seinen Angelegenheiten herauszuhalten. Aber er hatte Gérard noch nie etwas befohlen. Und er wollte es auch jetzt nicht. Gérards unumstößliche Loyalität war ein Fels, auf den er stets bauen konnte.

»Mein Freund« – er bemühte sich ruhig zu sprechen –, »ich habe es ihr versprochen und sie ist nun einmal hier. Kann ich dennoch weiter auf dich zählen?«

»Was für eine bescheuerte Frage«, knurrte Gérard.

»Danke«. Robert legte ihm eine Hand auf den Rücken. »Dieser Krieg ist noch nicht vorbei und ich verspreche dir: Am Ende stehen wir mit mehr da als dem, womit wir gekommen sind!«

Nach einem weiteren harten Tagesritt, an dem Robert und Gérard sie abwechselnd zur Eile trieben, erreichten sie gegen Abend schließlich Berkhamsted. Die kleine Siedlung lag an der Icknield Way, einer der ältesten Straßen Englands. Bereits lang vor den Römern war hier ein Pfad dem langgestreckten Rücken der Chiltern Hills gefolgt und hatte London mit den Midlands verbunden.

Die Normannen lagerten abseits des Pfades am River Bulbourne, in einem weiten Tal inmitten der sanften Hügel. Es war bereits dunkel, als Evaine und ihre Begleiter von einer der Hügelkuppen auf das nächtliche Heer hinuntersehen konnten. Die Feuer funkelten in der eisigen Nacht wie ein Meer von Sternen. Der Bulbourne schlängelte sich schimmernd zwischen ihnen hindurch und spiegelte das kalte Licht des sichelförmigen Mondes, wenn er zwischen den Wolken hervorblitzte.

»Mein Gott. Wie viele sind es?«, flüsterte Evaine benommen.

Es war unmöglich, die dicht beieinanderliegenden Lichter zu zählen. Sie bekam eine Gänsehaut bei der Vorstellung, wie viele Soldaten dort unten im Tal versammelt waren.

»Achttausend Mann an den Waffen und noch ein paar Tausend Leute Tross«, entgegnete Gérard unbeeindruckt. Er wandte sich an Robert. »Ende November ist noch einmal Verstärkung vom Festland eingetroffen.«

Aus dem Tal schollen gedämpft Gelächter und Gesang zu ihnen empor und erfüllten die kalte Dezembernacht mit ungewohnter Lebendigkeit.

»Sind wir schon da?« Müde blinzelnd öffnete Arnaud die Augen.

Er saß vor Robert im Sattel und war schon vor Stunden eingeschlafen. Robert hatte seinen Mantel fest um sie beide geschlungen, sodass von Arnaud nur noch sein blonder Schopf hervorlugte.

»*Oui,* wir sind da«, wisperte Robert ihm leise zu, »aber schlaf einfach weiter.«

Zum hundertsten Mal erstaunte Evaine die Zärtlichkeit, mit der er den Jungen bedachte.

Sie ließ ihren Blick über das erleuchtete Tal schweifen und dachte an ihren Vater. Vielleicht war er wirklich hier! Vielleicht ruhte er in einem der Zelte, die gedrängt zwischen den Lagerfeuern standen. Ihr Herz begann vor Aufregung schneller zu schlagen. Am liebsten hätte sie ihrem Pferd die Sporen gegeben und wäre hinuntergerast, um persönlich in jedes einzelne Zelt zu schauen. Aber so einfach würde es nicht werden.

»*Allez,* Evaine.« Robert riss sie aus ihren Gedanken. »Die Burschen haben bestimmt schon die Zelte für uns aufgeschlagen.«

In weiser Voraussicht hatte Gérard die Burschen und Stalljungen vorausgeschickt, alles für ihre Ankunft vorzubereiten.

»So, ich werde mich mal umhören, was es Neues gibt.« Robert erhob sich und trat zum Zelteingang. Evaine konnte ihm die Freude ansehen, endlich wieder im Mittelpunkt des Geschehens zu sein.

»Kann ich dich begleiten?«

Einem Impuls folgend, hatte sie die Frage ausgesprochen, ehe sie darüber nachgedacht hatte. Die Aussicht, allein mit Arnaud in der beengenden Stille des Zeltes zurückzubleiben, machte ihr Angst. Sie fühlte sich unwohl inmitten der schieren Überzahl von *orcs* um sie herum.

Erstaunt richteten sich Roberts und Gérards Blicke auf sie.

»Gérard kommt auch nicht mit«, erwiderte Robert ausweichend.

Evaine sah verwundert zu Gérard. Das hatte Gérard bisher gar nicht gesagt.

Gérard sprang auf.

»Das heißt aber nicht, dass ich hierbleibe und ihren Wachhund spiele!«

In seinem Ton hörte Evaine das Echo ihrer Auseinandersetzung der letzten Nacht. Seinem sonst so geduldigen Gesicht war anzusehen, dass er hier keinen Kompromiss eingehen würde.

Robert war es ebenfalls nicht entgangen. Missmutig trat er vom Zeltausgang zurück und betrachtete Evaine, unentschlossen, was er jetzt mit ihr anfangen sollte.

»Du kannst sie nicht hierlassen«, sagte Gérard und verzog den Mund zu einem hämischen Ich-hab's-dir-ja-gesagt-Grinsen. »Außer, Evaine legt Wert auf ein paar neue *intime* Bekanntschaften.«

Evaine verzog angewidert das Gesicht. Die Erinnerung an den Morgen im Wald drängte sich zurück in ihr Bewusstsein und verursachte ihr Übelkeit. Sie konnte immer noch den Gestank des dunkelhaarigen Fettwanstes riechen, seinen widerlichen Atem in ihrem Gesicht. Schaudernd versuchte sie, den Gedanken daran abzuschütteln, doch das Bild des weißlichen, wabbligen Leibs über ihr haftete hartnäckig in ihrem Bewusstsein. Sie hatte in der letzten Nacht deswegen kaum ein Auge zubekommen.

Gérard ging an Robert vorbei zum Ausgang.

»Sagtest du nicht, du hast ihr Schach beigebracht?« Belustigt klopfte er ihm mit der Hand auf die Schulter. »Dann also viel Vergnügen euch beiden!«

Mit schadenfrohem Lachen spazierte er hinaus, offenbar, um sich irgendwo dem lauten Lachen und Feiern an einem der Feuer anzuschließen.

»Warum kann ich nicht mitgehen?«, fragte Evaine. »Vielleicht erfahre ich etwas über meinen Vater.«

Diese Vorstellung schien Robert noch weniger zu behagen. Mit säuerlicher Miene massierte er seinen Kiefer. Die Schwellung war nur wenig zurückgegangen. Bisher hatte er kaum etwas gegessen. Wenn es so weiterging, wäre er bald wieder so schmal wie unmittelbar nach seiner Erkrankung.

»*Bon!* Du kannst mitgehen«, sagte er schließlich unwillig, »aber du wirst einfach nur schweigend danebensitzen! Haben wir uns verstanden? Kein Wort!«

Sie nickte erleichtert und erhob sich, um ihm zu folgen.

Robert fasste sie am Ellenbogen und führte sie zwischen den Feuern und den darumstehenden Leuten hindurch. Statt verschlafener Ruhe war das Lager erfüllt von Lachen, Gesang und ausgelassenem Palaver. Außerhalb der Zelte hockten Stallburschen, Knechte, Handwerker und Söldner um die entzündeten Feuer. Die Nacht war erfüllt vom dröhnenden Lachen auf ihre zotigen Witze hin und dem Krakeelen Angetrunkener. Es gab nur wenige Frauen. Meist waren sie dort zu entdecken, wo Gelächter und Geschrei am lautesten tobten. Beschämt wandte Evaine den Blick von dem peinlichen Schauspiel, das sich dort bot. Gérard hatte mit seiner Behauptung offenbar recht gehabt. Im ganzen Zeltlager schien es nur eine einzige Sorte Weiber zu geben.

»Warum hast du gesagt, dass Gérard nicht mitkommen soll?«, fragte sie Robert, während sie sich durch die Menge schoben.

»Hab ich doch gar nicht!«, entgegnete Robert empört.

»Doch. Du hast behauptet, er käme nicht mit«, beharrte sie. »Dabei hat er selbst gar nichts dazu gesagt.«

Robert schüttelte den Kopf und schubste grob einen angetrunkenen Knecht zur Seite, der einfach keinen Platz machen wollte.

»Er kommt nie mit«, fuhr Robert fort.

»Wieso nicht? Mag er deine Freunde nicht?«

Das Gedränge wurde ein wenig besser. Robert hatte den größten Tumult zielstrebig hinter sich gelassen. Er wusste anscheinend genau, was er suchte.

»So würde ich es nicht gerade sagen. Aber er gehört nicht dorthin.«

Fragend sah sie ihn an, sodass er weitersprach.

»Seine Herkunft ist eine andere.«

Ihre Verblüffung musste ihr ins Gesicht geschrieben stehen, denn Robert musterte sie mit spöttisch hochgezogenen Mundwinkeln.

»Erstaunt dich das etwa?«

»Nun ja, seine Ausrüstung sieht nicht danach aus«, stammelte sie. »Und er ist ja auch ein enger Freund von dir.«

»Was ihm gehört, hat er sich mühsam erarbeitet«, antwortete Robert knapp. »Ebenso wie meine Freundschaft.«

Inzwischen waren sie an einem Zelt angekommen, aus dem lautes Gelächter drang. Robert machte Anstalten, hineinzugehen.

»Sei einfach still. Ja?«, raunte er ihr noch einmal eindringlich zu. Sie nickte ein wenig beleidigt ob seines unfreundlichen Tons und folgte ihm dann ins Innere.

»FitzGeoffrey!« Mit überschwänglichem Gegröle wurde Robert bei seinem Eintreten begrüßt.

Die Luft im Zelt war geschwängert von den Ausdünstungen schwitzender, alkoholisierter Männer. Das Licht der wenigen Fackeln war gedämpft, die Stimmung aber umso weniger. Das gute Dutzend normannischer Ritter hatte dem Wein und Ale schon tüchtig zugesprochen. Im Unterschied zum Volk draußen schienen sie jedoch wie Robert vermögend zu sein. Evaine sah pelzbesetzte Mäntel und bestickte Hemden. Aufwendig verzierte Schnallen, Gürtel und Broschen blitzten im Feuerschein. Umso schäbiger fühlte Evaine sich in ihrem zerrissenen Kleid, das sie mehr schlecht als recht mit ein wenig Zeltgarn geflickt hatte. Sie wünschte augenblicklich, sie wäre einfach bei Arnaud in der Dunkelheit ihres eigenen Zeltes geblieben.

»Ein Geist! Ich dachte, du wärst längst tot!«, röhrte ein angetrunkener Mann, den Evaine auf Ende fünfzig schätzte, als er

Robert sichtete. Sein massiger Leib bebte beim Gelächter über seinen Witz.

»Und ich dachte, Ihr wärt inzwischen gestorben, Boulogne. An Altersschwäche!«, gab Robert zurück und erntete lautes Lachen.

»Was ist das denn? Wie aufmerksam von dir, etwas zu unserer Unterhaltung mitzubringen!«

Bei Evaines Erscheinen wurde das Geschrei noch lauter. Robert ignorierte die Zurufe und antwortete nur mit spöttischem Lächeln. Evaine wäre am liebsten wieder hinausgelaufen. Hätte er sie nicht fest am Ellenbogen gepackt, hätte sie auf der Stelle kehrtgemacht.

»Ich wusste gar nicht, dass England so reife Früchte trägt«, rief einer und deutete zur Belustigung der anderen Evaines Oberweite mit den Händen an.

»*Cherie!*« Ein junger Ritter drängelte sich zu ihr durch und schlang aufdringlich einen Arm um ihre Taille. Frech grinste er sie an und zwinkerte ihr zu. Aus der Nähe sah er erstaunlich jung aus, kaum zwanzig. Provozierend sah er von ihr zu Robert. »Wenn der alte Mann heute Nacht schlappmacht, kannst du mir gerne Bescheid sagen, *ma belle.*«

Robert ging dazwischen und löste seine Hände nachdrücklich von ihr.

»Weißt du überhaupt schon, wo du ihn hinstecken musst, Beaumont?«, spottete er.

»Der hat nicht mal Haare am Sack!«, grölte der massige Fünfzigjährige und brach erneut über seine eigenen Worte in derbes Gelächter aus. Beaumont ließ den Spott und das Gelächter grinsend über sich ergehen, während Robert Evaine mit sich fortzog.

»Ich hatte Angst, wenn ich sie zurücklasse, ist sie bei meiner Rückkehr schon zu erschöpft von anderweitigem Besuch«, sagte Robert laut in die Runde und schenkte ihr dabei ein anzügliches Lächeln. Wieder schwoll die allgemeine Erheiterung zu lautem Lärm an. Doch sein flapsiger Kommentar schien ihre Anwesenheit zur Genüge zu erklären.

Robert schubste sie in eine hintere Ecke des Zeltes und wies sie dann so laut, dass alle es hören konnten, an, ihm einen Becher Ale zu bringen.

Erbost stapfte sie zu einem Tisch, auf dem Becher und ein Krug Ale standen, füllte einen und drückte ihm den Becher wütend in die Hand. Er hätte sie wenigstens vorwarnen können! Ohne sie anzusehen, nahm er auf einer der aufgestellten Bänke Platz und zog sie neben sich.

»Und? Was feiern wir heute so überschwänglich? Doch nicht etwa meine Wiederkehr?«, sprach Robert scherzend seinen Nebenmann an.

»FitzGeoffrey, bescheiden wie immer!« Der Mann neben ihm begrüßte Robert mit freundschaftlichen Schlägen auf die Schulter. »Habt Ihr etwa noch nicht gehört, dass der *witan* endlich kapituliert hat?«

»Doch. Sicher. Ich hörte davon.«

»Es tut gut, Euch wohlbehalten wiederzusehen!«, meinte der andere. »Man hört die tollsten Geschichten über Euren Verbleib. Und ich dachte, ich hätte Euch mit diesem Botengang einen Gefallen getan.« Er schüttelte sichtlich betroffen den Kopf. Er war Mitte vierzig und wirkte im Gegensatz zum Rest weniger angetrunken.

»Ihr habt mir einen Gefallen getan, FitzOsbern. Der Rest war meine Entscheidung und Gottes Wille.«

»Mag sein. Aber ich dachte schon, ich müsste Eurem Vater eine unangenehme Mitteilung machen.«

Robert verzog den Mund zu einer Grimasse, die vielleicht ein Lächeln sein sollte, und nippte, ohne zu antworten, an seinem Ale.

»Was ist das?«, fragte FitzOsbern und deutete auf den abklingenden Bluterguss an Roberts Kiefer. »Wie man sieht, ging es bei Euch ereignisreicher zu als hier.«

Robert winkte ab.

»Nichts weiter. Eine Streitigkeit um ein Mädchen«, erwiderte er leichthin und vermied es, Evaine dabei anzusehen. Eine bizarre Umschreibung für die Ereignisse des Morgens. Evaine schoss die Röte ins Gesicht.

FitzOsbern brach in Gelächter aus.

»Ihr und die Weiber! Eines Tages werdet Ihr wegen einer in echte Schwierigkeiten kommen.« Er schüttelte belustigt den Kopf. »Euer Vater beschwert sich stets, Ihr würdet mehr mit Eurem Schwanz denken als mit dem Kopf. Vielleicht hat er ja doch recht.« Er begann, erneut zu lachen.

Robert musste sich ein Lächeln sichtlich abringen und nahm erneut einen Schluck von seinem Ale. Evaine hörte neugierig zu. Sie hätte ihn nie als einen Mann mit Weibergeschichten eingeschätzt. Andererseits sah er recht passabel aus. Im flackernden Licht der Fackeln betrachtete sie sein Profil. Sie ging jede Wette ein, dass er auf Sizilien so manches Herz gebrochen hatte.

»Nun, bringt mich auf den neusten Stand. Wie sieht die Lage in London aus?«, wechselte Robert das Thema.

»Wie soll die aussehen?«, winkte FitzOsbern genervt ab. »Diese Angelsachsen sind ein Haufen sturer Hunde. Ehe wir nicht jedem Einzelnen von ihnen die Kehle durchgeschnitten haben, wird es keine Ruhe geben.«

Evaine schluckte und hatte mit einem Mal einen kalten Klumpen im Magen. Sie starrte auf den zertrampelten Fußboden, besorgt, dass man ihrem Gesicht jeden Gedanken ablesen konnte. Doch FitzOsbern sprach gänzlich unbefangen. Offenbar war er der Meinung, sie verstünde kein einziges Wort.

»Sehr wahr«, pflichtete Robert ihm bei. Evaine glaubte, dass er dabei für einen winzigen Augenblick zu ihr herübersah. »Und was passiert nun mit London?«

FitzOsberns Miene wurde ernst.

»London ergibt sich noch lang nicht. Die Stadt hat keinen Lord außer dem König allein. Daher akzeptieren ihre Noblen auch die Kapitulation des *witans* nicht.« Er verzog den Mund zu einem kalten Lächeln. »Dann werden sie eben auf dem schmerzhaften Weg lernen, wer ihr rechtmäßiger König ist.«

Evaine spürte, wie bei seinen Worten eine Gänsehaut ihre Arme und ihren Rücken überzog. Sie dachte an Dover und all die verbrannten Ortschaften, die sie auf dem Weg hierher gesehen hatten. Mochte Gott London beistehen!

Robert nickte, ohne etwas zu erwidern.

»Der *Duc* hat bereits Verhandlungen mit einem Mann namens Ælfred, dem obersten *Castellan* Londons, aufgenommen. Bisher weigern sie sich noch, die Tore zu öffnen. Aber ein paar *trebuchets* werden sie eines Besseren belehren.«

»Wir ziehen von hier aus nach Westen Richtung London?«, fragte Robert.

FitzOsbern schüttelte den Kopf und nahm einen kräftigen Schluck Ale.

»Der *Duc* will erst in West Minster, im Süden von London, Quartier beziehen. Von dort aus haben wir eine sichere Position, um London von Ludgate aus anzugreifen.«

Robert nickte und sah nachdenklich in seinen Becher.

»Ihr wart lang weg, FitzGeoffrey. Vielleicht ein bisschen zu lang«, sagte FitzOsbern.

Evaine musterte verstohlen Roberts Gesicht. Um seinen Mund erschien ein bitterer Zug. FitzOsbern legte ihm eine Hand auf die Schulter und neigte den Kopf dicht an Roberts dunklen Schopf heran. Es sah aus, als wollte er ihm vertrauensvoll zureden. Allerdings hatte er wohl doch schon einiges getrunken, denn es gelang ihm nicht, seine Stimme zu senken. Evaine verstand jede Silbe.

»Ein Mann muss zur rechten Zeit am rechten Ort sein«, fuhr FitzOsbern fort. »England ist groß und der *Duc* verschenkt freigiebig an jene, die ihn unterstützen. So zum Beispiel Robert d'Oyly, William Peverel.« Er unterbrach sich und leerte seinen Krug. »Auch Eurem Vater wird er seine Unterstützung lohnen.«

Evaine musste sich anstrengen, weiterhin unbeteiligt auf den Boden zu starren. Sie verteilten England unter sich wie Geier das Aas! Wie Räuber ihre Beute!

»Gewiss«, entgegnete Robert einsilbig und nahm gleichfalls einen tiefen Zug aus seinem Becher.

»Aber was ist mit Euch? Was beabsichtigt Ihr für Euch

selbst?« Er lehnte sich zurück, als wollte er seinen Worten Zeit geben zu wirken. »Ihr habt mir ja nie gesagt, weshalb Ihr Euch mit Eurem Vater entzweit habt. Aber ein Mann Eurer Geburt und Eures Schlages sollte sich nicht als Söldner verdingen. Ihr solltet endlich wieder so leben, wie es Euch von Geburt zusteht. Nicht nur in Hastings habt Ihr es Euch verdient.«

»Nichts anderes ist mein Ziel«, entgegnete Robert fest und verzog den Mund zu einer harten Linie. Evaine erinnerte sich wieder an seine Auseinandersetzung mit Gérard.

»Nun, Ihr tätet nicht schlecht daran, Euch von Zeit zu Zeit ins Gedächtnis zu bringen. Ihr hättet nicht nach Winchester gehen sollen. Vielleicht wärt Ihr dann *Castellan* von Wallingford und nicht d'Oyly.«

»Ich hatte meine Gründe«, erwiderte Robert und blickte finster auf den Becher in seinen Händen.

»Ja, ja, ich weiß«. FitzOsbern nahm die Hand von seiner Schulter und winkte ab. »Der Junge. Die Ruhr. Noch ist es ja nicht zu spät.«

»Ich danke Euch für Euren Rat.« Robert stand brüsk auf und kippte den Rest seines Bechers hinunter. »Ich hole mir noch etwas Ale. Wollt Ihr auch noch welches?«

»Gerne!« FitzOsbern reichte ihm beschwingt seinen Krug. Seine Laune wechselte urplötzlich wieder in Siegesstimmung, »Wir haben schließlich etwas zu feiern. Der *witan* hat dem *Duc* Englands Krone angeboten. Also feiern wir die Geburt eines neuen Königs!«

Robert ging zum Tisch mit dem Ale und FitzOsbern wandte sich dem Mann zu seiner Linken zu. Unbehaglich sah Evaine sich in dem überfüllten Zelt um. Sie entdeckte noch eine weitere Frau. Sie war nicht mehr ganz jung. Und keine Normannin. Evaine beobachtete sie, wie sie die Zudringlichkeiten eines Ritters mittleren Alters duldete. Zerstreut strich sie durch sein Haar, während er an ihrem Ohrläppchen knabberte und in ihr Ohr wisperte. Evaine konnte die aufsteigende Verachtung nicht unterdrücken. Die Frau lächelte über seine Worte, obwohl sie sichtlich nichts verstanden hatte. Ihr Blick traf Evaine. Angewidert sah Evaine weg. Alrics Worte dröhnten ihr wieder in den Ohren. *Hure! Du bist eine Hure! Und du hurst auf dem Grab aller herum, die am Senlac gefallen sind!* Wie konnte er sie für so eine halten? Seine Worte nagten an ihr, zerfraßen sie innerlich. Anscheinend hielt jeder, der sie sah, das Gleiche von ihr – egal ob Angelsachse oder Normanne.

Sie schreckte auf, als sie zur Seite geschoben wurde und jemand grob neben ihr Platz nahm. Sie sah auf und blickte statt in Roberts Gesicht in das blaue Augenpaar des aufdringlichen jungen Ritters. Er grinste sie an und entblößte eine Reihe schöner Zähne. Unter anderen Umständen hätte sie ihn durchaus attraktiv gefunden.

»Na, *cherie,* so allein und so nachdenklich?« Bei seinen Worten traf sie ein Schwall Alkoholdunst. »Nimm einen Schluck Ale. Wir sind heute zum Feiern hier!«

Ohne ihre Antwort abzuwarten, hielt er seinen Becher an ihre Lippen und kippte das Ale in ihren Mund. Überrascht wollte sie Einwand erheben und verschluckte sich. »Nicht so stürmisch, *ma belle*«, säuselte er.

Evaine holte hustend Luft und spürte bereits seine Hand an ihrer Taille. Er stellte den Becher neben sich und begann mit der anderen Hand an den Bändern ihres Kleides herumzuspielen.

Sie versuchte, seine Hände von sich zu schieben und sah sich hilfesuchend nach Robert um, konnte ihn aber nirgendwo entdecken. Der blonde Ritter neigte seinen Kopf und begann an ihrem Hals zu knabbern.

»Mmh, *chérie,* du schmeckst vorzüglich. Das muss man dem alten Mann lassen. Er hat Geschmack.«

Evaine spürte Panik in sich hochsteigen. Die Erinnerung an Alrics dreckigen Begleiter kehrte zurück. Wie wild begann sie, in seiner Umarmung zu zappeln. Sie holte panisch Luft, wollte schreien, doch ihrer Kehle entrang sich kein Laut.

»*Ma belle …*«

»Hände weg, Beaumont!« Robert stand plötzlich neben ihnen.

Mit einer Hand hatte er Beaumont eisern an der Schulter gepackt und zog ihn zurück. Beaumonts Lippen lösten sich von ihrem Hals, doch seine Hände umspielten immer noch ihre Hüften.

»FitzGeoffrey! Wollt Ihr so etwas Schönes gar nicht teilen?«

Evaine ertrug seine Nähe keine Sekunde länger.

»LASST MICH LOS!« Ihr Schrei war lauter als beabsichtigt. »Lasst mich gefälligst endlich los!«

Beaumont ließ erschrocken von ihr ab und Robert schubste ihn grob von der Bank. Polternd landete er auf dem Boden. Mit einem Mal richteten sich die Augen der Umstehenden auf sie. FitzOsbern fuhr zu ihnen herum und sah sie scharf an. Sein Blick wanderte argwöhnisch von ihr zu Robert.

»Sie spricht französisch?«

Die Frage war harmlos, doch sein Tonfall messerscharf. Er dachte offensichtlich an alles, was er Robert in ihrem Beisein erzählt hatte.

Evaine blieb heftig atmend auf der Bank sitzen, fühlte Beaumonts verärgerte Blicke und FitzOsberns wachsende Anspannung. Robert stand neben ihr. Unbewegt hielt er FitzOsberns prüfender Musterung stand.

»Ich finde, das Bettgeflüster ist dann ungleich interessanter«, sagte Robert gezwungen fröhlich und tätschelte ihr anzüglich die Hüften. Evaine wurde knallrot.

Die Umstehenden lachten und wandten sich langsam wieder ab. Doch FitzOsbern lachte nicht.

Beaumont rappelte sich mühsam wieder auf, was ihm aufgrund seines Alkoholpegels sichtlich schwerfiel.

»Kein Grund, gleich so ausfallend zu werden«, nuschelte er unwirsch zu Robert.

Besitzergreifend nahm Robert neben ihr Platz und zog sie noch fester an sich.

»Ich teile nun mal nicht gerne. Wenn Ihr so alt seid wie ich, werdet Ihr es verstehen.«

Beaumont brach in Gelächter aus.

»Ich hoffe, ich werde diesen Tag nicht erleben«, lallte er amüsiert und torkelte in die andere Richtung davon.

Robert blieb noch eine Weile und sprach dem Ale gründlich zu. Er scherzte auch weiterhin mit den anderen, grinste über ihre dreckigen Witze. Doch vorsichtshalber rührte er sich nicht mehr von Evaines Seite.

Es musste weit nach Mitternacht sein, als er aufstand. Das Zelt war leerer, Lärm und Heiterkeit hatten deutlich nachgelassen. Die lauten Gespräche waren zu verschwommenem Lallen zerflossen und einige Männer schliefen bereits auf dem Boden des Zelts ihren Rausch aus.

»Dann wollen wir noch mal ein wenig dein Vokabular auffrischen gehen«, sagte Robert anzüglich und schlang demonstrativ einen Arm um Evaine. Er verabschiedete sich von den anderen mit einer angedeuteten Verbeugung.

»FitzGeoffrey!«, rief FitzOsbern ihn zurück.

Robert wandte sich gelassen um.

»Denkt an meine Worte«, sagte FitzOsbern mahnend.

Sein Blick glitt vielsagend über Evaine hinweg und sie spürte, wie sie erneut eine Gänsehaut überkam.

»Das werde ich tun«, erwiderte Robert ruhig.

Draußen verhielt es sich ähnlich wie drinnen. Die meisten Feuer waren heruntergebrannt. Nur hier und da waren noch einige Grüppchen versammelt. Endlich hatte sich so etwas wie Ruhe über das Lager gelegt.

»Du solltest deinen Mund halten!«, herrschte Robert Evaine an, sobald sie das Zelt verlassen hatten, und löste sich von ihr.

»Und du hättest mich wenigstens vorwarnen können, was mich da drin erwartet!«, fauchte sie zurück. »Wer war dieser Flegel, der mir so hartnäckig an die Wäsche wollte?«

»Dieser *Flegel* ist Robert de Beaumont und Sohn eines der einflussreichsten *Comtes* der Normandie. Bei der Schlacht von Hastings hat der *Flegel* die Infanterie des rechten Flügels befehligt.«

»Aber … er sieht noch so jung aus!«

»Soweit ich weiß, zählt er achtzehn Jahre. Das hindert ihn allerdings nicht daran, ein verdammt guter Befehlshaber zu sein«, erwiderte er scharf. »Wenn du nicht gerade so eine Szene provozierst, ist er dazu noch ein anständiger Kerl.«

Evaine schluckte einen spitzen Kommentar herunter, dass sie überhaupt nichts provoziert hatte.

»Warum nennen sie dich FitzGeoffrey?«, fragte sie stattdessen in dem Versuch, eine Unterhaltung zu beginnen.

»Weil Geoffrey mein Vater ist«, blaffte er.

Er war nicht gerade in Plauderlaune und schritt zielstrebig zurück zu ihrem Zelt. Evaine stolperte hinterher, denn allein hätte sie den Weg niemals zurückgefunden.

»Aber du magst diesen Namen nicht?«

Auf Allingham hatte er sich als d'Arbuste vorgestellt und sie meinte, ein missfälliges Zucken in seinem Gesicht gesehen zu haben, als man ihn mit FitzGeoffrey ansprach.

»Es ist dir ja wohl nicht entgangen, dass ich mich mit meinem Vater zerstritten habe. Also: Nein, ich mag den Namen FitzGeoffrey nicht besonders.«

Mürrisch stieg er über einen Betrunkenen hinweg, der quer im Weg lag. Evaine tat es ihm nach. Der säuerliche Geruch von Erbrochenem stieg ihr in die Nase. Sie presste die Hand vor den Mund und musste ein Würgen unterdrücken. Sie eilte an dem Mann vorbei und sog schnell die eisige Nachtluft ein.

»Worüber hast du dich mit deinem Vater gestritten?«, fragte sie vorsichtig.

»Eine alte Geschichte«, war die knappe Antwort.

Für gewöhnlich war sie weniger neugierig. Aber sie hatte schon so viele Bruchstücke seiner Vergangenheit mitbekommen und konnte sich daraus kein sinnvolles Bild machen. Worüber mochte er mit seinem Vater gestritten haben?

Davon abgesehen fand sie es nur fair, auch etwas über ihn zu erfahren. Er kannte ihr Heim, ihre Schwester und mehr oder weniger ihre ganze Lebensgeschichte. Da konnte er ihr ja auch mal ein wenig Offenheit entgegenbringen.

»Er hat dich enterbt?«, fragte sie, FitzOsberns Bemerkungen über Roberts gesellschaftliche Stellung deutend. Sie hatte das Gefühl, langsam zu dem vorzudringen, was ihn quer durch Europa nach Sizilien und bis nach England getrieben hatte.

»Mein ältester Bruder Geoffrey ist der Erbe meines Vaters. Ich war also niemals Erbe.«

Robert ging weiter und sah stur geradeaus.

»Dann hat dir also gar nichts zugestanden?«

»Nein«, gab er genervt zu. »Für gewöhnlich nagt man auch als jüngerer Sohn nicht gerade am Hungertuch. Aber das, was mir aus Anstand zugestanden hätte, habe ich verloren.« Trotz seiner mürrischen Stimmung zeigte das Ale seine Wirkung und er wurde zunehmend gesprächiger. »Wenn es nach meinem Vater gegangen wäre, hätte er mich mit nacktem Hintern von *Montarbuste* vertrieben«, murmelte er düster.

»Er hat dich ohne einen *pening* weggeschickt?«

Sie blieb abrupt stehen und starrte sprachlos seinen abwesenden Rücken an. Eine solche Hartherzigkeit gegenüber den eigenen Kindern konnte sie sich gar nicht vorstellen.

Robert seufzte und verlangsamte seinen Schritt. Anscheinend hatte er seinen Widerstand gegen dieses Gespräch inzwischen aufgegeben.

»Mein Bruder konnte ihm zumindest ein Pferd und ein Schwert abschwatzen. Das reichte, um mir meinen Unterhalt zu verdienen.«

»Und wie hast du dir deinen Unterhalt verdient?«

Er zuckte die Schultern.

»Das weißt du doch. Als Söldner. In der Normandie, in Italien. Überall, wo man einen Mann mit einem Schwert bezahlt.«

Seine Stimme klang gleichmütig, als wäre es Jahre her und längst vergessen. Doch Evaine konnte sich nicht vorstellen, dass man dergleichen jemals vergaß. Sie selbst fühlte sich allein und verlassen, seit sie ihren Vater verloren hatte. Und das, obwohl sie noch Meredith hatte und Allingham. Wie mochte es sein, wenn man alles verlor, sein Zuhause, seine Familie? Durch den eigenen Vater? Was mochte er getan haben?

»War es schwer?«, fragte sie leise.

»Ein Sold reicht gerade zum Leben. Wenn ein Feldzug gelingt, kann man ein paar Extraeinnahmen erbeuten. Vor zwei Jahren war es schlimm. In Sizilien gab es nur wenig zu tun. Als ich alle Reserven aufgebraucht hatte, musste ich meine Rüstung verkaufen. Und anschließend sogar meinen Schild. Da habe ich entschieden, zurückzukommen. Unterwegs ist dann mein Pferd verendet. Du kannst dir gar nicht vorstellen, wie weit es von Italien bis in die Normandie ist.« Sie konnte den Schmerz und die Bitterkeit aus seiner Stimme heraushören. »Zu Fuß. Ohne einen *sol* in der Tasche.«

Das konnte sie sich in der Tat nicht vorstellen. Sie war niemals weiter als nach London oder Winchester gereist.

»Mir blieb nichts anderes übrig, als das Almosen meiner Familie anzunehmen. Meine Schwester Adelaide ist sehr vorteilhaft verheiratet. Sie lud mich ein, Weihnachten bei ihr zu verbringen. Anschließend hat sie mir ein neues Pferd geschenkt.« Als er grinsend zu Evaine herübersah, blitzten seine Zähne hell auf. »Wahrscheinlich bloß, um mich wieder loszuwerden.«

Doch Evaine konnte die Wärme spüren, mit der er von Adelaide sprach.

Sie passierten eine kleine Gruppe Männer, die noch immer um ein schwach brennendes Feuer kauerte.

»Und wann ging es wieder aufwärts?«, fragte Evaine.

Das flackernde Licht enthüllte das grimmige Lächeln auf Roberts Gesicht.

»Als mein Vater entschied, dass ich vielleicht doch noch von Nutzen sein könnte. Zwist hin oder her, sollte ich ihn auf dem Feldzug vertreten. Zur Abwechslung waren wir uns einmal einig.«

Er schwieg und hing düsteren Gedanken nach.

»Was ist mit deinen anderen Geschwistern?«, wechselte Evaine das Thema.

»Mit Geoffrey habe ich nicht mehr gesprochen, seit ich *Montarbuste* verlassen habe. Ich nehme es ihm nicht übel. An seiner Stelle hätte ich vielleicht nicht anders gehandelt. Augustine und Aurel leben im Kloster und Cecilia ist vor drei Jahren gestorben.«

»Das tut mir leid«, sagte sie betroffen.

»Schon gut. Ich kannte sie kaum. Sie war vierzehn Jahre jünger als ich. Als sie und später Augustine geboren wurden, lebte ich längst nicht mehr zu Hause. Und was ist mit dir? Nur Meredith?«

Evaine nickte.

»Meine Mutter ist bei der Geburt meines Bruders gestorben. Ich war fünf.« Wieder spürte sie den Stich, der sie überkam, wenn sie daran zurückdachte. »Anschließend hat mein Vater neu geheiratet. Imogen. Ich mochte sie. Aber sie ist ebenfalls im Kindbett gestorben. Vater hat danach nicht mehr geheiratet. Er sagte, er wolle keine weitere Frau auf dem Gewissen haben.«

Roberts Geschichte hatte sie abgelenkt. Doch schlagartig kehrten nun ihre Sorgen und die Sehnsucht nach ihrem Vater zurück.

Sie hatten beinahe ihr eigenes Zelt erreicht.

»Robert?« Er blieb stehen und sah sie an. Am Himmel entblößte eine vorbeiziehende Wolke die blasse Mondsichel. »Was ist mit meinem Vater? Wie kann ich ihn finden?«, flüsterte sie und sah in sein ernstes Gesicht.

Er seufzte tief. Langsam hob er eine Hand und strich eine Strähne ihres unordentlichen Haares aus ihrem Gesicht. Die Berührung war seltsam zärtlich.

»Es ist nicht so einfach. Ich denke, das hast du bereits gemerkt.«

Sie nickte und dachte an FitzOsberns argwöhnischen Blick. Sie hatte heute zum ersten Mal begriffen, dass auch für Robert einiges auf dem Spiel stand.

»Ich werde dir helfen, ihn zu finden. Aber womöglich wird es noch etwas dauern.«

Sie hatte befürchtet, dass er dergleichen sagen würde, und

fühlte, wie Ungeduld und Sorge sie weiter zerrieben. »Morgen werden wir nach London reiten. Wenn wir erst dort sind, werden sich die Dinge beruhigen. Spätestens dann werden wir ihn finden.«

Sie zogen von Berkhamsted südlich, entlang der Watling Street. Statt auf direktem Wege nach London zu marschieren, näherten sie sich, wie FitzOsbern gesagt hatte, von Süden. Bei West Minster sicherte der *Duc* den königlichen Palast und die von *Cyning* Edward errichtete Abtei und richtete sein neues Quartier ein. Danach rückten sie am Ufer der Themse entlang und über die Fleet Street nach London vor.

In Sichtweite von Ludgate machten sie halt. Es war das westlichste der sechs Tore in der Befestigungsanlage der Stadt. Der steinerne Wall maß in der Breite bis zu neun Fuß und lief von Ludgate bis nach East Minster, der Kirche des heiligen Peter im äußersten Osten der Stadt. Der Wall sowie die massiven Tore waren bereits zu Zeiten der Römer errichtet und während der verschiedenen Angriffe der Wikinger erneuert worden.

Sie hatten *trebuchets* gebaut, Katapulte, gigantische Holzkonstruktionen, mit denen sie nun die Türme des Torhauses und die Wehranlagen beschossen. In tödlichem Rhythmus schmetterten sie Steinbrocken in Richtung des Stadtwalls.

Mit jedem der donnernden Einschläge zuckte Evaine zusammen. Es war weniger Angst als vielmehr das Gefühl, dass der Eroberer mit jedem zertrümmerten Stein ein weiteres Stückchen England zu Staub zermalmte. Er würde immer so fortfahren. Sie hatte es mit eigenen Augen gesehen, die Spur von Tod, Elend und Verwüstung, die er hinter sich herzog. Und was er seitdem unzähligen Dörfern und Ortschaften angetan hatte, würde er nun London antun.

Evaine liebte London. *Cyning* Edward hatte hier oft und gerne Hof gehalten und sie hatte *Cwén* Edith dabei begleitet. Es war eine laute, lebhafte und fröhliche Stadt, obwohl das Leben in vielerlei Hinsicht härter war als auf dem Land. Im Winter war die Dunkelheit in den engen Gassen noch erdrückender, im Sommer griffen Fieber und Seuchen um sich. Die Angst vor ausbrechendem Feuer war allgegenwärtig, denn ein Brand konnte in einer Nacht das Werk eines ganzen Lebens vernichten. Die Straßen waren vom häuslichen Unrat verdreckt, die Häuser klein, Höfe und Gärten beengt. Die Menschen lebten gedrängt beieinander mit wenig Licht und wenig Luft.

Doch die Londoner waren frei. Und stolz auf diese Freiheit. Keine Stadt in ganz England besaß so viele Rechte wie London. Jahrhundertelang hatten sie diese Freiheit gegen plündernde Wikingerflotten verteidigt und einfallenden Nordmännern erbitterten Widerstand geleistet. An diesem Tag unterlagen sie den Erben jenes nordischen Blutes.

Londons Adel war schnell bereit einzusehen, dass ein Widerstand gegen die Eroberer nutzlos war, und öffnete die Tore. Bei Cheapside trafen sie auf das letzte Aufgebot der Londoner Bevölkerung. Handwerker, Händler, Arbeiter und die letzten Soldaten stellten sich den normannischen Truppen entgegen. Der Aufstand der Londoner war kurz und verheerend. In wenigen Stunden hatten die Normannen Dutzende Männer niedergemacht. Danach war die Eroberung Londons abgeschlossen.

In dem der Belagerung folgenden Chaos dauerte es noch ganze drei Tage, bis Robert herausgefunden hatte, wohin man die als Geiseln genommenen *Eorls* und *Thegns* gebracht hatte.

»West Minster? Sie sind in West Minster?«, fragte Evaine aufgeregt.

Robert nickte.

Sie saßen in dem einzigen Raum des in Beschlag genommenen Hauses eines Schmieds am Tisch und vertilgten das karge Abendessen, das die Frau des Schmieds ihnen mit verächtlicher Miene im Austausch gegen einige *farthings* gebracht hatte.

»Aber niemand kennt ihre Namen. Abgesehen davon werden sie streng bewacht. *Comte* Odo hat große Angst, dass die Londoner bald den nächsten Aufstand riskieren. Die Stimmung ist mehr als heikel.«

Die Gedanken in Evaines Kopf begannen zu rasen. Man brauchte nur ein paar Stunden bis West Minster. Wenn sie gleich morgen früh aufbrechen würden, könnte sie vielleicht morgen Mittag schon ihren Vater sehen!

»Das kannst du dir aus dem Kopf schlagen!«, brummte Robert und löffelte weiter an dem zähen Porridge. Er war kalt und schmeckte fad.

»Wie bitte?«, fragte Evaine verwirrt.

»Ich weiß genau, was du gerade denkst. *Wie schnell könnte man von hier aus wohl in West Minster sein?*. Aber so einfach wird es nicht werden!«

»*Sieur,* gibt es nicht etwas anderes zu essen?«, murmelte Arnaud dazwischen. Seit Beginn ihrer Mahlzeit rührte er lustlos in seinem Essen. Er hasste Porridge.

»Siehst du etwas anderes, Arnaud?«, entgegnete Robert gereizt.

Beleidigt schob Arnaud sich einen Löffel Haferbrei in den Mund und schluckte ihn mit Todesverachtung hinunter.

»Wieso ist es nicht so einfach?«

Evaine war enttäuscht. Wann immer sie dachte, sie hätte es fast geschafft, kam wieder etwas dazwischen. Sie waren schon vor vier Tagen auf das normannische Heer getroffen. Doch seitdem hatte sich rein gar nichts getan. Unzufrieden begann sie, Muster in die klebrige Masse auf ihrem Teller zu zeichnen. Das Einzige, womit die Frau des Schmieds gewürzt hatte, war ihr Hass auf die Normannen.

»Seit seinem ›herzlichen Willkommen‹ in London ist der *Duc* mehr als argwöhnisch«, sagte Robert zynisch. »FitzOsbern sieht an jeder Ecke Gespenster. Er hat nicht umsonst jeden Angelsachsen in Ketten legen lassen, der als Widerständler infrage käme. Was meinst du, wie bereitwillig er Gespräche mit den Geiseln zulässt?«

Frustriert ließ Evaine ihren Löffel los. Es musste doch eine Möglichkeit geben!

»Nach deiner Vorstellung neulich hält er dich ohnehin für eine angelsächsische Spionin«, fügte er spitz hinzu.

Wenn das Ganze nicht so zum Heulen gewesen wäre, hätte Evaine laut gelacht. Eine Spionin! Und das nur, weil sie Französisch sprach!

»Ich habe gehört, dass die Krönung bereits vorbereitet wird. Sie soll noch vor Neujahr stattfinden«, schaltete sich Gérard in das Gespräch ein.

Er hatte den angebotenen Teller Porridge nachdrücklich abgelehnt und kaute stattdessen auf einem Kanten Brot, den er mitgebracht hatte. Arnaud schielte neidisch zu ihm herüber.

»Je eher, desto besser. Dann ist die Sache endlich hieb- und stichfest«, entgegnete Robert. Er war der Einzige, der es geschafft hatte, seinen Teller Porridge zu verdrücken. Bestimmt war er Schlimmeres gewohnt, dachte Evaine, und schob ihren halbvollen Teller endgültig von sich.

»Und wie gehen wir nun weiter vor?«, fragte sie genervt und sah von Robert zu Gérard.

Robert lehnte sich auf dem Stuhl zurück und warf einen strengen Blick auf Arnaud, der immer noch vor seinem vollen Teller saß.

»Du wirst niemals eine offizielle Erlaubnis bekommen«, sagte Gérard und reichte Arnaud den Rest seiner Brotkruste. Erleichtert stopfte Arnaud das Stück in den Mund. »Man wird denken, sie will ihm Informationen zukommen lassen. Am Ende werden wir alle wegen Aufstands festgenommen.«

Robert strich sich mit der Hand durch das strubbelige Haar. Er war immer noch nicht dazu gekommen, es schneiden zu lassen. Aber Evaine gefiel es so viel besser. Sie hasste den typisch kahlen Schnitt der normannischen Oberschicht.

»Wir müssen jemanden bestechen. Einen der Wachposten. Anders geht es nicht«, sagte Robert.

»Wenn dein Geldbeutel das noch hergibt. Das wird bestimmt nicht billig.« Gérard hatte mit seiner süffisanten Bemerkung ins Schwarze getroffen, denn Robert verzog mürrisch das Gesicht.

Evaine musste sich unerwartet ein Lächeln verkneifen, weil es haargenau so aussah wie Arnauds Miene angesichts des Porridges.

»Vor allem aber müsste man jemanden kennen«, fuhr Gérard fort.

»Aber ich kenne jemanden!«, platzte Evaine dazwischen. Robert musterte sie mit hochgezogenen Augenbrauen. »Mein Onkel Edwin, der Bruder meines Vaters, ist der Abt von West Minster!«

Gérard und Robert warfen sich einen kurzen Blick zu.

»Na und? Die Abtei hat ja wohl nichts mit dem königlichen Palast zu tun. Und schon gar nichts mit dem Gefängnis.«

Gérard war mehr als skeptisch. Robert hörte ihm aufmerksam zu und trommelte mit dem Fingern auf dem Tisch.

»Nun, aber er könnte zumindest in Erfahrung bringen, ob mein Vater dabei ist«, schlug Evaine vor. Gérard sah nicht überzeugt aus. »Oder sonst irgendwie helfen?«

Robert setzte sich abrupt in seinem Stuhl auf.

»Doch. Doch! Sie hat recht.«

Evaine spürte, wie die Hoffnung wieder in ihr aufkeimte. Gebannt hing sie an seinen Lippen.

»Er ist der Abt, verantwortlich für das Seelenheil aller in West Minster«, sagte er langsam. »Es sollte doch nichts dabei sein, wenn er den Geiseln die Beichte abnehmen will, oder?«

Roberts Blick wanderte zwischen ihr und Gérard hin und her.

»Natürlich nicht!« Aufgeregt rutschte Evaine auf ihrem Platz herum. »Er könnte meinen Vater sehen und mit ihm sprechen. Und vielleicht wäre es ihm auch möglich, ein Treffen zu arrangieren!«

Vor Aufregung sprudelten die Worte nur so aus ihr heraus.

»Gesetzt den Fall, dass dein Vater überhaupt dabei ist.«

Roberts Realismus wirkte wie ein Eimer eiskaltes Wasser. *Sofern er überhaupt dabei ist.* Der Gedanke versetzte ihr einen schmerzhaften Stich. Sie hatte sich mittlerweile so darin verrannt, dass sie etwas anderes gar nicht mehr in Betracht zog.

Gérard zuckte mit den Schultern. »Wieso nicht.«

»*Bon.* Dann musst du deinem Onkel nur eine Nachricht zukommen lassen, Evaine. Teil ihm mit, dass du dich mit ihm treffen willst«, entschied Robert.

Gérard bot sich an, die Nachricht zu überbringen.

»Hast du irgendetwas, das du Gérard mitgeben könntest, als Beweis, dass die Botschaft von dir ist?«, fragte Robert. »Ein Schmuckstück vielleicht?«

Sie schüttelte den Kopf. Sie hatte bewusst nichts Wertvolles auf ihre Reise mitgenommen. Schon gar nichts, das so auffallend war, dass Edwin es wiedererkannt hätte.

Sie blieben wieder nachdenklich sitzen.

Ihr kam eine Idee.

»Ich könnte ihm doch eine Nachricht schreiben! Meine Handschrift erkennt er in jedem Fall!«

Aufgeregt sprang sie auf, bereit, auf der Stelle die notwendigen Zeilen zu Papier zu bringen. Doch im ganzen Haus ließen sich natürlich weder Schreibzeug noch Pergament auftreiben.

»Wir werden morgen etwas zu schreiben besorgen«, beschloss Robert. »Irgendwo in London wird man wohl so etwas bekommen.«

Seinem Ton war anzuhören, dass er weder genau wusste, was man brauchte, noch, wo man dergleichen auftreiben konnte.

Evaine hätte vor Ungeduld die Wände hochgehen können, doch sie musste sich fügen.

»Gibt es denn morgen etwas anderes zu essen?«, murrte Arnaud dazwischen. »Außer Porridge?«

Obwohl alle anderen ihre Mahlzeit bereits beendet hatten, kämpfte er immer noch mit seinem Abendbrot. Robert hatte ihm befohlen, den ganzen Teller zu leeren. Bisher hatte er kaum einen Löffel hinuntergewürgt.

Während Robert wegsah, schaufelte Evaine den Inhalt seines Tellers schnell zurück in den Topf mit dem übrigen Porridge. Arnaud seufzte erleichtert und sprang von seinem Stuhl auf.

»Wenn es morgen wieder Porridge gibt, werden wir uns in der Stadt etwas anderes besorgen«, raunte ihm Evaine zu und zwinkerte verschwörerisch.

Zum Frühstück gab es wieder Porridge. Dicke Klumpen nicht gequollenen Hafers schwammen in Milch, die bereits einen leicht säuerlichen Beigeschmack hatte.

»Arnaud und ich werden Schreibzeug besorgen«, verkündete Evaine während des Frühstücks. »Wir werden wohl nicht zum Mittagessen zurück sein.«

Arnaud grinste sie über seinen Teller hinweg an. Dann schlürfte er weiter die Milch aus seiner Schale und ließ die unappetitlichen Haferklumpen darin zurück.

»Kommst du mit? Oder hast du anderes zu tun?«

Robert entschied, sie zu begleiten.

»Allerdings ...« Evaine hielt zögernd inne und fuhr dann kleinlaut fort: »... bräuchte ich noch etwas Geld.« Sie hatte bei ihrem Aufbruch in Allingham nur ein wenig Kleingeld eingepackt, aus Angst vor Überfällen.

Robert kramte in der Innentasche seiner Tunika und beförderte drei englische Münzen zu Tage.

»Das wird wohl nicht reichen.« Er verzog missmutig den Mund und steckte sie wieder ein. »Sieh in der Kiste mit meinen Sachen nach. Dort müsste noch mehr sein«, sagte er. Unmittelbar nach der Besetzung des Hauses hatten zwei normannische Soldaten eine Truhe mit Roberts persönlichem Besitz vorbeigebracht. Er hatte sie in die hinterste Ecke des Hauses stellen lassen und danach keines Blickes mehr gewürdigt. Umso neugieriger widmete sich Evaine jetzt ihrem Inhalt.

Evaine hockte sich vor die Truhe. Sie war schlicht und zweckmäßig, aus massivem Holz und mit schwarzem Schmiedeeisen beschlagen.

»He!«

Erschrocken drehte sie sich zu Robert herum. Er schnippte

einen kleinen Gegenstand zu ihr herüber. Sie fing ihn auf. Es war ein dunkel angelaufener Schlüssel. Er passte perfekt in das Vorhängeschloss und ließ sich erstaunlich leicht drehen. Sie öffnete den Riegel und klappte den schweren Deckel auf. Die Truhe enthielt hauptsächlich Kleidung.

»Oh! Das ist wunderschön!«, entfuhr es ihr überrascht.

Zuoberst lag eine rubinrote Tunika. Der Stoff war genauso dicht und glatt wie der des blauen Mantels. Fasziniert breitete sie das schöne Tuch auseinander und enthüllte aufwendige Stickereien an Ärmeln, Saum und einer breiten Passe am Kragen. Diesmal war es nicht das ausgefallene Fischfrauen-Motiv. Stattdessen wanden sich lindgrüne Ranken mit goldenen, rötlichen und blauen Blüten entlang der Borte. Es waren winzige, feine Stiche aus seidigem Garn. Evaine konnte nicht widerstehen und strich mit den Fingern über die blühende Pracht. Sie legte die Tunika zur Seite und fand darunter zwei weitere ähnlich schöne Stücke. Eine in Smaragdgrün und eine in Kobaltblau. Daneben lagen noch weitere Kleinigkeiten in der Truhe. Safrangelbe Strümpfe, noch mehr wollene Unterwäsche wie die, die sie auf Allingham verbrennen musste, und ein paar schlichtere Leinentuniken in noch schönen frischen Farben.

»Warum trägst du die Sachen nicht?«

Verständnislos sah sie zu Robert. Er hatte bereits sein Lederwams angelegt und war noch dabei, die Schnüre seiner Gelenkschoner festzuziehen.

»Weil ich das Zeug nicht haben will«, erwiderte er, ohne von seiner Tätigkeit aufzusehen.

Arnaud kam indessen auf sie zugewieselt und begann, neugierig in der Kiste zu wühlen. Sie reichte ihm bis zur Hüfte. Er beugte sich mit dem ganzen Oberkörper hinein. Es fehlte nicht viel und er wäre ganz in dem faszinierenden Inhalt verschwunden.

Evaine ließ sich zurück auf ihre überkreuzten Füße sinken.

»Woher hast du die Sachen?«

Sie erinnerte sich genau an seine bittere Schilderung des entbehrungsreichen Söldnerdaseins.

»Ich hab dir doch erzählt, dass mein Vater schließlich noch Verwendung für mich hatte. Als sein Vertreter sollte ich natürlich nicht herumlaufen wie ein Landstreicher.« Robert war mit den Armschonern fertig und begann, sein Schwert umzugürten. »Doch was mich angeht, so habe ich meine eigenen Pläne in England. Und er kann seine« – er unterdrückte einen Kraftausdruck – »Almosen behalten.«

Was das für Pläne waren, lag wohl auf der Hand. Land. Land und Gold. Wie alle Glücksritter.

Robert hatte ohne Groll gesprochen. Dass sein Stolz ihm dennoch verbot, die Kostbarkeiten anzunehmen, verriet, wie tief sein Schmerz saß.

»Aber du hast den Mantel genommen. Und die Unterwäsche«, folgerte Evaine.

Er zuckte die Schultern.

»Ich hatte keinen Mantel mehr. Und wir haben immerhin Winter. So stur bin dann nicht einmal ich.« Er war jetzt fertig angezogen. Evaine sah ihm an, dass er nach etwas suchte, um seine Hände zu beschäftigen. Er fand aber nichts. Schließlich ließ er sie einfach herabhängen. Es wirkte seltsam verletzlich auf sie. »Ich habe auch sonst alle Ausrüstung genommen, die er bezahlt hat. Ich habe schließlich nicht vor, seinetwegen den Kopf zu riskieren.«

»Oh!« Arnaud war inzwischen fündig geworden und beförderte eine Gürteltasche aus weichem Rindsleder aus der Truhe, »Kann ich die haben?«

Fragend reckte er sie Robert entgegen. Robert kam herbei und begutachtete die Tasche kurz.

»Nur zu.«

Begeistert band Arnaud sie sich um die Hüften. Evaine half ihm dabei. Der Gürtel war viel zu groß und so schlangen sie ihn gleich zweimal um seine schmale Mitte. Als Nächstes sprang er hoch, auf der Suche nach einem möglichen Inhalt für seinen neuen Beutel.

»Vielleicht war es gar nicht so berechnend gemeint, wie du denkst«, wandte Evaine vorsichtig ein und deutete auf den reichen Inhalt der Truhe. »Vielleicht sollte es nur ein Versöhnungsgeschenk sein.«

Ärger und Streit haben die Angewohnheit, zu verrauchen. Nach einer Weile weiß man manchmal kaum noch, worüber gestritten wurde. Bei Robert hatte sie allerdings das Gefühl, dass er sich ganz genau erinnerte. Dennoch: Womöglich hatte sein Vater nach ihrem Zerwürfnis lediglich auf eine Gelegenheit für eine neue Annäherung gewartet.

Robert hatte nun seinerseits begonnen, die Truhe zu durchstöbern.

»Wenn du meinen Vater kennen würdest, kämst du nicht auf solche Ideen«, sagte er trocken, den Kopf zwischen Tuniken und Unterhosen, »aber ich wünsche dir diese Bekanntschaft nicht gerade.«

Evaine fragte sich, ob Geoffrey wirklich so kalt war, wie Robert behauptete.

Arnaud hatte in der Zwischenzeit in der kargen Hütte lediglich ein paar Wachsreste gefunden. Mitleidig zog Evaine eine der bronzenen Haarnadeln aus ihrem Haar und reichte sie ihm.

Freudig steckte er sie ein und grinste sie mit breitem Lächeln an, das irgendwie zu groß für sein schmales Gesicht zu sein schien. Sie konnte nicht anders, als zurückzulächeln. Sie würde ihn vermissen. Der Gedanke kam ihr gerade zum ersten Mal. Aber nach ihrer Rückkehr nach Allingham würde sie ihn wirklich vermissen.

»Hier.« Robert tauchte aus der Kiste auf und hielt ihr einen Dolch hin. Auf seine Art war er genauso protzig wie die rubinrote Tunika. Seine Scheide war vergoldet und in das Heft waren fünf kleine Smaragde eingelassen. »Du solltest besser eine Waffe bei dir haben.«

Ehe Evaine sich versah, lag das gute Stück in ihren Händen. Der Dolch war klein und erstaunlich leicht, gerade richtig, um ihn in einer Rocktasche verschwinden zu lassen.

»Nein. Das kann ich nicht annehmen«, stammelte sie und hielt Robert den Dolch wieder hin.

Seit er Arnaud seinen Dolch geschenkt hatte, trug er selbst ein schlichtes Exemplar, das aussah, als hätte er es einem Tagelöhner gestohlen.

»Doch, bitte nimm ihn.« Robert blieb hartnäckig. »Mir zuliebe – dann kann ich dich demnächst vielleicht mal für einen Moment aus den Augen lassen.«

Er zwinkerte ihr zu und wollte gerade den Deckel wieder schließen, als sein Blick urplötzlich auf dem Truhenboden haften blieb.

»Ach, da ist es«, murmelte er wie zu sich selbst und schien Evaine ganz vergessen zu haben.

Neugierig linste Evaine in die Kiste. Zwischen den zerwühlten Kleidern blitzte es honiggelb. Robert zog einen *Paternoster* hervor. Fünfmal zehn Perlen aus blankpoliertem Bernstein reihten sich auf einer Lederschnur. Die Perlen glänzten, doch den ledernen Fransen an den Enden der Schnur war anzusehen, wie viele Male sie durch betende Hände geglitten waren. Roberts Hände.

Ohne ein weiteres Wort ließ er den *Paternoster* zu den Schachfiguren in das Säckchen an seinem Gürtel gleiten. Mit groben Handgriffen schob er die teuren Stoffe in der Truhe auseinander. Auf dem Holzboden fingerte er an einem unauffälligen Brettchen. Als er es herausgeholt hatte, kam ein zweiter Boden zum Vorschein, der randvoll mit Gold- und Silbermünzen gefüllt war. Robert griff eine Handvoll heraus.

»Normalerweise kann er auch sein Geld behalten«, sagte er grimmig, »aber das hier ist wohl eine Ausnahme.«

Danach zogen sie los. Evaine wusste genau, wo sie hinmussten: nach Cheapside. Verkaufsstände und Buden säumten die Ränder des weitläufigen Platzes nördlich von St. Paul's, unweit des Themseufers. Massen von Handwerkern und Händlern boten schreiend die unterschiedlichsten Waren an. Die Erzeugnisse reichten von hochwertigem Londoner Kunsthandwerk bis zu exotischen Gewürzen aus dem Orient. Die nach Cheapside mündenden Straßen trugen die Namen der jeweiligen Handwerksgilden: Wood, Milk, Iron, Honey und Poultry im Norden, Bread, Candles, Soaps und Fish im Süden. Durch die offenen Türen konnte man die Meister bei ihrer Arbeit bewundern. Der enge Zusammenschluss in den Straßen verlieh ihnen ein Gefühl der Gemeinschaft und Brüderlichkeit und ließ sie im Wettstreit miteinander immer bessere Erzeugnisse herstellen

Heute war es verhältnismäßig ruhig. London hatte sich von dem Schock der Eroberung immer noch nicht ganz erholt. Als sie den *folkemoot* passierten, den öffentlichen Versammlungsplatz an der nordöstlichen Ecke des Friedhofs von St. Paul's, drang ihnen der faulende Geruch der Verwesung in die Nase. Man hatte die Opfer von Londons letztem Widerstand noch nicht beseitigt. Wie eine Mahnung verbreitete sich der Gestank ihrer Leichen über den Platz. Evaine wandte schaudernd den Blick von den wilden Katzen und Hunden, die begonnen hatten, sich für die Reste zu interessieren.

Stattdessen stürzte sie sich eilig in das Marktgetümmel und genoss das Geschwätz um sie herum. Sie war schon so lang in normannischer Gesellschaft, dass ihre eigene Muttersprache wie Balsam in ihren Ohren klang. Eine Weile ließ sie sich ziellos über den turbulenten Platz treiben. Sie schaute in allen Buden vorbei, erfreute sich an den farbenfrohen Auslagen. Erst als Robert sie grummelnd von der Seite ansprach, wo denn nun bitte schön dieses Schreibzeug sei, zwang sie sich, sich wieder auf ihr Anliegen zu konzentrieren.

»Also schön.« Sie sah sich verschmitzt zu ihrem großen und kleinen Begleiter um. »Zum Schreiben braucht man Gans, Rind, Dorn und Schaf. Fangen wir mit den Dornen an.«

Evaine amüsierte sich über die fragenden Gesichter der beiden und lachte in sich hinein. Sie sahen aus, als hielten sie die Schreibkunst für ein Handwerk, das in seiner Rätselhaftigkeit nur knapp vor der Hexenkunst rangierte.

Sie mussten mehrere Krämer, Kräuter- und Gewürzhändler abklappern, ehe sie schließlich fündig wurden.

»Und damit kann man schreiben?« Robert betrachtete kritisch das bräunliche Pulver in dem kleinen Säckchen. »Ich dachte, Tinte wäre flüssig.«

»Und wo sind die Dornen?«, fragte Arnaud und zupfte an Evaines Hand mit dem Säckchen, um auch einen Blick auf die geheimnisvolle Zutat zu erlangen.

Evaine klärte sie auf.

»Soweit ich weiß, ist es ein Extrakt, der aus Dornenzweigen von Schlehen gewonnen wird. Daher die Dornen. Um damit zu schreiben, löst man es in warmem Wein auf.«

Sie hielt Arnaud das Pulver hin. Sichtlich enttäuscht verzog er den Mund.

»*Bon.* Dann fehlen uns noch Gans, Schaf und Rind«, wiederholte Robert ihre Aufzählung. Er musterte sie einen Moment mit zusammengekniffenen Augen. »Lass mich raten: Die Gans steht für einen Gänsekiel, das Schaf für Pergament und das Rind?«

»Die ersten beiden sind richtig«, lachte sie anerkennend. »Das Rind steht für das Füllhorn für die Tinte. Aber da finden wir sicher auch etwas anderes.«

»Nicht schlecht für jemanden, der keine Ahnung hat, was?«, sagte er und schenkte ihr sein schiefes Lächeln.

Auf einmal fühlte sie sich schuldig. Das hier sollte keinen Spaß machen und sie sollte sich stattdessen viel mehr beeilen. Es ging einzig um ihren Vater.

»Dann brauchen wir als nächstes Pergament«, sagte sie, wieder um Ernst bemüht.

Ähnlich wie das Gerben war auch das Pergamentherstellen eine übelriechende Zunft und lag daher nördlich der dichten Besiedlung von Cheapside. Statt der engen, windigen Straßen gab es dort weite, noch unbebaute Weideflächen, Holz und dank des Wall Brook das notwendige Wasser für das Handwerk.

Von Cheapside aus war es ein recht kurzer Marsch. Sie bogen in die Wood Street ab. Karren kamen ihnen entgegen, die frisches Wasser von den Quellen im Norden in die Stadt brachten. Als sie die Stadtmauer erreichten, folgten sie ihr bis nach Mooregate, dem nördlichsten der Stadttore. Außerhalb der Mauern lag das Zunftgebiet der Gerber und Pergamenthersteller. Der Geruch nach Ammoniak und Urin lag beißend in der Luft. Sie erstanden schließlich ein preiswertes Stück Pergament. Dennoch stand Robert sein Unwille, überhaupt Geld für ein nutzloses Stück Tierhaut auszugeben, ins Gesicht geschrieben. Auf dem Rückweg stibitzte Arnaud im Vorbeigehen noch einen Gänsekiel unter lautem Protest des Besitzers, der ihn anschließend wild schnatternd das Weite suchen ließ. Damit hatten sie alles, was sie brauchte. Auf das Rinderhorn konnte Evaine als Gefäß verzichten. Irgendetwas Geeignetes würde sich schon unter dem Kochgeschirr des Schmieds finden.

Eiligen Schrittes steuerte sie den Weg in ihre Unterkunft an. Sobald sie ihr Schreiben aufgesetzt hätte, könnte Gérard damit nach West Minster aufbrechen. Wenn sie sich beeilte, wäre er noch vor Einbruch der Dunkelheit zurück.

»Evaine!« Arnaud zupfte sie am Ärmel. »Wann können wir etwas essen?«

Ihr fiel das Versprechen vom Vortag ein. Inzwischen war es fast Mittag. Augenblicklich meldete sich auch ihr eigener Magen.

»Du hast gesagt, wenn es wieder Porridge gibt, gehen wir in der Stadt etwas essen. Und es gab heute Porridge!«

Zur Untermalung dieses Grauens verzog er angewidert das Gesicht und streckte die Zunge heraus.

Sie fand den Gedanken an die häusliche Kost genauso grässlich wie er. Und in Anbetracht seiner dürren Arme sollte er heute wirklich mehr zu sich nehmen als die säuerliche Milch seines Haferbreis. Dennoch: ihr Vater … Wenn sie noch länger brauchten, würde Gérard es heute nicht mehr bis West Minster schaffen. Sie war hin- und hergerissen. Robert schien es zu bemerken.

»Wir werden ein andermal etwas essen, Arnaud. Evaine muss nun dringend ihren Brief aufsetzen.«

»Dann gibt es bestimmt wieder Porridge«, jammerte er. »Ach bitte, Evaine!«

Ehe Robert ihn weiter zurechtweisen konnte, ließ Evaine sich von seinem flehenden Gesichtchen umstimmen und gab sich einen Ruck.

»Du hast recht: Versprochen ist versprochen!«

Das Einzige, wovon es in London noch mehr gab als Kirchen, war Essen! Am Flussufer der Themse zwischen Weinhändlern und Brauereien befanden sich Garküchen. Zu jeder Tageszeit und an jedem Tag des Jahres erhielt man hier fertig zubereitete Speisen auf die Hand. Die Auswahl reichte von gebratenem und gekochtem Fleisch über gebackenen Fisch, heiße Pasteten mit unterschiedlichsten Füllungen bis hin zu Gemüse wie *pescods,* Bohnen in der Schote mit Salz und Butter.

Als sie sich den Verkaufsständen näherten, folgten ihnen die Blicke der Umstehenden. Die Garküchen am Themseufer wurden hauptsächlich von den Ärmsten Londons aufgesucht – Wasserträgern, Pförtnern, Fährmännern und vor allem Witwen. Sie hausten dicht gedrängt in schlammigen Hinterhöfen südlich von St. Paul's. Ihre dürftigen Hütten waren anders als in Allingham nicht aus Holz, sondern aus Flechtwerk mit Lehmbewurf.

Darin gab es keinerlei Kochgelegenheit, außerdem fehlte es an Kochgeschirr. So blieb ihnen nichts übrig, als von ihrem kümmerlichen Lohn Essen am Flussufer zu kaufen.

Dies war Londons düstere Seite. Entsprechend schlecht war der Ruf der Köche und Verkäufer in den Spelunken.

»Man muss ganz schön aufpassen, von wem man hier etwas kauft«, sagte Evaine und schritt zielstrebig an den Verkäufern vorbei, die lauthals heiße Pasteten anpriesen. »Zumindest, wenn man Wert darauf legt, dass das Essen auch dauerhaft drinbleibt«, ergänzte sie mit Blick auf Robert und Arnaud, die lechzend den Duft von gebratenem Fleisch einsaugten.

»Und warum kennst du dich hier aus?«, fragte Robert neugierig.

»Hier gibt es Vaters Lieblingsessen. Wann immer wir in London waren, haben wir uns an einem Tag hierhergestohlen.‹ Sie lächelte wehmütig bei der Erinnerung. »Es ist köstlich. Wartet nur ab!«

Die bevorzugte Garküche ihres Vaters lag beinahe am Ende der Ufergasse. Von außen machte sie kaum einen besseren Eindruck als die anderen. Dafür war die Auswahl groß und Evaine wusste aus Erfahrung, dass man sich hier keine Vergiftung zuzog.

Ihre Wahl war schnell getroffen. Robert hatte sich für gebratene Rinderrippen entschieden, an denen das Fett noch heruntertropfte. Für Arnaud hatte Evaine gefüllte Pastete mit gestampften Bohnen und Fleisch bestellt. Sie selbst nahm das Lieblingsessen ihres Vaters: ein aus Weizen gebackener Fladen, gefüllt mit einer Mischung aus Ei, Käse und gebratenem Schweinefleisch. Genüsslich mampfend schlenderten sie am Themseufer entlang.

»Ich gebe zu, das ist allemal besser als Porridge«, nuschelte Robert zwischen zwei Bissen und wischte sich mit der Hand ein wenig Fett vom Kinn.

Evaine nickte kauend. Das heiße Essen füllte angenehm ihren Magen und wärmte sie von innen wieder auf. Trotz des Winterwetters waren sie nun den ganzen Vormittag draußen gewesen. Sie ließ ihren Blick über die Themse schweifen. Nach dem langen Frost, der seit Mitte November anhielt, hatte sich auf dem Fluss eine mehrere Fuß dicke Eisschicht gebildet, auf der man ohne Probleme laufen konnte. Eine Gelegenheit, die sich Londons Kinder nicht entgehen ließen. Lachend watschelten sie über das Eis und schubsten sich dabei gegenseitig.

»Zufrieden?«, fragte Evaine Arnaud.

Er war allerdings viel zu beschäftigt mit seiner Pastete, um antworten zu können. Neben seinem Gesicht hatte er auch seinen Umhang und seine Beinkleider mit der fettigen Füllung bekleckert. Doch offensichtlich schmeckte es ihm.

Pfeilschnell schoss etwas auf dem Fluss an ihnen vorbei und zog ihre Aufmerksamkeit auf sich.

»Was ist das?«

Robert hatte sein Mittagessen beendet und wischte seine fettigen Finger mangels einer Alternative an seinem Wams ab.

»Eisläufer«, antwortete Evaine, bevor sie sich den letzten Bissen ihres Fladens in den Mund schob.

Weitere Kinder flitzten vorüber, indem sie sich mit hölzernen Stöcken über das Eis schoben. Unter ihren Füßen waren glattgehobelte Pferde- oder Ochsenknochen befestigt, die sie mühelos dahingleiten ließen. Arnaud hätte vor Aufregung beinahe seine Pastete fallen lassen. Von da an ließ er ihnen keine Ruhe mehr, bis sie jemanden fanden, der ihnen ein Paar der Kufen verkaufte. Laut johlend schlingerte er über das Eis und prallte unter beidseitiger Belustigung mit den einheimischen Kindern zusammen.

Evaine beobachtete Roberts Gesicht, während er Arnaud lächelnd zusah. Sie musste an seine traurige Stimme im Wald von Surrey denken. *Es ist schwer, keine Kinder zu haben.*

»Wieso hast du keine eigenen Kinder?«, fragte sie. »Du scheinst sie gern zu haben.«

Seine Miene wurde ernst.

»Ich bin wohl kaum in der Lage, eine Familie durchzubringen«, sagte er, ohne Arnaud aus den Augen zu lassen.

Sie zuckte mit den Schultern.

»Wenn das jeden abhalten würde, wäre halb London leer«, erwiderte sie leichthin.

»Nun, mich aber schon.«

Der Ton seiner Antwort war endgültig und erübrigte jede weitere Unterhaltung über dieses Thema.

Gerade landete Arnaud auf seinem Hintern und drehte sich im nächsten Moment freudig winkend zu ihnen um.

»Wieso hast du Arnaud dann mitgenommen?«, fragte sie. »Ich meine, wenn du glaubst, für Kinder nicht sorgen zu können?«

Er löste seinen Blick von Arnauds Spiel und musterte sie einen Moment.

»Das ist eine lange Geschichte«, sagte er abweisend.

»Oh, wir haben ja Zeit!«

Sie lächelte ihn aufmunternd an, konnte dadurch aber nicht verhindern, dass sich seine Miene verschloss.

»Und ich denke auch nicht, dass dich das interessiert.«

Seine kalte Antwort verletzte sie, zumal sie nicht wusste, womit sie das verdient hatte. Nur, weil sie ein wenig Interesse für die Menschen aufbrachte, mit denen sie jetzt schon seit einem Monat zusammenlebte?

Sie wandte sich ab und ging wortlos weiter am Ufer entlang. Robert holte sie mit wenigen Schritten ein. Er hielt sie am Arm fest.

»Es ist kompliziert, weißt du?«

Sein Ton war jetzt milder und sie hörte die Entschuldigung heraus.

»Schon gut«, sagte sie und sah zu Arnaud hinüber.

Er hob die Hand und drehte ihr Gesicht wieder sanft zu sich. Erstaunt spürte sie seinen warmen Finger an ihrer kalten Wange.

»Nein. Es ist wirklich kompliziert.«

Jetzt klang jedes Wort tieftraurig. Er sah sie ganz offen an, ohne den Schleier der Gleichgültigkeit, und erlaubte ihr, den lang vergangenen Schmerz in seinen Augen zu lesen.

Mit einem Mal war sie sich seiner Nähe eindringlich bewusst. Der Wärme, die sein Körper ausstrahlte, seines leisen Atems in der klaren Luft und seiner herabhängenden Hand, die nun zögerlich nach ihrer griff.

Arnauds helles Lachen ließ die Blase der Intensität zerplatzen, die sie beide für wenige Augenblicke von der Welt um sie herum getrennt hatte. Robert räusperte sich und ließ seine Hand sinken.

Sie wandten sich erneut den Eisläufern auf der Themse zu.

»Was ist mit dir?« Robert bemühte sich um einen lockeren Ton. »Wieso hast du nicht noch mal geheiratet?«

»Laut Gesetz hatte niemand das Recht, mich zu einer neuen Ehe zu zwingen. Nicht einmal mein Vater«, erwiderte sie.

Seinem erstaunten Schnauben war zu entnehmen, dass dies in seiner Heimat anders war.

»Gut, aber warum wolltest du nicht?«, bohrte er weiter.

Jetzt war es an ihr zu denken: *Es ist kompliziert.* In der Tat wusste sie es selbst nicht genau. Sie hatte jede Gelegenheit dazu gehabt. Ein Wort, eine Geste von ihr hätten Osric zur Ermutigung gereicht. Osric. Beschämt stellte sie fest, dass sie seit seiner Abreise keinen Gedanken mehr an ihn verschwendet hatte. Vermutlich lag es genau daran.

»Ich denke, ich wollte mehr«, sagte sie schließlich langsam.

»Inwiefern mehr?«

»Du kannst dir nicht vorstellen, wie viel ich in der Ehe mit Cædmon – so hieß er – vermisst habe.«

»Oh. Ich kann es mir schon vorstellen«, erwiderte er und stellte mit seiner anzüglichen Bemerkung die lockere Atmosphäre zwischen ihnen wieder her. Sie knuffte ihn zur Strafe in die Seite.

»Nein«, setzte sie erneut an. »Nach drei Jahren kam ich nach Allingham zurück, meine Ehe in Scherben. Und dort habe ich Meredith vorgefunden. Meredith und Alric. Du hast sie nie zusammen erlebt, aber zwischen ihnen – da war mehr.«

»Und danach hast du auch gesucht?«

Sie konnte sich kaum vorstellen, dass ihn das alles wirklich interessierte. Aber er hatte sie gefragt, also fuhr sie fort: »Vielleicht. Es war mir jedenfalls damals nicht klar.«

Sie starrte auf die Themse, jedoch ohne etwas davon zu sehen. »Ich habe ihr gesagt, sie müsse ihn verlassen. Weil er ein *coerl,* ein Bauer ist. Kannst du dir das vorstellen?« Sie wandte sich ihm zu, mit der gleichen Aufrichtigkeit, die er eben ihr gezeigt hatte.

Er betrachtete sie betroffen.

»Du hast es gut mit ihr gemeint. Mehr kann man von einem Menschen nicht verlangen. Alles Weitere liegt in Gottes Hand«, sagte er nachdenklich.

Sie hatte das Gefühl, dass er nicht nur von ihr und Meredith sprach.

Sie sammelten Arnaud schließlich wieder ein und zogen nachdenklich, müde und durchgefroren zurück in ihre dunkle Hütte. Als sie ankamen, ging die Sonne bereits unter. Es war beinahe Mittwinter. Kürzer würden die Tage nicht mehr werden. Evaine schrieb als Erstes die wenigen Zeilen für ihren Onkel, während Robert und Arnaud ihr neugierig über die Schulter blickten, beeindruckt von ihrer Kunst. Dabei konnte Evaine sich schon den kritischen Gesichtsausdruck ihres Onkels angesichts der krakeligen Buchstaben vorstellen.

Gérard brach am frühen Morgen des nächsten Tages auf und war gegen Nachmittag wieder zurück. Mit zitternden Fingern öffnete Evaine das Pergament, das Edwins Antwort enthielt. Ihre Augen flogen über die wenigen Zeilen. In ihrem Innern machte sich ein hohles Gefühl breit.

»Das ist alles?« Entgeistert sah sie Gérard an.

»*Oui*. Dein Onkel sagte, er würde dir seine Antwort schriftlich mitteilen.«

Er warf seinen Mantel in die Ecke und trat an das Feuer heran, das in der Mitte der Hütte in einer kleinen Erdmulde brannte. Eine richtige Feuerstelle gab es nicht.

»Wieso? Stimmt etwas nicht?« Robert erhob sich und trat hinter Evaine. Er warf einen neugierigen Blick auf die verschlungenen Buchstaben auf dem Pergament.

»Was hat er denn geschrieben?«

Fassungslos schüttelte Evaine den Kopf und las die Zeilen erneut. Mühsam kämpfte sie die aufkommende Enttäuschung nieder.

»Nichts. Er hat gar nichts geschrieben. Nur, wo ich mich mit ihm treffen soll.«

Kein Wort über ihren Vater oder die Geiseln. Keine einzige Andeutung. Gar nichts. Nicht einmal ein paar liebevolle Worte an sie oder einen Gruß.

»Und du bist sicher, dass du mit ihm gesprochen hast?«, wandte sie sich an Gérard.

Er stand am Feuer und rieb sich die Hände.

»Na hör mal!«, empörte er sich. »Ich musste erst ewig mit diesem nervigen Mönch an der Pforte debattieren und dann haben sie mich warten lassen. Aber wenn es keinen zweiten Abt Edwin gibt, dann war es wohl der Richtige.«

»Wie sah er aus?«, wollte sie wissen.

»Wie ein Abt.«

Evaine verlor die Geduld. Sie war Gérard ehrlich dankbar, dass er den Botengang übernommen hatte, aber er konnte auch schrecklich bockig sein.

»War er groß? Hatte er blonde Haare?«

»*Oui.*«

»Was *›oui‹?*«

»Beides!«, blaffte Gérard.

»*Eh bien,* also, du sollst dich mit ihm treffen. Und wo?«, unterbrach Robert ihre Streiterei.

»Auf Thorney Island. Heute Nacht.«

»Das soll wohl ein Witz sein?« Robert verzog das Gesicht. »Mitten in der Nacht sollen wir uns auf diese Insel schleichen?«

»Ach, ich weiß auch nicht«, sagte sie zweifelnd.

Sie hatte keine Ahnung, was sie mit dieser knappen Nachricht anfangen sollte. Hieß das, ihr Vater lebte und sie würde ihn treffen? Oder wusste Edwin von seinem Verbleib? Vielleicht wollte er ihr schlechte Nachrichten lieber persönlich mitteilen. Die Möglichkeit erwischte sie eiskalt. Mit einem Schlag war die Zuversicht des letzten Tages wieder dahin.

»Am Sonntag nach der Messe wäre wahrscheinlich zu einfach gewesen«, sagte Gérard mit ironischem Unterton.

Widerwillig starrte Robert auf das Pergament in ihrer Hand.

»Bitte, Robert. Ich muss mich mit ihm treffen! Irgendetwas hat er mir zu sagen«, flehte sie inständig.

»Also gut! Je eher wir das Ganze hinter uns bringen, desto besser«, brummelte er.

KAPITEL 5

Robert fasste Evaines Arm und half ihr, aus dem Boot zu steigen.

»Pass auf, der Boden ist matschig.«

»Es geht schon«, antwortete sie und stand im nächsten Moment bis zu den Knöcheln im feuchten Schlamm am Ufer von Thorne Eye.

»Hier.« Robert reichte dem Fährmann einen *farthing*. »Und denkt an unsere Abmachung!«, mahnte er. Der Mann nickte ihm eilfertig zu, während er sein Boot schon wieder vom Ufer abstieß.

Evaine bezweifelte, dass er ein Wort von Roberts Französisch verstanden hatte.

»Glaubst du, er wird uns wieder abholen?«, fragte sie und sah dem sich entfernenden Boot in der Abenddämmerung hinterher.

Sie hatten dem Mann zwei weitere *farthings* angeboten, wenn er in ein paar Stunden wieder zurückkäme.

»Wenn nicht, werden wir wohl bis zum Morgengrauen warten müssen«, erwiderte Robert unbeeindruckt und stapfte davon. Evaine folgte ihm durch den eiskalten Schlamm des Tyburn.

Der Tyburn war ein Zufluss der Themse, südöstlich der Stadt. Kurz bevor er in die Themse mündete, spaltete er sich in zwei seichte Teilarme auf und formte so ein weitläufiges Sumpfgelände, in dessen Mitte sich leicht erhöht eine trockene Insel gebildet hatte, Thorney Island.

Auf diesem kleinen Fleckchen Erde stand seit Jahrhunderten eine Kirche, die dem heiligen Peter geweiht war, und eine Abtei der Benediktiner. *Cyning* Edward hatte die kleine Kirche zwei Meilen von London zu seiner letzten Ruhestätte bestimmt und zu einer gigantischen Abtei vergrößern lassen, West Minster. Hierher hatte der Eroberer sich nach der Kapitulation Londons zurückgezogen. Und hierher hatte man auch alle Gefangenen von Rang gebracht.

In nordsüdlicher Richtung verlief eine Straße von London nach West Minster. Es gab eine Furt, an der man das seichte Gelände bei niedrigem Wasserstand zu Fuß durchwaten konnte. Auf diesem Weg war der Eroberer vor wenigen Tagen mit seinem Heer hierhermarschiert. Doch Robert und Evaine hatten sich von dem Fährmann abseits der Straße im Osten der Furt übersetzen lassen.

Die Sonne war bereits untergegangen und so versank Thorney Island in der früh hereinbrechenden Dämmerung. Das einsame Ufer unterschied sich kaum von dem grauen Marschland, über das sie gekommen waren. Von seichten Wasseradern durchzogen bildeten sich kleine Schollen trockener Erde, auf denen karges Sumpfgras wuchs. Das Marschland gehörte der Abtei. Da es von den Gezeiten der Themse regelmäßig überflutet wurde, taugte es nicht als Ackerland und war unbewohnt. In den trockenen Sommermonaten wurde es an Schafhirten verpachtet. Edwin hatte sie angewiesen, sich in einer der verlassenen Hütten mit ihm zu treffen.

»*Belle merde!*« Robert fluchte ungehalten, als er in eine Pfütze trat und bis zum Knie im Moorwasser versank. »*Quelle ganache!* Dieser Schafskopf! Er sollte uns am Ufer absetzen!«

Er schnaubte angewidert und watete weiter durch den Schlamm. Evaine folgte ihm mit gerafften Röcken. Bei jedem Schritt gab der morastige Boden leicht nach und erzeugte schmatzende Geräusche.

»Gott, ist das kalt«, jammerte sie mit klappernden Zähnen.

Sie hoffte inständig, dass der Untergrund bald fester würde. Mit jedem Augenblick im nassen Schlamm kroch die Kälte tiefer in ihre Glieder. Auf den seichten Pfützen hatten sich dünne Eisschollen gebildet. Hin und wieder zerbarst eine von ihnen leise knackend unter ihren Schritten.

»Ist das der Grenzstein?«, fragte sie und wies auf einen bemoosten Menhir aus behauenem Stein. Wie ein vergessener Grabstein ragte er düster aus dem Sumpf empor.

»Das solltest du doch besser wissen als ich!«, blaffte Robert. »Du hast ihn doch danach gefragt, oder nicht?«

Seit ihrem Aufbruch bekundete er sein Missfallen an der ganzen Sache mit mürrischer Laune.

»Sicher. Er hat behauptet, das hier wäre die Grenze zum Land der Abtei und das dort wäre der Grenzstein«, erwiderte sie ruhig und bemüht, sich von seiner Übellaunigkeit nicht provozieren zu lassen.

»Scheint zu stimmen«, sagte er, als er den Stein erreicht hatte. Er war fast fünf Fuß hoch. Bei näherem Hinsehen erkannte man ein eingemeißeltes Kreuzzeichen.

Fröstelnd blieb Evaine neben Robert stehen und trat von einem Fuß auf den anderen. Die Nässe hatte ihre Schuhe ganz durchdrungen und ihre Zehen glichen Eiszapfen. Mit klammen Fingern betastete sie ihren Rock. Auch hier war die Feuchtigkeit inzwischen bis zu den Knien hochgestiegen.

Robert wischte mit den Händen Flechten und Moos vom Stein.

»Du kannst doch lesen. Was steht da?«, fragte er und wies auf die verwitterte Inschrift.

Sie trat näher heran. Es war inzwischen fast dunkel. Das Moor um sie herum war in fahle Grauschattierungen getaucht und die Konturen der Inschrift waren nur schwach zu erkennen. Sie fuhr die eingemeißelten Buchstaben mit den Fingern nach und versuchte, vor ihrem geistigen Auge die Buchstaben zu sehen, die ihre Finger nachzeichneten.

»*St. Benedekti*«, antwortete sie schließlich. »*Abbatia St. Benedikti,* denke ich.«

»*D'accord.* Gut. Dann also weiter in diese Richtung.«

Robert wies in das vor ihnen liegende Dickicht. Sie schauderte bei dem Gedanken, sich durch das unwegsame Gestrüpp zu kämpfen. Aber wenn sie ihren Vater wiedersehen wollte, blieb ihr nichts anderes übrig.

»*Allez.* Vorwärts.« Ungeduldig zog Robert sie am Arm mit sich. »Ich möchte hier keine Wurzeln schlagen.«

Er war offenbar entschlossen, das hier so schnell wie möglich hinter sich zu bringen.

»So habe ich mir das irgendwie nicht vorgestellt«, murmelte sie bibbernd.

»Ach nein? Wie hast du es dir denn vorgestellt? Dass du erhobenen Hauptes in das Heerlager reitest und man dich dann höflich zu deinem Vater geleitet?«, fragte er barsch.

»Natürlich nicht!«, zischte sie zurück. Sie würde nie zugeben, dass ihre naive Vorstellung wohl näher an seiner zynischen Beschreibung lag als an der unangenehmen Realität.

Der Boden unter ihren Füßen wurde fester und trockener. Dafür mehrte sich der Bewuchs mit den dornigen Heckenrosen, die der Insel ihren ursprünglichen Namen Thorn Eye gegeben hatten.

Evaine versuchte, sich hinter Robert zu ducken und in der von ihm geschlagenen Schneise im Gestrüpp zu gehen. Trotzdem kam sie immer schlechter voran. Die widerspenstigen Dornen zerrten an ihren Röcken und ihrem Mantel. Sie trug nicht einmal Handschuhe, daher wurden auch ihre Arme und Hände zerkratzt. Ihre von der Kälte spröde Haut riss auf und brannte höllisch. Sie biss die Zähne zusammen und versuchte, nicht auf den Schmerz zu achten. Um sie herum ertönten die Geräusche des Moores: leises Plätschern und das Seufzen des Windes im Röhricht.

Wieder wurde sie ruckartig nach hinten gerissen, als der Saum ihres Kleides sich im Geäst verhakte. Ungeduldig zerrte sie daran. Robert kämpfte sich achtlos weiter. Inzwischen hatte er sie mehrere *yards* hinter sich gelassen.

Er hatte es auch viel einfacher, dachte sie verärgert. Er trug kein unpraktisches Kleid. Sie riss an ihrem Unterkleid. Doch es löste sich nicht. Frustriert kauerte sie sich hin, um sich zu befreien. Hilflos fingerte sie in der Dunkelheit am Saum herum. Ein Ast zerkratzte ihr schmerzhaft das Gesicht. Plötzlich fühlte sie brennende Tränen in ihren Augen. Dieser Lump! Er könnte ihr wenigstens helfen. In seiner Rüstung und den ledernen Armschonern konnten die Dornen ihm schließlich nichts anhaben! Sie schluckte ihre Tränen hinunter und konzentrierte sich darauf, wütend auf ihn zu sein wegen seiner Nachlässigkeit. Er war nicht der Einzige, für den es hier anders lief als gedacht! Sie wollte nur ihren Vater sehen! Stattdessen war sie nun seit mehr als einer Woche mit den Normannen unterwegs in der eisigen Kälte. Wurde überfallen! Schaudernd verdrängte sie die Erinnerung an den Überfall und die Begegnung mit Alric. Und nach all dem wusste sie immer noch nichts von ihrem Vater.

Sie hatte die Stelle ertastet, doch ihre Finger waren kalt und ungelenk. Zischend holte sie Luft, als sie sich heftig in den Zeigefinger stach. Sie steckte den Finger in den Mund und schmeckte Blut. Jetzt reichte es! Mit Gewalt zerrte sie an ihrem Kleid, bis der Stoff ächzend nachgab. Bestimmt hatte sie den ganzen Saum abgerissen. Egal!

Die Nacht war jetzt endgültig hereingebrochen. Es war stockdunkel. Robert war nirgends zu sehen. Wild blickte sie sich um. Nichts. Um sie herum nur die drohenden Umrisse toten Geästs und wuchernder Wildnis. Ein Knacken im Unterholz ließ sie zusammenfahren.

»Robert.« Sie zischte seinen Namen, weil sei plötzlich Angst hatte, in der Dunkelheit auf sich aufmerksam zu machen. Sie erhielt keine Antwort.

»Robert.«

Wieder nichts. Sie bekam Panik.

»Robert!«

Sie rief laut und schrill und wollte noch lauter schreien, als er endlich antwortete.

»Ich bin hier!«

Seine Stimme erklang seitlich neben ihr und sie entdeckte

seinen Schatten, der sich aus der umgebenden Dunkelheit löste.

»Was treibst du da?« Er klang äußerst unwirsch. »Auf einmal sehe ich mich um und du bist verschwunden! Dann muss ich den ganzen Weg zurück und dich suchen!«

Seine Vorwürfe waren der Tropfen, der das Fass zum Überlaufen brachte.

»Mein Unterkleid hatte sich verfangen.« Sie merkte, wie weinerlich ihre Stimme klang. »Und die Dornen zerstechen mir Arme und Gesicht!«

»Ist das alles?«

»Ob das alles ist?«, echote sie.

Zu mehr kam sie nicht. Er hob sie hoch und im nächsten Moment klammerte sie sich huckepack an seinen Rücken.

»Besser?«, fragte er barsch, doch sie hörte eine Spur Belustigung in seiner Stimme.

»Ja«, schniefte sie.

Sie schlang die Arme um ihn und rutschte noch ein wenig höher, um besseren Halt zu haben.

»Dann hör auf, hin und her zu zappeln!«

Er fasste ihre Beine unter den Knien. Dann setzte er sich wieder in Bewegung und schlängelte sich durch die Heckenrosen. Erleichtert, nicht mehr gegen die Dornen ankämpfen zu müssen, ließ sie ihren Kopf gegen seinen Nacken sinken. Sie roch den feinen Schweißfilm in seinem Nacken und den Geruch seines Haares. Er roch gut. Erdig, aber auch streng und männlich. Einfach nach Robert. Es war seltsam, wie vertraut er ihr inzwischen war.

»Weib, wenn ich gewusst hätte, was ich mit dir mitmache …«, beschwerte er sich leise. Doch sie spürte, dass sein Missmut langsam verrauchte.

»Was dann?«

»Dann hätte ich es vorgezogen, vor den Toren deiner Burg zu sterben«, seufzte er gespielt gequält. »Ein schneller Tod im Gegensatz zu diesem sich hinziehenden Elend.«

»Nun, für alles im Leben gibt es eine zweite Chance«, neckte sie ihn. »Vielleicht lässt sich auf dem Rückweg etwas einrichten. Meredith wäre dir sicher behilflich.«

Er prustete belustigt. »Das glaube ich gerne.«

Er stapfte weiter über die Insel und schaukelte sie dabei sachte hin und her.

»Ich bin sonst nicht so empfindlich«, murmelte sie in seinen Nacken. Sie hatte das Gefühl, sich für ihren Ausbruch eben entschuldigen zu müssen. »Ich bin nur schrecklich nervös …«

»Ich weiß.«

Sie fragte sich, woher er das wissen wollte. Doch vielleicht kannte er sie bereits besser als sie dachte.

»Ich habe solche Angst, dass … er nicht da ist«, flüsterte sie weiter.

»Aber erinnere dich daran, was du zu Meredith gesagt hast: Es ist immerhin besser, es zu wissen.«

Sie schluckte. Sie hatte damit gerechnet, dass er ihr Mut zusprechen würde, dass er ihr versichern würde, dass ihr Vater noch lebte. Aber er war Realist. Nachdenklich hing sie auf seinem Rücken. Er hatte recht. Das wusste sie. Dennoch fiel es ihr unendlich schwer, sich auf ihre eigenen Worte zu besinnen. Wahrscheinlich, weil es bedeutete, dass sie ihre verzweifelte Hoffnung ein Stück weit loslassen musste.

Nach einer Weile hielt Robert unerwartet an.

»Da vorn ist Licht«, sagte er und ließ ihre Knie los.

Evaine glitt an seinem Rücken hinunter. Der Boden fühlte sich fest an. Unter den Sohlen ihrer Füße spürte sie weiches Gras. Anscheinend hatten sie den Sumpf hinter sich gelassen und das Weideland erreicht. Vor ihnen erhoben sich schwarze Umrisse, aus denen schwacher Lichtschein drang. Erst auf den zweiten Blick erkannte Evaine eine verfallene Hütte.

Mit einem Finger vor dem Mund bedeutete Robert ihr, leise zu sein, und schlich sich näher heran. Möglichst lautlos folgte sie ihm. Die Hütte war klein und das Dach teilweise eingefallen und ins Innere gestürzt. Evaine bezweifelte, dass hier selbst im Sommer jemand lebte. Der Lichtschein rührte von einer Laterne, die neben der Tür aufgehängt worden war und sich leise im Wind bewegte. Sie war teilweise abgedeckt worden. Anscheinend wollte ihr Besitzer nicht von Weitem gesehen werden.

Robert hielt am Eingang der Hütte an. Das Innere der Hütte war noch schwärzer als die Nacht um sie herum. Sie horchten hinein. Von drinnen drang kein Laut heraus.

»Meinst du, er ist hier?«, wisperte sie zu Robert.

»*Gód niht. God þé mid sie.* Guten Abend. Gott sei mit Euch.«

Aus der Dunkelheit der Hütte antwortete eine unbekannte Stimme. Evaine fuhr zusammen und zog erschrocken die Luft ein. Ehe sie zu einer weiteren Reaktion fähig war, drängte Robert sich wie ein Schild vor sie. Metallisches Schleifen ertönte und die Klinge seines Schwerts glänzte im Schein der Lampe auf.

»Wer ist da?«, bellte Robert drohend auf Französisch.

Sie starrten in die schwarze Leere vor ihnen.

»*Forgief mé.* Verzeiht mir. Ich wollte Euch nicht erschrecken.«

Die Umrisse einer Gestalt erschienen im Türrahmen. Sie trat einen weiteren Schritt nach draußen in den schwachen Lichtkreis der Lampe. Evaine erkannte die dunkle Kutte eines Benediktinermönchs. Doch er war viel zu klein und zu schmächtig, um ihr Onkel zu sein. Beruhigend hob der Mönch die Hände und streifte sich die Kapuze vom Kopf. Das Gesicht darunter war schmal und jung. Im Lampenlicht glänzte ein Kranz rötlicher Haare. Er trug Tonsur. Also war er wohl kein entlaufener Novize.

Robert trat erstaunt einen Schritt zurück, ließ sein Schwert jedoch nicht sinken. Evaine drängte sich an ihm vorbei.

»Wer bist du? Und wo ist mein Onkel?«

»Ich heiße Ælfred. Ich wurde von Abt Edwin geschickt.«

Robert verfolgte argwöhnisch ihr auf Angelsächsisch geführtes Gespräch. Sie legte ihm beruhigend die Hand auf den Arm.

»Edwin schickt ihn«, erklärte sie auf Französisch.

»Er sollte besser aufpassen, an wen er sich so heranschleicht«, knurrte Robert und steckte sein Schwert zurück in die Scheide.

Der Mönch wandte sich wieder an sie.

»Seid Ihr Evaine von Allingham?«

»*Géa.* Bitte, welche Nachricht hat mein Onkel dir gegeben?«, drängte sie ungeduldig.

Der Mönch schüttelte sein Haupt.

»*Ná,* ich habe keine Botschaft. Ich habe nur den Auftrag, Euch zur Abtei zu bringen.« Evaine spürte, wie die Enttäuschung sie überflutete. Sie wartete so sehnlich auf eine Nachricht ihres Vaters.

»Mein Onkel hat dir nichts gesagt?«, hakte sie noch einmal nach.

»*Ná.* Ich bringe Euch zur Abtei. Dort wird Abt Edwin selbst mit Euch sprechen. Aber vorher müsst Ihr dies hier anziehen«, fuhr Ælfred fort und hielt ihr ein dunkles Knäuel Stoff entgegen. Ohne Zweifel eine Kutte.

»Warum? Was soll das?«

Ælfred zuckte nur mit den Schultern und hielt ihr hartnäckig die Kutte hin.

»Euer Onkel wird Euch alles erklären.«

Evaine war die Warterei langsam satt. Wusste er denn gar nichts? »Du sollst das wohl anziehen«, deutete Robert ungeduldig die Geste des Mönches. Dieser warf ihm einen kurzen Blick zu.

»Wer ist er? Von Eurem Begleiter hat der Abt nichts gesagt.«

Evaine griff nach der Kutte.

»Ein Freund«, sagte sie schlicht. Sie würde ihrem Onkel erklären, welche seltsamen Umstände sie und Robert zusammengeführt hatten.

»Wie dem auch sein. Er wird wohl keine Schwierigkeiten haben, hineinzugelangen«, sagte Ælfred und musterte Roberts normannische Kleidung.

Evaine legte ihren feuchten und dreckigen Mantel in der Hütte ab und zog die kratzende Kutte über. Der Vorbesitzer war wohl um einiges größer gewesen. Sie schlang den Gürtel aus geflochtenem Hanf um ihre Hüften und lupfte die Kutte so weit darüber, bis sie ungehindert gehen konnte. So weit, so gut.

»Nicht gerade das Kleidsamste, was du hast«, sagte Robert, als sie aus der muffigen Hütte hinaustrat. Sie verzog den Mund zu einer Grimasse, entgegnete aber nichts.

»*Cleacaþ!*« Ælfred trieb sie zur Eile. Er nahm die Lampe vom Haken neben der Tür und ging voraus.

Von der Hütte aus war der Weg sehr viel besser und es war nicht mehr weit bis zur Abtei.

Ælfred führte sie direkt zum Privatzimmer ihres Onkels im separaten Haus des Abts. Edwin ging mit auf dem Rücken verschränkten Armen in der schlicht eingerichteten Kammer auf und ab. Bei ihrem Eintreten wandte er sich ihnen zu und breitete einladend die Arme aus.

»*Edwin fædra!* Onkel Edwin!« Evaine riss sich die Kapuze vom Kopf und stürzte auf ihn zu.

Er zog sie an sich und sie ließ sich in den Schutz seiner Umarmung fallen, genoss das Gefühl, nach langer Zeit wieder in der untrüglichen Sicherheit ihrer eigenen Familie zu sein.

»*Evaine, mín mædenclid!* Mein Mädchen!«, murmelte er in ihr Haar. Er hatte die gleiche Statur wie ihr Vater. Aufgrund seines Lebenswandels war er weniger muskulös, doch wie Godric strahlte er eine angeborene Würde und Autorität aus.

Sanft schob er sie von sich, bis er ihr ins Gesicht sehen konnte.

»*Forgief mé.* Mein liebes Kind, ich habe dir eine beschwerliche Reise zugemutet. Aber es sind gefährliche Zeiten, in denen man nicht vorsichtig genug sein kann. Selbst ein Abt, ein Mann Gottes, muss jeden seiner Schritte sorgsam abwägen.« Seine Züge waren noch feiner geschnitten als Godrics. Es war das Antlitz eines Gelehrten. »Allein meine Verwandtschaft mit deinem Vater gibt unseren Eroberern Grund zum Argwohn. Der geringste Anschein von Widerstand oder Verschwörung kann verheerende Folgen für die Abtei haben. Mir schien das Versteckspiel leider notwendig«, sagte er und wies auf Evaines Aufmachung in der riesigen Kutte.

Evaine nickte und schluckte den Schmerz darüber hinunter,

dass er zuerst an seine Abtei und dann erst an seinen Bruder und seine Nichte gedacht hatte.

»Aber sag mir, wie kommst du überhaupt hierher? So lang schon lege ich dir in jedem meiner Briefe ans Herz, zu mir zu kommen. Und nun suchst du dir den gleichen Zeitpunkt aus wie die Heerscharen der plündernden *orcs.*«

Er hatte die Brauen über der geraden Nase zusammengezogen und schüttelte missbilligend den Kopf über so viel Unvernunft.

»Ich weiß, *fædra*, ich weiß«, entgegnete sie.

Sie versuchte, den Redeschwall ihres Onkels zu unterbrechen, um ihn endlich nach ihrem Vater zu befragen. Doch Edwin war ein Mann, den man nicht unterbrach. Sie rang mühsam um Beherrschung.

»Meinen persönlichen Adlatus, Ælfred, kennst du ja schon«, fuhr Edwin fort und wies auf den rothaarigen Mönch, der sie hergeführt hatte und nun wortlos bei der Türe wartete. »Willst du mir nicht auch deinen Begleiter vorstellen?« Indessen sah er zu Robert hinüber.

Weder sein Ton noch seine Miene verrieten etwas über seine Gedanken. Edwin war ein Mann der Politik. Er hatte es geschafft, sich innerhalb des Klosters vom einfachen Mönch zum Abt hochzudienen, ein seltenes Kunststück. Meist wurde dieses Amt an Außenstehende anderer Konvente vergeben. Seine Mitmenschen ließ er stets so viel wissen, wie es seinen Zwecken dienlich war. Und scheinbar hatte er noch nicht entschieden, ob dieser Normanne ihm dienlich war oder nicht.

Evaine wandte sich geistesabwesend zu Robert um. Er hatte die Tür hinter sich geschlossen und stand neben Ælfred. Er merkte, dass sie über ihn sprachen. Sein Blick war konzentriert auf sie und ihren Onkel gerichtet.

»*Hé is Robert, fréond.* Das ist Robert, ein Freund«, wiederholte sie die kurze Erklärung, die sie auch schon Ælfred gegeben hatte. Sie würde ihm die lange Geschichte später erzählen.

»*Bonne nuit, Mon Sieur*«, sprach Edwin ihn an. Er sprach fließend Französisch. So oft *Cyning* Edward in West Minster geweilt hatte, hatte Edwin persönlich für ihn die Messe gelesen und als sein seelischer Beistand fungiert.

»Ich danke Euch. Ihr habt meine Nichte offenbar hierher begleitet.«

Seine Worte waren freundlich und mit großer Sorgfalt gewählt. Wie immer. Seiner Stimme hingegen fehlte die echte Wärme, den Zuhörer von seinen Worten zu überzeugen. Es war unmöglich zu sagen, was er von Roberts Anwesenheit hielt.

Robert neigte leicht den Kopf als Erwiderung der Begrüßung. »*Mon Sieur Abbé.* Was auch immer ich für Eure Nichte getan habe, hat sie bereits um ein Tausendfaches vorgeleistet.«

Bei seinen Worten kniff Edwin leicht die Augen zusammen und forschte in Roberts Gesicht, in dem Versuch, die Bedeutung dieser Worte zu ergründen. Allerdings beherrschte Robert die zur Schau gestellte Ausdruckslosigkeit gleichsam wie Edwin.

Evaine konnte ihre Ungeduld keinen Moment länger beherrschen.

»*Fædra,* ich bin wegen Vater gekommen! Bitte sag mir, ist er hier?« Vor Anspannung wagte sie kaum zu atmen.

Edwins Aufmerksamkeit wandte sich erneut ihr zu. Er nahm sanft ihre Hände in seine.

»Mein Bruder lebt. Er ist hier.«

Sie starrte in sein unbewegtes Gesicht, atmete heftig ein und aus. Hatte er das gerade wirklich gesagt oder war es nur, was sie zu hören wünschte? Seine blassblauen Augen verrieten nichts.

»Er lebt?« Sie musste es wiederholen, musste es noch einmal aus seinem Mund hören. Nur damit sie ganz sicher war, dass sie sich nicht getäuscht hatte.

»Ja, er ist hier. Sie haben ihn vor knapp vier Tagen hergebracht. Ich habe ihn gesehen und gesprochen.«

»Er lebt!«

Der Panzer der Angst, der ihr Herz umschlossen hatte, zersprang wie sprödes Erz. Seit Monaten hatte sie das erste Mal das

Gefühl, frei atmen zu können. Er lebte! Ihr Herz begann vor Freude zu rasen.

»Ich möchte ihn sehen. Bitte«, drängte sie.

Edwin nickte.

»Ich habe zwei Wächter bestochen. Wenn es zur Matutin läutet, werden sie ihn herbringen.«

Evaine war kaum fähig, seinen Worten zu folgen. Sie würde ihren Vater sehen! In wenigen Augenblicken könnte sie ihn in die Arme schließen!

»Evaine.« Edwins Stimme war ernst und der Unterton der darin mitschwang, war so alarmierend, dass er selbst durch den Taumel der Freude zu ihr hindurchdrang.

»Was ist?«

»Ich denke, ich sollte dich vorwarnen. Er ist krank.«

Mit der Gewalt eines Erdbebens hievten Edwins Worte die unerträgliche Last erneut auf ihre Seele. Ihre Erleichterung, ihre Hoffnung zersplitterten unter der Wucht wie Glasscheiben unter einem Hammerschlag.

»Wie schlimm ist es?«, fragte sie tonlos.

»Es steht nicht gut um ihn. Er hat eine ernste Verletzung, die scheinbar nicht richtig versorgt wurde. Jetzt hat er hohes Fieber.«

Sie starrte in das Gesicht ihres Onkels, in seine eisblauen Augen, in denen sich keinerlei Regung abzeichnete.

Wie konnte das sein? Nach allem konnte sie ihren Vater unmöglich sterbend in dieser Abtei vorfinden! Ihr Verstand weigerte sich, die Lächerlichkeit dieser Tatsache zu akzeptieren. Das war grotesk! Sie spürte, wie ein hysterisches Lachen in ihr aufsteigen wollte, und unterdrückte es angestrengt.

»Ich muss mich leider verabschieden. Es läutet gleich zur Matutin. Mein Fehlen würde gewiss bemerkt werden. Wenn das Nachtgebet beendet ist, werden sie deinen Vater wieder abholen. Ihr habt also nicht viel Zeit.« Edwin neigte sich zu ihr herab und hauchte ihr einen Kuss auf den Kopf. »*God pé mid sie.* Gott sei mit dir.«

Robert lehnte an der Wand und beobachtete Evaine bei ihrer nervösen Wanderung durch Edwins Gebetszimmer. Der Abt und der junge Mönch waren verschwunden. Es hatte nicht vieler Worte bedurft, Robert über die Lage zu informieren. Man konnte in Evaines Zügen lesen wie in einem Buch. Die Sorge um ihren Vater stand ihr ins Gesicht geschrieben. Sie hatte die Kutte inzwischen ausgezogen und wanderte durch das Zimmer wie eine gefangene Katze. Seit Edwin sie verlassen hatte, glich sie einem Nervenbündel.

»Warum dauert das nur so lang?«, murmelte sie vor sich hin und kaute angestrengt auf ihrer Unterlippe. Erschrocken hob sie den Kopf und fuhr zu ihm herum.

»Vielleicht wird er gar nicht kommen! Vielleicht geht es ihm so schlecht, dass sie ihn nicht herbringen können!«

Aufgeregt trat sie vor ihn hin, die Augen vor Angst weit aufgerissen. Sie hatten die Farbe eines Waldsees, schimmernd grün und unergründlich tief. Unter der spiegelnden Oberfläche ahnte er die Unruhe, die sie innerlich aufwühlte. Ein Mann konnte leicht in diesen Augen ertrinken. Zu leicht.

»Er lebt. Und du wirst ihn gleich sehen.«

Robert ergriff sanft ihre Hände und löste ihre verkrampften Finger auseinander.

»Wenn du erlaubst … Ich würde mich gerne revanchieren. Du hast mir auch einmal die Hand gehalten.«

Jene Nacht in Allingham schien schon sehr lang her. Ihre Nähe war ihm unendlich tröstlich gewesen.

Sie nickte stumm und seine Hand schloss sich fest um ihre klammen Finger. Ihre Hand war kleiner als seine. Glatt und weich, aber erstaunlich kräftig. Selbst jetzt, wo sie ruhig in seiner lag, spürte er, wie zupackend sie war. Er hatte selbst erlebt, wie diese Hände trösteten, pflegten und arbeiteten. Ganz anders als Melisandes zierliche Hände, schoss es ihm durch den Kopf. Ihre Hände waren feingliedrig, wie die eines Kindes. Jeder Knochen davon fragil und zerbrechlich. Völlig nutzlos. Er fragte sich selbst, warum er

Evaine mit ihr verglich.

»Robert, ich habe solche Angst«, sagte Evaine leise.

Beruhigend drückte er ihre Hand und merkte, wie sie Halt fand in seiner Berührung.

»Nicht doch. Nach allem, was du durchgestanden hast?«, neckte er sie und zog lächelnd die Augenbrauen hoch.

Doch sie erwiderte sein spöttisches Lächeln nicht.

»Was ist …«

Das Knarren der sich öffnenden Tür unterbrach sie. Sie wirbelten herum und Godric, *Thegn* von Allingham, wurde von einem Wachmann wortlos in die Kammer gestoßen. Er stolperte hinein, die Hände auf dem Rücken gefesselt, und fand nur mühsam sein Gleichgewicht wieder.

Sein angegrautes Haar und der üppige Bart waren ungekämmt und verschwitzt, die Kleidung verdreckt. Er sah ungepflegt aus. Und krank. Auf seiner Stirn glänzten Schweißperlen und seine Haut hatte einen fahlen Ton. Dennoch strahlte er den ungebrochenen Stolz eines angelsächsischen *Thegn* aus.

»Evaine? *Mín heorte!* Mein Herz!«

Seine Augen glitten über sie hinweg, als könnte er nicht glauben, was er sah. Dann erblickte er den Mann, der ihr so nahe stand, und ihre verschlungenen Hände. Das Erstaunen schlug augenblicklich in Ablehnung um.

Instinktiv ließ Robert Evaines Hand los und ärgerte sich im nächsten Augenblick über den Eindruck von Schuld, den das erwecken musste.

»*Fæder!*«

Evaine stürzte auf ihren Vater zu, schlang die Arme um ihn und stieß einen Schwall angelsächsischer Liebkosungen und Begrüßungen aus. Unfähig, ihre Umarmung zu erwidern, rieb ihr Vater seine bärtige Wange an ihrem Gesicht und antwortete mit leisem, kehligem Gemurmel.

Robert musste an das letzte Zusammentreffen mit seinem eigenen Vater denken und verdrängte die Erinnerung gleich wieder.

Godric schien sie zu beruhigen. Sie schniefte vernehmlich und löste sich zögerlich von ihm. Er begann auf sie einzureden, wobei er aus dem Augenwinkel immer wieder argwöhnisch zu Robert sah. Evaine wischte sich mit der Hand eine Träne von der Wange und schüttelte heftig den Kopf. Dann wandte sie sich gestikulierend und wild plappernd nach Robert um.

Robert hatte sich schon so sehr an Evaines eigenwilliges Französisch gewöhnt, dass es ihm beinahe komisch vorkam, sie Angelsächsisch sprechen zu hören. Er wartete, um ihr Zeit zu geben, die Situation zu erklären.

Doch Godrics Miene erhellte sich trotz ihrer Worte nicht. Stattdessen begann er, immer heftiger auf sie einzureden. Abwehrend trat sie einen Schritt zurück und wies zwischen sich und Robert hin und her. Sein Name war das Einzige, was Robert verstehen konnte. Godric antwortete ihr erneut in vorwurfsvollem Ton. Diesmal war Robert sicher, das Wort *orc* herausgehört zu haben.

»Erzähl ihm einfach, wie du mich gefunden hast«, mischte er sich schließlich ein.

Er hasste das Gefühl, dass sie über ihn redeten. Konnten sie nicht in einer Sprache reden, die über tierisches Gegrunze hinausging?

Der Wortschwall der beiden erstarb augenblicklich.

Godric schien sich nur mühsam auf den Beinen halten zu können. Er stand leicht schief, nach vorn gekrümmt und belastete das rechte Bein stärker als das linke. Aus seiner Erfahrung tippte Robert auf eine Verletzung der linken Seite. Vielleicht ein Schwerthieb. Typisch, wenn man die Deckung seines Schildes einen Augenblick außer Acht ließ.

Bei Roberts Worten richtete sich Godric ein wenig gerader auf und wandte seine ganze Aufmerksamkeit Robert zu. Seine Augen glänzten fiebrig. Dennoch musterte er ihn abschätzig von oben bis unten, schien jedes Detail seiner Erscheinung, seiner vornehmen Kleidung, seiner teuren Waffen, bis hin zu seinen Schuhspitzen wahrzunehmen.

»Ich … habe es ihm gerade gesagt«, erwiderte Evaine zögerlich.

»Dann weiß er, dass du nur seinetwegen hier bist?«

Sie nickte und sah fragend zu ihrem Vater auf, als hole sie eine wortlose Antwort ein.

»Und weiß er, dass ich dich auch sicher nach Allingham zurückbringen werde?«

»Ja. Nur … er denkt …« Sie sah wieder zu ihrem Vater, traute sich nicht, den Satz zu vervollständigen. Robert war klar, was er dachte. Er konnte die wortlose Anschuldigung in den wütend zusammengekniffenen Augen und den verächtlich hochgezogenen Mundwinkeln unter dem wilden Bart lesen.

»Dann sag ihm gefälligst, dass ich dir nicht ein einziges Mal zu nahe getreten bin!«

Evaine wollte erneut den Mund aufmachen, aber Godric war schneller.

»Sagt es mir doch einfach selbst!«, antwortete er.

Er sprach Französisch!

Sein Akzent war stärker als Evaines, doch der Satz war fehlerlos.

Sie hätten die gesamte Unterhaltung auch so führen können, dass Robert sie verstand! Zumindest den Teil, in dem sie fortwährend von ihm gesprochen hatten! Robert kam sich übertölpelt vor. Godric wollte lediglich austesten, ob Evaines Worte der Wahrheit entsprachen!

»Wie Ihr wünscht!«, antwortete er kalt. »Ich habe Eure Tochter auf ihren eigenen Wunsch hergebracht. Und solang sie bei mir war, ist ihr *keinerlei* Schaden zugestoßen.«

Mit einem Kopfnicken wies Godric auf den verblassenden Bluterguss an Evaines Wange und das schlecht geflickte Kleid.

»Ach ja? Und was ist das?«

Selbst auf Französisch erinnerte Godrics Stimme Robert an das durchdringende Bellen eines Hundes.

»Das waren Eure eigenen Landsleute«, knurrte Robert zurück.

»*Fæder,* bitte!«

Evaine sah hilflos von einem zum anderen.

»Ist es wahr, dass sie Euch und Eurem Knappen das Leben gerettet hat?«, wechselte Godric abrupt das Thema, klang aber kein bisschen freundlicher.

»So ist es«, erwiderte Robert.

»Natürlich ist es so! Ich habe es dir gerade gesagt!«, rief Evaine dazwischen.

Godric ignorierte sie.

»Sie sagt, Ihr wärt ein Mann von Ehre.«

Es war weniger eine Feststellung als eine Frage.

»Ich weiß nicht, was Ihr Angelsachsen unter Ehre versteht. Ich halte mich jedenfalls für einen. Vor allem aber hatte ich die Ehre, in den letzten Wochen die Freundschaft Eurer Tochter zu genießen.«

Robert hielt Godrics bohrendem Blick stand. Er hatte die gleichen Augen wie Meredith, schoss es ihm durch den Kopf.

»Ihr steht zu Eurem Wort?«, wollte er wissen.

»Wenn ich jemandem mein Wort gebe, dann halte ich es auch«, erwiderte Robert scharf.

Allein die Frage war eine einzige Beleidigung.

Godric studierte eingehend jede Regung in Roberts Gesicht, versuchte ihn einzuschätzen. Dann nickte er und Robert hatte plötzlich das Gefühl, einen geheimen Test bestanden zu haben.

»Dann gebt mir Euer Wort, meine Tochter zu beschützen!«

Irritiert blinzelte Robert ihn an und fragte sich, ob er sich soeben verhört hatte. Er fühlte sich vollkommen überrumpelt. Damit hatte er am allerwenigsten gerechnet.

»Nein, *Fæder,* nein!« Evaine fasste Godric am Arm. »Er hat mich hierhergebracht. Mehr kannst du nicht von ihm verlangen! Was ich für ihn getan habe, war meine eigene Entscheidung!«

»Sie hat Euer Leben gerettet und das des Kindes«, beharrte Godric. »Ein Leben gegen ein Leben. Das erscheint mir gerecht, nicht wahr?«

»In der Tat. Das erscheint gerecht«, antwortete Robert langsam.

Seine Gedanken überschlugen sich in dem Versuch, das Ausmaß von Godrics Forderung zu begreifen. Doch der ließ ihm kaum Zeit, zu überlegen.

»Dann gebt Ihr mir also Euer Wort?«

»Was soll das?«, fuhr Evaine dazwischen. »Ich brauche niemanden, der sich um mich kümmert! Und selbst wenn: Onkel Edwin wird für meinen Schutz sorgen!«

Godric schwieg und sah stur zu Robert herüber.

Robert begegnete Godrics vom Fieber getrübten Blick. Ohne ein Wort zu wechseln, war ihnen beiden klar, dass Evaines Annahme falsch war.

»Robert …« Evaine berührte nun seinen Arm, damit er sie ansah. »Du musst das nicht tun«, wisperte sie eindringlich.

Doch er wollte sie nicht ansehen. Jetzt nicht. Er musste sich konzentrieren. Allein auf den Mann ihm gegenüber. Er hatte plötzlich das Gefühl, eine der wichtigsten Entscheidungen seines Lebens zu treffen.

»Was ist nun?«, drängte Godric.

Godric hatte nicht viel Zeit, nur diese Augenblicke, um das Leben seines Kindes in die Hände eines anderen zu geben, ehe er selbst in die Normandie verschleppt wurde. Robert verstand, dass er unter den Umständen wohl die beste Wahl war. Godrics einzige Wahl.

Aber er konnte ihn nicht zwingen, ein solches Versprechen abzulegen. Er war nur ein Gefangener. Er hatte kein Recht dazu. Robert hatte ihr nichts für ihre Hilfe versprochen. Niemals. Dennoch formte sein Mund die Worte wie von selbst, als er Godric antwortete.

»Ich gebe Euch mein Wort!«

Einmal ausgesprochen, hatte er das Gefühl, sich selbst in Fesseln gelegt zu haben.

»Gut. Dann sei es so. Möge Gott Euch beistehen.«

Godrics Worte hatten nichts Hämisches oder Spöttisches. Robert wünschte innig, dass er recht hatte. *Mit Gottes Hilfe*, wiederholte er in Gedanken den normannischen Schlachtruf von Hastings. Damals hatte er es anders gemeint. Er war für so vieles nach England gekommen. Aber nicht für das hier …

Schritte auf dem Gang unterbrachen seine Gedanken. Die Zeit war um. Godric hatte es geahnt.

Evaine hatte die Wiederkehr der Wächter ebenfalls gehört. Auf ihrem Gesicht zeichneten sich Widerwillen und Panik ab.

»Nein! Noch nicht! Wir haben doch kaum miteinander gesprochen!«

Ohne weitere Zeit zu verschwenden, zückte Robert seinen Dolch. Godrics Augen weiteten sich. Mit zwei langen Schritten trat Robert hinter ihn und zerschnitt eilig die Fesseln.

»Verabschiedet euch«, sagte er brüsk zu Evaine und Godric.

Er ging hinaus und sah aus dem Augenwinkel, wie Godrics Umarmung Evaines verzweifelte Schluchzer dämpfte.

Mit einem lauten Knall zog Robert die Tür hinter sich zu.

»Ich erwarte nicht, dass du dieses Versprechen hältst«, sagte Evaine leise.

Sie standen wieder am Grenzstein und starrten auf das nächtliche Moor, warteten auf das verabredete Boot. Robert sah sie nicht an. Er konnte es nicht. Und er wollte auch nicht mit ihr reden. Den ganzen Rückweg über hämmerte nur ein einziger Gedanke in seinem Kopf. *Warum habe ich mich darauf eingelassen?*

»Du hast einem kranken Mann gesagt, was er zu hören wünschte. Ich nehme dich nicht beim Wort«, fuhr sie ernsthaft fort.

»Ach nein?« Er sah wütend zu ihr herüber. Ihr Blick war auf das Dunkel vor ihnen gerichtet. »Aber ich! Ich habe jedes Wort ernst gemeint!«

Ihr Kopf fuhr zu ihm herum.

»Wieso hast du es dann getan?«, wisperte sie. Er konnte das Unverständnis aus ihrer Stimme heraushören. Es ärgerte ihn. Vielleicht, weil er sich selbst nicht begreifen konnte.

»Dein Vater hat recht! Darum habe ich es getan! Irgendjemand muss für deinen Schutz garantieren.«

Dennoch: Warum ausgerechnet er? Warum hatte er nur eingewilligt? Irgendwie gab er Evaine die Schuld daran. Er kämpfte mit dem Drang, seinen ganzen Unmut an ihr auszulassen.

Jetzt schüttelte sie heftig den Kopf.

»Ich brauche keinen Aufpasser!« Sie wurde gleichfalls lauter und bestimmter. »Außerdem gibt es immer noch Onkel Edwin, er …«

Er hatte keine Lust, sich diesen Mist schon wieder anzuhören.

»Einen Dreck wird er!«, unterbrach er sie heftig. Er war so wütend, dass es ihm nicht gelang, seine Wortwahl zu zügeln. Aber es war ihm auch egal. »Ohne dieses Schauspiel abzuziehen, wollte er dich nicht mal zu deinem Vater bringen! Er wird keinen Finger krümmen, wenn er dadurch seine Position in der Abtei gefährden könnte!«

»Du kennst ihn doch gar nicht!«

»Ich habe genug gesehen und gehört.« Ihre Gutgläubigkeit reizte ihn gerade bis zum Äußersten. »Und selbst wenn, Evaine: Was denkst du eigentlich? Das war erst der Anfang! Deine Leute haben verloren und sie werden das schmerzlich zu spüren bekommen. Wer sich in diesen Tagen sein Recht nicht mit dem Schwert zu holen weiß, der hat keines!«

Er hätte ihr die Wahrheit nicht so brutal ins Gesicht sagen müssen. Er hätte ihr das alles auch vernünftig sagen können. Dabei hatte er nicht mal einen Bruchteil seines Grolls herausgelassen! Und früher oder später würde sie die Wirklichkeit ohnehin zu spüren bekommen.

Er hörte, wie sie scharf Luft holte, um ihm zu antworten. Doch sie kam nicht mehr dazu. Irgendwo in der Weite des schwarzen Moores erschien ein heller Lichtpunkt. Der Fährmann war offenbar doch zurückgekommen. Sie hatten Ælfreds Lampe mitgenommen. Robert wandte sich von Evaine ab, um dem Mann Leuchtzeichen zu geben. Dann warteten sie schweigend, bis sich das Boot näherte.

»Ich wusste, dass das Weib nur Ärger bringen wird!«, sagte Gérard. »Allerdings wusste ich nicht, dass du dich so leicht um den Finger wickeln lässt!«

Robert hatte ihm gerade die Kurzfassung der letzten Nacht mitgeteilt. Er hatte es vorgezogen, Evaines Gegenwart fürs Erste zu meiden, und war mit Gérard in einer der vielen Kneipen eingekehrt. Jetzt saßen sie grimmig vor ihren Bechern mit Ale.

»Das hat nichts mit ›um den Finger wickeln‹ zu tun«, erwiderte Robert, »sondern mit Ehre und Gewissen.«

»Pah.« Für dergleichen hatte Gérard nur verächtliches Schnauben übrig. Robert kannte seinen Freund nun schon fast zehn Jahre. Für ihn spielte ihre unterschiedliche Herkunft kaum noch eine Rolle. Doch bei Gelegenheiten wie dieser merkte er, dass Gérard nach ganz anderen Werten lebte. Bei dem, was er tat, konzentrierte er sich meist auf das Hier und Jetzt. Mit Roberts Prinzipien konnte er nichts anfangen.

»Dann hättest du es also auch getan, wenn sie alt und hässlich wäre?«, fragte er.

»Damit hat es nichts zu tun.« Robert knallte seinen Becher auf den Tisch. »Ich schulde es ihr! Ein Leben gegen ein Leben!«, wiederholte er grimmig Godrics Worte.

Er hatte die ganze Nacht wach gelegen. Und je länger er nachgrübelte, desto klarer wurde ihm, auf was er sich eingelassen hatte. Mit jedem Augenblick in der engen Hütte stand ihm das Ausmaß dieses Versprechens deutlicher vor Augen. Von nun an war er für sie verantwortlich. Für immer. Was sollte er nur mit ihr anfangen? Er war nur ein Söldner! Sollte er sie etwa mitschleppen? Er hatte sie am anderen Ende der Hütte atmen hören. Sie wälzte sich unruhig von der einen auf die andere Seite und schlief scheinbar ebensowenig. Aber er konnte nicht mit ihr sprechen. Erst musste er seine eigenen Gedanken ordnen. Im Stillen verfluchte er Godric für seine List. Robert hatte sich keine Frau genommen, weil er sich nicht in der Lage sah, ein Eheversprechen zu erfüllen. Und nun das.

»Möge Gott es dir im Himmel lohnen. Hier unten wird es

dich in Teufels Küche bringen«, prophezeite Gérard düster.

»Nicht unbedingt.«

Gérard sah neugierig von seinem Becher auf.

Der Gedanke war Robert im Morgengrauen gekommen. Zunächst war es nur eine abstruse Idee gewesen. Aber danach ließ sie sich nicht mehr ignorieren. Sie breitete sich in ihm aus wie rasende Flammen, nährte sich von den geheimen Hoffnungen, die er eigentlich längst in seinem Innern begraben hatte. Als der Morgen anbrach und er schließlich aufstand, hatte er sich entschieden. Jetzt musste er es nur noch Evaine beibringen.

»Du willst meines Vaters Land?« Ihre grünen Augen verengten sich zu gefährlichen Schlitzen. Sie sah aus wie eine biestige Katze in dem Augenblick, bevor sie ihre Krallen in sein Gesicht schlug.

Robert massierte seinen Nacken. Er hatte es sich schwierig vorgestellt, aber nicht ganz so schwierig.

»Bitte lass es mich erst erklären«, sagte er ruhig.

Sie wartete. Doch der Ausdruck in ihrem Gesicht milderte sich nicht. Robert holte tief Luft und begann vorsichtig, ihr die Situation darzulegen.

»Der *Duc* – ich meine der König – wird deinen Vater enteignen. Er wird jeden enteignen, der am *Sanguelac* das Schwert gegen ihn erhoben hat. Ihr werdet Allingham verlieren.«

Er machte eine Pause und gab ihr Zeit, über seine Worte nachzudenken. Seine Augen hingen an ihrer Unterlippe. Wie so oft begann sie, nervös darauf herumzukauen. Er deutete es als Zeichen ihrer Einsicht.

»Wo also willst du hin? Und Meredith? Was wollt ihr tun?«

Sie runzelte die Stirn und ein schmerzhafter Ausdruck mischte sich in ihren harten Blick.

»Ich weiß nicht, wie ich sonst mein Versprechen gegenüber deinem Vater halten soll«, gab er ehrlich zu. »Ich habe keine Bleibe für dich. Und was noch viel wichtiger ist: Ich habe keinerlei Rechtsanspruch. Mit welchem Recht soll ich dich beschützen?«

Evaine stieß schnaubend die Luft aus. Wie eine gegeißelte Katze begann sie, in der engen Hütte auf und ab zu tigern. Sie fuhr wieder zu Robert herum. Innere Zerrissenheit flackerte in ihren Augen.

»Soll ich dir jetzt meinen Segen dafür geben?«, stieß sie hervor. »Warum versuchst du, mich davon zu überzeugen? Fühlst du dich dann besser?«

Ihm war klar, dass er eine Menge von ihr verlangte. Er kannte selbst das Gefühl, zu verlieren, was einem von Geburt her zustand.

»Es ist *Bocland*, weißt du das? Mein Vater hat es durch eine Urkunde von *Cyning* Edward erhalten. Für die Dauer von drei Leben. Es gehört meinem Vater, meines Vaters Erben und deren Erben!«

Sie schüttelte heftig den Kopf und sah ihn erneut wütend an. »Soll ich dir nun die Erlaubnis geben, dieses Erbe an dich zu reißen?«

»Wenn nicht ich, dann wird es jemand anderes tun«, sagte er gelassen und lehnte sich auf dem Stuhl zurück. »Das wirst du nicht verhindern können.«

Sie schloss die Augen und presste die Handballen gegen ihre Lider. Dabei grub sie ihre Zähne so fest in die Unterlippe, dass Robert der Anblick schmerzte. Sie seufzte tief. Ein winziger Tropfen Blut perlte an ihrer Lippe. Sie leckte ihn mit ihrer Zungenspitze weg und sah Robert wieder an.

»Gut. Ich verstehe es.«

Erleichtert atmete er aus. Den ersten Teil hatte er geschafft.

»Sollte Allingham mir gehören, können du und Meredith selbstverständlich dortbleiben. Für immer«, versuchte er sie zu beschwichtigen. »Und ich kann mit Recht euch und jeden schützen, der auf meinem Land lebt.«

Sie nickte wortlos und starrte auf ihre geballten Hände auf der Tischplatte. Trotz ihrer Einsicht kam er sich auf einmal vor wie ein Hund. Als hätte er sie heimtückisch ihres Besitzes beraubt. Er hätte sich bereit erklären können, sie zu heiraten. Wie Robert d'Oyly es bei Wallingfords Tochter getan hatte. Doch das konnte er nicht. Eine Ehe kam für ihn nicht infrage. Schon gar nicht mit ihr. Im Unterschied zum *Eorl* von Wallingford hatte Godric die Seiten nicht rechtzeitig gewechselt. Was Robert ihr anbot, war ein gerechter Kompromiss und mehr, als sie je erwarten könnte. Dennoch konnte er ihren Argwohn verstehen.

»Als ich deinem Vater mein Wort gab, habe ich es ohne jeden Hintergedanken getan. Das musst du mir glauben«, sagte er eindringlich und ergriff ihre Faust. Sie musterte seine Hand scharf, bis er sie eilig wieder zurückzog. Er hoffte, dass sie ihm dennoch glaubte.

»War das nun alles?«, fragte sie ungeduldig und trommelte mit den Fingern auf dem Tisch.

»Nein.« Er schüttelte den Kopf. Dieser Teil war beinahe genauso schwierig. »Ich brauche deine Hilfe, um es zu bekommen.«

Der *Duc* gewährte Landschenkungen als Dank an jene, die ihn in besonderer Weise unterstützt hatten. Es war eine heikle Sache, ihn um ein Lehen zu bitten. Sein Vater Geoffrey konnte damit rechnen, für seine Unterstützung entlohnt zu werden. Aber zum einen war es ein grundlegender Unterschied, ob der *Duc* Geoffrey belehnte oder Robert selbst. Und zum anderen könnte er ihm auch jedes andere Lehen zusprechen. Wenn Robert mit seinem Anliegen Erfolg haben wollte, musste er einen triftigen Grund haben. Und dieser Grund war Evaine.

»Der *Duc* hat vor allem ein Ziel: Nach seiner Krönung muss er sich als verlässlicher und durchsetzungsfähiger König etablieren. Er muss zeigen, dass er die Kontrolle über England hat. Jeden Widerstand wird er im Keim ersticken«, erläuterte Robert. Er lehnte sich vor, um seinen Worten mehr Nachdruck zu verleihen. »Du sollst ihn davon überzeugen, dass deine Leute mich bereitwillig als Godrics Nachfolger akzeptieren werden. Im Unterschied zu jedem anderen, den er einsetzen könnte.«

Robert hoffte inständig, dass dieses Argument ausreichend war. Er riskierte viel. Wenn der *Duc* sein Anliegen für anmaßend hielt, dann könnte er sich von jeder weiteren Belehnung verabschieden. Aber falls doch … Robert verbot sich, den Gedanken zu Ende zu führen.

»Aber das werden sie nicht!« Evaine sah ihn entgeistert an. »Sie werden dich nicht akzeptieren!«

»Dann musst du sie davon überzeugen«, beharrte Robert. »Sie sollen mir eine Chance geben. Mehr nicht. So wie du mir eine gegeben hast. Den Rest erledige ich selbst.«

»Selbst wenn ich es täte, wieso sollten sie auf mich hören?«, wandte sie zweifelnd ein.

»Es sind deine Leute. Du bist die Erbin deines Vaters. Überzeuge sie, dass ich für sie die beste Alternative bin.«

Sie musterte ihn argwöhnisch, als wäre er eine gefährliche Bestie, die sie besser im Auge behalten und auf keinen Fall zu sich hereinholen sollte.

»Oder glaubst du das nicht?«, fragte er vorsichtig.

Ihr kritischer Blick wurde weicher.

»Doch«, antwortete sie. »Doch, ich vertraue dir.«

Er konnte sich nicht erinnern, wann das zuletzt ein Mensch zu ihm gesagt hatte. Aber er konnte nicht sagen, ob ihr Vertrauen ihn niederdrückte oder seinen Füßen sicheren Stand gab.

»Wirst du das dann für mich tun? Und für Meredith? Und für Allingham?«, hakte er behutsam nach.

»Ja.« Sie gab auf. Es war ein kraftloser Seufzer, der sie scheinbar alle Überwindung kostete. Doch er kam sich vor, als hätte er gerade einen Sieg errungen. Er war mit einem Mal voller Tatendrang. Gedanklich schmiedete er bereits Pläne für sein weiteres Vorgehen. Wann sollte er beim König vorstellig werden? Wie könnte er sein Anliegen vortragen?

Niedergeschlagen ließ Evaine den Kopf in die Hände sinken.

»Wann werden wir nach Hause können?«, fragte sie unglücklich.

»Wir müssen zunächst die Krönung abwarten und dann eine günstige Gelegenheit erwischen. Wenn ich mit dem König gesprochen habe, können wir nach Hause.«

Nach Hause. Er hatte es ausgesprochen, ohne darüber nachzudenken. Es fühlte sich seltsam an in seinem Mund. Ungewohnt und etwas holprig kam es über seine Lippen. Aber es schmeckte nach mehr.

Die Krönung war für den Weihnachtsmorgen angesetzt. Als Ort der Feierlichkeit hatte der *Duc* West Minster gewählt. Weniger als ein Jahr war vergangen, seit Harold Godwinson sich am Grabe Edwards zu dessen Nachfolger hatte salben lassen. Nun würde in eben dieser Abtei der Eroberer rechtmäßiger König Englands werden.

Es war noch früher Vormittag. Das Wetter meinte es gut mit ihnen. Die Sonne schien vom strahlend blauen Himmel und stimmte die des Winters überdrüssigen Gemüter aller Beteiligten milde. Der schneidende Nordwind hatte sich gelegt und war einer linden Brise gewichen. So lockte der Tag die Londoner mit dem Versprechen auf frische Luft und warme Sonnenstrahlen aus den muffigen Häusern. In Scharen pilgerten Neugierige aus der Stadt und den Vororten die Fleet Street hinunter und den Strand von Thorney Island entlang. Sie schrien, lachten und scherzten und trugen die brodelnde Lebendigkeit von Cheapside bis vor die Pforte der Kirche. Vor dem großen Westportal der Abtei bildete sich eine gewaltige Traube von Schaulustigen, die hofften, einen Blick auf den neuen König zu erhaschen.

Doch die schwere Eichentür verbarg das Innere der gigantischen Abtei vor ihren Blicken und sperrte das einfache Volk aus. Die Kirche blieb allein der neuen Oberschicht vorbehalten.

Die Atmosphäre drinnen bildete einen scharfen Gegensatz zur Marktstimmung vor dem Eingang.

Andächtige Stille wurde nur von gedämpftem Gemurmel durchbrochen. Durch die bunten Glasscheiben der Rundbogenfenster fielen die Strahlen der Wintersonne in die nach Osten ausgerichtete Kirche und hüllten das gesamte Mittelschiff in goldenen und purpurnen Glanz. Längslaufende Säulenreihen trennten den Mittelgang von den beiden Seitenschiffen, in denen der normannische Adel Platz hatte. Trotz ihrer Länge von über dreihundert Fuß war Edwards Abtei zum Bersten gefüllt.

Neben Robert trippelte Arnaud ungeduldig mit den Füßen. Sie warteten inzwischen seit über einer Stunde auf den Beginn der Zeremonie. Entsprechend dem Rang seines Vaters war Roberts Platz in vorderster Reihe.

Man hatte das Möglichste getan, um der Zeremonie trotz der eiligen Vorbereitungen die Würde zu geben, die sie verdiente, und mit dem Pomp und Aufwand vergangener Festlichkeiten mithalten konnte. Ein blutroter Teppich führte vom Westeingang, durch den der neue König eintreten würde, bis hinauf zum Altar. Davor hatte man auf einem Podest den verzierten Thron mit klauenartigen Füßen und vergoldeten Löwenköpfen als Lehnen aufgebaut. Umgeben war er von einer Schar geistlicher Würdenträger beider Völker in unschuldigem Weiß, erhabenem Purpur und schimmerndem Gold. Den Rahmen bildete der Chor der Benediktinermönche in ihren schwarzen Kutten, die den Altarraum halbrund umstanden. Im Hintergrund ragte die herzogliche Standarte aus Hastings mit dem päpstlichen Banner hervor.

Gelangweilt legte Arnaud den Kopf in den Nacken und begutachtete demonstrativ die Deckenmalerei. In schwindelerregender Höhe über ihnen spannte sich die Gewölbedecke wie ein Abbild des Himmels. Daran glänzten in leuchtenden Farben Engel und Heilige, die Apostel und Maria, die jungfräuliche Mutter des Herrn. Inmitten des himmlischen Kreises thronte Christus, umgeben von mächtigen Cherubim.

Robert knuffte Arnaud sanft, bis er den Kopf wieder senkte. Vielleicht hätte er ihn besser nicht mitgenommen. Aber trotz seiner Jugend war Arnaud der rechtmäßige *Comte* Le Besgue. Robert wollte jede Gelegenheit nutzen, daran zu erinnern. Vor allem de Vere.

Auf der Suche nach ihm neigte Robert sich ein wenig vor. Doch er konnte ihn nirgendwo entdecken. Als bunte Masse hoben sich die leuchtend gefärbten Gewänder der Anwesenden vom tristen

Grau der Kirchenwände ab. Instinktiv glitt Roberts Hand über den Stoff seiner rubinroten Tunika. Auf Evaines Drängen hin hatte er sie schließlich widerwillig angelegt. Jetzt war er froh über ihre Hartnäckigkeit.

Neben Robert standen Eustace de Boulogne und Robert de Beaumont. Robert neigte sich zu Beaumont herüber.

»Wer ist der Angelsachse mit dem dunklen Bart, neben Robert d'Oyly?«

Die langhaarigen Angelsachsen in den Reihen der sauber rasierten Normannen stachen hervor wie schwarze Schafe auf einer Weide.

Beaumonts Blick suchte kurz die Bänke nach dem Angesprochenen ab.

»Sein Name ist Wigod«, antwortete er halblaut. »Er ist der *Thegn* von Wallingford. Als wir auf Wallingford marschiert sind, hat er sich unterworfen und dem *Duc* angeboten, dort sicher die Themse zu überqueren.«

Robert nickte. Davon hatte Gérard ihm auf Allingham erzählt. Dann war dies also d'Oylys Schwiegervater. Er spürte, wie ihn erneut die Aufregung überkam. Vielleicht würde ihm ein Mädchen bald ebensolches Glück bringen. Evaine. Mit dem Gedanken an sie begannen erneut die Gewissensbisse. *Es gehört meinem Vater, meines Vaters Erben und deren Erben!* Aber das alles war nicht seine Schuld, sagte er sich. *Wenn nicht ich, dann wird es ein anderer tun.* Er hatte nur die Wahrheit gesagt. Trotzdem blieben die Schuldgefühle.

»Bof«, Boulognes abfälliges Schnauben unterbrach seine Gedanken. »Dieses verlauste Angelsachsen-Pack soll sich gefälligst ein wenig ranhalten. Ich stehe mir seit über einer Stunde die Beine in den Bauch.«

Robert warf einen Blick auf seinen üppigen Wanst und entschied im Stillen, dass die Gefahr durchaus bestand, antwortete aber nichts.

Er unterdrückte selbst ein erleichtertes Seufzen, als sich Ealdred, der Erzbischof von York, und Stigand, der Erzbischof von

Canterbury, in Bewegung setzten. Sie verließen ihre Plätze am Altar und schritten gemeinsam das Kirchenschiff hinunter auf das Westportal zu.

»Geht es jetzt los?«, flüsterte Arnaud von unten.

Robert nickte und legte ihm zur Beruhigung eine Hand auf die Schulter.

Auf ein unsichtbares Zeichen hin stimmten die Benediktiner einen Hymnus an. Spätestens jetzt verstummte das Gemurmel und Stille senkte sich über die Versammelten.

Te deum laudamus: te dominum confitemur.

Te aeternum patrem omnis terra veneratur.

Die sanften Stimmen der Mönche hallten feierlich durch die Kirche und schallten leise von den Steinwänden wider.

Tibi omnes angeli; tibi caeli et universae potestates;

Tibi cherubim et seraphim incessabili voce proclamant:

Sanctus, sanctus, sanctus: dominus deus sabaoth.

Robert verstand kein Wort. Aber es klang schön und tröstlich.

Die beiden Erzbischöfe waren indessen am Portal angekommen. Die Pforte wurde geöffnet und sie empfingen William, *Duc de Normandie.* Er war beinahe einen Kopf größer als die beiden Bischöfe und doppelt so breit. Ein golddurchwirkter Umhang hing ihm von den kräftigen Schultern bis hinunter zu den Füßen. Er trug eine lange königsblaue Tunika, die an Ausschnitt und Saum golden bestickt war. Einzig der Gürtel, der sich etwas zu eng um seinen fülligen Leib schloss, trübte sein majestätisches Auftreten.

Die Bischöfe geleiteten den neuen König den Gang entlang. Vor dem Altar kniete er nieder. Als der Hymnus beendet war, halfen Ealdred und Stigand William auf. Ealdred ergriff das Wort und sprach ein Eröffnungsgebet.

»Wir loben dich, oh Gott, und bekennen dich als unseren einen Herrn …«

Robert hatte gehört, dass diese Rolle eigentlich Stigand zugefallen wäre, dieser sich jedoch geweigert hatte, jemanden zu krönen, der mit so viel Blut befleckt war. Dennoch wohnte er heute der Krönung bei.

Ealdred hatte sein Gebet beendet. Geoffrey, der Bischof von Coutances, war neben ihn getreten. Gemeinsam mit William wandten die drei sich an die versammelte Gemeinde. Geoffrey sprach auf Französisch zu den Normannen, gleichsam wandte sich Ealdred auf Angelsächsisch an die anwesenden *Eorls* und *Thegns*.

»*Sieurs!* Ich präsentiere Euch hier den rechtmäßigen Erben der Krone Englands. An diesem Tage seid Ihr gekommen, ihm Eure Ehrerbietung und Euren Dienst zu erweisen. Seid Ihr willens, dies zu tun?«

Robert stupste Arnaud an, der so mit dem Betrachten der Kirchenfenster beschäftigt war, dass er beinahe seinen Einsatz verpasst hätte.

»OOUUUIII!«

»GÉÉAAAA!«

Hunderte Männerkehlen brüllten den Bischöfen ihre Antwort entgegen, jeder in seiner Sprache. Das Ergebnis klang überhaupt nicht nach Einigkeit. Und schon gar nicht nach Zustimmung. Die lauten Schreie auf Französisch und Angelsächsisch verschmolzen zu einem ohrenbetäubenden Lärm, der von allen Seiten der Kirche widerhallte. Das Gebrüll war schlimmer als jedes Kriegsgeschrei am *Sanguelac* und ließ Robert mit einer Gänsehaut zusammenzucken. Ihm gegenüber verzog William FitzOsbern ebenfalls schaudernd das Gesicht. Falls dies je ein Königreich werden wollte, lag noch ein langer Weg vor ihnen.

Mit unbewegter Miene wartete Ealdred, bis auch der letzte Nachhall verebbt war. Dann richtete er seine Worte an den künftigen König.

»*Sieur,* seid Ihr willens, den Eid abzulegen, wie Eure Vorgänger es taten?«

»Das bin ich.« Dröhnend füllte die Stimme des *Duc* die Kirche bis in den letzten Winkel. Er wandte sich zur Menge um. »Im Namen Jesu Christi schwöre ich meinem Volk drei Dinge: erstens, dass ich der Kirche Gottes und dem christlichen Volk durch meine Rechtsprechung wahrhaftigen Frieden wahren werde. Zweitens, dass ich Raub und jedweden Frevel nach allen Kräften untersagen werde. Drittens, dass ich gerecht herrschen und gnädig richten werde und«, er erhob die Stimme noch lauter, »das englische Volk behandeln werde, wie es der beste seiner Könige getan hat. So möge der gnädige und barmherzige Gott seinen Segen über mich und über Euch breiten.«

»AMEN!«

Diesmal erscholl es wie aus einem Munde.

»Wir flehen dich an, oh Herr, Heiliger Vater, allmächtiger und ewiger Gott, lass deinen Diener …«, begann Ealdred wieder zu beten.

Boulogne stupste Robert unsanft in die Seite.

»Da sage noch einer, in England gäbe es nichts zu holen.« Mit einem Nicken wies er auf den Altartisch. Darauf waren bereits die Krönungsinsignien aufgebaut worden. Es sah in der Tat so aus, als berste der Tisch vor Gold. Ein goldener Reichsapfel in der Größe eines Kohlkopfes mit einem umlaufenden Band aus Perlen und Edelsteinen, von einem amethystfarbenen Kreuz gekrönt, ein mit Emaille und Perlmutt beschlagenes Zepter, gleich mehrere mit Gold und Edelsteinen geschmückte Schwerter und verschiedene kleinere Gegenstände, deren Nutzen Robert von Weitem nicht erkennen konnte. In der Mitte der Kostbarkeiten lag eine Krone, unzweifelhaft Edwards Krone, auf einem purpurnen Kissen.

»Diese Angelsachsen scheißen geradezu Gold«, fuhr Boulogne fort und starrte fasziniert auf den Altar. Robert konnte das gierige Glitzern in seinen Augen sehen. »Ich will verdammt sein, wenn ich davon nicht meinen Teil abbekomme.« Er wandte sich wieder Robert zu. »Nicht wahr? Euer Vater ebenso. Aber so muss es sein. Wir haben in Hastings unsere Abmachung erfüllt.«

Während er sprach, wurde seine Stimme immer lauter und mit jedem Wort stieg Roberts Widerwille. Habgieriger alter Sack. Es wunderte ihn nicht, dass sein Vater eine so enge Verbindung zu ihm pflegte. Er schluckte einen verächtlichen Kommentar hinunter. Soweit er sich erinnerte, war Boulognes Rolle am *Sanguelac* nicht gerade ruhmreich gewesen. *Es ist verloren!* Robert hatte seine Worte noch genau in den Ohren. Wenig später hatten ihn seine Leute verwundet vom Schlachtfeld tragen müssen. Seiner Meinung nach kam das nur infrage, wenn einem die Gedärme aus dem Leib hingen. Dafür war Boulogne allerdings wieder reichlich fit.

Er schüttelte die Gedanken ab und versuchte, sich wieder auf Ealdreds Gebet zu konzentrieren.

»… stärke ihn mit dem Glauben Abrahams, mit der Demut Moses, mit dem Mut Joshuas, der Menschlichkeit Davids und der Weisheit Salomons …«

Roberts Konzentration löste sich erneut von Ealdreds eintönigem Gemurmel. Von draußen drang Lärm herein. Scheinbar hatte auch die Meute vor der Tür das Warten langsam satt. Gegenüber von Robert blickten auch FitzOsbern und Mortain, der Halbbruder des Königs, argwöhnisch zum Portal. Sie hatten Wachen vor der Abtei aufgestellt, eine Menge Berittene und Infanteristen. Wegen ihres Aufstands in Cheapside nach der Kapitulation traute man der Londoner Bevölkerung nicht.

»Bewehrt mit dem Helm und unsichtbaren Schild deines Schutzes möge er den Triumph des Sieges über all seine Feinde erlangen. Ziere ihn mit den Tugenden deines Sohnes und salbe ihn mit deinem Heiligen Geist.«

Ein Diener im Ornat der Benediktiner reichte Ealdred eine kleine goldene Karaffe mit Öl. »Zadoc der Priester und Nathan der Prophet salbten Salomon zum König von Jerusalem …«

Ealdred salbte Williams Hände, seine Stirn und sein Herz mit dem geweihten Balsam.

»Wie Balsam riecht das aber nicht«, raunte Beaumont Robert von der Seite zu.

Robert warf ihm einen überraschten Seitenblick zu und zog dann schnüffelnd die Luft ein. Natürlich konnte man den Balsam nicht bis zu ihnen riechen. Aber man roch etwas anderes.

»Rauch!«, wisperte er zurück. Beaumont nickte unmerklich.

Robert wurde es unbehaglich. Draußen schien die Unruhe zuzunehmen und allmählich auch in die andächtige Atmosphäre in der Abtei zu schwappen. Er blickte die langen Reihen der normannischen und angelsächsischen Noblen hinab. Auf den untersten Rängen herrschte schon nervöses Gemurmel. Bildete er es sich ein oder waren bereits einige Plätze leer?

»Empfangt dieses Schwert …« Ealdred reichte dem inzwischen gesalbten König die königlichen Insignien. »Durch dieses Schwert und durch die Gnade des Heiligen Geistes möget Ihr widerstehen, Eure Feinde niederwerfen und das Königreich verteidigen, das Euch anvertraut wurde …«

Der Rauchgeruch breitete sich immer stärker aus und war inzwischen von jedem in der Kirche wahrgenommen worden. Die Benediktinermönche steckten tuschelnd die Köpfe zusammen. Bischof Ealdred blickte unsicher zum Westportal und verhaspelte sich in seinem Gebet immer öfter. Er sah fragend zu Odo, dem Halbbruder des Königs. Als Bischof von Bayeux stand er im Kreis der Geistlichen um den Thron des werdenden Königs. Mit einer herrischen Kopfbewegung bedeutete er Ealdred, fortzufahren. Doch seine Augen waren zusammengekniffen auf den Mittelgang gerichtet.

»Nehmt dieses erlauchte Zepter königlicher Macht …«, stammelte Ealdred weiter. Robert beobachtete die angelsächsischen Lords. Sie wirkten gleichermaßen beunruhigt wie ihre normannischen Nachbarn und warfen ebenfalls misstrauische Blicke nach rechts und links. Selbst FitzOsbern auf Roberts gegenüberliegender Seite fiel es sichtbar schwer, sich auch weiterhin nichts anmerken zu lassen. Einzig der König selbst verzog keine Miene angesichts der aufkommenden Unruhe. Sein Gesicht war gezeichnet von unerschütterlicher Entschlossenheit, diese Zeremonie zu Ende zu bringen.

Roberts Hand schloss sich hart um Arnauds Schulter.

»Aua«, beschwerte Arnaud sich halblaut, doch Robert ignorierte es.

»Du bleibst bei mir, hast du gehört?«, raunte er ihm zu.

Arnaud nickte abwesend und versuchte sich aus der eisernen Umklammerung zu befreien.

»Arnaud! Du bleibst in meiner Nähe, haben wir uns verstanden? Egal, was passiert.«

»Ja.«

Arnauds Blick war sichtlich genervt. Doch er nickte schließlich.

Die Stimmen draußen schwollen zu panischen Schreien an. Roberts Nerven waren zum Zerreißen gespannt. Was war da draußen los? Das war unmöglich der Lärm einer schaulustigen Menge. Robert hatte das Gefühl, nicht mehr stillstehen zu können.

»Möge Gott Euch krönen mit der Krone des Ruhmes, mit Ehre und Gerechtigkeit …«

Ealdreds Diener hatte die Krone Edwards des Bekenners vom Altar genommen. Zitternd wie Espenlaub stand er neben Ealdred, um sie ihm zu überreichen.

»… mit der Stärke der Tapferkeit und mit wahrem Glauben und kröne ihn mit deiner Gnade.«

Dann nahm Ealdred die Krone und setzte sie William auf. Im gleichen Augenblick zerbarst die westliche Pforte mit lautem Krachen. Schreie, Lärm und beißender Qualm drangen hinein. Es sah aus wie die Pforte zur Hölle. Der eben noch strahlende Wintertag war von schwarzem Rauch verdüstert. Dichte Schwaden zogen über den Vorplatz und verbargen das Geschehen vor Blicken aus dem Innern der Kirche. Dazwischen loderte orangeroter Feuerschein empor. Schreie, normannische wie angelsächsische, durchdrangen das Inferno, untermalt vom Klirren von Waffen. Mit blanken Schwertern stürzten die Wachen von draußen herein.

Evaine war allein in der dunklen Hütte zurückgeblieben. Robert und Arnaud waren bereits früh aufgebrochen, um den Krönungsfeierlichkeiten beizuwohnen. Es hatte Evaine einige Überredungsarbeit gekostet, ehe Robert schließlich die rote Tunika aus der Kiste seines

Vaters angezogen hatte. Als sie schon aufgegeben hatte und damit beschäftigt war, den verdreckten Saum von Arnauds Mantel abzubürsten, stand er plötzlich doch darin vor ihr.

Das Rubinrot betonte sein dunkles Haar und leuchtete unter dem intensiven Blau seines Mantels. Über seiner rechten Schulter wurde sein Mantel von der goldenen Brosche zusammengehalten. Das Schwert mit dem großen schwarzblauen Saphir am Heft hing an seinem Gürtel. Er hatte noch nie so gut ausgesehen und Evaine konnte nicht verhindern, dass ihr Herz bei seinem Anblick für einen Moment aus dem Rhythmus kam. Sie selbst kam sich dagegen schäbig vor, wie eine Dienstmagd.

Als er dann auch noch spöttisch über sich selbst lächelte, raubte es ihr beinahe den Atem. Sie fragte sich, wie er es bisher überhaupt geschafft hatte, einer Ehe zu entgehen.

Als Arnaud endlich neben ihm stand, sah er genauso ritterlich aus. Sie hatte seine Kleider gesäubert und ausgebessert und trotz wilden Protests sein blondes Haar gewaschen, bis es golden schimmerte. In diesem Augenblick hatte sie wirklich begriffen, wer sie waren. Normannische Adelige höchsten Ranges.

Doch dann waren sie gegangen und mit ihnen der feierliche Glanz. Evaine fiel wieder ein, dass Weihnachten war. Mit einem Schlag wurde die Traurigkeit so groß, dass sie die Tränen zurückblinzeln musste. Der Weihnachtsabend gestern war grässlich gewesen. Als sie um Mitternacht in der überfüllten Christmesse stand, hatte sie voller Inbrunst die Weihnachtsgeschichte in sich aufgesaugt. War es nicht das, worum es an Weihnachten ging? Christus war Mensch geworden, die frohe Botschaft. Trotzdem hatte sie sich unendlich traurig gefühlt und hatte das Leid der Gottesmutter – in der Fremde in einem winzigen Stall – sehr gut nachvollziehen können.

Erinnerungen an das letzte Weihnachtsfest überkamen sie mit dem schmerzlichen Gefühl des Verlusts. Die Halle in Allingham war liebevoll mit Tannenzweigen, Efeu und Christdorn voller roter Beeren geschmückt gewesen. Sie hatte sich einzig darum gesorgt,

Osric nicht unter dem aufgehängten Mistelzweig zu begegnen! Hier in der Stadt gab es nichts dergleichen.

Sie schloss die Augen vor dem jämmerlichen Bild der einsamen Hütte und verdrängte den Geruch abgestandener Luft und kalter Asche. Stattdessen erinnerte sie sich an die weihnachtlichen Aromen auf Allingham. Der Duft von Tannennadeln mischte sich mit den Gerüchen aus der Küche. Es war der letzte Abend der Fastenzeit und so wurde auf Fleisch, Geflügel, Butter und Milch verzichtet. Dennoch hatte das Essen nichts mit dem elenden Mahl des gestrigen Abends gemein – Brot und Bohnen! –, denn auf Allingham gab es gebackenen Fisch, in Essig eingelegte Forellen mit Muskat, Lachs geröstet in Walnussöl, dazu Sauce aus Rosen- oder Mandelmilch, Minzpasteten und zum Nachtisch Fruchttörtchen. Herrlich süße Törtchen aus Feigen, Rosinen, gestampften Birnen und Äpfeln, aufgekocht in Wein. Der Weihnachtsabend stellte den Übergang zwischen Fastenzeit und Festzeit dar. Es war der Auftakt zur Weihnachtszeit, zu den zwölf Feiertagen, die vom Weihnachtsmorgen bis Epiphanie Anfang Januar andauerten. Evaine konnte es beinahe hören, das Knistern der Feuer, den Gesang und das Gelächter. Vor allem das durchdringende Lachen ihres Vaters, nachdem er einen tiefen Schluck aus dem *wæshæl* genommen hatte und den riesigen Becher mit der dampfenden Mischung aus *mead*, Ingwer, Zucker, Äpfeln, Muskat und Zimt dann an den nächsten an der Tafel weiterreichte.

Bei der Erinnerung an ihren Vater spürte sie Tränen über ihre Wangen laufen. Vielleicht würde sie nie mehr ein Weihnachtsfest auf Allingham mit ihm feiern! Gott! Sie hatte so viel auf sich genommen, um ihn zu treffen, und dabei kaum mit ihm gesprochen. Jetzt war Weihnachten. Sie war mutterseelenallein und er zwei Meilen entfernt und krank. Wie konnte das sein?

Sie öffnete die Augen und blinzelte mit tränennassem Blick in die düstere Wirklichkeit dieses Weihnachtsmorgens. Plötzlich hatte sie das Gefühl, die Einsamkeit der Hütte keinen Moment länger ertragen zu können. Sie würde zu ihrem Vater gehen! Sie würde noch einmal Onkel Edwin aufsuchen! Inmitten all des Trubels der Krönungsfeierlichkeiten könnte er ihr vielleicht ein zweites Treffen ermöglichen.

Entschlossen wischte sie die Tränen fort. Zu Fuß wäre sie in einer guten Stunde in West Minster. Sie brauchte nicht lang, um sich fertigzumachen. Nachdem sie sich das Gesicht mit kaltem Wasser gewaschen und ihr Haar zu einem Zopf geflochten hatte, ging sie los.

Draußen befand sie sich bald in Gesellschaft all jener, die heute den Feierlichkeiten beiwohnen wollten und neugierig vor die Tore der neuen Abteikirche pilgerten. Sehnsüchtig reckte Evaine ihr Gesicht der Sonne entgegen, während sie am Ufer der Themse entlang durch die Vororte von London marschierte.

Sie atmete tief durch und hatte mit einem Mal das Gefühl, in der miefigen Luft Londons gar nicht richtig geatmet zu haben. Hier draußen war die Luft frischer und sauberer. Dank der Sonnenstrahlen brannte sie an diesem Morgen nicht mehr ganz so kalt in den Lungen.

Im Unterschied zu den engen Höfen und grauen Hütten in Cheapside und am Flussufer Londons waren die Vororte sehr viel komfortabler. Die Häuser waren größer und massiver. Statt beengender Höfe gab es kleine Gärten, in denen Evaine hin und wieder blühende Christrosen entdeckte. Dazwischen liefen gackernde Hühner herum. Im Ganzen erinnerte es Evaine ein wenig an Allingham.

Je näher sie West Minster kam, desto größer wurde der Andrang der Massen. Um sie herum herrschte unermüdliches Geschwätz, wie das Summen eines Bienenkorbs. Sie gehörte zwar nicht dazu, denn zwischen den Begrüßungen und dem Geplapper der Fremden war sie immer noch allein. Aber sie fand dennoch ein wenig Trost darin. Als sie die Furt des Tyburn erreichten, hatten sie Glück. Es war Ebbe und so konnten sie über den matschigen Boden nach Thorney Island gelangen. Es war das erste Mal seit Jahren, dass Evaine West Minster bei Tageslicht sah. Sie erkannte es kaum wieder. Wie eine Eiche aus einem Dornengestrüpp ragte es aus den umliegenden Wirtschaftsgebäuden der Mönche und den Hütten der Handwerker empor. Evaine wurde wie von selbst bis zum großen Westportal geschoben. Dort sammelte sich die Menge auf einem Hof, der von Arbeiterhütten, Ställen und Werkstätten eingefasst wurde.

Sprachlos blinzelte sie gegen die Sonne zur Turmspitze der Abtei empor. Ihr mittlerer Turm war so hoch, dass Evaine glaubte, er müsste den Himmel berühren. Flankiert wurde er von zwei etwas niedrigeren Türmen. Evaine hatte nie etwas Vergleichbares gesehen. Rundbögen fanden sich überall. In den Fenstern der gewaltigen Türme, im Halbrund des Eingangsportals und den Friesen an den steinernen Wänden. Es war wahrlich ein Haus Gottes. Wenn er je eine Behausung auf Erden finden würde, dann in dieser gewaltigen Abtei. Unwillkürlich musste sie an Roberts Erzählung über Lusignan denken. War es möglich, dass Menschen dergleichen auch für sich selbst geschaffen hatten?

Sie riss ihren Blick von der Abtei los und suchte stattdessen nach dem Eingang zum Kloster der Benediktiner. Rechts des großen Westportals bildeten Infirmarium, Dormitorium und Scriptorium der Mönche einen abgeschotteten Klostergarten. Sie erinnerte sich schwach, dass sie ihn in der Nacht mit Ælfred durchquert hatten und durch die Säulenreihen des Kreuzgangs geeilt waren.

Sie schob sich durch die Umstehenden zum Eingang des Klosterhofes. Doch noch ehe sie einen Fuß in den Klosterhof setzen konnte, wurde sie von zwei normannischen Soldaten aufgehalten.

»Kein Zutritt!«, knurrte einer von ihnen.

»Bitte. Mein Onkel ist der Abt! Ich muss ihn sprechen.«

Sie sah in die Gesichter, die beinahe zur Gänze von Nasenhelmen verborgen waren. Der eine hatte den Mundwinkel leicht angewidert hochgezogen und entblößte die hässliche Lücke eines verfaulten Zahnes. Der andere hatte die Lippen angespannt zusammengepresst, während seine Augen nervös über die versammelte

Menge vor der Abtei zuckten. Schweißperlen liefen ihm an den Schläfen herunter.

»Und wenn dein Onkel der Papst ist! Mach dich gefälligst vom Acker!«, sagte der mit der Zahnlücke.

»Bitte! Nur einen Moment!«

Sie versuchte, sich zwischen den überkreuzten Lanzen hindurchzuschieben, und wurde weggestoßen.

»Zurück!«

Evaine stolperte nach hinten. Unsicher sah sie sich um und entdeckte Dutzende weiterer Wachen, die Abtei, Kirche und Vorplatz bewachten und die schaulustige Menge praktisch umzingelten. Sie bekam ein ungutes Gefühl. Die Leute hier waren vollkommen arglos und gänzlich unbewaffnet. So wie sie selbst.

Sie wandte sich wieder zu den Wachen und dachte angestrengt nach.

»Ich sag's dir nicht noch mal!«, schrie einer der Soldaten und drohte mit der Lanze in ihre Richtung.

Vorsichtig trat sie einen Schritt zurück. Dann sah sie im Hintergrund etwas Schwarzes durch den Klostergarten huschen. Mönche. Sie reckte den Kopf. Es waren ihr Onkel, Ælfred und einige weitere Mönche. Sie hasteten auf den klosterinternen Seiteneingang der Kirche zu.

»Edwin *fædra*! Onkel Edwin!«

Evaine schrie aus Leibeskräften und gestikulierte wild zu ihrem Onkel, um sich bemerkbar zu machen. Die beiden Wachen drängten sie wutentbrannt zurück.

»Lasst mich! Onkel Edwin!«

Tatsächlich blieb er einen Moment stehen und sah zu dem Tumult am Eingang. Grobe Arme zerrten an ihr. Sie ignorierte sie und den Ellenbogen, der ihren Magen traf.

»Hier! Ich bin es, Evaine!«

Evaine sah erleichtert Erkennen in seinem Gesicht. Er würde sie hereinlassen. Dann traf sie ein heftiger Schlag gegen den Kopf. Der Klostergarten begann sich zu drehen. Undeutlich nahm sie wahr, wie ihr Onkel und seine Begleiter weitergingen. Sie wurde zurückgeschleudert und prallte unsanft auf dem Boden des Kirchenvorplatzes auf. Benommen blieb sie sitzen.

Er war einfach weitergegangen. Er hatte sie stehen lassen. Sie fühlte bodenlose Enttäuschung. Sie ignorierte die weiteren Androhungen der Wächter und die neugierigen Blicke der Umstehenden. Robert hatte recht gehabt, dachte sie bitter. *Er wird keinen Finger krümmen.* Er brachte nur seine eigenen Schäfchen ins Trockene. Sie merkte, wie die Tränen des Vormittags erneut in ihr hochsteigen wollten. Wütend schluckte sie sie hinunter. Vielleicht hatte ihr Vater wenig mit ihr gesprochen. Aber trotzdem viel zu ihr gesagt. Das hatte er ihr immerhin zu verstehen gegeben. Er hatte sie jemand anderem anvertraut. Der Gedanke tröstete sie irgendwie.

Lauter Jubel vom Portal ließ sie aufhorchen. Mühsam rappelte sie sich auf und schwankte zurück zur Kirchenpforte. Sie versuchte im Gedränge über die Köpfe der anderen hinwegzusehen. Von hinten schubste man sie unsanft nach vorn. Jeder wollte möglichst viel sehen. Immerhin war man dafür seit Stunden unterwegs! Elaine erhaschte nur noch einen Blick auf den zukünftigen König, während er durch das große Portal im Innern der Abtei verschwand. Sie sah kaum mehr als einen dunklen Schopf und das goldene Glitzern seines Mantels.

Sie entschied sich, zu bleiben und auf Robert und Arnaud zu warten. Plötzlich wäre sie gerne wieder mit ihnen zurück in der armseligen Hütte gewesen.

Müde rieb sie sich den schmerzenden Kopf und bemühte sich, den Lärm der Leute um sie herum auszublenden. Es war voll und eng. Sie versuchte, sich durch die Menge hindurchzuschieben. Irgendwohin, wo es ein wenig leerer und ruhiger war. Doch sie verstellten ihr den Weg. Frustriert blieb sie einfach stehen, wo sie war, und wartete, dass die Zeremonie drinnen vorbeigehen würde.

Lautes, anhaltendes Donnergrollen ließ sie zusammenfahren. Erschrocken sah sie zum blauen Himmel empor, bis sie begriff, dass es aus der Abtei kam. Eine Gänsehaut fuhr ihr über Arme und

Rücken. Es klang wie die Posaunen des Jüngsten Gerichts. Himmel, was war da drinnen los? Jeder auf dem Platz schien das Gleiche zu denken. Das glimmende Misstrauen und die Anspannung der Wachen entzündeten sich an dem unerwarteten Schreck. Plötzlich bellten scharfe Befehle über den Platz, drohend richteten sich Speere und Schwerter auf die wartenden Angelsachsen.

Die fröhliche Marktatmosphäre kippte. Das Gelächter verstummte und das muntere Geplapper wurde zu ängstlichem Rumoren. Laut schreiend drängten die Normannen die Leute zurück. Schrien Anweisungen, die keiner verstehen konnte. Selbst Evaine verstand nur das wiederkehrende ›Zurück!‹.

Zuschauer, die sich eben noch emsig nach vorn gedrängt hatten, versuchten nun panisch, Zuflucht hinter den anderen zu finden, und die hinteren bemühten sich vergeblich, in der Enge zurückweichen. Der Vorplatz der Abtei war zum Gefängnis geworden. Evaine war eingekesselt, Ellenbogen bohrten sich in ihre Seite und ihr Gesicht wurde in das fettige Haar eines Nebenmannes gepresst. Sie war unfähig, sich zu bewegen, hatte kaum mehr Platz, um Luft zu holen.

Die Menge reagierte wie eine Flutwelle. Sie ballte sich zusammen und ebbte dann mit doppelter Energie zurück. Unaufhaltsam schwappte sie erneut auf die Kirchenmauer zu, indem sie die Flüchtenden wieder in Richtung der normannischen Wachen drängte. In den Gesichtern der Angelsachsen stand blankes Entsetzen. Eine junge Frau in vorderster Reihe wurde unsanft mitten in eine Gruppe Wachposten geschubst, unausweichlich in eine der Lanzen. Evaines Blut gefror in ihren Adern, während das der Frau auf den Boden tropfte. Schlagartig entlud sich die hitzige Atmosphäre in sinn- und zielloser Gewalt. Die Normannen hieben mit Lanzen und Schwertern auf die Angelsachsen ein, die ihnen zu nahe kamen. Panik brach aus. Gellende Schreie erfüllten die Luft. Dann verdunkelte sich der Himmel von schwarzen Rauchfahnen. Hektisch sah Evaine sich um. Sie hatten begonnen, die Hütten um den Platz anzuzünden. Werkstätten, Ställe und Vorratshäuser um sie herum gingen in Flammen auf. Glutrote Funken loderten mit dem Qualm zum strahlenden Winterhimmel empor. Das Prasseln des Feuers mischte sich mit den Schreien der eingekesselten Menschen. Beißender Rauch erfüllte die Luft und machte es ihr noch schwerer, zu atmen. Das Blut rauschte Evaine in den Ohren. Die Menge versuchte vehement, den engen Platz zu verlassen, alles schob sich in die gleiche Richtung, doch niemand kam vorwärts. Das Kirchenportal wurde aufgestoßen. Weitere Menschen rannten aus der Kirche auf den Platz.

Evaine entschied sich, gegen den unaufhaltsamen Strom zu schwimmen, im Innern der Kirche Schutz zu suchen. Sie kämpfte sich nach Leibeskräften durch die Umstehenden und hatte doch das Gefühl, kaum vorwärtszukommen. Dichte Rauchschwaden hingen über den Köpfen der Anwesenden. Evaine hustete und keuchte. Durch den Dunst und die Schreie drang das Schnauben eines Pferdes. Einige normannische Adelige preschten mitten durch die Menge, über fliehende Frauen und Kinder hinweg. Lautes Wiehern hinter ihr ließ sie herumwirbeln. Starr vor Schreck sah sie sich den ausschlagenden Hufen eines aufsteigenden Pferds gegenüber. Wie versteinert blieb sie stehen. Heiße Angst schnürte ihr den Hals zu. Sie wollte schreien, doch kein Wort entrang sich ihrer Kehle. Mit einem heftigen Ruck wurde sie zur Seite gerissen. Unmittelbar neben ihr schlugen die Hufe donnernd auf.

»Alles in Ordnung?«

Sie blickte in Roberts sorgenvolles Gesicht.

»Robert!«

Atemlos wisperte sie seinen Namen. Sie war noch nie so froh gewesen, ihn zu sehen. Erschrocken fuhren seine Hände ihr Gesicht und ihre Arme entlang, als wollte er sich selbst davon überzeugen, dass ihr nichts geschehen war.

»Ja, alles gut«, stieß sie hervor.

Arnaud stand neben ihm, die Augen weit aufgerissen.

»Was … was ist passiert?«, stammelte Evaine. »Dieses Geschrei von drinnen …«

Robert schüttelte düster den Kopf. »Drinnen war alles in Ordnung, wir dachten, das Chaos käme von draußen. Egal! Wir müssen hier weg.«

»Es ist kein Durchkommen. Es geht weder vor noch zurück«, sagte sie verzweifelt. Zugleich fühlte sie unendliche Erleichterung. Er war hier. Und er würde einen Ausweg finden.

»Da hin!«

Robert nickte zur gegenüberliegenden Seite des Platzes. In dieser Richtung wurden die Rauchschwaden und der beißende Geruch immer schlimmer. Dafür war das Gedränge etwas weniger. Robert nahm Arnaud auf den Arm. Seine andere Hand schloss sich fest um Evaines Hand.

»Keine Sorge. Ich lasse nicht los.«

Er bahnte sich einen Weg, wo Evaine kaum durchgekommen war. In einer Nische zwischen einem Schuppen und einer Vorratshütte machte er halt. Das Dach der Hütte hatte bereits Feuer gefangen. Die Luft war zum Ersticken und die Hitze so groß, dass Evaine trotz der Dezemberkälte der Schweiß übers Gesicht lief. Doch genau deshalb gab es hier weit und breit keine normannischen Wachen.

»Arnaud, ihr bleibt hier. Genau hier.« Mit diesen Worten drückte er ihm einen festen Kuss auf den blonden Schopf und schob ihn in Evaines Arme. »Ich hole ein Pferd.«

Evaine umklammerte Arnaud instinktiv.

»*Sieur* …«, schluchzte er mit tränenerstickter Stimme und streckte jammernd die Hände nach Robert aus. Doch Robert schüttelte entschieden den Kopf.

»Bleib hier bei Evaine, bis ich zurück bin.«

»Bitte, Robert, lass uns nicht allein«, flehte Evaine ebenfalls. Ihr Herz hämmerte in ihrer Brust und der schwarze Qualm brannte in ihren Lungen. »Bitte.«

Robert legte beide Hände an ihre Wangen und sah sie eindringlich an.

»Ich bin gleich zurück, Evaine. Ich verspreche es.«

Einem plötzlichen Impuls folgend beugte er sich vor und gab ihr ebenfalls einen Kuss auf die Stirn. Dann wandte er sich um und schob sich in die umherirrende Menge. Zitternd versuchte Evaine, ihn im Auge zu behalten, doch er war bereits im dichten Rauch zwischen all den anderen drängelnden Menschen verschwunden. Das beklemmende Gefühl der Angst in ihr nahm wieder zu.

»Er ist gleich zurück. Er ist gleich wieder bei uns«, wisperte sie unaufhörlich, ohne zu wissen, ob sie damit Arnaud oder sich selbst beruhigen wollte.

Jeder Augenblick zog sich unendlich hin. Ängstlich schielte sie zum Hüttendach empor. Die Flammen fraßen sich immer weiter durch das trockene Stroh.

Während sie warteten, wollte auch die Panik um sie herum nicht weniger werden. Schreie übertönten das Knistern der Flammen. Ihre Augen glitten ruhelos über die tobende Menschenmenge auf der Suche nach Robert. Wie lang dauerte es noch? Sie begann zu beten und bewegte dabei stumm die Lippen. *Pater noster, qui es in caelis, sanctificetur nomen tuum.* Sie bemerkte einen Mann in moosgrünem Mantel, der sich zielstrebig durch die Menge bewegte. Unbekümmert stieg er über am Boden Liegende hinweg, schlug brutal auf jeden ein, der ihm im Weg stand. Er steuerte direkt auf sie zu.

Nervös sah sie sich um. Wo wollte er hin? Doch nicht wirklich zu ihnen? Sie waren allein in der Nische. Sie fand nichts in ihrer Umgebung, dass den dunkelhaarigen Normannen dorthin locken könnte.

Adveniat regnum tuum. Fiat voluntas tua, sicut in caelo, et in terra. Panem nostrum …

Ihr stummes Gebet erstarb, als er sich aus der Menge löste Auf seinem Gesicht erschien ein seltsames Lächeln. Sie spürte, wie ihr mitten in der brennenden Hitze der Flammen ein kalter Schauer den Rücken hinunterjagte. Arnaud klammerte sich an sie.

»Sieh an, was für eine ängstliche Kröte.« Sein Blick streifte sie und richtete sich dann begierig auf Arnaud. »Erst wartet man Wochen und Monate auf eine günstige Gelegenheit und dann bietet sie sich einem direkt vor dem Hause Gottes ganz von selbst. Da sage noch einer, Gebete würden nicht erhört.«

Es klang, als redete er zu sich selbst. Evaine hatte keine Ahnung, wovon er sprach.

»Wer seid Ihr?« Sie wich vor ihm zurück, bis sie die Flammen in ihrem Rücken spürte.

Mit einem anzüglichen Lächeln glitten seine Augen über ihr Gesicht und ihren Körper. Evaine unterdrückte ein Schaudern.

»FitzGeoffrey hat mehr Geschmack, als man ihm zutrauen würde«, sagte er verächtlich.

»Wer seid Ihr?«, wiederholte sie scharf.

Das lüsterne Funkeln in seinen Augen erstarb.

»Was geht es dich an, Schlampe. Gib mir einfach den Jungen.«

Sie versuchte, noch weiter zurückzuweichen, doch sie war eingezwängt. Hilflos sah sie sich um.

»Nein. Bitte nicht.« Leise wimmernd presste Arnaud sich noch enger an sie.

»Kennst du mich noch?« Seine Augen glänzten kalt. »Wir sind uns schon mal begegnet. Aber jetzt ist keiner hier, um dich zu beschützen.«

Evaine schob sich schützend vor das Kind.

»Was wollt Ihr von ihm?«

Der Normanne ignorierte ihre Frage. Mit hämischem Schnauben streckte er die Hand aus, um sie zur Seite zu schieben.

»Lasst ihn! Er bleibt bei mir!«

Sie schlug nach seiner Hand. Im Gesicht des Mannes glomm Ärger auf.

»Halt dich gefälligst raus, du angelsächsisches Miststück.«

Er packte ihr Handgelenk und umklammerte es so schmerzhaft, dass sie glaubte, er bräche ihr die Knochen. Sie schlug mit der anderen Hand auf ihn ein, bis er unbeeindruckt auch nach ihrer anderen Hand griff. Mit einem Ruck wurde sie an ihn gezogen, bis sich ihre Brüste an seinen Körper pressten.

»Keine Sorge, wenn ich mit der Kröte fertig bin, bist du an

der Reihe«, sagte er mit vielsagendem Lächeln. Seine Augen waren von einem blassen Blau. Und eiskalt. Ein schmallippiges Lächeln erschien auf seinem Gesicht. Mit der Kraft der Verzweiflung stieß sie ihr Knie hoch und rammte es ihm zwischen die Beine. Er schrie auf und krümmte sich vor Schmerz. Sie riss sich los und packte Arnauds Hand.

»Arnaud, lauf!«

Sie zerrte ihn mit sich, zurück zwischen die Flüchtenden, und versuchte, in der wogenden Masse Schutz zu finden. Nervös sah sie über ihre Schulter. Rot vor Wut hatte ihr Angreifer sich wieder aufgerappelt und eilte ihnen hinterher. Sie zwängte sich zwischen Männer und Frauen, stolperte über verstümmelte Leichen und brennende Schuttreste. Wieder und wieder blickte sie sich um. Sie sah unzählige angstverzerrte, verzweifelte Fratzen. Dazwischen sein wutverzerrtes Gesicht. Der Abstand zwischen ihnen wurde immer kürzer. Er holte sie ein! Sie hetzte weiter, drängte und schob, doch sie kam kaum voran. Als sie sich das nächste Mal umwandte, war der Fremde auf Armes Länge Abstand hinter ihr. Sie stieß einen spitzen Schrei aus. Panisch sprang sie nach vorn, doch er bekam sie an ihrem Mantel zu packen. Er riss so heftig daran, dass es ihr am Hals die Luft abschnürte. Taumelnd kam sie zum Stehen. Arnaud kreischte. Sie spürte, wie er versuchte, den Jungen ihren Armen zu entwinden. Sie umklammerte Arnaud so fest sie konnte, doch wie Schraubzwingen legten sich seine Hände um Arnauds schmale Oberarme. Er zerrte an ihm, als wollte er ihn entzweireißen.

»EVAINE! HILF MIR!« In Arnauds Augen stand das blanke Entsetzen.

»Nein! Nein!«, schrie sie verzweifelt, während sie spürte, wie Arnaud ihr entglitt.

»Lass los, Dreckstück!« Rasend vor Wut schubste er sie mit einer Hand nach hinten. Sie verlor den Halt und im gleichen Moment Arnaud.

»Nicht!« Taumelnd sprang sie wieder vor. Er machte schnell einen Schritt zurück, dass sie nur noch Arnauds Dolch an seiner

Hüfte zu packen bekam. Sie riss den Dolch aus der Scheide. Mit verzweifeltem Fauchen sprang sie auf den Dunkelhaarigen zu. Ehe sie zustechen konnte, hatte er in eiserner Umklammerung ihr Handgelenk gepackt und ihre Hand mit ruckartiger Bewegung nach außen gedreht. Sie schrie schmerzerfüllt auf und ließ das Messer fallen. Er trat sie so fest in den Leib, dass ihr die Luft wegblieb. Die Wucht des Stoßes schleuderte sie zu Boden. Nach Atem ringend, blieb sie liegen.

Mit verschwommenem Blick beobachtete sie, wie der Normanne den zappelnden Arnaud am Genick packte. Mit der anderen Hand griff er an das Messer an seinem Gürtel. *Er wird ihn umbringen!* Arnauds Gesicht war krebsrot angelaufen. Mit seinen kleinen Fäusten schlug er unbändig auf den Fremden ein. *Er wird ihn umbringen!* Die Gewissheit und die damit verbundene Angst gaben ihr die Kraft, sich aufzurichten. Suchend tasteten ihre Hände über den Boden, stießen gegen Steine und Staub, eine tote Frau. Von einem heruntergestürzten Dachbalken erschlagen, lag sie neben ihr. Ihr Kleid und ihr Haar hatten bereits Feuer gefangen von dem brennenden Holz, das auf ihr lag. Der widerliche Geruch verbrannten Fleisches stieg Evaine in die Nase und ließ sie würgen. Sie kämpfte den Brechreiz nieder und bekam ein Stück des brennenden Holzes zu fassen. Mit letzter Kraft schleuderte sie die lodernde Fackel auf den Normannen. Sie erwischte ihn an der Schulter, aber nicht ernsthaft. Die Fackel prallte ab und fiel neben seinen Füßen zu Boden. Überrascht zögerte er, die Klinge bereits an Arnauds Kehle. Dann stand sein ganzer Mantel in Flammen.

Mit wütendem Aufschrei ließ er Arnaud fallen, sprang panisch herum in dem Versuch, sich aus seinem Mantel zu befreien.

Arnaud rappelte sich auf und krabbelte auf Evaine zu. Erleichtert zog sie ihn an sich. Die gellenden Schreie des Normannen ließen ihr die Haare zu Berge stehen. Fieberhaft sah sie sich um. Wenn sie flohen, würde er sie wieder einholen. Sie mussten sich verstecken. Nur wo? Ihr Blick fiel auf einen Heukarren. Die Schreie des Normannen dröhnten ihr in den Ohren. Auch seine Tunika und seine honigfarbenen Strümpfe hatten Feuer gefangen. Er wälzte sich am Boden, in dem Versuch, die Flammen zu ersticken. *In der Hölle sollst du schmoren,* dachte sie. Sie hatten den Heuwagen erreicht und zwängten sich darunter. Ihr Verfolger würde unmöglich darunterpassen. Dann kauerten sie dort und warteten. Am Boden war der Gestank des Qualms weniger stark. Arnauds Gesicht war mit Ruß befleckt. Ströme von Tränen hatten helle Spuren hinterlassen. Er zitterte wie Espenlaub. Evaine presste ihn tröstend an sich.

»Alles wird gut«, murmelte sie. »Robert kommt gleich zurück.«

Dabei fragte sie sich, wie er sie hier finden sollte. Sie spähte unter dem Karren hervor. Füße hasteten an ihnen vorbei, stampfende Hufe einzelner Pferde. Vielleicht würde auch ihr Verfolger sie hier nicht finden. *Heilige Jungfrau, bitte lass ihn uns nicht finden!*

Vor dem Karren erschienen ein Paar dunkle Lederschuhe und honigfarbene Beinkleider, übersät mit schwarzen Brandflecken. Evaine erstarrte und hielt den Atem an. Er ging auf und ab.

»Wo seid ihr? Du Teufelsweib!« Seine Stimme ließ sie schaudern. »Ich will nur den Jungen. Was geht es dich an? Es ist doch nicht deiner!«

Er stand vor dem Karren, als könnte er ihre Nähe riechen. Zitternd betastete Evaine die Taschen ihres Kleides. Kein Dolch! Wieso hatte sie keinen mitgenommen? Sie tastete an Arnauds Gürtel herum und fand seine Gürteltasche. Hektisch kippte sie deren Inhalt auf dem Boden aus und durchwühlte das mickrige Häuflein. Wachsstücke, der stibitzte Gänsekiel, ein blau schimmernder Stein. Nichts Brauchbares. Wenn er sie nun entdeckte! Sie könnten gar nichts tun. Sie blickte wieder zwischen den Karrenrädern hervor, mitten in das eisblaue Augenpaar! Erschrocken gab sie einen spitzen Schrei von sich und stieß sich den Kopf in dem instinktiven Versuch, aufzuspringen.

Der Normanne zwängte sich in den Zwischenraum. Seine Arme tasteten unter den Karren in dem Versuch, einen von ihnen zu packen zu kriegen. Sie robbten zurück, zum äußersten Ende ihres Verstecks. Er schob sich vor, bis sein Unterkörper halb unter dem Karrenboden hing. Weiter kam er nicht. Er streckte die Hand aus. Ein triumphierendes Lächeln erschien auf seinem Gesicht, als er Evaines Knöchel zu fassen bekam.

»Jetzt wirst du büßen, du Hexe!«

Er zog sie zu sich heran. Sie strampelte und versuchte, ihm mit dem anderen Fuß ins Gesicht zu treten.

»Evaine!« Arnauds kraftlose Arme mühten sich vergeblich, dagegenzuhalten. In dem hilflosen Versuch, sich festzuhalten, glitten ihre Hände über die Erde. Sie griff in Arnauds Habseligkeiten, die auf dem Boden verteilt lagen, und bekam den Gänsekiel zu fassen. Fest schloss sich ihre Hand darum. Sie witterte ihre einzige und letzte Chance. Der Normanne hatte sie nun fast unter ihrem Unterschlupf hervorgezerrt. Seine Hände lösten sich von ihren Fesseln und er packte sie an den Schultern, um sie zu sich herumzudrehen. Im gleichen Augenblick wirbelte Evaine herum. In seinen eisigen Augen stand Überraschung. Dann holte ihre Rechte aus und stach den Gänsekiel mit voller Wucht in sein linkes Auge.

Er schrie vor Schmerz auf. Rasend vor Pein ließ er sie los und schlug die Hände vors Gesicht. Evaine sprang keuchend auf, wagte es nicht, sich umzusehen. Sie durfte keine Zeit verlieren. Sie rannte um den Karren herum.

»Arnaud! Schnell!«

»Evaine!« Wimmernd kroch er auf sie zu.

Sie zog ihn auf der anderen Seite des Karrens hervor und schloss ihn für einen kurzen Moment in die Arme. Ein dunkler Schatten fiel auf sie beide. Evaine schloss die Augen und wusste, dass sie verloren hatten. *HERR, BITTE!*

Widerwillig sah sie sich zu ihm um. Er hatte den Gänsekiel aus dem Auge gezogen. Blut und Flüssigkeit quollen daraus hervor und strömten über seine linke Gesichtshälfte. Das Lid hing seltsam über dem bereits zuschwellenden Auge. Er sah aus wie ein Monster. Und er war eines.

»Ich wollte nur die dreckige Brut töten. Aber jetzt stirbst du auch, du Hexe.«

Er wischte mit der Hand ein Rinnsal Blut weg, das ihm in den Mund zu laufen drohte. Dann zog er sein Schwert.

Sie kauerte am Boden, gefangen zwischen dem Karren und ihm. Sie kannte nicht einmal seinen Namen, so konnte sie ihn nicht einmal verfluchen für das, was er ihnen antun wollte.

»DE VERE!«

Roberts Stimme erleichterte Evaines Herz mit der Gewalt eines Erdbebens.

»Dank sei Gott!«, stieß sie hervor.

Ihr Angreifer wirbelte zu den Rufen und dem Donnern der sich nähernden Pferdehufe herum. Bevor er weiter reagieren konnte, sprang Robert vom Pferd und warf ihn zu Boden.

»DU RATTE! Ich bring dich um.«

Robert landete brüllend auf ihm und rang ihn nieder. Sein Widersacher wehrte sich verbissen. Als wildes Knäuel rollten sie über die Erde. Gebannt verfolgte Evaine ihr erbittertes Ringen. Arnaud klammerte sich an ihr fest. Seine Augen hielt er fest geschlossen, unwillig, noch etwas von all dem zu erblicken.

»Robert ist da«, flüsterte sie ihm zu. »Hörst du? Alles wird gut!«

Besorgt strich sie über seinen blonden Schopf und zuckte zusammen, als der andere Robert einen Schlag gegen die Schläfe versetzte. Roberts Kopf flog zurück. Doch er behielt keuchend die Oberhand. Als Antwort versetzte er seinem Gegner einen Fausthieb ins Gesicht. Evaine schauderte beim Geräusch der brechenden Knochen. De Veres Kopf fiel zurück. Sofort schoss Roberts Blick zu ihr herüber.

»Evaine! Das Pferd!«, brüllte er. Aus einer Platzwunde an seiner Augenbraue rann Blut. »Schnell!«

Die Faust des Normannen schoss erneut zu ihm empor. Nur knapp konnte er ausweichen. Evaine rappelte sich auf.

Sie hob Arnaud in den Sattel. Voll Angst sah sie sich nach Robert um. Es gab nur ein Pferd für sie alle drei.

»Beeil dich! LOS!« Robert rang de Vere mit aller Kraft zu Boden. Sie konnte sehen, wie die Muskeln seiner Arme vor Anstrengung zitterten. Ihr Herzschlag beschleunigte sich, als der andere die Hand nach seinem Schwert ausstreckte. Doch Robert hatte es ebenfalls gesehen und hielt seine Hand fest. Er versuchte, an sein eigenes Schwert zu kommen. Aber im Liegen war es unmöglich, es aus dem Gürtel zu ziehen.

Evaine stieg hinter Arnaud in den Sattel.

Urplötzlich ließ Robert von de Vere ab. In einer einzigen fließenden Bewegung sprang er auf und riss das Schwert aus seiner Scheide.

Der am Boden Liegende rappelte sich ebenfalls auf.

»EVAINE!«

Arnauds heller Schrei und grobe Hände an ihren Schenkeln lenkten Evaines Aufmerksamkeit auf sich selbst. Überrumpelt versuchte sie, sich gegen den plötzlichen Überfall zur Wehr zu setzen und trat heftig in ein bärtiges Gesicht. Ein Angelsachse, bullig wie ein Schmied. Er war wild entschlossen, ihnen das Pferd zu stehlen.

»Nein!« Sie wehrte sich verzweifelt. Das Pferd tänzelte nervös schnaubend unter ihnen. Mit einer Hand klammerte Evaine sich an die Zügel, die andere krallte sie in das Gesicht des Angelsachsen. Sie grub ihre Nägel so tief hinein, bis blutige Striemen über seine Wange liefen. Er schrie auf und sein stinkender Atem schlug ihr ins Gesicht. Er riss ihren Kopf an den Haaren zu sich herab. Sie blickte ihm unmittelbar in die Augen und las seine eigene Angst darin und die rücksichtslose Entschlossenheit, sich selbst zu retten. Plötzlich wurde sein Blick glasig und der Griff seiner Hand löste sich aus ihrem Haar. Dann sackte er in sich zusammen.

Mit einem angewiderten Schnauben zog Robert sein Schwert aus seinem Leib. Frisches helles Blut rann über die Klinge auf seine Hände. Achtlos wischte er es an seinen Kleidern ab. Zitternd atmete Evaine auf und schloss ihre Arme wieder fest um Arnaud.

Robert warf einen Blick zurück auf den anderen Normannen. Durch die Ablenkung hatte er ebenfalls sein Schwert ziehen können. Drohend baute er sich hinter ihnen auf.

»FITZGEOFFREY! Du Hurenbock! Wo willst du hin?«

Speichel und Blut rannen an seinem Kinn herunter. Sein verletztes Auge war blutunterlaufen. Statt weiß leuchtete der Augapfel blutrot. Evaine schauderte bei seinem Anblick.

»Oder pisst du dir gerade in die Hosen vor Angst?«

Sie konnte Roberts Zögern spüren. Flehend legte sie eine Hand auf seine Schulter.

»Bitte. Lass uns gehen.«

Roberts Lippen verzogen sich zu einer schmalen Linie. Brennender Hass stand in seinen Augen und der Wunsch, Rache zu nehmen. Er schluckte angestrengt. Dann stieg er hinter ihnen auf das Pferd. Beruhigend fühlte Evaine seine Nähe.

»Ihr werdet bezahlen, de Vere!«, rief er zurück. »Ich habe es Euch gesagt: nur Ihr und ich! Auf diesen Tag warte ich!«

Dann trieb er das Pferd an. Sie preschten über den Hof davon, verfolgt von de Veres wütendem Brüllen.

Zurück in der kargen Hütte des Schmieds war alles so, wie Evaine es am Morgen zurückgelassen hatte. Sie schloss die Augen. Zum wiederholten Male fragte sie sich, ob alles vielleicht nur ein böser Traum gewesen war.

»Ich hätte ihn umbringen sollen.«

Roberts Ton war eiskalt.

Sie sah ihn an. Über seinem linken Auge war die Augenbraue aufgeplatzt. Getrocknetes Blut klebte darin. Er saß auf dem Boden vor der Feuerstelle und stierte in die Flammen.

»Wer war das?«, fragte sie.

Erst hatte sie das Gefühl, er hätte sie gar nicht gehört. Als sie ihre Frage schon wiederholen wollte, lief ein Zucken über sein Gesicht.

»Eine miese, kleine Ratte. Beim nächsten Mal bringe ich ihn um.«

Ein Holzscheit in der Feuerstelle knackte leise und ließ sie verstört zusammenzucken. Der beißende Qualm lag ihr wieder in der Nase, die gellenden Schreie stiegen in ihrem Innern empor. Sie blinzelte und kehrte zurück in die Stille der dämmrigen Hütte. Nur Arnauds leises Seufzen war zu hören.

»Verdammt, Robert, wer war das?« Sie schrie ihn an, viel lauter, als sie beabsichtigt hatte.

Ihr Ausbruch ließ auch ihn aus seinen Gedanken in die Gegenwart zurückkehren. Er warf ihr einen prüfenden Blick zu und überlegte anscheinend, ob sie gerade einen Nervenzusammenbruch hatte. Sie fühlte sich auf jeden Fall kurz davor.

»Sein Name ist Aubrey de Vere«, sagte er nur.

»Und was zur Hölle wollte er?«

Sie kreischte beinahe, aber es störte sie nicht. Robert sah sie irritiert an. Anscheinend passte das Verhalten nicht zu ihr. Er hatte recht. Sie kannte sich selbst nicht wieder. Aber wusste man, wer man war, ehe man dergleichen erlebt hatte?

»Sag es mir! Was wollte er von Arnaud?«

Er musterte sie düster, überlegte, was er ihr antworten sollte. Sie wusste es bereits: die Wahrheit! Sie wollte endlich die Wahrheit von ihm hören.

Sie hatte genug. Endgültig genug!

»Warum? Robert, warum? Ich will endlich die gottverdammte Wahrheit hören!«

»Evaine!«, seine Stimme wurde scharf. »Denk an Arnaud!«

»Ach was!«

Als sie die Hütte erreicht hatten, war Arnaud verstört gewesen. Aus großen Augen starrte er vor sich hin, klammerte sich abwechselnd an einen von ihnen beiden. Evaine spürte, dass er Schlaf brauchte, Zeit, um alles zu verarbeiten und zu vergessen. Doch er weigerte sich, die Augen zu schließen. Letztlich hatten sie ihm Wein gegeben. Einen halben Becher verdünnt mit Wasser. Der Alkohol ließ ihn schließlich einschlafen.

»Ich habe genug, Robert!«, fauchte sie und stemmte die Hände in die Hüften. »Nicht nur du bist an mich gebunden, auch ich an dich! Ist dir das klar?«

Sie konnte sehen, wie er wütend mit den Zähnen malmte.

»Und nur wegen dir wurde ich heute beinahe von diesem Monster umgebracht! Und Arnaud! Also, bei Gott, was will er?«

»Glaubst du, das wüsste ich nicht?«, brach es aus ihm hervor. »Glaubst Du, ich wüsste nicht, dass Arnaud nur deinetwegen noch lebt?«

Er wandte sich ab. Seine Schultern hoben und senkten sich unter seinen Atemstößen. Mit einer Hand fuhr er sich über das Gesicht und massierte anschließend die Narbe unter seinem linken Ohr.

»Du erwartest von mir, mich und meine Leute ganz in deine Obhut zu geben«, sagte sie zu seinem Rücken. Sie war jetzt ganz ruhig, doch jedes ihrer Worte war hart. »Dann habe ich das *Recht* zu wissen, worauf ich mich einlasse!«

Er wirbelte zu ihr herum. In seinen Augen funkelten Schmerz und Zorn gleichermaßen.

»Also? Warum?«

Er schüttelte den Kopf und fuhr sich mit der Hand durchs Haar. Dann ergriff er ihre Hände.

»Bitte hör mir zu, Evaine.«

Sie nickte und wartete darauf, dass seine nächsten Worte die Fragen beantworten würden.

»Arnaud ist der Erbe eines gewaltigen Vermögens. Sein Vater, Henry Le Besgue, ist tot.«

Er musterte eindringlich ihr Gesicht und wartete anscheinend auf ein Zeichen von ihr.

Sie nickte kaum merklich.

»Bis er sein Erbe antreten kann, wird es von seiner Mutter, Melisande, verwaltet.« Ein dunkler Schatten fiel über sein Gesicht. »Seine Mutter hat neu geheiratet.«

»Aubrey de Vere«, murmelte sie.

Er nickte.

»Ohne Arnaud könnte de Vere alles behalten. Er würde es seinen und Melisandes gemeinsamen Erben vermachen. Er sucht schon seit Monaten nach einer Gelegenheit. Dieses Chaos war wie ein Geschenk für ihn …«

Seine Augen suchten in ihrem Gesicht nach Verständnis. Sie erwiderte seinen Blick, während die Bruchstücke seiner Erzählung ein Mosaik bildeten, sich langsam zu einem Bild zusammenfügten.

»Darum hast du ihn mitgenommen«, sagte sie langsam. »Mit nach England und mit in diesen Krieg. Um ihn vor de Vere zu beschützen.«

»Genau.«

»Aber ... wer würde so etwas tun?«

Robert ließ ihre Hände los. Unruhig lief er auf und ab.

»Ich glaube, er hat auch Arnauds Vater getötet.«

Sie sog scharf die Luft ein.

»Gott! Weiß seine Mutter ...«

»Ob sie es weiß?«, unterbrach er sie scharf. Ein zynisches Lächeln erschien auf seinem Gesicht. »Ich glaube sogar, dass es ihre Idee war. Sie brannte geradezu darauf, ihren älteren Ehemann endlich loszuwerden.«

Evaine riss entsetzt die Augen auf.

»Und ... und will sie etwa auch ...« Sie brachte den Satz kaum zu Ende.

»Nein«, erwiderte Robert fest, »ich glaube nicht, dass sie weiß, was de Vere vorhat.«

Unruhig fasste Evaine ihn am Arm.

»Du musst es ihr sagen! Sie muss es wissen!«

Er stieß ein bitteres Lachen aus.

»Evaine. Ich habe es ihr längst gesagt. Aber sie glaubt mir nicht.«

Evaines Blick glitt zu dem zerschlissenen Vorhang, hinter dem Arnaud sich im Schlaf hin und her wälzte. Wie konnte man sein eigenes Kind solcher Gefahr aussetzen? *Wenn er mein Sohn wäre ...* Doch er war nicht ihr Sohn. Und Roberts Sohn war er auch nicht. Neue Fragen drängten sich auf.

»Warum gerade du? Warum hat sie ihn dir anvertraut, wenn sie deinen Anschuldigungen nicht glaubt?«

Ein gequälter Ausdruck erschien auf seinem Gesicht.

»Ich kann es dir wirklich nicht sagen, Evaine.«

Sie spürte, wie Bitterkeit in ihr hochstieg. *Er konnte es ihr nicht sagen.* Nach allem, was sie durchgestanden hatten, konnte er es ihr nicht sagen?

»Evaine!« Er ergriff erneut ihre Hand. »Ich habe mein Wort gegeben.«

Sein Wort. Sie sah ihn an, blickte tief in seine Augen. Er hatte es gegeben und er würde es nicht brechen. Sie dachte wieder an die Nacht auf Thorney Island. Er hatte auch ihrem Vater sein Wort gegeben. Und er würde es nicht brechen. Vielleicht musste das genügen. Er legte die Hände an ihre Wangen, wie er es am Morgen getan hatte. Seine Augen flehten sie wortlos an, dies zu akzeptieren.

Sie nickte.

Er zog sie an sich und barg ihr Gesicht an seiner Brust. Sie spürte die Härte seiner Muskeln und die Wärme seiner Haut durch den rubinroten Stoff. Sein Geruch stieg ihr tröstlich in die Nase und gab ihr zum ersten Mal an diesem Tag das Gefühl von Geborgenheit. Er hatte ihr sein Wort gegeben. Es würde genügen.

KAPITEL 6

Je näher sie den sanften Hügeln von Allingham kamen, desto schneller wurde Evaines Ritt. Mit jeder Meile, die sie zurücklegten, wurde die Sehnsucht nach ihrem Zuhause, nach Meredith und allem, was dazugehörte, größer. Sie erreichten den Slán River. Von hier ab folgte der Pfad dem gefrorenen Ufer bis nach Allingham. Auf dem Wasser lag eine dünne Eisschicht, unter der der winterliche Fluss träge dahinfloss.

Robert lenkte sein Pferd neben ihres.

»Und? Worauf freust du dich am meisten, wenn du nach Hause kommst?« Er hatte sichtlich gute Laune und war mehr als zufrieden mit sich. Gut verstaut in seiner Hemdtasche ruhte die versiegelte Charta des Königs, die ihm alles zusprach, was je ihrem Vater gehört hatte. Und je mehr er von den weiten Feldern, den reichen Wäldern und den Dörfern seines neuen Landes sah, desto vergnügter wurde er. Evaine dagegen war die ganze Zeit bewusst, was sie verloren hatte. Dennoch erfüllte der Gedanke an ihr Zuhause sie trotz aller Sorgen mit Vorfreude.

»Am meisten? Gott, wie soll ich mich da entscheiden!«, antwortete sie lächelnd. »Mein Bett vielleicht?«

»Ach ja?«, seine dunklen Augen glitzerten spöttisch bei einem so bescheidenen Wunsch.

»Oh ja!«, erwiderte sie bestimmt. »Endlich nicht mehr auf dem harten Boden schlafen, sondern in einem weichen Strohsack zwischen sauberen Laken.« Die Vorstellung entlockte ihr einen sehnsüchtigen Seufzer. »Und Gunnas Essen!«, fuhr sie fort.

Bereits bei dem Gedanken daran zog sich ihr Magen knurrend zusammen. Ihre Geschmacksknospen waren so verkümmert, dass sie mittlerweile achtlos alles hinunterschlang, was Roberts Feldkoch ihnen zusammenrührte. In der Regel war das auch sicherer als zu versuchen, die einzelnen Bestandteile des undefinierbaren Eintopfes herauszuschmecken.

»Sie kocht ganz ordentlich«, sagte Robert, nicht allzu überzeugt von Gunnas Künsten.

»Du kannst es ja nicht wirklich beurteilen«, winkte sie ab. »Anfangs hast du noch Krankenkost bekommen und später war schon Fastenzeit. Aber jetzt!« Sie schnalzte genüsslich mit der Zunge. »Zartes Fleisch in dunkler Sauce, dazu frische Butter und herrlich weiches Brot! Nicht diese zähen Klumpen, die ihr hier auf offenem Feuer backt. Ich meine duftendes Brot aus feinem, weißem Mehl, in einem richtigen Ofen gebacken!«

»Schon gut, schon gut!« Robert hob abwehrend die Hände. »Wenn du weitersprichst, fange ich auf der Stelle an zu sabbern.«

Sie lachte.

»Und nicht zuletzt ein Bad! Ich glaube, wenn ich endlich all diesen Dreck abgeschrubbt habe, werde ich ein neuer Mensch sein«, stöhnte sie, angewidert von sich selbst.

»Na, ganz so schlimm ist es ja noch nicht«, wandte er höflich ein.

Aber sie wusste sehr genau, wie sie aussah. Und roch.

»Ich stinke bestimmt wie …« – sie suchte nach dem passenden Vergleich – »… nun fast so schlimm wie du!«

Er lachte laut.

»Nun, ich finde es diesmal sogar halbwegs erträglich«, sagte er und schnupperte zum Beweis prüfend an sich herum.

Sie schüttelte sich belustigt und er grinste sie an.

»Aber egal, wie schlimm es ist, niemand wird je so unerträglich riechen wie Gérard auf Sizilien.« Er sprach absichtlich so laut, dass Gérard es eine Reihe vor ihnen hören musste. Gérard straffte die Schultern und versuchte, ihn zu ignorieren, was Robert aber nur dazu anstachelte, in spöttischem Ton weiterzuerzählen. »Es war unerträglich heiß. Wir alle haben in unseren Kettenhemden sowieso vor Schweiß gestunken. Aber dann bekam Gérard, in voller Rüstung, auf seinem Gaul, Durchfall! So schnell konnten wir gar nicht das Weite suchen, wie der Gestank über uns hereinbrach …«

Der Rest seiner Erzählung erstarb in lautem Gelächter aller in Hörweite befindlichen Ritter. Evaine presste eine Hand vor den Mund, um Gérard zuliebe das aufsteigende Lachen zu unterdrücken. Es war unmöglich. Genauso wie der Versuch, in voller Rüstung noch rechtzeitig die Hosen herunterzubekommen. Bei der Vorstellung gab sie prustend auf und stimmte in die derbe Schadenfreude der anderen ein.

Gérard wandte sich schließlich doch empört zu ihnen um.

»Ja, ja, schon gut! Das ist deine Lieblingsgeschichte, nicht wahr?«, äffte er leicht gekränkt.

»Natürlich!«, gab Robert noch immer lachend zurück. »Immerhin bin ich dabei nur knapp dem Erstickungstod entronnen.«

Aufgebracht schnaubend wandte Gérard sich wieder nach vorn, um ihnen die kalte Schulter zu zeigen.

Robert räusperte sich, in dem Versuch, sich wieder zu beherrschen.

»Nein. Ich will Gérards Leistung beim Kampf gegen die *culverts* wirklich nicht schmälern.« Er machte eine Pause, in der Evaine schon wieder das schadenfrohe Glitzern in seinen Augen sah. »Immerhin hat sein Gestank Dutzende von ihnen dahingerafft!«

Diesmal musste sogar Gérard mitlachen, wenn auch sehr widerwillig.

»Mach dich nur lustig. Eines Tages wird dir das Gleiche passieren!«, prophezeite er anschließend, halb scherzend, halb ernst.

»Nein, Gérard. Den Ruhm lasse ich dir ganz allein«, sagte Robert und machte die Andeutung einer ironischen Verbeugung.

Evaine biss sich auf die Unterlippe. Der arme Gérard. Das war wirklich nicht nett gewesen. Aber dafür schrecklich komisch.

Kaum vorzustellen, wie eine derart verschmutzte Rüstung im heißesten Sommer gerochen hatte. Sie schüttelte sich instinktiv.

»Wer sind denn die *culverts?*«, fragte sie und versuchte mit dem Themawechsel Gérard aus seinem Elend zu erlösen.

»*Culverts?*« Robert räusperte sich verlegen. »Grünärsche«, gab er dann halblaut zu. »So haben wir die Sarazenen genannt, wenn sie mit ihren grünen Halbmondfahnen vor uns herumgewedelt haben.«

Evaine nickte und entschied, dass sie für heute genug Details des Söldnerdaseins erfahren hatte. Aber es wunderte sie nicht, dass zwischen Robert und Gérard darüber eine so tiefe Freundschaft entstanden war.

Flink wie ein junger Hund rannte plötzlich Arnaud an den dahintrabenden Pferden vorbei.

»Ich habe Rotwild gesehen!«

Robert war sichtlich interessiert und hob ihn vor sich in den Sattel. Danach wandte sich das Gespräch Spekulationen über den möglichen Wildbestand in Allinghams Wäldern zu. Es folgten heftige Diskussionen über bevorzugte Jagdwaffen und -techniken, an denen sich alle Männer in Evaines Nähe eifrig beteiligten. Arnaud lauschte mit großen Ohren und dem fortwährenden Drängen, bei der nächsten Jagd dabei sein zu dürfen.

Evaine drehte sich im Sattel um und warf einen Blick auf die normannischen Soldaten. Es waren gut fünfzig, Berittene, Infanteristen und einige Bogenschützen. Dahinter folgten Knappen, Packpferde und Karren mit Zelten, Waffen, Kochgeschirr und Vorräten. Der Glanz von Waffen und Kettenhemden blitzte kalt in der winterlichen Landschaft auf. Evaine unterdrückte einen Seufzer. Darin lag der große Wermutstropfen ihrer Heimkehr. Sie hatte keine Ahnung, wie sie Meredith erklären sollte, dass das Schicksal von Allingham von nun an in Roberts Händen lag. Wie sollte sie ihren Leuten erklären, dass sie anstelle ihres Vaters nun ihn als Herrn akzeptieren mussten? Sie wusste es nicht. Sie wusste nur, dass es ihr irgendwie gelingen musste. Denn was die Normannen nicht freiwillig erhielten, nahmen sie sich mit Gewalt. Sie warf Robert einen forschenden Seitenblick zu, während er intensiv in ein Gespräch über die Vor- und Nachteile der Hetzjagd gegenüber der Fallenjagd vertieft war.

Aber inzwischen glaubte sie fest, dass er eine Ausnahme bildete. Er hatte versprochen, sie zu beschützen. Und wenngleich er nun der Herr von Allingham war, überzeugte sie die Art, wie es dazu gekommen war, dass er es ohne Hintergedanken getan hatte. Angestrengt grübelte sie, was sie Meredith über Robert sagen sollte, weil es sie davon abhielt, an die zweite traurige Neuigkeit zu denken, die sie ihr mitteilen musste. Zwei Tage nach Weihnachten hatte sie von Onkel Edwin einen Brief mit der Nachricht vom Tod ihres Vaters erhalten.

Als die *burh* von Allingham in Sicht kam, entschied sie sich vorauszureiten. Sie wollte wenigstens die Gelegenheit haben, einige Sätze in Ruhe mit Meredith zu sprechen, bevor die Normannen auf Allingham einfielen. Robert begleitete sie. Lieber wäre sie allein geritten, aber trotz ihrer zögerlichen Einwände beharrte er darauf, mitzukommen. Es sah ihm gar nicht ähnlich, so wenig einfühlsam zu sein. Vielmehr hatte Evaine das Gefühl, dass er von bohrender Ungeduld ergriffen war, als Allinghams neuer Herr die *burh* als Erster zu betreten.

Als sie den Dorfeingang von Allingham passierten, konnte Evaine ihre Freude kaum mehr bändigen. Sie gab ihrem Pferd die Sporen und preschte im Galopp den Slán Hill hinauf. Ihre Ankunft musste schon von Weitem beobachtet worden sein, denn von allen Seiten strömten ihre Leute neugierig in den Innenhof.

Sie erblickte ihre Schwester und sprang von ihrem Pferd. Trotz der Kälte stürmte Meredith ohne Mantel oder Tuch auf sie zu. Evaine rannte ihr entgegen. Mit leisem Aufschrei fiel Meredith ihr um den Hals und Evaine drückte sie an sich. Wochenlange Anspannung, Angst und Sorge fielen von ihr ab wie ein eisiger Panzer und zerschmolzen in überwältigender Erleichterung.

Ihr Abschied war kaum einen Monat her, aber ihre Welt hatte

sich in der Zwischenzeit vollkommen verändert.

»*God sie þonc!* Gott sei Dank! Es geht dir gut«, murmelte Meredith.

Als Evaine sich wieder von ihr löste, liefen ihr Freudentränen die Wangen hinab.

»Ich muss dir so viel …«

»Du wirst mir nicht glauben …«

Sie fielen sich gegenseitig ins Wort und hielten lachend inne.

»Vater!« Evaine ergriff Merediths Hände. »Ich habe ihn gesprochen … vor …« – ihre Stimme zitterte und weitere Tränen rannen über ihre Wangen – »… vor seinem Tod.«

Das Strahlen auf Merediths Gesicht erlosch und Schmerz verdunkelte ihre Augen. Ihr Ausdruck wurde noch düsterer, als Roberts Pferd neben ihnen zum Stehen kam.

Eilig bemühte sich Evaine, sie vom Tod ihres Vaters und von Roberts Anwesenheit abzulenken.

»Meredith, ich habe Alric gesehen! Er lebt!«

»Oh? Ja?«, entgegnete Meredith schwach.

Evaine hatte das Gefühl, sie hätte sie nicht richtig verstanden.

»Alric! Er lebt!«, wiederholte sie eindringlich.

»Ja! Ich … ich meine, ich kann es nicht fassen.« Sie schenkte ihr ein kraftloses Lächeln und warf einen kurzen Seitenblick auf Robert.

»Ist er schon hier gewesen?« Evaine war verwirrt. Sie hatte sich die Reaktion ihrer Schwester unzählige Male vorgestellt. Allerdings sehr viel überschwänglicher.

»Nein, er ist nicht hier gewesen«, entgegnete Meredith matt.

Evaine dämmerte, dass sie vielleicht gerade alles noch schlimmer gemacht hatte. Alric lebte und war trotzdem noch nicht zu Meredith zurückgekommen. Besänftigend streichelte sie ihren Arm.

»Dann muss er jeden Tag kommen«, sagte sie zuversichtlich, obwohl sie sich nicht vorstellen konnte, wo er blieb.

Neugierig liefen Winnie, Hilda, Hengest und weitere herbei

und bestürmten Evaine lautstark. Gyrth begrüßte sie mit einem Nicken, das Evaine huldvoll erwiderte. Selbst Gunna verließ für kurze Zeit ihr Refugium in der Küche und verzog ihr hageres Gesicht zu einer Grimasse, die vielleicht ein freundliches Lächeln sein sollte.

Sie umringten Evaine wie eine Schar aufgeregter Gänse. Unzählige Fragen prasselten auf sie ein. Mitten in dem munteren Durcheinander war sie überglücklich, wieder zu Hause zu sein. Ihr Blick fiel auf Robert. Entschuldigend hob sie die Schultern. Auf seinem Gesicht lag ein sanftes, aber leicht wehmütiges Lächeln. Als er ihren Blick bemerkte, wandelte es sich zu einem belustigten Schmunzeln. Bisher hatte ihn keiner außer Meredith auch nur zur Kenntnis genommen.

Das Getrappel Dutzender Hufe beendete abrupt die Begrüßung und ließ sie aufgeregt auseinanderfahren. Dann strömten die Normannen in die *burh*. Immer mehr von ihnen drängten in den Innenhof, umstanden sie plötzlich in schierer Überzahl. Waffengeklirr und lautes Geschrei erfüllten die Luft. Die Freude über Evaines Ankunft verwandelte sich in Angst.

»Was soll das?« Meredith beobachtete fassungslos die normannischen Soldaten. »Evaine? Was ist hier los?«

Evaine verwünschte die Männer. Es ging alles viel zu schnell.

»Meredith, das sind Roberts Leute.«

Merediths Augen sandten glühende Blitze in Roberts Richtung.

»Was wollen sie hier?«, fauchte sie.

Robert überließ Evaine das Reden. Sie kaute nach Worten suchend auf ihrer Unterlippe, doch es gab keinen Weg, es ihr schonend beizubringen.

»Allingham gehört jetzt ihm.«

Vor Entsetzten riss Meredith die Augen auf und schnappte nach Luft.

»Lass es mich …«

»NEIN! NEIN!«, fiel Meredith ihr ins Wort. »Wie konntest du das zulassen? Das ist unser Land! Vaters Land!«

Sie ballte die Hände zu Fäusten.

»So ist das nicht, Meredith.«

Doch Meredith wirbelte wutentbrannt zu Robert herum.

»*Bismerlíc dóc!* Du dreckiger Bastard!«, schrie sie und sprang auf ihn zu. Ihre Fäuste trommelten auf ihn ein, während er sie von seinem Pferd herab betrachtete wie einen bissigen Hund.

»Schluss jetzt!«, knurrte er genervt und packte grob ihr Handgelenk.

»Fass mich gefälligst nicht an!« Keifend riss sie sich los. »Du heimtückischer Mistkäfer! Wir hätten dich verrecken lassen sollen!«

Sie spuckte die Worte aus wie bittere Galle. Über Roberts Gesicht lief ein undeutbares Zucken.

»Meredith, hör auf! Robert will nur unsere Sicherheit. Vater hat es so gewollt.«

Der eisige Blick, mit dem Meredith sie betrachtete, ließ sie verstummen.

»Sag mal, hörst du eigentlich, was du da sagst?«, zischte sie. »Das hätte Vater niemals gewollt! Nie!«

Sie stürmte über den Hof davon. Hilflos sah Evaine ihr hinterher, während sich ein schmerzhaftes Gefühl der Leere in ihr ausbreitete. Plötzlich fühlte sie sich ausgelaugt und müde. Kraftraubende Wochen lagen hinter ihr. Sie fühlte sich, als hätte sie pausenlos allein gegen unzählige Feinde gekämpft. Und nun entpuppte sich ihre sichere Zuflucht als bröckelnde Sandburg.

Nur am Rande nahm sie war, wie Robert mit scharfer Stimme das Kommando übernahm. Auf seine knappen Befehle hin setzten sich seine Männer in Bewegung und das Chaos wich emsiger Geschäftigkeit. Ihre eigenen Leute standen noch immer hilflos umher.

»Evaine?«

Als er sie schließlich ansprach, schaffte sie es kaum, ihn anzusehen. Sie schärfte sich ein, dass der Zwist mit Meredith nicht seine Schuld war.

»Du musst jetzt deine Leute zusammenrufen und ihnen die Neuigkeiten mitteilen«, sagte er fest.

Sie holte tief Luft und blickte in die ängstlichen Gesichter der Umstehenden. Er hatte recht. Sie straffte die Schultern und wappnete sich für den nächsten Kampf.

Sie ließ den ganzen Hausstand von Allingham sowie alle Bauern aus dem Dorf in die große Halle rufen. Mit kurzen, klaren Worten erklärte sie ihnen die geänderten Besitzverhältnisse und Robert hielt als Beweis die Charta des neuen Königs hoch. Im Unterschied zum letzten September gab es diesmal keinen lauten Protest. Stattdessen lastete eisiges Schweigen auf der Halle, nicht zuletzt wegen der bedrohlichen Gegenwart von Roberts Rittern. Ohne dass es ihnen bewusst war, beschnitten sie die Freiheit der öffentlichen Versammlung mit den Waffen, die sie hereintrugen. Sie säumten die Wände und nahmen die unbewaffneten Angelsachsen so in die Zange. Diesmal gab es keine wütenden Erwiderungen und keine Einwände. Und kein Vertrauen. *Das hätte Vater niemals gewollt!* Merediths Worte brannten sich in ihr Herz, während Evaine in die misstrauischen Gesichter blickte und auf Fragen oder Wortmeldungen wartete. Keiner meldete sich und sie selbst wusste schließlich auch nichts mehr zu sagen.

Sie wandte sich zu Robert um und sah ihn an. In seinem Gesicht standen Entschlossenheit und Ernst. Sie betete zu Gott, dass er sie nicht enttäuschen würde. Mit langsamen Schritten trat er vor. Und bat sie, seine Worte für die Anwesenden zu übersetzten. Als er sprach, war seine Stimme fest.

»Ich schwöre hier vor Euch allen und im Angesicht Gottes, dass ich jeden schützen werde, der mir die Treue hält. Ich werde die Gesetze achten, nach denen Eure Väter gelebt haben, und jedem gewähren, was ihm unter Godric zugestanden hat.« Sein Blick schweifte über die argwöhnische Menge. »Ich werde meine Pflichten erfüllen, mit Gottes Hilfe. Ich werde gerecht richten und *jedes* Unrecht, ob von Normannen oder Angelsachsen verübt, zur Rechenschaft ziehen, solang ich lebe.«

Keiner seiner Zuhörer rührte sich. Misstrauisch hatten sie Evaines Übersetzung gelauscht. Sein Wort galt ihnen nichts, Evaine konnte es spüren. Und sie konnte sie verstehen. Er war ein Fremder, ein *orc*. Wie sollten sie auch wissen, dass er zu seinem Versprechen stehen würde. Keiner wusste es. Außer ihr.

Sie fasste einen Entschluss. Mit hoch erhobenem Kopf trat sie vor ihn hin und blickte direkt in seine schwarzen Augen. Sie konnte das erstaunte Glitzern darin sehen.

In Ermangelung von etwas Besserem löste sie die Brosche an ihrem Kleid, hielt das darauf dargestellte Kreuzzeichen für alle sichtbar in die Höhe. Dann hob sie die Stimme, bemüht, genauso klar und sicher zu sprechen wie er.

»Beim Herrn, meinem Gott, schwöre ich, dir treu und wahrhaftig zu sein, zu lieben, was du liebst, zu hassen, was du hasst, gemäß Gottes Gesetz und irdischem Brauch. Niemals werde ich durch Absicht oder Gewalt, durch Wort oder Tat dir Schaden zufügen, sofern du mit mir verfährst, wie ich es verdiene, und diese Abmachung einhältst, mit der ich mich dir und deinem Willen unterwerfe.«

Es war jener Schwur, den sie alle ihrem Vater geleistet hatten. Sie wusste, dass Robert ihre Worte nicht verstanden hatte. Aber darauf kam es nicht an. Ihre Leute hatten sie verstanden. Immer noch herrschte eisiges Schweigen. Doch dann kam einer nach dem anderen nach vorn. Unzählige Male wurden vor Robert die gleichen Worte wiederholt. Und er hörte sie jedes einzelne Mal mit der gleichen Ernsthaftigkeit an.

Als Evaine am Ende dieses Tages mit schleppenden Schritten zu ihrer und Merediths gemeinsamer Schlafkammer ging, war von ihrer Vorfreude nichts als die Aussicht auf ein weiches Bett übrig geblieben. An der Tür blickte sie noch einmal zur Halle zurück. Sie war wieder voll. Das Feuer in der Mitte brannte lichterloh und Roberts Ritter schliefen dort, wo vor einem halben Jahr die *housecarls* ihres Vaters gelegen hatten.

Evaine hatte den ganzen Tag damit zugebracht, Anweisungen zu geben. Pferde, Karren und Waffen mussten verstaut werden, die Halle für die ungewohnte Rittermenge hergerichtet werden, Schlafplätze für Knechte und Knappen wurden benötigt und ein Abendessen für all die Menschen musste vorbereitet werden. Jetzt fühlte sie sich endgültig am Ende ihrer Kräfte. Dabei lag das Schlimmste noch vor ihr. Die Auseinandersetzung mit Meredith. Sie starrte weiter in die Halle und zögerte das Unvermeidbare noch einen Moment hinaus. Am gegenüberliegenden Ende der Halle erblickte sie Robert, der dabei war, sich zu verabschieden. Er hatte das private Schlafgemach ihres Vaters bezogen. Es stand ihm zu als neuem Herrn von Allingham.

Als hätte er ihren Blick gespürt, sah er zu ihr. Einen Moment lang trafen sich ihre Blicke. Und der Funke des Vertrauens, das in London zwischen ihnen gewesen war, glomm wieder auf. Er hatte ihr sein Wort gegeben und heute hatte er es auch ihren Leuten gegeben. Er neigte den Kopf als Andeutung einer Verbeugung. Vielleicht hatte er ihre Worte nicht verstanden. Aber er hatte verstanden, was sie für ihn getan hatte. Sie verabschiedete sich mit einem Nicken und ging dann zu Meredith.

»Können wir reden?«, fragte sie ruhig, während sie die Tür hinter sich schloss.

Meredith saß auf ihrem Bett, dabei, sich zu entkleiden. Die Luft in der kleinen Kammer war feucht und kühl.

»Ich wüsste nicht, worüber«, entgegnete Meredith kalt und sah Evaine dabei nicht einmal an.

»Ich habe Vater gesehen. Gesehen und gesprochen. Und ich war dabei, als er Robert das Versprechen abgenommen hat, uns zu schützen. Ein Leben gegen ein Leben, das hat er geschworen.«

Meredith erwiderte nichts, sondern flocht schweigend ihr Haar zu einem Zopf. Sie konnte unerträglich stur sein. Das war sie schon immer gewesen.

»Es war Vaters Wunsch. Wir hatten nur so wenig Zeit zusammen«, fuhr sie fort und musste dabei schlucken, weil die Traurigkeit bei der Erinnerung wieder zunahm. »Und alles, woran er dabei gedacht hat, war unser Wohl. Und das hat er in Roberts Hände gelegt.«

Sie starrte auf Merediths gesenkten Kopf und wartete auf eine Reaktion.

»Ich jedenfalls werde seine Entscheidung nicht anzweifeln«, sagte sie schließlich fest.

»So! Dann war das also Vaters Wille, ja?« Mit blitzenden Augen wandte Meredith sich zu ihr um. »Und war es auch Vaters Wille, dass er all sein Land erhält? Unser Erbe? Uns zu Sklaven auf unserem eigenen Besitz macht?«

Evaine holte Luft, um zu antworten, doch Meredith ließ ihr keine Zeit.

»Nein! Sag mir bloß nicht, dass er das gewollt hat!«, fauchte sie.

Evaine schüttelte hilflos den Kopf. Wie sollte sie ihr in wenigen Sätzen begreiflich machen, was sie selbst in den letzten Wochen erlebt hatte. Die Welt, die sie kannten, gab es nicht mehr. Sie war in Rauch und Asche aufgegangen, am *Senlac* im morastigen Schlamm verendet. Hier galten jetzt neue Gesetze. *Wer sich sein Recht nicht mit dem Schwert zu holen weiß, der hat keins!* Sie hatte mittlerweile begriffen, wie recht Robert hatte. In einer Welt, in der Dörfer niedergebrannt wurden, Unschuldige vor den Toren der Kirche abgeschlachtet wurden, Verwandte nur noch an sich selbst dachten und Männer hilflosen Jungen nach dem Leben trachteten, brauchten sie jeden Schutz, den Robert ihnen geben konnte.

»Das eine geht nicht ohne das andere, Meredith. Wir brauchen ihn. Zu welchen Bedingungen auch immer.«

»Oh nein! Ich brauche ihn überhaupt nicht!«

Evaine begriff, dass sie heute gegen eine Wand sprach.

»Ich hoffe, du überdenkst deine Meinung noch einmal, wenn du ihn besser kennenlernst«, sagte sie matt.

Vielleicht konnte die Zeit ausrichten, was ihre Worte nicht vermochten.

Mit zusammengebissenen Zähnen schüttelte Meredith den Kopf.

»Ich kann vielleicht darüber hinwegkommen, dass er uns unseren Besitz und unser Erbe geraubt hat. Ich kann vielleicht auch ertragen, dass wir ihm fortan ausgeliefert sind. Aber ich werde es niemals gutheißen!« Jedes ihrer Worte war schneidend und eisig wie der Januarwind vor dem Fenster. »Und ich werde dir nicht vergeben, dass du es tust.«

Obwohl die Tage nach dem Dreikönigsfest allmählich länger wurden, waren sie noch immer viel zu kurz, um alle Aufgaben zu bewältigen, mit denen die normannischen Truppen die *burh* überschwemmten. Evaine arbeitete den ganzen Tag von Sonnenaufgang bis weit nach Einbruch der Dunkelheit und hatte doch das Gefühl, niemals allem gerecht werden zu können. Jeder – ganz gleich ob Mann oder Frau, Angelsachse oder Normanne – wollte etwas von ihr.

Die Ankunft der neuen Gemeinschaftsmitglieder stellte das sonst so geregelte Leben hinter Allinghams Wällen auf den Kopf und verlangte von jedem Einzelnen, sich in dem veränderten Ordnungsgefüge zurechtzufinden. Neue, für die Jahreszeit ungewöhnlich viele Aufgaben mussten erledigt werden und forderten enge Zusammenarbeit von Angelsachsen und Normannen. Unzählige Streitereien blieben nicht aus, in denen Evaine fortwährend als Schlichter, Richter oder einfach Übersetzer fungieren musste.

Sie selbst war unsicher, welche Position ihr von nun an zustand. Robert hatte ihr zwar zugesichert, dass Meredith und sie auf Allingham bleiben konnten. Welchen Rang sie dabei bekleiden würden, darüber hatte er nie gesprochen und brachte es auch weiterhin nicht zur Sprache. Doch durch sein Verhalten behandelte er sie nach wie vor als Herrin von Allingham mit allen dazugehörenden Rechten und Pflichten. So überließ er es gänzlich ihrer Verantwortung, die Vorräte zu überprüfen und entsprechend der Anzahl zusätzlicher Mäuler aufzustocken, die Erledigung der Haushaltspflichten zu überwachen und wies ihr beim Mahl in der großen Halle wie selbstverständlich den Platz an seiner Seite am Kopf der Tafel zu.

Er selbst war viel unterwegs. Gemeinsam mit Gérard machte er ausgedehnte Erkundungsritte durch Allinghams nähere Umgebung. Anschließend widmete er sich intensiv der Befestigung seines neuen Besitzes und ließ die in die Jahre gekommenen Wälle und Palisaden der *burh* und des Dorfes erneuern. Meist kehrte er erst nach Einbruch der Dunkelheit zum gemeinsamen Abendmahl in die Halle zurück.

Das abendliche Essen stellte eine gewisse Gleichmäßigkeit in ihrem unruhigen Alltag dar. Dennoch glich es in Evaines Augen eher einer weiteren Pflicht als dem verdienten Ende eines harten Tages. Schwelende Feindseligkeit und Misstrauen ließen jeden Abend zu einer Herausforderung werden. Meredith boykottierte es an den meisten Abenden durch ihre Abwesenheit. Erst wenn es beendet war, hatte Evaine das Gefühl, ihr Tagewerk verrichtet zu haben.

Wenn sich dann langsam Dunkelheit und Ruhe über die *burh* legten und sie sich mit Robert, Gérard und Arnaud in die Abgeschiedenheit des herrschaftlichen Privatzimmers zurückzog, hatte Evaine endlich das Gefühl, ein wenig ausruhen zu können. Dann tauschten sie sich über alles Nennenswerte ihres Tages aus, planten den nächsten Tag oder vertrieben sich zu Gérards Leidwesen die Zeit mit dem Schachspiel.

»Schach.«

Entschlossen zog Evaine ihren Läufer vor und bedrohte damit Roberts roten König. Sie erlaubte sich ein selbstzufriedenes Lächeln. Vielleicht würde sie diese Partie einmal nicht verlieren. Es sah gar nicht so schlecht für sie aus. Sie hatte noch sehr viel mehr Figuren als er. Eben hatte er leichtfertig seine Dame und ein Pferd geopfert. Sie hingegen besaß bis auf zwei oder drei Bauern noch alle.

»Sehr gut«, nickte Robert anerkennend.

Sie beobachtete ihn, wie er das Spielfeld musterte. Beim Spiel zeigte er nicht die winzigste Regung. Schwer zu sagen, ob er seine Situation genauso einschätzte wie sie.

Evaine machte sich darauf gefasst, wie immer eine Ewigkeit zu warten, während er seinen nächsten Zug überdachte. Ihre Konzentration schweifte vom Spiel ab, als sie durch den Raum blickte. Sie saßen gemeinsam auf der Bank einer Fensternische in Roberts Privatraum. Das Zimmer ihres Vaters gab es nicht mehr.

Sie konnte es bereits spüren, wenn sie den Raum betrat. Dabei hatte sich gar nicht viel geändert. Godrics Bücher mit den rötlichbraunen Ledereinbänden und den goldbeschrifteten Rücken füllten immer noch das Regal neben der Tür, obwohl Robert nichts damit anfangen konnte. Selbstverständlich hatte er auch das riesige Bett mit dem beschnitzten Baldachin behalten und davor lag immer noch das gleiche weiche Lammfell auf dem Boden. Lediglich die Truhe mit den persönlichen Dingen ihres Vaters hatte er gegen Geoffreys dunkle Truhe ausgetauscht. Aber es waren die vielen, alltäglichen Kleinigkeiten, die nachdrücklich bewiesen, dass er den Raum für sich beansprucht hatte. Der unordentliche Haufen aus Roberts Gürtel, Dolch und Gürteltasche, der auf der Truhe lag. Sein Rasierzeug, das er in einem Regal zu den Büchern gequetscht hatte. Der *Paternoster*, der nun neben den unbenutzten Schreibmaterialien auf dem Tisch lag. Und sein Duft. Sein unverwechselbarer Geruch, der seiner Kleidung und dem Bett anhaftete und ihr spätestens seit London so vertraut war.

Jetzt wurde er überlagert vom Duft des brennenden Tannenholzes aus dem Kamin. Das Feuer verstrahlte eine angenehme Wärme. Man konnte die Atmosphäre beinahe gemütlich nennen. Gérard hockte auf dem Boden neben dem brennenden Feuer und schnitzte an einem Holzstück herum. Aus einer Nische hinter einem zugezogenen Vorhang erklang bereits Arnauds regelmäßiges Atmen. Sogar Meredith hatte sich zu ihnen gesellt. Sie saß schweigend in der Ecke im Stuhl ihres Vaters an einer Handarbeit.

Allerdings schätzte Evaine, dass sie weniger wegen der Gesellschaft als wegen der Wärme des Feuers bei ihnen saß. Bisher hatte sie kaum gesprochen. Das Abendessen hatte sie wieder ausgelassen. Evaine betrachtete sie verstohlen. Sie sah blass und dünn aus. Ob es an Alric lag? Machte sie sich Sorgen um ihn? Evaine konnte nicht verstehen, dass sie immer noch nichts von ihm gehört hatten.

»Evaine?« Roberts Stimme lenkte ihre Aufmerksamkeit zurück auf das Schachspiel.

»Bist du schon so weit?«, fragte sie. Das war erstaunlich schnell für ihn.

Er nickte, nahm sein Pferd und schlug damit ihren Läufer. Evaine machte ein saures Gesicht. Das würde sie ihm heimzahlen.

»Schachmatt«, sagte er zufrieden.

»Was? Das kann nicht sein!«

Fassungslos blickte sie auf das Spielfeld.

»Tut mir leid. Aber ich denke, du hast verloren«, sagte Robert. Sie konnte seinem vergnügten Ton anhören, dass es ihm ganz und gar nicht leidtat. »Nachdem du den Läufer bewegt hast, bedroht mein Turm deinen König. Aber du kannst ihn nirgendwo hinsetzen. Hier steht dein eigener Bauer, dort mein Läufer …«

Evaine hörte ihm gar nicht mehr zu. Frustriert ließ sie den Kopf in die aufgestützten Hände sinken.

»Gib's auf. Du wirst ihn nicht schlagen«, sagte Gérard trocken. Geschickt ließ er das Messer über das Holzstück gleiten, sodass die Späne direkt in das offene Feuer flogen und noch im Flug verglühten. »Er hat auf Sizilien jahrelang nichts anderes getan.«

Robert ignorierte seinen Zwischenruf und betrachtete Evaine offensichtlich amüsiert.

»Was mach ich nur verkehrt?«, seufzte sie.

»Du bist zu ungeduldig.«

»Ach was! Und was soll das überhaupt heißen?«, fragte sie übellaunig.

Sie war eine schlechte Verliererin. Nicht gerade eine Charakterstärke, aber sie konnte es nicht ändern. Es ärgerte sie einfach!

»Du fixierst dich zu sehr auf eine Sache – wie den Läufer – und verlierst dabei den Rest aus dem Blick«, sagte Robert und reichte ihr den Läufer zurück. »Du konzentrierst dich nur auf den unmittelbar nächsten Schritt.«

Robert begann an den Figuren zu schieben, setzte sein Pferd und ihren Läufer auf die ursprüngliche Position und rückte dann noch ein paar Bauern hierhin und dorthin.

»So. So hat das Spiel eben ausgesehen. Wenn du nun einen Zug mit deinem Läufer machen willst, dann musst du dir auch überlegen, was ich tun werde. Eben hast du selbst den Weg für meinen Turm frei gemacht.«

Sie schnaubte missfällig. Eigene Dummheit machte ihre Niederlage auch nicht viel besser. Allerdings musste sie ihm, wenn auch widerwillig, recht geben.

»Du musst in Gedanken immer einen Schritt voraus sein. Wie werde ich reagieren? Wie könnte ich reagieren? Dann machst du einen Plan, was deine Antwort darauf sein könnte. Und so weiter.«

Das kam ihr ziemlich kompliziert vor. Kein Wunder, dass er immer so lang brauchte.

Robert bemerkte ihr Desinteresse.

»*Bon.* Dann lass uns morgen noch mal eine Runde spielen«, sagte er und begann, die Figuren abzuräumen und zurück in das Ledersäckchen zu stecken.

»Wo du gerade davon sprichst«, sagte Gérard, »was ist eigentlich dein Plan?«

Evaine bemerkte, wie Meredith bei Gérards Worten die Ohren spitzte.

»Ich denke, wir bleiben hier«, antworte Robert ruhig.

Evaine verstand den Sinn dieser Unterhaltung nicht.

»Wo solltet ihr denn sonst hin?«, fragte sie und sah Robert verwirrt an.

»In eine Motte«, sagte Gérard, bevor Robert antworten konnte.

»Und was bitte ist das?«

Meredith hatte ihre Handarbeit in den Schoß sinken lassen.

Ihr Ton war gewohnt unfreundlich, doch anscheinend zwang ihre Neugierde sie, nachzufragen.

»Das ist eine Befestigung«, sagte Gérard knapp, »ein Erdhügel. Obendrauf ein Holzturm, unten ein Wall drumherum, in gut acht Tagen zu errichten. Eine Motte eben.«

Evaine wusste jetzt, was er meinte. Es waren die gleichen Anlagen, die der neue König nach der Eroberung in London hatte bauen lassen. Anschließend hatte er sich mit seinen Rittern dahinter verschanzt.

»Aber wozu? Allingham ist doch befestigt«, sagte sie.

»Dann wäre aber jeder schön für sich. Ihr für Euch und wir für uns.« Gérard betrachtete kritisch seine Schnitzerei. Es war ein kleines Holzschwert. Von der Seite konnte Evaine sehen, wie wunderbar gerade die Klinge geworden war. Nun war er dabei, aus dem unteren Teil noch das Heft herauszuarbeiten. Er war sehr geschickt.

»Immerhin muss dann keiner Angst haben, dass man ihm im Schlaf die Kehle durchschneidet«, sagte er düster.

»Mag sein. Aber wir bleiben hier«, sagte Robert fest.

»Wie schade.«

Meredith konnte sich die Bemerkung offenbar nicht verkneifen. Dabei tat sie, als wäre sie wieder intensiv mit ihrer Näherei beschäftigt. Evaine bedachte sie mit einem scharfen Blick, während die beiden anderen ihren Kommentar wie üblich einfach überhörten.

»Wie du meinst«, sagte Gérard zu Robert, ohne dabei aufzuschauen.

Er schien keine weitere Erklärung von ihm zu erwarten, dennoch fuhr Robert fort: »Wir sind keine Eroberer. Ich bin Godrics rechtmäßiger Nachfolger und das sollen die Leute auch sehen.«

Merediths verächtliches Zischen zog die Aufmerksamkeit erneut auf sie.

»Ist etwas, Meredith?« Robert musterte sie mit hochgezogenen Augenbrauen. Seine Stimme war ruhig. Gefährlich ruhig. Evaine legte ihm eine Hand auf den Arm.

»Meredith! Falls es dir nicht entgangen ist, bemühen wir uns alle um ein friedliches Zusammenleben. Vielleicht könntest du dich zur Abwechslung auch mal zusammenreißen!«

Meredith blitzte sie aus schmalen Augen an.

»War ja klar, auf wessen Seite du stehst«, gab sie trotzig zurück.

»Ich stehe nicht auf Roberts Seite. Wir stehen auf der *gleichen* Seite. Das ist ein Unterschied!«

»Du kannst es nennen, wie du willst, Evaine! Ich nenne es Speichellecken!«

Sie pfefferte das Nähzeug in eine Ecke und rauschte wütend hinaus. Evaine atmete tief durch und versuchte, sich wieder zu beruhigen.

»Wir sollten sie einfach ignorieren«, sagte Robert gänzlich unbeeindruckt von der kurzen Szene.

»Nein! Langsam kann auch sie anfangen, sich an die Situation zu gewöhnen. Ob es ihr nun passt oder nicht!«, erwiderte Evaine entschieden.

»Wie dem auch sei, ich habe nicht vor, hier eine Festung zu errichten, als müsste ich mich dahinter verkriechen. Ich will, dass die Leute mich akzeptieren. Und ich will kein Blutvergießen.«

Er erhob sich und legte das Säckchen mit den Schachfiguren neben den *Paternoster* auf den Tisch.

Evaine fühlte, wie sie bei seinen Worten innerlich ganz klein wurde. Sie hatte in London versprochen, ihm dabei zu helfen. Nun konnte sie nicht mal ihre eigene Schwester überzeugen, wie sollte sie da alle anderen auf seine Seite bringen? Seit ihrer Ankunft und den geleisteten Treueschwüren herrschte auf Allingham abwartende Anspannung. Es war kein Frieden, eher ein vorübergehender Waffenstillstand, bei dem man versuchte, seinen Gegner einzuschätzen. Von Akzeptanz konnte keine Rede sein.

Gérard erhob sich und steckte sein Messer zurück an den Gürtel.

»Ihr könnt ja noch ein paar Pläne schmieden, wie ihr dieses Wunder bewerkstelligen wollt«, sagte er wenig überzeugt und klopfte Robert zum Abschied auf die Schulter.

Dann ging er ebenfalls hinaus. Er schlief in der kleinen Gästekammer, die einst Roberts Krankenzimmer gewesen war.

»Hast du dir schon überlegt, wie es weitergehen soll?«, fragte Evaine vorsichtig und sah zu Robert hinüber.

»Nun, ich habe zwar noch keine Lösung, aber zumindest habe ich schon eingehend über das Problem nachgedacht«, sagte er mit einem Grinsen.

»Nun, immerhin etwas«, erwiderte sie lächelnd. Mit seiner Art schaffte er es irgendwie immer, sie zu beruhigen. »Also?«

»Ich denke, ich habe zwei Probleme«, fing er an. »Erstens: Ich habe keine Ahnung, wie groß mein Besitz eigentlich ist. Alles was ich habe, ist eine königliche Urkunde, dass mir fortan Godrics Land gehört. Ich würde also schon gerne in Erfahrung bringen, was das heißt.«

»Dabei kann ich dir sicher behilflich sein«, erwiderte sie.

Obwohl sie damit nur ein geringfügiges Problem gelöst hatten, fühlten sie sich beide schon irgendwie besser.

»Und zweitens?«, frage sie weiter.

»Zweitens will ich meine neuen Leute kennenlernen. Nicht gerade jeden Bauern, aber die großen Landbesitzer in Allingham *shire*. Weißt du, was ich meine?«

Sie nickte. Neben dem Land, das ihr Vater selbst in Allingham hielt und das von den Dörflern für ihn bestellt wurde, war der Großteil an andere *Thegns* vergeben als Gegenleistung für deren Dienst und Gefolgschaft. Einigen dieser *Thegns* gehörte ebenfalls sehr viel Land. Andere besaßen kaum mehr als die erforderlichen fünf *hide*, um sie von gewöhnlichen *coerls* zu unterscheiden.

»Dann solltest du dich an den *shire moot* wenden.«

»Und wer ist das?«

Sie schüttelte den Kopf.

»Nicht ›wer‹, sondern ›was‹«, korrigierte sie ihn. »Wir haben zwei Arten von Zusammenkünften, die für das Gesetz und die Gerichtsbarkeit im *shire* verantwortlich sind. Den *shire moot* und den *hundred moot*«, klärte sie ihn auf. »Der *shire moot* trifft sich zweimal im Jahr. Der Bischof und alle großen Landbesitzer, wie du sie nennst, kommen dorthin. Ich glaube, es geht um Fragen des Landbesitzes und Ähnliches. Also solltest du ihnen die Urkunde des Königs zeigen. Wenn alles gut geht, werden sie deinen Anspruch bei ihren Leuten bezeugen.«

Evaine selbst war noch nie bei solch einem Gericht gewesen. Aber sie hatte eine Vorstellung davon, wer sich dort versammelte. Die meisten der *Thegns* kannte sie persönlich von den Festen ihres Vaters. Sofern sie denn nach Hastings noch am Leben waren. Fast alle waren mit ihrem Vater in die Schlacht gezogen. Sie hatte keine Ahnung, wie viele überlebt hatten.

Robert lehnte sich zurück in die weichen Kissen, mit denen die Nische bestückt war. Er zog ein Knie an und starrte einen Moment nachdenklich vor sich hin.

»Wann ist diese Versammlung, hast du gesagt?«, fragte er.

»Zweimal im Jahr. Zu Michaelmas im September und zu Ostern.«

Bis Ostern war es allerdings noch ziemlich lang hin. Gerade erst war das Fest der Erscheinung des Herrn vorbei, die Fastenzeit hatte noch nicht einmal begonnen. Wenn er Unruhe im *shire* vermeiden wollte, musste er die neuen Besitzverhältnisse so schnell wie möglich klären.

»Oder du rufst eine außerordentliche Versammlung ein«, schlug Evaine vor.

»Das geht?«

Evaine hatte es nur einmal erlebt, als einer der wichtigsten *Thegns* ihres Vaters kurz nach Pfingsten verstorben war. Man hatte die Erbfolge zügig regeln wollen. Damals hatte ihr Vater zu Himmelfahrt ein zusätzliches Treffen des *shire moot* einberufen, in dem der Sohn als offizieller Nachfolger bestätigt worden war.

»Ich glaube schon. Was hältst du von Candlemas?«, schlug sie vor. Candlemas war das offizielle Ende der Weihnachtszeit am zweiten Februar. »Bis dahin sind es noch gut zwei Wochen. Also gerade genügend Zeit, um einen Boten herumzuschicken.«

Der Gedanke schien ihm zu gefallen.

»*Bon.* Also an Candlemas.«

Für einen Moment brütete jeder über den eigenen Gedanken.

So gesehen klang alles gut. Aber es machte ihr dennoch einige Bauchschmerzen. Wer sollte die *Thegns* dazu veranlassen, Roberts Anspruch zu akzeptieren? Der ein oder andere rechnete sich bereits seit Jahren eigene Chancen aus, falls Godric weiterhin ohne männlichen Erben blieb. *Ich will kein Blutvergießen.* Das hatte Robert gesagt. Aber würde er im Zweifel davor zurückschrecken, um seinen Anspruch durchzusetzen? Sicher nicht. Andererseits fielen Evaine auf Anhieb eine Menge Namen unter den Mitgliedern des *shire moot* ein, die ebenfalls nicht davor zurückschrecken würden.

»Robert?«

»Mhm?«

»Wenn alles gut geht, werden sie deine Ansprüche akzeptieren. Aber was, wenn nicht?«

Zerknirscht sah sie ihn an. Doch er schien ihre Bedenken nicht zu teilen.

»Keine Sorge. Ich kann sehr überzeugend sein«, sagte er leichthin und stand auf. Er ging zum Feuer und nahm das Schüreisen.

»Bleibst du noch ein wenig? Dann lege ich noch Holz nach«, sagte er, als gäbe es nichts Wichtigeres als diese Alltagsbanalitäten.

»Äh … Ich denke, ich gehe gleich ebenfalls schlafen.«

»D'accord.«

Er stocherte noch ein wenig in der abkühlenden Glut herum.

»Also: Wie willst du sie überzeugen?«, wollte sie hartnäckig wissen.

Er wandte sich wieder zu ihr um.

»Evaine, ich habe zwei überzeugende Argumente. Das eine schläft draußen in der Halle auf dem Boden und zählt gut fünfzig bewaffnete Ritter.« Er war vollkommen ernst. Also würde er doch vor nichts zurückschrecken. Hatte er nicht gesagt, dass er kein Blutvergießen wollte? Sie bekam eine Gänsehaut.

»Und das andere Argument bist du.«

»Ich?«, echote sie wie eine Idiotin.

»Jeder hier schätzt und respektiert dich. Genau genommen werde also nicht ich sie überzeugen, sondern du. Dein Leumund und dein Ansehen.«

»Aber Frauen haben dort nichts zu suchen!«

»Ich denke, das ist eine Ausnahme.«

Damit war die Sache für ihn entschieden.

Nervös sprang sie auf und begann vor den Feuerresten auf und ab zu gehen.

»Was ist die zweite Versammlung, von der du eben gesprochen hast?«, wechselte Robert das Thema. Seufzend ging sie darauf ein.

»Der *hundred moot* ist eine Versammlung der Leute des *hundred*. So ähnlich wie der *shire moot*, nur kleiner.«

»Und was ist der *hundred?*«

»Jeder *shire* ist in kleinere Einheiten unterteilt, die *hundreds*. Sie sind wichtig für Steuern, den Wehrdienst – solche Sachen eben. Alles rund um Allingham, also das Dorf, die *burh* und die Felder, gehören zum Allingham *hundred*. Und es gibt noch drei weitere *hundreds* in diesem *shire*. Spellbeorg liegt weiter nördlich, Henswrith westlich von hier und Slánburn an der Quelle des Slán.«

»Der *hundred moot* trifft sich auch zweimal im Jahr?«

»Nein. Öfter. Alle vier Wochen. Er ist auch für die Rechtsprechung zuständig.« Sie verzog das Gesicht. »Da muss man schon öfter zusammenkommen. Für Allingham gehörst du natürlich auch zum *hundred moot*.«

»Klingt interessant.«

»Eigentlich nicht«, sagte sie trocken, »Es ist eine öffentliche Versammlung auf dem Marktplatz von Allingham. Die wichtigsten Mitglieder werden geladen, aber jeder *coerl,* also jeder freie Mann, kann kommen und sein Anliegen vortragen. Der *hundred* entscheidet dann darüber.«

»Und warum genau ist das jetzt uninteressant?«, fragte er neugierig.

»Nun, weil …«, sie rang die Hände, »weil sie letztes Jahr einmal zwei Stunden darüber gestritten haben, ob eine Eiche nun auf Wulfrics Land steht oder auf Ulfs«, sagte sie genervt und entlockte Robert ein Lächeln. »Nein warte, es geht noch weiter: Mein Vater hat dann vorgeschlagen, die Eiche zu teilen. Aber jeder von beiden benötigte sie für eine Hütte, also den ganzen Stamm.«

Roberts Grinsen wurde noch breiter.

»Und wie haben sie das Problem dann gelöst?«

»Also, wenn es nach mir gegangen wäre, hätte ich den Baum nach einer halben Stunde verbrannt!«

Jetzt lachte er laut auf. Sie musste ebenfalls lachen, allein bei der Erinnerung an diese ganze alberne Debatte.

»Das heißt aber, dein Vater hat eine bessere Lösung gefunden?«

»Zumindest eine andere«, sagte sie schmunzelnd. »Er ließ den Baum abholzen, kaufte ihn selbst und gab jedem die Hälfte des Werts. Dann mussten sich beide einen neuen suchen.«

»Nun, ich sehe ganz neue Herausforderungen auf mich zukommen.«

Auf seinen Lippen lag ein spöttisches Lächeln, aber sie sah ihm an, dass er sich eigentlich darauf freute.

»Hin und wieder ist es aber auch eine ernste Sache«, gab sie zu bedenken. »Dann geht es um Diebstahl, Blutschande. Es ist nicht besonders angenehm, über die eigenen Leute zu Gericht zu sitzen.«

Evaine entschied, dass es für sie nun wirklich Zeit wurde, ihr Zimmer aufzusuchen. Sie wandte sich zum Gehen und stieß mit dem Fuß gegen etwas, das vor dem Kamin auf dem Boden lag. Gérards Holzschwert. Er hatte es liegen lassen.

Sie hob es auf und betrachtete es eingehend. Es war wunderschön geworden. Jetzt erst bemerkte sie die winzigen Schnitzereien am Heft. Blumen und Ornamente rankten sich daran entlang. Robert war neben sie getreten und beugte sich ebenfalls über Gérards Arbeit.

»Hat er es für Arnaud gemacht?«, fragte sie.

»Gut möglich.«

Robert nahm ihr das Schwert aus der Hand und wog es prüfend in den Händen, balancierte die Klinge auf der Handkante und machte ein paar Probeschwünge, die mit dem kleinen Schwert ein wenig albern aussahen.

»Gut ausbalanciert«, war sein abschließendes Urteil. Er schien wenig überrascht und wenig beeindruckt.

»Woher kann er das? Ich meine, er hat es ja auch so schnell geschnitzt.«

»Sein Vater war Tischler.«

»Oh.«

Robert hatte ihr zwar gesagt, dass er nicht gerade vornehmer Herkunft war. Aber ein Handwerker?

»Wieso ist er dann Söldner geworden?«

Wurden Tischlersöhne nicht gewöhnlich auch Tischler? Und Fleischersöhne Fleischer? So wie Bauernsöhne eben Bauern wurden?

»Seine Familie ist tot. Umgebracht. Praktisch das ganze Dorf«, sagte Robert ruhig und blickte dabei auf das kleine Schwert.

»Alle?«, hauchte Evaine entsetzt.

»Ja. Die Franzosen. Henry, der König von Frankreich, ist mit Geoffrey, dem *Comte* d'Anjou, in die Normandie eingefallen. Sie haben geplündert und gebrandschatzt.« Er zuckte die Schultern, als gehöre das eben zum Krieg dazu. »Gérard war der Einzige, der überlebt hat.«

Evaine war eiskalt geworden.

»Wann ist das passiert?«, fragte sie bedrückt.

»Vor neun Jahren.« Robert blickte sie an. »Kurz bevor wir uns kennengelernt haben. Aber Arnaud wird sich bestimmt über das Schwert freuen«, wechselte er das Thema.

»Ja, bestimmt … Ich sollte jetzt ins Bett gehen«, sagte sie.

Das Feuer war so weit heruntergebrannt, dass alle Konturen zu weich fließenden Schatten verschwommen. Robert stand dicht vor ihr. So dicht, dass sie ihn wieder riechen konnte, seinen Duft.

»Ja, das solltest du«, erwiderte er.

Sie hatte eine Gänsehaut. Aber sie konnte nicht sagen, ob

wegen Gérards Schicksal, der Kälte des abkühlenden Zimmers oder des Klangs seiner Stimme.

»Gute Nacht, Evaine.«

»Gute Nacht, Robert.«

Dann floh sie aus der Dämmerung des Raums in die Dunkelheit außerhalb.

Am Vorabend von Candlemas hielten sie gemeinsam die alljährliche Prozession ab.

Nach der Prozession verlief der restliche Abend in gedämpfter Atmosphäre und fast keiner sprach ein Wort. Die Gedanken an den kommenden Tag ließen Evaine nicht los und sie spürte, dass es Robert und selbst Gérard ebenso ging. Sie verabschiedete sich früh, um ins Bett zu gehen. Für den nächsten Morgen wollte sie ausgeruht sein.

Doch als Evaine schließlich in der Dunkelheit ihrer Kammer lag, konnte sie nicht schlafen. Sie entwarf unzählige Szenarien der bevorstehenden Versammlung, die alle damit endeten, dass Robert von den *Thegns* ihres Vaters gemeuchelt wurde oder Roberts Männer das Gleiche mit ihnen anstellten. Sie selbst stand jedes Mal ratlos dazwischen. Die Ungewissheit nagte an ihr. Doch noch schwerer wog das Wissen, dass der Ausgang des Tages von ihr abhing. Sie würde nicht nur als Roberts Übersetzer fungieren. Sie sollte auch die anderen von seinem Anspruch überzeugen.

Rastlos wälzte sie sich im Bett umher und lauschte auf Merediths Atemzüge. Für gewöhnlich beruhigte sie die Regelmäßigkeit dieses Geräuschs, aber heute Nacht verschlimmerte es ihre Nervosität noch. Mit jedem gleichmäßigen Auf und Ab schien der Morgen unaufhaltsam näher zu rücken. Sie hatte das Gefühl, die ganze Verantwortung des Tages ruhe auf ihren Schultern. Irgendwann wurde die Beklemmung so groß, dass sie meinte, kaum mehr atmen zu können. Ruckartig setzte sie sich im Bett auf, von dem drängenden Wunsch getrieben, Trost zu suchen. Sie schlüpfte in ihre Schuhe und wickelte sich eilig in ein Schultertuch. Dann verließ sie die Schlafkammer.

Fröstelnd marschierte sie im Nachthemd durch die kalte Februarnacht über den Hof zu der kleinen Kapelle der *burh.* Wenn sie schon wach war, dann konnte sie wenigstens beten. Bereits auf dem Weg wurde ihr bewusst, dass sie vielleicht nicht allein die Verantwortung trug. Letztlich lag alles in Gottes Händen. Auch der morgige Tag. Sie merkte, wie das beklemmende Gefühl in ihrer Brust etwas nachließ.

Die Luft war bitterkalt und brannte in ihren Lungen. Obwohl die Nacht sternenklar war, roch es seltsam nach Schnee. Evaine wäre nicht verwundert, wenn am Morgen endlich der lang erwartete Schneefall einsetzen würde. Mit taubenklammen Fingern drückte sie die Klinke der Kapellentür hinunter. Abgesehen vom *bellgeat* war die Kapelle das einzige Steingebäude der *burh.* Ihr Inneres war beinahe so kalt und dunkel wie die Nacht draußen. Die Steine schienen die Winterkälte aufgesogen zu haben. Evaine trat lautlos ein. Nur eine einzelne Kerze brannte tapfer am Altar und verströmte spärliches Licht und Wärme. Der Altar war von ihrer Mutter gestiftet worden und der heiligen Margarete, Schutzpatronin der Schwangeren und Gebärenden, geweiht. Während der Schwangerschaft mit Meredith war sie von großer Unruhe erfüllt gewesen. Evaine hatte verschwommene Erinnerungen daran, wie sie gemeinsam mit ihrer Mutter in der Kapelle gebetet hatte. Sie hatte es eifrig und voller Inbrunst getan. Merediths glückliche Geburt hatte alle bösen Ahnungen und Ängste vertrieben und Evaines kleines Herz mit tief empfundener Dankbarkeit gegenüber der Heiligen erfüllt. Drei Jahre später war ihre Mutter bei der Geburt eines Jungen gestorben.

Evaine griff in das Weihwasserbecken neben der Tür, auf dem sich bereits eine dünne Eisschicht bildete, und hielt mitten im Bekreuzigen inne. Seitlich neben dem Altar kniete zu Evaines Erstaunen eine große dunkle Gestalt auf dem steinernen Boden, den Blick nach unten gerichtet. Evaine wollte sich gerade leise wieder entfernen, als die schwere Tür ächzend hinter ihr zufiel.

Robert hob den Kopf und wandte sich zu ihr um.

»Entschuldige … ich wollte dich nicht stören«, stammelte sie.

»Du störst nicht.« Er deutete einladend mit der Hand neben sich und widmete sich dann wieder seinem Gebet. Zögernd trat sie näher und kniete sich neben ihn.

Roberts Kopf war gesenkt, sodass sein Gesicht im Schatten lag. Dennoch konnte sie sehen, wie sich seine Lippen lautlos bewegten, während der *Paternoster* in seinen Händen ruhte.

Evaine faltete die Hände und richtete ihren Blick auf die goldene Madonnenstatue vor ihr. Sie war aus Holz geschnitzt, aber ganz und gar mit einer glänzenden Goldschicht bezogen. Auf einem Schemel sitzend hielt Maria das Jesuskind auf ihrem Schoß. Evaine betrachtete ihr Gesicht, wie sie es immer tat. Doch sie merkte, dass die Gebete, die eben noch so drängend auf ihren Lippen gelegen hatten, verstummt waren. Sie war eben nicht allein hier.

Sie schloss die Augen und versuchte, Roberts Gegenwart auszublenden. Im Geiste begann sie, das *Ave Maria* zu beten. Als sie geendet hatte, war sie kaum ruhiger. Aber immerhin konnte sie sich wieder auf die Bitte konzentrieren, die ihr am meisten auf der Seele brannte. *Bitte lass mich das Richtige sagen, lass mich die rechten Worte finden.* Sie wiederholte es einige Male inbrünstig. Dennoch spürte sie, dass ihr Gebet in dieser Nacht oberflächlich blieb und ihr Geist unfähig war, sich Gottes Wort zu öffnen. Das Gefühl der Geborgenheit und der innere Friede, die sie sonst verspürte, blieben aus. Niedergeschlagen erwog sie, zurück ins Bett zu gehen.

Sie öffnete die Augen und blickte erneut verstohlen zu Robert. Er betete immer noch seinen *Paternoster* und hielt den Blick gesenkt. Evaine beschloss, seinem Beispiel zu folgen. Sie schloss die Augen, flehte aber nicht weiter. Stattdessen betete sie erneut das *Ave Maria*. Danach das *Pater noster*, das *Angelus* und alles, was ihr einfiel. Und auch als ihr nichts mehr einfiel, blieb sie einfach in der stillen Dunkelheit der Kapelle auf dem Steinfußboden knien. Die Kerze brannte langsam nieder und die Kälte der Nacht kroch in ihre Glieder. Doch Evaine ignorierte es und versank in tiefe innere Stille. Als sie die Augen wieder öffnete, wusste sie, dass nichts, was morgen geschehen würde, in ihrer Macht stand. Und sie wusste, dass sie nun würde schlafen können.

Sie erhob sich und stellte fest, dass Robert bereits aufgestanden war und sie nachdenklich betrachtete. Sie schenkte ihm ein zaghaftes Lächeln.

»Geht es dir besser?«, fragte er mit weichem Lächeln.

»Ich glaube schon. Und dir? Warst du auch in Sorge? Wegen morgen?«

»Schon.« Er blickte sich um. »Aber ich komme öfters. Ich bin es schuldig.«

Sie verstand nicht, was er meinte. Aber sie wollte auch nicht in ihn dringen. Etwas Privateres als das Gebet mit Gott konnte sie sich schließlich nicht vorstellen.

»Eine schöne Kapelle«, wechselte er das Thema und blickte sich um. »Wieso hat sie zwei Altäre?«

Der kleine Raum wirkte im schwächer werdenden Lichtschein der Kerze noch kleiner.

»Den einen hat meine Mutter gestiftet und den anderen mein Vater.«

Sie nahm eine der bereitstehenden Kerzen, entzündete sie an der verlöschenden Flamme und stellte sie vor die goldene Madonna. Dann entzündete sie eine weitere und trug sie zum anderen Altar.

»Dieser hier ist der heiligen Margarete gewidmet«, sagte sie und deutete auf die Statue der Jungfrau, die einen Drachen bezwang. »Sie ist eine Helferin in Geburtsnöten.«

»Dann ist er wohl von deiner Mutter.«

»Genau. Den Marienaltar ließ mein Vater nach ihrem Tod bauen. Sie und mein Bruder liegen hier in der Gruft begraben.«

Sie betrachtete nachdenklich Maria und das Jesuskind. Im Schein der Kerzen leuchtete das Gold und verlieh ihnen eine Aura überirdischer Schönheit.

»Als Kind habe ich mir manchmal eingeredet, es wäre meine Mutter mit meinem toten Bruder. Albern, nicht wahr?«

»Keineswegs«, sagte Robert ernst.

Sie schwiegen einen Moment, ehe er erneut das Wort ergriff.

»Ich bin froh, dass du morgen mitkommst.« Der sanfte Blick seiner Augen erzeugte ein seltsam warmes Gefühl in ihr. »Aber ich werde auch hingehen. Also geht keiner von uns beiden allein.«

Sie lächelte.

»Vertrau mir. Wir wollen beide das Gleiche«, sagte er.

Und plötzlich ruhte das Gewicht des bevorstehenden Tages auf zwei Schultern.

KAPITEL 7

Als der Morgen anbrach, war der Himmel bereits dicht mit Wolken bedeckt. Es war kalt und trüb. Der Treffpunkt des *shire moot* war ein Apfelbaum, ein weithin bekannter Versammlungsort im Allingham *hundred*. Wie der *hundred moot* tagte auch der *shire moot* unter freiem Himmel.

Außer Evaine begleiteten Robert noch Gérard und zwanzig bewaffnete Ritter.

Nach einer knappen Stunde schweigsamen Ritts kam der Apfelbaum am gegenüberliegenden Ufer des Slán in Sicht. Seine kahlen Äste hoben sich wie ein Gerippe vor dem tristen Winterhimmel ab.

Evaines Mut sank. Um den Baum herum wartete eine Gruppe von fast zwei Dutzend *Thegns* und bewaffneten angelsächsischen Kämpfern.

»Das sieht nicht gut aus«, sagte sie bedrückt.

»Nein. Das sieht in der Tat nicht gut aus«, erwiderte Robert düster.

»Scheinbar hat sich unsere Verabredung herumgesprochen.« Gérard ritt von der anderen Seite an Robert heran. »So viel zu unserer Überlegenheit.«

Robert nickte und warf einen prüfenden Blick auf seine eigenen Männer. Evaine konnte sehen, wie er seine Chancen gegen die zumindest zahlenmäßig ebenbürtigen gegnerischen Truppen abwog. Doch Roberts Gefolgsleute waren besser ausgerüstet und trainiert als der zusammengewürfelte Haufen Angelsachsen.

Evaine sank immer tiefer auf dem Rücken ihrer Stute zusammen. Es sah aus wie der Beginn ihrer Albträume der letzten Nacht. Sie starrte geradeaus und erwartete beim nächsten Blinzeln die unaufhaltsame Abfolge der grausamen Bilder zu sehen, an deren Ende der gefrorene Boden mit Blut getränkt war.

An der alten Holzbrücke überquerten sie den Slán. Das dunkle Holz knirschte beunruhigend unter dem Gewicht ihrer Pferde. Doch Evaine hatte als Kind oft genug hier gespielt, um zu wissen, dass es das immer tat. Als ihre Gruppe vor den wartenden Angelsachsen Stellung bezog, konnte Evaine kaum ruhig in ihrem Sattel bleiben.

»Bist du so weit?«

Robert sah von seinem Pferd aus zu ihr herüber. Sie sandte ein kurzes Stoßgebet zum Himmel und nickte ihm zu. Gemeinsam lösten sie sich aus den normannischen Reihen. Evaine fühlte sich angreifbar und ausgeliefert, obgleich es ihre eigenen Leute waren, denen sie gegenüberstand.

Ihr Blick schweifte über die Gesichter der *Thegns,* die Roberts Aufruf gefolgt waren. Egbert, im Alter zwischen Robert und ihrem Vater, war einer der einflussreichsten von ihnen. Neben ihm Redwald, der Abt von Dorsome Abbey, einer von ihren Eltern protegierten Abtei. Und ein paar weitere, deren Gesichter ihr vage bekannt vorkamen. Wie gebannt blieb ihr Blick an einem kantigen Gesicht unter einem Spangenhelm hängen. Osric. Ehrliche Freude und Erleichterung durchfluteten sie. Er lebte und es ging ihm gut. Er sah anders aus. Älter. Härter. Und doch war es der Mann, der sie vor wenigen Monaten so verzweifelt zum Abschied geküsst hatte. Er saß auf einem gescheckten, nervös tänzelnden Pferd und führte eine Gruppe junger Kämpfer an. Sein *byrnie* glänzte hell im milchigen Licht der wolkenverhangenen Morgensonne.

Er erkannte sie ebenfalls. Sie konnte es in seinen Augen lesen. Staunen, Verblüffung. Und dann Missfallen. *Du bist eine Hure.* Alrics Anschuldigungen spiegelten sich auch in seinen Augen.

»*Þes þú hál*, Evaine Godricsdotter.« Aus den Reihen der Angelsachsen hatte sich Egbert gelöst. »Was wollt Ihr hier?«

Sie riss sich von Osrics Antlitz los und konzentrierte sich auf das, wofür sie gekommen war.

»*Þesaþ þé hále.* Ich bin hier als Übersetzer. Und als Zeuge«, sagte sie laut. In der kalten Luft bildete ihr Atem kleine Nebelschwaden. »Ich bin gekommen, um den Anspruch von Robert d'Arbuste zu bezeugen, auf dessen Einladung Ihr alle hier seid.«

Der kalte Februarwind trug ihre Worte über das Feld.

»So sagt uns, was für ein Anspruch das ist«, sagte Abt Redwald.

Sein dunkler Mantel war an Saum und Ärmeln mit weißem Lammfell besetzt. Darunter konnte Evaine das Glänzen seines *byrnies* erkennen. Auch er war gekommen, um nötigenfalls zu kämpfen.

»William von der Normandie, gesalbter König von England, hat ihm die Ländereien meines Vaters Godric von Allingham zugesprochen.« Evaine bedeutete Robert mit einem Blick, die königliche Charta hervorzuholen. »Er ersucht Euch um die Bestätigung seines Anspruchs.«

Ihren Worten folgte aufgeregtes Gemurmel. Argwöhnisch musterten die Anwesenden die emporgehaltene Charta. Evaine konnte nicht verhindern, dass ihr Blick erneut zu Osric glitt. Sie konnte Wut und Zorn in seinen Augen aufblitzen sehen. Schnell wandte sie sich wieder ab.

Redwald winkte Robert näher zu sich heran, damit er das Schriftstück in Augenschein nehmen konnte.

»Es ist das Siegel des Königs«, bestätigte er auf Französisch an Robert gerichtet und wiederholte es dann für seine Leute. Robert rollte die Charta zusammen.

»Das Siegel eines Erbschleichers und Räubers!«

Osrics Stimme ließ Evaine zusammenzucken. Wutentbrannt zwängte er sich mit seinem Pferd nach vorn und riss sein Schwert aus der Scheide. Das surrende Geräusch entzündete Aggressivität und Zorn unter den Normannen. Weitere Schwerter blitzten auf, nervöse Hände zuckten zu den Waffen.

»RUHE!« Roberts gellende Worte geboten seinen Männer Einhalt. Die Luft vibrierte vor verhaltener Anspannung.

»Dieses Siegel bedeutete mir gar nichts!«, schrie Osric und deutete mit der Spitze seiner Klinge auf Roberts Charta. »Ein Räuber hat kein Recht, sein Raubgut weiterzugeben! Und welches Siegel er auch immer daruntersetzt, es bleibt ein Unrecht!«

Sein Blick richtete sich provozierend auf Robert. Als wollte er sichergehen, dass der die Bedeutung seiner Worte verstanden hatte.

»Sie wollen es nicht akzeptieren«, murmelte Evaine Robert halblaut auf Französisch zu. »Das sehe ich«, erwiderte er, den Blick abschätzend auf Osric gerichtet. »Wer ist das?«

Er war nicht im Mindesten eingeschüchtert durch dessen Gehabe.

»Sein Name ist Osric. Er gehörte zu Vaters engsten Gefolgsleuten«, sagte sie.

Gérard gab ein abfälliges Schnauben von sich.

»Wie passend«, murmelte er mürrisch vor sich hin. Seine Finger spielten am Griff seines Schwerts.

»Osric Oswaldson hat recht«, schaltete Egbert sich ein wenig gemäßigter ein und bedeutete Osric mit einem unwirschen Blick, sich zurückzuziehen. Es stand ihm nicht zu, an seiner und Redwalds Stelle die Verhandlung zu führen. Dennoch sah Evaine genau, dass die meisten der Kämpfer Osrics Männer waren, Gefolgsleute ihres Vaters. Damit würde seine Meinung den Ausgang der Verhandlung entscheidend beeinflussen. Und das wusste er.

»Kein Normanne hat das Recht, über unser Land zu verfügen«, fuhr Egbert fort. »Das Land gehört uns gemäß den Gesetzen unserer Väter und den Gesetzen *Cyning* Edwards.«

Robert musterte wachsam jede Regung im Gesicht seines Gegenübers.

»Sag ihnen, ich bin bereit zu vergeben und zu vergessen – wenn sie mir ihre Treue schwören«, sagte er, noch ehe Evaine zu Ende übersetzt hatte. »Jeder wird behalten, was ihm unter Godric gehörte.«

Sie tat es und bemerkte den kurzen Blick, den Egbert und Redwald austauschten. Robert hatte mit seiner Antwort ins Schwarze getroffen. Es ging ihnen weniger um Roberts Ansprüche, als um ihren eigenen Besitz. Auch Osric war das nicht entgangen.

»*Ná!* Ich scheiße auf seine Gnade!« Zur Unterstreichung spuckte er Robert vor die Füße.

»Schweigt! Genug jetzt, Oswaldson!«, fuhr Egbert dazwischen. »Das entscheidet nicht Ihr allein!«

Evaine konnte sehen, wie Osric ob dieser Zurechtweisung vor Wut kochte. Nachdenklich rieb Redwald sich über sein blankes Haupt.

»In jener Schlacht am *Senlac* hat Gott den Lauf der Geschichte, das Schicksal unseres Volkes geändert. Viele mutige Männer unseres *shire* sind dem Ruf ihrer Herren gefolgt, haben ihre Pflicht erfüllt im Kampf. Wie gedenkt Ihr mit all jenen zu verfahren, die das Schwert gegen Euren König erhoben haben?«, wandte er sich jetzt auf Französisch direkt an Robert.

»Wenn sie mir fortan ihre Treue versichern, werden sie ihr Land behalten«, gab Robert ohne Umschweife zurück.

Redwald übersetzte halblaut für Egbert. Beide wogen Roberts Worte sorgfältig ab.

»Nicht alle sind aus jener Schlacht zurückgekehrt, viele Söhne unseres *shire* haben im Kampf ihr Leben gegeben.« Redwalds Stimme klang ernst, beinahe feierlich. »Und derweil ihnen Gottes Gnade zuteilwird und sie sein Angesicht schauen, bleiben ihre Witwen und Waisen zurück. Wie werdet Ihr mit ihnen verfahren? Auf welche Gnade dürfen sie künftig hoffen?«

Ungeduldig hatte Evaine Redwalds Sermon gelauscht. Jetzt spürte sie, wie Robert mit seiner Antwort zögerte. Letztlich ging es nur darum, was mit dem Land der Gefallenen geschehen würde.

»Ich werde über jeden Fall einzeln entscheiden«, sagte Robert langsam.

Seine Antwort missfiel ihnen sichtlich. Im Klartext bedeutete es, dass er das Land an seine eigenen Männer verteilen würde. Das begriff selbst Evaine.

»*GENÓG!* GENUG!« Osric ging erneut wütend dazwischen. »Ich verhandle nicht mit Normannen! Und ich feilsche nicht um etwas, das mir längst gehört! Ich werde das Siegel eines normannischen Bastards nicht akzeptieren! Mag er sich nun König nennen oder nicht!«

»Und was ist mit dem Wort meines Vaters? Akzeptierst du das?«

Evaines heftige Worte vibrierten durch die kalte Luft. Vor Verblüffung verschlug es Osric für einen Moment die Sprache. Die Aufmerksamkeit der gesamten Versammlung richtete sich erneut auf sie. Ihre Kehle wurde trocken. Entschlossen richtete sie sich auf, um ihr Unwohlsein nicht zu zeigen.

»Was soll das heißen, Godricsdotter?«, fragte Egbert und beugte sich argwöhnisch auf seinem Pferd vor. »Was ist mit Eurem Vater?«

»Mein Vater starb in normannischer Gefangenschaft«, erwiderte sie. Unbewusst glitten Redwalds und Egberts Blicke zu Osric hinüber. Evaine sah einen Anflug von Schuld über sein Gesicht huschen. Es wäre seine Pflicht gewesen, ihren Vater zu retten oder für ihn zu sterben. Er hatte beides nicht getan. Sie konnte sich vorstellen, wie schmerzlich das für ihn selbst war. Er hatte ihren Vater geliebt wie seinen eigenen.

»Aber ich habe Gelegenheit erhalten, mit meinem Vater zu sprechen«, fuhr sie fort. »Es war der Wille meines Vaters, dass der Mann, für den ich heute Zeugnis ablege, seinen Besitz bekommt!«

Sie war froh, dass ihre Stimme trotz der Anspannung fest klang. Jedes Wort entsprach genau ihrer Überzeugung. Wenngleich es nicht der Wortlaut ihres Vaters gewesen war, so war sie sich doch inzwischen sicher, dass er es so gewollt hätte. Er hatte ihr eigenes Leben unter Roberts Schutz gestellt. Sie hatte keinen Zweifel, dass sie und Meredith sein kostbarster Besitz waren.

Osric stieß ein verächtliches Lachen aus. Dann verzog sich sein Mund zu einer harten Linie.

»*Náhwær!* Niemals! Ich war Godrics engster Vertrauter! Niemals wäre das sein Wunsch gewesen!«

Sein Blick heftete sich auf Evaine. Sie drückte die Schultern durch und hob den Kopf noch ein wenig höher.

»Ich bin hier, um genau dies zu bezeugen. Willst du meine Aussage etwa in Zweifel ziehen?«, entgegnete sie ihm scharf.

Osric dachte wütend über eine Erwiderung nach. Es war gefährlich, sie vor aller Ohren des Meineids zu bezichtigen. Egbert mischte sich ein, ehe ihm eine Antwort einfiel.

»Evaine Godricsdotter, wollt Ihr damit sagen, dass Euer Vater diesen Mann als seinen Erben eingesetzt hat?«, fragte er ungläubig und deutete auf Robert.

Robert wartete immer noch schweigend.

»Ich schwöre es«, sagte sie fest.

Sprachlosigkeit senkte sich über die Versammelten. Evaine nutzte dies zu ihrem Vorteil und wandte sich an alle.

»Es ist anerkanntes Recht, dass ein strittiger Sachverhalt durch Zeugeneid bestätigt werden kann. Und genau dies tue ich hiermit. Ich lege Zeugnis dafür ab, dass mein Vater seinen Besitz in die Hände dieses Mannes gelegt hat. Wenn Ihr also nicht das Siegel des normannischen Königs akzeptieren wollt, so müsst Ihr doch die Entscheidung meines Vaters akzeptieren.«

Die angelsächsischen *Thegns* brauchten einen Moment Bedenkzeit, um die geänderte Lage zu erörtern. In der Zwischenzeit brachte Evaine Robert auf den neusten Stand.

Er lächelte nicht und verriet wie beim Schach auch sonst mit keiner Regung seine Gedanken. Doch Evaine bemerkte das anerkennende Glitzern in seinen Augen. Sie begann erneut zu hoffen. Dennoch blieb die Sorge wegen Osric. Er war hartnäckig und unnachgiebig. Sie bezweifelte, dass es möglich wäre, ihn heute umzustimmen. Oder jemals umzustimmen.

»Nun gut, Evaine«, ergriff Redwald das Wort, nachdem sie ihre Beratung beendet hatten. »Ihr seid heute hier als Zeugin erschienen und mit Recht akzeptiert diese Gerichtsversammlung Euer Wort und Euren Eid. Den meisten, wie mir selbst, seid Ihr von Kindesbeinen an bekannt. Euer Ansehen wird von jedermann in Allingham *shire* geachtet.« Evaine lauschte seinen Ausführungen mit angehaltenem Atem. »Dem zum Trotz wird Euer Zeugnis durch die Ungewöhnlichkeit des Belangs selbst in Zweifel gezogen.« Evaines Hoffnung schwand und sie spürte Enttäuschung wie Galle in sich hochsteigen. »Dazu verlangt das Gesetz im Falle eines gültigen Zeugeneids mindestens fünf glaubhafte Zeugen. Ihr hingegen seid nur ein einziger.«

»Weil außer mir, meinem Vater und Robert niemand dort war!« entfuhr es ihr heftig. Dumme, halsstarrige Narren! »Wie soll ich Zeugen finden, wenn es keine weiteren Zeugen gab?«

Redwald schüttelte sein kahles Haupt.

»Ihr ersucht dieses althergebrachte Gericht, nach dem Recht unseres Landes und dem Gesetz unserer Väter zu entscheiden. Und Ihr erhofft Euch, dass Euer Anspruch durch das Gesetz bestätigt wird. Und doch verlangt genau dieses Gesetz mehr als einen Zeugen.«

Redwalds umständliches Lamentieren angesichts der Situation machte sie rasend. Mit wortloser Bitte wandte sie sich Egbert zu. Er rutschte unruhig in seinem Sattel hin und her.

»Wollt Ihr die Entscheidung lieber mit dem Schwert austragen? Ist es das, was Ihr wollt?«, fragte sie hitzig. »Begreift Ihr nicht, dass nicht sie darunter leiden werden, sondern wir? Unser Land, unsere Frauen und Kinder?«

Sie konnte nicht verstehen, wie sie so gleichgültig über das Schicksal so vieler zu Gericht sitzen konnten.

»Und ob sie darunter leiden werden!«, fiel Osric ihr lautstark ins Wort. »Als ob das hier schon alles wäre! Dies sind längst nicht alle Männer, die bereit sind zu kämpfen. Es gibt noch sehr viele mehr, die ihnen Widerstand bieten werden.«

Mit hektischen Atemzügen zog sie die eisige Luft ein, doch konnte sie die brennende Hitze ihrer Angst nicht kühlen. Was sollte sie nur tun? Was sollte sie jetzt noch sagen? *Bitte Herr, Heiliger Geist!*

Osrics hasserfüllte Stimme riss sie aus ihren Gedanken.

»Dein Wort beweist gar nichts, Evaine!« Zum ersten Mal richtete er sich direkt an sie. Seine Stimme war eiskalt und troff vor Verachtung. »Du kannst nicht erwarten, dass wir dir das glauben!«

Sie traf eine Entscheidung und spürte, wie ihr zugleich ein Schauer über den Rücken rann. Sie biss die Zähne zusammen und wandte sich voller Entschlossenheit an Osric.

»Es steht dir frei, mein Zeugnis anzuzweifeln«, sagte sie bestimmt, »doch dann fordere ich einen *ordæl!*«

Wieder folgte Evaines Worten plötzliches Schweigen. Doch diesmal war die Stille bedrückt. Dann wiederum löste eine plötzliche Betriebsamkeit ihre Starre ab. Zu Roberts eigenem Erstaunen und dem seiner Männer stiegen sie von ihren Pferden und zogen unter Evaines Führung in einer kleinen Prozession hinüber zur Brücke, über die sie gekommen waren.

»Was soll das werden?«, raunte Gérard ihm irritiert zu. Robert zuckte mit den Schultern. Es war ihm unmöglich, den Ausgang der Verhandlung abzusehen. Er fühlte sich seltsam an die Schlacht am *Sanguelac* erinnert, in der der Vorteil abwechselnd zwischen beiden Seiten hin und her brandete. Doch im Unterschied zu jenem Tag wusste er heute nicht, was er tat. Als torkelte er blind inmitten einer tobenden Schlacht umher. Unbehaglich folgte er der Prozession, nur begleitet von Gérard. Man hatte ihm bedeutet, seine Truppen beim Apfelbaum zurückzulassen. Es widerstrebte ihm mit jeder Faser seines Körpers. Und hätte er nicht die Entschlossenheit auf Evaines blassem Gesicht gesehen, hätte er es nicht getan.

Auf der Brücke hatte sich nun eine kleine Gruppe versammelt. Außer ihm und Gérard stellten sich noch Redwald und Egbert sowie ein halbes Dutzend Männer, die bisher nur wenig zur Verhandlung beigetragen hatten, sowie der blutdürstige Schwertwedler namens Osric im Halbkreis um Evaine auf. Redwald, der Abt, half ihr trotz der in die Knochen dringenden Kälte aus ihrem Mantel. Robert beschlich ein ungutes Gefühl. Was zur Hölle hatte sie vor?

Der Abt richtete jetzt das Wort an ihn. Er sprach gutes Französisch, hatte aber eine scheußliche Aussprache. Anscheinend war er sich dessen nicht bewusst, denn sonst hätte er wohl nicht so unnötig viel und umständlich gesprochen.

»Ihr habt jene Frau als Zeugin hergebracht, dass Godric Euch zu seinem Erben eingesetzt hat.« Robert hörte nur halb zu, weil Evaine in der Zwischenzeit ihre Handschuhe und ihre Kapuze abstreifte. »Es ist gewiss nicht abstreitbar, dass dies mehr als ungewöhnlich ist. Trotz ihres untadeligen Ansehens und der Ehrbarkeit ihrer Herkunft wird ihr Zeugnis daher von einigen der Versammlung angezweifelt.« Redwalds Blick huschte zu dem jungen Angelsachsen mit dem rachsüchtigen Blick. Seine Miene war mehr als düster und er musterte Robert, als wollte er jeden Moment anfangen, zu knurren. Robert begegnete seinem Blick kalt. Hundesohn! Wenn Evaine ihn ließe, würde er mit ihm kurzen Prozess machen.

»Wie Godrics Tochter uns glaubhaft versichert hat, gibt es keine weiteren Zeugen für Euer Anliegen. Ein Urteil kann also nur getroffen werden, indem der Eid Eurer Zeugin weiter geprüft wird.« Robert wartete ungeduldig, dass er mit seinem Geschwafel zum Ende kam. »Godrics Tochter wird sich daher einem *iudicum Dei* unterziehen.«

Ein Gottesurteil.

Noch während Redwald sprach, entledigten sie Evaine ihres Obergewandes und einer der Männer band ihr mit einem Zügel die Hände zusammen, prüfte die Festigkeit seiner Fessel, während ein weiterer bereits mit einem Stock die Tiefe des Flussbetts maß. Wie betäubt wechselte Roberts Blick zwischen Evaine in ihrem leinenen Unterkleid und den Eisschollen auf dem Wasser hin und her. *Ein Gottesurteil!* Blanke Panik riss ihn aus seiner Starre.

»NEIN! Das könnt Ihr nicht machen!« Er sprang vor und stürzte auf Evaine zu, wurde aber von den umstehenden Angelsachsen zurückgerissen. Gleich mehrere krallten sich an seine Arme, während er wie ein Irrer um sich schlug. »IHR HURENSÖHNE! Ihr bringt sie um!«

Evaine zitterte am ganzen Körper und ihre Lippen begannen

bereits, sich blau zu verfärben. Die grünen Augen waren voll Angst und Sorge, dennoch schüttelte sie entschlossen den Kopf.

»Bitte, lass es, Robert!« In einer beschwichtigenden Geste hob sie die gefesselten Hände. Doch die darin liegende Hilflosigkeit ließ die Angst noch brennender durch seine Adern fließen. »Ihr wollt sie ertränken!«, brüllte er aus Leibeskräften.

»AUFHÖREN! Bitte, Robert! Hör auf!«

Evaines flehentlicher Zuruf drang durch den Schleier roter Wut. Er zwang sich, innezuhalten, während die Wachen ihn noch immer keuchend umklammerten.

»Dies hier geschieht auf ihren eigenen Wunsch«, sagte Redwald, der bei Roberts Ausbruch ängstlich ein paar Schritte zurückgewichen war. »Sie selbst hat entschieden, ihren Eid Gottes Urteil zu unterziehen.«

»Wenn Ihr ein Gottesurteil wollt, dann lasst sie gefälligst da raus!«, entgegnete er heftig und fuhr zu dem rachsüchtigen Hundesohn Osric herum. »Dann wagt Euch gefälligst in einen Zweikampf, Mann gegen Mann!«, schrie er ihn an, erntete aber nur ein Zähnefletschen.

Wütend riss er sich von den Männern los.

»Wo ich herkomme, entscheidet ein Zweikampf! Unter Männern!«, presste er vor Zorn bebend hervor. »Und nicht das Opfern einer Jungfrau.«

»In Anbetracht ihrer geschiedenen Ehe kann sie wohl kaum mehr als Jungfrau betrachtet werden«, sagte Redwald spitz. »Auch bei uns ist diese Art des *ordæl* für eine Frau von Rang mehr als ungewöhnlich«, rechtfertigte er sich aber. »Ich habe ihr – auch in Anbetracht der Jahreszeit – bereits einen *ordæl* durch heißes Eisen ans Herz gelegt. Aber sie besteht darauf, ihn hier und jetzt durch kaltes Wasser zu vollziehen. Unter Berücksichtigung ihrer eigenen Initiative und der Tatsache, dass sie für keinerlei Verbrechen unter Verdacht steht, halte ich es für angebracht, ihr die Wahl zu lassen.«

Es war ihre eigene Idee. Das war das Einzige, was Robert seinem Gefasel entnehmen konnte. Er wirbelte zu ihr herum. Sie hatte mittlerweile alles abgelegt, was sie zusätzlich beschweren könnte. Schuhe, Strümpfe, Schleier, einfach alles bis auf ihr dünnes, weißes Leinenkleid. Stattdessen hatten sie einen schweren Stein an einem weiteren Lederriemen befestigt, der wie eine Fessel neben ihren Füßen lag und sie unweigerlich auf den Grund des Flusses reißen würde.

»Evaine …« Seine Stimme zitterte.

Sie zitterte ebenfalls. Er konnte nicht sagen, ob nur vor Kälte oder gleichsam aus Furcht. Weiße Schneeflocken blieben in ihren unbedeckten Haaren hängen und glitzerten wie Perlen. Bevor er weitersprechen konnte, ergriff sie das Wort. Sie stammelte leicht, weil ihre Lippen unentwegt bibberten. Aber der Blick ihrer grünen Augen war fest.

»Vertrau mir. Wir wollen das Gleiche.«

Das waren seine eigenen Worte. Sie schlug ihn mit seinen eigenen Waffen! Er sah sie an und kämpfte mit sich. Das konnte sie unmöglich von ihm verlangen! Das konnte sie unmöglich tun! Sie nickte ihm zu, als wäre die Sache zwischen ihnen entschieden. Dann bedeutete sie ihren Leuten, weiterzumachen. Wie gelähmt verfolgte er das Spektakel.

Sie trat an den Rand der Brücke. Es gab keine Brüstung. Unmittelbar vor ihr floss der Slán in eisiger Ruhe dahin. Robert riss sich zusammen. Gérard war neben ihn getreten und legte ihm mitfühlend die Hand auf die Schulter.

»Hoffentlich weiß sie, was sie tut.«

»Sie hat keine Ahnung, was sie tut«, stieß Robert zwischen zusammengebissenen Zähnen hervor. »Hier!« Er drückte Gérard sein Schwert mitsamt Gürtel in die Hand und fuhr fort, eilig seinen Mantel und sein Kettenhemd loszuwerden.

»Was soll das?«

»Na was wohl! Ich werde sie rausholen!«, fuhr er ihn an und stapfte zum Ufer. Mit Entsetzen beobachtete er die kleinen Eisschollen, die auf dem Wasser schwammen.

»Du weißt schon, dass das Urteil dann ungültig ist«, rief ihm Gérard hinterher.

Robert hätte ihn für diesen Kommentar am liebsten selbst in den Fluss geworfen. Er sah hinauf zur Brücke. Der Priester beendete gerade sein Gebet mit einem Kreuzzeichen über ihrem Haupt.

»So möge denn Gott in seiner Weisheit, der in die hintersten Winkel der Herzen schauen kann, die Wahrheit deines Eides bezeugen oder widerlegen«, verkündete Redwald. *»›Denn siehe, ich befehle meinen Engeln, dich auf Händen zu tragen‹*, spricht der Herr. Und so wird er auch dich, Evaine, aus der Drangsal des kalten Wassers erretten und so sein Urteil kundtun.«

Er wiederholte das Gleiche für Angelsachsen und Normannen, um ein letztes Mal deren Zustimmung zu dem Prozedere einzuholen. Robert nickte ihm grimmig vom Flussufer aus zu. Osrics Miene war nicht weniger finster.

Als Evaine Robert ansah, verzog sie ihre bebenden Lippen zu etwas, das vielleicht ein Lächeln sein sollte. Dann sprang sie.

Er konnte den scharfen Atemzug hören, den sie machte, als ihr Körper in die Fluten tauchte. Im nächsten Augenblick umschloss sie das schäumende Wasser und der Stein zerrte sie in die Tiefe.

Robert wurde abwechselnd heiß und kalt. Schwankend vor Angst zählte er die Schläge seines Herzens. *Eins, zwei, drei, vier, fünf* … Es hämmerte heftig gegen seine Brust und dröhnte überlaut in seinen Ohren. *Zehn, elf, zwölf, dreizehn* … Mit jedem Schlag wurde es lauter. Seine Welt reduzierte sich auf den kleinen Bereich blassblauen Wassers, in dem Evaine schäumend verschwunden war. *Achtzehn, neunzehn, zwanzig* … Nach zwei Dutzend Herzschlägen würde er ihr hinterherspringen, komme, was wolle! *Zweiundzwanzig, dreiundzwanzig, vierundzwanzig!* Das reichte! Er zuckte nach vorn, als er von Gérard eisern zurückgehalten wurde.

»Da!« Gérards Arm schnellte vor und deutete auf das Wasser.

Evaine tauchte wieder auf. Ihr dunkler Schopf stieß durch die Wasseroberfläche. Japsend rang sie nach Luft, paddelte mit vor Kälte steifen Armen und drohte erneut zu versinken.

Ohne weitere Reaktionen abzuwarten, hechtete Robert durch das Wasser. Nach wenigen Schritten umschlossen ihn die klirrend kalten Fluten bis zur Hüfte und lähmten jede Bewegung. Er kämpfte sich tiefer hinein, ignorierte, wie Arme und Beine taub wurden und die beißende Kälte seinen Atem stocken ließ. Endlich bekam er Evaines Arm zu fassen. Er riss sie heraus und schleppte sie zurück ans Ufer.

Eine ehrfürchtige Meute fassungsloser Zuschauer aus Angelsachsen und Normannen empfing sie bereits und half ihnen hinaus.

»*Mon Dieu!* Wo ist ihre Fessel? Und der Stein?«, stieß Gérard ungläubig hervor. Der eben noch so fest sitzende Lederriemen hatte sich gelöst und sie von der Last des Steins befreit. Redwald hob ehrfürchtig die Hände zum Himmel und stimmte ein angelsächsisches Gebet an.

Robert beachtete nichts von all dem, sein Blick hing einzig an Evaine. Sie bewegte sich kaum. Er wickelte sie in seinen Mantel und begann, ihre Arme und Beine zu reiben.

»Evaine.« Er murmelte ihren Namen, während er sie an sich presste und versuchte, ihren froststarren Körper zu wärmen. Er hätte beinahe erleichtert aufgestöhnt, als sie flatternd die Lider bewegte. Ihre Haut war leichenblass und ihre Lippen von einem fahlen Blau. Sie flüsterte so leise, dass er sich ganz nah zu ihr herabbeugen musste, um sie zu verstehen.

»G-g-gott hat ent-tschied-den«, hauchte sie.

Er spürte, wie seine Brust eng wurde und er mit den Tränen kämpfte.

»Ja«, sagte er laut. »Gott hat entschieden.«

Der Ritt vom Apfelbaum bis nach Allingham war ihm auf dem Hinweg kurz erschienen, war bei brütenden Gedanken über die bevorstehende Versammlung verflogen. Doch der Rückweg zog sich unendlich hin. Er dachte an die Nacht, in der er in Allingham Hilfe für Arnaud gesucht hatte. Die Kälte war damals genauso klirrend gewesen. Doch wie damals spürte er nichts davon, weil sein Geist sich auf den leblosen Körper in seinen Armen konzentrierte. Der damals hatte vor Fieber geglüht. Der jetzt war kalt und steif.

Endlich erreichte er die schützende Wärme der Burg. Begraben unter Fellen und Decken lag Evaine bald mit mehreren Bettwärmern in dem großen Bett in Roberts Zimmer, in dem das Feuer im Kamin loderte und bollernde Hitze verströmte.

Meredith hatte nur wenige Augenblicke gebraucht, um ihr Entsetzen zu überwinden. Danach hatte sie mit klaren Anweisungen Mägde und Bedienstete umhergescheucht und die Kontrolle übernommen. Er war noch niemals so dankbar für ihre Gegenwart gewesen. Nachdem die drängendsten Aufgaben erledigt waren, hatte sie ihm mit einem Blick auf seine durchnässte Kleidung einen Stapel trockene in die Hand gedrückt und ihn in die Halle geschickt, wo in der Zwischenzeit ein warmes Essen aufgetischt worden war. Er hatte mit seinen Männern gegessen und doch kaum gemerkt, was er gerade zu sich nahm. Wie im Halbschlaf beantwortete er einsilbig die Fragen seiner Leute und überließ den Großteil des Redens Gérard. Erst als Meredith gegen Ende der Mahlzeit dazukam und ihm mitteilte, dass es Evaine besser ging, fing er an, sich zu entspannen. Er ließ sich von Gérard zu ein paar großen Bechern Wein überreden und nahm dann in unmittelbarerer Nähe des Feuers Platz. Der Wein wärmte Robert wohltuend von innen und sorgte dafür, dass er langsam aus seinem Schockzustand auftaute. Ein Meer unterschiedlichster Gefühle trat zutage, die mühsam verarbeitet werden wollten. Doch eines schwamm ganz obenauf. Er wollte sie sehen. Er redete minutenlang auf Meredith ein, ehe sie es ihm schließlich gestattete.

»Wie geht es dir?«, fragte er und ließ sich auf der Bettkante neben ihr nieder. Sie lag halb aufgerichtet in einem Berg von Kissen und Decken. Die Tür stand weit auf und Meredith hielt mit gestrengem Blick Wache wie eine alte Matrone.

Evaine lächelte ihn an. Ihn fröstelte bei dem Gedanken, dass er dieses Lächeln um ein Haar nie wieder gesehen hätte.

»Es geht mir gut.« Ihre Haut hatte wieder Farbe bekommen und ihre Hand auf der Bettdecke fühlte sich beruhigend warm an, als er sie flüchtig berührte.

»Mein Gott, was hast du dir nur gedacht!« Er konnte den Vorwurf nicht länger zurückhalten. »Warum hast du das getan, ohne mit mir zu sprechen?«

Sie senkte den Blick.

»Du hättest es nicht zugelassen«, sagte sie leise.

»Nein! Gewiss nicht!«, platzte er heftig heraus. »Und stattdessen hast du mich vor vollendete Tatsachen gestellt!« Er hatte nicht vorgehabt, sie zu schelten, aber er konnte sich nicht zurückhalten.

»Es tut mir leid«, sagte sie sanft. »Ich wollte nicht, dass du meinetwegen solch einen Schreck bekommst.«

»Einen Schreck?«, echote er. »Himmel, dass du lebst, ist ein Wunder! Du verdankst dein Leben allein Gottes Gnade und seinem wunderbaren Eingreifen!«

Bei seinen Worten färbten sich ihre Wangen rosa. Nervös spielte sie mit den Fransen einer Decke.

»So ein großes Wunder war es auch nicht«, murmelte sie.

Er hatte noch nie so etwas Dummes gehört. Er hatte ihn selbst gesehen, den Stein, der sie in die Tiefe gerissen hatte, die Fesseln, die ihre Hände geknebelt hatten. Niemals hätte sie die Knoten im eisigen Wasser lösen können.

»Das sah der *shire moot* aber anders!«, erwiderte er. »Euer Abt hat sich gar nicht mehr einbekommen vor Jubel. Und selbst dein Freund Osric hat darüber für einen Moment seinen Blutdurst vergessen!«

Er unterließ es, ihr von seinem zornigen Abzug zu berichten. Robert war sich sicher, dass er ihn noch lange nicht loswerden würde. Wie eine lästige Zecke in seinem Pelz.

Die Röte in Evaines Gesicht nahm zu und belustigte ihn irgendwie. Sie konnte unmöglich erst die Heldin spielen und sich dann wegen der Aufmerksamkeit genieren.

»Du wirst dich wohl an etwas Trubel gewöhnen müssen«, sagte er spöttisch. »Unter meinen Männern hat sich das Ganze – nicht zuletzt dank Gérard – wie ein Lauffeuer verbreitet. Für sie rangierst du künftig direkt nach der Heiligen Jungfrau.«

»Oh je.« Sie sah jetzt ehrlich gequält aus.

»Was ist denn nur?«

Sie warf einen Blick zur Tür. Meredith war inzwischen verschwunden, hatte sie aber offen gelassen.

»Bitte schließ für einen Moment die Tür«, murmelte sie.

Er warf ihr einen skeptischen Blick zu. Immerhin waren sie ganz allein.

»Nun mach schon«, sagte sie energisch. »Niemand wird glauben, dass wir beide nach dem heutigen Tag etwas anderes tun als reden!«

Ihre Andeutung ließ auch ihn leicht erröten. Als ob er dergleichen im Sinn hätte! Ihr hartnäckiger Blick ließ ihn schließlich widerstrebend aufstehen und die Tür schließen.

»Was soll das?«, fragte er, als er erneut neben ihr Platz genommen hatte.

»Ich muss dir etwas sagen«, fing sie geheimnisvoll an. »Das alles war vielleicht nicht ganz so wundersam, wie es den Anschein hatte.«

Verständnislos blickte er sie an.

»Was soll das heißen?«

Er hatte alles mit eigenen Augen gesehen. Den Fluss, den Stein, sie selbst, wie sie im Wasser versank.

»Ich habe ihn zerschnitten. Den Lederriemen«, flüsterte sie.

Ungläubig hörte er ihr zu. Ihre Hände waren gefesselt gewesen. Und ihr Leinenhemd, es hatte keinerlei Taschen. Wie hätte sie an ein Messer kommen sollen?

»Es war ein Stein, ein scharfkantiger Stein«, sagte sie leise, während sie immer wieder nervös zur verschlossenen Tür blickte. »Ich wusste, dass er dort unten liegt. Wir haben als Kinder an dieser Brücke gespielt. Alric, Meredith und ich.«

Sie machte eine kleine Pause. Aber er brachte kein Wort heraus.

»Im Sommer sind wir von der Brücke in den Slán gesprungen. Er ist dort schön tief und das Wasser hat wenig Strömung«, erklärte sie. »Einmal hat Alric sich dort das Bein aufgerissen, weil er an diesen Stein gekommen ist. Von da ab war es ein Spiel, ein Wettbewerb. Wir sind abwechselnd gesprungen und haben unter Wasser versucht, ein Seil oder ein Stück Stoff durchzuschneiden. Und so habe ich auch den Lederriemen durchgeschnitten. Allerdings ist es im Juli sehr viel leichter als im Februar«, gab sie kleinlaut zu und schauderte bei der Erinnerung.

Immer noch sprachlos versuchte Robert zu schlucken und merkte, dass ihm der Mund vor Verblüffung offen stand. Er klappte ihn wieder zu und räusperte sich.

»Soll das heißen, dass du betrogen hast?«

»Nein!«, erwiderte sie entschieden. »Ich habe nicht betrogen! Ich habe diesen dummen Narren ihr Leben gerettet! Sie vor sich selbst gerettet!« Ihre grünen Augen funkelten trotzig. *»›Siehe, ich sende Euch wie Schafe mitten unter die Wölfe. Also seid listig wie die Schlangen und arglos wie die Tauben.‹«*, zitierte sie aus der Bibel. »Und mehr habe ich nicht getan.«

Robert stierte sie an. Dann brach er in schallendes Gelächter aus.

»Wahrlich, wahrlich, Evaine«, sagte er, als er sich wieder gefangen hatte. »Du warst listig wie die Schlangen und arglos wie die Tauben.«

Sie sah ihn nun ebenso vergnügt an.

»Ich bin froh, dass du es verstehst«, sagte sie dann.

»Allerdings. Aber das werden nicht sehr viele tun«, erwiderte er ernst. Allein die Vorstellung, was Abt Redwald dazu sagen würde! »Dieses Wissen sollte dieses Zimmer besser nicht verlassen.«

Sie nickte.

»Ich werde es niemandem sagen. Bestimmt denkt Meredith sich ihren Teil, aber sie wird auch nichts verraten.«

»Trotzdem war das alles mehr als leichtsinnig!«, tadelte er sie erneut. »Die Kälte hätte dich umbringen können! Dein Herz hätte aussetzen können! Wenn du unter Wasser die Orientierung verloren hättest …«

Er merkte, wie die Unruhe bei diesen Gedanken erneut in ihm hochkochte. Er war in der Normandie am Meer aufgewachsen. Er wusste sehr gut, was im Winter bei einem Unfall auf dem Wasser alles geschehen konnte. Gott hatte trotz allem seine schützende Hand über sie gehalten.

»Danke.« Sie ergriff seine Hand auf der Bettdecke. Er hatte gar nicht gemerkt, wie er sie angespannt zur Faust geballt hatte. »Für deine Sorge.«

Sie lächelte ihn erneut an, ein zärtliches Lächeln, das ihn bis ins Mark wärmte. Er dachte an die geschlossene Tür und seine Entschiedenheit, mit der er eben jeden unanständigen Gedanken weit von sich gewiesen hatte. Evaine lag sie in seinem Bett und ihr Haar ergoss sich seidig über seine Kissen. Meredith hatte es mit Rosenwasser gekämmt und es verströmte einen sinnlichen Duft. Ihre Wangen und Lippen waren einladend rosig.

Er entschied sich zu gehen, konnte sich aber nicht daran hindern, ihr beim Abschied einen Kuss auf die Wange zu geben, nur um noch einmal deren Wärme zu spüren.

KAPITEL 8

Mitte Februar wurde es endlich milder. Die Sonne schien vom strahlend blauen Himmel und die letzten Reste gefrorenen Schnees tauten schließlich weg. Vorwitzige Frühjahrsblüher kämpften sich ihren Weg durch den noch harten Boden. Als der Boden auch in der Tiefe wieder auftaute und ein Umgraben möglich machte, wurden Felder und Gärten für die kommende Saat vorbereitet.

Evaine hätte die Aufgabe, den Gemüsegarten umzugraben, leicht an eine der Mägde übertragen können. Doch sie tat es selbst. Es drängte sie nach dem langen Winter geradezu, endlich die Strahlen der Frühlingssonne zu spüren. Daher kroch sie nun auf allen Vieren jätend durch das Beet oder grub Kompost unter.

»Evaine, was machst du?«

Arnaud war mit hängenden Schultern zu ihr durch den Garten geschlurft und beobachtete sie bei ihrer Arbeit.

»Ich grabe Kompost unter. Wenn man es nicht tut, ist der Boden so fest, dass die Karotten nur schwer wachsen können«, erklärte sie ihm.

Arnauds Antwort war ein uninteressiertes Schnauben, indessen er mit dem Fuß ein paar Dreckklumpen durch die Gegend kickte.

»Kann ich helfen?«, fragte er. Dennoch klang er wenig begeistert.

»Hat dein Dienstherr denn nichts für dich zu tun?«, fragte sie.

»Er hat gesagt, ich störe«, murmelte Arnaud. Dabei blickte er beleidigt auf den Boden und bohrte mit der Schuhspitze Löcher in den Dreck.

Evaine konnte sich sehr gut vorstellen, was Robert dazu bewogen hatte. Gestern hatte Arnaud sie bei ihrem Rundgang durch die Vorratshütten begleitet und dabei neugierig einen Blick in jeden Raum und Schrank geworfen. Bereits nach kurzer Zeit hatte er begonnen, sich zu langweilen, und irgendwelchen Unfug angestellt. In der Kornkammer hatte er trotz ihrer Ermahnung so lang mit den Mausefallen gespielt, bis eine kaputt war. Dann schickte sie ihn auf den Hof, bis sich eine der Mägde bitterlich darüber beschwerte, dass er die Gänse ärgerte. Er hatte seinen rechten Platz auf der *burh* eben noch nicht gefunden. Irgendwie gehörte er nirgendwo dazu. Um den Männern bei der Pflege von Waffen, Tieren oder Sonstigem wirklich hilfreich zu sein, war er mit seinen acht Jahren und seiner schmalen Statur zu klein. Robert selbst war nun oft anderweitig beschäftigt, während es für Arnaud wenige Aufgaben und noch weniger Spielgefährten gab.

»Also schön. Dann setz dich und hilf mir«, gab sie nach.

Zögerlich hockte er sich zur ihr in das Beet. Doch das Umgraben war sichtlich nach seinem Geschmack. Bald beackerte er voller Eifer den zähen Boden und genoss es, mit den Händen in der feuchten Erde zu wühlen.

»Darum heißt der Monat hier *Solmonað«,* sagte Evaine und deutete auf ihre dreckigen Hände. »*Sol* heißt ›Matsch‹.«

Grinsend streckte Arnaud ihr seine schwarzen Finger entgegen.

»Das passt viel besser als Februar«, kicherte er. »Und was bedeutet ›Karotte‹?«

Er lernte beinahe mühelos angelsächsische Wörter und Ausdrücke. Manchmal war sie erstaunt, wie viel er von den Gesprächen zwischen ihr und den Bediensteten bereits verstand. Dann könnte er sich in Zukunft wenigstens im Haushalt nützlich machen.

»*Séo moru«,* sagte sie. »Eine Karotte.«

»*Séo moru«,* wiederholte Arnaud.

Als sie fertig waren, verströmten die aufgebrochenen Schollen einen intensiven Erdgeruch. Es roch nach Frühjahr, nach Wachstum und nach Leben.

Ächzend reckte sich Evaine. Sie hatte nicht gedacht, dass sie heute schon so ins Schwitzen kommen würde. Nun mischten sie die Möhren- mit Radieschensamen. Die Radieschen keimten und reiften schneller als die Karotten. So ließen sich die Saatreihen besser wiederfinden und das Unkraut dazwischen leichter entfernen.

»Und was bedeutet Radieschen?«

»Du solltest sie lieber fragen, was Kettenhemd heißt!«, rief Robert vom Ausgang der Küche dazwischen. »Oder willst du Bauer werden?«

Mit langen Schritten kam er durch den Garten zu ihnen herüber.

Verstohlen versuchte Evaine, ihre dreckigen Finger an ihrem Rock abzureiben. Doch es war sinnlos. Sie sah aus wie ein Ferkel. Wie ein verschwitztes Ferkel.

Er hingegen sah umwerfend frisch und gesund aus. Die Frühlingsluft hatte die Spuren von Erschöpfung auf seinem Gesicht weggeblasen. Stattdessen hatten die ersten Sonnenstrahlen seiner Haut bereits einen Hauch von Farbe verliehen. Sein dunkles Haar war wieder etwas länger und vom Wind zerzaust.

»Das weiß ich doch längst!«, erwiderte Arnaud triumphierend.

»So?«

»*Byrnie!*«

Fragend wandte sich Robert an Evaine.

»Wo er recht hat …«, antwortete sie und zwinkerte Arnaud anerkennend zu.

»*Bon,* dann wird aus dir vielleicht doch noch ein Ritter«, sagte Robert und verwuschelte Arnaud scherzhaft die Haare, bis sie zu allen Seiten hin abstanden.

»Ich habe die halbe Burg nach euch abgesucht, ehe ich euch hier gefunden habe«, wechselte er das Thema.

»Wir haben Möhren und Radieschen gepflanzt«, antwortete Arnaud und wies stolz auf das frisch bestellte Beet.

Doch Robert war nicht interessiert an ihrer bäuerlichen Tätigkeit.

»Seid ihr denn jetzt so weit? Ich suche nämlich jemanden, der mir beim Fallenstellen behilflich ist.«

Augenblicklich sprang Arnaud auf, die Augen leuchtend vor Begeisterung. Das war deutlich besser als der Gemüsegarten. Doch zu seinem Verdruss wies Robert ihn an, erst das Gartengerät sauber zu machen. Widerstrebend entfernte er sich, um einen Eimer Wasser zu holen.

»Soso, Möhren und Radieschen«, sagte Robert und betrachtete Evaine mit schief gelegtem Kopf. »Hat das zufällig etwas mit Trüffeln zu tun?«, fragte er scheinbar interessiert.

»Trüffel?« Sie blinzelte ihn verständnislos an.

»Ja, Trüffel. Du weißt schon. Diese besonderen Pilze, die unter der Erde wachsen. Man sucht sie meist mit Schweinen, die sie auf Hunderte Meter Entfernung riechen können.«

»Äh, nein.«

»Gut. Ich dachte nur …« Robert zuckte leichthin mit den Schultern, als wolle er das Thema damit auf sich beruhen lassen. Doch Evaine konnte den spöttischen Glanz in seinen Augen sehen.

»Wieso?«, fragte sie mit zusammengekniffenen Augen.

Er trat einen Schritt näher an sie heran und beugte sich ein wenig vor. Evaine beobachtete ihn aus großen Augen, wie er die Hand ausstreckte, als wollte er ihr Gesicht berühren.

»Nun, weil du aussiehst« – jetzt lag ein breites Grinsen auf seinem Gesicht – »als hättest du mit deiner Nase persönlich das Beet durchwühlt«, sagte er und wischte belustigt eine Spur Dreck von ihrer Nasenspitze.

Evaine wurde augenblicklich rot, musste aber im nächsten Moment in Roberts amüsiertes Lachen einstimmen. Spaßeshalber schlug sie nach ihm.

»Beim nächsten Mal …«

Ihre Erwiderung erstarb im durchdringenden Geläut des *bell-geat*, das Evaine erschrocken zusammenzucken ließ.

»Was zur …!«

Robert wirbelte ebenfalls herum. Doch von der Abgeschiedenheit des Küchengartens aus war das Torhaus nicht zu sehen.

»Ihr wartet hier!«, rief er Evaine und Arnaud über den anhaltenden Lärm der Warnglocke zu. Dann rannte er durch den Küchengarten in Richtung Hof und Tor.

Die Aufregung am Tor der *burh* rührte von einem guten Dutzend bewaffneter Männer, allem Anschein nach Angelsachsen, die den Slán Hill hinaufkamen.

»Das ist Byrhthelm!«

Evaine war zu Robert hinauf auf die Zinnen des *bellgeat* geklettert, nachdem sie Arnaud in die Halle gebracht und sich dann durch die schaulustige Schar normannischer Ritter gezwängt hatte. Je näher die Gruppe der bewaffneten Männer herankam, desto mehr von ihnen erkannte sie.

In der folgenden kurzen Verhandlung teilten sie mit, dass sie gekommen waren, um zu reden. Als Zeichen des Friedens ließen sie ihre Waffen vor dem Tor zurück und Robert gewährte ihnen Einlass.

»Wir haben gehört, was der Normanne an Candlemas im *shire moot* versprochen hat.« Byrhthelm sprach für sie alle, Evaine übersetzte. Robert saß am Platz ihres Vaters in der Halle, um ihr Anliegen anzuhören. Sein Ausdruck war wie so oft schwer zu deuten.

»Er sei bereit zu vergeben und zu vergessen, wenn wir ihm die Treue schwören. Und jeder Mann erhalte zurück, was ihm unter Godric gehörte«, fuhr Byrhthelm fort.

Er war gut zehn Jahre älter als Robert. Eine kurze, etwas gedrungene Erscheinung mit seelenruhiger Ausstrahlung. Byrhthelm war ein *Thegn* und ehemaliger *housecarl* ihres Vaters, der ihm jahrelang treu und zuverlässig gedient hatte.

»Und genau dafür sind wir gekommen: Wir werden ihm die

Treue schwören, sofern wir unser Land zurückerhalten.«

In seinen Worten schwang die unausgesprochene Frage mit, ob Robert zu dem stehen würde, was er beim *shire moot* gesagt hatte.

Robert erhob sich.

»Ich werde mein Wort halten«, entgegnete er fest.

Der Rest des Vormittags verging mit Verhandlungen über das den jeweiligen Männern gehörende Land und die Pflichten, die Robert künftig von ihnen erwartete, und endete schließlich mit dem Austausch der Eide nach angelsächsischer Sitte. Evaine stand unermüdlich daneben und übersetzte für die jeweils andere Seite, bis ihr Mund trocken wurde.

»Irmin ist tot«, sagte Byrhthelm schließlich, »und viele weitere Männer und Freunde aus unseren Reihen. Was passiert mit ihrem Land?«

Roberts Gesicht wurde eine Spur finsterer. Es war inzwischen Nachmittag und mit jeder verstreichenden Stunde und jedem *hide* Land, das er den Angelsachsen zusprechen musste, war seine Laune schlechter geworden.

»Auch mit ihnen werde ich verfahren, wie ich bei der Versammlung gesagt habe: Ich werde über jeden Fall einzeln entscheiden.«

Doch Byrhthelm gab sich damit nicht zufrieden.

»Er hat einen Sohn. Er ist fast zwölf.«

Mit zwölf Jahren wäre der Junge alt genug, das Erbe seines Vaters anzutreten, wenn auch unter Aufsicht seiner Mutter oder anderer Verwandter.

»Ich werde darüber nachdenken«, erwiderte Robert abweisend.

»Was soll mit Irmins Witwe passieren? Sie hat noch drei weitere Kinder. Ihr Bruder und ihr Vater sind tot.«

Ruhig, aber unnachgiebig bohrte Byrhthelm weiter. Evaine übersetzte schweren Herzens. Die Lage der Frau war noch schlechter als ihre und Merediths. Byrhthelms Versuche, sich für sie einzusetzen, waren ehrbar. Doch zugleich spürte Evaine, dass Robert ihm jetzt nicht weiter entgegenkommen würde.

»Ich danke Euch für diese Information«, sagte Robert kalt. »Ich werde alles bei meiner Entscheidung berücksichtigen.«

Als Evaine zu Ende gesprochen hatte, wollte Byrhthelm erneut den Mund aufmachen, doch Robert fuhr ungehalten dazwischen. »Ihr könnt jetzt gehen!«

Unwillig runzelte Byrhthelm die Stirn über seinen buschigen Augenbrauen. Warnend legte Evaine ihm die Hand auf den Arm und führte ihn hinaus.

»Wie schön, dich zu sehen, Byrhthelm«, sagte sie, als sie aus der Halle traten. Die Sonne war bereits dabei, hinter den westlichen Palisaden unterzugehen.

Aus einem Impuls heraus schloss sie ihn fest in die Arme. Sie hatte ihm nie sonderlich nahegestanden, doch weckte die gemeinsame Vergangenheit mit ihrem Vater ein tiefes Gefühl der Verbundenheit in ihr. Verwirrt über diese Zärtlichkeitsbekundung duldete Byrhthelm dennoch ihre Umarmung.

»Seit dem Tag am *Senlac* sind Monate vergangen und noch mehr Zeit seit dem Tag, an dem wir von hier aufgebrochen sind«, sagte er bedächtig, als sie sich von ihm gelöst hatte. »Ich bin gekommen, um mein Land zurückzuerhalten. Ich will zurück zu meiner Familie. Es ist genug.«

Er sprach, als müsste er sein Erscheinen rechtfertigen. Evaine wusste nicht, ob vor ihr oder vor sich selbst.

»Du hast recht. Es ist genug. Es gibt niemanden, der das nicht verstehen würde«, pflichtete sie ihm bei.

»Es hieß, dass wir alle unser Land verlieren. Manche, die nach Hause zurückgekehrt sind, wurden nachts in ihren Betten von Normannen ermordet, die anschließend ihr Hab und Gut an sich gerissen haben. Viele fürchten, dass wir noch sehr viel mehr verlieren werden als diesen Krieg«, sagte er dann.

Es klang wie ein Vorwurf. Oder eine Warnung, bei der sich Evaine aus irgendeinem Grund die Nackenhaare sträubten.

»Aber Ihr habt mit Gottes Hilfe bezeugt, dass dieser Mann

Godrics Erbe ist, und Ihr habt uns versichert, dass man ihm trauen kann.«

Evaine überfuhr ein weiterer Schauer, wie sie ihn immer spürte bei der Erinnerung an den *ordæl.*

»Es ist gut, dass du hier bist«, sagte sie als Antwort auf Byrhthelms unausgesprochene Frage.

Er schwieg erneut und blickte sich stattdessen flüchtig nach den umstehenden *Thegns* und *coerls* um. Das alarmierende Gefühl in Evaine nahm zu. Eilig zog sie ihn von den Stufen der Halle hinunter in den Hof außer Hörweite der anderen.

»Byrhthelm, weißt du etwas von Osric?«

In den ersten Nächten nach dem *ordæl* war sie immer wieder schweißgebadet aus Albträumen aufgewacht. Zu ihrem eigenen Erstaunen waren es nicht nur die quälenden Bilder des eisigen Wassers. Häufiger noch war es der tief empfundene Hass in Osrics Augen und Worten, der sie schweißgebadet aufwachen ließ. Jedes Wort war sein blutiger Ernst gewesen. Nach einer Weile hatte der Alltag auf Allingham sie beruhigt und die Erinnerung daran war verblasst. So sehr, dass sie im ersten Moment sogar gehofft hatte, Osric wäre ebenfalls unter den eingetroffenen *Thegns.* Doch jetzt konnte sie seine Worte beinahe hören, wie an dem Nachmittag von Candlemas: *Dies sind längst nicht alle Männer, die bereit sind zu kämpfen.*

»Ich vertraue Euch, weil ich Eurem Vater vertraut habe«, sagte Byrhthelm statt einer Antwort. »Deshalb habe ich dem Normannen die Treue geschworen. Aber solang mein Herz schlägt, gilt meine Treue meinem Land und meinem Volk. Auch ich kann nicht zwei Herren dienen.«

Mit jedem seiner Worte schien aus ihrer Befürchtung Gewissheit zu werden.

»Wenn Osric etwas vorhat, wenn du davon weißt …« Eindringlich ergriff sie seinen Arm.

»Ich habe geschworen, dem Normannen weder durch Wort noch Tat zu schaden. Und ich werde mich an diesen Schwur halten.« Nachdrücklich löste er ihre Hand von seinem Arm. »Aber ich werde auch meinen anderen Eid nicht brechen.«

Er nickte ihr zur Verabschiedung zu, dann wandte er sich ab und schritt über den Hof davon. Evaine sah ihm stirnrunzelnd hinterher. Keiner konnte zwei Herren dienen. Und so stand jeder von ihnen vor einer Wahl, sie selbst eingeschlossen. Und dabei gab es nur zwei Möglichkeiten. Entweder man entschied sich für einen von beiden, so wie Meredith und Osric es getan hatten, oder man lebte mit dem Zwiespalt und der Zerrissenheit in der Brust wie Byrhthelm es fortan tun müsste.

Sie wandte sich ab und ging zurück zur Halle. Auch in ihrer Brust schlugen zwei Herzen. Und im Moment drängte eines sie dazu, Robert zu berichten, was Byrhthelm ihr eben nicht erzählen wollte.

Sie hatte erwartet, Robert allein in der Halle anzutreffen, aber bereits, als sie die Stufen zur Tür hinaufging, hörte sie die aggressiven Stimmen von innen. Sie überlegte umzukehren. Aber was sie ihm sagen musste, war wichtig.

»Von uns habt Ihr bisher keinen Einzigen belohnt! Keinen Einzigen!« Eine Gruppe normannischer Ritter hatte den Platz eingenommen, den eben Byrhthelm und die anderen *Thegns* innegehabt hatten. »In einem fort verschenkt Ihr Land an die, gegen die wir gekämpft haben! Und wann habt Ihr vor, uns zu belohnen, die Euch treu gedient haben?« Ein blonder Ritter mit blasser Haut führte das Wort. Sein Ton war aggressiv und fordernd und die anderen gaben ihm mit murrendem Nicken recht.

Robert stand mit verschränkten Armen vor ihnen. Offenbar musste er sich schon wieder verteidigen, diesmal gegen seine eigenen Leute.

»Wen ich wann und wie belohne, ist verdammt noch mal meine Angelegenheit!« Roberts Stimme bebte und Evaine konnte ihm ansehen, dass seine Geduld jetzt restlos aufgebraucht war. »Und das ist das Ende dieses Gesprächs!«

Wutschnaubend stürmte der blonde Ritter hinaus und hätte

Evaine dabei beinahe umgerannt. Die anderen folgten ihm murrend.

Robert blickte ihnen hinterher, bis der Letzte von ihnen fort war. Dann ließ er sich müde in den Lehnstuhl ihres Vaters fallen.

»Die *Thegns* sind gegangen«, sagte Evaine vorsichtig.

»Ach ja?« Robert hob kurz den Blick. »Sie haben ja auch bekommen, was sie wollten«, murmelte er mürrisch und ließ den Kopf in die aufgestützten Hände sinken. So vergnügt und frisch er heute Morgen noch ausgesehen hatte, so abgespannt wirkte er jetzt.

Evaine dachte an Irmins Witwe. Ihre Leute hatten nicht alles bekommen, was sie gewollt hatten. Doch sie sah die Notwendigkeit ein, sich in diesen Dingen die Entscheidung offenzulassen. Auch seine eigenen Leute verlangten Zugeständnisse. Er spielte ein heikles Spiel, beide Seiten zufriedenstellen zu wollen.

»Kann ich mit dir reden?«, fragte sie schließlich zögerlich. »Allein?«

»Ist es dringend?«, seufzte er und rieb sich mit der Hand über das Gesicht.

»Ich denke schon.«

»Also schön.«

Robert erhob sich. Statt in sein privates Zimmer gingen sie nach draußen. Offenbar hatte er das dringende Bedürfnis nach frischer Luft. Schweigend schritten sie über den Innenhof bis hinüber zu den Ställen.

»Also?«, fragte Robert.

»Osric bereitet einen Widerstand gegen dich vor«, sagte sie.

»Woher weißt du das?«

»Byrhthelm hat ein paar Andeutungen gemacht.«

»Du hast recht«, sagte er matt und lehnte sich gegen die Stallwand, »das tut er schon seit Wochen. Wann immer sie können, pinkeln seine Leute mir ans Bein.«

»Wie meinst du das?«

Evaine war überrascht. Davon hatte sie nichts gewusst.

»Er hat ein paar Leute um sich geschart. Ich weiß nicht, wie viele es sind. Männer, die ihren Besitz verloren haben, nirgendwohin können und solche, die vom Krieg die Nase nicht voll bekommen. Es ist nichts Ernstes«, sagte er leichthin. »Letztens haben sie Karren mit Mehl von der Mühle überfallen. Und es gab das eine oder andere Scharmützel mit meinen Männern. Aber er kann mir nicht ernsthaft gefährlich werden, sonst hätte er das längst getan.«

Seine Worte beruhigten sie keineswegs.

»Und was will er?«

»Du hast ihn an Candlemas doch besser verstanden als ich.« Robert sah sie an, als wäre das eine völlig unsinnige Frage. »Ganz allgemein, England zurück unter angelsächsische Herrschaft. Und im Speziellen meinen Kopf auf einem silbernen Tablett, denke ich.«

Die Leichtfertigkeit, mit der er das sagte, ließ Evaine frösteln. Dann verfinsterte sich sein Gesicht und in seine Augen trat ein harter Ausdruck.

»Aber was ich habe, steht mir zu! Jeder Fuß Land! William ist Englands rechtmäßiger König. Und ich habe es rechtmäßig von ihm erhalten. Ob Osric das nun einsehen mag oder nicht!«

Darüber gingen die Meinungen ihrer Leute und der Normannen ziemlich auseinander.

Nach einer Bedenkzeit von fast einer Woche hatte Robert sich zu einem Entschluss bezüglich der Ländereien der gefallenen *Thegns* durchgerungen. Er entschied, Irmins Witwe mit einem seiner Männer zu verheiraten. Der Glückliche war fortan Besitzer von acht *hide* gutem Land, einer Ehefrau und vier Stiefkindern.

»Meine Männer bekommen den Lohn, der ihnen zusteht, und für Irmins Witwe ist weiterhin gesorgt«, erklärte Robert seine Entscheidung. »So sind alle zufrieden.«

Evaine war sich nicht sicher, ob Irmins Witwe ebenfalls zufrieden war, aber sie sagte nichts. Roberts Entscheidung besänftigte in jedem Fall den Zorn seiner Männer und ließ den Angelsachsen keinen Grund zum Protest.

Den Ritter, dem Robert das Angebot unterbreitete, kannte

Evaine nur vom Sehen. Auf ihre Frage hin, warum er nicht zuallererst Gérard belehnte, erfuhr sie, dass Robert ihm das bereits vorgeschlagen hatte.

»Gérard hat abgelehnt«, sagte Robert, als sie wie üblich abends zusammen in seinem Zimmer saßen.

»Er sagt, er will keine Frau, von deren Sprache er kein einziges Wort versteht – obwohl ich ihm gesagt habe, dass das durchaus von Vorteil sein kann«, sagte Robert mit einem Zwinkern.

Das Zimmer war in gemütliches Kerzenlicht getaucht. Mittlerweile war es so mild, dass das Feuer im Kamin ausbleiben konnte. Dennoch war es nach Sonnenuntergang noch frisch, sodass Evaine sich in eine Decke gekuschelt hatte. Die Luft war vom Geruch von Gänsefett erfüllt, weil Robert dabei war, sein Kettenhemd neu einzufetten. Arnaud hatte vor dem Abendessen damit begonnen und den ganzen Abend daran hantiert. Dennoch war er nicht sonderlich weit gekommen. Nachdem ihm die Augen zugefallen waren, machte Robert den Rest selbst. Dem Geschick seiner Handgriffe konnte Evaine entnehmen, wie oft er das in den letzten Jahren getan hatte.

Sie selbst hatte ihre Näherei erleichtert zur Seite gelegt, als das Licht dafür zu schlecht wurde. Es war eine neue Tunika für Arnaud. Vor zwei Wochen hatte er Evaine stolz auf die zu kurzen Ärmel seiner Tunika hingewiesen, mit der Bemerkung, dass er bald groß genug wäre, als richtiger Knappe zu dienen. Evaine hatte entschieden, dass er etwas Neues zum Anziehen brauchte, und Ælfgifu hatte für ihn eine Tunika aus dunkelblauem Tuch geschneidert. Jetzt wollte Evaine den Saum an Ärmeln und Kragen durch ein paar Stickereien verzieren, aber sie kam dabei ähnlich schnell voran wie Arnaud beim Fetten des Kettenhemdes.

»Kann ich dich etwas fragen?«, hob sie an. Seit Roberts Entscheidung über das Schicksal von Irmins Witwe brannte ihr etwas auf der Seele.

»Natürlich«, sagte er ohne aufzublicken.

»Hast du je daran gedacht, Meredith oder mich zu verheiraten?«

Sie biss sich auf die Unterlippe, während sie auf seine Antwort wartete.

Robert hielt inne in seiner Tätigkeit, blickte aber nicht auf.

»Möchtest du das denn?«, fragte er.

»Nein, natürlich nicht«, erwiderte sie ehrlich. »Ich bin zufrieden so, wie es ist.«

Gewiss würde eine Ehe ihr ähnlich wie Irmins Witwe finanzielle Sicherheit bieten. Sie wäre nicht länger auf die Einhaltung von Roberts Versprechen angewiesen. Aber Allingham war ihr Zuhause und Meredith ihre Familie. Sie hatte keinerlei Bedürfnis, sich mit einem völlig Fremden irgendwo niederzulassen.

»Aber ich wollte wissen, was du darüber denkst«, sagte sie.

»Ich habe natürlich darüber nachgedacht«, erwiderte er und nahm seine Arbeit wieder auf, »aber Meredith könnte ich einfach nicht guten Gewissens verheiraten«, sagte er ernst. »Wahrscheinlich würde sie ihrem Zukünftigen noch in der Hochzeitsnacht die Kehle durchschneiden, während der Ärmste blind vor Leidenschaft gar nicht wüsste, wie ihm geschieht.«

Als er zu ihr aufblickte, grinste er frech und Evaine bewarf ihn zur Strafe mit einem Kissen. Er duckte sich lachend und fuhr dann fort, sein Kettenhemd zu bearbeiten. Als Evaine schon dachte, er würde nicht weitersprechen, tat er es schließlich doch.

»Und dich?« Er ließ seinen Worten eine lange Pause folgen, die nur vom leisen Rasseln des Kettenhemdes erfüllt war.

»In London hast du zu mir gesagt, dass niemand das Recht hat, dich zu einer erneuten Ehe zu zwingen. Ich wollte dir dieses Recht nicht nehmen. Außerdem habe ich deinem Vater mein Wort gegeben. Es wäre mir vorgekommen, als hätte ich mein Versprechen auf jemand anderen abgewälzt.«

Sie nickte wortlos, weil sie nicht wusste, was sie darauf erwidern sollte.

»Solltest du dies jedoch irgendwann doch wünschen, musst du mir nur Bescheid sagen«, schloss er und senkte erneut den Blick.

»Danke«, murmelte sie, weil es das Einzige war, das ihr einfiel. Im Moment drängte es sie keineswegs zu einer Ehe. Vielmehr drängte es sie einfach, hierzubleiben auf Allingham bei Meredith. Und bei ihm.

Sie erhob sich und verabschiedete sich, um ins Bett zu gehen.

Robert wohnte der Trauung seines Ritters mit Irmins Witwe persönlich bei. Nur um sicherzugehen, wie er sagte. Vor seiner Abreise erhielt der Bräutigam von den übrigen Rittern und Knechten einen ganzen Haufen ungefragter Ratschläge. Die Auswahl reichte von tiefsinnigen Lebensweisheiten bis hin zu derben Anweisungen für die Hochzeitsnacht, bei denen Evaine allein vom Zuhören rote Ohren bekam und schleunigst den Hof verließ. Sie hoffte inständig, dass der Bräutigam keinen davon befolgen würde.

Das einzige Gebiet, auf dem die Männer ähnlich viel und bereitwillig Ratschläge erteilten, war der Schwertkampf. In den folgenden Wochen fanden sie beinahe täglich Gelegenheit, Arnaud damit zu überhäufen, zumal Robert ihn inzwischen, wann immer das Wetter es zuließ, den Umgang mit dem Schwert lehrte.

Das klackende Geräusch, mit dem Arnauds Holzschwert immer wieder auf Roberts Stock traf, drang bis in die Halle. Sie waren nun schon den halben Morgen damit beschäftigt. Merediths Webschiffchen glitt beinahe im selben Takt dahin. Sie arbeitete an einem festen, dunklen Stoff. Evaine vermutete, dass es ein Mantel werden sollte. Als sie das letzte Mal nachgefragt hatte, war die Antwort gewesen, ob sie sich von nun an für alles, was sie tat, rechtfertigen müsse. Vorsichtshalber hatte Evaine dann nicht weiter gefragt. Merediths Laune war inzwischen kaum mehr zu ertragen.

Ihre eigene Nadel hingegen stockte unaufhörlich. Sie kam schon den ganzen Morgen mit der Stickerei an Arnauds Tunika kein Stück voran. Aber heute hatte sie keine Ausrede. Weder Kälte noch schlechtes Licht noch irgendwelche anderen Aufgaben erlaubten ihr, die elende Schinderei vorzeitig zu beenden. Wieder das Geräusch von Holz auf Holz, dann lautes Gelächter, aus dem Evaine auch Roberts Stimme heraushörte.

»Ich gehe nach draußen … ein wenig Luft schnappen«, sagte sie möglichst beiläufig, legte die Handarbeit beiseite und erhob sich.

»Du kannst auch einfach zugeben, dass du zusehen gehst«, sagte Meredith spitz.

Winnie und Hilda hoben bei Merediths Worten neugierig den Blick von der Schüssel mit Bohnen, die sie gerade schälten. Evaine spürte für einen Moment einen Anflug von Befangenheit, dann schüttelte sie ihn entschlossen ab.

»Muss ich mich von nun an für alles, was ich tue, rechtfertigen?«, fragte sie ebenso scharf wie Meredith eben.

Eilig zogen Winnie und Hilda die Köpfe ein. Meredith stieß verächtlich die Luft aus und Evaine ging erhobenen Hauptes hinaus.

Nach der abgestandenen Luft von drinnen roch es draußen angenehm frisch. Noch angenehmer war die heitere Stimmung auf dem Hof im Vergleich zu dem bedrückenden Schweigen in der Halle. Wie immer umstand Robert und Arnaud eine schaulustige Gruppe Männer, die Arnaud mit den widersprüchlichsten Ratschlägen bestürmte. Doch er hatte schnell gelernt, dass es einzig auf Roberts Urteil ankam.

»Nicht so hoch. Du darfst das Schwert nicht über deinen eigenen Kopf heben. Dann nimmst du dir selbst die Wucht des Schlages.« Mal für Mal holte Arnaud mit dem Schwert über seine Schulter aus und hieb auf ihn nieder. »Denk dran, du zielst auf mein Schlüsselbein.«

Mit lässigen Bewegungen aus einer Hand parierte er Arnauds beidhändige Schläge. Die Klinge des geschnitzten Schwerts hatte bereits ungezählte Klippen und Ecken bekommen.

»Jawohl, und wenn du richtig triffst, kommt dein Schwert auf der anderen Seite unter seinen Rippen wieder raus.«

Es war Gérard. Evaine stellte sich neben ihn.

»Und, wie macht er sich?«, fragte sie neugierig.

»Sieh selbst«, sagte er grinsend und deutete auf die beiden.

»Ich finde, dafür dass Arnaud so ein harter Brocken ist, macht Robert das doch ganz ordentlich.«

Robert hatte ihn offenbar gehört und antwortete mit wortlosem Grinsen, wandte seine Konzentration aber nicht von Arnaud ab. Sie hatten die Rollen getauscht. Jetzt parierte Arnaud Roberts Angriffe. Er schlug einhändig, aber doch so stark, dass Arnaud seine ganze Kraft aufwenden musste. Seine schmalen Arme zitterten unter der Anstrengung. Trotz des kühlen Wetters rann ihm der Schweiß die Wangen herab und seine blonden Haare klebten an seiner Stirn.

»Deine Schwertspitze, Arnaud! Höher!«, korrigierte Robert. »Du musst es so steil halten, dass meine Klinge bis auf deine Parierstange abrutscht. Noch höher. Dann hast du mehr Kontrolle über das Schwert deines Gegners. Warte.«

Arnaud hielt frustriert inne und wischte sich schnaubend den Schweiß von der Stirn, indessen Robert erneut die Verteidigerposition einnahm.

»Na los, greif mich an.«

Auf Arnauds Kindergesicht zeichnete sich wilde Entschlossenheit ab. Mit beiden Händen und leisem Ächzen riss er das Holzschwert hoch.

»Jawohl, Arnaud, kräftig!«, feuerte Evaine ihn an.

Robert wandte erstaunt den Kopf. Im gleichen Moment landete Arnauds Schwert auf seinem Stock und dieser fiel scheppernd zu Boden.

Ohrenbetäubendes Gejohle brandete auf, gemischt mit hämischen Spottrufen. Sichtlich erstaunt über sich selbst wandte Robert sich zu Evaine um. Er musterte sie mit schiefem Lächeln und leichtem Kopfschütteln, als wäre es ihre Schuld. Evaine wurde warm vor Verlegenheit. Indessen schwang Arnaud mit stolz geschwellter Brust sein Schwert und jubelte.

Robert hob gelassen den Stock wieder auf und zerzauste dem Jungen anerkennend die Haare.

»Dann hast du wohl gewonnen. Ich gebe mich geschlagen«, sagte er über den Lärm hinweg und beendete damit das Training für diesen Tag. Immer noch lächelnd kam er zu Evaine und Gérard hinüber.

»Da hat dich wohl jemand aus der Fassung gebracht.« Gérard klopfte Robert feixend auf die Schulter.

»Lass das nur meine Sorge sein«, erwiderte Robert leichthin und bedeutete Evaine, ihm zu folgen.

»Ich war neugierig«, erklärte sie ihr unerwartetes Auftauchen. »Ich wollte nicht dazwischenrufen und euch stören.«

Robert lachte.

»Wenn mich ein paar Zwischenrufe ernsthaft aus der Fassung bringen würden, hätte ich auf einem Schlachtfeld wohl nichts verloren.«

»Es kommt vielmehr darauf an, wer dazwischenruft«, rief Gérard zur Belustigung der anderen hinterher.

»Nein, das Palaver ist für Arnauds Training genau richtig. Er muss lernen, sich von nichts ablenken zu lassen«, sagte er stattdessen und ging langsam weiter.

»Aber er macht es gut. Nicht wahr?«

Robert blieb stehen und sah sich nach Arnaud um.

»Ja, er macht es gut«, sagte er mit stolzem Lächeln. »Eigentlich ist es gut, dass du kommst. Ich wollte dir sowieso etwas zeigen. Hast du Zeit?«

»Schon«, sagte sie zögerlich, »worum geht es?«

»Wir reiten ein Stückchen«, entgegnete er ausweichend. »Gegen Nachmittag sind wir wieder zurück. Den Rest siehst du dann schon.«

Er schmunzelte vor sich hin und stapfte dann in Richtung der Pferdeställe. Sie überlegte kurz, Meredith Bescheid zu sagen, und entschied sich dann dagegen. Musste sie sich etwa für alles rechtfertigen?

Sie ritten den Slán Hill hinunter und verließen Allingham durch den westlichen Dorfeingang. Dann folgten sie eine Weile schweigend dem Slán River stromabwärts. Die Eisdecke war geschmolzen. Der Fluss führte jetzt sehr viel mehr Wasser. An den Uferböschungen blühten Krokusse und Schneeglöckchen.

»Wie geht es dir?«, fragte er. Die Frage überraschte sie, zumal er sie jeden Tag sah.

»Gut. Wie sollte es mir sonst gehen?«

»Nein, ich meine es ernst«, beharrte er, »wie geht es dir?«

Sie sah ihn an und er begegnete ihrem Blick vollkommen aufrichtig.

»Es ist ziemlich schwer für dich, uns alle unter einem Dach zu haben, oder?«

»Schon«, gab sie zu.

In der Tat war es anstrengender, als sie gedacht hatte. Sie fühlte sich zerrissen und aufgerieben zwischen den ständigen Streitereien ihrer eigenen Leute und den Normannen. Egal, worum es ging, irgendwie stand sie immer dazwischen, genau wie bei den Verhandlungen mit Byrhthelm.

»Ich kann es einfach keinem recht machen, weißt du?«, seufzte sie müde.

Er nickte verständnisvoll.

»Ich bin dir, glaube ich, auch keine große Hilfe«, gab er zu und lächelte sie entschuldigend an. Wenngleich Robert sich bemühte, mehr Zeit auf der *burh* zu verbringen, war er noch immer viel unterwegs – und seit Candlemas und der Unterwerfung der *Thegns* war er dabei, jedem seiner neuen Lehnsmänner einen Besuch abzustatten.

»Ich weiß, dass es wichtig ist. Die Leute müssen dich sehen, sonst können sie dich nicht als neuen Herrn akzeptieren«, sagte sie beschwichtigend. »Es ist nur …«

»… dass so alles an dir hängen bleibt«, beendete er ihren Satz.

»Ja, genau!«, platzte es ganz offen aus ihr heraus. Allein dadurch, dass sie es einmal aussprechen konnte, fühlte sie sich gleich ein wenig besser.

»Die Leute müssen sich erst zusammenraufen. Nach einer Weile wird es sicher besser«, versuchte er sie zu trösten, »Ich habe das früher oft erlebt: Italiener, Normannen, Sarazenen – bei einem so bunten Haufen braucht es eine Weile, bis man sich aneinander gewöhnt hat.«

Sie war erstaunt über den Vergleich, konnte dessen Richtigkeit aber nicht abstreiten. Dennoch war das nicht die ganze Wahrheit.

»Eigentlich ist es auch gar nicht das ewige Gezänk und Gemecker. – Ich meine, es nervt schon gewaltig.« Sie verdrehte demonstrativ die Augen, woraufhin Robert zu grinsen begann, aber dann wurde sie wieder ernst. »Aber eigentlich ist es … Meredith«, endete sie betrübt.

Seit sie aus London zurück war, hatte sie das Gefühl, sich mehr und mehr von ihrer Schwester zu entfernen. Sie hatte gehofft, dass Meredith sich nur langsam an die Situation gewöhnen müsste. Aber statt besser, war es immer schlimmer geworden. Mittlerweile sprach sie kaum noch ein Wort mit ihr und bei jeder sich bietenden Gelegenheit war sie einfach verschwunden.

»Du hattest Zeit, dich an alles zu gewöhnen«, sagte Robert behutsam. »Das Gleiche solltest du ihr auch zugestehen.«

Sie sagte nichts mehr, weil sie ihm nicht erklären konnte was sie fühlte. Er hatte erstaunlich viel Verständnis für Meredith. Doch sie war nicht seine Schwester und er war es nicht, der ihre Wärme, ihre Zuneigung und ihr Vertrauen verloren hatte.

Evaine fühlte sich allein. Zwar war sie nach Hause zurückgekehrt, aber in all dem Chaos dieser überfüllten *burh* war sie dennoch genauso allein wie in London. Seltsamerweise war er der Einzige, mit dem sie noch reden konnte.

»Und wie geht es dir so?«, wechselte sie das Thema. »Hast du dich langsam eingelebt?«

Ein zufriedenes Lächeln breitete sich auf seinem Gesicht aus.

»Ja. Es ist ein sehr schönes Land.«

Sie nickte.

»Gestern war ich in Redlow.«

Redlow war ein nettes Dorf östlich von Allingham und gehörte zum Land von Egbert.

»Egbert hat mich darum gebeten, eine Mühle errichten zu dürfen.«

Evaine brach in Gelächter aus. Neugierig hob Robert die Augenbrauen.

»Wieso lachst du?«

»Weil er meinen Vater seit einer Ewigkeit damit bekniet hat. Aber der hat immer abgelehnt. Scheinbar hofft er bei dir auf eine neue Chance.«

Robert grinste nun ebenfalls.

»Soso. Aber ich hatte mir etwas Ähnliches schon gedacht. Er war sehr hartnäckig.«

Das passte sehr gut zu Egbert.

»Dein Vater hat sein Anliegen also abgelehnt?«

»Ja«, sagte sie, »aber du bist der neue Herr. Also kannst du selbst entscheiden.«

»Was würdest du tun?«, fragte er.

Sie sah ihn an, erstaunt darüber, dass ihn ihre Meinung interessierte. Sie dachte einen Moment lang darüber nach.

»Nun«, sagte sie schließlich, »ich denke, ich würde es ihm gestatten.«

»Weil …?«

»Weil es schon ein ziemlicher Aufwand für alle in Redlow ist, ihr Mehl nach Allingham zur Mühle zu bringen. Vater hatte immer Angst, dass eine zweite Mühle überflüssig sein könnte. Aber inzwischen ist der Bedarf in Allingham selbst ja gestiegen, allein durch deine Leute.«

Er nickte.

»Und außerdem wäre es auch gut für dich«, fuhr sie fort. »Es ist gut, wenn die Leute das Gefühl haben, dass du ihr Dorf voranbringst, dass sich ihr Land entwickeln kann.«

»So ähnlich hatte ich es mir ebenfalls gedacht.«

»Egbert kann allerdings auch etwas schwierig werden, wenn er eine Möglichkeit wittert. Du solltest ihm also trotzdem klarmachen, dass er nicht in allem seinen Willen kriegen wird.«

Robert nickte wieder.

»Da könntest du recht haben. Ich hatte mir überlegt, ihm nur die Hälfte des Mühlzolls zu überlassen. Als kleine Gedankenstütze, wer hier der Herr ist.«

Evaine musterte ihn kurz von der Seite. Für jemanden, der in diese ganzen Verstrickungen erst kurzzeitig Einblick hatte, war das eine ziemlich gute Idee.

Dann zügelte Robert unerwartet sein Pferd.

»So, da wären wir.«

Sie standen auf einer weiten Ebene von Weideflächen, durch die sich der Slán schlängelte. Von verschiedenen Zuflüssen gespeist, war er hier sehr viel breiter als in Allingham. Auf den Weiden grasten vereinzelt Schafe.

»Und wo genau sind wir?«, fragte sie neugierig.

Er lächelte geheimnisvoll. Statt einer Antwort stieg er ab, half ihr vom Pferd und band die Tiere in der Nähe an einem Haselstrauch an. Dann griff er unerwartet nach ihrer Hand und zog sie mit sich. Sie genoss die Berührung und folgte ihm bereitwillig.

»Wie findest du es?«, fragte er und beschrieb mit der anderen Hand einen weiten Bogen über die vor ihnen liegenden Weiden.

»Es ist ein sehr schönes Fleckchen Erde«, sagte sie. Das war es wirklich. Das Gras hatte noch nicht angefangen zu sprießen, versprach aber saftig zu werden. Es war fruchtbares Land. Obgleich bisher nur als Viehweide genutzt, gäbe es sicher fruchtbaren Ackerboden ab, der dank des Flusses auch in einem trockenen Sommer gut zu bestellen wäre. Der Fluss selbst garantierte reichen Fischfang.

»Aber soweit ich weiß, gehört es zu Egberts Land«, wandte sie ein.

»Nicht ganz«, antwortete Robert mit einem verschmitzten Lächeln. »In Kürze gehört es mir. Ich habe es Egbert abgeschwatzt für den Fall, dass er seine Mühle bekommt.«

Seine Augen funkelten vergnügt, als hätte er Egbert einen ganz besonderen Schatz abgeluchst.

»Und was willst du jetzt damit?«, fragte sie und musste über seine diebische Freude lächeln.

Er wandte den Blick von der schönen Landschaft ab und sah sie an. Seine Augen strahlten vor Stolz.

»Ich werde eine neue Burg bauen. Direkt hier.«

»Eine Burg?«

Sie war völlig verdutzt. Sie hatte nicht gewusst, dass er solche Pläne hatte.

»Ja. Es ist perfekt!«, sagte er. Er ließ ihre Hand los und deutete auf die Landschaft. »Es ist guter Boden, noch voller Kraft, weil er bisher nur für das Vieh genutzt wurde! Und der Fluss« – er machte ein paar Schritte auf die glitzernde Wasserfläche zu – »ist ideal für eine Fischzucht. Oder eine weitere Mühle! Baumaterial, Holz gibt es reichlich in den Wäldern hier.«

»Du scheinst viel darüber nachgedacht zu haben«, sagte sie.

Sie fühlte sich überrumpelt. Natürlich konnte er mit seinem Land machen, was er wollte. Aber bisher hatte er eine neue Burg mit keinem Wort erwähnt.

»Ja. Ich habe schon seit Wochen nach einer geeigneten Stelle gesucht. Und ich glaube, das ist sie!«, erwiderte er zufrieden. »Aber bevor ich den Handel mit Egbert abschließe, wollte ich es dir zeigen«, fügte er hinzu und wirkte mit einem Mal ein wenig schüchtern. »Du bist überhaupt die Erste, der ich es erzähle.«

Plötzlich waren ihre Zweifel wie weggewischt und sie spürte stattdessen eine alberne, irrationale Freude wegen dieses Eingeständnisses. Sie war die Erste, mit der er seine Träume teilte!

»Es ist wunderbar!«, stieß sie ehrlich hervor und war mit einem Mal selbst völlig hingerissen.

»Ich wusste, dass es dir auch gefallen würde!« Er wirkte aufgeregt wie ein kleiner Junge und Evaine ließ sich von seiner Begeisterung anstecken. »Komm, ich zeige sie dir!«

Beinahe rennend zerrte er sie über die Wiese. Evaine stolperte ihm lachend hinterher.

»Wen zeigen?«

»Na, die Burg! Ich habe schon den Grundriss abgesteckt!«

Er sprang von einem Ende der Weide zum anderen und zeigte ihr die Holzpflöcke, die er zur Markierung in den Boden geschlagen hatte. Es würde eine riesige Anlage werden, größer als Allinghams *burh*. Er erzählte voller Eifer über Wälle, Höfe und Kasernen und beschrieb ihr die geplante Halle in allen Einzelheiten. Sie hörte ihm fasziniert zu.

Als er sich allzu detailverliebt über die Wehranlagen ausließ, ertappte sie sich dabei, wie sie nur noch dem Klang seiner Stimme lauschte und ihr Blick an seinen leuchtenden Augen hing.

»Und die Steine können wir über den Fluss aus dem Henswrith *hundred* hierhertransportieren lassen. Es gibt dort einen Steinbruch, den …«

»Aus Stein?«, fiel sie ihm fassungslos ins Wort. »Du willst sie aus Stein bauen?«

»Natürlich!«, sagte er lachend. »Was hast du denn gedacht?«

»Etwa so wie Lusignan?«

Dass er ein so märchenhaftes Bauwerk auf englischem Boden errichten wollte, überstieg ihre Vorstellungskraft.

»Nun, vielleicht nicht ganz so groß wie Lusignan«, sagte er schmunzelnd. »Die Burg meines Großvaters ist auch in Frankreich eher eine Ausnahme. Aber zumindest ein bisschen größer als *Montarbuste*, die Burg meines Vaters«, sagte er mit einem Anflug hämischer Vorfreude.

»Und wann willst du damit beginnen?«

Er winkte ab.

»Das wird noch etwas dauern. Zunächst fehlt es mir noch an Geld. Und selbst wenn ich es hätte, müsste ich die Steinmetze aus Frankreich kommen lassen. Ich glaube nicht, dass es in England Leute gibt, die sich mit dergleichen auskennen.«

Das leuchtete ihr ein.

»Aber bis dahin wohnen wir ja in Allingham gut und ich mache in aller Ruhe Pläne«, sagte er.

Sie hätte noch stundenlang mit ihm weiterträumen können,

doch die Erwähnung Allinghams holte sie in die Wirklichkeit zurück.

»Was passiert dann mit Allingham?«

Er bräuchte sicher keinen Zweitwohnsitz in unmittelbarer Nähe seiner neuen Burg.

»Das ist der zweite Grund, warum ich wollte, dass du heute mitkommst«, sagte er ein wenig ernster. »Komm, wir gehen ein Stück.«

Beklommen schlenderte sie neben ihm am Ufer des Slán entlang.

»Allingham entspricht nicht gerade der Art Festung, wie wir sie in der Normandie haben«, fing er vorsichtig an. »Dennoch ist es eine sichere und massive Anlage. Das Dorf und die Ländereien, die sie versorgen, sind reich und können auch eine große Garnison von Soldaten versorgen. Das alles ist gut aufeinander abgestimmt. Und ich glaube, das eine funktioniert nur schlecht ohne das andere. Allinghams *burh* sollte auch weiterhin der Landsitz eines Herrn sein.«

Da gab sie ihm vollkommen recht. Ohne das Dorf konnte die *burh* nicht überleben, aber es war gut möglich, dass dies auch andersherum galt.

»Aber diese Vorteile sind für mich auch Nachteile. Eine so eigenständige und gut bewaffnete Festung in meiner unmittelbaren Nähe stellt ein gewisses Risiko dar.« Er musterte sie von der Seite, ob sie seinen Einwand verstand.

Das tat sie durchaus. Allingham könnte für eine weitere Burg, besonders für eine, die gerade erst aufblühte, zu einer ernsthaften Bedrohung werden. Mit einem unguten Gefühl wartete sie auf seine nächsten Worte.

»Wenn ich die *burh* erhalten will, und das möchte ich, muss ich sie jemandem geben, dem ich vorbehaltlos vertrauen kann.«

Evaine dachte an Gérard. Er war ein herzensguter Kerl, aber sie konnte ihn sich beim besten Willen nicht als neuen Herrn von Allingham vorstellen.

»Wenn du Gérard im Sinn hast, könnte ich ihn sicher die erste Zeit bei den Aufgaben unterstützen«, sagte sie, weil sie das Gefühl hatte, er erwarte eine Antwort von ihr. Doch ihre Worte überzeugten nicht mal sie selbst.

»Gérard? Nein.« Robert schüttelte entschieden den Kopf. »Ich vertraue Gérard vorbehaltlos. Er ist treu bis in den letzten Winkel seiner Seele. Aber er ist eher der geborene Begleiter als der geborene Anführer.« Es klang kein bisschen abwertend, aber es war einfach die Wahrheit. »Ich glaube, das ist auch gar nicht sein Ziel.«

Evaine verstand. Dann also jemand anderes. Der Gedanke an einen anderen von Roberts Rittern machte ihr beinahe noch mehr Magenschmerzen.

»An wen hast du stattdessen gedacht?«

»An dich.«

Ruckartig blieb sie stehen und starrte ihn an.

»Mich?«

»Natürlich. Wem sollte ich sonst blind vertrauen?«, fragte er sanft und blieb ebenfalls stehen. »Abgesehen davon bist du der einzige meiner Gefolgsleute, der mir zuliebe in einen gefrorenen Fluss gesprungen ist. So viel Einsatz sollte belohnt werden«, scherzte er.

»Ich … ich … kann es nicht fassen«, stammelte sie.

Das Ausmaß dieses Angebots war überwältigend. Ihr Heim. Für immer. Ohne Normannen, ohne einen Herrn, den sie nach seiner Meinung fragen müsste. Sie könnte tun, was sie für Allingham, für ihre Leute für richtig erachtete. Die Nähe zu seiner Burg böte ihnen Schutz und Sicherheit.

»Ich hoffe, das ist in deinem Sinne?«, fragte er.

»Oh, natürlich!«, erwiderte sie überschwänglich.

»Gut.« Er wirkte erleichtert. »Das hatte ich gehofft. Es ist schließlich dein und Merediths Zuhause. Und ich wollte, dass es das auch bleibt.« Er sah ihr in die Augen und wurde dann ernst. »Ich wollte dich nie deines Erbes berauben. Ich hoffe, das weißt du. Und auch wenn ihr viel verloren habt, so ist es vielleicht eine geringe Entschädigung.«

»Es ist weit mehr als das«, flüsterte sie bewegt.

Es bedeutete Freiheit und Unabhängigkeit. Es bot Verlässlichkeit und Beständigkeit in einer Zeit, in der man nicht wusste, was der nächste Tag bringen würde.

Sie setzten sich langsam wieder in Bewegung.

»Es wäre auch gewissermaßen eine Absicherung für euch beide. Für den Fall, dass mir etwas passieren sollte«, fuhr er fort. »Daher wollte ich es auch schon jetzt mit dir besprechen. Es ist natürlich alles noch etwas früh. Der Grundstein für die Burg ist ja noch nicht einmal gelegt. Aber sollte mir etwas zustoßen, dann möchte ich, dass du eine Charta hast, die dein und Merediths Leben auf Allingham sicherstellt. In diesem Fall hast du das Recht, binnen einem Jahr und einem Tag das Lehnsverhältnis mit meinem Erben – zurzeit wäre das vermutlich mein Vater – zu erneuern.«

Sie schluckte nur, zu ergriffen, um etwas antworten zu können.

»Also Evaine, Tochter des Godric, wollt Ihr mir die Lehnstreue schwören?«, sagte er plötzlich ganz formell und blieb wieder stehen.

»Ja … sicher«, stammelte sie.

»Äh, dann …«, Robert räusperte sich ein wenig verlegen, »dann müsstest du jetzt niederknien.«

»Wie? Jetzt sofort?«, fragte sie entgeistert.

Sie standen ganz allein auf der menschenleeren Weide, nur von ein paar neugierigen Schafen beobachtet.

»Na ja, normalerweise würde es eine große Zeremonie vor aller Augen auf Allingham geben. Und das möchte ich auch später nachholen. Aber ich glaube nicht, dass deine oder meine Leute es verstehen würden, solang es die neue Burg noch gar nicht gibt.«

»Nein«, schüttelte sie den Kopf, »sie haben sich ja kaum an dich als Allinghams neuen Herrn gewöhnt.«

»Dennoch kann bis dahin viel passieren«, beharrte er. »Ich habe also vor, ein Treffen mit Redwald zu vereinbaren, in dem er schon jetzt ein entsprechendes Dokument aufsetzt. Er soll das Lehnsverhältnis bezeugen und eine Abschrift davon in der Abtei verwahren.«

Er hatte sich auch über diesen Punkt bereits Gedanken gemacht.

»Dann müssten wir den Akt aber bis dahin vollzogen haben.« Im nächsten Moment wurde er rot, weil sich seine Worte zweideutig anhörten. »Äh … ich meine, wir sollten das … das Zeremoniell durchgeführt haben«, setzte er eilig hinzu.

Sie spürte ebenfalls die Hitze in ihren Wangen, war aber mehr belustigt von seiner Verlegenheit.

»Und … ich … ich meine, wir können es genauso gut hier wie irgendwo anders tun«, stammelte er unbeholfen weiter, machte es aber mit jedem Wort schlimmer. Evaine fühlte, wie sich die Röte in ihren Wangen vertiefte, und unterdrückte gleichzeitig ein Glucksen.

Er räusperte sich verlegen. »Also?«

Sie entschied, ihn zu erlösen.

»Einverstanden. Aber ich weiß nicht, wie das normannische Zeremoniell abläuft.«

Er atmete erleichtert auf und versuchte, den Faden wieder aufzunehmen.

»Also, wie gesagt, du müsstest vor mir niederknien.«

Verlegen blickte sie sich inmitten der einsamen Landschaft um. Unbehaglich sank sie auf den gefrorenen Boden und fühlte das nasskalte Gras durch die Lagen ihrer Kleider. Es kam ihr komisch vor, mitten im Nirgendwo in Anwesenheit von ein paar Schafen vor einem Mann niederzuknien. Das Ganze musste mehr als lächerlich aussehen.

Robert hatte seine Verlegenheit überwunden und war nun ganz ernst.

»Reichst du mir deine Hände?«

Sie hielt sie ihm hin. Er schob sie zusammen, Handfläche an Handfläche, und legte dann seine schützend darum.

»Das ist der Handgang«, erklärte er. »Er entspricht ungefähr dem, was deine Leute mir in Allingham zugesagt haben.«

Sie nickte und blickte zu ihm auf.

»Dann sprich mir jetzt bitte nach: Aus freiem Willen leiste ich, Evaine, Tochter des Godric, Handgang, indem ich meine Hände in die deinen lege. Von diesem Tage an will ich dein Gefolgsmann sein.«

Mit fester Stimme wiederholte sie jedes einzelne Wort, ihren Blick ganz auf sein ernstes Gesicht gerichtet. Plötzlich hatte es gar nichts Lächerliches mehr. Sie fühlte ihre Hände schützend in den seinen liegen und mit ihnen lag dort ihr Leben, ihr Schicksal, ihre Zukunft.

»So erkenne ich dich als Lehnsmann an«, erwiderte er und zog sie auf die Beine. Er stand nun so dicht vor ihr, dass nur ein Fingerbreit dazwischenpasste. Evaine wagte kaum zu atmen. Sein Blick begegnete ihrem seltsam intensiv, als könnte er direkt in ihre Seele sehen. Dann lösten sich seine dunklen Augen von ihren, glitten tiefer und blieben an ihren Lippen hängen.

»Du musst mir jetzt einen Kuss geben«, sagte er mit rauer Stimme.

Sie schluckte nervös und befeuchtete ihre Lippen mit der Zunge. Mit klopfendem Herzen musste sie sich auf die Zehenspitzen stellen, um ihn zu erreichen. Sie hauchte einen Kuss auf seine rechte Wange. Ihre warmen Lippen berührten seine kalte Haut. Sie konnte feine Bartstoppeln spüren und sog den Duft von Seife ein.

Sie ließ sich wieder zurücksinken. Ihr Atem mischte sich mit seinem. Beinahe befangen blickte sie zu ihm empor.

Dann beugte auch er sich vor und berührte ihre Wange genauso zaghaft mit seinen Lippen wie sie die seine. Sie schloss die Augen und roch ihn aufregend und beunruhigend nah. Als sie die Augen öffnete, stand er wieder vor ihr.

Er räusperte sich.

»Als Zeichen des Friedens sei dieser Kuss gegeben und empfangen«, sagte er mit belegter Stimme und ließ ihre Hände los.

Dann fingerte er an seiner Gürteltasche herum und zog den *Paternoster* heraus.

»Es ist zwar keine Reliquie, aber es sollte genügen«, sagte er und lächelte schief. »Ich nehme an, du trägst keinen Splitter von Jesu Kreuz mit dir herum? Oder vom Oberschenkelknochen des heiligen Georg?«

Sie schüttelte lächelnd den Kopf.

»Dann musst du wohl hierauf deinen Treueschwur ablegen.«

Wieder sprach er vor und sie wiederholte es Wort für Wort.

»Hiermit schwöre ich, mit Mund und Hand, Lehnstreue und Dienstbarkeit, zu raten und zu helfen, zu richten und zu schonen, zu tun und zu lassen gemäß rechtmäßigem Befehl und bei meiner Ehre. In Not und in Fülle, in Krieg und in Frieden, im Leben und Sterben, bis der Tod mich nimmt oder die Welt endet. Das schwöre ich.«

Als sie geendet hatte, trat Robert auf einen noch blattlosen Strauch zu und brach einen der kahlen Zweige ab.

»So nimm dieses Symbol aus meiner Hand und empfange die Baronie von Allingham unter meinem Schutz und Schirm als Besitz im Sinne des Lehnsrechts.«

Sie nahm den kahlen Zweig aus seiner Hand. Ein seltsames Schweigen breitete sich zwischen ihnen aus. Plötzlich war sie sich wieder bewusst, dass sie mitten auf einer einsamen Schafweide standen.

»Das war's. Es gehört dir«, sagte er.

Sie hatte das seltsame Gefühl, dass er mehr als Allingham meinte.

»Jetzt habe ich dir schon zum zweiten Mal die Treue geschworen«, sagte sie schmunzelnd. »Einmal nach unserem Brauch und einmal nach eurem. Das sollte für ein Leben reichen.«

Er grinste, offenbar dankbar für die Auflockerung.

»Du hast recht. Das sollte mehr als genügen. Ich verspreche dir, beim nächsten Mal knie ich vor dir und schwöre dir die Treue.«

Feixend kehrte er zur gewohnten Ungezwungenheit zurück. Dann wandte er sich ab, um die Pferde zu holen.

Sie starrte ihm hinterher und fragte sich, ob er wusste, was er da gerade gesagt hatte.

»Das war sehr schön«, sagte Robert, als sie wieder in der *burh* ankamen. »Wir sollten es wiederholen.«

Es war beinahe dunkel und die Glocke des *bellgeat* würde bald alle zum Essen zusammenrufen.

»Ja, es war wirklich schön«, gab Evaine ihm lächelnd recht. »Und ich bin froh, dass du mir von deinen Plänen erzählt hast.«

»Ich auch.«

Es war mit Abstand der schönste Nachmittag gewesen, den Evaine seit Wochen verbracht hatte. Und ihr tat jetzt schon leid, dass er vorbei war. Sie bezweifelte, dass sich bald eine neue Gelegenheit bieten würde.

»Sonntag? Wäre dir Sonntag recht?«

Sie spürte, wie sich ein Lächeln auf ihrem Gesicht ausbreitete. Bis Sonntag waren es nur noch drei Tage.

»Gerne.«

»Gut.«

Das Feuer in der Mitte des Saals war heruntergebrannt und tauchte das Innere in gedämpftes Licht. Mit dem Feuer waren Gelächter und Gespräche verstummt. Die ersten Opfer des anstrengenden Tages schliefen bereits schnarchend.

Robert war ebenfalls müde. Doch es war ein langer Tag voller Gefühle, Gedanken und Hoffnungen gewesen. Er konnte noch nicht schlafen.

Also stand er draußen auf dem dunklen Hof und wartete darauf, dass die Stille seine innere Unruhe besänftigen würde. Die Luft kam ihm erstaunlich mild vor, ganz so, als wäre der Winter allmählich überstanden. Tief und gleichmäßig sog er die Luft ein. Selbst der Geruch hatte sich ein wenig geändert. Lag nicht ein Hauch von Erde darin, eine Spur Grün? Wie der zarte Atem des kommenden Frühlings. Er blickte nach oben. Heute waren keine Sterne zu sehen. Erst vor wenigen Monaten hatte er gemeinsam mit Evaine hier draußen gestanden. Damals hatte er gedacht, er würde Allingham für immer den Rücken kehren.

Er erinnerte sich noch gut an ihre Worte. *Ich habe in diesem Erdreich Wurzeln geschlagen.* Vielleicht könnte er hier ebenfalls

Wurzeln schlagen? Zum ersten Mal seit Jahren schien es ihm möglich. Genau hier, in diesem fruchtbaren Boden, aus dem Elaine so viel Kraft und Stärke zog. Auf einen Schlag waren all die lang vergrabenen Träume wieder lebendig. Die Sehnsucht nach einem eigenen Heim, Land und Menschen, die zu ihm gehörten. Und einer Familie.

Heute hatte er sich sogar erlaubt, über seine Träume zu sprechen. Und es gab keinen Menschen, mit dem er sie lieber geteilt hätte als mit ihr. Seit er sie kannte, war ihm mehr Gutes widerfahren als in den vergangenen zehn Jahren zusammen. Es würde ihn nicht wundern, wenn sie heimlich einen Fischschwanz hätte, dachte er schmunzelnd. Wie Melusine. Seine Melusine.

Er warf einen Blick auf die dunklen Umrisse des Schlaftrakts, in dem sie nur wenige Schritte von seinem eigenen Zimmer entfernt schlief. Seufzend stieß er den Atem aus. Er konnte sich kaum etwas Keuscheres vorstellen als den Friedenskuss, den sie heute Nachmittag getauscht hatten. Und doch hatte es ihn mit brennender Unruhe erfüllt, ihre weichen Lippen auf seinen Wangen. Wie es wohl wäre, ihn zu küssen, diesen vollen Mund. Ob sie schmeckte, wie sie duftete? Ihr Duft war seltsam unschuldig und sinnlich zugleich. Nicht so aufdringlich wie Melisandes in Rosenwasser getränkte Haut. Viel unterschwelliger, zarter. Sodass er immer das Bedürfnis hatte, ihr noch näher zu kommen, um ihn zu ergründen. Er blickte zum Nachthimmel empor, während die Hitze in seinem Blut zunahm.

Er hörte wieder die Stimme ihres Vaters. *Gebt mir Euer Wort, Euer Wort sie zu beschützen.* Im Moment war er selbst scheinbar die einzige Gefahr. Das Ganze schien ihm unfreiwillig komisch. Und er hörte wieder die Worte seines eigenen Vaters. *Du hast die Kontrolle über dich selbst vergessen.* Die Erinnerung daran hatte nichts Komisches. Sie war messerscharf, schneidend wie die Wunde an seinem Hals, die sie ihm eingebracht hatte.

Er sah wieder zum Schlaftrakt und war – wie schon unzählige Male zuvor – dankbar, dass sie mit Meredith zusammen in dem abgelegenen Zimmerchen schlief.

Ein Geräusch ließ ihn aufhorchen. Es war leise. Seltsam leise. Ganz so, als bemühte sich jemand, nicht gehört zu werden. Dann sah er es auch. Schwarze Schatten huschten wenige *Yards* entfernt zu seiner Linken über den Hof, bemüht, mit den Konturen der Vorratshütten zu verschmelzen.

»Guten Abend, Meredith«, sagte er in die Dunkelheit.

Er konnte hören, wie sie scharf die Luft einzog.

»Äh … guten Abend, Robert«, stammelte sie. Scheinbar hatte sie sich entschieden, die Überraschte zu spielen. Zögerlich kam sie aus dem Dunkel auf ihn zu, in das gedämpfte Licht, das aus der Halle nach außen drang.

»Was … was machst du hier draußen?«, nahm sie seine eigene Frage vorweg. Ihr hübsches Gesicht war betont arglos. Nur ihr Blick wirkte ein wenig angespannt. Er überlegte, ob er das Spiel mitspielen sollte, und entschied sich dann, sie ein wenig hinzuhalten.

»Ich genieße noch ein wenig die Abendluft. Es beruhigt die Nerven.«

Sie nickte verständnisvoll. Oberflächlich betrachtet wirkte sie vollkommen ruhig. Auf den zweiten Blick jedoch hielt sie die Arme abwehrend vor der Brust überkreuzt und er konnte sehen, wie ihre Augen nervös hin und her glitten.

»In der Tat«, stimmte sie eilig zu. »Und es ist bereits angenehm mild. Bald ist Frühling.«

Fahrig ließ sie die Arme wieder sinken und zupfte mit einer Hand an ihrem Schleier. Er konnte nicht abstreiten, dass ihm ihre Nervosität ein wenig Freude bereitete.

»Dann … noch eine gute Nacht, Robert.« Sie nickte ihm zu. »Ich muss noch einmal … zum Abort«, sagte sie und wedelte hektisch mit dem Arm in Richtung des Hofes. Sie wandte sich ab und wollte sich rasch entfernen. Doch seine Worte hielten sie auf.

»Das ist aber nicht der Weg zum Abort.«

Sie drehte sich langsam zu ihm um, als bräuchte sie Zeit, um eine Antwort zu finden.

»Ich …«

»Ich weiß genau, wohin du gehst«, sagte er. »Und mit wem du dich triffst.«

Vor Verblüffung klappte ihr Mund auf und sie starrte ihn an. Dann klappte sie ihn wieder zu und ihre Mandelaugen verzogen sich zu schmalen Schlitzen.

»Was?«

»Natürlich. Hast du gedacht, du könntest mich hintergehen?« Er konnte sich den spöttischen Unterton nicht verkneifen.

Sie ballte die Hände vor Zorn zu Fäusten. Er machte einen Schritt auf sie zu und stand jetzt direkt vor ihr. Sie wich keinen Schritt zurück.

»Das ist jetzt meine Burg. Schon vergessen?« Bei diesen Worten fletschte sie vor Wut die Zähne. »Ich wusste die ganze Zeit, was du tust.«

»Gérard! Richtig?«, stieß sie hervor. »Dieses Frettchen hat mich letztens gesehen und dir alles erzählt! Ist es nicht so?«

Er musste innerlich lachen, dass sie nun Gérard für alles die Schuld gab. In der Tat hatte er ihm schon vor Wochen von Merediths heimlichem Treiben berichtet. Aber eigentlich hatte er keine Lust, mit ihr darüber zu streiten. Nicht zuletzt hatte er deshalb auch nichts unternommen.

»Warum hast du es Evaine nicht erzählt?«, fragte er stattdessen.

»Was geht dich das an?«, fauchte sie und trat einen Schritt zurück. Statt der offensichtlichen Feindseligkeit war ihre Miene plötzlich verschlossen. Robert konnte spüren, dass sie unter dem Bruch mit Evaine gleichermaßen litt.

»Sie sorgt sich um dich«, sagte er ruhig »und um Alric. Sie verdient es, dass du ehrlich mit ihr bist.«

»Du solltest mir nicht sagen müssen, wie es meiner Schwester geht!«, fuhr sie ihn an. In ihren Augen glitzerten Schmerz und Wut.

»Und du solltest keine Geheimnisse vor ihr haben«, erwiderte er ebenso heftig.

»Ich tue, was ich für richtig halte! Meinst du, ich riskiere, dass du erneut versuchst, Alric zu töten? So wie du seinen Freund getötet hast?« In ihren Augen lag ein triumphierendes Glitzern. »Er hat mir alles erzählt! Alles!«

Seinen Freund! Ihre Worte beschworen den Wald von Surrey wieder herauf, den wabbelnden, stinkenden Leib auf Evaine, das Entsetzen in ihrem Gesicht, den Geruch von Angst und Erbrochenem. Mit der Erinnerung kam die rasende Wut zurück, die Robert nur mühsam unter Kontrolle halten konnte.

Er packte Meredith am Arm. Für einen Moment konnte er Furcht in ihren Augen aufblitzen sehen.

»Ja, ich habe seinen *Freund* umgebracht!« Seine Stimme bebte vor unterdrücktem Zorn. »Ich habe ihm den Kopf abgeschlagen! Hat er dir das erzählt?« Sein Gesicht war ihrem so nah, dass er ihren Atem stoßweise auf seiner Haut spüren und den Wein riechen konnte, den sie getrunken hatte. »Und ich habe es gerne gemacht! Mit dem größten Vergnügen hätte ich ihm auch noch seinen Schwanz abgehackt, weil er gerade dabei war, deine Schwester zu vergewaltigen! Hat er dir das auch erzählt?«

Sie riss die Augen auf und schnappte nach Luft.

Er ließ sie abrupt los und sie stolperte zurück.

Fassungslos schüttelte sie den Kopf.

»Nein … das kann nicht sein …«, stammelte sie und schlug die Hand vor den Mund.

Er starrte sie an und versuchte, seine Fassung wiederzugewinnen. Angespannt strich er sich mit der Hand über das Gesicht und massierte die Narbe in seinem Nacken.

»Ist das wahr?«, flüsterte Meredith, als sie sich wieder etwas gefangen hatte.

»Du kannst ihn ja fragen, ob es wahr ist«, fuhr er sie an. »Und dann kannst du ihm auch gleich etwas von mir ausrichten: Wenn ich ihn umbringen wollte, dann hätte ich es längst getan! Aber ich tue es nicht. Evaine zuliebe. Und dir zuliebe. Aber wenn ich ihn oder seinesgleichen je in Allingham erwische, dann gnade ihnen Gott!«

Er ließ sie stehen und ging. Nach wenigen Schritten rief sie ihm hinterher. Sie klang ungewohnt unsicher, ihre Stimme hatte jede Schärfe verloren.

»Warum hat sie es mir nicht selbst gesagt?«

Er wandte sich halb zu ihr um. Ihre Gestalt war ein Schatten vor dem Dunkel der Nacht. Sie hatte die Hände ineinander verschlungen. Eine Geste, die ihn seltsam an Evaine erinnerte.

»Hättest du denn zugehört?«, antwortete er beißend.

Sie wusste darauf keine Antwort. Und so entfernte er sich, um in dieser Nacht vielleicht doch noch ein wenig Schlaf zu finden.

Als Robert und Arnaud am nächsten Tag am Mittagstisch Platz nahmen, waren sie bester Laune. Jeder von ihnen verströmte den Duft von Stall, Pferd und Stroh und hatte ein zufriedenes Grinsen auf dem Gesicht. Arnaud war voller Strohhalme, die sich in seinen Schuhen, der Schnalle seines Gürtels und in seinen Haaren verfangen hatten.

»Was habt ihr denn gemacht?«, fragte Evaine, als sie sich zum Essen neben Robert niederließ. Er zwinkerte Arnaud auf seiner anderen Seite verschwörerisch zu, woraufhin dieser sofort zu kichern begann.

»Wir haben miteinander gerungen!«, sagte Arnaud stolz und zwinkerte mit beiden Augen zurück.

»Gerungen?« Evaine füllte Arnaud eine große Portion Porridge in seine Schale aus hart gebackenem Brot. Aber er war so begeistert, dass er gänzlich vergaß, über den Porridge zu meckern.

»Ja. Man muss es können, wenn man mit seinem Gegner im Band ist«, sagte er. Es klang, als hätte er eine von Roberts Weisheiten auswendig gelernt.

Im Haushalt eines *Thegn* unter unzähligen *housecarls* aufgewachsen, wusste Evaine, dass er damit das zähe Winden und Drücken Klinge an Klinge mit dem Gegner meinte. Da man dabei weniger als Armeslänge Abstand zu seinem Angreifer hatte, konnte der Schwertkampf leicht in Ringen ohne Waffen und dafür mit vollem Körpereinsatz übergehen.

Arnaud nahm einen großen Löffel Porridge. »Ich habe *Sieur* Robert sogar zu Boden geworfen«, nuschelte er mit vollem Mund und leuchtenden Augen.

»War ja klar, dass du das zuerst erwähnst«, beschwerte Robert sich feixend und hielt Evaine ebenfalls seine Schale hin.

»Aber er hat offenbar recht«, sagte sie und fischte belustigt einen Strohhalm aus Roberts dunklen Haaren.

»Das habe ich nicht bestritten«, erwiderte er mit breitem Grinsen.

»Das ist doch kein Kunststück, du Zwerg«, sagte Gérard auf Arnauds anderer Seite. »Wenn sie wüsste, wie's geht, könnte das sogar Evaine.« Angesichts Evaines verdutzten Gesichtsausdrucks setzte er hinzu: »Es ist eine Frage des Geschicks, weniger der Kraft.«

»Wovon Gérard allerdings nicht allzu viel hat«, warf Robert zwischen zwei Löffeln Porridge ein.

»Was denn bitte, Geschick oder Kraft?«, fragte Gérard herausfordernd.

»Beides natürlich«, gab Robert prompt und breit grinsend zurück.

Immer noch verwundert, schüttelte Evaine den Kopf und widmete sich ihrem eigenen Essen. Sie konnte sich nicht vorstellen, mit welchem Geschick auch immer sie einen Mann von Roberts Statur zu Boden werfen könnte. Allerdings war es Arnaud ja allem Anschein nach auch gelungen …

»Nach dem Essen möchte ich aber wieder Lesen üben, Arnaud«, mischte Meredith sich in das Gespräch ein. »Heute Abend ist das Licht dann wieder so schlecht, dass du schmerzende Augen bekommst.«

Robert hatte Meredith diese Aufgabe vor einiger Zeit übertragen, aber der Junge hatte eindeutig mehr Spaß an den Leibesübungen. Arnaud schlürfte einen Löffel Porridge und nickte dabei zu aller Überraschung gnädig. Da er jetzt mit Robert trainiert hatte, war er offenbar gewillt, auch noch ein wenig zu lesen.

Robert knuffte ihn unterdessen in die Seite.

»Antworte gefälligst. Und hör auf, so zu schlürfen.«

Arnaud richtete sich folgsam auf und wandte sich an Meredith. »Ja, gerne.« Dann tat er einen weiteren geräuschvollen Schluck. »Gérard schlürft aber auch.«

Gérard hob für einen Moment den Kopf.

»Mag ja sein. Aber das heißt nicht, dass es richtig ist«, sagte Robert. »Also wollen wir versuchen, uns zu benehmen.«

»Trotzdem habe ich Euch zu Boden geworfen«, murmelte Arnaud verschmitzt und beugte sich wieder über seine Schüssel.

Als die Mägde die Tische für das Abendessen in der Halle aufbauten und Meredith und Arnaud ihre Fibel zuklappten, suchte Evaine Robert in seinem Zimmer auf. Er war offenbar trotz des strömenden Regens draußen gewesen und zog sich gerade etwas Trockenes an.

»Komm nur rein, ich bin schon fertig«, begrüßte er sie.

»Ich wollte noch kurz mit dir sprechen. Über das Ringen«, sagte sie und blieb in der Tür stehen.

»Über das Ringen?«

»Ja. Darüber, was Gérard gesagt hat. Dass ich es auch lernen könnte.«

Jetzt hatte sie seine ganze Aufmerksamkeit.

»Wieso willst du das lernen?«, fragte er verdutzt.

»Könnte ich es denn? Einen Mann wie dich zu Boden werfen?«

Er legte den Kopf schief und musterte sie so eindringlich von oben bis unten, dass es Evaine ein wenig unangenehm war.

»Vielleicht … Du bist ja schon kräftig … und mit ein bisschen Übung …« Er schüttelte den Kopf und sah ihr wieder in die Augen. »Aber wieso willst du es überhaupt lernen?«

Sie warf kurz einen Blick rechts und links den Gang herunter und schloss dann die Tür hinter sich. Roberts Gesichtsausdruck wurde skeptisch.

»Es wäre mir in den letzten Monaten hilfreich gewesen.«

Sie wusste, dass Robert die Andeutung sofort verstanden hatte. Seine Miene verfinsterte sich.

»Und du denkst, dass es dir geholfen hätte?«, fragte er zweifelnd.

»Vielleicht«, sagte sie ehrlich.

Er betrachtete sie noch einen Moment nachdenklich. Dann gab er sich einen Ruck.

»Also gut. Dann komm.«

Sie eilten durch den Regen in die Ställe. Es war bereits so dämmrig darin, dass Robert eine Lampe entzünden musste.

»An was für eine Situation dachtest du denn?«, fragte er, als er sich wieder zu ihr umwandte. Bis auf sie beide war der Stall leer und nur das leise Schnauben der Pferde zu hören.

»De Vere«, antwortete sie schlicht.

Roberts Züge verhärteten sich und die Muskeln an seinem Kiefer traten angespannt hervor. Sein Ausdruck erinnerte Evaine an den Abend in der Hütte, an dem er unablässig gemurmelt hatte, er werde ihn umbringen. Allein bei der Erwähnung seines Namens blitzte die gleiche Mordlust in seinen Augen auf. Seit jenem Tag hatten sie nie wieder ein Wort darüber verloren. Sie hatten beide den Wunsch, das Ganze einfach nur zu vergessen, als sei es nie passiert. Aber es war passiert. Und Robert schien Arnaud mit dem Schwertkampfunterricht regelrecht auf weitere derartige Konfrontationen vorzubereiten.

Robert holte tief Luft.

»Gut. Wie hat er dich angegriffen?«

Er bedeutete ihr mit einer Handbewegung, auf ihn zuzukommen und es vorzumachen. Sie näherte sich, bis sie so nah vor ihm stand wie de Vere damals.

»Er …« Sie musste sich räuspern, weil allein die Erinnerung ihre Kehle trocken werden ließ. »Er hat meine Handgelenke festgehalten«, sagte sie.

»So?« Roberts Hände umfassten ihre Gelenke.

Sie nickte stumm.

»Und was hast du gemacht?«, fragte er.

»Äh … das hier …« Sie hob ihr Knie an, bis es fast seinen Schritt berührte.

Um seine Mundwinkel zuckte ein widerstrebendes Lächeln.

»Das … ist schon einmal ein sehr guter Anfang«, sagte er und gab ihre Hände frei. »Ich hoffe, du hast richtig fest zugestoßen.«

Evaine ließ ihr Knie sinken und musste bei dem Bild von de Veres schmerzverzerrtem Gesicht ebenfalls grimmig lächeln. »Ich denke schon.«

Sie trat einen Schritt zurück, um wieder etwas Platz zwischen ihnen beiden zu schaffen.

»Aber beim zweiten Mal konnte ich mich nicht wehren«, wandte sie ein. »Er hat mein Handgelenk nach außen verdreht, dass es fast gebrochen wäre und ich mich nicht mehr regen konnte.«

»So?« Er machte es möglichst sanft vor.

»Ja. Nur noch fester.«

Er nickte wieder.

»Der Kniff besteht darin, ihm scheinbar nachzugeben«, sagte er und drehte ihr Handgelenk ein klein wenig mehr, sodass der Schmerz langsam einsetzte. »Jetzt kannst du meinen Druck nur noch lindern, indem du dich umdrehst.« Er hielt ihre Rechte umklammert und drückte ihre linke Schulter von sich weg nach unten. Evaine fand sich vornübergebeugt wieder mit nach hinten verdrehtem Arm und nach oben gestrecktem Hintern.

»Inwiefern ist das jetzt besser?«, presste sie heraus, während ihr das Blut in den Kopf schoss.

Er lachte leise.

»Jetzt musst du ein Bein hinter meines schieben«, sagte er und klopfte mit der freien Hand auf ihr entsprechendes Bein. Doch sie war viel zu verwirrt. Kurzerhand beugte er sich vor und umfasste ihren rechten Knöchel, um ihren Fuß an die richtige Position hinter sein Bein zu schieben. Dabei presste sich ihr Hinterteil an seine Hüften und Evaine wurde augenblicklich heiß.

»Jetzt hast du mir praktisch ein Bein gestellt. Du kannst nun mit der freien Hand mein linkes Bein umfassen. Wenn du dann aufstehst, verliere ich unausweichlich den Halt.«

Angestrengt versuchte sie, seinen Anweisungen zu folgen und

umschlang mit ihrer Linken seine kräftige Wade. Dann versuchte sie aufzustehen. Aber er bewegte sich kein Stück. Sie zerrte und wackelte und plötzlich verloren sie beide den Halt und plumpsten ins Stroh.

Mit hochrotem Kopf versuchte sie, ihn von sich zu schieben, und krabbelte aus dem Stroh. Robert hingegen blieb lachend liegen.

»Evaine, es heißt nun mal Leibringen, weil es ohne ein bisschen Tuchfühlung nicht geht.«

»Du machst dich nur über mich lustig!«, beschwerte sie sich erregt. »Oder soll das hier etwa dein Ernst sein?«

Robert lachte erneut.

»Natürlich«. Er stand auf und wischte flüchtig ein paar Strohhalme von seinen Kleidern, »aber du brauchst mehr Schwung. Und ein bisschen Übung.«

Sie biss sich auf die Unterlippe und musterte ihn mürrisch. So hatte sie sich das ganz und gar nicht vorgestellt.

Er hob spöttisch eine Augenbraue. »Du wolltest es lernen …«

»Also schön!« Sie sprang auf. »Dann noch einmal von vorn.«

Sie wiederholten das Ganze. Diesmal konzentrierte sie sich weniger auf die unanständige Nähe seines Körpers und mehr auf seine Anweisungen. In der Tat schaffte sie es, ihn von den Füßen zu reißen, fiel aber wieder mit um. Lachend landeten sie erneut im Stroh. Doch nach einem halben Dutzend weiterer Anläufe schaffte sie es schließlich, stehen zu bleiben.

»Gut so«, lobte Robert anerkennend.

Er hatte wieder Stroh in den Haaren und rappelte sich gerade vom Boden auf. Sie selbst sah zweifellos schlimmer aus. Sie war verschwitzt, ihr Kopftuch hatte sie ganz verloren und ihr zerzauster Zopf hing voller Strohhalme.

»Dann können wir ja zum Essen gehen«, sagte er.

»Eins noch.« Evaine war voller Begeisterung und hätte niemals gedacht, dass ihr dergleichen gelingen würde. »Im Wald. Der Fette.«

Roberts Miene wurde wieder ernst.

»Er hat mich anders angegriffen.«

»Wenn du lernen wolltest, dich vor jedem Angriff zu verteidigen, würden wir die nächsten Jahre nichts anderes machen.«

Er hatte sich für heute offenbar genug im Stroh gewälzt.

»Ja, sicher«, sagte sie ungeduldig. »Aber hätte ich mich gegen ihn auch wehren können?«

Allein die Vorstellung, dass sie nur ein paar Handgriffe gebraucht hätte, um sich zu verteidigen …

Seufzend gab Robert nach, »Also, wie hat er dich angegriffen?«

Sie hockte sich in das Stroh.

»Ich saß auf dem Boden und er ist von hinten herangeschlichen.« Robert kam um sie herum und näherte sich. »Dann hat er sich auf mich geworfen und zu sich herumgedreht.«

Robert stutzte, doch sie drängte ihn, bis er es nachmachte. Sie lag wieder auf dem Rücken und er über ihr. Er stützte sich mit den Armen ab, doch seine Beine und Hüften drückten sie so schwer zu Boden, dass sie sich kaum regen konnte.

»So?«, fragte er mit belegter Stimme.

»Ja. Genau so«, antwortete sie atemlos. Sein Gesicht hing so dicht vor ihrem, dass nur ein Gerstenkorn dazwischenpasste Sie merkte erst jetzt, in welche Situation ihr Eifer sie getrieben hatte. Sie konnte seinen Körper in voller Länge an ihrem spüren und fühlte am ganzen Körper ein Prickeln.

»Und was muss ich jetzt tun?« Sie wagte kaum die Lippen zu bewegen, während ihr Blick wie gebannt an seinem Mund hing. Sie erinnerte sich augenblicklich an das Gefühl seiner Lippen auf ihrer Wange. Und plötzlich wünschte sie, er würde es wieder tun.

»Da fällt mir eigentlich nur eine Technik ein …«, murmelte er kaum hörbar.

Ein Räuspern ließ sie beide zusammenfahren. Robert sprang augenblicklich auf. Evaine verhedderte sich in ihren eigenen Röcken, ehe sie sich schließlich aufgerappelt hatte.

Es war Meredith.

»Ich suche euch«, sagte sie unbewegt. »Das Essen ist so weit. Jemand sagte mir, dass ihr zusammen zum Stall gegangen seid.«

»Ja …«

»Wir …«

Sie fielen sich gegenseitig ins Wort, bis Robert Evaine den Vortritt ließ.

»Wir … wir haben nur Ringen geübt«, sagte sie und wurde dabei knallrot, obwohl es die Wahrheit war. »Robert hat mir gezeigt, wie … ich mich schützen kann.«

Meredith nickte nur und musterte Evaine seltsam betroffen.

Robert hob eilig Evaines Kopftuch auf.

»Ich … gehe schon vor.« Er reichte ihr das Tuch. »Du musst dich sicher noch herrichten.«

Dann eilte er aus dem Stall. *Feigling,* dachte Evaine und sah ihm mit schmalen Augen hinterher. Jetzt musste sie sich Merediths Wut ganz allein stellen.

»Es ist die Wahrheit, Meredith«, sagte sie hastig, bevor ihre Schwester etwas sagen konnte. »Ich habe ihn gebeten, mir zu zeigen, wie ich mich verteidigen kann.«

Sie wartete quasi auf das Gezeter. Aber es blieb aus.

»Ja, ich habe es gesehen«, meinte Meredith. Mehr sagte sie nicht. Dann gingen sie gemeinsam zum Essen.

Als Evaine nach dem Essen in ihre gemeinsame Schlafkammer trat, saß Meredith abwartend auf ihrer Matratze.

Evaine beschlichen erneut Schuldgefühle wegen der Szene im Stall.

»Meredith, wegen eben … ich weiß, dass es anders ausgesehen hat … aber er hat mir wirklich nur gezeigt, wie ich mich wehren kann …«

»Ich weiß«, unterbrach Meredith sie brüsk. »Ich habe euch schon etwas länger beobachtet«, gab sie zu. »Nur hast du mir nie erzählt, wovor du dich schützen willst.« Ihre Mandelaugen musterten sie durchdringend, während Evaine nach einer Erklärung suchte.

Doch Meredith winkte ab.

»Ist gut. Du brauchst es nicht zu sagen. Ich weiß es schon. Robert hat es mir erzählt.«

Evaine schluckte verblüfft und ließ sich auf die Matratze sinken.

»Er hat es dir erzählt?«

Sie wusste nicht, was sie davon halten sollte. Hatte er das Recht, dergleichen einfach ihrer Schwester zu sagen?

Meredith hob den Blick und musterte Evaine betroffen. »Aber warum hast du mir nicht selbst erzählt, was dir auf dem Weg nach London zugestoßen ist?«

Evaine senkte den Blick. Sie wusste es selbst nicht. Weil sich keine Gelegenheit ergeben hatte? Weil sie nicht darüber reden wollte? Weil die Erinnerung sie auch heute noch schweißgebadet aufwachen ließ? Weil Meredith es nicht verstehen könnte? Robert war der Einzige, mit dem sie darüber gesprochen hatte. Und nur weil er dabei gewesen war. Er hatte es gesehen. Und er hatte sie gerettet.

»Es gibt nichts zu erzählen. Es ist ja nichts passiert. Es … Alles ist gut«, sagte sie matt. Einfach, weil es so am leichtesten war.

Meredith schüttelte vehement den Kopf.

»Nein. Nichts ist gut, wenn du mir nicht mal dergleichen erzählst. Er hätte dich fast vergewaltigt!«

»Aber nur fast!«, erwiderte Evaine ebenso heftig. »Nur fast!«

Sie ballte die Hände zu Fäusten und wünschte, sie hätte damals gekonnt, was sie jetzt konnte. Vielleicht … Aber es spielte keine Rolle. Robert war da gewesen. Sie begegnete Merediths Blick.

»Aber du selbst erzählst mir auch nichts mehr, oder?«, sagte sie ebenso vorwurfsvoll.

Der schuldbewusste Blick bewies Evaine, dass sie recht hatte. »Also, was ist los mit dir? Du verheimlichst doch etwas vor mir! Meinst du, ich würde das nicht spüren?«

Meredith holte tief Luft, als müsste sie sich zu einer Antwort durchringen. Einen Moment befürchtete Evaine, sie würde sich wieder in ihr Schneckenhaus zurückziehen. Dann stieß sie zischend die Luft aus.

»Ich habe mit Alric gesprochen.«

»Was? Wann?«

Evaine konnte kaum glauben, was sie hörte.

»Er hat mir eine Nachricht zukommen lassen«, antwortete Meredith ausweichend. »Daraufhin habe ich mich mit ihm getroffen.«

Evaine war erleichtert. Sie hatte um Merediths Willen unzählige Male für ihn gebetet.

»Wie geht es ihm?«, drängte sie aufgeregt.

»Es geht ihm gut«, sagte Meredith langsam und spielte mit einem Strohhalm, der sich durch den Leinenbezug der Matratze gearbeitet hatte.

»Gut! Und wo ist er jetzt?«

»Er wird nicht nach Allingham kommen.«

Evaines Freude wurde erneut von Sorge abgelöst.

»Warum nicht?«

»Wegen Robert«, sagte sie schlicht.

Dennoch hörte Evaine alles Unausgesprochene, das darin mitschwang.

»Hast du mit ihm gesprochen? Wenn er Robert die Treue schwört, kann er zurückkommen. Genauso wie alle anderen *Thegns*.«

»Das wird er aber nicht tun!«, unterbrach Meredith sie heftig.

Evaine starrte sie fassungslos an.

»Wieso denn nicht? Will er denn nicht zu dir zurück?«

»Das hat damit gar nichts zu tun!«, entgegnete sie scharf und Evaine spürte, dass sie eine offene Wunde getroffen hatte. »Es geht um seine Familie. Seine Treue. Er will keinem Normannen dienen.«

Evaine erinnerte sich an Dremlingham und fröstelte bei dem Gedanken an das Schicksal seiner Mutter und Schwester.

»Aber Robert ist anders«, wandte sie ein. »Er ist … gut. Ich meine, du kennst ihn doch mittlerweile!«

»Das spielt keine Rolle«, entgegnete Meredith entschieden.

»Er wird ihm niemals die Treue schwören.«

Ich schon. Die Worte lagen ihr praktisch auf der Zunge, aber sie brachte es nicht über sich, Meredith davon zu erzählen. *Jetzt noch nicht,* sagte sie sich selbst. *Nicht ausgerechnet jetzt.*

Ihr fiel der zweite ein, der sich mit gleicher Entschiedenheit gegen ein Bündnis mit Robert wehrte, und Evaine unterdrückte ein verzweifeltes Stöhnen.

»Er hat sich Osric angeschlossen, nicht wahr?«

Meredith schwieg. Aber es war Evaine Antwort genug.

»Ich wollte nur, dass du weißt, dass es Alric gut geht«, sagte Meredith.

Evaine nickte und begann, sich zu entkleiden. In der kleinen Kammer breitete sich Schweigen aus, bedrückend durch all das, was keine der anderen zu sagen wagte.

»Evaine?«

»Ja?«

»Ich bin froh, dass Robert damals bei dir war«, sagte Meredith, die bereits unter ihre Decke gekrochen war und ihr Gesicht der Wand zudrehte.

»Ich auch«, sagte Evaine zu ihrem Rücken. »Und ich bin immer noch froh, dass er bei uns ist.«

Meredith erwiderte nichts. Aber sie widersprach auch nicht.

Evaine hatte es einfach nicht über sich gebracht, Meredith von ihrem Treueschwur zu erzählen. Genauso wenig wie von den gemeinsamen Ausflügen, die sie seither jeden Sonntag mit Robert unternahm, wann immer das Wetter es ihnen erlaubte. Aber es war einfach zu kostbar, jeder einzelne Augenblick, den sie mit ihm dort verbrachte. Und Evaine merkte, dass sie sich von Woche zu Woche mehr darauf freute. Manchmal ertappte sie sich dabei, wie sie morgens beim Aufstehen die Tage bis zu ihrem gemeinsamen Sonntag zählte. Es war die einzige Gelegenheit in der Woche, in der sie in Ruhe miteinander sprechen konnten. Dort gab es nur sie und ihn. Es war wie eine ganz eigene Welt. Ohne die kritischen Blicke, ohne die Streitereien, ohne das bösartige Gerede und ohne Vorhaltungen. Und was immer dort zwischen ihnen wuchs, war so zart, dass sie es nicht der rauen Wirklichkeit von Allinghams *burh* auszusetzen wagten. Und so schwiegen sie sich beharrlich darüber aus, wie sie ihre Sonntagnachmittage verbrachten.

Sobald sie ihr Pferd bestiegen und Allinghams Tore verlassen hatten, erzählte Evaine ausgiebig von den großen und kleinen Sorgen und Schwierigkeiten ihrer Woche und Robert hörte ihr stets mit der gleichen Aufmerksamkeit und dem gleichen Verständnis zu.

Wenn er ihr von seinen Erlebnissen berichtete, fragte er sie oft nach ihrer Meinung. Oder er erkundigte sich ernsthaft danach, wie die Dinge von ihrem Vater gehandhabt worden waren. In den meisten Angelegenheiten merkte sie jedoch, dass er ihres Rats gar nicht bedurfte. Er besaß ein feines Gespür für Menschen und deren Beweggründe. Wenn er Entscheidungen traf, dann stets mit großer Umsicht.

Doch am meisten genoss sie die Zeit, in der sie einfach zusammensaßen, ihren mitgebrachten Proviant verspeisten und er ihr von seinem Traum einer steinernen Burg erzählte.

»Hast du dir schon einen Namen für deine Burg überlegt?«, fragte sie.

Mittlerweile war es April und nur noch eine Woche bis zum Osterfest. Die Jahreszeit zeigte die typische Unbeständigkeit. Morgens noch hatte es wie aus Kübeln gegossen und jetzt lachte die Sonne am Himmel. Es war erstaunlich warm. Sie lagen in der Sonne auf dem frischen Gras und blickten in die Wolkenformationen am Himmel.

»Ich habe schon oft darüber nachgedacht. Aber ich bin mir noch nicht sicher«, antwortete er mit geschlossenen Augen.

Sie stützte sich auf die Ellenbogen auf und blickte in die grüne Landschaft. Die Natur war wie verwandelt.

»Es sollte etwas mit der Gegend zu tun haben.«

»Mmh«, murmelte er, ohne die Augen zu öffnen.

Sie ließ ihren Blick über den Hang wandern, an dem unzählige Blauglöckchen wuchsen. Wie ein blaues Meer, ein Spiegelbild des Himmels.

»Wie wäre es mit *bléo clucge,* Blauglocke?«

Er hob ein wenig den Kopf und blinzelte sie durch halb geöffnete Augen an.

»Ich möchte den Namen schon aussprechen können.«

Sie lachte.

»Also gut. Dann etwas Französisches.«

Sie lehnte sich wieder zurück und betrachtete die vorbeiziehenden Wolken. Einzelne Grashalme kitzelten sie in den Ohren. Sie genoss die warmen Sonnenstrahlen auf ihrer Haut.

»Vielleicht *renouveau.* Der Frühling, die Erneuerung«, schlug sie vor und blinzelte in die Sonne.

»Gar nicht schlecht.«

Er machte eine lange Pause.

»Ich dachte eigentlich an *Bonne-foi.* Treu und Glauben«, sagte er schließlich langsam.

Er sah sie nicht an, sondern blickte einfach weiter in den Frühlingshimmel über ihnen. Neben ihr im Gras spürte sie, wie seine Fingerspitzen sachte ihre Handflächen berührten.

Treu und Glauben. Es klang wie ein Versprechen, nach Beständigkeit und Zuflucht, nach Sicherheit und Geborgenheit. Es passte perfekt. Und es passte wunderbar zu ihm.

»Das klingt wunderschön«, murmelte sie.

»*Oui«,* flüsterte er zurück.

Dabei schlossen sich seine Finger lose um ihre. Unbeweglich blieben sie liegen, lauschten dem wiedergekehrten Gesang der Vögel und dem Klopfen ihrer Herzen.

Erst als der April erneut seine Launenhaftigkeit bewies und dunkle Wolken über den Himmel blies, machten sie sich seufzend auf.

Den Heimweg verbrachten sie in einträchtigem Schweigen. Hin und wieder warf einer von ihnen einen Blick an den immer dunkler werdenden Himmel. Als sie schließlich den Dorfplatz von Allingham erreichten, begann es zu regnen. Dicke Tropfen prasselten auf sie nieder, die sie in wenigen Augenblicken durchnässten.

»Sollen wir uns unterstellen?«, rief Robert ihr zu, während der Regen ihm bereits in Strömen über das Gesicht lief.

Sie schüttelte den Kopf. Sie war bereits bis auf die Haut nass. In wenigen Minuten wären sie ohnehin in der *burh*. Also trieb sie ihr Pferd an und galoppierte über den aufweichenden Boden den Slán Hill hinauf. Robert folgte ihr.

In den Ställen sprang Evaine von ihrem Pferd. Sie war klatschnass und das Kleid klebte ihr unangenehm am ganzen Körper. Robert sah kein bisschen besser aus. Sein dunkles Haar hing ihm triefend ins Gesicht, dicke Tropfen rannen daraus an Schläfen und Hals hinab. Der fadenscheinige Stoff seiner alten Tunika war beinahe durchsichtig geworden.

Er sprang ebenfalls von seinem Pferd. Da weit und breit kein Stallbursche zu sehen war, brachte er die Tiere erst einmal in den hinteren Teil des Stalls.

»Oh Himmel! Ich bin so nass!«, lachte Evaine, als Robert zurückkam. Aber sie hätte keinen Augenblick dieses Nachmittags missen mögen. Sie zog sich den nassen Schleier vom Kopf und befühlte den Zopf auf ihrer Schulter. Er war schwer vor Nässe. Sie kicherte, als sie ihn auswrang und sich auf dem Boden zu ihren Füßen eine kleine Pfütze bildete.

»Ich wünschte, ich könnte sagen, dass es mir leidtut«, murmelte Robert. »Aber es tut mir nicht leid. Kein einziger Augenblick.« Robert strich sanft eine feuchte Strähne aus ihrer Stirn. Bei der Berührung fühlte Evaine ein prickelndes, warmes Gefühl tief in ihrer Magengegend.

Ihr Herz begann zu rasen und ihre Atmung beschleunigte sich, als wäre sie meilenweit gelaufen. Zitternd ließ sie die Arme sinken und begegnete seinem Blick. Seine dunklen Augen hingen brennend an ihrem Gesicht.

Robert machte einen weiteren Schritt auf sie zu, bis sich ihre

Körper beinahe berührten. Sein Gesicht war unmittelbar vor ihrem. So nah, dass sie die feinen Wassertropfen sehen konnte, die sich in seinen Wimpern verfangen hatten. Im nächsten Moment spürte sie seine Hand in ihrem Nacken. Er zog sie an sich und senkte seinen Mund auf ihren. Sie fühlte seinen Kuss und seine weichen Lippen, atmete berauscht den Geruch seines Körpers ein. Drängend erwiderte sie seinen Kuss und gab sich den Gefühlen hin, die er in ihr entfachte. Sie wollte ihm nah sein, ihn fühlen. Seine Zunge schob sich zwischen ihre geöffneten Lippen und neckte sie. Mit der Hand liebkoste er ihren Nacken und jagte Schauer über ihren Rücken. Das Blut rauschte durch ihre Adern und ihr wurde heiß vor Verlangen.

»Das wollte ich schon so lang tun«, stöhnte er leise und löste sich zögernd von ihr, aber nur, um ihren Hals mit Küssen zu überhäufen. Sein Atem strich heiß an ihrem Ohr vorbei und verursachte eine Gänsehaut.

»Dann tu's noch mal«, keuchte sie.

Erneut verschloss er ihren Mund mit seinem. Sein Arm legte sich besitzergreifend um ihre Taille und zog sie noch näher an sich. Als stumme Antwort schlang sie die Arme um seinen Nacken. Ihre Brüste pressten sich an seinen Brustkorb. Sie konnte seine Körperwärme unter dem dünnen Stoff fühlen.

Er schob sie an die Stallwand, zwängte sie ein zwischen dem harten Holz und seinem drängenden Körper. Fiebrig glitten seine Hände an ihrem Nacken, ihrem Hals entlang. Er küsste sie heiß und verzweifelt. Alles in ihr antwortete mit der gleichen Verzweiflung. Als seine Finger ihre Brüste berührten, stöhnte sie leise auf. *Bitte lass es niemals aufhören!* Sie konnte nichts anderes mehr denken. Sie wollte nur noch ihn. Ganz. Jetzt sofort.

»Bonjour, Robert.«

Die eisige Stimme drang nur schwach in ihr Bewusstsein. Doch Roberts Bewegungen froren augenblicklich ein. Wie versteinert hielt er inne. Dann löste er sich abrupt von ihr. Plötzlich war sie wieder auf die Kraft ihrer eigenen Beine angewiesen, die ihr zitternd den Dienst versagten. Sie klammerte sich an die Holzwand hinter ihr. Ihr Herz hämmerte in ihrer Brust. Sie starrte den Neuankömmling im Stalleingang an. Wartete ungläubig, dass ihr umnebelter Verstand seine Arbeit wieder aufnahm. Aber das Bild änderte sich nicht. Es war Robert. Nein. Er sah aus wie Robert. Nur zwanzig Jahre älter, mit grauem statt dunklem Haar und ein paar Falten um Mund und Augen.

»Vater.«

Roberts Stimme war ohne jedes Gefühl. Auf seinem Gesicht hingegen zeichnete sich pures Entsetzen ab. *Geoffrey!* Das war Geoffrey! Ihr Geist mühte sich, das Unfassbare einzuordnen.

»Wenn du da fertig bist, kannst du mir vielleicht folgen.« Das war keine Frage, sondern ein Befehl. Ohne Evaine auch nur eines Blickes zu würdigen, wandte Geoffrey sich um und ging. Wortlos ließ Robert sie stehen und folgte ihm.

Evaine stolperte ihnen hinterher auf den Burghof. So heftig wie er gekommen war, so schlagartig hatte der Regen wieder aufgehört. Überall hatten sich große Pfützen gebildet. Die Luft war feucht und schwer.

Hilda und Winnie kamen über den Hof auf sie zugerannt. Winnies Gesicht war vor Aufregung knallrot.

»Herrin!« Als sie bei ihr ankamen, stockte Hilda. »Himmel! Wie seht Ihr aus?« Sie musterte Evaine verwundert.

Evaine kroch die Röte heiß in ihre Wangen. Konnte man ihr etwa die hitzigen Küsse ansehen? Instinktiv glitt sie mit der Zunge über ihre Lippen.

»Ihr seid klatschnass!«, sagte sie und deutete auf Evaines Kleid.

Benommen blickte Evaine an sich herab und strich mit der Hand abwesend über den feuchten Stoff.

»Ach das …«, murmelte sie schwach. »Wir … ich … bin in den Regen gekommen.«

»Herrin, es sind noch mehr Normannen hier!«, sagte Winnie ganz aufgeregt.

»Wir wollten die gar nicht reinlassen, aber die andern *orcs* haben einfach aufgemacht«, sagte Hilda entrüstet. »Wir haben auch versucht, mit denen zu reden. Aber es ist ja, als wollte man mit 'ner Kuh sprechen. Die verstehen kein Wort.«

Sie schüttelte abfällig den Kopf über so viel Dummheit.

»Bitte, Herrin, Ihr müsst mit ihnen reden«, drängte Winnie und fasste sie am Arm.

»Schon gut«, murmelte Evaine, »R... äh ... der Herr spricht schon mit ihnen. Er ... kennt sie.«

Sie schaffte es nicht, das Wort »Vater« auszusprechen.

»Aber wo sollen die alle schlafen?«, empörte sich Hilda. »Es muss ja jetzt schon der eine über den anderen klettern, nachts in der Halle!«

Evaine starrte auf die große Halle, in der Robert mit seinem Vater gerade verschwand. Wie in Trance wandte sie sich wieder zum Stall, aus dem sie gekommen war. War das eben wirklich passiert? Hatte er sie geküsst? Ihr Körper schrie »Ja«. Aber wieso hatte er sie stehen lassen, ohne ein Wort?

Sie zwang ihren Verstand, sich mit der Gegenwart auseinanderzusetzen und die Szene von eben zu verdrängen.

»Dann ... macht ein paar Lager in den Ställen bereit«, wies sie die beiden lahm an. »Ich muss mir erst etwas Trockenes anziehen.«

KAPITEL 9

»Was willst du hier?«, fragte Robert, sobald er die Tür zu seinem privaten Zimmer hinter ihnen zugeknallt hatte. Er kochte innerlich vor Wut. Wie konnte er einfach so hier auftauchen, ohne jede Ankündigung? Und ausgerechnet in diesem Moment!

»Du vergreifst dich im Ton!«, erwiderte Geoffrey scharf.

Noch immer hatte die Stimme seines Vaters die Macht, ihn verstummen zu lassen. Robert hasste sich selbst dafür.

»Hier wohnst du also?«, fragte Geoffrey und blickte sich abschätzig in Godrics ehemaligem Zimmer um, als wäre es eine hölzerne Baracke. Robert konnte sich gut vorstellen, was er davon hielt. Bei allem Komfort, den das Zimmer des Herrn von Allingham bot, konnte es sich nicht mit den Räumen in der Burg seines Vaters messen. Das alte Holz, die schlichte Feuerstelle. Einzig der wunderschön bestickte Baldachin des Bettes war es wert, beachtet zu werden. Robert wusste das, aber bisher hatte es ihn nicht gestört.

»Du bist wahrscheinlich nichts Besseres gewohnt«, sagte Geoffrey kalt und ließ sich dann in Godrics Sessel nieder.

Robert unterdrückte ein unwirsches Schnauben. Das war sein Platz.

»Also, was willst du hier?«, setzte er erneut an.

Geoffrey maß ihn mit unbewegtem Blick.

»Die Frage erübrigt sich in Anbetracht der Tatsache, dass du allein auf meinen Befehl hier bist. Es sind meine Männer, mein

Material und mein Geld. Also sag mir einen Grund, warum ich dich nicht kontrollieren sollte.«

Kontrollieren! Robert knirschte beinahe mit den Zähnen.

»In der Tat ist dem so«, presste er hervor. »Dennoch ist dies *mein* Land, *meine* Burg und *mein* Besitz!«

Er konnte sich einen Anflug von Genugtuung nicht verkneifen. Er war nicht länger auf das Gnadenbrot seines Vaters angewiesen!

In Geoffreys Augen blitzte Missfallen auf. Mehr würde er niemals zeigen. Dann kräuselten sich seine Lippen zu einem spöttischen Lächeln.

»Und sieh, wie weit du gekommen bist«, sagte er und wies mit ausladender Geste auf das Zimmer. »Da stellt sich mir doch eher die Frage, was *du* hier willst!« Das Lächeln verschwand und Geoffreys Miene wurde hart. »Wieso hast du nicht längst eine Motte errichtet? Ich habe gehört, dass du schon zum Dreikönigsfest belehnt worden bist. Das ist drei Monate her!«

Spione. Er spionierte seinem eigenen Sohn hinterher, dachte Robert angewidert.

»Weil ich es vorgezogen habe, hierzubleiben«, sagte er knapp.

Geoffrey lehnte sich im Sessel zurück und zog die Augenbrauen hoch. »Und würdest du mir auch gnädigerweise verraten, warum?«

»Sie ist gut befestigt und für meine Zwecke völlig ausreichend.«

Er versuchte gar nicht erst, ihm seine Bemühungen um ein friedliches Miteinander zu erklären. Da könnte er auch direkt versuchen, mit Worten Eis zu schmelzen. Wenn er ihm je erklärte, wie er zu seinem Lehen gekommen war, könnte er sich Geoffreys beißender Verachtung gewiss sein. Er hatte der Hilfe einer Frau, einer *Angelsächsin*, bedurft, um es zu erlangen! Doch an Evaine wollte Robert jetzt gar nicht denken.

»Für deine Zwecke völlig ausreichend?«, äffte Geoffrey. »Das ist genau der Grund, warum du es allein nie zu etwas bringen wirst. Ich dachte, deine Feldzüge hätten dich wenigstens ein wenig Kriegsführung gelehrt: Wenn du dich mit dem *Ausreichenden* begnügen willst, kannst du direkt zu Hause bleiben.«

Mit eiserner Ruhe ließ Robert seine Worte über sich ergehen.

»Das ist ein Irrtum deinerseits«, erwiderte er. »Ich war *Söldner*. Ich habe gelernt zu überleben, nachts mit einem Messer in der Hand zu schlafen, Menschen für eine Silbermünze zu töten, den Kopf für den Profit anderer zu riskieren, im Notfall Bucheckern und Eicheln zu fressen und meine eigene Pisse zu trinken! Nenn es Kriegs*handwerk*. Aber mit Kriegs*führung* hat das nichts zu tun. Davon abgesehen habe ich nicht nach deiner Meinung und schon gar nicht um Rat gefragt!«

Wütend wandte er sich ab und ärgerte sich gleichermaßen über seinen Vater wie über sich selbst und über die Verbitterung, die in seinen Worten mitschwang. Er verachtete sich dafür, dass er ihn wissen ließ, wie viel es ihm immer noch ausmachte. Wie ein störrisches Kind gab er ihm nach all den Jahren noch die Schuld für alles. Doch Schuld trug nur er allein.

»Ich verstehe«, sagte Geoffrey nur. Sein Ton war wie immer ohne jede Regung.

Robert atmete tief durch.

»Wie geht es der Familie?«, fragte er und versuchte das Thema zu wechseln. Er hatte ewig nichts von seinen Geschwistern gehört.

Geoffrey antwortete nicht. Als Robert sich zu ihm umblickte, musterte er ihn eindringlich, offenbar nicht bereit, das Thema fallen zu lassen.

»Also? Wie geht es Geoffrey?«, beharrte Robert.

Zumindest über das Fortkommen seines ältesten Bruders sprach er in der Regel bereitwillig. Sein Vater verzog das Gesicht, als wäre Robert ein unbelehrbarer Narr. Dann endlich ging er auf den Themawechsel ein.

»Dein Bruder regelt in meiner Abwesenheit die Belange der Grafschaft«, sagte er, obgleich das Robert sowieso klar war. »Über seine Frau Isabeau hat er vor Kurzem einige nicht unerhebliche Ländereien geerbt.«

Für einen Außenstehenden mochte es unbeteiligt klingen, doch Robert hörte den Anflug von Stolz heraus. Durch die Vermittlung seines Vaters hatte sein Bruder vor zwei Jahren mehr als vorteilhaft geheiratet. Isabeau war Alleinerbin einer großen Grafschaft und, wie man hörte, wunderschön. Er selbst hatte sie noch nie gesehen und war auch nicht auf der Hochzeit gewesen.

»Er hat im Frühjahr einen Sohn bekommen.«

Robert kämpfte den aufkommenden Neid nieder. Es war gut, wenn sein Bruder seine Erbfolge sichern konnte. Mochte er einen Sohn haben. Er selbst hatte Arnaud.

»Wie geht es Adelaide?«, fragte er weiter.

»Ihr Mann …«

»Ich habe nach Adelaide gefragt«, unterbrach Robert ihn barsch. Er hatte kein Interesse an den politischen Winkelzügen, die sein Vater durch die vorteilhaften Hochzeiten arrangiert hatte. Es ging ihn schließlich auch überhaupt nichts mehr an. Er bildete sich nicht ein, je wieder in diesen Kreisen zu verkehren. Er wollte einfach nur wissen, wie es seiner Schwester ging.

Geoffrey schnaubte und Robert dachte, er würde ihm schon wieder etwas entgegenhalten. Doch er tat es nicht.

»Sie hat im letzten Herbst ein weiteres Kind zur Welt gebracht. Ein Mädchen. Sie heißt Audéarde.«

Wie seine Großmutter. Robert rechnete kurz nach.

»Das sechste?«

»Siebte«, korrigierte sein Vater.

Richtig, als er nach dem Debakel in Italien bei Adelaide untergekommen war, war sie ebenfalls schwanger gewesen.

»Augustine und Aurel? Ich nehme an, von ihnen gibt es nicht viel Neues?«

»Aurel hat gute Chancen, bald Abt zu werden. Spätestens eine kleine Spende an sein Kloster in Rouen dürfte seinem Glück auf die Sprünge helfen.«

»Wie schön«, erwiderte Robert. »Dann gibt es nach wie vor nur ein schwarzes Schaf in der Familie.«

Wieder konnte er sich einen Kommentar nicht verkneifen und hätte sich selbst gerne deswegen geohrfeigt.

»Willst du wirklich darüber reden?«, fragte Geoffrey scharf.

»Nein.«

Das wollte er nicht. Und spätestens Geoffreys Ton hatte ihn erneut davon überzeugt. Zwischen ihnen gab es nichts zu bereden. Nichts auszuräumen. Sein Vater würde ihm seinen Fehler niemals vergeben. Und er würde ihm seine Hartherzigkeit nicht verzeihen.

Robert sparte es sich, nach der neuen Frau seines Vaters zu fragen. Er empfand Mitleid mit ihr. Jung und süß war sie für seinen Vater doch immer nur ein Trostpfand geblieben. Ein weiteres unschuldiges Opfer der ganzen unseligen Angelegenheit. Die Tatsache, dass sie ihm keine weiteren Kinder geschenkt hatte, machte ihre Position in der Familie nicht gerade besser. Da sein Vater sie nicht erwähnt hatte, schien sich daran auch nichts geändert zu haben.

»Werde ich in *deiner* Burg, denn auch etwas zur Erfrischung bekommen? Oder ist die Verpflegung genauso *komfortabel* wie die Ausstattung?«, fragte Geoffrey schließlich.

Robert überhörte den gehässigen Unterton. In der Tat hatte sein Vater eine lange Reise hinter sich und bisher nicht einmal einen Becher Wein bekommen.

»Ich werde Entsprechendes veranlassen«, sagte er und wandte sich zur Tür.

Als er sie öffnete, um nach einem Bediensteten zu rufen, wäre er fast mit Evaine zusammengestoßen. Sie stand unmittelbar vor der Tür, die Hand erhoben, so als wollte sie gerade klopfen.

»Evaine …«, seine Stimme versagte ihm beinahe den Dienst und er wich erschrocken zurück. Bei ihrem Anblick brach die Erinnerung an ihren Kuss wie eine Flutwelle über ihn hinein. Ihr weicher, williger Körper an seinem. Der Geschmack ihrer Lippen. Bei Gott, sie schmeckte genauso wunderbar, wie sie duftete! Sein Körper brannte vor Verlangen, zu Ende zu bringen, was er begonnen hatte! Er wollte sie noch einmal küssen. Er wollte sie an sich ziehen und seine Hände auf ihre vollen Brüste legen.

Doch er tat nichts von all dem. Stattdessen blieb er stocksteif stehen, weil er den bohrenden Blick seines Vaters im Rücken spürte, was ihm heiße Scham ins Gesicht trieb. Er hatte sich gehen lassen. Und ausgerechnet sein Vater hatte ihn dabei erwischt.

Sie brachte ebenfalls kein Wort hervor, sah ihn nur an mit einer Mischung aus Verletzlichkeit, Unsicherheit und hoffnungsvoller Erwartung.

Ehe einer von ihnen etwas sagen konnte, kam Geoffrey ihnen zuvor.

»Lauschen deine Bediensteten immer an den Türen?«

Evaines Blick flog zu seinem Vater. Dann begannen ihre Wangen zu glühen.

»Nein … das … das Essen ist gleich fertig«, stammelte sie. »Ich … wollte nur fragen, für wie viele Gäste ich eindecken lassen soll.«

Auffordernd sah sie Robert an, der Unverschämtheit etwas zu entgegnen. Doch er fand keine Worte.

»Evaine, bitte lass Wein und etwas frisches Wasser herbringen«, sagte er stattdessen. »Mein Vater und ich nehmen das Essen später hier ein. Allein.«

Bereits während er sprach, wusste er, wie schäbig es war.

Ihre grünen Augen weiteten sich einen Augenblick in Erstaunen, dann blitzten Schmerz und Enttäuschung darin auf. Übergroß konnte er den Vorwurf sehen. Robert ertrug ihren Blick nicht länger. Also schloss er die Tür.

Evaine starrte auf die geschlossene Tür. Sie wusste nicht, was sie erwartet hatte, aber sicher mehr als das. Seine Gefühllosigkeit erwischte sie genauso kalt und unvermittelt wie vorhin der Aprilregen. Eben noch hatte er sie mit aller Inbrunst geküsst und ließ sie dann ohne ein Wort linsk liegen. *Lauschen deine Bediensteten immer an den Türen?* Sein Vater hatte sie als Dienstmagd bezeichnet. Und

Robert hatte nichts erwidert. Im Gegenteil, er hatte sie wie eine behandelt! Wie eine, mit der er sich unverbindlich im Heu vergnügen konnte. Die Enttäuschung trieb ihr heiße Tränen in die Augen.

Sie wirbelte blinzelnd herum und eilte zur Küche, um seine Anordnungen weiterzugeben. *Wir nehmen das Abendbrot hier ein. Allein.* An jedem einzelnen Abend hatte er sie gebeten, ihm noch ein wenig Gesellschaft zu leisten! Und nun fühlte er sich gedrängt, sie *auszuladen!*

Was hatte sie überhaupt erwartet? Sie hatte zugelassen, dass er sie küsste. Und sein Vater hatte sie dabei gesehen. Gesehen, wie sie sich seufzend wie eine Dirne mit ihm im Stall herumgedrückt hatte. Sie glaubte, vor Scham zu sterben. Gleichzeitig fragte sie sich selbst, was sie dazu getrieben hatte. Und wusste es eigentlich ganz genau. Was sie nicht wusste, war, was ihn dazu getrieben hatte.

Robert und Geoffrey verbrachten nicht nur dieses Abendessen allein zusammen, sondern auch alle anderen Mahlzeiten in der Karwoche, die noch bis zum Osterfest blieben. Evaine wartete verzweifelt darauf, dass Robert eine Möglichkeit suchte, mit ihr zu sprechen. Doch das tat er nicht.

Vier Tage später, am Gründonnerstag, hatte sie immer noch nicht mehr als ein paar kurze Gespräche mit ihm geführt, die sich aber nur um Organisatorisches oder das bevorstehende Osterfest drehten. Kein Wort mehr, keine Andeutung, keine Geste, keine Erklärung. Als hätte Robert jenen Nachmittag und jenen Kuss aus seiner Erinnerung gestrichen und damit auch die innige Verbundenheit zwischen ihnen beiden. Er behandelte sie mit der gleichen formellen Höflichkeit, die er Meredith gegenüber an den Tag legte. Und diese scheinbare Gleichgültigkeit schmerzte beinahe mehr als die Zurückweisung selbst.

Bereute er es vielleicht? Oder war es für ihn nur ein amüsanter Zeitvertreib gewesen, über den man kein weiteres Wort verlor? Sie konnte und wollte das nicht glauben. Die wachsende Zuneigung zwischen ihnen war greifbar gewesen. Ihre gemeinsamen Sonntage auf *Bonne-foi* mussten auch ihm etwas bedeutet haben! Sie hatte es gefühlt, als er sie geküsst hatte! Die gleiche Sehnsucht und Anziehungskraft, die sie auch ihm gegenüber empfand und die sich keinen Augenblick länger zurückhalten ließ. *Das wollte ich schon so lang tun.* Und doch schien nichts mehr davon übrig zu sein.

Stattdessen mied er jede Begegnung mit ihr. Meistens war er mit seinem Vater und einer Eskorte von Rittern unterwegs. Vermutlich, um mit seinem neuen Besitz zu prahlen, dachte sie bitter.

Während einer dieser Gelegenheiten war sie daher umso erstaunter, dass Gérard ihn nicht wie gewöhnlich dabei begleitete.

»Dann bist du also auch nicht gut genug?«, fragte sie zynisch.

Sie wusste nicht, ob Robert selbst oder Geoffrey jegliche Begegnungen mit Allinghams Bewohnern vermeiden wollte. Aber es kam auf das Gleiche hinaus.

Gérard zuckte nur in seiner üblichen Gelassenheit mit den Schultern, als würde ihn diese Zurückweisung nicht interessieren.

Doch Evaine empfand weit mehr, als sich durch ein irritiertes Kopfschütteln ausdrücken ließe. Der Schmerz der Zurückweisung und des Verlusts tobte brennend in ihrem Innern, hinderte sie am Schlafen und verfolgte sie in jedem wachen Augenblick.

»Es ist, als wäre Robert gar nicht mehr da!«, stieß sie hervor, weil sie die aufgestaute Bitterkeit nicht länger zurückhalten konnte. Sicher war Gérard der falsche Ansprechpartner, aber die seit Tagen in ihr vergrabenen Gefühle wurden immer mächtiger.

Gérard verzog gleichgültig das Gesicht.

»Vor unserem Aufbruch in Dives-sur-Mer war es auch so. Aber glaub mir, nach einer Weile kommt Robert auch wieder zurück.«

Evaine schnaubte.

»Wir sind doch kein Spielzeug, über das er nach Lust und Laune verfügt! Und wenn es ihm ungelegen ist, dann wirft er es zur Seite!«

Egal wie viele Entschuldigungen sie anfangs für sein Schweigen gefunden hatte, inzwischen waren sie alle zerplatzt.

Gérard musterte sie eindringlich.

»Ich glaube nicht, dass er das so sieht. Abgesehen davon habe ich Robert verdammt viel zu verdanken. Du nicht auch? – Ich denke, wir sollten es dabei belassen.«

Gérard war wirklich treu wie ein alter Hund, dachte sie ärgerlich und unterdrückte vehement die Schuldgefühle, die seine Worte geweckt hatten.

»Außerdem hat er es wohl schwer genug«, murmelte Gérard schon im Gehen vor sich hin.

»Wie meinst du das?«, fragte sie argwöhnisch.

Unbehaglich blieb er stehen und trat von einem Bein auf das andere.

»Nichts. Ich meine, ich habe wirklich keine Ahnung. – Aber er sieht müde aus. Und ist dir aufgefallen, wie häufig nachts wieder ein Licht in der Kapelle brennt?«

Sprachlos blickte sie ihm hinterher, wie er sich über den Hof entfernte. Anscheinend bemerkte Gérard sehr viel mehr, als man ihm zutraute.

Evaine dachte wieder an den Abend vor Candlemas und den abgenutzten *Paternoster* in Roberts Händen. *Ich bin es schuldig.* Was immer ihn seit der Normandie verfolgte, es hatte ihn offenbar eingeholt.

»*Sieur*, kann ich Euch nicht begleiten? Ich kann Eure Lanze tragen!«

Arnaud bettelte Robert aus großen blauen Augen an, während Robert dabei war, sein Pferd zu besteigen. »Und ich habe alles geübt, was Ihr mich im Umgang mit dem Schwert gelehrt habt!«

Er hatte das Holzschwert in seinen Gürtel gesteckt und führte es pausenlos mit sich, wie ein Mann seine Waffe.

»Ein anderes Mal, Arnaud. Ich verspreche es.«

Arnaud wollte bereits protestieren, doch Roberts strenger Blick ließ ihn missmutig verstummen. Beleidigt schob er die Unterlippe vor und blickte Robert trotzig an. Der Ausdruck erinnerte Robert schmerzlich an Melisande. Instinktiv sah er zu seinem Vater hinüber, ob der es ebenfalls bemerkte. Geoffrey war bereits aufgesessen und wartete neben ihm. Er betrachtete Arnaud aus schmalen Augen, seltsam prüfend, als studierte er ein ihm unbekanntes Tier.

Als er Roberts Blick bemerkte, verschwand der Ausdruck und er schnalzte stattdessen ungeduldig mit der Zunge. Er und ein halbes Dutzend Ritter aus seinem Gefolge warteten aufbruchsbereit auf den geplanten Jagdausflug. Arnaud bedachte die älteren Knappen aus Geoffreys Gefolge mit wütenden Blicken und trat beleidigt gegen einen Stein. Unter dem aufgeregten Gebell der Hunde und dem Gelächter von Rittern und Knappen verließen sie den Hof.

»Das ist er also«, sagte Geoffrey, als sie die *burh* und das Dorf hinter sich gelassen hatten. Die Gruppe hatte sich ein wenig zerstreut und einige der Jüngeren waren voller Vorfreude vorausgeprescht. Außer Robert war niemand in Hörweite.

Obwohl sie bislang kein Wort gewechselt hatten, wusste Robert sofort, von wem er sprach. Es war das erste Mal überhaupt, dass sein Vater Arnaud zu Gesicht bekommen hatte. Vor ihrer Abreise in Dives-sur-Mer hatte er es für besser gehalten, eine Begegnung zwischen Geoffrey und dem Jungen zu vermeiden. Und auch jetzt war er froh, dass Arnaud sie nicht zur Jagd begleitete.

»So ist es.«

Mehr sagte Geoffrey nicht und Robert vermutete, dass er darüber froh sein sollte. Im Zweifel war es besser, sie sprachen einfach nicht darüber. Wie immer.

»Es gibt Hirsche, hast du gesagt?«, wandte Geoffrey sich stattdessen dem Thema Jagd zu.

Dennoch ärgerte es Robert. Geoffrey betrachtete Arnaud nach wie vor wie eine lästige Laus in seinem Pelz.

»So hat man es mir gesagt«, entgegnete er knapp.

Wegen des Krieges war der Wald schon seit einiger Zeit nicht mehr bejagt worden. Eigentlich müsste es also mehr als genug Hochwild geben. Allerdings hatte er die ansässigen Angelsachsen im Verdacht, sich allzu häufig für ihren eigenen Bedarf zu bedienen. Anscheinend war dergleichen von Godric nicht so eng gesehen worden. Er würde das allerdings ändern.

»Dann warst du noch nicht selbst dort?«, fragte sein Vater.

»Nein. Es fehlte mir an Zeit.«

Sie schwiegen wieder und Robert fragte sich langsam, ob es eine gute Idee gewesen war, mit seinem Vater auf die Jagd zu gehen. De Vere hatte Melisandes Ehemann bei einem Jagdausflug beseitigt.

Für gewöhnlich genoss Robert die ausgedehnten Ritte über Allinghams Ländereien. Der Anblick der Landschaft weckte in ihm ein nie gekanntes Gefühl des Stolzes. Mit Begeisterung war er bislang mit Gérard Woche für Woche durch die *hundreds* geritten und hatte in Augenschein genommen, was ihm von Gott so unverdient in den Schoß gelegt worden war. Er hatte das Bedürfnis, alles bis in den letzten Winkel zu erkunden, die Weiden und Hügel, die Wälder, die Höfe, die zu Allinghams *burh* gehörten, die Dörfer und Mühlen, einfach alles. Dies war sein Land. Und hierbei würde er alles richtig machen!

Er ließ seinen Blick über die sanft geschwungenen Schafweiden schweifen. Inzwischen war das Land noch lieblicher als bei seiner Ankunft und präsentierte sich seinem Vater von der besten Seite. Auf Feldern und Wiesen spross frisches Grün, Sträucher und Bäume zeigten hellgrüne Blätter und die Apfelblüten leuchteten zartrosa. Die Luft war warm und erfüllt vom Duft des blühenden Flieders und vom Summen der Bienen.

Dennoch war Roberts Innerstes kalt und tot. Die Gegenwart seines Vaters schien ihn einzufrieren und seine Gefühle zu Eis erstarren zu lassen. Evaine dagegen hatte ihn aufgetaut bis in den hintersten Winkel seiner Selbst. Bei ihr fühlte er sich unbeschwert und jung, als könnte er einfach von vorn beginnen. Unmerklich, aber beständig hatte sie die Schatten vertrieben, bis er sie beinahe vergessen hatte. Aber nur beinahe.

Roberts Blick blieb an einigen Blauglöckchen hängen und die Erinnerung an ihren letzten Nachmittag auf *Bonne-foi* holte ihn mit quälender Deutlichkeit ein.

»Die Männer sind unzufrieden.« Die Stimme seines Vaters riss ihn aus der Erinnerung.

»Wer sagt das?«

»Ich habe mit einigen gesprochen«, erwiderte sein Vater vage. »Sie erwarten eine Gegenleistung für ihren Einsatz. Und sie haben das Gefühl, dass andere erhalten, was ihnen zusteht.«

Robert unterdrückte einen Fluch. Er konnte sich sehr genau vorstellen, von wem sein Vater das hatte. Abelard. Dieser widerliche Speichellecker war ein enger Vertrauter seines Vaters. Er hatte von Anfang an das Gefühl gehabt, dass er nur als Geoffreys persönlicher Spion dabei war.

Es ärgerte Robert umso mehr, da er wusste, dass etwas Wahres daran war. Er hatte einen erheblichen Teil des Landes als Lehen den überlebenden Angelsachsen überlassen. Land, das Abelard und seinesgleichen sich für sich selbst erhofft hatten. Es war der Preis, den er für den Frieden mit Evaines Leuten zahlte. Dessen war er sich bewusst.

»Man fragt sich überhaupt, wer in diesem Krieg bekommt, was ihm zusteht«, ergänzte Geoffrey und machte eine bedeutungsvolle Pause. »Du hast sehr gutes Land.«

»Willst du damit sagen, dass es mir nicht zusteht?«, erwiderte er scharf.

Sein Vater zögerte mit der Antwort.

»Ich wundere mich nur, dass du so reich belohnt wurdest, während du deine Heldentaten mit meinem Geld vollbracht hast.«

»Ich habe meine Pflicht am *Sanguelac* erfüllt. Wenn du findest, diese Leistung wurde zu hoch bemessen, dann solltest du mit dem *Duc* darüber sprechen«, erwiderte er heftig und unterließ es vorsichtshalber, Evaines Beitrag an dieser Belehnung zu erwähnen.

Sein Vater warf ihm einen warnenden Blick zu, ihn nicht zu verhöhnen. Doch Robert scherte sich nicht darum.

»Jedenfalls scheinst du dich selbst beim *Duc* deutlich in Erinnerung gebracht zu haben.«

Robert hätte beinahe laut aufgelacht. In der Tat hätte er

sich eher die Zunge abgebissen, als sich beim *Duc* für seinen Vater einzusetzen. Er hatte getan, was ihn die letzten neun Jahre gelehrt hatten: Er hatte seinen eigenen Arsch gerettet, weil das sonst niemand für ihn tat. Er war sich ziemlich sicher, dass sein Vater sich auch sehr gut selbst in Erinnerung rufen konnte.

»Ich nehme an, du bist mit deiner Entschädigung nicht zufrieden?«, fragte er stattdessen scheinheilig.

»Darüber ist das letzte Wort noch nicht gesprochen«, entgegnete Geoffrey kalt. »Jedenfalls werde ich einen Teil der Männer wieder mitnehmen.«

Robert sagte nichts dazu. Es war sein gutes Recht und er hatte beinahe damit gerechnet. Dennoch stellte es ihn vor einige Probleme. Entweder müsste er mit den Übriggebliebenen zurechtkommen oder ein paar Angelsachsen finden, auf die er sich gleichermaßen verlassen konnte. Beides schien ihm zur gegebenen Zeit eher schwierig. Aber das würde er seinen Vater nie wissen lassen.

Die *tenebrae*, die Nachtwachen an den Passionstagen, waren eine der wenigen Gelegenheiten, zu denen Evaine Robert einmal wieder zu Gesicht bekam. In der Nacht vor Gründonnerstag, Karfreitag und Karsamstag wurden sie von dem neuen Kaplan in der kleinen Kirche von Allingham abgehalten.

Robert hatte Redwald nach Candlemas gebeten, einen geeigneten Priester seiner Abtei für Allingham auszuwählen und zu ihnen zu senden. Der junge Mönch, den er schickte, war klein, schmächtig und unscheinbar. Aber er sprach halbwegs passables Französisch. Wahrscheinlich war dies das entscheidende Kriterium für seine Wahl gewesen. Doch der Ablauf der *tenebrae* entsprach noch immer dem gleichen Ritus. Nach Mitternacht wurden sie von der Glocke des *bellgeat* geweckt. In diesen Stunden vor Tagesanbruch war die Nacht am schwärzesten. Die kleine Kirche war kalt und nur von wenigen Kerzen erhellt. Es war die Vorbereitung der Gemeinde auf Jesu Leiden und Tod. Die sie umgebende Finsternis war Sinnbild für das Dunkel des Todes, in das Christus am Karfreitag hinabsteigen würde. Während sie sangen und beteten, wurde eine Kerze nach der anderen gelöscht. Und die Kirche versank immer mehr in nächtlicher Schwärze. Schließlich brannte nur noch eine einzige Kerze am Altar.

Evaine starrte auf die kleine Flamme, das letzte Licht in der übermächtigen Dunkelheit. Eines nach dem anderen war dem Dunkel der Hoffnungslosigkeit gewichen. Es schien das Ende. Das Ende dessen, was an Weihnachten begonnen hatte. *Und das Licht leuchtet in der Finsternis und die Finsternis hat es nicht erfasst.* Es kam ihr vor wie ein Spiegel ihres eigenen Lebens. In weniger als einem einzigen Jahr war das Licht ihrer Hoffnung geschwunden. Sie spürte den Drang, nach vorne zu rennen und die zitternde Kerzenflamme am Altar mit ihren Händen zu schützen. Dieses letzte, kostbarste Licht, das Robert an Weihnachten in ihr entzündet hatte. Jetzt würde es verlöschen.

Zwei Kinderstimmen am linken Eingang der dunklen Kirche stimmten den letzten Gesang an, hell und klar. *Kyrie eleison.* Herr, erbarme dich. Von der rechten Seite antworteten ihnen zwei weitere. *Christe eleison.* Christus, erbarme dich. Dann fiel die ganze Gemeinde ein. *Christus Dominus factus est obediens usque ad mortem.* Christus, der Herr, gehorsam bis in den Tod.

Evaines Stimme war nur ein Flüstern. Ihr Schmerz war plötzlich so groß, dass sie meinte, daran zu ersticken. *Esto fidelis usque ad mortem.* Sei getreu bis in den Tod.

Robert hatte es ihr in der Nacht im Wald von Surrey gesagt. Sein Motto. Er stand mit seinem Vater und Arnaud an den Ehrenplätzen der Kirche, seitlich des Altars.

Jetzt konnte sie nicht anders, als zu ihm hinüberzusehen. Er sah sie ebenfalls an. Kummer flackerte in seinen dunklen Augen. Sie konnte Schatten der Erschöpfung darunter sehen und erinnerte sich an Gérards Worte. Dann wandte Robert den Blick wieder ab.

Getreu bis in den Tod. Er hatte es ernst gemeint. Und obwohl er noch immer hier war, hatte sie das Gefühl, er hätte sie verlassen.

Mit düsterem Widerhall verklang die letzte der drei Wiederholungen des Chorals. Dann erlosch auch das verbleibende Licht und Finsternis breitete sich aus.

»Meinst du, es wird je wieder leuchten?«, flüsterte Meredith neben ihr. Sie klang genauso trostlos wie Evaine selbst.

»Ich weiß es nicht«, flüsterte Evaine und ergriff ihre Hand, zum ersten Mal seit der Nacht von Michaelmas, »wir müssen auf Ostern hoffen.«

Das Licht in der Kirche wurde bei der Osterfeier am Karsamstag bei Sonnenuntergang erneut entzündet. Bei einer feierlichen Messe, bei der der neue Kaplan die Gemeinde gründlich mit Weihrauch einnebelte, entzündete er das Osterfeuer und daran die Osterkerze. Das Todesdunkel war überwunden. In Christi Auferstehung war das Licht des Lebens neu entzündet worden. Und obwohl es ein Tag der Freude war, an dem das Leben über den Tod triumphierte, war Evaine noch immer zu Tode betrübt.

An die Feier der Osternacht schloss sich ein Festessen an, das üblicherweise die halbe Nacht dauerte. Die karge Fastenzeit war beendet und sie sprachen allem zu, was das beginnende Frühjahr ihnen bereits beschert hatte. Die Tafeln waren mit weißen Leinentüchern gedeckt. Frisches Grün schmückte die Tische und hing von den Deckenbalken herab. Evaine warf einen prüfenden Blick auf den Platz an Roberts Seite. Heute würde sein Vater dort sitzen und sie wollte sichergehen, dass alles besonders sauber und untadelig war. Erstaunlicherweise hatten die Mägde einmal mitgedacht und ihm einen edelsteinbesetzten Pokal ihres Vaters hingestellt. Als ihr Blick über die anderen Ehrenplätze am Kopf der Tafel schweifte, wurde sie stutzig.

Sie erblickte Ælfgifu, die leise durch den Saal huschte, und winkte sie heran. Ælfgifu eilte herbei und knickste ehrerbietig.

»Wer hat diese Tischordnung veranlasst?«, fragte sie und wies auf die Reihe. Außer dem zusätzlichen Platz für Geoffrey war an dem u-förmigen Tisch für mindestens ein halbes Dutzend weitere eingedeckt worden.

»Der *hláford* selbst«, antwortete Ælfgifu. »Er erwartet über die Ostertage einen weiteren Gast mit seinem Gefolge. Dieser ist eben, während der Osterfeier, angekommen.«

Evaine versuchte, sich den Ärger darüber nicht anmerken zu lassen. Seit seiner Ankunft hatte Robert ihr die Belange der *burh* überlassen. Und nun hatte er sie über die Zahl seiner Gäste nicht einmal in Kenntnis gesetzt!

»Und wo ist für meine Schwester und mich gedeckt?«, fragte sie und mühte sich weiterhin um einen gelassenen Ton.

Ælfgifu wurde knallrot und wies an das unterste Ende des u-förmigen Tisches.

»Dort, *hlafdige*«, sagte sie betreten.

Evaine schluckte.

»Ist gut, Ælfgifu«, murmelte sie und entließ sie mit einem Winken. Statt seinem Vater endlich zu zeigen, dass sie keine gewöhnliche Bedienstete auf dieser *burh* war, hatte er ihr den letzten Platz zugewiesen! Ihre Traurigkeit schlug augenblicklich in Wut um. *Dienstmagd!* Er würde schon sehen! Sie wusste gar nicht, ob sie damit Robert oder Geoffrey meinte.

Sie rauschte hinaus, ohne sich noch um irgendwelche Vorbereitungen zu kümmern. Sollte er es doch selbst tun! Stattdessen stürmte sie den Gang entlang zu ihrem Zimmer, um sich umzuziehen. Bebend schälte sie sich aus ihrem Kleid und schleuderte es auf den Boden. Sie war heilfroh, dass Meredith nicht hier war, weil sie ihre Wut unmöglich verbergen konnte. Unwirsch stöberte sie in ihrer Truhe nach einem besseren Kleid. Halb hatte sie bereits ein pflaumenfarbenes Gewand angezogen, als sie sich wieder anders entschied. Es war ein schönes Kleid und stand ihr gut. Es war edel, aber nicht übertrieben. Ihr Vater hatte es immer gerne an ihr gesehen. Doch heute gefiel es ihr ganz und gar nicht. Sie wollte nichts Schlichtes und nichts Bescheidenes! Ihr Blick fiel auf einen Hauch weißer Seide unter den durchwühlten Kleidern. Entschlossen zog sie das pflaumenfarbene Gewand aus und holte das Unterkleid ihres Hochzeitskleides hervor. Es war das mit Abstand schönste und kostbarste Kleid, das sie besaß. Außer an ihrem Hochzeitstag mit Cædmon hatte sie es nur ein- oder zweimal angezogen. Sie hatte sich immer ein wenig unwohl darin gefühlt und die Erinnerung an ihre Hochzeit lieber gemieden. Aber heute würde sie es tragen!

Das Unterkleid war aus reiner, ungefärbter Seide und fühlte sich kühl und glatt auf ihrer Haut an. Die Ärmel, die unter den weiten Ärmeln des Obergewandes herauskommen würden, waren in aufwendige Falten gelegt. An Arm- und Rocksaum waren unzählige Perlen mit dünnen Goldfäden aufgenäht. Das Obergewand war aus golddurchwirktem, moosgrünem Samt. Die Farbe betonte ihre Augen. Der weiche Stoff schmiegte sich eng an ihren Körper und brachte ihre Rundungen dezent zur Geltung. Doch das Schönste war ihrer Meinung nach der zugehörige Schleier. Er war hauchdünn und gab mehr preis, als er verdeckte. Er ließ den Schwung ihres Halses erahnen und die dunklen Locken ihrer Haare hindurchleuchten. Auch er war über und über mit Perlen und Goldfäden verziert. Meredith hatte ihn in wochenlanger, emsiger Arbeit für sie gemacht. Damals hatte Evaine auch kleine Perlen in ihrem Haar getragen, aber das kam ihr heute doch zu übertrieben vor. Dafür nahm sie sich die Zeit, ihre Haare zu bürsten, bis sie glänzten.

Zufrieden betrachtete sie sich in ihrem Handspiegel. Sollten sie in der Halle ruhig auf sie warten. Robert, Geoffrey und all ihre Gäste konnten sich halten, wofür sie wollten. In ihrer *burh* würde das Essen erst aufgetragen werden, wenn sie kam!

Mit einer Mischung aus Groll und Selbstzufriedenheit schwebte sie den Korridor entlang zur Halle und bemerkte, wie einzelne Männer ihr hinterhersahen, als sie zwischen den Tischen zum Ehrentisch hinaufging.

Sie sah gut aus und sie wusste es. Bei ihrer Hochzeit hatte Cædmon nur ein müdes Lächeln für sie übriggehabt. Spätestens da hätte sie wissen sollen, was mit ihm los war! Als Robert sie hingegen erblickte, verschluckte er sich prustend an seinem Wein. Mit hochrotem Kopf starrte er sie an, während er einen heftigen Hustenreiz unterdrücken musste.

Evaine verkniff sich ein Lächeln. Immer noch hustend erhob er sich. Er trug zur Feier des Tages eine smaragdgrüne Tunika aus der Kiste seines Vaters, darüber den blauen Mantel mit der goldenen Brosche. Sein Blick glitt fassungslos an ihr hinab. Über die schimmernden Perlen, ihren Körper in dem samtigen Stoff und die Locken unter dem zarten Schleier. Sie begrüßte ihn huldvoll mit einem Nicken und erlaubte ihm dann, sie den anderen Gästen vorzustellen.

»Vater … Evaine … kennst du ja schon«, stammelte er und deutete mit einer Handbewegung zwischen ihr und Geoffrey hin und her.

Sie neigte sittsam das Haupt, deutete einen Knicks jedoch nur an. Auch Geoffrey musterte sie prüfend. Er erwiderte die Begrüßung, ohne sich zu erheben und mit kaum merklichem Nicken. Sein Gesicht zeigte nicht mal den Ansatz eines Lächelns.

Robert räusperte sich und wandte sich dann dem Mann auf seiner anderen Seite zu.

»*Sieur le Comte* – Evaine …«, er schien keine passende Anrede zu finden, »… von Allingham«, fügte er schließlich hinzu.

»Evaine – Eustace, *Comte* de Boulogne. Ein Freund der Familie.«

Evaine erkannte ihn sofort. Er war an jenem Abend in Berkhamsted gewesen, als sie Robert zu dem normannischen Gelage begleitet und er sich mit FitzOsbern unterhalten hatte

Eilfertig sprang der füllige Fünfzigjährige auf.

»Es ist mir eine Freude, *Madame«,* begrüßte er sie überschwänglich. Dabei fuhren seine Augen lüstern über ihren Körper hinweg, als wünschte er, durch den kostbaren Stoff hindurchzusehen. Evaine spürte das Bedürfnis, sich mit den Händen zu bedecken, und erinnerte sich angewidert an seine anzüglichen Bemerkungen im Zelt von Berkhamsted. Dennoch glaubte sie nicht, dass er sie wiedererkannt hatte. Robert stellte sie noch einer Reihe weiterer *Barone* und *Chevaliers* vor. Dann zog sie sich auf ihren eigenen Platz zurück.

»Du weißt schon, dass nur Ostern ist«, raunte Meredith ihr mit vielsagendem Blick auf ihre Aufmachung zu.

»Das Gleiche könnte ich dir sagen«, entgegnete Evaine. Meredith hatte sich gar nicht umgezogen und trug immer noch das schlichte schwarze Gewand.

»Ich feiere heute Christi Auferstehung«, sagte sie spitz. »Mit denen hier«, sie deutete mit dem Kopf auf die Gesellschaft, »habe ich nichts zu feiern. Also ist mein Gewand genau richtig.«

»Du siehst sehr gut aus, Evaine«, mischte sich von ihrer anderen Seite Gérard ein. Auch ihn hatte man von Roberts Seite vertrieben. »Richtig vornehm.«

Sie lächelte über das etwas unbeholfene Kompliment. Dann wurden bereits die ersten Platten hereingetragen. Zur Feier des Tages trug Arnaud ebenfalls mit auf. Er zwinkerte ihr mit beiden Augen zu, während er mit hochrotem Kopf eine große Platte mit gebratenem Lamm zu Roberts Platz hinübertrug. Er hatte immer noch nicht gelernt, mit einem Auge zu zwinkern. Evaine lächelte zurück und beobachtete, wie der kleine Kerl sich voller Stolz mit seiner Aufgabe abmühte. Als er sie vor Robert, Geoffrey und Boulogne abstellte, sprach Robert ihn freundlich an. Evaine fühlte einen Stich. Es war eine schwache Erinnerung an den Mann, den sie kannte. Arnauds Erwiderung erheiterte die vor ihm Sitzenden und wurde mit gutmütigem Lächeln bedacht. Nur Geoffrey lachte nicht.

Sie wandte sich ihrem eigenen Essen zu. Lustlos suchte sie sich ein Stück Fleisch von der vor ihnen stehenden Platte aus.

»Gott, ich werde die Fastenzeit vermissen«, murmelte Meredith. »Ich kann gerade kein Fleisch vor Augen sehen.«

Sie schluckte, als kämpfe sie mit einem Würgereiz. Evaine musterte sie von der Seite. Meredith war blass, hatte wohl einen verstimmten Magen. Augenblicklich wünschte Evaine, sich damit anzustecken. Dann blieben ihr wenigstens die weiteren Osterfestessen erspart.

An ihrer anderen Seite hatte Gérard trotz seiner verlorenen Position seinen Appetit nicht eingebüßt und schmatzte hörbar vor sich hin. Evaine kaute auf einem Bissen Fleisch herum und beobachtete verstohlen, wie sich Gérard eine riesige Portion Braten in den Mund schob und dann noch genüsslich seine Finger ableckte. Seine schlechten Umgangsformen machten es Geoffrey allzu leicht, über ihn die Nase zu rümpfen und ihn abwertend als Bauern zu bezeichnen. Aber Robert hatte es nie gestört.

Das Essen verlief in gelangweiltem Schweigen und Evaine kam sich immer lächerlicher in ihrem Kleid vor. Sie konnte tun und anziehen, was sie wollte, davon wurde das Verhältnis zwischen ihr und Robert auch nicht besser. Als endlich abgeräumt wurde, spielte Evaine mit dem Gedanken, sich augenblicklich unter dem Vorwand von Kopfschmerzen zu verabschieden, obgleich an Ostern von allen in der Halle besondere Unterhaltung gewünscht wurde. Zumindest ihre Leute erwarteten dabei ihre Anwesenheit. Da verlangte Boulogne bereits lautstark nach Unterhaltung. Er hatte dem teuren französischen Wein, den Robert extra für Ostern hatte besorgen lassen, bereits gründlich zugesprochen und seine Aussprache war schon nicht mehr ganz sauber.

»FitzGeoffrey, auf einer Beerdigung geht es ja amüsanter zu.« Dann wandte er sich an einen seiner Männer. »Hol den Barden!«

Mit selbstbewussten Schritten kam ein junger blonder Normanne bewaffnet mit einer Leier zum Ehrentisch. Er hatte strahlend blaue Augen und eine freche Nase über einem viel zu breiten Mund. Im Vorbeigehen zwinkerte er Evaine auffordernd zu. Er zählte zu Boulognes Gefolge, denn er verbeugte sich zunächst ehrerbietig vor ihm und wandte sich dann seinem Publikum zu. Zögerlich senkte sich Ruhe über die Halle.

Der Barde hatte eine wunderschöne Stimme, die jede seiner Silben bis in den letzten Winkel der Halle trug und seine Zuhörer gänzlich in ihren Bann zog.

Carles li reis, nostre emperere magnes,	*Karl, der König, unser großer Herrscher,*
Set anz tuz pleins ad estét en Espaigne,	*war sieben Jahr' in Spanien.*
Tresqu'en la mer cunquist la tere altaigne.	*Erobert hat er Berge gleichwohl wie das Meer.*
N'i ad castel ki devant lui remaigne,	*Keine Burg, die widerstand,*
Mur ne citét n'i est remés a fraindre,	*keine Mauer ward mehr zu durchbrechen,*
Fors Sarrague, ki est en une muntaingne;	*außer Saragossa, hoch auf einem Berg,*
Li reis Marsilie la tient ki Deu nen amiet,	*Ihr König Marsilie liebt Gott nicht*
Mahumet sert e Apollin recleimet;	*Mohammed dient er und Apollo ruft er an,*
Nes poet guarder quem als ne l'i ateignet.	*Doch kann er sich nicht retten vor dem Schicksal, das ihn dort erwartet.*

Evaine kannte das normannische Epos über Karl den Großen und seinen treusten Ritter Roland bereits vom Hof *Cyning* Edwards.

Als der Barde geendet hatte, verbeugte er sich demütig vor seinem begeisterten Publikum.

»Sehr schön, sehr schön«, lobte Boulogne. »Aber nun singt etwas Fröhlicheres.« Das ernste Thema des Liedes entsprach offenbar nicht seiner Stimmung.

»Wie Ihr wünscht«, nickte der Sänger. »Dann werde ich nun über das Schönste auf Erden singen: die Liebe!

Oh, zärtlich lächelnde Maid,
völlig entrückt steh' anbetend ich vor dir.

Mit honigweicher Stimme fuhr er fort zu singen.

»Oh, grünäugige Schönheit,

verzauberst mich, geschmückt mit Perlenzier.«

Grünäugige Schönheit. Geschmückt mit Perlenzier. Evaine wurde plötzlich hellhörig. Er konnte unmöglich … er würde doch nicht … Bildete sie sich das gerade ein oder traf jedes seiner Worte ganz genau auf sie zu? Das konnte er sich niemals gerade ausgedacht haben! Verstohlen blickte sie in der Halle umher, ob die Ähnlichkeit noch anderen aufgefallen war, und begegnete bereits Merediths fragendem Seitenblick.

»Bist du jetzt zufrieden?«, flüsterte sie vorwurfsvoll.

Evaine schoss die Röte in die Wangen. Als ob das ihre Schuld wäre! Sie hoffte inständig, dass es sonst keiner bemerkte. Doch auch Robert hatte die Stirn gerunzelt und blickte argwöhnisch zwischen ihr und dem Barden hin und her. Evaine wäre am liebsten im Erdboden versunken.

»Dein seidiger Schimmer erstrahlt
wie Licht in meiner dunklen Welt.

Der Sänger war scheinbar ganz und gar in den Klang seiner Melodie und den Zauber seiner eigenen Worte versunken. Doch hin und wieder hob er den Blick und linste unter halb geschlossenen Lidern zu ihr herüber. Sie konnte das schelmische Funkeln sehen und den Hauch eines amüsierten Lächelns um seinen breiten Mund. *Seidiger Schimmer!* Dieses Großmaul machte sich gerade auf ihre Kosten einen Spaß! Sie hätte ihn am liebsten umgebracht.

»Sag mal, meint der dich?«, fragte Gérard leise. Evaine spürte einen Anflug von Verzweiflung. Wenn es selbst Gérard gemerkt hatte, dann auch jeder andere! Sie spürte unzählige neugierige Blicke und grinsende Belustigung.

»Falls ja, wird er das wohl nicht überleben«, sagte Gérard trocken. Evaine warf ihm einen beklommenen Blick zu. Es war nicht ganz klar, ob er Robert oder Geoffrey meinte. Geoffrey sah aus wie zu Eis erstarrt und Roberts Miene wurde mit jeder Zeile düsterer. Wenn sie Robert und Geoffrey zur Weißglut treiben wollte, dann war es ihr zumindest gelungen.

»Mein Herz schwebt leicht
hinauf und folgt dir bis zum Sternenzelt.
Diese Nacht weckte in mir
Verlangen so heiß, dass es mich verbrennt.
Oh dunkel gelockte Maid,
welch' Glück hat der, der deinen Namen kennt.«

Dem letzten schmerzlich-sehnsüchtigen Ton folgte lauter Applaus. In scheinbarer Bescheidenheit neigte der Barde sein Haupt und verbeugte sich vor seinem Herrn und seinem Publikum. Evaine kaufte es ihm keinen Moment ab.

Robert erhob sich. Als er sprach, hatte er sichtlich Mühe, seinen Ärger hinunterzuschlucken.

»Vielen Dank«, presste er hervor und bedeutete dem Sänger mit einem herrischen Wink, sich zurückzuziehen. Doch dieser war noch nicht fertig. Wieder warf er Evaine kurz einen frechen Blick zu und Evaine dachte kurz über Flucht nach.

»Euer Lob, *Mon Sieur,* ist mir der größte Schatz«, hob er an. »Dennoch habe ich einen Wunsch.«

Robert musste sichtlich an sich halten und sah aus, als wollte er ihm brüsk über den Mund fahren. Doch Boulogne mischte sich ein.

»Lass hören, Barde! Du hast gut gesungen und jedem von uns wohl geradewegs aus dem Herzen«, sagte er mit einem vielsagenden Blick auf Evaine, der sie schaudern ließ. »Also, was willst du?«

Der Angesprochene wandte sich mit siegessicherem Lächeln an Boulogne. Was auch immer er wollte, konnte Robert ihm jetzt nicht mehr abschlagen. Wütend setzte Robert sich wieder und nahm einen tiefen Zug aus seinem Weinbecher.

»Seht mich an!«, rief er und präsentierte sich seinen Zuhörern mit weit ausgestreckten Armen. »Ich singe von der Schönheit, obwohl ich so offensichtlich nichts davon verstehe!« Dabei verzog er seinen übergroßen Mund zu einer bedauerlichen Grimasse und wackelte mit seiner viel zu spitzen Nase. Verhaltenes Gelächter schwappte durch die Halle.

»Gut, du bist hässlich! Aber was willst du nun?«, lachte Boulogne. Der Sänger war sichtlich nach seinem Geschmack.

»Trefflicher hätte ich es selbst nicht sagen können, *Sieur le Comte!*«, erwiderte dieser und deutete eine Verbeugung an, als bedankte er sich für ein Kompliment. Wieder erntete er lautes Gelächter.

»Wenn nun jemand wie ich, der mit so wenig *Talent* ausgestattet ist, Euch zu unterhalten vermag, wie viel mehr können uns die verzaubern, denen der Sinn für das Schöne von Gott schon in die Wiege gelegt wurde? Warum sollten wir nicht etwas von der Dame des Hauses hören?«

Robert knallte seinen Becher auf den Tisch und Evaine glaubte, sich verhört zu haben.

»Jawohl! Was für eine ausgezeichnete Idee!« Boulogne war sofort begeistert.

Vor Entsetzen wurde Evaine übel. Nie und nimmer würde sie sich vor der gesamten Halle zum Narren machen!

Geoffrey hatte das ganze Treiben bisher mit unbewegter Miene verfolgt. Als er sprach, war seine Stimme halblaut, aber stahlhart.

»Ich wüsste nicht, dass es eine *Dame* des Hauses gibt«, sagte er nur.

Sein Kommentar war dennoch laut genug, dass alle an Roberts Tisch ihn hören konnten, Evaine eingeschlossen. Erneut stieg ihr die Röte in die Wangen. Diesmal nicht aus Scham, sondern aus Wut. Sie umklammerte den Becher in ihrer Hand.

Die Antwort des Sängers kam so prompt, dass weder ihr noch Robert eine Gelegenheit zur Erwiderung blieb.

»Nicht? So müsst Ihr mit Blindheit geschlagen sein, *Sieur le Comte!*« Geoffreys Status schüchterte ihn nicht im Mindesten ein. Im Gegenteil schien er seine Frechheit sogar herauszufordern. »So seid Ihr blind für Schönheit und Eleganz, für Anmut und Lieblichkeit, für Sanftmut und Reinheit.«

Geoffrey bedachte den Poeten mit kaltem Blick, wie man einen lästigen Nager betrachtete. Im Unterschied zu Boulogne gefiel ihm dessen Dreistigkeit überhaupt nicht.

»Ein Gewand – und mag es noch so edel sein – macht aus einem Weib noch keine Dame und aus einem Bauern keinen Ritter.«

Geoffrey sah nicht einmal in Evaines Richtung und doch fühlte sie sich, als hätte er ihr eine Ohrfeige verpasst.

Der Sänger deutete eine Verbeugung an. »Hört, hört, welch wahre Worte« – sein Blick glitt vielsagend über Geoffreys bestickte Tunika und den pelzbesetzten Mantel – »aus Eurem Mund.«

In der Halle erhob sich verhaltenes Gemurmel. Aber keiner wagte laut zu lachen. Geoffreys Blick wurde noch eine Spur härter und er warf Robert einen vernichtenden Seitenblick zu. Robert hingegen versuchte seinen Vater zu ignorieren und nahm erneut einen kräftigen Schluck von seinem Wein. Allein Boulogne war mehr als unterhalten.

»Gut gekontert, Barde!«, dröhnte er. »Na los, *Madame!* Dann lasst uns endlich etwas hören!«

Ehe Evaine wusste, wie ihr geschah, war der Barde um den Tisch herum zu ihr geeilt, hatte ihre Hand ergriffen und sie in die Mitte der Halle gezogen. Hilflos sah sie zu Meredith, doch die zuckte nur mit den Schultern.

Zum Abschied hob er ihre Hand in der Andeutung eines Handkusses an seine Lippen.

»Gerne geschehen«, raunte er ihr zu. Über ihre Hand hinweg blitzten seine blauen Augen sie herausfordernd an. »Eine Dame wie Ihr sollte nicht auf den letzten Platz verwiesen werden.«

Wieder spielte ein belustigtes Lächeln um seinen frechen Mund. Dann war er verschwunden und ließ sie allein zurück. Fassungslos sah sie ihm nach. Dachte er ehrlich, er täte ihr einen Gefallen? Sie wandte sich zu der Gruppe vor ihr und wusste gar nicht, wohin sie den Blick wenden sollte. Geoffrey musterte sie verächtlich, Boulogne lüstern und Robert mit einer Mischung aus Groll und Hilflosigkeit.

»Nun, *Madame,* wir warten!«, forderte Boulogne sie auf und ließ seinen Blick genüsslich über sie gleiten.

»Nein … bitte verzeiht … aber ich kann nicht singen«, stammelte sie. Wenn sie auch nur einen Ton anstimmte, würden die Leute in Scharen aus der Halle fliehen.

Hilflos sah sie zu Robert.

»Ich denke …«, hob er an, doch Geoffrey fuhr mit bestimmter Stimme dazwischen.

»Nun, aber eine *Dame Eurer Herkunft*, wird doch gewiss etwas zur Unterhaltung beisteuern können«, sagte er spitz.

Er musterte Evaine von oben herab und sie spürte eine Mischung aus Wut und Verzweiflung. Sie konnte weder singen noch spielte sie irgendein Instrument. Sie war nicht einmal eine begabte Geschichtenerzählerin.

»Oder etwa nicht?«, hakte Geoffrey nach.

Trotzig erwiderte sie seinen Blick und entschied sich, zu bleiben. War sie nicht gekommen, um Robert daran zu erinnern, dass es sie gab? Dann würde sie die Chance nutzen, die man ihr verschafft hatte! Hochmütig hob sie den Kopf und reckte das Kinn vor.

»Oh ja!«, entgegnete sie entschieden. »So lasst mich nun etwas vortragen, das den Geist meiner *Herkunft* widerspiegelt.«

Dann wandte sie sich von Geoffrey ab und Boulogne zu. Geoffrey war sichtlich an Boulognes Meinung gelegen. Dann würde sie Boulogne jetzt ganz genau das geben, was er wollte Sie schenkte ihm ein strahlendes Lächeln.

»Wie Ihr seht, lieben meine Landsleute Gesang und Geschichten und wir heißen jeden willkommen, der uns mit der Leier so zu unterhalten vermag, wie Euer Poet es getan hat«, sagte sie. »Doch all das will ich jenen überlassen, die davon etwas verstehen. Lasst mich Euch stattdessen eine Art Unterhaltung zeigen, die Euch vielleicht neu ist, unter meinen Leuten aber seit Jahrhunderten vom geringsten Sklaven bis zum großen König Ælfred jeden erfreut. Es ist ein *riddle*, ein Rätsel, denn mein Volk liebt Rätsel.«

Neugierig hörten Boulogne und die anderen Ritter ihr zu.

»Ich bin gebunden mit Ringen, muss von Zeit zu Zeit gehorchen;

Mein Diener und Herr stört meine Ruhe, lautstark erinnert er daran,
das Band, das er mir gab, um meinen Hals zu legen.
Oft grüßt mich Mann oder Frau noch müd' vom Schlaf und winterkalt,
so antworte ich ihren erbosten Herzen: ›Ein warmes Glied
kann manches Mal den Ring zerbersten.‹
Doch angenehm ist es ihm, meinem Diener,
und mir gleichermaßen, wenn einer mein Rätsel löst.
So sagt mir: Was bin ich?«

Evaine blickte auffordernd in die Runde. Unter den Normannen herrschte verblüfftes Schweigen.

»Dann sollen wir jetzt also erraten, wovon Ihr gesprochen habt?«, fasste Boulogne zusammen.

»So ist es, *Sieur le Comte.«* Evaine zwang sich, ihm erneut ein aufmunterndes Lächeln zu schenken.

Er zuckte die Schultern. »Ein Pferd. Ein Pferd muss gehorchen.«

Sie schüttelte den Kopf, ohne zu zeigen, wie weit seine Antwort von der Lösung entfernt war.

»Ein Knappe!«

Arnauds helle Stimme rief dazwischen. Er saß zwischen Meredith und Gérard auf Evaines Platz und hörte begeistert zu. Einige Rätsel kannte er sogar bereits von Meredith. Doch dieses offenbar nicht. Evaine schüttelte wieder den Kopf.

Zögerlich riefen weitere Normannen ihre Vorschläge in die Runde. Hund, Ochse und weiteres wurde vorschlagen und alles gleichermaßen von Evaine abgelehnt. Sie wollte gerade die Auflösung verraten, als Robert ihr zuvorkam.

»Eine Glocke«, sagte er knapp. Er fixierte sie eindringlich, als wollte er ihr zeigen, dass er sie genau im Auge behielt. »Eine Glocke gehorcht von Zeit zu Zeit, weckt Herrn und Diener lautstark, meist müde und im Winter kalt.«

Erwartungsvolle Stille folgte, ehe sie ihm schließlich recht gab. Ihre Darbietung wurde mit verhaltenem Applaus bedacht, für den Evaine sich mit einer anmutigen Verbeugung bedankte.

»Sehr schön«, lobte Boulogne die ihm unbekannte Art der Unterhaltung. Erleichtert, so glimpflich davongekommen zu sein, wollte Evaine sich bereits zurückziehen, doch ihr Publikum verlangte ein weiteres Rätsel.

»Gut«, gab Evaine nach. »Dann also ein zweites und letztes Rätsel.«

»Und diesmal erhält der Sieger einen Kuss!«

Der unverschämte Zwischenruf kam von weit hinten aus der Halle und wurde mit begeistertem Gejohle aufgenommen. Wenngleich Evaine es nicht mit Bestimmtheit sagen konnte, so ging sie jede Wette ein, dass es der freche Poet gewesen war.

»So sei es!«, bestimmte Boulogne mit leuchtenden Augen. »Ein letztes Rätsel. Wer es löst, erhält einen Kuss!«

Widerstrebend ließ Evaine ihren Blick über die Gesichter in der Runde schweifen und überlegte, wie sie diesen unziemlichen Vorschlag möglichst höflich zurückweisen konnte. Als sie bei Robert ankam, durchbohrte er sie beinahe mit seinen schwarzen Augen, in dem wortlosen Versuch, ihr das Hinsetzen zu befehlen. Sie erwiderte seinen Blick einen Moment lang und stimmte dann laut und deutlich zu. Er hatte ihr gar nichts zu befehlen. Und scheinbar bedeutete ihm ein einziger Kuss ja auch nichts.

Sie konnte beinahe hören, wie Robert mit den Zähnen malmte.

»Aber nicht wieder so lang«, sagte Geoffrey betont gelangweilt.

Seine Worte stachelten ihren Trotz weiter an. *Schön,* dachte sie grimmig. Diesmal wirst du dich bestimmt nicht langweilen. Kurz entschlossen legte sie los.

»Ich bin ein wundersames Ding,
den Frauen eine Freude,
hoch gewachsen stehe ich aufrecht im Bett,
haarig unten herum. Von Zeit zu Zeit

wagt ein bezauberndes Mädchen,
eine brave Tochter, mich zu fassen,
greift meine rote Haut, raubt mir den Kopf.
Zwängt sie mich in die Enge
so lernt dies Mädchen augenblicklich,
was Begegnung mit mir heißt.
Feucht werden solche Augen.
So sagt mir, wie ich heiße.«

Riddles waren weit verbreitet und wurden auf Hochzeiten und Festen oder einfach in der Halle zur Unterhaltung vorgetragen. Einige hatte der Kirchenlehrer St. Adhelm sogar erfunden, um seine Zuhörer in die Kirche zu locken.

Dieses gehörte nicht dazu. Es zählte zu jenen, die hinter vorgehaltener Hand unter angetrunkenen Männern für derbe Belustigung sorgten und bei denen man als Frau stets so tat, als hätte man betreten weggehört, selbst wenn die Neugier einen zum Zuhören zwang.

Noch während sie sprach, wünschte Evaine, sie hätte einen Moment länger nachgedacht, anstatt ihrem Ärger freien Lauf zu lassen. Doch einmal begonnen, war es dafür zu spät. Als sie geendet hatte, herrschte Totenstille. Keiner wagte auszusprechen, an welches *Ding* sie gerade alle dachten.

Evaine biss sich auf die Unterlippe und sah zu den Ehrenplätzen. Von dort starrte Boulogne sie mit weit aufgerissenen Augen an, dass sie Angst hatte, sie würden ihm gleich aus dem Kopf fallen. Geoffrey hatte die Lippen widerwillig zu einer schmalen Linie zusammengepresst und auf seinem kantigen Gesicht zeigten sich rote Flecken. Evaine konnte nicht sagen, ob es Wut oder Scham war. Sie unterdrückte den Impuls, das Weite zu suchen. Dann hatte er jetzt jedenfalls einen Grund, sie zu verachten.

Robert hingegen war kalkweiß geworden. Er räusperte sich in dem Versuch, seine Sprache wiederzufinden. Da das offenbar nichts half, nahm er großen Schluck Wein und versucht es dann erneut.

»Ähm …«

Mehr brachte er nicht heraus.

»Ich weiß es!« Das entsetzte Schweigen wurde plötzlich von Arnaud unterbrochen. Aufgeregt zappelte er auf seinem Stuhl. Wenn das überhaupt möglich war, so wurde Robert noch eine Spur blasser. Indessen wedelte Arnaud mit den Armen, um sich Gehör zu verschaffen.

»Sch! Nun lass mich, Meredith, ich weiß es doch!« Ärgerlich versuchte er, Meredith loszuwerden, die sich verzweifelt bemühte, ihn zum Schweigen zu bringen.

»Ich weiß die Antwort!«, meldete er sich wieder lautstark. »Es ist eine Zwiebel!«

Evaine nickte langsam.

»So ist es. Eine Zwiebel.«

Boulogne stierte sie immer noch an.

»Eine Zwiebel?«, wiederholte er ungläubig.

Dann, langsam, trat ein Grinsen auf sein Gesicht.

»Ha! Eine Zwiebel!«, rief er begeistert und brach in schallendes Gelächter aus, in das die anderen Ritter dröhnend einstimmten.

Boulogne schüttelte sich vor Lachen und hielt sich mit beiden Händen seinen wackelnden Wanst. Nur Geoffrey und Robert lachten nicht. Evaine wollte nur noch so schnell es ging verschwinden.

»Dann, junger Mann«, japste Boulogne, als er halbwegs wieder zu Atem gekommen war, »hol dir deinen Preis.«

Arnaud strahlte in die Runde in der Annahme, die allgemeine Erheiterung gelte ihm. Unter den grölenden Zurufen der Leute drückte Evaine ihm einen Kuss auf seine weiche Kinderwange und verabschiedete sich dann mit der Entschuldigung, ihn ins Bett zu bringen.

Leise schloss sie die Tür des Gästezimmers, in das Robert und Arnaud während Geoffreys Anwesenheit ausgewichen waren. Als ein harter Griff sie in der Dunkelheit der unbeleuchteten Flure am Arm packte, zuckte sie erschrocken zusammen.

»Komm mit.« Sie erkannte Roberts Stimme und atmete erleichtert auf. »Wir müssen uns unterhalten«, knurrte er.

Ihre Erleichterung schwand einer üblen Vorahnung. Ohne ein Wort von ihr abzuwarten, zerrte er sie mit sich hinaus und quer über den nächtlichen Hof. Erst im hintersten Winkel des Küchengartens, weitab vom Lärm oder von Lauschern aus der Halle, machte er halt. Abrupt ließ er ihren Arm los.

»Kannst du mir sagen, was das eben sollte?«, platzte er heraus, offenbar unfähig, seine Wut auch nur einen Moment länger zu zügeln.

Evaine rieb sich den schmerzenden Arm, »Ich weiß nicht, was …«

Er ließ sie nicht einmal ausreden.

»Eine ZWIEBEL?«, brüllte er stattdessen. »Und dann in diesem Aufzug!«

Er klang, als wäre sie im Nachthemd vor allen Leuten erschienen. Wild wies er mit der Hand auf ihr Kleid. In der Dunkelheit leuchtete die helle Seide des Unterkleides, als wäre sie aus den blassen Strahlen des Mondlichts gewebt. Überirdisch schön, wie das Gewand eines Engels. Bei jeder Bewegung schimmerten die Perlen und Goldfäden in weichem Glanz.

»An meinem Kleid ist nichts auszusetzen!«, fauchte sie zurück. »Und ich habe nichts getan, was mir leidtut.«

Das war gelogen. Wahrscheinlich würde sie vor Scham sterben, wenn sie Geoffrey noch einmal unter die Augen treten musste. Aber das brauchte Robert nicht zu wissen.

»Ach nein? Aber ich dulde nicht, dass du dich und mich noch weiter vor allen zum Narren machst!«

Seine Worte verletzten sie. Zumal sie – abgesehen von ihrer letzten Darbietung vielleicht – überhaupt nichts Schlimmes getan hatte.

»Wage es nicht, mir zu sagen, was ich zu tun und zu lassen habe!« Ihre Stimme bebte. »Auch wenn du mich so behandelst – ich bin keine Dienstmagd auf dieser *burh*!«

»Dann benimm dich gefälligst auch nicht wie eine!«

»Und wenn schon«, zischte sie. »Es interessiert dich doch sonst auch nicht mehr, was ich tue.«

Evaine biss sich auf die Unterlippe und kämpfte die Tränen nieder. Sie wusste selbst nicht, ob es Tränen der Wut oder der Enttäuschung waren. Aber sie wollte jetzt nicht weinen!

»Was?«

Das hatte ihm beinahe die Sprache verschlagen.

»Genau! Es kümmert dich nicht. Also kann ich küssen, wen ich will, und sagen, was ich will!«

Bei den letzten Worten hatte ihre Stimme bereits verdächtig gebebt. Schnell wandte sie sich ab und wollte durch den dunklen Garten zurückstolpern. Sie würde jetzt nicht vor ihm heulen! Robert hielt sie zurück. Sie wehrte sich ein wenig, doch er zog sie unerbittlich zu sich. Mit beiden Händen umfasste er ihre Schultern, bis sie in sein Gesicht sehen musste.

»Wie kannst du das sagen?« Er klang ehrlich betroffen, beinahe verletzt.

»Gott im Himmel! Tu doch nicht so!«, brach es aus ihr hervor. Ein paar hartnäckige Tränen bahnten sich ihren Weg.

»Meinst du wegen heute Abend?«, fragte er ungläubig. »Glaubst du vielleicht, ich wollte gerne neben meinem alten Herrn und diesem lüsternen Sack Boulogne sitzen? Aber ihnen steht nun mal ein solcher Platz zu! Das hat doch nichts mit dir zu tun!«

Evaine hätte beinahe laut gelacht. Als ob das nichts mit ihr zu tun hätte, dass sie am letzten Platz des Tisches sitzen musste!

»Und … mein Vater …«, hob er verzweifelt an. »Es richtet sich nicht gegen dich. Er wollte mich treffen. Ich konnte ihm noch nie etwas recht machen«, sagte er bitter.

Warum versuchst du es dann immer noch? Aber eigentlich wusste sie, warum er es versuchte. Das tat man immer. Ein Leben lang versuchte man, es den Eltern recht zu machen. Selbst über deren Tod hinaus.

»Also, bitte, Evaine. Wenn es wegen heute Abend ist, dann …«

»Natürlich nicht! Ich meine – auch! Aber, Robert, wenn du

jetzt sagst, dass du nicht weißt, wovon ich spreche, dann schwöre ich dir, gehe ich auf der Stelle!«

Ihre Stimme zitterte erneut.

Er schwieg, als suchte er nach Worten oder einer Antwort.

»Es tut mir leid«, sagte er schließlich, sichtlich um Kontrolle ringend.

»Was tut dir leid?«

»Dass ich dich geküsst habe.«

Es war wie ein Schlag ins Gesicht. Das war das Schlimmste, was er hätte sagen können. *Es tat ihm leid?*

»Ich habe mich gehen lassen. Es war der Nachmittag … Und …« Er fand keine Worte.

»Ist das dein Ernst?«, fragte sie tonlos.

»Ja, das ist mein Ernst.«

»Ich verstehe.«

Sie wich vor ihm zurück und strauchelte mit den weichen Seidenschuhen durch ihr eigens bestelltes Möhrenbeet. Wenn er das ernst meinte, dann gab es für sie nichts mehr zu sagen.

»Nein, du verstehst nicht! Bitte hör mich erst an.« Roberts Hände hielten sie fest. »Hast du denn nicht selbst darüber nachgedacht?«

Natürlich! Jeden wachen Augenblick seitdem! Sie wollte ihn anschreien, aber sie brachte kein Wort heraus. Mit jedem Herzschlag tobten Schmerz und Scham heftiger in ihr. Sie glaubte, seine Nähe keinen Augenblick länger ertragen zu können.

»Hast du an Meredith gedacht, was sie sagen wird? Oder an deinen Vater? Was würden deine Leute über dich denken? Und was ist mit … all dem hier?« Er machte eine verzweifelte Handbewegung, die diesen ganzen, schrecklichen Abend einschloss. »Die Welt besteht nicht nur aus uns beiden. Du hast es doch eben selbst gesehen!«

Aber alles, was sie gesehen hatte, war ein Mann, der sein Leben noch immer nach den Wünschen seines Vaters ausrichtete. Einen Mann, der noch immer gefangen war in den Erwartungen seiner Familie und seiner Herkunft.

»Ich kann dir keinen ehrbaren Platz in meinem Leben einräumen«, sagte er heftig.

Es klang wie Hohn in ihren Ohren, wie eine billige Lüge. Boulogne selbst hatte in erster Ehe eine angelsächsische Frau gehabt. Und Robert d'Oyly. Irmins Witwe hatte einen Normannen geheiratet.

»Kannst du nicht oder willst du nicht?«, fragte sie beißend.

»Was ich will, hat noch nie eine Rolle gespielt«, sagte er gepresst. »Ich kann es einfach nicht.«

Natürlich nicht. Weil es einen entscheidenden Unterschied gab. Eine Ehe mit ihr würde sich für ihn nicht mehr *lohnen.* Ihr Vater und ihre Familie hatten jeden politischen Einfluss eingebüßt. Und sie hatte selbst dafür gesorgt, dass ihm alles andere längst gehörte. Es gab keinen einzigen Grund für ihn, sie zur Frau zu nehmen. Keinen, der vor seinem Vater Bestand haben würde. Bitterkeit stieg wie Galle in ihr hoch.

Robert holte tief Luft.

»Bitte verzeih mir. Es wird nicht wieder vorkommen.«

Die Enttäuschung war so groß, dass es ihr beinahe den Atem raubte. Sie hatte das Gefühl, ihn zum ersten Mal klar zu sehen. Die ganze Zeit war sie einem Trugbild aufgesessen. Was hatte sie sich eigentlich gedacht? Dass er anders wäre? Dass er ihr zuliebe seine Pläne aufgab? Sich seinem Vater widersetzte? Was auch immer er ihr in London über seinen Vater gesagt hatte, war nichts als Gewäsch gewesen. Die Tränen stiegen erneut auf und sie riss sich aus seiner Umklammerung los. Durch den Küchengarten rannte sie zurück und presste die Hand vor den Mund, um jeden Laut zu ersticken, während die Tränen schon heiß über ihre Wangen liefen.

Als Robert die Tür zu Geoffreys hell erleuchtetem Zimmer öffnete, verstummte das Gespräch zwischen Boulogne und seinem Vater abrupt. Er hatte ihre Stimmen bis nach draußen gehört, lauter als bei einer gewöhnlichen Unterhaltung. Der Ton seines Vaters war ihm beinahe verärgert vorgekommen. Jetzt stand er scheinbar gelassen neben Godrics Bücherregal, doch Robert bemerkte die feine Röte an seinem Hals, als hätte er sich aufgeregt. Der Becher in seiner Hand war noch immer randvoll mit dem dunkel schimmernden Wein. Er hatte noch keinen Schluck getrunken.

»Und wie war Eure *Unterredung* mit der *Dame des Hauses*, FitzGeoffrey? Ich hoffe zufriedenstellend!«, sagte Boulogne mit zweideutigem Grinsen und erhob sich aus dem großen Lehnstuhl, um seinen leeren Becher nachzufüllen.

Robert war alles andere als zufrieden. Ganz im Gegenteil, er fühlte sich hundeelend. Dennoch lenkte ihn Boulognes Themenwechsel nicht davon ab, dass sein Vater und Boulogne den Inhalt ihres Gesprächs vor ihm verheimlichen wollten. Robert war kein Narr. Obwohl er ihren anfänglichen Streit schließlich auf sich beruhen ließ, hatte er nicht vergessen, dass sein Vater ihm den Grund seines Kommens nicht verraten hatte. Und den Grund für dieses unangekündigte Treffen mit Boulogne ebenfalls nicht.

Erst kurz vor Ostern war der *Duc* in die Normandie zurückgekehrt und ließ sich in einem triumphalen Siegeszug durch das ganze Herzogtum feiern. Bis auf einige wenige wie FitzOsbern und Odo de Bayeux, den Halbbruder des *Duc,* die zur Kontrolle in England geblieben waren, wohnten all seine einflussreichen Anhänger den Feierlichkeiten bei und brüsteten sich mit ihren Heldentaten. Wenn sein Vater diesem Spektakel fernblieb, dann nicht ohne Grund.

»Mein Sohn versteht sich ausgezeichnet auf die Befriedigung seiner persönlichen Bedürfnisse. Weit mehr als auf die Einhaltung seiner Pflichten.«

Robert schluckte seinen Ärger hinunter. Dieser spöttische Angriff schien seine Vermutung nur zu bestätigen. Sein Vater wollte von etwas ablenken.

»Nun, soll er sich doch mit ihr vergnügen! Wenn man so jung ist und im Saft steht« – Boulogne klopfte Robert anerkennend auf die Schulter – »dann muss man sich austoben, was?«

Er lachte laut über seinen anzüglichen Witz.

Robert überkam der intensive Wunsch, in Boulognes Visage mit dem Austoben anzufangen. Er ballte die Hände zu Fäusten und verbarg sie zwischen den Falten seines Mantels. Er musterte Boulogne nachdenklich. Womöglich war er ein sehr viel besserer Schauspieler, als man ihm zutraute. Denn trotz des Eindrucks übermäßigen Weingenusses und der lüsternen Oberflächlichkeit musste er doch so klar bei Verstand sein, dass er sich den Wünschen seines Vaters nachhaltig widersetzt hatte. Welche das auch immer sein mochten.

»Für diese Zwecke scheint sie mir jedenfalls mehr als geeignet!«, lachte Boulogne wieder. »Allerdings seid Ihr im richtigen Alter, um Euch nach einer Braut umzusehen, was?«

Robert ignorierte die Bemerkung. Er hatte nicht vor, sich jetzt nach irgendwem umzusehen. Die Sache mit Evaine war bereits kompliziert genug. Er nahm sich ebenfalls einen Becher Wein. Eigentlich wollte er nur ins Bett. Aber die Höflichkeit gebot, dass er zumindest noch ein Weilchen blieb. Wenigstens diesen Becher, sagte er sich.

»In der Tat ist die Zeit günstig«, sagte Geoffrey langsam. Er hatte sich nun vollends wieder unter Kontrolle und nippte ebenfalls an seinem Wein. »Politische Beziehungen, die jetzt geknüpft werden, könnten das Schicksal dieses Königreichs beeinflussen.«

Robert hielt verdutzt inne und ließ den Becher wieder sinken, während ihm dämmerte, worum es hier ging. Seine Schwester Adelaide und sein Bruder Geoffrey waren verheiratet und seine beiden anderen Geschwister im Kloster. Da seine neue Frau ihm keine weiteren Kinder geschenkt hatte, blieb seinem Vater nur noch er selbst, um weiterhin irgendwelche politischen Bande zu knüpfen.

»Jawohl, FitzGeoffrey. Wenn Ihr aus dem hier«, Boulogne wedelte mit einem Arm durch die Luft, »etwas machen wollt, wären ein paar Allianzen von Vorteil.«

Geoffrey warf Boulogne einen kurzen Blick zu und nahm

einen weiteren Schluck Wein. »Wie alt ist Eure Tochter?«, fragte er beinahe beiläufig.

»Ida ist zehn. Wenn man sich einig würde ...« Boulognes Worte hingen in der Luft.

»Gewiss«, antwortete Geoffrey. »Man müsste sich einigen. Von beiden Seiten.«

»Sie ist zehn!«

Fassungslos hatte Robert ihnen zugehört. Das sollte wohl ein schlechter Scherz sein!

»Wo liegt das Problem?«, sagte Geoffrey scharf. »Sie wird von selbst älter werden.«

Er warf ihm einen warnenden Blick zu, den Robert aber ignorierte. Er hatte nicht die geringste Lust, sich an ein Kind verhökern zu lassen, nur weil es seinem Vater in den Kram passte!

»Das Problem liegt darin, dass ich vielleicht in diesem Leben noch einmal vorhatte, die Ehe mit ihr zu vollziehen!«

»Vier, fünf Jahre sind schnell vergangen«, winkte Boulogne ab. »Ihr seid jetzt wie alt?«

»Achtundzwanzig«, sagte Robert düster.

»Wunderbar. Dann seid Ihr Anfang dreißig, wenn es so weit ist. Ich war bei der Geburt meines ersten Sohnes nicht jünger.«

Geoffrey selbst ebenfalls nicht. Und der Altersunterschied zu Roberts Mutter war sicher nicht viel geringer gewesen. Doch allein die Vorstellung, mit einem halben Kind das Bett zu teilen, bereitete Robert Übelkeit. In vier Jahren wäre sie gerade vierzehn! Er musste an Evaine denken und versuchte vehement, den Gedanken wieder zu verdrängen. Es ging nicht. Aber das hier würde er ebenso wenig tun!

»Nun, in der Zwischenzeit wirst du sicher, wie bisher auch, annehmbaren Ersatz finden«, sagte Geoffrey spitz.

Robert kippte seinen Becher in einem Zug herunter und knallte ihn auf den Tisch. Langsam hatte er die Nase gestrichen voll.

»Du hast dich die letzten zehn Jahre einen Scheiß für meine politischen Beziehungen interessiert. Und jetzt kann ich auch gut darauf verzichten!«

Dann stand er auf, um endlich ins Bett zu gehen. Er hatte jetzt lang genug für seinen Vater diese Posse gespielt! Sollte er seine Beziehungen selbst knüpfen und zusehen, wie er mit Boulogne zurechtkam. Und dank Allingham brauchte er sich von ihm zu gar nichts mehr zwingen zu lassen!

»Ihr habt recht, Geoffrey. Er ist sehr viel bockiger, als es auf den ersten Blick den Anschein macht«, sagte Boulogne mit hochgezogenen Augenbrauen über Roberts Ausbruch.

Geoffrey musterte Robert mit offenem Ärger.

»Und wie gesagt: Er kennt nur seinen Schwanz und sein Vergnügen, aber nicht seine Pflicht«, sagte er heftig. Robert konnte hören, wie seine Stimme vor unterdrücktem Zorn bebte. Die Hand an der Klinke wandte er sich noch einmal um.

»Du und ich, wir haben nur sehr unterschiedliche Vorstellungen von Pflicht«, sagte er beißend. »Ich für meinen Teil würde meinen Sohn nicht seinem Schicksal überlassen!«

»Und ich für meinen Teil breche keinen Treueid!«, brüllte Geoffrey, offenbar wütend genug, um zu antworten. Doch Robert hatte bereits die Tür hinter sich zugeknallt.

Kurz nach Ende des Osterfestes brach Boulogne mit seinem Gefolge auf. Und wenige Tage später auch Geoffrey.

Ungeduldig beobachtete Robert seinen Vater, wie er seine persönlichen Gegenstände vor der Abreise ordnete. Am liebsten hätte er den ganzen Kram genommen und höchstpersönlich auf Geoffreys Pferd gepackt. Je eher sein Vater von Allingham verschwinden würde, desto besser!

»Ich erwarte von dir, dass du deine Meinung über eine Ehe mit Ida de Boulogne überdenkst«, sagte sein Vater kühl.

Gemächlich legte er den Wurf seines Mantels in akkurate Falten, bevor er ihn mit der edelsteinverzierten Brosche verschloss. Robert hatte bereits damit gerechnet, dass sein Vater dieses Thema nicht auf sich beruhen lassen würde. Er war es gewohnt, dass man seine Wünsche befolgte.

»Du kennst meine Meinung zu diesem Thema bereits«, sagte er knapp.

Geoffrey hob den Blick.

»Ich bin mir sicher, dass auch du aus dieser Abmachung deinen Vorteil ziehen würdest«, sagte er vieldeutig. »Ich habe noch einmal mit Boulogne gesprochen. Er wünscht nicht nur eine Allianz auf englischem Boden. Ich habe mich bereit erklärt, dir *Rocher-en-porte* zu geben. Gewissermaßen als Hochzeitsgeschenk.«

Rocher-en-porte war eine große Baronie seines Vaters an der Küste der Normandie. Der Hafen wurde von einer mächtigen Festungsanlage bewacht, die ihrem Besitzer die Kontrolle über den florierenden Handel sicherte. Es war die ideale Verbindung für Besitztümer auf englischem und normannischem Boden. Und früher einmal war es sein Erbe gewesen.

Robert ballte die Hände zu Fäusten.

»Wenn du glaubst, du könntest mich kaufen, irrst du.«

»Da habe ich im letzten Frühjahr andere Erfahrungen gemacht«, entgegnete sein Vater trocken. »Damals warst du gerne bereit, mein Geld und meine Männer zu nehmen.«

Jedes seiner demütigenden Worte traf. Und es war wahr. Robert hatte es getan. Natürlich. Er hätte alles getan, um diesem Elend zu entfliehen, das seit fast zehn Jahren sein Leben war. Aber er würde sich deshalb nicht wieder unter die Kontrolle seines Vaters begeben.

»Mag sein. Aber ich bin trotzdem nicht deine Schachfigur! Wenn du irgendwelche Bindungen mit Boulogne eingehen willst, dann heirate ihn gefälligst selbst!«

»Hüte deine Zunge, Robert!«, entgegnete sein Vater ungewöhnlich heftig. »Du bist deiner Familie verpflichtet! Und diesmal wirst du deine Pflicht erfüllen!«

Robert beschlich das gleiche unheilvolle Gefühl, das ihn so oft als Knabe heimgesucht hatte. Sein Vater hatte nie viel sagen oder tun müssen, um seinen Gehorsam zu erzwingen. Meist reichte die Gewissheit, dass er zu allem fähig wäre. Robert straffte die Schultern und versuchte, das Gefühl abzuschütteln. Er war kein Junge mehr.

»Ich bin weder dir noch dieser Familie zu irgendetwas verpflichtet! Genauso wenig wie ihr euch in den letzten zehn Jahre mir verpflichtet gefühlt habt!«

Sein Vater machte drohend einen Schritt auf ihn zu und Robert musste sich zwingen, nicht zurückzuweichen.

»Bring mich nicht dazu, dich daran zu erinnern, wie du dir das alles verdient hast!«, sagte er bebend. Er atmete heftig ein, dann hatte er sich wieder unter Kontrolle. Als er weitersprach, war seine Stimme gefährlich leise. »Ich habe dir diese Gelegenheit gegeben. Und ich warne dich: Enttäusche mich kein zweites Mal.«

Er wandte sich ab, um mit ruhigen Handgriffen sein Messer und seinen Geldbeutel an seinem Gürtel zu befestigen.

»Oder gibt es außer deinem allgemeinen Trotz gegen mich noch andere Gründe, warum du dich so nachdrücklich weigerst?« Die Frage klang beiläufig und dennoch sträubten sich Robert die Nackenhaare. »Es hat doch wohl nichts mit diesem angelsächsischen Flittchen zu tun, oder?«

Geoffrey schnaubte in einer Mischung aus Verachtung und Belustigung.

»Oh ja, ich kenne dich.« Er warf ihm einen kurzen Blick zu. »Vielleicht besser, als du denkst.«

Robert bebte innerlich, schwieg aber. Kopfschüttelnd wandte sein Vater den Blick wieder ab. »Du bist so leicht zu durchschauen. Ich hatte gehofft, die letzten Jahre hätten dir solche Schwächen ausgetrieben. Aber du suchst immer noch verzweifelt nach jemandem, an den du dein kleines Herz hängen kannst. Und wieder verlierst du es, nur weil eine Schlampe dir erlaubt, deinen Schwanz unter ihre Röcke zu schieben.«

Robert presste die Fäuste so fest zusammen, dass es schmerzte.

»Und? Wirst du ihr zuliebe wieder alles andere vergessen?«, fragte sein Vater hämisch. Er war jetzt abreisefertig und warf noch einen abschließenden Blick in das Zimmer.

»Ich werde tun, was ich für richtig halte«, sagte Robert zwischen zusammengebissenen Zähnen.

»Nein!«, entgegnete sein Vater kalt. »Du wirst dieses Mal tun, was deine Pflicht ist!«

Dann ging er an Robert vorbei zur Tür und behielt wie immer das letzte Wort.

Als Robert seinem Vater auf dem stattlichen Braunen hinterherblickte, spürte er tiefe Erleichterung. Er war überreizt und erschöpft. Wie nach einer Schlacht, in der seine Nerven pausenlos zum Zerreißen gespannt waren, weil jede Unachtsamkeit ihn das Leben kosten könnte. Die letzten Tage war er vor allem und jedem auf der Hut gewesen. Vor Boulognes Anspielungen, vor den unterschwelligen Drohungen seines Vaters und nicht zuletzt vor jeder weiteren Begegnung mit Evaine. Jetzt fühlte er sich nur noch müde.

Er wandte sich um, um wieder in die Halle zu gehen. Im Eingang erblickte er Evaine, die so wirkte, als hätte sie ihn beobachtet. In stillem Protest waren sie und ihre Schwester Geoffreys Verabschiedung unentschuldigt ferngeblieben, was Geoffrey mit Genugtuung zur Kenntnis genommen hatte.

Seit der Nacht im Gemüsegarten hatte Robert kein Wort mehr mit Evaine gesprochen. Eigentlich kam es ihm eher so vor, als würde sie kein Wort mehr mit ihm sprechen. Er überlegte einen Moment lang, ob er nicht doch lieber zu den Ställen gehen sollte, um nach Arnaud zu suchen. Doch dann entschied er sich anders. Er würde nicht länger auf seiner eigenen Burg Verstecken spielen! Er hatte vernünftig gehandelt. Es war *richtig*, wie sie sich ausdrücken würde. Und er hatte auch versucht, es ihr zu erklären, soweit es ihm möglich war. Wenn sie das nicht einsehen wollte, konnte er es auch nicht ändern. Er ging weiter in Richtung Halle.

Wortlos standen sie sich gegenüber.

»Ist er weg?«, fragte sie schließlich. Noch immer konnte er Schmerz und Enttäuschung in ihren Augen lesen. Es versetzte ihm einen Stich der Scham und des Selbsthasses.

»Ja, er ist weg«, entgegnete er. »Ich …«, setzte er an, konnte aber nichts sagen, um sein Handeln zu entschuldigen. Und er konnte es auch nicht besser erklären, als er es bisher getan hatte. Stattdessen schüttelte er den Kopf und hob die Hände in wortloser Entschuldigung.

»Lass es«, sagte sie kühl. »Du brauchst nichts mehr zu sagen.«

Dann wandte sie sich um. Von nun an würden sie beide damit leben müssen.

KAPITEL 10

In den folgenden Tagen kam die *burh* nach den Festlichkeiten wieder zur Ruhe, nur Evaine fand keine.

Schweißgebadet schlug sie die Augen auf und starrte mit klopfendem Herzen in die Schwärze um sich herum. Sie hatte von ihm geträumt. Heftig atmend schloss sie die Augen und öffnete sie schnell wieder, als erneut Roberts Gesicht vor ihrem geistigen Auge erschien. Sie fuhr mit der Zunge über ihre Lippen und schmeckte salzigen Schweiß. Dennoch war es ihr, als hafte der Geschmack seines Mundes noch immer auf ihren Lippen. Ihre Brüste prickelten bei der Erinnerung an seine Hände und ihr ganzer Körper schien von innen her zu brennen. Versengt von heißer Sehnsucht, die er geweckt, aber nie befriedigt hatte. Verschwitzt wälzte sie sich in den Laken und strampelte die Decke halb von sich. Sie wünschte, es würde endlich aufhören, dass sie sich so intensiv und so schmerzhaft an seinen Kuss erinnerte. Aber ihr Körper wollte seine Berührungen einfach nicht vergessen. Schlimmer noch. Ihr Herz wollte ihn nicht vergessen.

Sie schlug die Decke ganz zurück. Durch das kleine Fenster wehte die kalte Brise der Aprilnacht in die Kammer. Evaine spürte die feuchte Luft über ihren Körper hinwegstreichen. Sie kühlte ihre erhitzte Haut und trocknete den feinen Schweißfilm. Fröstelnd beruhigte sie sich langsam wieder. Ihr Atem wurde gleichmäßiger und das Pochen ihres Herzens ließ etwas nach.

Doch das schmerzliche Ziehen in ihrer Brust blieb. Sie vermisste seine Nähe. Er war zwar da, aber nicht wirklich. Seit dem Besuch seines Vaters erkannte sie ihn kaum wieder. Kühl und distanziert war er, wie eine leere Hülle, in der einmal Robert gesteckt hatte. Er buhlte noch immer um die Gunst seines Vaters und dessen Meinung und schaffte es darüber nicht, sich für sie zu entscheiden. Es war Schwäche. Sie war sich darüber im Klaren. Er war nur ein Mann aus Fleisch und Blut. Mit Fehlern. Und die letzte Woche hatte ihr seinen Fehler mit unbarmherziger Deutlichkeit aufgezeigt. Und doch änderte das nichts an ihren Gefühlen für ihn.

Mit jedem verstreichenden Tag verrauchte ein wenig mehr von ihrer Wut. Stattdessen sah sie auch ihre eigenen Fehler immer klarer. Sie hatte sich erlaubt, all das für ihn zu empfinden. Sie hatte ihm gestattet, sie zu küssen. Wieder und wieder hatte sie die Nähe zu ihm zugelassen, ohne auch nur einen einzigen Gedanken daran zu verschwenden, welche Konsequenzen es haben würde. Hatte sie wirklich geglaubt, er wäre frei? Frei von allen Zwängen seiner Herkunft? Frei von den Erwartungen seiner Leute? Doch die Erkenntnis ihrer eigenen Schuld linderte ihren Schmerz nicht, betäubte ihn nicht, wie ihre Wut es anfangs getan hatte. Jetzt tobte er rein und klar in ihrem Innern. Sie hatte Robert verloren. Und sie liebte ihn noch immer.

Sie blinzelte zu Merediths Bett hinüber. Hoffentlich hatte sie nicht wieder gestöhnt. Vor ein paar Tagen hatte sie sich im Schlaf so unruhig hin und her gewälzt, bis Meredith sie in der Annahme geweckt hatte, sie hätte einen Albtraum. Doch diese Nacht war von Merediths Seite der Kammer nichts zu hören. Evaine starrte weiter an die Decke, weil sie sich nicht traute, erneut die Augen zu schließen. Sie musste erst auf andere Gedanken kommen.

Leise stand sie auf, um zum Fenster zu gehen. Der Anblick des stillen Hofes und der schlafenden Landschaft würde sie beruhigen. Sie warf einen neidischen Blick auf Meredith in ihrem lautlosen Schlaf. Dann stutzte sie und trat näher an das Bett heran. Ungläubig schlug sie die Decke zurück und strich mit der Hand über das unberührte Kopfkissen. Meredith war gar nicht da.

Evaine sah sich besorgt um. Merediths Kleider waren auch weg. Und das geschnitzte Holzkästchen mit ihrem persönlichen Besitz. Ihr wurde eiskalt.

Von einer Ahnung getrieben, rannte sie im Nachthemd aus dem Zimmer. Sie stürzte die Stiege zur Halle hinunter. Mit nackten Füßen flitzte sie zwischen Roberts schlafenden Männern hindurch. In ihrer Eile trat sie gegen einige, die protestierend grunzten.

Draußen umfing sie die Nachtluft. Angestrengt lauschte sie nach einem Geräusch. Die weichen Zweige der hohen Birken wiegten sich raschelnd im schwachen Wind, dazwischen das Schnauben eines Pferdes. Natürlich, die Ställe! Sie rannte hinüber. Im Innern des Stalls fand sie Meredith dabei, ihre braune Stute zu satteln. Sie war vollständig angezogen, mit Mantel und einem geschnürten Bündel auf ihrem Rücken, ein weiteres hielt sie in der Hand, um es auf dem Pferd zu verstauen. Eine kleine Lampe warf flackerndes Licht auf ihre Tätigkeit.

»Meredith! Was tust du?«

Erschrocken zuckte Meredith zusammen und wirbelte herum.

»Evaine!« Eine Hand auf der Brust holte sie tief Luft. Beklommen sah sie ihre Schwester an und Evaine konnte im Halbdunkel sehen, wie die Röte ihren Hals emporkroch.

»Wo willst du hin?«, zischte Evaine und musterte ihre reisefertige Schwester fassungslos von Kopf bis Fuß.

Meredith umklammerte nervös das Bündel in ihrer Hand.

»Bitte, Evaine«, stammelte sie, »ich muss gehen.«

»Jetzt? Mitten in der Nacht? Was ist in dich gefahren!«

Evaine riss ihr das Bündel aus der Hand. Es fühlte sich nach weiterer Kleidung an.

»Es tut mir leid, Evaine«, beharrte Meredith, »aber ich muss gehen. So ist es am besten.«

Evaine hatte das Gefühl, kein Wort zu verstehen. Sie schleuderte das Bündel auf die Erde.

»Was bitte soll daran gut sein? Wo willst du hin?«

Entschlossen hob Meredith das Bündel wieder auf. Ohne weitere Erklärung drehte sie sich um, nahm die Stute am Zügel und wandte sich Richtung Ausgang.

»Nein!« Evaine zerrte sie zurück. »Du gehst nirgendwohin!«

Panisch umklammerte sie Merediths Arme. Doch Meredith befreite sich genauso heftig aus ihrem Griff.

»Lass los!« Sie schlug Evaines Hände weg. »Ich gehe zu Alric. Er wartet auf mich.«

Ihr Ton erinnerte Evaine an jenen unnachgiebigen Starrsinn, mit dem sie Alric stets vor ihrem Vater verteidigt hatte. Evaine hatte plötzlich das Gefühl, auf verlorenem Posten zu kämpfen.

Meredith marschierte mit der Stute am Zügel und dem Bündel unter dem Arm in den dunklen Hof. Evaine hastete ihr angstvoll hinterher.

»Zu Alric?«, rief sie ungläubig. »Meredith, warum sprichst du nicht mit mir?«

Verzweifelte Tränen stiegen ihr in die Augen. Sie war im Begriff, ihre Schwester endgültig zu verlieren.

»Du würdest es nicht verstehen.« Merediths Stimme zitterte, doch sie schritt eisern weiter.

»Du lässt mich einfach hier zurück? Allein?« Bittere Enttäuschung schwang in jedem Wort mit. »Du schleichst dich weg wie ein Dieb in der Nacht!«

Jetzt wirbelte Meredith zu ihr herum.

»Ich verlasse *dich?* Du hast mich doch längst verlassen!«, fauchte sie. »Ich bin diejenige, die hier allein ist! Du hängst doch nur noch an Robert!«

Evaine konnte kaum glauben, was sie da hörte.

»Das ist nicht wahr!«

»Und ob! Glaub nicht, ich hätte es nicht gemerkt. Seit du aus London zurück bist, ist da etwas zwischen euch. Du liebst ihn!«, stieß sie empört hervor. »Und ich komme einfach nicht dazwischen!«

Du liebst ihn! Merediths Worte bohrten sich zielsicher in die Wunde in ihrem Herzen.

Zugleich mit all ihrer Wut hörte Evaine den Schmerz aus Merediths Worten heraus. Den gleichen Schmerz des Verlassenseins, den sie selbst seit ihrer Rückkehr nach Allingham spürte. Ihre eigene Schwester war ihr fremd geworden. Sie hatten verlernt, einander zu verstehen. Es war, als sprächen sie verschiedene Sprachen, als läge eine Kluft zwischen ihnen. Weil sie zwei Männer liebten, die auf unterschiedlichen Seiten dieser Kluft standen. Jetzt war Meredith dabei, die letzte wackelige Brücke zwischen ihnen einzureißen.

»Und darum schleichst du dich mitten in der Nacht aus der *burh*?«, sagte sie vorwurfsvoll. Neben ihrer Verzweiflung wallte Unmut in ihr auf, dass Meredith so leichtfertig aufgeben wollte.

»Ich kann nicht anders!« Merediths Stimme brach und im gleichen Moment fiel die Mauer aus Zorn und Wut, die sie um sich herum gebaut hatte, in sich zusammen. Ihre Schultern begannen zu beben und Tränen glitzerten auf ihrem Gesicht.

»Ich bekomme ein Kind von Alric!«, schluchzte sie. Sie ließ das Kleiderbündel fallen und barg das Gesicht vom Weinen geschüttelt in den Händen.

Ein Kind. Von Alric. Evaine hörte jedes Wort, fühlte sich jedoch unfähig, es zu verstehen. Merediths herzzerreißendes Schluchzen erfüllte den nächtlichen Hof und spülte Evaines Wut mit sich fort.

Mit einem Ruck löste sie sich aus ihrer Starre und schloss ihre weinende Schwester in die Arme.

»Oh Meredith«, flüsterte Evaine, während sie ihr über den Rücken strich und Merediths Tränen das Leinen ihres Nachthemdes tränkten. Sorge legte sich um ihr Herz wie ein beklemmender Panzer.

»Was hast du nur getan?«, murmelte sie kopfschüttelnd vor sich hin. »Es ist Sünde. Was habt ihr euch nur gedacht?«

Tausend Einzelheiten drängten sich in ihr Bewusstsein, die nun endlich ein Bild ergaben. Merediths blasse Wangen, ihr nicht vorhandener Appetit, ihre häufige ungeklärte Abwesenheit. Warum hatte sie nichts gemerkt? War sie so mit sich selbst beschäftigt gewesen, dass sie von all dem nichts wahrgenommen hatte? Schuldgefühle stiegen in ihr hoch.

Schniefend löste Meredith sich von ihr und fuhr sich mit der Hand über das tränennasse Gesicht.

»Evaine, ich habe ihn schon einmal verloren. Und ich bin fast wahnsinnig geworden bei dem Gedanken an all die Zeit, die ich verschwendet hatte.« Sie schniefte laut. »Lieber büße ich ein Leben lang für diese Sünde, als noch einen einzigen Augenblick zu verlieren. Ich würde es jederzeit wieder tun.«

Ihre Stimme klang auf einmal felsenfest und Evaine spürte, wie ernst es ihr war.

»Und wo willst du nun hin?«, fragte sie und strich Meredith beruhigend über den Rücken.

»Ich weiß nicht. Irgendwohin. Hauptsache mit Alric zusammen.«

Evaine unterdrückte ein empörtes Schnauben. Das war also ihr ganzer Plan?

»Meredith, das kann doch nicht euer Ernst sein.« Sie versuchte möglichst sanft zu sprechen, um ihren Eigensinn nicht erneut zu wecken. »Wieso bleibt ihr nicht hier auf Allingham? Das wäre viel besser.«

»Es geht nicht.« Meredith begann erneut zu weinen. »Alric ... er würde es nicht wollen. Und Robert würde es nicht erlauben.«

Evaine unterdrückte die aufsteigende Wut auf Alric. Nur wegen seines Starrsinns steckte Meredith in diesem Schlamassel! Aber mit ihm würde sie sich später befassen. Sie konzentrierte sich auf den zweiten Teil.

»Wieso würde Robert es nicht erlauben?«

Meredith schüttelte hilflos den Kopf.

»Ach ...« Sie machte eine ausholende, hilflose Handbewegung. »Alric wird seinen Widerstand nicht aufgeben ... und ... Robert hat gesagt, er will ihn und seinesgleichen niemals auf Allingham sehen.«

»Das hat er gesagt?«

Evaine hörte, wie scharf ihre Stimme klang. Zu der Wut auf

Alric gesellte sich Zorn auf Robert. Ohne ihre Hilfe hätte er diese *burh* gar nicht! Und nun wollte er ihre eigene Schwester von hier vertreiben!

»Du bleibst hier. Ich spreche mit Robert«, sagte sie entschlossen.

»Nein.« Meredith löste sich von ihr. »Ich bin mit Alric verabredet. Ich werde jetzt gehen.«

»Das wirst du nicht. Es ist Wahnsinn. Du bekommst ein Kind. Und du musst nun an sein Wohl denken. Zuallererst.«

Während sie die Worte sagte, wurde ihr das ganze Ausmaß bewusst. Ihre Schwester bekam ein Baby. Der Gedanke jagte ihr ein nervöses Kribbeln über den Rücken und rief zugleich ein seltsam sehnsüchtiges Gefühl tief in ihrem Innern wach.

»Alric …«, setzte Meredith erneut an.

»Nein! Ich spreche mit Robert. Jetzt sofort. Und du versprichst mir, hier zu warten.« Sie umfasste fest Merediths Schultern. »Versprich es. Bei der unsterblichen Seele unseres Vaters.«

Sie spürte Merediths Widerwillen. Aber ohne ihr Versprechen würde sie sich hier nicht wegbewegen. Sie konnte genauso stur sein! Unbehaglich schniefte Meredith wieder und seufzte dann tief.

»Gut. Ich verspreche zu warten. Aber nicht mehr.«

Das reichte ihr vorerst. Evaine lief wieder zur Halle und musste sich zwingen, sich dabei nicht pausenlos nach ihr umzudrehen. Hoffentlich blieb sie, wo sie war. Zitternd näherte sie sich Roberts Schlafzimmer. Genauso wie in der Halle war auch hier alles still und dunkel. Ihr war eiskalt und gleichzeitig schwitzte sie vor Nervosität. Plötzlich war sie sich ihres offenen Haares und ihres dünnen Nachthemds mehr als bewusst. Aber für jegliche Anstandsregeln fehlte ihr die Zeit. Sie klopfte leise an und erhielt natürlich keinerlei Antwort. Sachte öffnete sie die Tür und trat ein. Dann schlich sie zu seinem Bett. Es war dunkel. Die letzten Reste der Kohlen in der Feuerstelle glommen schwach. Möbel und Einrichtungsgegenstände verschmolzen mit der Dunkelheit zu schwarzen Schatten. Evaine tastete sich an das Bett heran. Den Weg fand sie selbst in tiefster Finsternis. Als kleines Mädchen hatte sie sich nach einem Albtraum oder bei einem Unwetter oft in das Bett ihres Vaters gekuschelt. Bei der Erinnerung an jene Tage wurde ihr das Herz schwer. Hätte sie sich all dies je träumen lassen? Noch schwerer wog das Wissen, dass ihr Vater nicht in diesem Bett schlief. Er würde nie wieder darin schlafen. Und doch bedeutete ihr der Mann, der darin lag, inzwischen fast genauso viel. *Sie liebte ihn.* Das Wissen machte sie seltsam unsicher und verletzlich.

Sie schüttelte den Gedanken ab und konzentrierte sich auf Meredith. Und ihre Wut. Sie brauchte sie, wie eine Rüstung, die ihr verletzliches Selbst in dem dünnen Nachthemd bedeckte. Vorsichtig schob sie die Vorhänge des Bettes beiseite und beugte sich über Robert. Im nächsten Moment umklammerte ein eiserner Griff ihren Nacken und der kalte Stahl einer Klinge presste sich an ihre Kehle. Vor Schreck konnte sie nur ein Keuchen von sich geben.

»Wer ist da?« Roberts Stimme schnitt messerscharf durch die Stille. Sein Gesicht war plötzlich nur wenige Fingerbreit von ihrem entfernt und sie konnte seinen Atem auf ihrer Wange spüren. Als ihm ihr offenes Haar ins Gesicht fiel, stockte er.

»Evaine?«

Er ließ augenblicklich von ihr ab und sie schreckte zurück. Wieso schlief er in seiner eigenen *burh* mit einem Messer unter dem Kissen?

»Was tust du hier?«, zischte er und sprang aus dem Bett. »Ist etwas passiert?«

Er schlief nackt. Seine Haut leuchtete schwach im Schein der Feuerglut und die Klinge blitzte in seiner rechten Hand. Er stand ihr so nah, dass sie die Wärme seines Körpers durch ihr hauchdünnes Nachthemd spüren konnte. Ihr Mund wurde trocken. Sie wusste nicht, ob es an dem Schreck lag oder an seiner unmittelbaren Nähe.

»Ist etwas passiert?«, wiederholte er eindringlich seine Frage, weil sie ihm immer noch keine Antwort gegeben hatte.

»Ich muss mit dir reden. Es ist dringend«, flüsterte sie.

»Warte einen Moment«, sagte Robert und schob das Messer zurück unter sein Kissen. Dann holte er etwas von der kleinen Kommode neben seinem Bett und ging damit zur Feuerstelle hinüber. Er bückte sich und im nächsten Moment hörte sie das Zischen eines sich entzündenden Dochts. Das weiche Licht und der Geruch von brennendem Gänsefett breiteten sich im Zimmer aus.

Sie versuchte, ihn nicht anzustarren, während er sich eilig eine Tunika überzog. Aber sie konnte nicht verhindern, dass ihre Augen die Bewegung der Muskeln auf seinem Rücken verfolgten und für einen Moment die Rundung seines muskulösen Hinterteils erspähten, bevor sich der Stoff darüber senkte. Heiße Röte kroch ihren Hals empor und ihr Herz schlug heftig gegen ihre Brust, als wollte es die Rippen ihres Brustkorbs durchschlagen.

Sehnsucht brannte sich züngelnd durch ihre Adern. Wo war nur ihre schützende Wut geblieben? Sie war bereits in Rauch und Asche aufgegangen.

Er stellte die Lampe auf der Kommode ab. Besorgt musterte er Evaines Gesicht.

»Also?«, fragte er.

»Meredith. Sie will weglaufen«, wisperte sie.

Er schien sich ein wenig zu entspannen, als hätte er mit Schlimmerem gerechnet. Doch bei Merediths Erwähnung erschien ein wachsamer Ausdruck auf seinem Gesicht. Als hätte er bereits damit gerechnet, dass sie Ärger machen würde.

»Sie hat ihre Sachen gepackt und steht mit gesatteltem Pferd im Innenhof. Sie will zu Alric!«

Robert seufzte und fuhr sich mit der Hand durchs Haar. Er schien nicht sonderlich überrascht.

»Und was möchtest du nun von mir?«

»Na, was wohl? Wir müssen sie aufhalten!«, zischte sie heftig.

Sie war froh, dass etwas von ihrer Wut zurückgekehrt war und eine schützende Barriere zwischen ihr und ihm aufrichtete.

»Ich denke nicht, dass ich deine Schwester von irgendetwas überzeugen kann.«

Er sprach vollkommen ruhig. Evaine wusste, dass er mit dieser Einschätzung richtig lag. Trotzdem ärgerte sie seine Gleichgültigkeit. Meredith hatte ihm damals auch geholfen. Oder wenigstens Arnaud.

»Sie ist völlig aufgelöst und weiß nicht, was sie gerade tut. Sie stürzt sich kopfüber ins Unglück«, erwiderte sie aufgeregt.

Er blieb gänzlich unbewegt. Evaine beschlich plötzlich ein Verdacht.

»Du wusstest davon!«, entfuhr es ihr. »Du wusstest, dass sie sich mit Alric trifft!«

Sie starrte ihn an und suchte in seinem Gesicht nach einem Hinweis. Er gab sich nicht einmal Mühe, sich zu verstellen.

»Natürlich, das ist meine *burh*«, sagte er trocken.

»Und du hast es mir nicht gesagt?«

Sie fühlte sich verraten. Was er über ihre eigene Schwester wusste, hätte er ihr sagen müssen!

»Ich fand, dass sie es dir selbst sagen sollte. Und das habe ich ihr auch geraten.«

Seine Stimme war leise und beschwichtigend.

Dennoch hinterließen seine Worte bei Evaine den schalen Beigeschmack des Vertrauensbruchs.

»Und hast du ihr bei dieser Gelegenheit auch gesagt, dass du Alric nicht hier sehen willst?«, fauchte sie.

»Ja, das habe ich.«

Sie zog scharf die Luft ein. Er ließ sich nicht beirren und fuhr fort: »Ich bin nicht nachtragend. Sobald er mir den Treueid leistet, ist er auf Allingham herzlich willkommen. Aber solang er weiter vorhat, mir und meinen Leuten nach dem Leben zu trachten, werde ich meine Meinung nicht ändern.«

Seine Stimme war hart. Er war genauso unnachgiebig wie Alric.

»Ohne mich und ohne Meredith wärst du gar nicht hier!«, zischte sie ihm ins Gesicht. »Und jetzt willst du sie von hier vertreiben!«

Seine Augen wurden schmal und seine Stimme noch eine Spur kälter.

»Ich vertreibe sie nicht. Ich dulde nur ihren rebellischen Liebhaber nicht.«

Liebhaber. Wie konnte er so von ihrer Schwester sprechen! Ohne weiter nachzudenken, holte sie aus, um ihm eine Ohrfeige zu verpassen. Blitzschnell fing er ihre Hand ab und umfasste ihr Handgelenk mit seiner. Sie versuchte sich loszureißen, aber seine Hand umklammerte sie unbarmherzig.

»Wie kannst du nur!«, presste sie wütend zwischen den Zähnen hervor, während sie immer noch gegen seinen Griff ankämpfte. Tränen des Zorns und der Hilflosigkeit stiegen ihr in die Augen. Sie blinzelte sie weg. Er zog sie noch näher an sich heran, in dem Versuch, sie zu besänftigen.

»Evaine«, murmelte er ihren Namen in das Halbdunkel. Seine Stimme hatte an Schärfe verloren. »Es tut mir leid«, sagte er sanft und meinte es ernst. Sie hörte auf, gegen ihn anzukämpfen, und er gab ihre Hand frei.

Hilflos ließ sie die Arme sinken. Ihre Welt zerbrach vor ihren Augen. Sie kämpfte verzweifelt darum, alles zusammenzuhalten. Aber es glich dem Bemühen, Wasser in ihren Händen zu halten. Unausweichlich rann es durch ihre Finger, ohne dass sie es verhindern konnte.

»Bitte! Sie bekommt ein Baby!«, platzte es aus ihr heraus. Sie konnte die Tränen nicht länger zurückhalten.

»Ein Kind?«

Vor Verblüffung weiteten sich Roberts Augen, während er versuchte, ihre Worte zu verarbeiten. Dann verdüsterte sich sein Blick zusehends und sie konnte echte Betroffenheit darin lesen.

»Sie kann nirgendwohin! Mit einem Baby! Tu ihr das nicht an …«

Ihre Stimme versagte beinahe. Sie würde es nicht ertragen, wenn er sie jetzt im Stich ließe, wenn er Meredith im Stich ließe.

Mit sich ringend sah er im Zimmer umher und ballte die Hände zu Fäusten. Er massierte die Narbe an seinem Hals, während ein Zucken über sein Gesicht lief.

»Nein. Das würde ich niemandem antun«, sagte er schließlich gepresst.

Sie atmete erleichtert auf und spürte, wie der Panzer um ihr Herz ein bisschen lockerer wurde.

»Gott! Dieser verfluchte Narr!«, knurrte er kopfschüttelnd und fuhr sich mit der Hand über das Gesicht.

»Ich weiß«, flüsterte sie zitternd. »Sie haben überhaupt nicht nachgedacht.«

»Bei so etwas denkt man selten nach, Evaine«, erwiderte er scharf und begann, unruhig auf und ab zu gehen, bis er jäh wieder stehen blieb. »Wie soll es jetzt weitergehen? Was haben sie vor?«

»Meredith hat keine Ahnung. Und ich glaube nicht, dass Alric eine hat«, antwortete sie bedrückt.

Er unterdrückte einen weiteren Fluch und stieß zischend die Luft aus.

»*Bon.* Er soll sie heiraten. Hier auf Allingham. Alles Weitere findet sich danach«, sagte er schließlich und starrte dabei düster vor sich hin.

Tiefe Erleichterung durchflutete sie. Und plötzlich wurde sie sich bewusst, dass er immer noch der Mann war, dem sie felsenfest vertraute. Er war der einzige Halt, das letzte Fundament in ihrer schwankenden Welt.

»Danke«, flüsterte sie und suchte dabei seinen Blick.

Er wandte sich ihr zu. Der Ausdruck auf seinem Gesicht wurde weich und wehmütig. Plötzlich hatte sie das Gefühl, in seinen Augen den gleichen brennenden Funken zu sehen, der in ihrem Innern glomm. Beinahe zärtlich glitten seine Augen über sie hinweg. Ihr Herz wurde eng vor Sehnsucht nach ihm. Es war das erste Mal, dass er sie so ansah, seit dem Tag, an dem sein Vater nach Allingham gekommen war.

Er hob die Hand und wischte mit dem Daumen eine Träne auf ihrer Wange beiseite. Das Verlangen, bei ihm Trost zu suchen, wurde übermächtig. Sie wusste nicht, ob er sie an sich gezogen hatte oder ob sie in seine Arme gesunken war. Aber er umfing sie sanft und sie vergrub das Gesicht an seinem Hals. Sie wusste nicht, ob es richtig war. Sie wusste nur, dass sie es unbedingt brauchte, den Duft seiner Haut, die Wärme seiner Umarmung, seine Stärke und seinen Halt. Sie kämpfte schon viel zu lang allein.

Seine Lippen pressten sich auf ihr Haar und sie hatte das Gefühl, er sog ihren Duft genauso sehnsüchtig ein wie sie den seinen. Nach einigen Augenblicken löste er sich von ihr und schob sie nachdrücklich von sich. Als er sprach, war seine Stimme rau: »Du musst jetzt gehen.« Er schluckte angestrengt. »Geh zurück zu deiner Schwester. Ich suche Alric und spreche mit ihm.«

Er wandte sich abrupt ab und begann mit der Lampe nach seiner weiteren Kleidung zu suchen. Benommen beobachtete sie ihn einen Augenblick dabei. Er konzentrierte sich ganz auf seine Tätigkeit und ließ sie einfach stehen. Schließlich wandte sie sich ebenfalls ab und kehrte zu Meredith auf den Hof zurück.

Wenig später ritt Robert allein an den dunklen Feldern von Allingham vorbei. Er hatte das Dorf hinter sich gelassen und konnte bereits das schwache Glitzern des Slán River sehen.

Gemeinsam hatten sie Meredith davon überzeugt, auf der *burh* zu bleiben. Nachdem sie Robert widerstrebend den verabredeten Treffpunkt mit Alric genannt hatte, konnte Evaine sie dazu bewegen, wieder nach drinnen zu gehen. Ihm hingegen fiel die undankbare Aufgabe zu, Alric von ihrer Entscheidung in Kenntnis zu setzen. Und das, obwohl dieser Schwachkopf kein Wort Französisch sprach. Nur tierisches Gekläffe. Robert unterdrückte einen wütenden Fluch.

Evaine hatte Meredith nicht gehen lassen, aus Angst, dass sie es sich doch noch anders überlegen würde. Und sie selbst konnte ihre Schwester im Augenblick nicht allein lassen. Also hatte sie ihm eingebläut, was er Alric sagen sollte. Es hatte mehrere Anläufe gebraucht, bis er sich die unsinnige Aneinanderreihung von Silben merken konnte. *Meredith wird nicht mitkommen. Wenn du sie liebst, komm nach Allingham und heirate sie.* Dass er selbst die Nachricht überbringen würde, unterstrich die Ernsthaftigkeit seines Friedensangebots. Dennoch kam er sich vor wie ein blöder Bote. Dabei war er der Herr auf Allingham, verdammt!

Bei seiner letzten Begegnung mit Alric hätte er ihm am liebsten die Kehle durchgeschnitten. Und dieses Gefühl hatte definitiv auf Gegenseitigkeit beruht. Sein anfänglicher Hass auf den Mann blühte wieder voll auf. Er war ein dummer, leichtsinniger Narr! Allein wegen seiner Sturheit hatte er Meredith in Schwierigkeiten gebracht! Ein Bauernbengel, mehr nicht! Während Robert im Geiste wilde Beschimpfungen ausstieß, warnte ihn eine innere Stimme, nicht allzu hart mit Alric ins Gericht zu gehen. War er selbst besser? Machtvoll verdrängte er die aufkommenden Schuldgefühle wieder. Bei allem gab es doch einen großen Unterschied: Alric hatte eine Wahl! Er musste nur seinen Stolz hinunterschlucken. Wenn er Robert die Treue schwor, stünden ihm und Meredith alle Türen offen für ein gemeinsames Leben. Und wenn er sich dagegen entschied, dann sollte er gefälligst mit den Konsequenzen leben! Er hatte plötzlich großes Mitleid mit Meredith. Selbst wenn dieser sture Hund sich auf eine Hochzeit auf Allingham einließ, blieb ihr doch die Schande ihres Fehltritts. Er wusste nicht, wie weit sie in der Schwangerschaft war, aber es war sicher zu spät, es noch vor den Leuten zu verbergen. Ihr einziges Glück war, dass ihre Schwester so unerbittlich für sie kämpfte.

Er dachte an Evaine und unterdrückte ein Seufzen. Er hatte sich in der Woche seit Ostern eisern jeden Gedanken an sie verboten. Jeden Blick, jede Berührung hatte er vermieden, weil er wusste, wohin es führte. *Wehret den Anfängen*, hatte seine Mutter als Junge zu ihm gesagt. Er hatte sich beherrscht – bis heute Nacht. Doch ihr Schmerz und ihre Verletzlichkeit hatten ihn zutiefst bewegt. Er konnte ihre Tränen kaum ertragen. Trost. Das war alles, was er ihr in der Umarmung geben wollte. Und doch hatte so viel mehr darin gelegen. Erneut wurde er von mächtiger Unruhe ergriffen, als er an ihren warmen Körper in seinen Armen dachte. Der Duft ihres Haares berauschte ihn weit mehr als jeder Wein der Welt es könnte. Er hatte ihre Brüste durch den dünnen Stoff hindurch gespürt, weich und nachgiebig. Er begann, unruhig im Sattel hin- und herzurutschen, und untersagte sich streng jede weitere Erinnerung an diese Augenblicke.

Im Gegensatz zu Alric hatte er keine Wahl. Obwohl es erst der beißenden Worte seines Vaters bedurfte, ehe es ihm wirklich klar geworden war. Er biss grimmig die Zähne zusammen. Er würde sie nicht entehren. Er würde ihr nicht antun, was ihrer Schwester blühte und was Melisande widerfahren war. Die Schande, das schmähliche Gerede hinter ihren Rücken. Niemals.

Godrics fiebrige Augen tauchten vor ihm auf und er hörte wieder die verzweifelte Unnachgiebigkeit, mit der er nach seinem Versprechen verlangte. Er hatte es ihm gegeben. Nun lastete es bleischwer auf ihm. Er konnte sein Wort nicht brechen. Nicht noch einmal. Er hatte zu bitter dafür bezahlt.

Der heftige Schmerz, den er all die Tage mühsam in Schach gehalten und unter Alltäglichkeiten begraben hatte, flammte erneut auf. Er fraß sich durch die Wälle, die er um sein Herz errichtet hatte, und alles, was er ihm entgegensetzen konnte, war der bohrende Hass auf seinen Vater. Er konzentrierte sich darauf. Auf sein höhnisches Gesicht, seinen eiskalten Blick und die verächtliche Stimme. Nein, dem würde er Evaine nicht aussetzen. Und er wusste nicht, ob er selbst das noch einmal ertragen könnte.

Er war beinahe dankbar, als der Apfelbaum in Sicht kam und er den Schatten eines wartenden Reiters darunter erkannte. Lieber schlug er sich mit den leibhaftigen Quälgeistern herum als mit seinen eigenen Dämonen.

Er beschleunigte sein Pferd und hielt auf den Schatten des Apfelbaumes zu. Als er sich ihm bis auf wenige Meter genähert hatte, wurde der andere Reiter unruhig. Offenbar hatte Alric gemerkt, dass er nicht Meredith war. Wie scharfsinnig, dachte Robert giftig.

Er zügelte sein Pferd. Er war angespannt. Immerhin traute

er dem kopflosen Narren alles zu. Und er hatte nur die wenigen Worte, die er ihm sagen konnte.

Er stieg von seinem Pferd ab und ließ die Zügel lose auf den Boden hängen. Daedalus wusste, dass er warten sollte. Mit bedächtigen Schritten näherte er sich Alric. Er unterdrückte ein genervtes Stöhnen, als er eine Klinge in Alrics Hand glänzen sah. Verdammter Schwachkopf! Mit vorsichtigen Bewegungen zog er sein eigenes Schwert aus der Scheide und warf es auf den Boden. Kaum hörbar landete es auf dem weichen Weidegras. Roberts Nervosität stieg. Dennoch ging er weiter und hob die leeren Hände zum Zeichen seiner guten Absichten.

Alric bellte etwas Unverständliches zu ihm herüber. Seine Worte schallten weit über die nächtliche Stille des einsamen Feldes. Es klang unfreundlich. Robert blieb einen Augenblick stehen und wartete. Dann zog er das feine Taschentuch hervor, das Meredith ihm gegeben hatte, und trat noch näher heran. Ihn trennten nur noch wenige Schritte von Alric. Immer noch machte der keine Anstalten, von seinem Pferd abzusteigen oder die Waffe in seiner Hand wegzustecken. Robert holte tief Luft. Bei allen Heiligen! Er hatte wirklich keine Lust, sich hier unbewaffnet von einem liebestollen Hund niederstrecken zu lassen. Er malmte angestrengt mit dem Kiefer.

Mittlerweile konnte er Alrics Gesichtszüge im blassen Licht erkennen. Er sah immer noch bärtig und verlaust aus. Unter all den ungepflegten Haaren in seinem Gesicht meinte Robert, die Anspannung lesen zu können. Langsam hob er die Hand und hielt Alric das Taschentuch entgegen. Das feine, helle Leinen fing das milchige Licht ein und die Stickereien schimmerten schwach. Erst konnte er die Überraschung in Alrics Gesicht lesen, dann entriss er ihm das Taschentuch mit einer wütenden Geste. Er presste es an sein Gesicht, wie um Merediths Geruch einzuatmen, der daran haftete. Dann fuhr er wieder zu Robert herum.

Robert konzentrierte sich auf Evaines Worte. Er räusperte sich und begann dann laut und langsam zu sprechen. Es klang fremd aus seinem eigenen Mund. Holprig und unbeholfen stammelte er die Silben daher und betete dabei inständig, dass sie für Alric einen Sinn ergaben. Als er geendet hatte, musterte er ihn aufmerksam.

Ungläubig schüttelte Alric den Kopf und ballte das Taschentuch in seiner Hand zusammen. Dabei stieß er wildes Gemurmel aus. Es klang gequält und wütend und richtete sich mehr an ihn selbst als an Robert. Er ließ Alric einen Augenblick Zeit, sich an den Gedanken zu gewöhnen, dass Meredith ihn nicht begleiten würde. Schließlich wurde Alric sich seiner Anwesenheit erneut bewusst. Mit vor Zorn blitzenden Augen sah er von seinem Pferd aus auf ihn herab und knurrte ihm Unverständlichkeiten ins Gesicht. Robert war sich ziemlich sicher, dass es Beleidigungen waren, und spürte den Drang, sie in seiner eigenen Sprache zu erwidern. Aber er konnte sich beherrschen. Als er dennoch genug hatte, streckte er Alric wortlos die rechte Hand entgegen. Die wilden Flüche verstummten jäh. Er starrte die ihm dargebotene Hand an, als würde Robert ihm einen Skorpion reichen. Wieder schluckte Robert wartend. Meredith und ihrem Kind zuliebe. Dann riss ihm der Geduldsfaden.

»Worauf wartest du, Mann!«, presste er hervor. Vielleicht hatte Alric den Sinn verstanden, vielleicht auch nicht. Endlich regte er sich und schlug mit hasserfülltem Blick ein. Dann zog er seine Hand so schnell zurück, als hätte er sich verbrannt. Mit dumpfem Knurren wendete er sein Pferd und preschte davon.

Robert starrte ihm hinterher. Angewidert wischte er seine Hand an seiner Kleidung ab und wandte sich um, um sein Schwert wieder aufzusammeln. Er hoffte, dass dies ein Einverständnis gewesen war. Mehr konnte er jedenfalls nicht tun.

KAPITEL 11

Man einigte sich darauf, dass die Hochzeit so schnell wie möglich stattfinden sollte. Also sprachen sie mit Kaplan Leofric und legten den kommenden Sonntag als Termin fest. Anschließend brach auf der *burh* noch größere Betriebsamkeit aus als vor der Osterfeier.

Evaines Hochzeit war ein gigantisches Fest gewesen mit über hundert geladenen *Thegns*, die an nicht enden wollenden Tafeln in der großen Halle gespeist und gefeiert hatten. Ganz abgesehen von allen Dörflern und Bauern ihres Vaters, die auf dem Hof der *burh* unter freiem Himmel getanzt und gegessen hatten. Doch dieses Fest hatte Monate der Vorbereitung gebraucht und es war zu einer anderen Zeit gewesen. Dennoch hatte sie das Bedürfnis, ihrer Schwester einen ebensolchen Tag zu schenken. Obwohl die Umstände waren, wie sie waren. Oder gerade deswegen.

Sie ließ einige der erst im Februar geborenen Milchlämmer schlachten, dazu kamen Hühner, wilde Kaninchen sowie zwei Hirsche, die Robert und Gérard eigens dafür erlegt hatten. Von Fisch hatten nach der langen Fastenzeit alle die Nase voll. Robert spendierte die vom Osterfest übrig gebliebenen Fässer des französischen Weins. Wenn dies auch gut gemeint war, so legten die meisten ihrer Leute erheblich mehr Wert auf *mead* in ausreichender Menge. Daher bestellte Evaine mehrere Gallonen bei den Mönchen aus Dorsome, die eine große Bienenzucht betrieben.

Zu ihrem Leidwesen konnte sie Meredith kein vergleichbares Geschenk wie den wunderschönen Schleier machen. Aber selbst wenn sie die Zeit gehabt hätte – ihr fehlte einfach das Talent dafür. Meredith würde auch kein neues Kleid tragen. Es war anlässlich Evaines Hochzeit für sie gemacht worden. Das Unterkleid war aus blau gefärbter Seide. Es war ein tiefes, dunkles Blau aus kostbarem Lapislazuli von jenseits des Meeres. Das Obergewand darüber war blassblau, fast silbrig, wie das Eis auf dem Slán River im Winter. Statt mit Gold war es mit silbrigen Fäden zu aufwendigen Ranken bestickt, als hätten sich gefrorene Eisblumen darauf gebildet. An Evaines Hochzeit hatte sie einen schlichten Leinenschleier dazu getragen. Evaine hatte Ælfgifu gebeten, ihn mit den gleichen silbrigen Fäden zu besticken. Und obwohl sie wie Meredith großes Talent dafür hatte, war sie im Umgang mit den kostbaren Stoffen und Garnen nicht gleichermaßen geübt. Nichtsdestotrotz war das Ergebnis sehr schön geworden.

»Du siehst wunderschön aus«, sagte Evaine, während sie Meredith half, den Schleier anzulegen. Sie zupfte einige von Merediths dunklen Locken hervor, bis sie anmutig ihr Gesicht umschmeichelten.

Meredith rang sich ein Lächeln ab. Sie sah angespannt und blass aus. Ihren Wangen fehlte die zarte Röte, die einer jungen Braut für gewöhnlich den besonderen Liebreiz verlieh.

»Sie verurteilen mich, nicht wahr? Sie alle.« Ihre ängstlichen Mandelaugen suchten in Evaines Gesicht nach einer Antwort. »Ich habe gehört, wie die Mägde hinter meinem Rücken über mich tratschen.«

»Natürlich nicht! Niemand verurteilt dich«, erwiderte Evaine schnell, obgleich es mehr Wunsch als die Wahrheit war. Weder Evaine noch Robert hatten ein Wort verlauten lassen, trotzdem hatten sich die Gerüchte über Merediths Schwangerschaft schneller verbreitet als ein Heubrand im Juli. »Und wer auch immer so etwas tun würde, ist es nicht wert, dass du dir seinetwegen den Kopf zerbrichst.«

Als Evaine am Morgen in die Küche gekommen war, hatte Hilda sich gerade lautstark darüber ausgelassen. Bei Evaines

Erscheinen war sie abrupt verstummt. Evaine hatte sich nichts anmerken lassen, weil jedes Wort von ihr es nur noch schlimmer gemacht hätte. Dafür hatte sie Hilda dann mit Arbeit zugeschüttet, damit ihr das gehässige Geschwätz vergehen möge.

»Was hat Robert eigentlich zu allem gesagt?«, fragte Meredith matt.

»Was soll er gesagt haben?«, antwortete Evaine betont gleichmütig und richtete den Brautkranz aus immergrünem Efeu, ein Symbol der Beständigkeit. »Das Gleiche wie ich: dass ihr beide Narren seid und jetzt so schnell wie möglich heiraten solltet.«

Sie steckte eines der zartlila Veilchen fest, mit denen der Kranz zum Zeichen der Treue geschmückt war. Die weißen Bärlauchblüten sollten Unheil und Böses abwehren.

»Ich habe ihn falsch eingeschätzt. Er war immer für dich da, wenn du ihn brauchtest.«

Evaine ließ die Arme sinken. Es war das erste Mal, dass Meredith zugab, sich in Robert getäuscht zu haben.

»Für uns. Er war immer für uns da«, korrigierte sie sanft.

Meredith nickte.

»Ja. Ich habe ihm Unrecht getan mit meiner voreiligen Meinung. Ich habe in den letzten Monaten wohl ziemlich oft falsch gelegen.«

Sorgenvoll betrachtete Evaine ihre Schwester. Es klang als steckte noch mehr dahinter als die alten Querelen mit Robert.

»Das ist doch jetzt egal, Liebes. Alles wird gut werden. Glaub mir.«

Meredith holte beklommen Luft.

»Glaubst du, er wird kommen?« Ihre Stimme zitterte vor innerer Anspannung und Evaine war klar, dass sie Alric meinte.

Nachdem Robert mit Alric gesprochen hatte, war zwei Tage lang nichts passiert. Dann hatte Evaine entschieden, einen Boten zu ihm zu schicken und ihn über den vereinbarten Termin zu unterrichten. Aber schon das war nicht einfach gewesen, da selbst Meredith seinen genauen Aufenthaltsort nicht kannte. Sie hatten sich immer in einer alten Jagdhütte ihres Vaters getroffen. Evaine hatte Byrhthelm geschickt. Ihm war es schließlich gelungen, Alric aufzuspüren. Als Byrhthelm zurückkehrte, brachte er nichts Geringeres mit als Alrics Zustimmung. Danach hatten sie vom zukünftigen Bräutigam nichts mehr gehört.

»Natürlich. Er liebt dich. Wie kannst du daran zweifeln?«, sagte Evaine fest, bemüht, sich ihre eigenen Zweifel nicht anmerken zu lassen.

Meredith nickte wieder, doch die Sorge in ihrem Blick ließ nicht nach. Sie sah unendlich traurig aus.

Aus dem Bedürfnis, etwas Sinnvolles zu tun, begann Evaine die Haarbänder und Haarnadeln zusammenzuräumen, die wild im Zimmer verstreut lagen.

»Ich habe dir nie erzählt, wieso ich Osric nicht geheiratet habe, oder?«, sagte sie beiläufig.

»Nein, das hast du nicht«, erwiderte Meredith.

»Als ich nach der Trennung von Cædmon zurückkam, war ich so unglücklich und so unsicher. Vater hat sich, glaube ich, oft Vorwürfe gemacht, dass er das alles nicht hat kommen sehen. Aber die Ehe mit Cædmon war auch mein Wunsch gewesen, weißt du?« Sie hob kurz den Blick und sah hinüber zu Meredith. »Ich hatte plötzlich Zweifel an meinem eigenen Urteil. Ich meine, wie kann man nicht merken, dass der Mann, den man heiraten will, sich nicht im Geringsten von einem angezogen fühlt?«

Mittlerweile war ihre eigene Naivität ihr nahezu unbegreiflich.

Meredith verzog den Mund zu einem mitleidigen Lächeln. »Du warst noch jung. Und du wusstest es nicht besser.«

»Richtig. Ich wusste es nicht besser. Aber du schon«, erwiderte sie ernst. »Du warst dir von Anfang an sicher.« Nachdenklich starrte Evaine auf eine perlenbesetzte Haarnadel in ihrer Hand. »Und als Osric mir den Hof gemacht hat, war ich mir eben überhaupt nicht sicher. Aber dieses Mal wollte ich mir sicher sein. So wie du.«

Sie räumte auch die Haarnadel weg und trat wieder vor Meredith.

»Er hat mich nie so angesehen wie Alric dich ansieht«, sagte sie und streichelte Meredith liebevoll über die blasse Wange. »Du solltest dich freuen. Heute wirst du endlich seine Frau.«

»Danke. Für alles«, flüsterte Meredith mit Tränen in den Augen.

Evaine lächelte sie an.

Meredith schluckte und verzog die zitternden Lippen zu einem zaghaften Lächeln. Aufmunternd ging Evaine zur Tür.

»Nun komm. Du willst ihn doch nicht noch länger warten lassen, oder?«

Ein Klopfen an der Tür unterbrach sie.

Auf Evaines Erlaubnis hin öffnete sich die Tür und Robert trat ein. Er trug die rubinrote Tunika, die er zur Krönung in London getragen hatte, seinen besten Mantel und sein Schwert mit dem Saphirgriff. Bei seinem Anblick begann Evaines Herz, heftig zu schlagen.

»Entschuldigt, ich wollte nicht stören«, fing Robert an.

Dann glitt sein Blick bewundernd über die Braut hinweg.

»Oh, du bist bildschön, Meredith. Alric kann sich glücklich schätzen.«

Meredith lächelte, aber nicht halb so strahlend, wie sie sollte.

»Danke, Robert.«

»Nun … ich bin hier, weil ich mit dir über etwas sprechen will«, sagte er ernst und spielte nervös mit einem Holzkistchen in seinen Händen.

Sein Blick streifte Evaine und verharrte einen Moment zu lang auf ihrem Gesicht. Heute trug sie das pflaumenfarbene Kleid, das sie eigentlich an Ostern hatte tragen wollen. Sie wollte Meredith nicht die Schau stehlen.

»Es tut mir leid, dass dein Vater nicht hier sein kann«, richtete er sich wieder an Meredith.

Die Erwähnung ihres Vaters warf einen zusätzlichen Schatten auf Merediths Gesicht und Evaine wünschte, Robert hätte es nicht gesagt.

»Es liegt mir fern, ihn ersetzen zu wollen.« Er räusperte sich. »Dennoch habe ich das Gefühl, dass ich dir an seiner Stelle etwas geben sollte. Hier.«

Brüsk reichte er ihr die Holzschatulle.

»Danke …« Erstaunt nahm Meredith sie aus seinen Händen entgegen und öffnete den mit Intarsien verzierten Deckel.

Evaine sah fragend von dem Holzkästchen zu Robert, doch er mied ihren Blick. Abwartend musterte er Merediths Gesicht, als wüsste er nicht, wie sie reagieren würde.

Mit gerunzelter Stirn zog Meredith ein zusammengerolltes Pergament heraus, an dessen Unterseite das rote Band eines offiziellen Siegels heraushing. Sie reichte das Kästchen Evaine und rollte das Pergament auseinander.

»Was ist das?«, fragte sie und sah Robert über das Schriftstück hinweg an.

»Deine Mitgift«, antwortete er.

Merediths Augen glitten über die Buchstaben, dann stockte sie. Ihre Hand begann zu zittern und ihr Atem beschleunigte sich.

»Fünfzehn *hide*! Das sind fünfzehn *hide* Land!«, sagte sie fassungslos und ließ das Pergament sinken.

»Mit einer separaten Küche, einer Kapelle, einem *bellgeat* und einem Wall darum. Man hat mir gesagt, das macht aus deinem Mann einen *Thegn*«, antwortete Robert. »Es ist ein Zuhause für euch.«

Die Urkunde entglitt ihren Fingern, während sie ihn anstarrte. Dann lief ein Strahlen über ihr Gesicht, wie Evaine es seit Monaten nicht an ihr gesehen hatte.

»Oh mein Gott! Du schenkst mir fünfzehn *hide* Land?« Sie fiel ihm um den Hals. »Danke! Oh, ich danke dir!«

Sie gab ihm einen Kuss auf die Wange, der Robert erröten ließ. Unbeholfen erwiderte er ihre Umarmung und tätschelte ihr den Rücken.

Evaine hob das Schriftstück auf und starrte auf die lateinische Schrift, bis ihr Blick an einer einzelnen Zeile hängen blieb.

Robert von Allingham an Alric Sohn des Osbern. Sie spürte, wie ihre Brust eng wurde. *Er soll sie heiraten. Hier auf Allingham. Alles Weitere findet sich danach.* Er hatte es ihr zugesagt und nun hatte er selbst dafür gesorgt. Sie suchte seinen Blick und er begegnete ihrem.

»Danke«, hauchte sie lautlos und wischte eine Träne aus ihrem Augenwinkel.

Er nickte, als hätte er verstanden, was sie ihm sagen wollte. Und doch konnte er unmöglich wissen, wie viel ihr das bedeutete.

»Es ist ein Lehen«, sagte Robert verlegen, als sich Meredith wieder von ihm gelöst hatte. »Ich hatte Redwald in einer anderen Angelegenheit aufgesucht und dies für dich und Alric aufsetzen lassen.« Er warf Evaine einen flüchtigen Blick zu und sie wusste, dass er von ihrer Charta sprach. »Es gehört euch, wenn dein Mann mich als Lehnsherren akzeptiert.«

»Ich weiß nicht, was ich sagen soll«, stammelte Meredith mit Tränen in den Augen.

»Sag nichts, Meredith. Und am besten sagst du es auch deinem Mann erst morgen früh in Ruhe.«

Sie nickte überwältigt.

»Ich gehe jetzt. Ich will dich nicht länger aufhalten. Unten warten bereits alle auf dich.«

Dann war Robert so unerwartet verschwunden, wie er gekommen war.

»Hast du davon gewusst?«

Evaine schüttelte den Kopf.

»Nein«, flüsterte sie bewegt. »Ich hatte keine Ahnung.«

Im Hof rösteten schon seit dem Morgen die geschlachteten Lämmer über offenen Feuern und dufteten, dass einem vor Vorfreude das Wasser im Mund zusammenlief. Ein festlich gedeckter Tisch war für das Brautpaar aufgebaut worden. Weiße Tischtücher, Girlanden aus grünen Zweigen und frische Blüten schmückten ihre Plätze. Die übrigen Gäste würden im Stehen essen. Dafür waren lange Tafeln aufgebockt worden, auf denen Speisen und Getränke bereitgestellt werden würden. Ælfgifu und ein paar andere Sklavinnen waren bereits dabei, Becher und Karaffen darauf zu verteilen.

Wie Robert gesagt hatte, warteten dort bereits die Mitglieder des Hausstands der *burh* auf die Ankunft der Braut. Von der *burh* aus würde sie hinunter ins Dorf geführt werden, wo sie vor der Kirchtür auf die Prozession des Bräutigams und Kaplan Leofric treffen würde. Sobald Meredith in Begleitung von Evaine erschien, setzte sich die Prozession nur zögerlich in Bewegung. Üblicherweise wurde die Braut von einem männlichen Verwandten geführt, aber es gab keinen. Kurz entschlossen führte Evaine ihre Schwester selbst.

Die Luft war warm, beinahe sommerlich, als sie den Slán Hill hinunterzogen. In einem kleinen Festzug folgten ihnen Robert, Gérard und Arnaud und dann der gesamte Hausstand der *burh*. Der zwitschernde Gesang der Vögel begleitete sie wie Festmusik. Roberts Männer flankierten den Innenhof.

Merediths Sorgen waren unbegründet gewesen. Denn als sie die kleine Kirche erreichten, wartete Alric bereits neben dem Kaplan unter dem eigens dafür aufgebauten Baldachin aus weißen Leinentüchern. Neben Alric hatte sich das ganze Dorf vor der Kirche versammelt, seine Nachbarn und Freunde, die er seit seiner Geburt kannte, seine Onkel mit ihren Familien und eine große Gruppe ehemaliger *housecarls* um Byrhthelm und seine Familie. Männer, deren Freundschaft er mit dem vergossenen Blut bei Hastings und Stamford Bridge besiegelt hatte.

Bei seinem Anblick krallte sich Merediths Hand in Evaines und sie konnte spüren, wie sie erleichtert aufatmete. Auch über Alrics Gesicht lief ein Zucken und er schien über ihr Kommen gleichermaßen erleichtert.

Er sah wieder aus wie Alric. Der ungepflegte Bart war verschwunden und er trug eine schlichte, aber saubere Tunika. Die Begegnung zwischen Evaine und ihm im Wald von Surrey schien wie ein übler Traum.

Meredith umklammerte Evaines Hand noch fester, als sie vor

die Pforte der Kirche traten. Er begegnete ihrem Blick aus ernsten blauen Augen, denen so ganz das schelmische Funkeln fehlte, das Evaine von ihm kannte. Der Kaplan begrüßte die Gesellschaft und begann die Zeremonie, indem er seine Worte an Evaine, die Stellvertreterin ihres Vaters, richtete.

»Wer gibt dieses Weib in die Ehe?«

»Ich, Evaine von Allingham, Godricsdotter, tue das«, antwortete sie mit fester Stimme. Sie wandte sich zu Meredith um und gab ihr einen Kuss auf jede Wange.

»Gott schütze dich«, flüsterte sie. Dann löste sie ihre Hand aus Merediths und ihre Schwester trat über die am Boden verstreuten Blüten zu Alric und dem Kaplan unter den bekränzten Baldachin. Lautlos zog Evaine sich einige Schritte zurück und blieb allein stehen.

Leofric schlug das Kreuzzeichen und fing mit einem Gebet an, in dem er Gottes Segen für das junge Paar und die ganze Hochzeitsgesellschaft erbat.

Beklommen beobachtete Evaine den Beginn der Trauung. Sie kam sich auf einmal schrecklich einsam vor.

»Habt ihr das *handgeld*, wie ihr es geschworen habt?«, fragte Leofric den Bräutigam.

Üblicherweise begann die Hochzeit mit dem Austausch von *handgeld* und *brydgeld*, so wie es bei den Hochzeitsverhandlungen vereinbart worden war. Doch diesmal hatte es keinerlei Verhandlungen gegeben.

Evaine schüttelte mit dem Kopf. Verwirrt blickte der Kaplan zu ihr herüber und sie bedeutete ihm mit einer hektischen Geste, fortzufahren. Haspelnd wollte er das tun, als Alric antwortete.

»Ja, das habe ich.«

Er zog eine silberne Brosche aus seiner Gürteltasche und reichte sie Evaine mit undurchdringlicher Miene. Sie war hübsch und die abgegriffene Patina sprach dafür, dass es ein Erbstück seiner Familie war. Verglichen mit dem, was Godric damals von Cædmon erhalten hatte, schien es nichts. Und doch wusste Evaine, dass die Brosche Alric unendlich viel mehr bedeutete, als Cædmon all sein Geld. Widerstrebend nahm sie das Schmuckstück entgegen. Sie konnte es nicht ausschlagen, ohne seine Ehre zu verletzen. Eines Tages würde sie die Brosche Alrics und Merediths gemeinsamen Kindern schenken.

»Habt ihr das *brydgeld* mitgebracht, so, wie ihr es geschworen habt?«, richtete Leofric sich nun an Evaine.

Evaine nickte ernst und holte den schweren Lederbeutel aus der Tasche ihres Kleides hervor und trat zu Meredith.

»Ich gebe dir dies, das *brydgeld*. Es ist dein Eigentum. Behalte es für den Rest deines Lebens.«

Sie ließ den Beutel in Merediths ausgestreckte Hände gleiten und sah das Erstaunen in ihrem Gesicht, als sie dessen Gewicht spürte. Er beinhaltete ein kleines Vermögen an Gold und Silber. Ein Besitz, der nur Meredith allein gehören würde und sie in gewisser Weise unabhängig von Alric machte. Es garantierte ihr und ihren Kindern Schutz, sollte er sie je verstoßen oder sich von ihr trennen. Evaine hatte diesen Beutel bei ihrer Hochzeit von ihrem Vater bekommen, aber nie auch nur einen *pening* entnommen. Es war Evaine, als würde die Geste sie mit ihrem Vater verbinden.

Sie trat wieder zurück.

Leofric fuhr mit einem weiteren Segen fort. Anschließend zog Alric auf Leofrics Aufforderung einen Dolch aus seinem Gürtel.

»Ich gebe dir die Waffe meiner Ahnen«, sagte er zu Meredith. »Nimm sie und bewahre sie für unsere eigenen Söhne.«

Meredith streckte die Hände aus und Alric legte den schlicht gearbeiteten Dolch hinein. Dann reichte sie ihn an Winnie weiter, die ihn für sie festhielt.

Bei ihrer Hochzeit mit Cædmon hatte Evaine von ihm ein mit Gold und Edelsteinen verziertes Schwert erhalten, das seit den Tagen *Cyning* Ælfreds im Besitz seiner Familie gewesen war. Doch sie hatte nie Söhne von ihm empfangen und es ihm bei ihrer Scheidung zurückgegeben. Evaine vermutete, dass niemand in Alrics Familie je ein eigenes Schwert besessen hatte.

Evaine blickte sich zu Arnaud um und winkte ihm, damit er seinen Einsatz nicht verpasste. Eilig kam er heran und balancierte dabei ein langes Schwert auf einem grün bestickten Kissen. Evaine schob ihn weiter in Richtung des Brautpaares. Feierlich präsentierte er Meredith das neue, nie benutzte Schwert. Der Griff war aufwendig mit Elfenbein verziert und in die Klinge war der Spruch *Auxilio Dei*, mit Gottes Hilfe, eingraviert.

»Alric, um uns zu schützen, musst du eine Waffe tragen. So nimm dieses Schwert, als Waffe wider unsere Feinde und zum Schutz unseres Heimes.«

Mit diesen Worten übergab Meredith das Schwert an Alric. Evaine hatte Cædmon ein ebensolches Schwert mit den gleichen Worten überreicht. Ihr Vater hatte beide Schwerter lang vor ihrer Hochzeit für sie machen lassen. Als Evaine es von Cædmon zurückbekommen hatte, hatte sie es im Slán River versenkt. Sie hoffte, dass dieses Meredith mehr Glück bringen würde.

Dem Austausch der Waffen folgte die Segnung der Ringe und schließlich endete die Zeremonie mit dem Tausch der Ringe.

»Mit diesem Ring nehme ich dich zur Frau«, sagte Alric. Er nahm Merediths Hand und schob den schmalen Goldring über ihren Ringfinger. Als seine Hand ihre berührte, zeigte sich auf seinem Gesicht zum ersten Mal der Anflug eines Lächelns, das Meredith schüchtern erwiderte.

»Mit diesem Ring nehme ich dich zum Mann«, sagte Meredith und steckte ihm den anderen Goldring auf. Das Lächeln in ihren Gesichtern vertiefte sich. Alric ergriff ihre Hände und sah ihr in die Augen, während Leofric die Arme ausbreitete und einen abschließenden Segen sprach. Dann waren sie Mann und Frau. Ohne einen weiteren Moment abzuwarten, zog Alric Meredith an sich und küsste sie stürmisch. Begeisterter Jubel brandete auf. Als er sich von Meredith löste, zeigte sich auf ihren Gesichtern endlich das strahlende Lächeln, auf das alle gewartet hatten und das Evaine die Hoffnung gab, dass nun vielleicht alles gut werden würde.

Nach der Trauung traten sie in die Kirche, wo eine Messe die Zeremonie abschloss. Dann erst zogen sie gemeinsam zurück zur *burh*, wo das Hochzeitsfest begann.

»Mögen eure Freuden so strahlend sein wie der Morgen, eure Jahre der Freude so zahlreich wie die Sterne am Himmel und eure Sorgen bloße Schatten, die im Licht der Liebe schwinden.« Evaine küsste Meredith auf beide Wangen und umarmte sie. Es war der gleiche Segenswunsch, den ihr Vater ihr an ihrer Hochzeit gesagt hatte.

Evaine umarmte Alric ebenfalls, während sie ihm dasselbe wünschte. Er dankte ihr mit einem höflichen Nicken, als wären sie Fremde. Und wirklich sah sie in dem Mann vor ihr kaum etwas von dem Alric, den sie kannte. Seine Augen waren hart und irgendwie leer, als hätte jemand die Wärme und Leichtigkeit geraubt, die früher darin gestrahlt hatten.

»Ich bin so froh, dass ihr beide euch entschieden habt, diesen Tag hier zu feiern«, sagte sie ehrlich. »Es ist ein guter Anfang.«

Aus Alrics Gesicht verflog auch die kleinste Andeutung eines Lächelns und seine Augen wurden noch eine Spur härter.

»Dass ich heute hier bin, ändert gar nichts.«

Erschrocken sah Evaine zu Meredith. Doch sie wurde gerade so überschwänglich geherzt, dass sie es glücklicherweise nicht gehört hatte.

»Es ändert schon eine Menge«, erwiderte Evaine leise und genauso bestimmt wie Alric, »denn jetzt hast du eine Familie.«

Alric verengte die Augen zu Schlitzen.

»Du weißt genau, was ich gemeint habe.«

Falls sie es nicht gewusst hätte, so ließ der drohende Blick hinüber zu Robert keinen Zweifel. In einer Gruppe mit Gérard und einigen Rittern stand er am Rand des Festes, eindeutig unsicher, ob er nun dazugehörte oder nicht.

»Ich weiß sehr wohl, was du gemeint hast.« Sie bemühte sich, ruhig zu bleiben. »Hoffentlich bist du dir auch darüber im Klaren, was ich gemeint habe.«

Er hatte sich nun einmal für Meredith und sein Kind entschieden. Und er würde die Konsequenzen dieser Entscheidung tragen müssen. Von nun an musste das Wohl seiner Familie über allem anderen stehen. Sie hatte plötzlich Zweifel, dass er das verstanden hatte.

»Worüber ist Alric sich im Klaren?« Meredith hatte die Frau abgewimmelt. Neugierig und gänzlich unbeschwert ging ihr Blick zwischen Evaine und Alric hin und her. Evaine setzte ein strahlendes Lächeln auf.

»Hoffentlich ist er sich darüber im Klaren, wie viel Glück er hat«, sagte sie. »Wie viel Glück ihr beide habt.«

»Und, bist du's?«, lachte Meredith und sah zu ihm auf.

»Natürlich«, sagte er an Evaine gewandt, »und ich werde gut auf sie achtgeben.«

Als sich die Nacht über den Hof senkte, hob sich die Stimmung. Mal für Mal prosteten sie dem glücklichen Paar mit *mead* zu und Mal für Mal trank Evaine auf die beiden. Es sollte Glück und Fruchtbarkeit bringen. Zumindest brachte es am nächsten Morgen Kopfschmerzen. Während eines ganzen Monats, dem *henigmonath,* sollte das Brautpaar nichts anderes trinken. Aber das schaffte wohl kaum einer.

Trommeln lockten mit ihrem Rhythmus zum Tanz, begleitet von Gesang und Leier. Es war ein bunter Reigen aus Mädchen und Burschen aus dem Dorf. Nur einzelne Normannen hatten es gewagt, sich darunterzumischen, die meisten beobachteten das Spektakel von abseits.

Die Tanzenden wirbelten im Kreis um die großen Feuer. In diesen Stunden der Nacht schienen alle Sorgen vergessen. Evaine selbst spürte, dass ihre Füße leise den Takt mitklopften, während sie Meredith und Alric beobachtete, wie sie mit den anderen um die Flammen sausten. Licht und Schatten huschten abwechselnd über ihre lachenden Gesichter und ließen keinen Zweifel daran, dass sie glücklich waren. Zumindest heute. Sie dachte erneut an ihren Segenswunsch und hoffte von Herzen, dass er sich erfüllen möge. Alrics Worte hatten daran großen Zweifel gesät.

Evaine wandte sich ab, um sich ein Stück Brot von den noch immer vollen Tafeln zu holen. Sie hatte bereits drei Becher *mead* getrunken und traute sich selbst nicht mehr ganz über den Weg. Besser, sie füllte ihren Magen mit mehr als den berauschenden Getränken. Dabei konnte Evaine nicht verhindern, dass ihr Blick auf der Suche nach Robert über den Hof schweifte.

Den ganzen Abend über hatte sie kaum mit ihm gesprochen. Er hatte sich im Hintergrund gehalten, bei der Trauung, beim Essen und beim Fest. Einerseits war sie froh. Seine Gegenwart machte Alric und seine Freunde sichtlich nervös. Aber Robert hatte alles getan, sie weder zu kränken noch ihnen zu sehr ins Auge zu fallen. Auch dafür war sie ihm dankbar. Dennoch fühlte sie sich einsam. Irgendwie war sie schon den ganzen Tag allein. Aber sie konnte ihn nirgends entdecken. Die meisten seiner Leute waren bereits gegangen. Es war und blieb ein angelsächsisches Fest. Und sie waren dabei nur Zuschauer. Wahrscheinlich war er ebenfalls gegangen.

Sie beschloss, auch ins Bett zu gehen. Als sie durch die Dunkelheit zurück zur Halle wankte, merkte sie, dass sie bereits ein wenig unsicher auf den Beinen war. Ihr Kopf war erfüllt vom Dröhnen der Trommeln, von der fröhlichen Melodie und dem Gelächter der Feiernden. Die starken Wände der Halle dämpften den Lärm des Festes zu einem fernen Echo. In der einen oder anderen Ecke der Halle erklang bereits das Schnarchen von normannischen Rittern, die dem Wein zu gut zugesprochen hatten. Evaine versuchte leise zu sein, doch sie stieß polternd gegen Bänke und stolperte über ihre eigenen Füße.

Endlich kam sie an der Tür ihres Zimmers an. Zögernd lag ihre Hand auf der Klinke. Auch darin wäre sie allein. Zum ersten Mal in ihrem Leben würde sie gänzlich allein schlafen. Seit sie denken konnte, teilte sie ein Zimmer mit Meredith, erst eine Nische im Zimmer ihrer Eltern, dann eine eigene Kammer. Sie konnte sich an keine einzige Nacht erinnern, in der sie ganz allein geschlafen hatte. Ohne den beruhigenden Klang eines anderen Atems, die vertrauten Geräusche eines sich im Schlaf wälzenden Körpers. Von nun an wäre sie jede Nacht allein. Die Einsamkeit schlug über ihr zusammen wie ein dunkles Gewässer und erstickte sie fast. Heraus kam nur ein Laut, halb Schluchzer, halb Seufzer. Sie ließ den Kopf gegen ihre Zimmertür sinken, während ihr Tränen über die Wangen liefen.

»Ist alles in Ordnung?« Erschrocken wandte sie sich um. Sachte schloss sich eine Zimmertür und dann löste sich Roberts vertraute Gestalt aus dem Halbdunkel. Er hatte dem Brautpaar für diese Nacht das herrschaftliche Zimmer zur Verfügung gestellt und würde heute in einem der Gästezimmer schlafen. Direkt neben ihrem.

»Geht es dir nicht gut?«, fragte er, als er keine Antwort erhielt, und kam langsam näher.

»Doch, es … es ist alles …« Sie schaffte es nicht, die Fassade aufrechtzuerhalten.

Den ganzen Tag über hatte sie eine Miene ungetrübter Fröhlichkeit aufgesetzt, wenngleich die Sorgen wegen Alric und ihrer eigenen Einsamkeit an ihr nagten. Jetzt schaffte sie es nicht mehr. Sie war zu müde, zu traurig und zu benebelt vom *mead.*

»Ich bin so schrecklich einsam«, flüsterte sie. »Es ist, als würden mich alle verlassen. Mein Vater, Meredith …«

»Und ich?« Seine Stimme war leise und betroffen.

»Du auch.«

Obwohl er direkt vor ihr stand, hatte der Mann, der jede ihrer Sorgen geteilt hatte, dem sie alles anvertraut hatte, sie verlassen.

Er trat zu ihr.

»Das stimmt nicht«, murmelte er und griff im Dunkel nach ihrer Hand. »Ich bin immer für dich da.« Es war Balsam für ihre wunde Seele.

»Immer«, flüsterte er. Auch seine Aussprache war weich und verwaschen vom Wein. Seine Worte erinnerten sie daran, dass sie noch keine Zeit gefunden hatte, ihm zu danken. Sie wusste nicht, was sie ohne ihn getan hätte.

»Danke«, entgegnete sie, »für alles, was du für Meredith und Alric getan hast.«

»Ich wollte dich glücklich machen. Du warst so unglücklich.« Er strich mit der Hand über ihre Wange. Die Sehnsucht nach ihm war mit einem Mal erdrückend. Sie neigte die Wange gegen seine Hand, kostete jeden Moment der Berührung aus. Auch wenn es kurz war, wenn es nur dieser Augenblick war … sie brauchte ihn so dringend …

»Ich würde alles tun, um dich glücklich zu machen.« Sie konnte seinen Atem auf ihrer Wange spüren und den Duft des Weins riechen, den er getrunken hatte. Ihre Beine wurden so wackelig, dass sie sich gegen die Wand hinter ihr lehnen musste. Unmerklich verringerte er noch einmal den Abstand zwischen ihnen, bis ihre Körper sich beinahe berührten.

Sein Atem beschleunigte sich mit jedem Zug, als kämpfte er gegen etwas an. Seine Augen versanken in ihren, schürten die Hitze in ihrem Innern.

Wie von selbst lag ihre Hand auf seinem Rücken. Sie konnte seine Anspannung fühlen, wie sich sein Körper straffte in stummem Widerstand gegen das, was ihn so unausweichlich zu ihr zog. Seine Hand taste weiter über ihrer Wange, vergrub sich in ihre Locken.

Und dann verlor er der Kampf.

Er küsste sie. Heiß und verlangend stieß seine Zunge in ihren Mund. Sie schmeckte ihn und den Wein. Es war anders als beim letzten Mal. Wilder, heftiger, beinahe unkontrolliert. Sie fühlte sich mitgerissen, überwältigt von ihren Gefühlen klammerte sie sich an ihn. Er presste sich an sie, als könnte er ihr nicht nah genug sein. Stöhnend löste sich sein Mund von ihrem. Er zerrte den Schleier von ihrem Kopf und vergrub das Gesicht an der entblößten Haut ihres Halses. Seine Hände glitten an ihrem Körper entlang und erkundeten ihre Brüste unter dem Stoff des Kleides, bis sie seufzte. Sie keuchte vor Lust und dem Verlangen, seine Berührung auf ihrer nackten Haut zu spüren. Sie fuhr mit den Händen an seinem Rücken entlang und nestelte an den Bändern seiner Tunika. Sie wollte ihn fühlen, seine Haut berühren. Doch er hatte keine Zeit dafür. Seine Hände glitten tiefer und legten sich auf die Rundungen ihres Hinterns, rieben ihre Hüften an seinen, bis sie seine harte Erektion fühlen konnte. Er schob ihre Röcke hoch. Roberts Finger glitten an der zarten Haut ihrer Schenkel entlang. Ihm entrang sich ein tiefes, kehliges Stöhnen, dann umfasste er ihre Schenkel und hob Evaine mit einem Ruck auf seine Hüften, presste sie gegen die Wand hinter ihnen. Sie wollte es. Sie wollte ihn in sich. Hier und jetzt! Mit hektischen Bewegungen zerrte er seine Tunika hoch und versuchte sich mit einer Hand von seiner Hose zu befreien. Evaines Finger durchwühlten sein Haar und sie zog seinen Kopf zu sich heran. Sie küsste und neckte ihn mit der Zunge. Ihr Mund glitt an seinem Hals entlang und sie leckten den feinen Schweißfilm in seinem Nacken. Sie konnte spüren, wie er eine Gänsehaut bekam, als sie an seinem Ohr knabberte. Ihre Lippen berührten die Haut unterhalb und ertasteten die feine Unebenheit der Narbe. Ruckartig riss er den Kopf hoch und sog scharf die Luft ein, als hätte sie ihn geschnitten. Seine Hände zuckten vor ihr zurück und er schubste sie beinahe von sich. Unsanft prallte sie gegen die Wand hinter ihr. Nur mit Mühe konnte sie auf den Beinen bleiben. Der enge Gang begann sich zu drehen im Rausch des *meads* und ihrer Leidenschaft. Robert wich mit ersticktem Laut zurück, die Arme hochgerissen, als hätte er ein Verbrechen begangen.

»Robert.« Sie keuchte seinen Namen und streckte hilflos die Hand nach ihm aus. Doch er schüttelte heftig den Kopf.

»Gott … ich … Evaine!«, stammelte er voller Entsetzen. »Ich … kann das nicht!«

Ungläubig starrte sie ihn an, seine Erektion zeichnete sich noch immer deutlich unter seiner Kleidung ab. Dennoch wankte er zurück, stolperte durch den Korridor, lief vor ihr davon. Ihre Beine gaben nach und sie sank auf den harten Boden. Sie begriff nichts. Gar nichts. Sie starrte ihm hinterher und wurde sich verschwommen bewusst, dass sie mitten auf dem Gang vor der Tür ihres Schlafzimmers kauerte. Allein. Sie wartete. Wartete darauf, dass das Beben der Lust in ihrem Körper nachließ und das Pochen in ihrem Kopf verebbte. Sie wusste nicht, wie lang sie so in der Dunkelheit gesessen hatte, bis ihre Beine steif wurden und die Kälte der Nacht in ihre Glieder kroch. Allmählich flaute der Sturm in ihrem Innern ab und wich dem Gefühl der Leere.

Als Evaine am nächsten Morgen erwachte, hatte sie Kopfschmerzen. Ihre Augen brannten und sie fühlte sich, als hätte ein Pferd gegen ihren Schädel getreten. Im Morgengrauen hatte sie sich in einen traumlosen Schlaf geweint. Von draußen drang Lärm zu ihr herein, der sie geweckt haben musste. Sie blinzelte in die grelle Sonne. Der Tag musste bereits weit fortgeschritten sein und versprach so warm wie der vorherige zu werden. In ihrer Kammer war es schwül und stickig und ihre Haut klebte verschwitzt an den Laken. Sie quälte sich aus dem Bett und schleppte sich zur Waschschüssel hinüber. Ihr war schlecht. Das Wasser im Krug war schon warm und erfrischte sie kaum, als sie sich damit Gesicht, Hals und Arme wusch. Sie blickte sich nach ihren Kleidern um und kämpfte dabei gegen einen Anflug von Schwindel. Das pflaumenfarbene Kleid lag zerknittert auf dem Boden. *Ich kann das nicht.* Augenblicklich wurde die Übelkeit so groß, dass sie sich in ihren Nachttopf erbrechen musste. Zitternd kauerte sie auf dem Boden vor dem Topf. *Ich kann das nicht.* Was konnte er nicht? Sie lieben? Mit ihr zusammen sein? Sie kniff die Augen zusammen, in dem Versuch, die grausame Erinnerung auszusperren. Wenn sie sich erlaubte, weiter darüber nachzudenken, würde sie verrückt. Als sie sich anschließend den Mund mit dem lauwarmen Wasser aus dem Waschkrug ausspülte, fühlte sie sich nur wenig besser. Der Lärm von draußen hielt immer noch an. Evaine hörte knallende Türen und aufgeregte Stimmen eines Streits. Sie zog sich an und zwang sich, nachsehen zu gehen.

Sie ging nach draußen und schloss die Türe. Die Hand auf

der Klinke starrte sie die Wand daneben an. Sie wollte nicht dran denken, wollte wegsehen, und doch fühlte sie sich wie gefesselt von dem unauffälligen Stück Holz. Die Erinnerung überflutete sie heiß. Er hatte sie dagegengepresst, beinahe hätte er sie so genommen, hier, mitten auf diesem Gang. Sie spürte brennende Scham deswegen. Vor allem, weil sie es sich immer noch sehnlich wünschte. Sie hatte es gewollt, jeden Augenblick, jeden Herzschlag lang. Und er auch bis … bis …

Merediths Stimme drang erregt und schrill aus Roberts Zimmer. Evaine spürte erneut Übelkeit, die nichts mit der letzten Nacht zu tun hatte. Wie eine alte Frau schleppte sie sich den Gang entlang, weil ihr Magen bei der kleinsten Bewegung zu rumoren begann. Als sie die Tür erreichte, wurde diese mit Gewalt aufgerissen und sie prallte beinahe mit Alric zusammen.

Er schubste sie grob zur Seite und stürzte in die Halle. Hinter ihm tauchte Meredith in der Tür auf. Ihre Augen waren rot verquollen von Tränen.

»Was …?«

»Er geht!«, schrie Meredith Alric hinterher. »Dann soll er das tun!«

Mit vor Zorn blitzenden Augen schoss Meredith Alric hinterher. Evaine folgte ihnen benommen und unfähig zu verstehen, was hier gerade passierte.

»Du Lügner!« Meredith attackierte ihn, sobald sie ihn erreicht hatte.

»Nenn mich nicht so! Du kanntest meine Meinung! Ich habe es dir von Anfang an gesagt!«, brüllte er zurück, die Hände zu Fäusten geballt.

»Deine Meinung? Das ist auch mein Leben!«

»Ich habe dich zu nichts gezwungen! Und ich habe dich geheiratet, wie du es wolltest. Mehr habe ich nie zugestimmt!«

Das Geschrei dröhnte schmerzhaft in Evaines Kopf. Mitten in der Halle standen sie sich gegenüber wie zähnefletschende Wölfe. Der Lärm der Auseinandersetzung zog Aufmerksamkeit auf sich.

Immer mehr Bedienstete drückten sich neugierig an den Türen herum.

»Was ist hier los?« Evaine konnte sich nicht länger zurückhalten. Sie hatten doch gestern erst geheiratet!

»Ich werde nicht hierbleiben!« Alrics Wut richtete sich nun gegen sie statt Meredith. »Dir habe ich es gestern auch gesagt!«

Sie schluckte benommen. »Ja … ich weiß …«

»Nichts weißt du!« Er ließ sie nicht zu Wort kommen. »Aber das alles ist auf deinem Mist gewachsen! Ich war dir doch niemals gut genug, nicht wahr?«

Evaine schüttelte hilflos den Kopf über seine bitteren Worte, zu elend, um seiner Heftigkeit etwas entgegensetzen zu können. Das war nicht die Wahrheit! Wovon sprach er überhaupt?

»Nur weil du dich für diesen *orc* prostituierst, glaubst du, ich würde es auch tun! Einen Dreck werde ich! Er kann sein gestohlenes Land behalten!«

Sie zuckte zusammen und spürte, wie alles Blut aus ihren Wangen wich. Wie konnte er so über sie sprechen? Seine Verachtung betäubte sie wie ein Schlag ins Gesicht. Dennoch dämmerte ihr, dass er Roberts Charta meinte. Er wollte das Land nicht. Aber Meredith schon. Sie erinnerte sich an die Tränen der Freude in ihren Augen. Unter den Mägden entstand empörtes Gemurmel.

»Halt meine Schwester da raus!« Meredith stemmte die Hände in die Hüften.

»Nein! Wer hat meinen Bruder da rausgehalten? Oder meinen Vater?«

Evaine verstand endgültig kein Wort mehr.

»Deinen Bruder?«

»Ja!« Alric wirbelte erneut zu ihr herum. »Er ist tot! Genau wie mein Vater!« Eine dicke Zornesader pulste auf seiner Stirn und die Sehnen an seinem Hals traten hervor. »Während du diesem Arsch den Schwanz poliert hast, sind sie gestorben! Im Dreck, mit einem von deren Schwertern zwischen den Rippen!«

»HÖR AUF!« Evaine schrie aus Leibeskräften zurück, während ihr Schädel sich anfühlte, als würde er zerspringen. »Hör auf, so mit mir zu reden! Du bist nicht der Einzige, der gelitten hat! Ich habe auch meinen Vater verloren!«

Alric verzog das Gesicht zu einer höhnischen Grimasse.

»Gelitten? Du? Lag dein Vater in deinen Armen, als er starb? Hast du mit blutverklebten Händen versucht, seine zerrissenen Gedärme wieder in das Loch in seinem Leib zu stopfen, während er dich dabei ansah? Musstest du ihn dann da liegen lassen? Für die Aasfresser? Und hast du zugesehen, wie der Leichnam deines Bruders bei Hastings von Pferden zertrampelt wurde, während der deines Vaters noch nicht von den Geiern verdaut war? Ja?«

Evaine schauderte vor dem Bild, das seine Worte heraufbeschworen. Sie konnte den Blick nicht von Alrics Augen abwenden. Sie begriff das ihr so fremde kalte Glitzern darin. Hass, Trauer und namenloses Entsetzen. In der ganzen Halle wagte niemand zu atmen. Nur das stille Echo von Alrics Worten hing in der Luft.

»Deine Schwester lebt!«, schrie er und deutete mit dem Arm auf Meredith. »Und meine? Meine Mutter? Gott war gnädig, als er sie endlich sterben ließ!«

Jetzt rannen Tränen über seine Wangen. Evaines Brust war so eng, dass sie kaum noch Luft holen konnte.

»Und du erwartest, dass ich dem da die Treue schwöre?« Er wies auf die Tür. Ohne hinzusehen, wusste Evaine, dass Robert im Eingang stand.

»Nie! NIE! Hörst du?« Dann endlich wandte er sich seiner Frau zu. »Du hast an Ostern gesagt, du gehst mit mir fort. Also: Kommst du nun mit?«

Auch ihr Gesicht war tränenverschmiert und sie zitterte. In einer schützenden Geste schlang sie die Hände um ihren Leib und hielt seinem Blick einen Moment lang stand. Dann sprach sie klar und fest: »Nein.«

Alrics Unterlippe bebte. Sie anstarrend öffnete und schloss er seine Fäuste.

Meredith holte tief Luft.

»Ich verstehe deinen Schmerz. Aber ich werde dir nicht dabei helfen, wie du dein Leben wegwirfst. Keiner von ihnen hätte das gewollt.«

»Erzähl mir nicht, was sie gewollt hätten!«

Neue Tränen quollen aus ihren Augen. Doch sie schüttelte weiter hartnäckig den Kopf.

»Dann bleib, mir zuliebe.«

Er atmete heftig ein und aus, als zögerte er noch. Dann traf er seine Entscheidung. Ruckartig drehte er sich um und stürmte zur Tür. Evaines Blicke folgten ihm wie betäubt. Von Meredith erklang nur ein ersticktes Schluchzen.

Robert hatte bisher keinen Ton gesagt und dem ihm unverständlichen Streit mit finsterer Miene zugesehen. Er sah ebenfalls schlecht aus, fahl und blass, seine Augen gerändert. Evaine wandte den Blick von seinem Gesicht ab, weil sie es nicht ertrug.

Als Alric auf ihn zugestürmt kam, streckte er in einer Geste der Beschwichtigung die Hand aus, um ihn zurückzuhalten. Doch die Berührung war endgültig zu viel für Alric. Jäh holte er aus und schlug ihm ins Gesicht. Es knirschte laut, als seine Faust auf Roberts Kiefer traf, und Robert taumelte überrascht zurück, bis er gegen den Türrahmen prallte. Einige der Mägde kreischten erschrocken auf.

»Fass mich gefälligst nie mehr an!«, brüllte Alric herausfordernd, als warte er nur auf Roberts Erwiderung. Für einen entsetzlichen Moment glaubte Evaine, Robert würde sich nun ebenfalls hinreißen lassen. Er ballte die Rechte zur Faust, doch er rührte sich nicht. Dann war Alric fort.

Ein mühsam unterdrückter Schrei hinter ihr riss Evaine aus ihrer Starre. Meredith presste die Hand vor den Mund, als wollte sie sich jedes Geräusch mit Gewalt verbieten. Evaine schloss sie in die Arme. Sie gab keinen Mucks mehr von sich. Niemand sagte auch nur ein Wort. Mitten in der erdrückenden Stille meinte Evaine das leise knackende Geräusch zu hören, mit dem ihr Herz brach.

Es klopfte an der Tür. Evaine sah zu Meredith, doch ihre Lider blieben geschlossen und sie lag unbeweglich auf dem Bett in ihrem gemeinsamen Zimmer. Sie hatte den ganzen Tag über geschluchzt und sich durch nichts und niemanden trösten lassen. Dann, gegen Abend, hatten der beruhigende Tee, der Schlafmangel der letzten Nacht und die Belastung der Schwangerschaft ihren Tribut gefordert und sie war endlich eingeschlafen. Lautlos huschte Evaine zur Tür, damit ein zweites Klopfen sie nicht weckte. Sie öffnete einen Spalt und glitt nach draußen. Es war Robert. Alrics Kinnhaken hatte einen leuchtenden Bluterguss hervorgerufen. Die einzige Farbe in seinem fahlen Gesicht.

»Können wir reden?«, fragte er.

Beim letzten Mal hatte sie sich dringend gewünscht, er würde mit ihr reden. Jetzt hatte sie Angst davor. Sie nickte wortlos. Er ging vor zu seinem Zimmer und sie folgte ihm.

Am Bücherregal ihres Vaters blieb sie stehen, den Rücken zu ihm gewandt. Sie war sich nicht sicher, ob sie es schaffte, ihn anzusehen und gleichzeitig ihre Fassung zu bewahren.

»Es tut mir schrecklich leid«, sagte er hinter ihr. Sie wusste nicht, ob er von Alric und der Charta sprach oder von der letzten Nacht. »Alles.«

Sie schluckte. Er wartete einen Moment auf ihre Erwiderung, aber sie konnte nichts sagen. Der Schmerz war ungeheuerlich. Er reichte für eine Woche, einen Monat, vielleicht ein ganzes Jahr.

Da sie schwieg, fuhr er fort.

»Ich wollte mit dir sprechen, weil ich dich von etwas in Kenntnis setzen muss.«

Es klang grässlich formell. Sie spürte wieder die unendliche Distanz zwischen ihnen. Dabei hatte er ihr letzte Nacht nicht nah genug kommen können.

»Ich gehe weg.«

Sie hatte keine Ahnung, was er meinte. Doch sie wollte ihn immer noch nicht ansehen, also konzentrierte sie sich auf die glänzenden Buchrücken. Ihre Finger strichen über das weiche Leder der Einbände und suchten darin die Erinnerung an die Berührung ihres Vaters.

»Ich meine, ich verlasse Allingham. Für immer.«

Ihre Bewegung gefror und ihr Herz setzte für einen Schlag aus. Sie fuhr zu ihm herum.

»Was?«

Steif stand er vor ihr, äußerlich vollkommen unbewegt. Als er sprach, war seine Stimme bar jeder Regung.

»Ich breche gleich nach Morgengrauen auf. Mit dem größten Teil meiner Männer. Gérard und ein paar weitere werde ich zu deiner Sicherheit hierlassen. Wir …«

Sie ertrug es keinen Moment länger.

»Du willst *jetzt* gehen? Ausgerechnet jetzt lässt du mich im Stich?«

Schmerz und Enttäuschung füllten jedes ihrer Worte mit Bitterkeit.

Er presste die Lippen zu einer schmalen Linie zusammen. Nur sein Adamsapfel zuckte, während er schluckte und nach einer Antwort suchte.

»Es tut mir leid, Evaine, aber …«

»ES TUT DIR LEID?« Seine Worte waren blanker Hohn in ihren Ohren und fegten den letzten Rest ihrer Selbstbeherrschung weg. »Wie oft willst du mir das noch sagen? Wie oft willst du mich noch zum Narren halten?«

Sie wollte ihn schütteln, ihn schlagen, bis er die unerträgliche Gefasstheit aufgab, bis sie einen Funken von dem Schmerz in seinen Augen sah, der ihr Inneres auseinanderriss.

»Ich halte dich nicht zum Narren. Ich …«, sein Hals und seine Wangen färbten sich rot. Nur mühsam hielt er die Fassade äußerer Ruhe aufrecht.

Evaine hingegen fühlte, wie der Schmerz über sie hinwegspülte, unfähig, ihn einzudämmen.

»Was bin ich für dich? Ein Spielzeug? Ein Zeitvertreib?«

»Natürlich nicht!«, erwiderte er ebenso heftig.

»Dann sag mir, was das alles soll!«

»Verdammt, Evaine! Ich habe deinem Vater mein Wort gegeben! Dich zu beschützen!«

Mit ungestümer Geste wischte sie seine Worte beiseite.

»Halt meinen Vater da raus! Das hier hat nichts mit ihm zu tun. Wohl eher mit deinem Vater!«

»Einen SCHEISS geb ich auf meinen Vater!«, brach es aus ihm hervor.

»Oh nein! Schön wär's! Aber du machst dir nur selbst vor du würdest ihn hassen und er wäre dir egal. Dabei buhlst du noch immer um seine Liebe. Und ich bin ihm nun mal nicht gut genug!«

Ihrer Worte waren schneidend wie Schwerthiebe. Sie wollte ihn verletzen, wie er sie verletzt hatte.

»Ich habe deinem Vater ein Versprechen gegeben! Und verdammt, ich war nicht scharf darauf, aber ich habe es nun mal getan!«

Es klang wie ein Vorwurf.

»Darum geht es gar nicht!«, schrie sie zurück.

»Und ob es darum geht! Ich soll dich beschützen! Er meinte gewiss nicht, dass ich's dir im Stehen vor deiner Zimmertür besorge!«

Sie sog zischend die Luft ein, dann gab sie ihm mit voller Kraft eine Ohrfeige. Diesmal hatte er nicht damit gerechnet und ihre Hand landete schallend auf seiner blau verfärbten Wange. Robert zuckte zusammen. Mit zusammengepressten Augen holte er Luft und stieß sie geräuschvoll wieder aus. Als er die Augen öffnete, blitzten sie so zornig, dass sie für einen Moment glaubte, er würde sie ebenfalls schlagen. Doch der Moment verging.

Sie schwiegen. Sie erschrocken über sich selbst, er sich mühsam beherrschend.

»Was willst du eigentlich von mir?«, fragte sie schließlich tonlos.

Sie suchte in seinem Gesicht nach einer Antwort. Um seine Mundwinkel zuckte es und auf seiner Wange zeigte sich der leuchtend rote Abdruck ihrer Hand.

»Ich will … nichts. Was … ich dir an Ostern gesagt habe …«, entgegnete er ausweichend, als wüsste er es selbst nicht.

»Warum tust du das dann immer wieder?« Ihre Stimme bebte. »Warum küsst du mich, warum berührst du mich? Warum liebst du mich beinahe und tust es doch nicht?«

Robert fuhr sich verzweifelt durchs Haar.

»Also, warum?«

»Gott, weil ich es nicht lassen kann!«, stieß er hervor, das Gesicht verzerrt, als verachtete er sich selbst dafür. »Weil ich verrückt werde, wenn ich nicht endlich deine Locken mit meinen Händen zerwühlen kann, wenn ich nicht bald weiß, wie es sich anfühlt, deine nackte Haut zu berühren! Ich will dich! Meinst du, ich hätte es gestern nicht gewollt? Ich …«

Er hielt inne, als hätte er viel zu viel gesagt, und wandte sich ab. Sie starrte auf seinen Rücken.

Er wollte sie. Seine Worte reichten, um das hitzige Verlangen erneut in ihr zu wecken. Aber diesmal brauchte sie mehr. Mehr als das. Etwas, das ihrer schwankenden Welt wieder Halt gab.

»Liebst du mich?«

Sein Atem stockte abrupt. Dann drehte er sich zu ihr um.

»Ob ich dich liebe?« Es klang so ungläubig, dass sie dachte, er würde nicht antworten. Aber er tat es doch.

»Natürlich.« Er sprach rau und gepresst. Sie begann zu zittern und hatte das Gefühl, im erstickenden Morast plötzlich sicheren Grund gefunden zu haben. »Ich liebe dich. Seit ich dich das erste Mal gesehen habe. Seit ich die Augen in dieser *burh* aufgeschlagen habe und du mich angelächelt hast. Ich liebe deine Wärme und deine Zärtlichkeit. Ich liebe die Hoffnung, die du in mir weckst.« Er holte verzweifelt Luft. »Ich liebe dich von ganzem Herzen.«

Sie wollte sich in seine Arme werfen und hören, dass jetzt doch endlich alles gut werden würde. Aber die Traurigkeit in seinem Blick hielt sie zurück.

»Aber das reicht nicht. Das ist nicht genug.«

»Mir ist es genug«, flüsterte sie zitternd.

Er schüttelte den Kopf, seine Augen schwarz wie ein unergründliches Gewässer, das ihre Hoffnungen verschluckte.

»Sie würden dich hassen. Alric ... mein Vater ... alle. Du würdest nirgendwo dazugehören.«

»Es wäre mir egal«, sagte sie, gegen die aufsteigenden Tränen ankämpfend. »Ich könnte lernen, ohne sie zu leben. Ich will nur dich.«

Er schnaubte verzweifelt.

»Du weißt nicht, was du da redest! Du hast nicht mal eine Ahnung, wer ich bin!«, stieß er hervor.

»Dann sag's mir! Sag's mir, denn mir ist völlig gleichgültig, was du getan hast!«, schluchzte sie.

»Aber ich kann's nicht!« Er atmete, als wollten seine Atemzüge seinen Brustkorb sprengen. »Glaub mir, es bringt mich fast um, aber ich kann's nicht!«

Er raufte sich die Haare und fuhr mit der Hand über die Narbe an seinem Hals.

»Ich kann es einfach nicht ...« Seine Stimme erstarb, erstickte an den Worten, die ihr jede Hoffnung nahmen. Er hatte ihr seine Liebe gestanden und doch war sie einsamer als je zuvor.

»Aber ich ... kann es auch nicht lassen. Und darum breche ich morgen auf.«

Evaine lag die ganze Nacht einfach nur da und wartete. Wartete, dass die letzten Augenblicke zerrannen, die sie von dem unentrinnbaren Morgen trennten. Und während sie dalag, wünschte sie beinahe, es wäre schon so weit, weil das Warten ebenso unerträglich war. Fühlte sich so ein zum Tode Verurteilter? Fühlten sich die Männer so vor einer Schlacht?

Sobald die ersten Sonnenstrahlen in ihre Kammer drangen, erhob sie sich. Diesmal brauchte sie sich nicht zu bemühen, Meredith nicht zu wecken. Als ihre Füße den rauen Holzboden berührten, blickte Meredith bereits aus glanzlosen Augen zu ihr herüber. Sie weinte nicht mehr. Sie hatte längst jede Träne vergossen. Und

Evaine selbst fühlte sich, als wäre etwas in ihr gestorben.

»Robert. Er geht. Ich habe es von den Mägden gehört.« Merediths geflüsterte Worte durchdrangen die Stille. »Es bricht einem das Herz, nicht wahr?«

Evaine nickte nur. Sie zogen sich an und gingen hinaus in den Hof. Noch war die Luft klamm und auf den Blättern glitzerten Tautropfen in der Morgensonne. Dennoch war der Hof schon von Betriebsamkeit erfüllt. Roberts Männer hatten bereits Pferde gesattelt und Karren bepackt. Er selbst gab Gérard gelassen letzte Anweisungen.

Als Robert sie erblickte, kam er auf sie zu. Der Bluterguss in seinem geschwollenen Gesicht war blaubeerfarben. Er war geschwollen und erinnerte Evaine an den Überfall im Wald von Surrey. Wahrscheinlich hatte Alric ihm jetzt schon zum zweiten Mal den Kiefer gebrochen.

»Wir sind so weit«, sagte er. »Ich habe nur noch auf dich gewartet.«

Die Augen, mit denen er sie musterte, schienen nicht seine zu sein. Es war ein ruhiger, unbewegter Blick, hinter dem er das Tosen seiner Gefühle und das Brennen seines Schmerzes verbarg.

Evaine schluckte. Sie hatte nicht zu hoffen gewagt, dass er es sich anders überlegen würde.

»Wo wollt ihr hin?«, fragte sie.

»Wir gehen nach *Bonne-foi*«, antwortete er, während er einem Stallburschen winkte, sein Pferd zu bringen.

»*Bonne-foi?*« Sie schüttelte verständnislos den Kopf. »Es gibt kein *Bonne-foi*.«

Es war ein Traum. Seiner und ihrer. Mehr nicht. Genauso unerfüllbar, wie der Traum, mit ihm zusammen zu sein.

»Ich werde eine Motte bauen lassen. In der Zwischenzeit werden wir ein paar Tage in Zelten übernachten. Das Wetter ist gut. Ich habe schon sehr viel schlechter gelagert.«

Er nahm die Zügel seines Pferdes, die der Stallbursche ihm reichte, und kraulte Daedalus abwesend an den Nüstern. Eine

Motte aus Holz. Wie sein Vater es gewollt hatte. Wie alle es von ihm erwartet hatten.

»Du wolltest es aus Stein bauen.«

Sie sagte es wie einen Vorwurf. Und irgendwie meinte sie es auch so.

»Das ist nicht der erste Traum, den ich begrabe. Glaub mir.«

Für einen Moment konnte sie das schmerzliche Zucken in seinen Augen lesen. Dann hatte er sich erneut unter Kontrolle.

»Evaine!«, Arnauds helle Stimme ließ sie herumfahren. Mit vor Aufregung aufgerissenen Augen kam er über den Hof auf sie zugerannt. Eilig lief sie ihm entgegen und ging in die Hocke, als er sich auch schon stürmisch in ihre Arme warf.

»Evaine! Wir müssen gehen!«

Sie presste ihn an sich. Der Abschied von ihm war wie eine zusätzliche Strafe.

»Ich will nicht gehen. Bitte sag *Sieur* d'Arbuste, dass wir bleiben sollen«, weinte er.

Evaine presste die Lippen aufeinander. Genau das hatte sie ihm schon gesagt! Sie wiegte Arnaud, bis sie Roberts Schritte hörte.

»Komm, Arnaud«, sagte er sanft. Seine Augen waren voll Mitleid.

Wimmernd löste Arnaud sich aus Evaines Armen und fuhr sich mit dem Ärmel über die schniefende Nase.

»Wohin gehen wir denn? S-sie haben gesagt, wir m-müssen wieder im Zelt schlafen und … d-den fiesen Eintopf essen und … und …«

»Aber nein!« Evaine hatte das Gefühl, ihr Herz würde brechen, während sie ihm voller Zuversicht zuzusprechen versuchte. »Ihr werdet eine neue Burg bauen. Nur für euch allein. Es wird sehr schön werden.«

Sie wischte ihm mit der Hand eine Träne von der Wange, doch aus seinen Augen quollen unaufhörlich weitere.

»Nein! Ich w-will hierb-bleiben!«

Robert blickte hilflos auf Arnaud.

»Arnaud, sieh mal, ich habe ein Abschiedsgeschenk für dich.«

Meredith war hinzugeeilt. Mit mattem Lächeln reichte sie ihm eine kleine Fibel, mit der sie gemeinsam Lesen geübt hatten. Doch das Geschenk ließ seinen Schmerz nur erneut aufflammen und er warf sich nun ebenso verzweifelt in ihre Arme.

Robert sah aus, als würde er ebenfalls jeden Augenblick anfangen zu heulen. Seine Lippen bebten und seine eben noch so beherrschten Augen glitzerten feucht. Evaine zog ihn am Ärmel mit sich, außer Hörweite von Arnaud.

»Bitte lass ihn hier.«

Bei ihren Worten konnte sie für einen Moment wilden Protest in seinem Gesicht auflodern sehen. Er öffnete den Mund, um etwas zu sagen, presste die Lippen dann wieder fest zusammen.

»Er braucht Ruhe. Er braucht Sicherheit und Menschen, die er kennt«, fuhr sie eindringlich fort. »Du wirst gar keine Zeit haben, dich um ihn zu kümmern.«

Er sah hinüber zu Arnaud. Bei jedem seiner herzzerreißenden Schluchzer lief ein Zucken über sein Gesicht.

»Du kannst ihn später holen kommen. Wenn …«

»Du hast recht«, sagte er brüsk.

Dann ging er, um sich selbst von Arnaud zu verabschieden. Zum Abschied trat sie mit Arnaud an der Hand an Roberts Pferd heran. Mit versteinerter Miene blickte er auf sie beide nieder. Einem plötzlichen Impuls folgend hob er Arnaud noch einmal ruckartig hoch und presste ihm einen festen Kuss auf den blonden Schopf.

»Bleib bei Evaine. Ich komme zurück. Versprochen.«

Dann setzt er ihn wieder ab, stieg auf sein Pferd und preschte über den Hof davon. Jetzt konnte Evaine ihre eigenen Tränen nicht mehr länger zurückhalten. Am Krönungsmorgen in London hatte er ihr auch versprochen zurückzukommen. Und bis jetzt hatte er jedes Versprechen gehalten.

Meredith trat neben sie und strich ihr sanft über den Arm, während sie den sich entfernenden Reitern hinterherschauten.

»*Meine Augen sind dunkel geworden vor Weinen*«, murmelte sie.

»Ich habe früher nie begriffen, was das heißt.«

Evaine konnte nur nicken.

»Gott hat uns verlassen«, sagte Meredith. Evaine ergriff ihre Hand.

»Gott hat uns nicht verlassen. Er ist treu«, flüsterte sie fest. »Vielleicht prüft er uns. Aber er hat uns nicht verlassen.«

»Aber er hat uns jede Hoffnung genommen«, erwiderte Meredith kaum hörbar.

Evaine spürte die Hand ihrer Schwester in ihrer eigenen und dachte an das Baby, das sie bekommen würde, und an den Jungen, der ihnen anvertraut worden war. Und sie blickte zu dem Mann, dessen Silhouette soeben hinter dem Slán Hill verschwand. *Ich liebe dich von ganzem Herzen.*

»Nein, nicht jede Hoffnung«, sagte sie, während Tränen ihren Blick trübten.

KAPITEL 12

BONNE-FOI, September 1067

»Wir sollten uns dringend etwas wegen Osric einfallen lassen!« Gérards laute Stimme durchdrang die Stille des kleinen Zimmers. »Hier und da einen Sack Mehl zu stehlen, ist das eine. Aber am helllichten Tag die Mühle in Redlow abzubrennen, ist etwas anderes!«

In der Tat konnte man dergleichen nicht mehr als lästiges Scharmützel abtun. Die jüngsten Ereignisse zwangen Robert, sich mit dem Problem ernsthaft auseinanderzusetzen. Allerdings hatte er keine Ahnung, wie. Nachdenklich drehte er den Becher Wein in seiner Hand und starrte durch das einzige Fenster des Turms nach draußen in die einbrechende Dunkelheit. Der Sommer war dem Herbst gewichen. Noch waren die Tage warm und mild, aber sie wurden bereits merklich kürzer.

»Bist du schon dort gewesen? In Redlow?«, fragte Robert.

»Natürlich. Mit ein paar Männern.« Gérard zuckte abwertend mit den Schultern. »Das Übliche.«

Das Übliche war eine Mauer aus Schweigen. Wann immer Osric zu einem seiner kleinen Scharmützel ausgerückt war, hatte Robert anschließend versucht, aus den ansässigen Dörflern und Bauern etwas über seinen Aufenthaltsort herauszubekommen. Aber sie schwiegen hartnäckig.

»Ich glaube sogar, dass sie es uns dieses Mal gesagt hätten, wenn sie etwas wüssten. Sie waren ziemlich aufgebracht. Osric war in Redlow nicht gerade zimperlich«, sagte Gérard.

»Was ist mit Egbert?«

»Er hat getobt wie ein wütender Stier. Aber als er mit seinen Männern ankam, war Osric längst weg. Er sagt, er hat nichts gesehen.«

»Ich werde noch einmal selbst mit ihm sprechen«, sagte Robert grimmig.

»Mach's, wenn du willst, aber das bringt auch nichts. Niemand weiß, wo Osric sich versteckt«, prophezeite Gérard düster.

»Aber irgendwer muss etwas wissen! Irgendwer versorgt ihn mit Vorräten und irgendwer hält ihn über unsere Aktivitäten auf dem Laufenden!«

Die Suche nach Osric glich der nach der Nadel im Heuhaufen. Wo immer er suchte – Osric war nicht da. Und wo er die Wachen verstärkte, blieb alles ruhig. Er konnte immer nur reagieren. Nie gelang es ihm, einem von Osrics Anschlägen zuvorzukommen

Gérard ballte erregt die Hände zu Fäusten.

»Dieser blöde Pisser meint, er braucht dich nicht mehr zu fürchten! Wahrscheinlich glaubt er sogar, er hätte dich von Allingham vertrieben und gezwungen, dich hier zu verschanzen!«

Robert unterdrückte ein zynisches Lachen. Nicht in tausend Jahren hätte Osric es geschafft, ihn von dort zu vertreiben. Er selbst hingegen hatte nur ein paar Monate gebraucht, um sich selbst zu verbannen.

»Lass ihn glauben, was er will«, entgegnete er deprimiert.

»Aber Osric ist nicht der Einzige, der das glaubt! Alle in Allingham denken so.« Gérards Miene zeigte ehrliche Besorgnis.

Robert starrte hinab auf den Hof und fühlte, wie die Bitterkeit in ihm hochstieg. Wenige Wochen hatten das mühsam erarbeitete Vertrauen der Bevölkerung in ihn zunichtegemacht. Der Bau von *Bonne-foi* und die dazu nötige Zwangsarbeit hatten das Misstrauen in ihnen hochschießen lassen wie Unkraut nach einem Regen. Abgesehen von einigen Verzweifelten hatte kaum einer von ihnen Land in *Bonne-foi* haben wollen. So erhob sich der hölzerne Wohnturm von *Bonne-foi* über einem dreißig Fuß hohen, aufgeschütteten Hügel inmitten einsamer Schafweiden. Zu seinen Füßen lag der eingefriedete Hof in völliger Stille. Ein einzelner Soldat überquerte ihn auf dem Weg zu den Pferdeställen. Eine Küche gab es immer noch nicht.

Osrics vermehrte Ausfälle untergruben Roberts Position noch weiter. Aber das Schlimmste war, dass an allem auch noch etwas Wahres dran war. Nach dem Abzug seines Vaters hatte er nur noch die Hälfte der Männer, mit denen er jetzt versuchte, zwei Burgen zu bewachen. Er war angreifbarer denn je geworden.

»Wir werden noch einmal den Wald durchkämmen«, sagte er schließlich, um wenigstens irgendetwas zu tun.

Gérard hob zu erneutem Protest an.

»Ich weiß, ich weiß! Wir haben das schon mehrfach gemacht!«, unterbrach Robert ihn schärfer als notwendig. »Aber irgendwo muss er sich ja verstecken!«

Mehr fiel ihm heute Abend nicht ein. Er war einfach zu müde. Er hatte seit Wochen nicht richtig geschlafen.

Er ließ sich wieder auf der unbequemen Bank nieder. Sie war das einzige Sitzmöbel in seinem persönlichen Zimmer und bei ihrer Ankunft im April eilig zusammengezimmert worden. Bis jetzt war er nicht dazu gekommen, sie durch eine wohnlichere Sitzgelegenheit zu ersetzen. Er stellte seinen Becher auf die aufgebockte Tischplatte. Es war nicht viel besser als die aufgebockten Schilder, auf denen er die letzten Jahre gespeist hatte. Aber er sah es nicht einmal mehr. Gérard setzte sich zu ihm, während Robert ihnen beiden nachschenkte. Robert nahm einen tiefen Schluck, doch Gérard rührte seinen Becher nicht an. Stattdessen spürte Robert seine musternden Blicke. Sie hatten sich seit Wochen nicht gesehen, obwohl *Bonne-foi* nur ein paar Stunden von Allingham entfernt lag. Alle paar Wochen besuchte Gérard ihn, wenn es wie heute Neuigkeiten gab oder sie Absprachen bezüglich ihres Vorgehens treffen mussten. Davon abgesehen sahen sie sich kaum. Robert verstand es. Man konnte nicht zu beiden Orten gehören, Allingham und *Bonne-foi*.

Und wenn er die Wahl gehabt hätte, wäre er auch nicht hergekommen.

»Hast du Lust auf eine Partie Schach?«, fragte Gérard schließlich und durchbrach damit die betrübte Stille zwischen ihnen.

Robert musste zum ersten Mal an diesem Tag ein wenig lächeln.

»Sehe ich so elend aus, dass du das freiwillig vorschlägst?«, fragte er mit hochgezogenen Brauen.

Gérard wurde rot und zuckte unbehaglich mit den Schultern.

»Um ehrlich zu sein, schon«, gestand er. »Isst du überhaupt noch was?«

Robert lehnte sich zurück an die rohe Bretterwand des Zimmers.

»Ich habe zu viel zu tun«, murmelte er. Er wusste, dass Gérard recht hatte. Das Essen war scheußlich und er aß kaum noch. Dafür arbeitet er zu viel und schlief zu wenig.

»Und dein wievielter Becher ist das heute?« Gérard wies auf den halb geleerten Becher Wein in Roberts Händen. »Der dritte? Vierte?«

Es war schon der fünfte und der Ton in Gérards Stimme ärgerte Robert.

»Geht dich das was an? Bist du meine Mutter? Oder mein Beichtvater?«, fragte er unwirsch und kippte den Rest des Weins demonstrativ hinunter.

Gérard zog eine Augenbraue hoch und schnaubte.

»Gut. Es geht mich wirklich nichts an. Und ich habe bisher gedacht, du fängst dich von selbst irgendwann. Aber inzwischen sind fast fünf Monate vergangen.«

»Ich bin schon in Ordnung!«, entgegnete Robert heftig.

»Und warum schüttest du dich dann jeden Abend zu?« Gérard ließ nicht locker.

»Hör auf, ja? Das geht dich einen Scheiß an!«

Robert hätte es ihm einfach sagen können. Aber er wollte nicht, weil er sich von ihm nicht vorschreiben ließ, wie er sein

Leben lebte. Leben! Als ob das, was er hier tat, überhaupt diesen Namen verdiente. Er arbeitete den ganzen Tag bis zum Umfallen und abends trank er mehr, als gut für ihn war. Wenn er es nicht tat, machte er die ganze Nacht kein Auge zu. Und auch so schlief er kaum. Sobald er zur Ruhe kam, fragte er sich, wie es so weit hatte kommen können. Er hatte alles gehabt. Für einige kostbare Monate hatte er alles gehabt, was er sich je vom Leben gewünscht hatte. Und dann war ihm alles entrissen worden.

»Was gibt es sonst Neues?«, fragte er in dem Versuch, das Thema zu wechseln.

Statt einer Antwort musterte Gérard ihn eindringlich. Robert mied seinen Blick und beobachtete, wie sich die Schatten der Abenddämmerung im Zimmer ausbreiteten. Es war nicht besonders groß, lag unter dem Dach des Wohnturms und diente ihm als persönliches Gemach. Die große Halle nahm die ganze untere Etage des hölzernen Turms ein. Robert hielt sich nur während der Mahlzeiten mit den Männern unten auf, aber selbst dabei fühlte er sich wie ein Fremder. Stattdessen verbrachte er die meiste Zeit hier oben.

»Wie geht es ihr?«, sagte Gérard schließlich. »Das willst du doch wissen, oder?«

Robert schwieg, obwohl er genau diese Frage seit Gérards Ankunft mühsam zurückhielt.

»Es geht ihr gut. Zwar bin ich nicht gerade derjenige, dem sie ihr Herz ausschüttet, aber ich glaube, sie vermisst dich ebenfalls.«

Robert dachte pausenlos an sie. Ihr Lächeln. Ihre Augen. Aber nicht einmal in seinen Gedanken erlaubte er sich, ihren Namen auszusprechen, aus Angst, die Sehnsucht würde dann so groß werden, dass er sich auf sein Pferd setzen und zurück nach Allingham reiten würde. Stattdessen blieb er, wo er war. Wie zynisch. Früher hatte er von einer eigenen Burg geträumt. Von Land, das ihm gehörte. Jetzt hasste er jeden Augenblick, den er in der Einsamkeit des schäbigen Holzturms verbringen musste. Er fühlte sich in seiner eigenen Burg wie ein Verstoßener. Wütend schleuderte er den leeren Becher durch das zugige Zimmer, bis er an den Holzbohlen der gegenüberliegenden Seite klirrend zerschellte.

Gérard zuckte zusammen und schüttelte dann hilflos den Kopf.

»Bist du sicher, dass du hier nicht einen großen Fehler machst, Robert?« Mitfühlend klopfte Gérard ihm auf die Schulter. »Evaine ist nicht Melisande.«

Nein. Sie war ganz und gar nicht wie Melisande. Sie war warm und weich, wo Melisande hart und kalt war. Sie war mitfühlend und hilfsbereit und stark und mutig und in allem das komplette Gegenteil von Melisande. Aber das spielte keine Rolle.

»Für dich ist das Leben immer einfach, nicht wahr?«, entgegnete Robert und stand auf. »Für dich ist alles schwarz oder weiß!« Schon während er sprach, wusste er, wie unfair es war, seinen Zorn und seine Verzweiflung an seinem Freund auszulassen. Doch er hatte den Schmerz schon zu lang in sich vergraben und der Wein tat sein Übriges hinzu. »Aber mein Leben ist nun mal nicht so einfach! Verstehst du? Es gibt so etwas wie Pflichten, verdammt! Und nicht jeder kann einfach tun, was er will!«

Jetzt erhob sich Gérard ebenfalls und in seinen gutmütigen Augen flammte Empörung auf.

»Ja, genau. Mein Leben ist immer einfach!«, höhnte er. »Weil ich noch nie einen Menschen verloren habe, den ich geliebt habe. Weil ich noch nie Schuldgefühle hatte. Schuldgefühle, weil ich der Einzige bin, der überlebt hat! Schuldgefühle, weil sie alle gestorben sind, während ich immer noch lebe! Weil ich sie verlassen habe, um ein Leben zu führen, als ob es sie nie gegeben hätte! Weil ich mit jedem Tag seltener an sie denke und es kaum noch schaffe, ihre Gesichter vor mir zu sehen! Ja, mein Leben war immer einfach!«

Betroffen starrte Robert ihn an, indessen seine Worte durch das Zimmer hallten. Gérard bebte und hatte die Hände zu Fäusten geballt. In den langen Jahren, die sie zusammen verbracht hatten, hatte er seinen Freund selten so wütend gesehen.

Robert schluckte heftig.

»Bitte verzeih mir. Ich bin ein Arschloch«, sagte er und hörte plötzlich selbst, wie verwaschen seine Stimme klang.

»Ja, das bist du!«, entgegnete Gérard immer noch gereizt. »Und meiner Meinung nach machst du gerade den beschissensten Fehler deines Lebens. Aber es ist dein Leben, verdammt! Also mach damit, was du willst.«

Dann wandte er sich um und stapfte zur Tür.

»Willst du jetzt etwa noch zurück? Es wird schon dunkel«, rief Robert ihm hinterher.

Abwartend blieb Gérard in der Tür stehen.

»Du kannst doch über Nacht bleiben. Ich … brauche dringend ein wenig Gesellschaft.«

Es fiel ihm schwer, es zuzugeben, aber die bedrückende Einsamkeit nagte unentwegt an ihm.

Gérard stieß ein frustriertes Schnauben aus. »Also schön. Ich bleibe. Aber zum Kuscheln musst du dir jemand anderen suchen.«

»Was hat er dazu gesagt?«, fragte Evaine, als Gérard am nächsten Tag nach Allingham zurückkehrte. Sie war im Obstgarten hinter der Küche damit beschäftigt, die Ernte der Pflaumen zu überwachen. Flink wie Eichhörnchen und mit großer Begeisterung kletterten Arnaud und Ælfgifus Sohn Tofi in den Bäumen herum und füllten die Eimer, die Ælfgifu und Winnie ihnen anreichten.

»Er wird sich darum kümmern«, entgegnete Gérard und griff nach einer schönen blauen Pflaume, ehe Evaine ihm auf die Finger schlug.

»Für dich gilt das Gleiche wie für Tofi und Arnaud«, warnte sie ihn. »Während des Pflückens wird nicht gegessen!«

Er grinste sie frech an und nahm dann einen saftigen Bissen. »Mit dem Unterschied, dass ich vor deinen Schlägen keine Angst habe«, nuschelte er mit vollem Mund.

Evaine schüttelte missbilligend den Kopf und kehrte wieder zu ihrem Gespräch zurück.

»Und inwiefern wird er sich darum kümmern?«

Gérard zuckte schmatzend mit den Schultern und schluckte den Bissen dann hinunter.

»Das hat er sich noch nicht überlegt. Aber solang wir nicht wissen, in welches Versteck diese Ratte sich verkrochen hat, können wir ihr Nest auch nicht ausräuchern.«

Er puhlte den Stein aus seiner angebissenen Pflaume.

Was in Redlow passiert war, hatte Evaine zum ersten Mal wirkliche Angst eingejagt. Bisher waren Osrics Unternehmungen mehr dazu da gewesen, Robert zu ärgern und ihm das Leben schwer zu machen. Aber die Mühle abzubrennen war nicht nur ein Angriff auf Robert, sondern auch auf Egbert und ganz Redlow gewesen. Bei dem Versuch, ihr Hab und Gut zu verteidigen, waren der Müller und sein Sohn umgebracht und einige andere Dörfler übel zugerichtet worden. Osrics Botschaft war klar. Er würde nicht nur gegen Normannen vorgehen, sondern auch gegen jeden, der sich auf deren Seite geschlagen hatte. Sie wandte sich wieder Gérard zu, der sich in der Sonne an eine volle Pflaumenkiste gelehnt hatte und Arnaud und Tofi bei ihrer Arbeit beobachtete. Gerade hatte Arnaud Tofi mit einer halb faulen Pflaume beworfen, die anschließend unter großem Geschrei auf Winnie gelandet war.

»Und … was gab es sonst noch?«, hob Evaine zögerlich an.

Gérard verzog genervt das Gesicht.

»Könnt ihr beiden nicht geradeheraus sagen, was ihr wissen wollt?«, murmelte er mit einer weiteren Pflaume im Mund. »Er vermisst dich. Ich weiß nicht, ob dich das tröstet, aber er sieht hundeelend aus.«

Evaine blickte ihn an, während der schmerzhafte Druck in ihrer Brust zunahm. Sie hatte ihn nicht nach Robert fragen wollen. Aber offenbar konnte er ihr ansehen, dass sie es trotzdem wissen musste.

»Und wieso sollte mich das trösten?«, fragte sie verbittert. Sollte sie sich jetzt freuen, dass es ihm schlecht ging? Sollte es ihr eigenes Elend lindern? Oder sollte sie gar Mitleid mit ihm haben?

Doch sie fühlte nichts von all dem. Vielmehr kam es ihr sinnlos vor, dass sie beide unglücklich waren. Nur weil er sich verzweifelt an etwas gebunden fühlte, das sie nicht einmal verstehen konnte. Wieso fühlte er sich seinem Vater und seiner Familie immer noch verpflichtet?

Den ganzen Sommer über hatte sie gehofft, dass er seine Meinung ändern würde. Aber der Sommer neigte sich dem Ende zu und ihre Hoffnung schwand mit jedem kürzer werdenden Tag.

Grimmig machte sie sich daran, einen Eimer Pflaumen zu sortieren. Gérard beobachtete sie eine Weile, wie sie missmutig mit dem Obst hantierte.

»Ich weiß es auch nicht«, sagte er schließlich. »Aber vielleicht hilft es dir zu wissen, dass er nicht leichtfertig gegangen ist. Er leidet mindestens so sehr wie du.«

Sie brachte nur ein höhnisches Schnauben zustande und pfefferte eine schlechte Pflaume so fest in den Komposteimer, dass sie spritzend zermatschte.

»Ich kenne ihn nun schon eine ganze Weile«, sagte Gérard langsam. »Er hat es nicht gerade leicht gehabt. Aber du hast ihm gut getan. Er war glücklich bei dir.«

Sie hob den Kopf und begegnete seinem Blick. Er musterte sie aus traurigen, braunen Hundeaugen und sie fragte sich plötzlich, wie sie je hatte denken können, seine Augen wären kalt und brutal. Sie wandte sich wieder ihrer Tätigkeit zu, weil sie den mitleidigen Ausdruck in seinen Augen nicht länger ertrug.

»Wie habt ihr euch eigentlich kennengelernt?«, fragte sie halb aus Neugier und halb, um nicht länger über das unerträgliche Thema sprechen zu müssen.

Gérard griff ebenfalls in den Eimer. Er fischte ein verschrumpeltes Exemplar heraus, holte aus und traf Arnaud damit zielsicher. Dann lachte er schallend über dessen verblüfften Gesichtsausdruck und die hilflosen Versuche, es ihm heimzuzahlen. Aber entweder warf Arnaud nicht weit genug oder er verfehlte sein Ziel.

»Musst du ihn auch noch zu so etwas ermutigen?«, zischte

Evaine, als sie es schließlich leid war, vor tief fliegenden Pflaumen in Deckung zu gehen.

»Wahrscheinlich nicht …«, sagte Gérard grinsend, »aber es macht einfach Spaß. Und um auf deine Frage zurückzukommen, ich habe ihn bestohlen.«

Überrascht hob Evaine den Blick und ließ die Pflaumen in ihrer Hand zurück in den Eimer plumpsen.

»Bestohlen?«

»*Oui*«, Gérard zuckte mit den Schultern. »Aber ich war kein besonders geschickter Dieb. Ich dachte, er schläft, also habe ich mich an ihn herangeschlichen und versucht, sein Geld und etwas zu essen zu nehmen. Doch er hat mich erwischt und drohte, mich auf der Stelle umzubringen. Ich sagte ihm, er solle s ruhig tun, ich hätte nichts mehr zu verlieren. Ich weiß nicht, ob Robert es dir erzählt hat, aber meine Familie ist tot. Plündernde Franzosen haben sie umgebracht. Und so ziemlich alle anderen in meinem Dorf. Das war kaum zwei Wochen vorher gewesen. Ich hatte keine Ahnung, was ich mit meinem Leben anfangen sollte.«

Sein Ton war gleichmütig und nichts an seinem ruhigen Gesichtsausdruck verriet, was er bei diesen Worten empfand. Einzig vielleicht seine Hände, die nervös mit einem Blatt spielten, das er aus dem Eimer gezogen hatte. Betroffen hörte Evaine ihm zu.

»Irgendetwas hat Robert bewogen, es nicht zu tun. Stattdessen teilte er sein Abendessen mit mir, was zu der Zeit auch ziemlich dürftig war.«

Evaine konnte sich vorstellen, was Robert dazu bewogen haben mochte. Wahrscheinlich war es kurz nach dem Zerwürfnis mit seinem Vater gewesen. Jeder von ihnen war allein, ohne Familie und hineingeworfen in eine Welt, in der sie keinen Platz mehr hatten.

»Wie alt warst du?«, fragte sie leise.

Gérard beobachtete die lachenden Jungen und die unaufhörlich schnatternden Mägde unter dem Pflaumenbaum, während die milde Septembersonne Schatten in den Obstgarten warf. Bei ihrer Frage löste sich sein Blick kurz von dem idyllischen Bild vor ihnen.

»Ich glaube sechzehn.«

Mit sechzehn war er gewiss kein Kind mehr gewesen. Und doch kam es ihr schrecklich jung vor, um von heute auf morgen gänzlich auf sich allein gestellt zu sein und alles zu verlieren, was einmal das eigene Leben ausgemacht hatte.

»Jedenfalls fragte Robert mich, ob ich mit einem Schwert umgehen könne.« Bei der Erinnerung huschte ein Lächeln über Gérards Gesicht. »Ich hab natürlich Ja gesagt. Dabei hatte ich vorher noch nicht einmal eines in Händen gehalten. Wahrscheinlich hat Robert mir das auch nicht abgekauft. Aber er sagte, ich solle mit ihm kommen.«

»Mit wohin?«

»Er war unterwegs nach Falaise. Der *Duc* war dabei, dort ein Heer zusammenzuziehen, um die Franzosen wieder zu vertreiben. Wir haben uns ihnen angeschlossen. Es war August und brüllend heiß. Eine ganze Weile ließ der *Duc* die Franzosen und ihre Verbündeten aus dem Anjou einfach gewähren. Dieser verdammte Bastard hatte die Ruhe weg. Schickte bloß Späher los, um sie zu beobachten, aber er tat nichts, um ihre Plünderungszüge zu verhindern. Irgendwann kamen sie bei Varaville an eine Furt über den Fluss Dives. Als die Hälfte von ihnen drüben war, setzte die Flut ein und schnitt die andere Hälfte von ihnen ab. Dann hat er zugeschlagen.«

Er starrte vor sich hin, versunken in Erinnerungen, die er nicht mit ihr teilen wollte.

»Ich habe einen Mann getötet«, sagte er nach einer Weile. Er sprach leise und fast zu sich selbst. »Er hatte filzige graue Haare und vorstehende blaue Augen und ihm fehlte der obere rechte Eckzahn. Das war der erste Mann, den ich getötet habe. Die ganze Zeit habe ich wie erstarrt in dem Chaos gestanden, unfähig mich zu bewegen. Dabei war es leichtes Spiel. Die Franzosen waren eingeschlossen und der Rest von ihnen musste von der anderen Flussseite aus zusehen, wie sie abgemetzelt wurden. Aber ich hab die ganze Zeit nur dagestanden, meinen Speer umklammert und wusste nicht, was ich tun sollte. Mir gingen die albernsten Dinge durch den Kopf. Was mein Vater mich über das Tischlern gelehrt hatte. Dumme Sachen eben. Und die ganze Zeit dachte ich, dass ich nicht dorthin gehöre. Bis ich diesen Kerl mit den Glupschaugen gesehen habe, der versucht hat, Robert von hinten anzugreifen. Und plötzlich wusste ich, was ich tun musste.«

Er verstummte. Eine lästige Fliege umschwirrte sein Gesicht und holte ihn schließlich in die Gegenwart zurück.

»Wir haben überlebt«, sagte er schlicht. »Anschließend kaufte Robert mir von dem letzten Rest seines Geldes ein Pferd und ein Schwert.« Er schüttelte den Kopf und lächelte. »Ich hab gedacht, er wäre nicht ganz richtig im Kopf. Aber er sagte, ich hätte ihm das Leben gerettet und er hätte keine Lust, allein nach Italien zu gehen.«

So grässlich Gérards Erinnerungen auch waren, musste Evaine doch ein trauriges Lächeln unterdrücken, weil diese seltene Großzügigkeit genau zu Robert passte.

Sie erinnerte sich an Gérards Worte. *Ich habe ihm verdammt viel zu verdanken.* Damit hatte er wohl recht. Dennoch beglich kaum jemand seine Schuld mit so tief empfundener Dankbarkeit. In der ganzen Zeit, die sie ihn und Robert nun kannte, hatte er hinter jeder von Roberts Entscheidungen gestanden, selbst wenn er anderer Meinung gewesen war. Und auch jetzt hätte er Robert sicherlich lieber nach *Bonne-foi* begleitet, statt allein mit einem Haufen Weiber auf Allingham zu bleiben. Aber er war geblieben, weil Robert ihn darum gebeten hatte. Er war wirklich ein guter Freund. Es lag ihr auf der Zunge, ihm das auch zu sagen, doch die Verlegenheit in Gérards Miene, als er den Gedanken in ihren Augen las, hielt sie zurück. Er räusperte sich betreten.

»So. Daher kenne ich ihn jedenfalls. Und jetzt sollte ich mich wieder an meine Arbeit begeben.«

Eilig verließ er den Obstgarten, als wäre es ihm plötzlich unangenehm, so viel von sich preisgegeben zu haben. Nachdenklich sah sie ihm hinterher. Sie hatte noch nie ein so langes Gespräch mit ihm geführt und das, welches sie gerade geführt hatten, ließ ihn in ihrer Anerkennung noch steigen. Auch er hatte bereits viel durchgemacht – vielleicht sogar mehr als sie alle – und schaffte es, alles mit unerschütterlicher Gelassenheit zu ertragen.

Sie war in Gedanken immer noch bei ihrer Unterhaltung mit Gérard, als sich Meredith zu ihr gesellte. Sie war mittlerweile kugelrund und vermutlich waren es nur mehr ein paar Wochen bis zu ihrer Niederkunft.

Seufzend lehnte sie sich an die Pflaumenkiste, wo Gérard eben noch gestanden hatte. »Gut, dass ich dich gefunden habe«, sagte sie und warf einen argwöhnischen Blick hinter sich.

»Was ist los?«, fragte Evaine, bemüht, die trübseligen Gedanken an Gérards Schicksal abzuschütteln. »Du siehst aus, als wärst du auf der Flucht.«

»Oh, bin ich auch!«, gab Meredith zurück. »Vor Hilda!«

Sie stibitzte ebenfalls eine süße Pflaume und Evaine gab es auf, die Pflaumen zu verteidigen.

»Was will Hilda denn von dir?«

»Sie macht mir Angst mit irgendwelchen Geburtszaubern«, sagte sie und schüttelte sich leicht. »Ich soll zum Friedhof gehen und über das Grab eines Mannes steigen und dabei einen Zauberspruch sagen.«

Neugierig hob Evaine eine Augenbraue.

»Und was sollst du sagen?«

Meredith winkte ab. »Ich habe es mir nicht alles merken können … Ich steige über dich, mit einem lebenden Kind und keinem sterbenden, das geboren wird und nicht verdammt ist. Oder so ähnlich.«

Evaine schauderte nun ebenfalls.

»Und, wirst du es tun?«, fragte sie.

Meredith warf ihr einen empörten Seitenblick zu.

»Nein! Ich werde bestimmt nicht auf dem Friedhof seltsame Zauberformeln sprechen.«

Ihren Widerwillen konnte Evaine gut verstehen.

»Ganz davon abgesehen, dass ich auch nachts über meinem

Mann einen weiteren Zauber sprechen soll«, fügte sie murmelnd hinzu. »Und das geht ja wohl schlecht.«

Sie spielte geistesabwesend mit einer Pflaume. Seit seiner abrupten Abreise hatten sie von Alric nichts mehr gesehen oder gehört. Evaine ging davon aus, dass Meredith es ihr diesmal nicht verheimlichen würde, wenn er sich doch gemeldet hätte. Sie sprachen nie darüber. Weder über Alric noch über Robert. Und Meredith ertrug es mit erstaunlicher Gelassenheit. Seit der ersten Nacht hatte sie keine einzige Träne mehr geweint.

Vielleicht gab es einen Zeitpunkt, an dem man genug geweint hatte. An dem das Herz in so viele Stück zerbrochen war, dass man sich mit den Scherben begnügte und sich gar nicht mehr die Mühe machte, es unter Schmerzen wieder zusammenfügen zu wollen. Vielleicht hatte sie Alric auch einfach aufgegeben. Evaine konnte nach wie vor nicht verstehen, wie er seine Frau und sein Kind so im Stich lassen konnte.

Im September ließ die Erntehast etwas nach, wenn das Getreide auf den Feldern abgeerntet war und die Garben eingebracht werden konnten. Dennoch war die Arbeit noch nicht vorbei. Neben der Ernte von Obst, Bohnen und Erbsen in den Gärten wurde das Getreide getrocknet und anschließend gedroschen, um die Spreu von den Körnern zu trennen. Sobald Bucheckern und Eicheln reiften, wurden die Schweine in die Wälder getrieben, wo sie bis Mitte November fett genug zum Schlachten wurden. Was auch immer an wilden Beeren, Früchten und Nüssen zu finden war, wurde für den eigenen Bedarf gesammelt und eingemacht. Erst gegen Ende September, zu Michaelmas, fand die Ernte allmählich ein Ende und ohne einen Augenblick innezuhalten, begann der Kreislauf von vorn, wenn die Felder für das neue Wintergetreide gepflügt und geeggt wurden.

Wie jedes Jahr war die Woche um Michaelmas anstrengend und Evaine fast ununterbrochen auf den Beinen gewesen. Doch dieses Jahr war es besonders schlimm, weil sie die Arbeit weder mit ihrem

Vater noch mit Meredith teilen konnte. Sie hatte unzählige Gespräche mit Pächtern geführt, die Abgaben gezählt, gesichtet und geprüft und anschließend alles sorgsam in den Vorratsräumen im Keller verstauen lassen. Es war glücklicherweise eine gute Ernte gewesen. Nach der schlechten Ernte im letzten Jahr und dem harten Winter waren ihre Reserven restlos aufgebraucht gewesen.

An diesem Abend war sie endlich dazu gekommen, alle Eintragungen zu überprüfen und zu vervollständigen. Sie saß gemeinsam mit Meredith im Zimmer ihres Vaters. Meredith saß im Lehnsessel ihres Vaters, die Beine hochgelegt und gegen die frühherbstliche Kälte in eine Decke eingeschlagen. Ihr Leib war mittlerweile riesig. Evaine fand, dass sie aussah, als würde sie jeden Moment platzen. In den letzten sechs Wochen hatte sie stets gedacht, Meredith könnte nicht noch runder werden. Doch sie hatte sich geirrt und der pralle Bauch wuchs von Woche zu Woche. Während Evaine über den Haushaltsbüchern saß, arbeitete Meredith an einer Handarbeit. Es war ein winziges Hemdchen für das Baby aus weicher Lammwolle. Gerade war sie dabei, den rechten Ärmel anzunähen.

Das rhythmische Kratzen des Federkiels über das Pergament war das einzige Geräusch im Raum. Evaine fühlte sich verpflichtet, den Haushalt der *burh* so zu dokumentieren, wie ihr Vater es sie gelehrt hatte. Als ihre Hand allmählich lahm wurde, legte sie den Federkiel zur Seite und ließ ihre müden Augen über die beschriebene Seite des alten Wirtschaftsbuchs schweifen. Ihr Vater hatte es benutzt, so weit Evaine zurückdenken konnte, und vor ihm bereits sein Vater.

Die aufgeschlagene Seite war beinahe vollgeschrieben. Ein wenig schief und immer etwas zu eckig geraten füllten ihre eigenen Buchstaben das Pergament. Sie starrte es an. Ein Jahr. Das alles war nun genau ein Jahr her. Evaines Finger glitten über die Worte und Buchstaben, wanderten langsam Zeile für Zeile auf der Seite nach oben und in der Zeit zurück. Und ganz oben auf der Seite standen sie. Drei Zeilen, die sich deutlich von Evaines Gekrakel abhoben. Kühn und elegant standen auf der gleichen

Seite selbstbewusst drei Zeilen in der Handschrift ihres Vaters. Es waren seine letzten Einträge im Wirtschaftsbuch. Er hatte sie im letzten Jahr gemacht, ebenfalls zu Michaelmas.

Kurz darauf hatte der Bote ihnen genau in dieser Halle von dem Norwegerangriff in Fulford erzählt. Und obgleich sich der Rhythmus auf Allingham, das ewige Auf und Ab des Jahres, in nichts geändert hatte, war alles anders. Evaine erkannte ihr eigenes Leben kaum wieder.

»Kannst du dir vorstellen, dass das alles gerade ein Jahr her ist?« Sie sprach mehr zu sich selbst als zu Meredith. »*Tempora mutantur*«, murmelte sie, »die Zeiten ändern sich.«

»*Nos et mutamur in illis*. Und wir ändern uns in ihnen«, vervollständigte Meredith lächelnd. »Vater wäre stolz auf uns.«

Evaine sah schmunzelnd auf und spielte mit dem Federkiel in ihrer Hand.

»Haben wir uns sehr verändert?«

Meredith brach ich Gelächter aus.

»Meine Veränderung ist wohl kaum zu übersehen«, sagte sie und wies auf ihren wachsenden Babybauch. »Ich sehe aus wie eine trächtige Kuh. Und das Schlimmste ist, ich kann meine Füße nicht mehr sehen.«

Evaine musste ebenfalls lachen.

Nachdenklich streichelte Meredith ihren Bauch. »Ich muss in letzter Zeit immer wieder an Mama denken. Ist das albern?« Mit einem verschämten Lächeln sah sie zu Evaine hinüber.

Evaine schüttelte den Kopf.

»Das ist doch normal. Schließlich bist du selbst bald Mutter.«

Meredith nickte versonnen.

»Ich erinnere mich kaum an etwas. Ich war wohl zu klein, als sie starb. Sie roch gut. Und ich glaube, sie hat uns manchmal vorgesungen.«

Bei der Erinnerung an ihre Mutter breitete sich ein warmes Gefühl in Evaine aus. Es war lange her. Undeutlich sah sie blasse Bilder vor ihrem inneren Auge, verschwommene Eindrücke, die sich nicht einfangen lassen wollten. Es war wie bei einem flüchtigen Traum, den man nicht festhalten kann, sobald man einmal erwacht ist. Und der dennoch ein bleibendes Gefühl hinterlässt, das einen den ganzen Tag über begleitet.

»Ja, sie hat uns oft in den Schlaf gesungen. Ich fand es wunderschön.«

Doch wie jedes Mal wurde der Zauber dieser Erinnerung von der nagenden Sorge zerfressen, die Evaine beim Gedanken an ihre Mutter beschlich. Evaine war fünf Jahre alt gewesen, als sie bei der Geburt eines Jungen gestorben war. Ihr kleiner Bruder starb noch, ehe er geboren wurde. Und Imogen, die zweite Frau ihres Vaters, war ebenfalls im Kindbett gestorben. Ihr Töchterchen überlebte seine Mutter nur um wenige Wochen.

»Du hast Mamas Haare, glaube ich.«

In ihrer Erinnerung hatte das Haar ihrer Mutter das gleiche warme Haselnussbraun wie Merediths. Meredith legte das Nähzeug zur Seite.

»Ob mein Kind wohl auch meine Haare haben wird? Oder meine Augen?« Der Gedanke faszinierte sie offenbar.

»Vielleicht ein kleines Mädchen mit dunklen Locken?«, spann Evaine die Idee weiter und konnte ihre drollige Nichte bereits vor sich sehen.

»Oder ein kleiner Junge mit blauen Augen«, murmelte Meredith.

Ihre Vorfreude war mit einem Schlag verschwunden. Evaine hatte einen Kloß im Hals. Ein kleiner Junge mit Alrics schelmischen blauen Augen. Die Vorstellung bereitete ihr keine Freude. Der Schmerz über Alric war zu groß.

Warum war ihr Leben nur noch von Verlust gezeichnet? Im letzten Jahr hatten sie beinahe jeden verloren, den sie liebten. Bitter stieg auch die Erinnerung an Robert wieder in ihr hoch. Wie immer versuchte sie, ihn aus ihren Gedanken zu verbannen, doch in letzter Zeit gelang es ihr immer schlechter. Sie vermisste ihn. Nicht nur ihn selbst. Sie vermisste die Ruhe und die Kraft, die er ihr gab. Seine Unterstützung machte sie stark und mutig. Jetzt fühlte sie sich einsam und verzagt.

»Ich denke oft an Alric.«

Meredith sagte es ohne Groll. Es war nur eine Feststellung. Dennoch zerriss es Evaine das Herz. Wie viel einsamer musste sie sich erst fühlen? Sein Weggang ließ sich nicht ausblenden. Sie war mit Alric verbunden, für immer. Er war ein sichtbarer Teil von ihr geworden, der in ihr wuchs. Und dennoch hatte er sie verlassen.

Evaine verspürte den Zwang, etwas Tröstendes zu erwidern.

»Er kommt sicher bald zurück.«

»Das habe ich anfangs auch gedacht. Aber mittlerweile glaube ich nicht mehr daran.«

»Natürlich«, sagte Evaine verzweifelt, »wie könnte er nicht Ich meine … er wird doch sein Kind sehen wollen!«

Meredith schaute auf ihre Hände und wirkte seltsam betreten. Eindringlich musterte Evaine sie.

»Meredith?«

Der Ton ihrer Stimme musste ihren Argwohn verraten haben. Denn als Meredith nun den Kopf hob, seufzte sie resigniert, als wäre Evaine ihr in irgendeiner Art auf die Schliche gekommen.

»Er weiß es nicht«, sagte sie leise.

»Was weiß er nicht?«

»Dass ich ein Kind von ihm bekomme.«

Evaine ließ vor Schreck den Federkiel fallen. Er landete auf dem Haushaltsbuch und hinterließ einen großen Tintenfleck, doch sie bemerkte es kaum. Fassungslos starrte sie ihre Schwester an.

»Das ist nicht dein Ernst!«

Merediths Miene verschloss sich augenblicklich.

»Es ist mein voller Ernst. Und es ist meine Entscheidung. Also wage es nicht, sie zu übergehen!«

»Aber … das … das ist auch sein Kind«, brachte Evaine ungläubig hervor. »Du kannst ihm nicht sein eigenes Kind vorenthalten! Ihr seid verheiratet!«

»Richtig! Wir sind verheiratet. Und dennoch ist er gegangen. Erst hat er mich geheiratet und am nächsten Tag hat er mich verlassen!«

»Wenn er das mit dem Baby gewusst hätte, wäre er sicher …«

Doch Meredith fiel ihr hart ins Wort: »Nein! So einfach werde ich es ihm nicht machen. Ich habe alles für ihn getan! Alles!« Ihre Ruhe war wie weggeblasen und ihre Stimme zitterte. »Ich habe jahrelang auf ihn gewartet. Ich war bereit, mit ihm wegzulaufen! Für ihn hätte ich mein Heim, meine Schwester aufgegeben. Und …«

Sie ballte die Hände zu Fäusten. Evaine konnte sehen, wie ihre Lippen zitterten und Meredith sie eisern zusammenpresste. Dann holte sie tief Luft. Als sie weitersprach, klang sie erneut trügerisch ruhig. »Ich kann seinen Schmerz verstehen. Aber wenn er mir zuliebe nicht einmal bereit ist, seinen Hass aufzugeben, dann, bei Gott, will ich ihn nicht!«

Wie erstarrt blickte Evaine sie an.

»Es ist mein Leben und meine Entscheidung, Evaine«, sagte Meredith bestimmt. »Bitte akzeptiere das.«

Dann wandte sie sich wieder ihrer Handarbeit zu. Unbewegt sah Evaine ihrer Schwester dabei zu. Es war falsch. Egal, was er getan hatte, war es doch ein Unrecht an Alric. Und dennoch konnte ein Teil von ihr Meredith nur zu gut verstehen. Sie blickte wieder auf das Haushaltsbuch auf dem Tisch und betrachtete den großen schwarzen Tintenklecks. Von nun an würde er sie jedes Jahr an diesen Abend erinnern. Sie ergriff wieder den Federkiel, konnte sich jedoch nicht mehr richtig auf ihre Arbeit konzentrieren. Meredith ging es wohl ähnlich, denn kurze Zeit später erhob sie sich ächzend aus ihrem Stuhl.

»Ich habe Rückenschmerzen. Ich gehe ins Bett und versuche zu schlafen«, sagte sie, während sie die Decke faltete und zurück auf den Stuhl legte.

»Ja, schlaf gut«, erwiderte Evaine matt.

»Du auch. Und mach nicht mehr so lang. Das Licht ist zu schlecht zum Schreiben.«

Evaine blickte ihr nach. Sie war wirklich dabei, eine Mutter zu werden.

In der Nacht wurde Evaine vom Knirschen des Holzfußbodens und dem Schein einer Öllampe geweckt. Müde rieb sie sich den Schlaf aus den Augen und setzte sich auf. Sie blinzelte gegen das flackernde Licht und erkannte an den unförmigen Umrissen schließlich Meredith.

»Meredith? Was ist los?«, murmelte sie in das Halbdunkel.

»Ich habe keine Rückenschmerzen«, wisperte Meredith.

Evaine gähnte nur müde als Antwort und überlegte, ob diese Information nicht auch bis zum nächsten Morgen hätte warten können.

»Ich habe Wehen.«

Mit einem Schlag war sie hellwach.

»Wie stark? Seit wann?«

Hektisch sprang sie aus dem Bett.

»Nicht sehr stark. Als ich ins Bett ging, dachte ich, es wären Rückenschmerzen. Dann, ich hätte Magenschmerzen. Aber jetzt glaube ich, es sind Wehen«, antwortete Meredith.

Eilig streifte Evaine ihre Kleidung über.

»Hast du schon jemandem Bescheid gesagt?«

Meredith schüttelte den Kopf.

»Nein. Du bist die Erste.«

Evaines Puls raste. Sie zwang sich, ihre Gedanken zu sortieren.

»Gut. Dann … geh in die Halle und … setz dich ganz ruhig irgendwohin. Kannst du allein gehen?«, stammelte sie.

Sie hatte keine Ahnung, was sie nun tun musste.

»Ich schicke Winnie die Hebamme holen«, überlegte sie laut.

Meredith nickte mit gerunzelter Stirn, setzte sich allerdings nicht in Bewegung.

»Was ist?«

Würde sie das Kind etwa jetzt schon bekommen? Direkt hier?

Falls das überhaupt möglich war, beschleunigte sich Evaines Puls noch mehr.

»Nichts. Aber du hast dein Kleid falsch herum an.«

Blinzelnd starrte Evaine sie an.

»Ähm … danke.«

Sie musste sich dringend beruhigen. In dieser Verfassung war sie überhaupt keine Hilfe. Sie zwang sich, tief ein- und auszuatmen. Dann schob sie Meredith in Richtung Halle.

Sie weckte Winnie und Hilda. Winnie lief hinunter ins Dorf, um die Hebamme zu holen, während Evaine gemeinsam mit Hilda die notwendigen Vorbereitungen traf. Zum Glück wusste Hilda ein wenig Bescheid. Sie machten Feuer in der Halle und brachten einen Kessel mit Wasser zum Kochen. Dann holten sie frische Leinentücher. Hilda breitete die Tücher unter Evaines kritischem Blick als Unterlage auf dem großen Holztisch aus.

Meredith sah ihnen zu. Hin und wieder sog sie hörbar die Luft ein. Evaine zuckte jedes Mal zusammen und sandte ein Stoßgebet gen Himmel.

Als sie mit ihren Vorbereitungen fertig waren, schien Evaine beinahe eine Ewigkeit vergangen zu sein, aber von Winnie und der Hebamme war noch nichts zu sehen.

»Wo bleiben sie denn?«

Nervös ging sie vor dem Feuer auf und ab und sah immer wieder zur Tür, als könnte sie ihre Ankunft dadurch beschleunigen.

»Keine Sorge, Herrin. Es dauert sowieso viel länger, als man denkt«, beruhigte Hilda sie und konnte dabei ein herzhaftes Gähnen nicht unterdrücken. »Ich hab acht Geschwister und meiner Mutter bei fünf Geburten geholfen. Es braucht schon seine Zeit.«

Evaines Aufregung dämpfte das nur wenig.

»Hm.« Meredith strich sich grüblerisch über den Bauch. »Es hat irgendwie nachgelassen.« Fragend wandte sie sich an Hilda.

Diese zuckte mit den Schultern.

»Kann schon sein. Manchmal kommt's, dann geht's wieder.

Und manchmal sind's nur Krämpfe von den Zwiebeln. Man weiß es nie.«

Bei ihren Worten wurde Meredith ein wenig rot.

»Eben war es noch ganz heftig. Wirklich. Aber jetzt …«

Hilflos sah sie von Hilda zu Evaine und zum ersten Mal konnte Evaine auch ihr die Nervosität ansehen.

»Warten wir's einfach ab«, entgegnete Hilda gelassen und ließ sich gähnend in der Nähe des Feuers nieder. In diesem Moment kündigten schnelle Schritte und das Öffnen der Tür die Ankunft von Winnie und der Hebamme an.

Mærwynn, die Hebamme, war eine kräftige Frau mit dichtem grauem Haar. Sie hatte so ziemlich jedem Bewohner von Allingham auf die Welt geholfen, Evaine und Meredith eingeschlossen. Ihre beherzte Art strömte Zuversicht und Erfahrung aus. Erleichtert atmete Evaine auf.

Mærwynn inspizierte die Vorbereitungen und war offensichtlich mit Hildas und Evaines Arbeit zufrieden. Dann wies sie Meredith an, sich auf die Laken auf dem Tisch zu setzen.

»Wie stark sind die Schmerzen, Herrin?«

Meredith rutschte unsicher auf der Unterlage herum.

»Ich weiß nicht genau. Eben war es stärker. Aber jetzt hat …« Im selben Moment sog sie erschrocken die Luft ein.

»Uuhh.« Ächzend atmete sie wieder aus.

»Mhm. Scheint so, als würde es heute Nacht doch etwas geben«, gab Mærwynn beschwingt zurück und begann, sorgfältig ihren Bauch abzutasten.

Evaine beobachtete sie dabei und kaute nervös auf ihrer Unterlippe.

Wieder und wieder glitten Mærwynns Hände mit geübtem Griff über Merediths Leib. Auf ihrem Gesicht zeigten sich Sorgenfalten und Evaines Unruhe nahm wieder zu.

Erneut wiederholte die Hebamme ihre Handgriffe, als könnte sie selbst nicht glauben, was sie ertastet hatte. Der besorgte Ausdruck auf ihrem Gesicht verstärkte sich und ein mitleidiger Blick streifte Meredith. Nur für einen Moment, dann hatte sie schnell wieder die Maske der Zuversicht aufgesetzt.

Evaine spürte, wie sich ein eisiger Klumpen in ihrem Magen bildete. Irgendetwas stimmte nicht. Ihr Blick flog zu Meredith. Sie wies Winnie gerade an, ihr ein Haarband zu holen. Offenbar hatte sie Mærwynns Sorge nicht bemerkt.

Mærwynn richtete sich wieder auf und trat einen Schritt zurück.

»Und?« Meredith sah sie erwartungsvoll an.

»Nun, es wird noch ein wenig dauern, Mylady. Ihr könnt ruhig noch einmal vom Tisch herunterkommen«, antwortete sie bemüht fröhlich.

Meredith schien es nicht aufzufallen. Mit Hildas Hilfe hievte sie sich wieder vom Tisch herunter in den bequemen Lehnsessel.

Möglichst unauffällig trat Evaine neben Mærwynn und senkte ihre Stimme zu einem Flüstern.

»Stimmt etwas nicht?«

Schnell prüfte Mærwynn mit einem Blick über die Schulter, ob Meredith ihr Gespräch verfolgte.

Laut sagte sie: »Wir brauchen noch mehr Tücher.«

Meredith und Winnie sahen auf und Winnie erbot sich sofort, zu gehen. Doch Mærwynn schüttelte den runden Kopf.

»Ich will selbst nachsehen, was ich brauchen kann. Die Herrin wird mir zeigen, wo ich die Sachen finde.«

Daraufhin stapfte sie energisch zur Tür. Evaine folgte ihr mit klopfendem Herzen in den Flur, während der Eisklumpen in ihrem Magen immer größer wurde. Kaum hatte sich die Tür zur Halle hinter ihnen geschlossen, hielt Evaine es nicht mehr aus.

»Was ist los?«, wisperte sie.

Mærwynn zog sie noch einige Schritte weiter von der Tür weg. Eine einsame Wandfackel warf tanzende Schatten auf ihr Gesicht und ließ die besorgten Falten noch schärfer hervortreten. Ihre knorrigen Hände umklammerten Evaines Arm. Dann senkte sie ihre Stimme ebenfalls zu einem Flüstern.

»Ihr Kind hat sich nicht gedreht. Es muss mit dem Kopf zuerst geboren werden. Aber das Kind Eurer Schwester liegt falsch herum. Es kann so nicht geboren werden.«

Zu dem Klumpen in Evaines Magen gesellte sich Übelkeit hinzu. Angst begann an ihr zu nagen wie eine hungrige Ratte.

»Was können wir tun?« Verzweifelt suchte sie im Gesicht der Hebamme nach einem Funken Zuversicht. Doch Mærwynn schüttelte nur traurig den Kopf.

»Ich kann nichts tun. Damals bei Eurer Mutter konnte ich auch nichts tun.«

Die Ratte fraß weiter, fraß sich durch ihr Herz und ihre Eingeweide. Das konnte unmöglich wahr sein.

»Bitte! Ihr müsst doch irgendetwas tun können!«

»Betet. Ihr solltet zur Kapelle gehen und Kerzen für Eure Schwester anzünden. Vielleicht hat die Heilige Margarete diesmal Erbarmen.«

Und wenn sie keines hatte?

Zögerlich sprach die Hebamme weiter: »Ich … ich kann das Kind retten. Aber dafür muss ich sie …« Sie stockte, als wagte sie nicht, weiterzusprechen. »Ich muss sie aufschneiden. Euer Vater wollte es damals nicht, bis es zu spät war. Am Ende haben wir beide verloren, Eure Mutter und das Baby.«

Evaine wurde speiübel. Meredith *aufschneiden!*

Panisch schüttelte sie die knorrigen Finger ab, die ihren Arm umklammert hielten, und wich einen Schritt zurück.

»Nein! Auf keinen Fall!«, entfuhr es ihr laut.

Mærwynn sah sie traurig an.

»Überlegt es Euch. Aber nicht zu lang.«

»Wie lang? Wie viel Zeit haben wir?«, fragte sie atemlos.

Die Hebamme zuckte die Schultern.

»Man kann es nie genau sagen. Ich denke, es wird auf jeden Fall Tag werden.«

Fahrig strich Evaine sich mit der Hand über die Stirn. *Ich kann nichts tun.* Die Worte dröhnten in ihrem Kopf. Sie würde Meredith verlieren! *Ich muss sie aufschneiden!* Sie begann auf und ab zu gehen wie eine gegeißelte Löwin im Käfig.

Mitleidig schüttelte Mærwynn den Kopf und senkte ihren Tonfall in feierlichem Ernst.

»Es ist Gottes Strafe für ihre Unzucht. Sie muss ihre Sünden beichten.«

Gottes Strafe! Evaines Angst wandelte sich in Wut. Wieso traf es dann Meredith und nicht Alric? Es war ebenso seine Sünde. Mehr noch, er hatte sie im Stich gelassen! Ihn sollte Gottes Zorn treffen!

»Unzucht bringt immer Unglück mit sich«, fuhr Mærwynn prophetisch fort.

Evaine ertrug ihre Worte keinen Moment länger.

»Sei still!«, zischte sie.

Eingeschnappt schwieg Mærwynn. Evaine dachte fieberhaft nach und kaute weiter verbissen auf ihrer Unterlippe herum. Wenn sie nichts unternahm, würde ihre Schwester genauso elend sterben wie ihre Mutter damals. Aus einem dunklen Winkel ihres Verstandes tauchten lang verdrängte Erinnerungen an jenen Abend auf. Totenstille, die nur von den qualvollen Schreien ihrer Mutter durchbrochen wurde. Ihr Vater, bleich und stinkend nach Angstschweiß. Mit einem heftigen Kopfschütteln drängte sie die Erinnerung zurück, woher sie gekommen war, und fasste einen Entschluss.

»Kannst du es hinauszögern? Die Wehen hemmen?«

Misstrauisch runzelte Mærwynn die Stirn und nickte zögerlich.

»Aber das ist nicht gut. Eine Geburt muss kurz und schnell vonstattengehen. Je länger sie dauert, desto schlechter wird es Eurer Schwester gehen. Und ändern würde es auch nichts.«

»Tu es!« Evaines Ton duldete keinen Widerspruch. »Zögere es so lang hinaus, wie du kannst. Und lass dir nichts anmerken. Meredith darf sich nicht sorgen.«

Mærwynn sah sie unwillig an.

»Geh schon!« Evaine wurde ungeduldig. Von jetzt an war jeder Augenblick kostbar.

Widerstrebend kehrte Mærwynn zurück in die Halle. Als sich die Tür hinter ihr schloss, begann Evaine leise zu beten und griff entschlossen nach der Wandfackel. Das *Pater noster* vor sich hinwispernd, eilte sie den einsamen Flur entlang.

Ihr Herz klopfte hektisch gegen ihre Rippen, als sie die Tür zu Gérards Schlafkammer erreichte. Es war die gleiche Kammer, die Evaine ihm bei seiner ersten Ankunft auf Allingham zugewiesen hatte. Auch nach Roberts und Arnauds Abreise hatte er darauf bestanden, weiterhin hier zu schlafen.

Die hölzerne Tür ächzte protestierend, als Evaine sie öffnete. In der Dunkelheit kam ihr jedes Geräusch erschreckend laut vor und sie wunderte sich, dass Gérard nicht aufgewacht war. Doch sein pfeifendes Schnarchen füllte in beruhigendem Takt die kleine Kammer. Die Fackel in der Hand beugte sie sich über Gérards Bett. Er schlief nackt auf dem Rücken, bis zur Taille in eine Decke gehüllt.

»Gérard, wach auf.« Sie stupste ihn unsanft in die Seite.

Grunzend schreckte er hoch.

»Ich bin es, Evaine«, sagte sie schnell, um ihn zu beruhigen. Sie erinnerte sich noch zu genau an das Messer unter Roberts Kopfkissen.

Verwirrt blickte er sich um und fuhr sich verschlafen mit der Hand durch die Haare.

»Wach auf. Meredith bekommt ihr Kind.«

»Jetzt?«, gähnte er vorwurfsvoll, als wäre das ein vollkommen unzumutbarer Zeitpunkt.

Bei allen Heiligen! Sie hatte keine Zeit zu verlieren!

»Bitte, Gérard! Steh auf. Sie *stirbt!*«

Endlich wurde er wach.

»WAS?«

Doch Evaine hatte keine Zeit für Erklärungen. Sie zerrte ihn aus dem Bett und leuchtete den kleinen Raum nach seinen Sachen ab.

»Schnell! Beeil dich!«, drängte sie und schob ihm seine Kleider in die Hand. Sie wandte sich ab, während er sich Hemd und Beinkleider überstreifte.

»Du musst Rheda holen. Du bist der Einzige, der den Weg kennt.«

Als sie sich ihm wieder zuwandte, nickte er und gürtete sich gerade sein Schwert um.

»Sicher.«

Evaine war dankbar, dass er nicht nach langen Erklärungen verlangte. Unwillkürlich musste sie an Roberts Worte über seinen Freund denken. *Gérard ist treu bis in den letzten Winkel seiner Seele.*

Obwohl es ihrer Überzeugung widersprach, folgte Mærwynn Evaines Anweisungen. Sie verabreichte der ahnungslosen Meredith einen Aufguss, woraufhin die Wehen wieder nachließen. Auch wenn Meredith so die Nacht überstehen konnte, wäre Gérard mit Rheda frühestens am Nachmittag zurück. Bis dahin stand ihnen noch ein anstrengender Tag bevor.

Zum Morgengrauen hin nahmen die Wehen wieder zu und auch weitere Tränke von Mærwynn konnten es nicht mehr hinauszögern.

»Ich habe Euch ja gesagt, dass Ihr es nicht aufhalten könnt«, raunte Mærwynn ihr rechthaberisch zu. »Das Kind entscheidet, wann es bereit zur Geburt ist.«

»Aber es ist ja nicht bereit«, zischte Evaine ungehalten zurück, »sonst läge es ja richtig.«

Darauf fiel der Alten keine Entgegnung ein.

Mittlerweile war es bereits nach Mittag. Auf der Halle lastete angespanntes Schweigen. Merediths gequältes Stöhnen war das einzige Geräusch. Ihre Wehen kamen nun heftig und in kurzen Abständen. Von Winnie gestützt kauerte sie auf dem Tisch. Sie war bleich und verschwitzt. Zwischen den Wehen keuchte sie angestrengt.

Evaine wischte ihr mit einem feuchten Tuch die Schweißperlen von Stirn und Schläfen. Doch das Wasser war bereits zu warm, um noch wirkliche Erleichterung zu spenden.

»Hilda, geh zum Brunnen und hol frisches Wasser«, wies Evaine die Magd an.

Sie nickte, scheinbar froh, der bedrückenden Atmosphäre im Saal für einen Moment entkommen zu können. »Ich werde auch etwas Weihwasser aus der Kapelle hinzumischen«, murmelte sie, während sie sich entfernte.

Auch wenn es niemand auszusprechen wagte, so war inzwischen jedem auf Allingham klar, dass es mehr als schlecht um Meredith stand. Auch ihr selbst.

Gerade durchfuhr eine neue Wehe ihren erschöpften Körper und Meredith bäumte sich unter der Heftigkeit des Schmerzes auf. Winnie ächzte bei dem Bemühen, den Rücken der Gebärenden zu stützen.

»GOTT, bitte«, keuchte Meredith, als die Pein abebbte. »Ich kann nicht mehr.«

Die stundenlangen Schmerzen hatten sie vollkommen zermürbt. Mærwynn nahm wieder auf dem Schemel vor dem Tisch Platz und schob ihre gespreizten Schenkel noch etwas weiter auseinander.

»Ihr müsst pressen, Herrin. Bei der nächsten Wehe müsst ihr es erneut versuchen«, sagte sie.

Mit zusammengebissenen Zähnen schüttelte Meredith verzweifelt den Kopf. Evaine strich beruhigend über ihr verschwitztes Haar, »Liebes, du kannst es.«

»Nein, ich kann nicht mehr«, jammerte sie, während sie Evaine flehentlich ansah. »Bitte, ich will mich hinlegen.«

»Noch eine Wehe, Meredith«, ermutigte Evaine sie, »dann kannst du dich wieder hinlegen. Hörst du? Noch ein Mal.«

Meredith blieb keine Gelegenheit für eine Entscheidung, denn mit unbarmherziger Heftigkeit rollte der nächste Krampf über sie hinweg.

»Los, du schaffst es!«, feuerte Evaine sie an.

Mit der Kraft der Verzweiflung presste Meredith so heftig, dass ihre Lippen weiß wurden und eine Ader auf ihrer Schläfe pochend hervortrat. Als ihr Körper sich schließlich wieder entkrampfte, sank sie mit erschöpftem Keuchen zurück.

Angespannt sah Evaine zur Hebamme hinüber. Doch Mærwynn schüttelte nur bedrückt den Kopf. Immer noch nichts. Das Kind steckte fest.

»Bitte, Evaine«, flehte Meredith, »ich kann nicht mehr.«

Frustriert gaben sie auf. Noch in der Nacht hatten sie eine Strohmatratze in die Halle geschafft, damit Meredith darauf noch etwas schlafen konnte. Jetzt schleppten Winnie, Mærwynn und Evaine sie zu dritt auf die Matratze. Meredith war inzwischen so schwach, dass sie selbst die wenigen Schritte nicht mehr schaffte. Doch auch im Liegen ging die Qual weiter und Meredith fand kaum Erleichterung.

Als Hilda mit dem frischen Brunnenwasser eintrat und die auf der Matratze liegende Meredith sah, riss sie erschrocken die Augen auf. »Oh Herr, ist sie …?« Sie unterbrach sich jedoch, als sie das gequälte Wimmern bemerkte. Schnell kniete sie neben Meredith nieder und machte ihr mit dem Weihwasser ein Kreuzzeichen auf die Stirn. Es kam Evaine wie ein schreckliches Vorzeichen vor. Zitternd sank sie neben ihrer Schwester nieder.

»Evaine.« Meredith sprach leise. Die Erschöpfung war ihr anzuhören. Sie war kreideweiß. Wangen und Lippen hatten jegliche Farbe verloren. Die dunklen Augen lagen tief in den Höhlen.

»Bitte rettet wenigstens mein Kind.« Sie presste gepeinigt ihre Hände gegen ihren Leib, während sie sich qualvoll wand. »Bitte! Schneidet mich auf und holt es heraus«, flehte sie und richtete ihre fiebrigen Augen auf Evaine. »Schneidet es heraus!«

Evaine brach am ganzen Körper kalter Schweiß aus und sie sah hilfesuchend zu Mærwynn, Winnie und Hilda. Winnie begann, halblaut das *Ave Maria* zu beten. Hilda fiel zögerlich ein.

»Ich weiß nicht mal, ob es noch lebt«, entgegnete Mærwynn finster. »Vielleicht ist es schon zu spät.«

Merediths Keuchen füllte die Halle, untermalt vom rhythmischen Gemurmel des *Ave Maria.* Evaine hatte das Gefühl, nicht mehr atmen zu können. Die Angst, die während der Aufregung der letzten Stunden in den Hintergrund gewichen war, kam mit aller Macht zurück. Sie musste eine Entscheidung treffen. Aufschneiden würde Meredith umbringen und das Kind retten. Aber vielleicht war es bereits tot! Panik lähmte sie. Sie konnte das nicht entscheiden!

Wo blieben nur Gérard und Rheda? Verzweifelt heftete sich ihr Blick auf die Tür. Lautlos begannen ihre Lippen, sich in unablässig beschwörendem Gebet zu bewegen. Bitte Herr, schick sie her! Bitte Herr, schick sie her!

Evaine war so betäubt, dass sie nicht gemerkt hatte, wie sich Mærwynn vom Bett entfernt hatte. Jetzt tauchte sie an Merediths anderer Seite wieder auf. Im dämmrigen Licht der Halle blitzte eine Klinge in ihrer Rechten auf. Harte Entschlossenheit stand in ihrem Gesicht. Mit der linken Hand schob sie Merediths Hemd hoch.

Die Hand der Hebamme tastete sich suchend über die Bauchdecke. Sie war hart und fest wie eine gespannte Trommel. Mærwynns wandernde Finger verharrten. Scheinbar hatte sie gefunden, was sie gesucht hatte. Die stählerne Klinge näherte sich Meredith Bauch. Wie gelähmt starrte Evaine die knorrigen Hände an, während Meredith besinnungslos vor Schmerz den Kopf hin und her warf. Das kalte Metall setzte auf ihrer zarten Haut auf. Mærwynn zögerte nur einen Atemzug lang, dann presste sich die Schneide in den Leib.

»NEIN!« Evaine stieß ihre Hand im selben Moment zurück, als das erste hellrote Rinnsal hervorquoll. »NEIN! Du bringst sie um!«

Auf dem hervorstehenden Bauch zeigte sich ein winziger blutender Schnitt und drohend schwebte Mærwynns Hand mit der Klinge darüber. Das Gebet der beiden anderen war vor Schreck verstummt.

»Lass sie, Evaine«, brachte Meredith zwischen schmerzlichem Keuchen hervor, »Ich ertrage es nicht mehr.«

»Nein! Ich habe Gérard schon vor Stunden zu Rheda geschickt. Sie müssen jeden Moment kommen!«

»Die Hexe?« Die eiserne Entschlossenheit in Mærwynns Gesicht wich Furcht. Erschrocken zog Hilda die Luft ein, während Winnie sich mit weit aufgerissenen Augen bekreuzigte.

»Rheda?« Merediths Stimme war nur ein Hauch und dennoch schwang zum ersten Mal wieder Hoffnung darin.

»Ja! Gérard bringt sie her. Sie wird dir helfen!«

Evaine klammerte sich mit schierer Verzweiflung an diese letzte Hoffnung.

»Sie ist eine Hexe!« Mærwynn sprang aufgebracht auf, »Sie bringt sie um!«

»SEI STILL!«, schrie Evaine wild zurück.

Sie schwiegen tatsächlich erschrocken. Selbst Meredith verharrte in lautloser Qual.

»Sie wird sie retten! Mit Gottes Hilfe!« Evaine weigerte sich, etwas anderes zu glauben – auch nur zu denken! Es durfte nicht passieren! Meredith würde leben!

Wie eine fauchende Katze kauerte sie neben ihrer Schwester, bereit jeden anzuspringen, der es wagte, sie erneut anzufassen.

Die Luft in der Halle war so stickig und schwer, dass man sie fast mit Händen greifen konnte. Geladen vor einem trockenen Sommergewitter, schien sie vor aufgestauter Anspannung beinahe zu knistern. Keiner wagte es, auch nur zu atmen, aus Angst, dass sie sich mit einem gewaltigen Blitzschlag entladen könnte.

Mitten in die angsterfüllte Stille hinein dröhnte das Knarren der Tür. Gegen das einfallende Licht hob sich der Umriss einer Frau ab. Evaine sah aus den Augenwinkeln, dass Hilda sich erneut bekreuzigte und Winnie ihrem Vorbild folgte.

Die Frau trat einen Schritt vor in das dämmrige Innere der Halle. Die Lichtgestalt zerfloss und an ihrer Stelle stand Rheda leibhaftig vor ihnen. Hinter ihr war Gérard, Rhedas Tochter auf dem Arm.

»DANK SEI GOTT!«, entfuhr es Evaine voller Erleichterung.

Rhedas intensive blaue Augen warfen einen prüfenden Blick auf Meredith und Mærwynn mit der blutbefleckten Klinge in der Hand. Dann nickte sie, als hätte sie erwartet, genau das vorzufinden.

»Ich hatte mir so etwas schon gedacht«, sagte sie kühl an Evaine gewandt. »Beim nächsten Mal solltet Ihr jemanden schicken, der wenigstens vernünftig sprechen kann. Aus dem Gebrabbel von ihm wird ja nicht mal Salomon schlau.« Dabei warf sie Gérard einen abschätzigen Blick zu. Evaines überreiztes Gehirn brauchte einen Moment. Dann begriff sie, dass Gérard nur Französisch sprach. In der Aufregung der Nacht hatte sie es vollkommen vergessen. Offenbar war es ihm dennoch gelungen, sich verständlich zu machen.

Mit zusammengebissenen Zähnen unterdrückte Meredith einen Schmerzensschrei, woraufhin sich Rhedas Aufmerksamkeit augenblicklich ihr zuwandte. Ohne sich weiter um die zu Salzsäulen erstarrten Umstehenden zu kümmern, warf sie ihren Mantel beiseite und kniete neben ihr nieder. Ebenso wie Mærwynn begann sie, ihren Bauch abzutasten. Bereits nach wenigen Handgriffen, unter denen sich Meredith keuchend wand, kam sie zum gleichen Schluss wie Mærwynn.

»Das Kind liegt falsch herum.« Doch im Unterschied zur Hebamme war Rhedas Stimme weiterhin kühl und ihr scharf geschnittenes Gesicht vollkommen unbewegt. »Ich muss es drehen.«

Klirrend fiel die Klinge in Mærwynns Hand zu Boden. »Wenn Ihr zulasst, dass die Hexe sie anrührt, gehe ich! Auf der Stelle!«

Rhedas unangenehmer Blick wanderte neugierig zwischen Evaine und der Hebamme hin und her. Doch Evaine hatte ihre Entscheidung längst getroffen.

»Du hast dein Bestes getan, Mærwynn. Nun soll sie es versuchen.« entgegnete sie bestimmt.

»Dann möge Gott ihrer armen Seele gnädig sein!« Mærwynn stürmte zur Tür. Dort zwängte sie sich an Gérard vorbei, der mit dem Kind auf dem Arm unschlüssig im Eingang stehen geblieben war.

»Euch trifft die gerechte Strafe dafür, sich mit Hexen und *orcs* einzulassen«, zischte sie, während sie Gérard zur Seite stieß und durch die Tür entschwand.

Rhedas Lippen kräuselten sich zu einem höhnischen Lächeln, doch sie machte weiter, als wäre nichts geschehen.

»Was steht ihr so dumm herum? Macht euch nützlich!«, fuhr sie Winnie und Hilda an, woraufhin diese zusammenzuckten, als hätte der Leibhaftige sie angesprochen.

»Du, öffne Fenster und Türen. Die Luft hier drin ist zum Ersticken«, sagte sie zu den Mägden, »und du, geh und besorge den stärksten Wein, den ihr habt.« Die Gelegenheit, sich davonzumachen, ließ Hilda sich nicht entgehen und hastete mit gerafften Röcken los.

Durch die geöffneten Fenster strömten Licht und Luft herein und augenblicklich wurde die Atmosphäre etwas weniger unerträglich.

»Wo ist ihr Mann?«, fragte Rheda, während sie erneut Merediths Bauch abtastete. Evaines wortloses Kopfschütteln quittierte sie mit einem verächtlichen Schnauben.

»Dann komm du stattdessen her.« Sie winkte Gérard mit einer energischen Handbewegung heran. Zögerlich trat er mit der Kleinen auf dem Arm näher.

»Na los!«, fuhr sie Winnie an. »Nimm sie ihm ab und bring sie raus.«

Unschlüssig sah Winnie zu Evaine. Doch Evaine spürte, dass sie sich nun ganz und gar darauf einlassen musste. Also nickte sie der Magd zu. Winnie folgte ihrer Anweisung und Gérard trat zögernd näher. Sein Gesichtsausdruck verriet deutlich, dass er nicht gerade versessen darauf war, bei dieser Angelegenheit dabei zu sein.

»Trag sie hinüber zum Tisch«, befahl Rheda knapp und wies auf die Kreißende. Evaine übersetzte stammelnd.

Er kniete neben der Matratze nieder. Merediths Brust hob und senkte sich in hektischen Atemzügen.

»Sch, alles wird gut.« Seine Stimme war ein beruhigendes Flüstern. Dann hob er die ächzende Meredith hoch und trug sie zum Tisch hinüber.

Rheda verlor keine Zeit und wandte sich an Meredith.

»Ich werde nun versuchen, Euer Kind zu drehen. Es wird sehr schmerzhaft sein. Ihr dürft nicht dagegen ankämpfen, sonst habt Ihr anschließend keine Kraft mehr, Euer Kind zur Welt zu bringen.«

Sie sprach weder mitleidig noch gefühllos, sondern einfach sachlich. Doch gerade diese Sachlichkeit schien Meredith zu beruhigen. Schwer atmend nickte sie, während Schweißperlen an ihrer Stirn hinabliefen. Irgendwie beruhigte es auch Evaine. Die erdrückende Last der Verantwortung war von ihr genommen worden.

»Drück ihre Schultern an beiden Seiten fest nach unten, damit sie ruhig liegen bleibt«, sagte Rheda zu Gérard und machte es ihm kurz vor.

Er nickte angespannt.

»Bereit?« Rhedas intensive Augen streiften kurz jeden von ihnen. Dann griffen ihre Hände um Merediths Leib und begannen, ihn mit ganzer Kraft zu kneten. Als wäre es ein riesiger Hefeklumpen, malträtierte und bearbeitete sie ihren Bauch. Sie zerrte und drückte mit ganzer Kraft. Jedes Mal schrie Meredith auf und ihr entkräfteter Körper versuchte, sich gegen den rabiaten Griff zu wehren. Doch Gérard presste sie fest auf die Tischplatte. Während Meredith gurgelnd keuchte, konnte Evaine sehen, wie sein Kiefer vor Anspannung malmte. Sie spürte, wie ihr selbst vor Entsetzen der Schweiß ausbrach und in kleinen Rinnsalen an ihrem Nacken hinunterlief.

»STOP!« Selbst außer Atem erlöste Rheda sie von der Pein. »So geht es nicht«, schnaufte sie.

Sichtlich erleichtert ließ Gérard Meredith los und Meredith schnappte nach Luft.

»Gut gemacht«, murmelte Evaine und tupfte ihr mit einem feuchten Lappen die Schweißperlen vom Gesicht.

»Was zum Henker macht sie?« Gérard wischte sich nervös mit der Hand über die Stirn.

Er sprach Evaine aus der Seele. Wieso hatte es nicht funktioniert? Was würde sie nun machen? Unvermittelt überfiel sie die Angst, dass Rheda diesmal auch keine Hilfe wäre.

Wenn Rheda selbst Unsicherheit verspürte, ließ sie es sich nicht anmerken. Sie wandte sich ab und begann, sich am Kessel mit heißem Wasser gründlich Hände und Arme bis hinauf zum Ellenbogen zu säubern. In diesem Augenblick kehrte Hilda mit dem Wein zurück.

»Gib ihr etwas von dem Wein. Er soll ihren Geist wiederbeleben.« Rheda warf einen kritischen Blick auf die totenblasse Meredith. »Ihre Erschöpfung ist bald unser größtes Problem.«

In der Tat sah Meredith so aus, als würde sie nicht mehr lang bei Bewusstsein bleiben. Ihr Haar klebte ihr am Kopf und ihre Gesichtsfarbe wechselte zu einem beängstigenden Grau. Evaine flößte ihr ein paar Schlucke von dem Wein ein. Der Duft des teuren Weins war ihr vertraut. Es war der Rest von Merediths Hochzeitswein. Die Hochzeit! Wozu das Ganze überhaupt? Alric war abgehauen und Robert auch. Nun standen sie allein da! Und bald war sie vielleicht ganz allein …

»Nun …,« – Rheda war inzwischen wieder bereit – »ich muss von innen versuchen, Euer Kind zu drehen. Das heißt, ich werde in Euch hineingreifen.«

»Was …?« Die Frage blieb Evaine im Hals stecken, als sie sah, wie Rheda zwischen Merediths Schenkeln Platz nahm und sie noch etwas weiter spreizte.

»Herrgott!« Wenn es möglich war, so wurde Meredith noch blasser. Sie umklammerte Evaines Hand und Evaine spürte, dass sie vor Angst zu zittern begann. Die Schmerzen waren eben bereits kaum noch erträglich gewesen. Mit steifen Fingern steckte Evaine Meredith für alle Fälle ein Tuch zwischen die Zähne.

Genauso grob und heftig, wie sie eben von außen an ihr gezerrt hatte, drangsalierte Rheda nun Merediths Innerstes. Merediths Zähne gruben sich in das Tuch und sie gab gurgelnde Schreie von sich, die nur dürftig durch den Stoff gedämpft wurden. Gérard brauchte seine ganze Kraft, um sie ruhig auf dem Tisch zu halten. Während Rheda vor Anstrengung selbst zu ächzen begann, traten Merediths Augen aus ihren Höhlen hervor. Evaine befürchtete, dass sie jeden Moment das Bewusstsein verlieren würde. Sie konnte es kaum mit ansehen und biss sich auf die Unterlippe, bis sie Blut schmeckte.

Dann plötzlich zog Rheda sich mit einem triumphierenden Schrei aus Meredith zurück. »Geschafft!«, schnaufte sie und wischte sich ihre mit Blut beschmierten Hände am Rock ab.

»Um Himmels willen.« Erschüttert ließ Gérard die Hände von Meredith Schultern sinken. Er war beinahe so bleich wie Meredith.

»Jetzt schnell! Runter von dem Tisch mit ihr.« Rheda drängte sie weiter zur Eile. »Sie muss sich hinhocken. Dann hilft ihr die natürliche Schwere!«

Gérard hob sie vom Tisch herunter. Doch sie war kaum mehr bei sich. Ihre Beine waren so zittrig, dass sie es nicht schaffte, sich hinzuhocken.

»Sie kann nicht mehr!« Erneut stieg Verzweiflung in Evaine hoch.

Rheda zog den Schemel heran, auf dem Mærwynn eben gesessen hatte.

»Sagt ihm, er soll sich hinsetzen«, befahl Rheda Evaine. »Na los!«

Ihr scharfer Ton verriet nun auch Rhedas Aufregung und machte Evaine noch panischer.

Sie schrie Gérard auf Französisch an.

Schon schubste Rheda ihn auf den Schemel und schob die keuchende Meredith auf seinen Schoß. Entsetzt starrte er Rheda an. Sein Gesicht war kreideweiß und Evaine befürchtete, dass er sich gleich übergeben würde.

»Auf keinen Fall!« Mit weit aufgerissenen Augen versuchte er, die Gebärende wieder von seinem Schoß zu schieben, während Blut und Fruchtwasser bereits an seinen Beinen hinunterliefen. Doch Rhedas blaue Augen bohrten sich unerbittlich in seine und zwangen ihn, sitzen zu bleiben.

»GÉRARD!« Es war das erste Mal in Evaines Beisein, dass sie ihn mit seinem Namen ansprach. Es klang seltsam fremd aus ihrem Mund.

»Du musst sie stützen«, herrschte sie ihn an und kniete sich vor die beiden, zwischen Merediths gespreizte Schenkel. »Halte sie fest!«

Als hätte er sie verstanden, riss er sich zusammen und blieb wie versteinert sitzen. Ungläubig starrte er die gebärende Frau auf seinem Schoss und die vor ihr kniende Rheda an. Erneut tastete Rheda zwischen Merediths Schenkeln herum, nickte diesmal aber zufrieden.

»Sie muss nur noch ein- oder zweimal pressen.«

Evaine drückte Merediths Hand. »Komm schon. Noch einmal!«

Meredith atmete nur noch flach und schüttelte matt den Kopf. Ihre Lippen bewegten sich, doch es kam kein Ton mehr heraus.

»Ich kann den Kopf schon sehen! Sie muss nur noch pressen«, beharrte Rheda.

»Na los! Dein Baby kommt.«

Immer noch bleich zog Gérard ihre Schultern zurück und half ihr, sich aufrecht zu halten.

»Los! Ich helfe dir.« Er sprach eindringlich in ihren Nacken.

Dann rollte die letzte zermürbende Wehe über Meredith hinweg. Zitternd kauerte sie auf Gérards Schoß, nur von ihm aufrecht gehalten. Evaine umklammerte ihre Hand und mit letzter Kraft erwiderte sie den Druck und presste, den Kopf auf ihre Brust gedrückt. Dann endlich kam die Erlösung.

Mit einem jauchzenden Freudenschrei nahm Rheda das glitschige Neugeborene in Empfang und wischte ihm mit ihrem Rock Schleim und Blut aus der Nase. Zögerlich quäkend gab der neue Erdenbewohner seinen ersten Laut von sich, der sich nach einigen gezielten Schlägen von Rheda auf seinen winzigen Hintern zu einem kräftigen Schrei steigerte. Freudestrahlend hielt Rheda der zitternden Meredith das brüllende Baby hin.

»Ihr habt einen Sohn!«

Ungläubig betrachtete Evaine das winzige Gesichtchen in ihrem Arm. Inzwischen war Merediths Baby gesäubert und in ein warmes Tuch eingeschlagen worden. Seine anfangs noch gräuliche Hautfarbe strahlte nun rosig. Warm und schwer spürte Evaine sein Gewicht in ihren Armen. Es war das schönste Gefühl, das sie sich vorstellen konnte. Mit leicht geöffnetem Mündchen schlief das Kind ermüdet von den Strapazen seiner Geburt. Seine Mutter schlief ebenfalls, vollkommen erschöpft. Kaum, dass sie einen Blick auf ihr gesundes Kind geworfen hatte, hatte sie das Bewusstsein verloren. Rheda hatte auch noch ihre Nachgeburt entfernt und ihren Bauch gegen auftretende Blutungen massiert. Wenn nun kein Kindbettfieber auftrat, hatte sie es überstanden.

»Ist er nicht wunderbar?«, flüsterte Evaine und streichelte die weiche Babywange ihres Neffen.

»Das war wirklich ein Wunder.« Gérard hatte bereits mehrere Becher des starken Weins getrunken, doch seine Gesichtsfarbe war noch immer nicht ganz zurückgekehrt. Blut und Schleim waren überall auf seinem Hemd und seinen Beinkleidern verteilt und inzwischen eingetrocknet. Er sah aus, als hätte er nur um Haaresbreite ein schweres Gemetzel überlebt. Seinem Gesichtsausdruck nach zu urteilen, fühlte er sich auch so.

»*Mon Dieu,* das war entsetzlich. Und es war nicht mal mein eigenes. Wie soll das nur werden, wenn ich selbst Vater werde?«

Zum ersten Mal an diesem Tag musste Evaine lachen.

»Und das alles nur wegen dir«, murmelte sie und musterte fasziniert das friedlich schlafende Baby. »Aber du warst das alles wert«, flüsterte sie ihm zu. Dann ging sie leise zu Meredith und versicherte sich, dass auch sie schlief. Ihr Gesicht war noch immer blass, aber nicht mehr ganz so grau, und ihr Atem ging regelmäßig.

Gérard stand von seinem Platz neben dem Weinkrug auf und schlenderte zu Rheda hinüber. Sein Gang kam Evaine nicht mehr ganz so sicher vor.

Rheda war emsig damit beschäftigt, Ordnung zu schaffen. Auch sie war über und über voll Flecken und Blut, doch ihre kleine Person wirkte immer noch energiegeladen und nicht im Geringsten erschöpft.

Die Ärmel bis zu den Ellenbogen hochgerollt, stand sie am Kessel und rührte mit einem Löffel die eingeweichten Tücher im kochenden Wasser um.

Gérard trat zu ihr und nahm ihr ohne ein Wort zu sagen den Löffel aus der Hand und drehte sie zu sich um. Zu Evaines Erstaunen ließ sie es geschehen, ohne ihn mit der ihr eigenen Kratzbürstigkeit auszuschimpfen. Er warf den Löffel leichterhand auf den Boden. Verträumt nahm er ihre Hand in seine und sah sie eindringlich an.

»Das war wunderbar. Du bist wunderbar«, *murmelte er auf Französisch.* Seine Stimme war weich vom Wein. Er sprach französisch und sie verstand ihn wohl nicht.

Rheda gab ein Geräusch von sich, das für Evaine wie ein nervöses Räuspern klang.

»Du warst gut … Ich meine … das hast du wirklich gut gemacht«, antwortete sie, ohne zu wissen, was er gesagt hatte.

Evaine hatte plötzlich das Gefühl, zu stören. Gérard nahm Rhedas Hände. Sanft fuhren seine Daumen über ihre Handflächen, er drehte ihre Hände hin und her, betrachtete sie beinahe andachtsvoll.

»Du hast magische Hände.« Dann hob er ihre rechte Hand an seine Lippen und hauchte einen zarten Kuss darauf.

In Rhedas Gesicht zeichnete sich pures Erstaunen ab und ihre intensiven Augen folgten jeder seiner Bewegungen. Seine Augen erwiderten ihren Blick ohne das Unbehagen, das alle anderen zu empfinden schienen.

Mit jeder Sekunde fühlte Evaine sich mehr wie ein Schaulustiger in diesem intimen Moment. Gerne hätte sie sich lautlos entfernt, doch sie fürchtete, den Moment zu zerstören, wenn sie sich bewegte.

Rheda schluckte angestrengt und Evaine sah, wie es um ihre Augen zuckte. Dann brachen ihre Worte den Zauber.

»Nun, lass los. Ich habe noch zu tun.«

Die alte Kratzbürstigkeit kehrte zurück und Evaine fragte sich blinzelnd, ob sie das gerade geträumt hatte.

Gérard ließ ihre Hand los. So unvermittelt, wie er zu ihr gegangen war, entfernte er sich wieder und schlenderte leicht wankend zu seinem Schlafzimmer.

KAPITEL 13

Meredith erholte sich gut von der Geburt. Sie hatte weder Fieber noch starke Nachblutungen und sammelte allmählich wieder Kräfte durch die strenge Bettruhe, die Rheda ihr verordnet hatte. Doch derweil ihre Wangen die zartrosa Hautfarbe zurückerlangten, blieben ihre Augen seltsam glanzlos. Teilnahmslos saß sie im Bett. Wenn Evaine oder Rheda ihr ihr Söhnchen in die Arme legten, schaute sie ihn an, als hätte sie gar nichts mit ihm zu tun.

»Ihr Körper hat die Strapazen überstanden, aber ihr Herz kommt mit den plötzlichen Veränderungen nicht mit«, erklärte Rheda Evaine, während sie in der Küche unter den argwöhnischen Augen von Gunna aus verschiedenen Kräutern einen Tee für Meredith zubereitete. »Das ist nichts Besonderes und geschieht selbst, wenn die Geburt weniger anstrengend war.«

»Kannst du ihr irgendwie helfen?«, fragte Evaine besorgt.

»Es wird von selbst vorübergehen«, versicherte Rheda, »aber ich füge ihrem Tee noch etwas hinzu, das ihre Stimmung aufhellt.«

Während Rhedas Anwesenheit in der Küche wagten Hengest, der Küchenjunge, und die Mägde kaum, sich zu bewegen. Als hätten sie Angst, durch eine schnelle Bewegung ihre Aufmerksamkeit auf sich zu ziehen. Gunna hingegen hatte die Hände in die Seiten gestemmt und musterte sie mit offener Feindseligkeit. Hin und wieder warf Rheda ihr einen süffisanten Blick zu. Die zur Schau gestellte Ablehnung beeindruckte sie scheinbar gar nicht. Evaine selbst fröstelte beim Gedanken an die Boshaftigkeit, mit der

Gunna, unterstützt von Gyrth, ihr in der ersten Nacht entgegengetreten war. *Hexe.* Das war beileibe noch die freundlichste Bezeichnung gewesen. Doch Rheda hatte nur höhnisch gelacht und getan, wofür sie hergekommen war. Es hatte Evaines ganzer Autorität bedurft, die wüsten Drohungen und Beschimpfungen der beiden schließlich zu unterbinden und Gyrth aus der Küche zu werfen.

Evaine wusste nicht, wie lange Rheda noch bleiben würde, und ob der allgemeine Argwohn der Einwohner Allinghams sie nicht sogar zum Bleiben anstachelte. Sie selbst war froh, dass sie auch zwei Wochen nach Merediths Niederkunft noch da war. Merediths Gemütszustand hatte sich nicht gebessert und auch das Stillen gelang ihr nur schwer.

»Kein Wunder, dass sie nicht stillen kann«, murrte Rheda über das herzerweichende Geschrei des Babys hinweg zu Evaine. Mit verschränkten Armen und kritischem Blick musterte sie Meredith, die an ein Kissen gelehnt auf dem Bett saß.

»Von ihrem vielen Geheule wird irgendwann die Milch sauer«, sagte sie ungehalten.

Die Tage, an denen Meredith wie apathisch herumsaß, kamen Evaine inzwischen beinahe wie gute Tage vor. An den anderen brach sie bei der geringsten Kleinigkeit in Tränen aus und konnte sich auch Stunden später kaum beruhigen. Während Meredith halbherzig versuchte, das hungernde Baby an ihre Brust zu legen, wartete Evaine geradezu darauf, dass es ihr erneuten Anlass zum Weinen gab.

»Bitte, nimm ihn weg!« Auffordernd hielt Meredith Evaine den Säugling hin. »Es geht einfach nicht«, seufzte sie frustriert.

Dabei hatte sie es kaum versucht. Sie schien nicht das geringste Verlangen zu verspüren, ihre Aufgaben als Mutter wahrzunehmen.

»Natürlich, weil Ihr grässlich ungeschickt seid!«, fauchte Rheda und legte das plärrende Kind mit groben Handgriffen zurück an Merediths Brust. Widerwillig rollte Meredith mit den Augen.

Evaine schaute den beiden hilflos zu. Wenngleich auch ihre Geduld allmählich aufgebraucht war, so bemühte sie sich immer noch, Rücksicht auf Meredith zu nehmen. Sie hatte viel durchgemacht und brauchte vielleicht wirklich ein wenig Zeit, um sich in ihre Mutterrolle einzufinden. Rheda hingegen legte weniger Feingefühl an den Tag. Unbarmherzig zwang sie sie, ihre Pflichten zu erfüllen. Sie wurde nicht müde, das Kind wieder und wieder zu Meredith zu bringen. Am Tag zuvor hatte sie Meredith gegen deren Willen gezwungen, in der milden Oktobersonne einen Spaziergang mit ihm zu machen. Evaine konnte jedoch nicht sagen, wer von beiden gewonnen hatte. Zwar war Meredith an der frischen Luft gewesen, aber dafür saß sie den ganzen Nachmittag in einer Ecke und schluchzte vor sich hin.

Auch jetzt gab Rheda nicht klein bei und bewachte mit eisigen Blicken ihrer unheimlichen Augen das Stillen, während Meredith sich bemühte, es so schlecht wie möglich zu machen.

Mit verzweifeltem Kopfschütteln wandte Evaine sich dem zögerlichen Klopfen an der Tür zu und öffnete. Es war Ælfgifu.

»Wie geht es ihr?«, fragte Ælfgifu.

Sie nahm ehrlich Anteil an Merediths Schicksal und hatte Evaine sogar versichert, dass es ihr nach der Geburt ihres zweiten Sohnes eine Weile ähnlich gegangen sei. Als Evaine sie gefragt hatte, wie lang der Zustand angedauert hätte, hatte sie geantwortet: drei Tage. Das hatte Evaine nicht gerade beruhigt.

»Sieh selbst«, seufzte Evaine. Ælfgifu warf einen kurzen Blick in der Kammer umher, von der sich sträubenden Meredith zu dem greinenden Baby und der drohend vor ihnen aufgebauten Rheda.

»Das Stillen will immer noch nicht so recht klappen?«, folgerte sie. Wortlos schüttelte Evaine den Kopf.

»Ich … ich könnte es für eine Weile machen«, bot sie zögerlich an. Ælfgifus Baby war mittlerweile ein Jahr alt und sie hatte bereits begonnen, ihn abzustillen. Es war der ideale Zeitpunkt, sie mit der Aufgabe der Amme zu betrauen. Sie hatte es schon mehrfach angeboten, aber Rheda hatte heftig abgelehnt. Es sei Merediths Aufgabe, hatte sie entschieden, und Evaine gab ihr darin recht. Wenn sie sich weiterhin in ihrer Traurigkeit verschloss, würde sie nie eine Beziehung zu ihrem Sohn aufbauen. Dennoch zerrte der tägliche

Kampf an Evaines Nerven und sie konnte weder das Gezeter ihrer Schwester noch das klägliche Leid ihres Neffen länger mit ansehen. Innerlich zerrissen blickte sie von Ælfgifus immer noch prallen Brüsten zu Meredith.

»Dann versucht es auf der anderen Seite«, herrschte Rheda sie gerade an.

»Es geht aber nicht!«

In Merediths Augen glänzten erneut Tränen, während der Kopf ihres Sohnes vor lauter Schreien schon rot angelaufen war. Evaine hielt es nicht mehr aus.

»Schluss damit!«, fuhr sie dazwischen und nahm Meredith das schreiende Bündel entschieden ab. »Dann soll Ælfgifu es eben machen.«

Meredith schniefte erleichtert. »Ja, lass es Ælfgifu machen.«

Mit wütenden Blicken verfolgte Rheda, wie Evaine das Baby an Ælfgifu weitergab.

»Es ist aber nun mal Euer Kind! Und nicht Ælfgifus!«, fauchte sie Meredith an und stemmte dabei die Hände in die Hüften. »Auch wenn Ihr das nicht hören wollt!«

Meredith drehte sich weg und vergrub sich in den Kissen und Decken. Daher richtete Rheda ihren Unmut nun auf Evaine.

»Sie wird nie eine Bindung zu ihrem Kind aufbauen, wenn Ihr ihr alles abnehmt!«

»Du hast recht, aber so kommen wir ja auch nicht weiter«, erwiderte Evaine müde und massierte ihre pochenden Schläfen mit den Fingern. Das unablässige Gezänk und Geschrei bescherte ihr Kopfschmerzen. Ælfgifu offenbar ebenso, denn sie versuchte gerade, sich aus der Kammer zu entfernen. Doch Rheda hielt sie zurück.

»Nein, hiergeblieben!« Sie bugsierte Ælfgifu zu Meredith an das Bett. »Wenn sie schon nicht selbst stillen will, dann soll sie wenigstens zusehen.«

Dann zog sie Evaine mit sich hinaus und schlug die Tür lautstark hinter ihnen zu. Müde trottete sie Rheda hinterher in die Halle.

»… kein Wunder, das alles. Sie ist ja 'ne Hexe.« Bei ihrem Eintreten tuschelte Hilda mit gesenktem Kopf auf Winnie ein. »Und als Preis für ihr Leben hat sie ihre Seele genommen. Und das ist jetzt das Ende …«

Als sie Evaine und Rheda erblickte, verstummte Hilda abrupt und Winnies Wangen wurden feuerrot. Evaines aufgestaute Frustration entlud sich augenblicklich angesichts dieser bodenlosen Gemeinheit.

»Raus hier! Alle beide!«, fauchte sie, woraufhin die beiden schnellstmöglich das Weite suchten.

Rheda verlor kein Wort. Während Evaine sich matt auf einer Bank niederließ, machte sie sich an dem Topf zu schaffen, der über dem Feuer in der Halle hing. Vom ersten Tag an hatte Rheda darauf bestanden, für sich und ihre Tochter eigenes Essen zu kochen, und sich geweigert, an den gemeinsamen Mahlzeiten in der Halle teilzunehmen. Niemand auf der *burh* bedauerte das. Stattdessen köchelte nun zu jeder Tageszeit ein Topf mit Porridge oder Eintopf über dem Feuer, in dem sie von Zeit zu Zeit herumrührte. Wenn sie mit ihrer Tochter davon gegessen hatte, füllte sie die Reste mit Fleisch, Brot oder Gemüse auf und ließ das Ganze bis zur nächsten Mahlzeit weitergaren. Offenbar wollte sie nun davon essen, denn sie winkte ihr schüchternes Töchterchen heran und füllte dann zwei hölzerne Schalen. Mit ängstlichen Blicken nahm Rhedas Tochter neben Evaine auf der Bank Platz.

»Lass es dir schmecken, Blythe«, sagte Evaine freundlich zu dem scheuen Mädchen, als es sich zu ihr setzte. Das Aussehen des Mädchens glich ganz und gar dem ihrer Mutter. Sie hatte das gleiche glatte, schwarze Haar, die gleiche blasse Haut und auch ihre auffällige Augenfarbe. Im Unterschied zu Rheda wirkte das strahlende Blau bei ihr aber keineswegs stechend oder unangenehm. Vielmehr schienen die Augen viel zu groß für das schmales Gesichtchen und nahmen es ganz und gar ein.

»Hier.«

Evaine sah erstaunt auf, als Rheda ihr ebenfalls eine Schale des seltsamen Eintopfs vorsetzte.

»Ihr stillt zwar nicht, aber Ihr solltet auch etwas essen«, sagte sie als Antwort auf die unausgesprochene Frage in Evaines Gesicht. Irritiert sah Evaine auf die dunkle Masse in der Schale vor sich und überlegte, wie sie das Angebot ablehnen könnte, ohne unhöflich zu sein. Während sie noch darüber nachdachte, stieg ihr dessen Duft in die Nase und ihr Magen begann leise zu grummeln. Es roch erstaunlich appetitlich und Evaine entschied spontan, es zu probieren. Es schmeckte auch gut. Natürlich ließ es sich nicht mit Gunnas Essen vergleichen, aber es war aromatisch und schmackhaft und wesentlich besser als der Eintopf von Roberts Feldkoch.

Sie wusste gar nicht mehr, wann sie das letzte Mal am gemeinsamen Essen in der Halle teilgenommen hatte. Ihr Leben glich seit Wochen einem unaufhörlichen Auf und Ab, das von Merediths Gemütszustand und den Bedürfnissen des Säuglings bestimmt wurde. Für einen geregelten Tagesablauf blieb dabei keine Zeit mehr.

Rheda gesellte sich mit ihrer Schüssel zu ihnen, und als sie ihre schweigende Mahlzeit beendet hatten, fühlte Evaine sich ein bisschen besser. Der Porridge füllte angenehm warm ihren Magen und das Pochen in ihren Schläfen hatte nachgelassen. Nach dem Essen stand Rheda wortlos auf und räumte ab. Sie hatte es gerade erledigt, als Gérard zu ihnen stieß. Im Vorbeigehen warf er einen flüchtigen Blick in den Topf und zog schnüffelnd die Luft ein.

»Riecht wie das, was meine Mutter immer gekocht hat«, sagte er in die Runde, wenngleich nur Evaine ihn verstehen konnte, und beäugte neugierig den Inhalt. »Sie hat es *firlefanz* genannt und einfach alles reingeschmissen, was sie finden konnte. Daher schmeckte *firlefanz* immer anders.«

Rheda beobachtete ihn argwöhnisch.

»Kann man was davon haben?«, fragte er.

Ohne auf eine Antwort zu warten, griff er nach einer leeren Holzschale und begann, sich selbst zu bedienen. Als Rheda es bemerkte, schoss sie auf ihn zu und riss ihm die Schale so heftig aus der Hand, dass die Hälfte über den Boden schwappte. Dann kippte sie den Rest zurück in den Topf. Dabei schimpfte sie auf Angelsächsisch auf ihn ein. Für den Ton ihrer Stimme brauchte es wirklich keinen Übersetzer, doch Gérard ließ das Ganze völlig unbeeindruckt.

»Dann eben später«, sagte er leichthin.

Evaine hatte das Schauspiel beobachtet. Wenn sie die beiden miteinander sah, war sie sich oft nicht sicher, ob sie den zauberhaften Moment zwischen ihnen nach Merediths Niederkunft nur geträumt hatte. Rheda behandelte ihn beinahe noch kratzbürstiger als alle anderen, wohingegen Gérard unerschütterlichen Gleichmut gegen ihre Biestigkeit an den Tag legte. Guter Laune setzte er sich zu Blythe und Evaine an den Tisch.

»*Bien-aimée!*«, begrüßte er die Kleine lächelnd.

Wenn sie seine Koseworte auch nicht verstand, so doch deren Bedeutung. Die Andeutung eines Lächelns huschte über ihr schmales Gesicht.

»Hier. Für dich«, sagte Gérard und zog zwei kleine Holzfiguren aus seiner Tasche. Es waren zwei geschnitzte Püppchen. Unverkennbar eine Frau und ein Kind.

Unwillkürlich flog Evaines Blick zu Rheda. Ihre blauen Augen sprühten Funken und sie hatte die Lippen fest zusammengepresst. Sie hätte ihn offenbar nur zu gerne angefahren, sich von ihrem Kind fernzuhalten. Doch offenbar hielt der strahlende Blick in Blythes Augen sie davon ab. Augenblicklich begann Blythe ein stummes Spiel mit den beiden Puppen und ließ sie über den Tisch tanzen. Nur hin und wieder formte ihr Mündchen lautlose Worte, die niemand außer ihr verstand.

Als Evaine zurück in die kleine Kammer trat, war die Luft stickig und die Blenden vor dem einzigen Fenster geschlossen. Im Halbdunkel saß Meredith auf dem Bett und starrte vor sich hin. Ihr Söhnchen lag in eine Decke gewickelt neben ihr auf der Matratze und schlief, nachdem es nun endlich satt geworden war. Meredith sah ihn nicht einmal an. Kopfschüttelnd ging Evaine zum Fenster und riss die Blenden auf, damit frische Luft hereinkam. Träge folgte Merediths Kopf ihrer Bewegung und ihre Augen blinzelten gegen das hereinfallende Licht.

Evaine setzt sich neben sie auf die Matratze. Ihr Blick streifte das Baby. Es hatte die Lippen halb geöffnet und streckte im Schlaf seine winzige Zunge heraus. Evaine konnte nicht widerstehen und strich ihm sanft über die zarte Wange. Es fühlte sich wunderbar weich an. Am liebsten hätte Evaine ihn aufgenommen und in ihren Armen gekuschelt. Aber sie wollte ihn nicht wecken.

»Er ist so wunderhübsch«, murmelte sie lächelnd und sah von dem Kind zu Meredith. Auf deren Gesicht zeigte sich nicht einmal der Anflug eines Lächelns. Evaines Freude erstarb. Die Momente, in denen Meredith sich lächelnd und erwartungsvoll über den runden Bauch gestrichen hatte und sie gemeinsam vom Aussehen ihres Kindes geträumt hatten, schienen Evaine Jahre und nicht wenige Wochen her zu sein. Eine innere Stimme sagte ihr, dass Meredith für ihr Verhalten nichts konnte. Ihr Herz und ihr Verstand waren erschöpft. Dennoch wuchs das Bedürfnis, sie anzufahren und so lange zu schütteln, bis sie zur Besinnung kam.

Es klopfte und Gérard steckte den Kopf zur Tür hinein.

»*Bonjour,* Meredith«, sagte er. »Ich habe eine Überraschung für dich.«

Ihre glanzlosen Augen musterten ihn. Dann stieß er die Tür auf und bugsierte einen großen, mit einem Tuch bedeckten Gegenstand hinein, den er stolz vor ihrem Bett absetzte.

»Alles Gute!«, rief er und zog das weiße Leinentuch weg.

Es war eine Wiege aus honiggelbem Eichenholz. Durch den Ruck der weggezogenen Abdeckung schaukelte sie sanft hin und her. Kopf- und Fußteil waren liebevoll mit Schnitzereien verziert.

»Oh Gérard«, hauchte Evaine sprachlos.

»Ich habe sie selbst gemacht«, sagte er und beugte sich über sein Kunstwerk. »Das sind kleine Sterne und die Sonne«, sagte er und wies auf die Schnitzereien am Kopfteil. »Damit ihm tags die Sonne scheint und nachts die Sterne über ihm leuchten. Und hier« – er wies auf den Fußteil, »sind Engel, die zu seinen Füßen wachen.«

»Das … das ist wunderschön.« Hingerissen ließ Evaine ihre Finger über die Kanten der Wiege gleiten. Er musste sie unzählige Male abgeschliffen haben, denn es waren keine einzige Unebenheit und kein einziger Splitter zu fühlen.

»Danke«, sagte er stolz. »Ich habe den ganzen Sommer daran gearbeitet. Aber ich war noch nicht ganz fertig. Daher hat es noch ein wenig gedauert.«

Erwartungsvoll sah er Meredith an, die immer noch keinen Ton gesagt hatte. Fragend runzelte Gérard die Stirn. Evaine tat es unendlich leid.

»Das ist ein so wunderbares Geschenk, Gérard«, sagte sie immer noch ganz bewegt an Merediths Stelle. Verunsichert nickte er und sah wieder zu Meredith. Sein Blick fiel auf das Baby.

»Oh, dann können wir ja gleich dein neues Bettchen ausprobieren, Kamerad.«

Er hob das kleine Bündel hoch und legte es vorsichtig hinein. Das Baby schlief friedlich weiter, während Gérard es sanft hin und her schaukelte.

Immer noch gab Meredith keinen einzigen Ton von sich und Evaine konnte sehen, wie Gérards Unsicherheit wuchs.

»Nun … wie heißt er denn eigentlich?«, fragte er in dem Versuch, Meredith eine Reaktion zu entlocken.

Ein seltsamer Ausdruck trat in ihre Augen, dann brach sie in Tränen aus. Erschrocken starrte Gérard sie an.

»Meredith, … was …?« Hilflos sah er zu Evaine hinüber. »Was habe ich …?«

»Nimm sie weg!«, schluchzte Meredith. »Nimm sie weg und … nimm ihn mit!« Erschrocken hob Evaine das Kind aus der Wiege. »Geht! Geht einfach!« Das Gesicht in die Kissen gepresst, dämpfte der Stoff Merediths hysterische Ausrufe. »Alle!«

Bestürzt ergriff Gérard die Wiege und verließ fluchtartig das Zimmer. Evaine folgte ihm mit dem Baby auf dem Arm.

»Es hat wirklich nichts mit dir zu tun«, versuchte Evaine ihn später zu trösten. Sie saßen gemeinsam im Herrenzimmer neben dem Feuer. Ælfgifu hatte einen Strohsack zurechtgemacht und nun schlief das Baby friedlich in der Wiege, die Gérard und Evaine abwechselnd anstießen.

»Sie steht völlig neben sich. Und es will einfach nicht besser werden.«

Immer noch fassungslos beobachtete Gérard das Baby, das im Schlaf leise gurgelnde Geräusche von sich gab.

»Kann man ihr denn nicht helfen?«, fragte er kopfschüttelnd. Merediths heftiger Ausbruch hatte ihn tief getroffen. Er hatte wochenlang an dem Geschenk gearbeitet. »Kann Rheda ihr nicht irgendetwas geben? Einen Tee?«, hob er verzweifelt an.

»Nein. Rheda weiß auch nicht mehr weiter«, sagte Evaine

Der heutige Tag hatte auch ihr jegliche Hoffnung genommen, dass Meredith von selbst zu sich zurückfinden würde. Sie war gefangen. Eingeschlossen in sich selbst und einem Kreislauf aus Traurigkeit. Und weder Evaines liebevolle Sorge noch Rhedas Forderungen oder der Anblick ihres Sohnes konnten diese Mauer durchbrechen.

Nachdenklich betrachtete Evaine das Baby. Auf seinem Köpfchen zeigte sich ein zarter blonder Flaum, und wenn es wach war, strahlten seine Augen blau. Evaine wusste, dass die meisten Kinder bei der Geburt blaue Augen hatten, aber es war zu verlockend, sich Merediths Sohn als winziges Ebenbild seines Vaters vorzustellen. Jedenfalls so, wie er früher gewesen war. Lachend und voll jungenhaftem Charme.

»Ich werde Alric holen«, sagte sie plötzlich. Erstaunt sah Gérard auf.

Sie hatten alles versucht. Nichts hatte Meredith aus ihrer Niedergeschlagenheit herausreißen können. Vielleicht konnte sein Anblick etwas in ihr bewegen.

»Nein! Du kannst ihn nicht holen. Auf keinen Fall!«

Gérards Stimme war voller Empörung, aber sie ließ sich nicht bremsen. Alric versteckte sich irgendwo da draußen in den Wäldern, zusammen mit Osrics anderen Männern. Aber sie würde ihn finden.

»Evaine!«

Gérard schüttelte sie unsanft an der Schulter. »Auf gar keinen Fall! Er ist ein Geächteter! Er hat Robert in seiner eigenen Halle angegriffen!« Die dunklen Augen blitzten entrüstet. »Während meiner Aufsicht wird dieser Drecksack keinen Fuß nach Allingham setzen!«

»Bitte hör mir einen Augenblick zu, Gérard.« Evaine schob die Hand weg, die ihre Schulter schmerzhaft umklammerte. »Es ist auch sein Kind«, sagte sie eindringlich. »Er hat seinen eigenen Sohn noch nicht einmal zu Gesicht bekommen.«

»Das ist seine eigene Schuld«, sagte Gérard unnachgiebig.

»Nein«. Evaine schüttelte den Kopf. »Er weiß nicht einmal, dass es ihn gibt. Wir sollten es ihm zumindest sagen. Und vielleicht wird es Meredith helfen. Sieh dir dieses arme Würmchen an und sag mir, ob wir es verantworten können, dass er am Ende ohne Vater und ohne Mutter aufwächst!«

Anklagend deutete sie auf das Baby.

Immer noch starrte Gérard sie finster an, doch sie konnte spüren, dass sein Widerstand zu bröckeln begann.

»Ich glaube nicht, dass Robert das anders sehen würde.« Evaine musste schlucken, weil es ihr plötzlich schwerfiel, über ihn zu sprechen. »Er hat alles versucht, Meredith zu helfen, als er von ihrer Schwangerschaft erfahren hat.«

Die Nacht, in der Meredith davonlaufen wollte, stand mit einem Mal übergroß vor ihrem inneren Auge. Und mit schmerzlicher Klarheit erinnerte sie sich an das tiefe Vertrauen, das sie trotz allem bewogen hatte, zu Robert zu gehen. Und noch schmerzhafter war die Erinnerung an seinen Trost, den Halt und die Sicherheit, die er ihr gegeben hatte. Die Sehnsucht nach ihm schnürte ihr die Kehle zu, stärker und heftiger als im gesamten trostlosen Sommer.

Sie fühlte, wie sie innerlich zitterte, und konnte nicht weitersprechen. Der Wunsch, dass er hier wäre, bei ihr, und ihr auch in dieser Not helfen würde, war unbeschreiblich groß und beanspruchte ihr ganzes Denken.

»Also schön. Aber nur Alric«, sagte Gérard schließlich.

Evaine brauchte einen Moment, um zu begreifen, dass Gérard gerade nachgegeben hatte.

Zwei Tage später stapfte Evaine gemeinsam mit Byrhthelm durch den herbstlichen Wald. Das gefallene Laub dämpfte ihre Schritte.

Gérard hatte hartnäckig darauf bestanden, sie zu begleiten. Doch Evaine hatte genauso entschieden abgelehnt und es letztlich geschafft, ihn zu überzeugen, dass sie ohne ihn sehr viel sicherer war als mit ihm. Stattdessen nahm sie Byrhthelm mit, der Alric schon einmal aufgespürt hatte.

»Bist du sicher, dass es hier ist?«, fragte Evaine vorsichtig.

Sie standen im Wald auf einer einsamen Lichtung. Wenn es ein vereinbarter Treffpunkt war, so fragte Evaine sich, inwiefern sich diese Lichtung von allen anderen unterschied, an denen sie unterwegs vorbeigekommen waren. Der Boden war mit dem rötlichen Laub der umstehenden Buchen bedeckt. Es roch feucht und leicht modrig nach faulenden Blättern und Herbst. Noch war es nicht sonderlich kalt und die freundliche Oktobersonne schien klar durch das kahler werdende Blätterdach. Byrhthelm und sie waren abgesessen und hatten ihre Pferde in der Nähe angebunden, wo sie leise scharrend auf dem Waldboden nach Bucheckern suchten.

Mit jedem Augenblick, den sie warteten, wuchs Evaines Nervosität. Sie hatte keine Vorstellung davon, wie das Treffen ablaufen würde, und konnte Alrics Reaktion nicht im Geringsten abschätzen. Früher einmal hatte sie gedacht, sie würde ihn kennen und sein Verhalten verstehen. Aber das war der unbeschwerte Junge gewesen, mit dem sie und Meredith aufgewachsen waren. Der Mann mit dem Blick voll brennendem Schmerz und Hass, der sich von Allingham getrennt hatte, schien ein Fremder zu sein.

Sie ließ den Blick über die friedliche Lichtung schweifen. Wie bei der Hochzeit konnte Evaine nicht einmal sagen, ob Alric überhaupt erscheinen würde. Die ganze Zeit lauschte sie auf das Rascheln der Blätter, das die Ankunft weiterer Reiter ankündigen würde. Aber nur das heisere Krächzen der Eichelhäher in den Buchen über ihnen und das Grunzen eines Igels unter den Laubhaufen erfüllten den Wald. Als auf der gegenüberliegenden Seite der Lichtung lautlos zwei Männer auftauchten, schrak Evaine zusammen. Kein Geräusch hatte sie verraten.

In Begleitung eines weiteren Mannes näherte sich Alric. Einzelne Strahlen der Oktobersonne fingen sich in seinen blonden Haaren. Evaines Glieder zuckten in dem Impuls, ihm entgegenzugehen. Doch Byrhthelm hielt sie mit eisernem Griff und grimmiger Miene zurück, als markiere die Lichtung eine unsichtbare Grenze, die sie nicht überschreiten durften. Ungeduldig blieb sie stehen und wartete, dass Alric zu ihnen herüberkam. Der Mann neben ihm war einen halben Kopf kleiner und hatte dunklere Haare, in der Farbe von Kastanien, in das die Sonne rötlichen Glanz mischte. Als Evaine ihn erkannte, wurde ihr Herz bleischwer. Es war Osric.

»Was willst du?«

Alric blieb drei Schritte entfernt von Byrhthelm und Evaine stehen. Seine Begrüßung war kein bisschen freundlich und der Knoten in Evaines Magen verhärtete sich.

»Þesaþ þé hále«, begrüßte sie die beiden und mühte sich um einen freundlichen Ton.

Die Männer antworteten mit wortlosem Nicken. Osric musterte Byrhthelm mit offenem Argwohn. An dem Tag, an dem er Robert die Treue geschworen hatte, war er für ihn zum Verräter geworden, wenngleich er für die Normannen genauso wenig vertrauenswürdig war. Dann krochen Osrics Augen prüfend über Evaine hinweg. Sie fragte sich, warum er Alric begleitete.

»Ich muss mit dir sprechen«, sagte sie an Alric gewandt. »Über Meredith.«

Alrics blaue Augen verdunkelten sich wie der Sommerhimmel bei einem Gewitter.

»Wenn sie etwas von mir will, soll sie selbst kommen. Davon abgesehen kennt sie meine Bedingungen.«

Er hatte sich wieder einen Bart wachsen lassen. Wenn er auch nicht ganz so ungepflegt aussah, erinnerte er sie doch an den Überfall auf dem Weg nach London.

»Ist das alles, weshalb du gekommen bist?«, fragte Alric barsch.

»Ja … ich …«

Ehe sie mehr sagen konnte, machte Alric auf dem Absatz kehrt und ging. Osric zögerte einen Moment und warf einen nachdenklichen Blick auf Evaine. Alarmiert wuchs die Ahnung in Evaine, dass er aus Motiven hier war, die nichts mit Alric zu tun hatten. Dann verbannte sie panisch jeden weiteren Gedanken an ihn, weil Alric bereits zurück über die Lichtung marschierte.

»Du hast einen Sohn!«

Ihre Worte ließen Alric wie angewurzelt stehen bleiben. So hatte sie es ihm nicht sagen wollen. Aber aus Angst, dass er genauso lautlos verschwinden würde, wie er aufgetaucht war, fiel ihr nichts anderes ein. Ganz langsam wandte Alric sich zu ihr um, das Gesicht voll Überraschung. Entschlossen ging sie über die Lichtung auf ihn zu.

»Du und Meredith, ihr habt einen Sohn.« Sie blieb wenige Schritte vor ihm stehen.

Sprachlos starrte er sie an und schüttelte stumm den Kopf.

»Doch«, fuhr Evaine fort und kam noch etwas näher, »er wurde vor zweieinhalb Wochen geboren. Am Tag nach Michaelmas.«

»Nein … sie hat nie …« Krächzend fand Alric seine Stimme wieder, während die Überraschung in seiner Miene Bestürzung wich. »Sie hat mir nie ein Wort gesagt!«

»Ich weiß. Aber dieses Kind war der Grund, warum sie auf eurer Hochzeit bestanden hat.« Evaine schluckte und zwang sich weiterzusprechen, egal wie schmerzhaft die Erinnerung war. »Und es war auch der Grund, warum sie dich nicht begleiten wollte.«

Er stieß die Luft aus und strich sich fahrig durch das Haar. Er war groß, trotz der Umstände wohlgenährt und vom Sommer noch leicht gebräunt. Doch jetzt wurde seine Haut unter der Bräune blass und auf seiner Stirn bildeten sich Schweißperlen. Evaine hatte plötzlich Angst, dass er umkippen würde. Er schien sich auch so zu fühlen, denn er sackte in die Knie und ließ sich mitten auf der Lichtung auf das feuchte Laub sinken. Ungläubig schüttelte er immer noch den Kopf.

»Evaine … ist … das dein Ernst?«

Er klang verletzlich und bis ins Mark erschüttert. Langsam ließ Evaine sich zu ihm auf den Waldboden nieder und ergriff seine Hand. Sie fühlte sich kalt an.

»Ja, Alric. Es ist die Wahrheit. Aber das ist noch nicht alles.«

Sie wusste, dass er Zeit brauchte, alles zu begreifen. Zeit, um zu erfassen, dass er Vater geworden war. Zeit, um zu verstehen, warum Meredith es ihm nicht gesagt hatte. Und Zeit, um sich selbst zu vergeben, dass er nicht da gewesen war. – Aber sie hatten keine Zeit. Also holte Evaine tief Luft und schilderte ihm kurz zusammengefasst die schwierige Geburt und Merediths jetzigen Zustand.

»Sie braucht dich jetzt. Bitte komm mit mir«, schloss sie.

Eine Weile blieb Alric einfach sitzen. Das Gesicht in den Händen vergraben, hockte er auf dem Waldboden.

Schließlich räusperte Evaine sich und berührte ihn sacht an der Schulter. Er hob das Gesicht aus den Händen und blickte Evaine aus verzweifelten Augen an. Ihre Farbe erinnerte Evaine an den Himmel im Frühjahr, zerrissen zwischen klarem Blau und stürmischem Wind.

»Komm mit mir«, bat sie ihn leise.

Er atmete durch, nickte und erhob sich mühsam. Dann wandte er sich zu Osric um. Er und Byrhthelm waren am Rand der Lichtung stehen geblieben und hatten sie beide wortlos beobachtet.

»Ich hole mein Pferd«, sagte er matt zu Osric.

Osric nickte, als wäre es eine wortlose Erlaubnis, sah ihn jedoch nicht an. Sein Blick war eindringlich auf Evaine gerichtet. Sie fühlte wachsendes Unbehagen.

»Byrhthelm, geh mit ihm.«

Es war das erste Mal, dass Osric das Wort ergriff. Evaine sah bittend zu Byrhthelm herüber. Sie hatte auf einmal Angst, allein mit Osric zurückzubleiben. Byrhthelm blieb zögerlich stehen.

»Ich sagte, geh!«

Osrics heftige Worte ließen Evaine zusammenzucken. Einen Augenblick lang hielt Byrhthelm dem Blick aus Osrics stahlgrauen Augen stand, dann folgte er Alric langsam über die Lichtung. Evaine sah ihnen nach. Alric, der sich gebrochen wie ein alter Mann vorwärtsschleppte, und Byrhthelm, der ihr und Osric über die Schulter immer wieder misstrauische Blicke zuwarf. Evaine betete stumm, dass sie ihre Pferde nicht allzu weit entfernt zurückgelassen hatten.

Angespannt richtete sie ihre Aufmerksamkeit auf Osric. In der Zwischenzeit war er unbemerkt näher gekommen. Innerlich zitternd und mit trockener Kehle sah sie ihn an. Er verzog die Lippen zu einem kühlen Lächeln.

»Seit wann hast du Angst vor mir, Evaine?«

Sie wusste es selbst nicht. Früher hätte sie jedem gesagt, er wäre wie ein Bruder für sie. Doch jetzt machte seine Nähe sie nervös. Sie wusste, was er in Redlow getan hatte, und von den vielen Überfällen auf Roberts Güter.

»Ich habe keine Angst vor dir«, sagte sie und hoffte, dass es die Wahrheit war.

Sein rechter Mundwinkel hob sich ein wenig und gab seinem Lächeln einen spöttischen Anschein, als würde er ihr nicht glauben. Aber er ging nicht näher darauf ein.

»Ich habe gehört, der Normanne hat Allingham verlassen«, sagte er stattdessen.

»Ja«, entgegnete sie einsilbig, weil es ihr widerstrebte, ihm gegenüber auch nur ein einziges Wort über Robert zu verlieren.

»Ich habe gehört, er hat sich verkrochen, sich ängstlich wie ein Hase hinter hohen Palisaden verschanzt«, fuhr er fort.

Wenngleich sein Ton scheinbar unbeteiligt blieb, sah sie hämische Freude darüber in seinen Augen. Plötzlich hatte sie keine Lust mehr auf dieses Spielchen.

»Warum bist du hier, Osric?«

»Ich habe Alric begleitet«, erwiderte er gelassen.

»Nein, ich meine, warum bist du *hier*, in diesen Wäldern? Was tust du hier?«

Seine grauen Augen wurden schmal.

»Du warst an Candlemas dabei«, sagte er grimmig. »Im Unterschied zu dir habe ich die Wahrheit gesagt.«

Sie überhörte seine Provokation.

»Aber du hast nicht gesagt, warum du das tust!«, entgegnete sie stattdessen. »Es geht hierbei doch nicht um dein Erbe! Hättest du den Treueid geleistet, hättest du das Erbe deines Vaters vielleicht längst zurück. Aber Godric war *mein* Vater und das Land hier *mein* Erbe!«

Osrics Mundwinkel zuckten verächtlich.

»Vielleicht kannst du ja ruhig schlafen, mit der Gewissheit, dass das Erbe deines Vaters in den Dreck gezogen wird. Ich werde es jedenfalls nicht hinnehmen!«

Wie am Tag von Candlemas huschten bei Godrics Erwähnung neben all dem Hass noch andere Empfindungen über Osrics Miene. Und wieder glaubte Evaine, dass es Schmerz und Schuld waren.

»Du bringst meinen Vater nicht zurück, wenn du Robert von hier vertreibst«, sagte sie ruhiger. Das Flackern in Osrics Augen nahm zu und gab Evaine die Gewissheit, richtig zu liegen. »Und mein Vater hätte niemals gutgeheißen, was du tust, Osric.«

Drohend machte er einen Schritt auf sie zu.

»Würde er denn gutheißen, was du tust? Wie billig du dich selbst verkauft hast?«

»Was willst du damit sagen?«, fragte sie eisig.

»Hast du bei ihm gelegen?«, entgegnete er statt einer Antwort. Zorn durchzuckte seine Augen. Er kam noch näher. »Sag es mir! Hast du das Bett des Normannen geteilt?«

»Du Lump!«, presste sie angewidert hervor und wirbelte herum, doch Osric packte ihren Arm und riss sie grob zurück.

»Antworte!«

Gegen ihren Willen wurde sie rot. Rot vor Scham und vor Demütigung. Sie wollte ihn anschreien, dass es ihn einen Dreck anginge, doch er fasste ihre Schultern und schüttelte sie heftig.

»Antworte gefälligst!«

»NEIN!«

Sie spuckte ihm die Worte beinahe ins Gesicht und spürte, dass ihre Wangen vor Scham brannten, weil es nicht an ihr lag, dass die Antwort so ausgefallen war. Doch Osric deutete die Röte in ihrem Gesicht als gerechte Empörung. Ruckartig ließ er sie los und das Blitzen in seinen Augen ließ nach, als hätte ihre Antwort alles geändert.

Wieder sah er sie stechenden Blickes an. Evaine hoffte inständig, dass Alric und Byrhthelm zurückkommen würden. Doch sie war immer noch mit Osric allein.

»Ich verstehe, warum du an Candlemas so gehandelt hast«, sagte er dann. Sein Ton war plötzlich milde, beinahe verständig. Evaine wollte ihn nicht einmal mehr ansehen.

»Du warst allein und fühltest dich schutzlos. Und du dachtest, es wäre dein einziger Ausweg. Ich verstehe es und ich verzeihe dir.«

Ihr lag auf der Zunge zu sagen, dass er ihr gar nichts zu vergeben hatte. Vielmehr war es an ihr, ihm zu verzeihen! Nur seinetwegen musste sie an Candlemas in den eisigen Fluss springen! Und im Gegensatz zu Robert hatte ihr Schicksal ihn nicht gekümmert. Doch sie schluckte die Worte hinunter, weil sie seinen Zorn nicht schon wieder heraufbeschwören wollte.

Wieder schweiften ihre Augen ungeduldig über die Lichtung und ihr kam der Verdacht, dass Byrhthelm und Alric im Gebüsch darauf warteten, dass Osric sein Gespräch mit ihr beendete.

»Ich habe deinen Vater sehr geliebt.«

Osrics raue Stimme ging ihr durch und durch und brachte sie dazu, ihn doch wieder anzusehen. Wenngleich sie sich sicher war, dass ihr Vater etwas anderes von Osric erwartet hätte, so war er doch immer der Sohn gewesen, den er sich gewünscht hatte. Evaine wollte die Gefühle nicht aufkommen lassen, aber die Erinnerung an ihren Vater und ihre gemeinsame Jugend hatte dennoch etwas Verbindendes. Auch wenn sie und Osric nun auf unterschiedlichen Seiten standen.

»Ich weiß«, antwortete sie leise, »er hat dich auch geliebt.«

»Aber du hast ihm immer alles bedeutet«, murmelte Osric. Sie spürte, wie seine Finger nach ihrer Hand tasteten und wurde mit einem mal gewahr, wie nah bei ihr er stand.

»Du weißt, was er sich immer für dich gewünscht hat«, wisperte er in ihr Ohr. Ihre Kehle wurde trocken und sie schloss die Augen, als könnte sie ihn dadurch am Weitersprechen hindern.

»Heirate mich, Evaine. Bitte werde meine Frau.« Sein warmer Atem streifte ihre Wange. »Du weißt, dass ich mir das immer gewünscht habe. Genauso wie dein Vater.«

»Ich …«, sie schüttelte den Kopf, »wir … uns trennt zu viel«, wandte sie ein.

»Was denn? Was trennt uns?« Seine Stimme klang warm und einladend, nach dem Mann, der sie vor einem Jahr im Hof ihres Vaters geküsst hatte.

Sie hätte ihn damals nicht heiraten können und sie konnte es auch jetzt nicht. *Was trennt uns?* Sie dachte an Allingham, an die brennende Mühle von Redlow, an Arnaud und ihren Treueid, den *ordæl* und das eisige Wasser. Vor allem aber dachte sie, dass es falsch war. Seine Stimme war falsch und seine Worte waren falsch. Der hörbare Klang seines Atems, selbst der Rhythmus seines Herzens. Es war falsch, einfach falsch, weil er nicht Robert war.

»Siehst du das denn nicht?«, hob sie verzweifelt an, weil sie ihre Gedanken nicht in Worte fassen konnte.

»Ich sehe, dass ich dich schon immer gewollt habe«, erwiderte er.

Dass ich dich will, nicht liebe, schoss es ihr durch den Kopf. Zögerlich schlang er einen Arm um ihre Taille. Evaine wurde heiß und sie widerstand dem Drang, seinen Arm wegzuschieben.

»Nein … das … was soll das für ein Leben sein?«, stammelte sie und versuchte über seine Schulter hinweg nach Alric Ausschau zu halten. »Du bist ein Geächteter … ein Rebell. Ich will so nicht leben.«

»Natürlich nicht«, erwiderte er ernst, während seine Hand ihre Taille streichelte. »Ich wäre zu Kompromissen bereit.«

Hellhörig wandte sie sich ihm zu. Sollte das ein Handel sein? Ihre Hand im Austausch gegen Frieden? Zu spät merkte sie, dass es ein Fehler war, ihn anzusehen, denn nun kam sein Gesicht ihrem noch näher und sie spürte, dass er sie küssen wollte.

»Osric!« Ihre Hände pressten sich gegen seinen Brustkorb. »Ich kann das nicht!«

Ärgerlich schnaubend ließ er von ihrem Gesicht ab, hielt sie aber nach wie vor umschlungen.

»Überleg es dir.« Es klang mehr wie ein Befehl als eine Bitte. »Versprich mir, darüber nachzudenken.«

Der Ausdruck seiner Augen und der Ton seiner Stimme waren wieder merklich abgekühlt.

»Ja! Ich verspreche es«, stieß sie atemlos hervor.

Osric ließ sie los, als das Geräusch von Pferdehufen endlich Alrics und Byrhthelms Rückkehr ankündete. Evaine spürte eine Welle der Erleichterung und wich eilig ein paar Schritte vor ihm zurück. Wieder glitt Osrics Blick prüfend über sie hinweg.

»Denk darüber nach«, wiederholte er knapp. Dann verschwand er zurück in den Wald, aus dem er gekommen war.

Als Evaine und Alric schließlich vor Merediths Zimmertür standen, hatte immer noch keiner von ihnen ein Wort gesagt. Alric war wie betäubt, ganz und gar versunken in Gedanken, die tiefe Furchen in sein Gesicht gruben. Als er die Hand hob, um die alte Eichentüre zu öffnen, hielt Evaine ihn zurück.

»Meredith … sie … ist nicht mehr dieselbe wie vorher«, warnte sie ihn leise. »Sie hat sich sehr verändert.«

Alrics starrer Blick löste sich von der Tür.

»Das gilt wohl für uns alle«, sagte er bitter.

Wieder waren die Läden des Fensters gegen die Sonne

geschlossen und ließen nicht einen Hauch der frischen Herbstluft herein. Die Luft im Zimmer war genauso unbewegt wie Merediths Empfindungen. Mit eiligen Schritten trat Evaine vor und riss das Fenster auf, wie sie es jedes Mal tat.

Meredith lag auf dem Bett. Sie hatte die Augen halb geschlossen und Evaine konnte nicht sagen, ob sie döste oder apathisch vor sich hinstarrte. Jetzt blinzelte sie mit trägen Lidern gegen das Licht, um die Störenfriede unbeteiligt in Augenschein zu nehmen.

Etwas linkisch war Alric vor dem Bett stehen geblieben und blickte sich unsicher um. Er sagte kein Wort.

Aufmerksam studierte Evaine jede Regung in Merediths Gesicht. Und da war etwas. Bei Alrics Anblick glomm einen Augenblick lang etwas in ihren glanzlosen Augen auf. Es war flüchtig, nur ein kurzes Aufleuchten einer Empfindung. Welche, vermochte Evaine nicht zu sagen. Dennoch schöpfte sie neue Hoffnung.

Alric trat näher an das Bett heran, mit schweren langsamen Schritten, als schleppte er dabei eine gewaltige Last. Er räusperte sich hörbar, ehe er sprach.

»*Éala,* Meredith«, sagte er mit rauer Stimme.

Sie erwiderte seine Begrüßung nicht, sondern blickte ihn nur stumm aus ihren unbeteiligten Mandelaugen an.

Als sie nichts sagte, glitt sein Blick wieder über sie hinweg. Über ihre Haut, die blass von der schlechten Luft und dem vielen Liegen war, und über ihren unordentlichen Zopf, aus dem sich im Bett unzählige Strähnen gelöst hatten. Einen Moment lang haftete sein Blick auf ihren Brüsten, die viel praller waren als früher, und an den feuchten Flecken, die unzweifelhaft von dem gezwungenen Stillen rührten, das Rheda immer noch nicht aufgegeben hatte. Dann konnte Evaine förmlich sehen, wie sein Atem einen Herzschlag lang aussetzte. Das Auf und Ab seines Brustkorbs stoppte, als er die honigfarbene Wiege neben Merediths Bett entdeckte. Schon stand er über der Wiege und starrte hinein. Zitternd streckte er die Hand nach seinem schlafenden Sohn aus, wagte es aber nicht, ihn zu berühren.

»Ist … ist er das?«, krächzte er, ohne den Blick von dem schlafenden Kind abzuwenden.

»Ja, das ist er«, sagte Evaine sanft, »das ist dein Sohn.«

Alric nickte langsam. Wieder zuckte seine Hand in Richtung des Kindes und verharrte auf halber Strecke.

»Möchtest du ihn halten?«

»Schläft er denn nicht?«, wandte Alric zögerlich ein.

Der ängstliche Unterton seiner Stimme versetzte Evaine einen gerührten Stich.

»Schon. Aber er möchte seinen Vater sicher auch gerne kennenlernen«, sagte sie und beugte sich ebenfalls über das Baby. Immer noch lag er zusammengekauert wie ein winziges Häschen in der Wiege. Rheda hatte gesagt, dass er nach einer Weile beginnen würde, sich auszustrecken, wenn er sich in seinem neuen Zuhause ganz wohl fühlte.

Vorsichtig griff sie in die Wiege und schob ihre Hände unter das kleine Bündel. Aus angeborenem Instinkt zog er die Beinchen an wie ein Katzenjunges, das von seiner Mutter getragen wird. Sein leises Knöttern verriet, dass er wach geworden war, aber er hielt die Augen weiterhin fest zusammengepresst.

Auf Evaines Gesicht machte sich ein Lächeln breit, wie immer, wenn sie das süße Wesen betrachtete. Sie wandte sich zu Alric um.

»Hier. Achte darauf, dass du sein Köpfchen mit einer Hand stützt.«

Alric war der jüngste seiner Geschwister gewesen und hatte offenbar nicht viel Erfahrung mit Babys gemacht, wie sein panischer Gesichtsausdruck verriet. Ohne ihm Gelegenheit für ängstliche Einwände zu geben, legte sie seinen Sohn in seine Arme.

Fassungslos blickte Alric auf das Kind nieder, während sich ein Lächeln um seine Mundwinkel ausbreitete, das Evaine bis ins Herz wärmte. Was auch immer der Tag heute für Meredith bringen würde. Sie war sich jetzt schon sicher, dass er Alric unendlich viel geschenkt hatte.

»Mein Gott, er … er ist perfekt«, flüsterte Alric andächtig.

Steif stand er da und traute sich nicht, sich auch nur zu regen. »Seine Augen … welche Farbe haben sie?«

»NEIN!«, Merediths heftiger Aufschrei ließ Alric und Evaine zusammenzucken, »NEIN, NEIN, NEIN!«

Evaine wirbelte zu ihr herum. Auf allen Vieren kauerte sie auf dem Bett und deutete anklagend auf Alric und das Kind.

»Nein!« Sie schüttelte heftig den Kopf, sodass die dunklen Haare noch wirrer um ihren Kopf standen. »Er … er soll ihn nicht haben!«

Evaine durchfuhr ein aufgeregtes Prickeln. Das war das allererste Mal, dass sie irgendeine Reaktion bezüglich ihres Babys zeigte.

»Leg ihn wieder hin. Los!« Sie begann wild mit dem Arm zu fuchteln und ihre Stimme wurde mit jedem Wort schärfer. »Leg ihn sofort zurück!«

Alrics Miene verhärtete sich augenblicklich und er wich besitzergreifend einen Schritt zurück.

»Gib ihn zurück! Er gehört dir nicht!«

Wenn Evaine eben nicht gewusst hatte, welche Gefühle in Merediths Augen aufgeblitzt waren, so stand nun der blanke Zorn darin.

Meredith sprang aus dem Bett und eilte auf Alric zu. Evaines Herzschlag beschleunigte sich. Nach zweieinhalb Wochen der völligen Teilnahmslosigkeit war es endlich gelungen, Meredith aus ihrer Starre zu reißen. Ein Strom der Euphorie schoss durch Evaines Adern.

»Ist ja gut, Meredith.« Vorsichtig machte sie einen Schritt auf ihre Schwester zu. »Er will nur seinen Sohn halten.«

»NEIN!« Meredith versuchte, Alric das Bündel wieder zu entwenden, doch dieser wehrte sie mit einer Hand ab und wich einen weiteren Schritt zurück.

»ICH! Ich will ihn haben!«, schrie Meredith und zerrte an Alrics freiem Arm.

»Nein, Meredith!«

Alric brüllte zurück und stieß sie unsanft von sich, sodass sie zurücktorkelte. Evaine fing sie auf und versuchte sie festzuhalten, doch sie wehrte sich wie eine Raubkatze.

»Meredith, bitte beruhige dich. Du kannst ihn ja haben, wenn du dich beruhigst!«

Mit einem verzweifelten Fauchen riss Meredith sich aus Evaines Armen frei, ging aber nicht wieder auf Alric los. Schwer atmend blitzte sie ihn an.

»Alric, bitte gib ihn ihr. Sie braucht ihn jetzt«, sagte Evaine eindringlich.

Seine Miene war voll Trotz und Empörung. Offenbar konnte er nicht begreifen, warum er sein Kind nach so kurzer Zeit wieder abgeben sollte. Aber wie könnte er auch verstehen, wie wichtig dieser Augenblick für Meredith war.

»Bitte, Alric. Ich habe dir doch erzählt, wie schwer das alles für Meredith ist«, drängte Evaine.

»Für mich ist das nicht weniger schwer!«, gab er heftig zurück.

»Ich will ihn haben! JETZT!«, schrie Meredith erneut dazwischen. Panisch streckte sie die Arme nach ihrem Kind aus.

Merediths Verzweiflung schien zu Alric durchzudringen. Denn er stieß einen gequälten Seufzer aus und gab endlich nach. Erst als ihr Sohn wieder in ihren Armen lag, begann sie sich zu beruhigen. Schwer atmend sah sie auf das Baby nieder und dann zu Alric.

»Was willst du hier?«

»Ich will mein Kind sehen. Das, von dem du mir nicht einmal erzählt hast«, sagte er anklagend.

»Geh. Ich will dich hier nicht haben«, zischte sie und legte das Kind zurück in die Wiege. Sie war weit davon entfernt, eine normale Bindung zu ihrem Kind einzugehen. Aber dennoch schien ihr wütender Ausbruch Evaine immerhin ein Anfang zu sein.

»Aber ich will noch hierbleiben!«, blaffte Alric zurück. »Ich will ihn sehen.«

Meredith fuhr mit funkelnden Augen zu ihm herum. Ihre Stimme war laut und schrill: »Das kannst du nicht! Du hast uns verlassen! Du hast mich verlassen und ich will, dass du gehst!«

»Er ist auch mein Sohn! Wir sind verheiratet!«

»Er ist nicht dein Sohn!«, schrie sie. »Du hast ihn im Stich gelassen! So wie du mich im Stich gelassen hast! Also verschwinde!«

Über Alrics Gesicht lief ein Zucken. Evaine konnte nicht anders, als Mitleid mit ihm zu haben. Einen Moment lang blieb er bebend stehen, dann stürmte er zur Tür.

Evaine folgte Alric und holte ihn auf dem Hof ein.

»Lass es nicht so enden«, bat sie ihn. »Komm ein anderes Mal wieder.«

Er starrte sie an. Sein Mund bildete eine harte Linie.

»Wozu?«, stieß er hervor, sprang auf sein Pferd und verließ den Hof.

KAPITEL 14

Für Meredith war es ein Anfang. Nach Wochen der Gleichgültigkeit hatte sie eine andere Empfindung zugelassen. Noch wichtiger schien es Evaine jedoch, dass sie eine Empfindung für ihr Kind gehabt hatte. Zum ersten Mal war es ihr nicht egal gewesen, wer es hielt, wer es stillte, wer es wickelte und wer es in den Schlaf sang.

Aber bis zu ihrer Genesung lag noch ein langer Weg vor ihr. Allmählich kehrten Merediths Gefühle zurück. Doch sie waren wie bei der Begegnung mit Alric oft heftig, übertrieben und unkontrolliert. Als müsste sie sich an den Reichtum ihrer Emotionen und deren Beherrschung erst wieder gewöhnen. Ihre Launen machten den Umgang mit ihr nicht gerade leichter, aber mit jedem Tag wurde es ein wenig besser. Nachdem sie sich einmal dazu durchgerungen hatte, gelang auch das Stillen und die dadurch entfallenden Diskussionen und Streitereien entschädigten Evaine für Merediths Zickereien.

Als das Fest von Allerheiligen vorüber war und Martinmas anstand, hatte sie bereits große Fortschritte gemacht und auf Allingham war wieder so etwas wie Alltag eingekehrt. Der November zeigte sich in der ersten Woche ungewohnt freundlich. Es war zwar kalt, aber die Sonne schien strahlend vom Himmel. Rheda machte sich mit Blythe auf, totes Holz und abgefallene Kiefernzapfen zum Anfachen des Feuers zu sammeln, und Evaine und Meredith schlossen sich ihnen an und nutzten die Gelegenheit, die frische Herbstluft zu genießen.

»Deine Schwester hat sich erholt«, sagte Rheda zu Evaine, während sie den Pfad am Fluss entlang zurück zum Dorf spazierten. Meredith schlenderte einige *yards* vor ihnen, das Baby auf dem Arm.

»Ja, ich glaube, sie hat es überwunden«, stimmte Evaine Rheda zu und beobachtete, wie Meredith beim Spazieren leise gurrend auf ihren Sohn einredete und mit dem Finger auf ein vorbeihuschendes Eichhörnchen deutete. In den letzten Wochen schien es, als wollte sie die verpasste Zeit mit ihm nachholen, indem sie ihn kaum mehr aus dem Arm gab.

»Du hast ihr sehr geholfen«, fügte Evaine ehrlich hinzu.

Rheda überging die Bemerkung, als wäre das eine Selbstverständlichkeit.

»Allerdings sollte sie ihm endlich einen Namen geben. So wie's aussieht, kommt sein Vater nicht zurück. Und er kann ja nicht bis an sein Lebensende namenlos bleiben.«

Evaine konnte nicht verhindern, dass sie bei Rhedas Worten innerlich zusammenzuckte. Die Heilerin hatte nicht nur eine scharfe Zunge, sondern auch eine scharfe Beobachtungsgabe und keinerlei Hemmungen, ihren Finger direkt in offene Wunden zu legen. Evaine vermutete, dass Merediths Weigerung etwas damit zu tun hatte, dass die Namensgebung für gewöhnlich die Aufgabe des Vaters war. Aber Alric war nicht wiedergekommen. Evaine konnte nur schwer abschätzen, wie es in Merediths Innern aussah. Sie hatte nie nach Alric gefragt. Und wenn Evaine davon anfing, ihn noch einmal aufzusuchen, wurde sie zickig und wechselte das Thema. Dennoch hatten die Ereignisse der letzten Wochen deutlich gemacht, dass sie noch immer viel für ihn empfand. So viel, dass sie es nicht vor sich selbst verleugnen konnte. Und auch er musste immer noch etwas für sie empfinden. Er war ihr zuliebe gekommen und ihr heftiger Zorn hatte ihn schwer verletzt.

»Ich werde noch einmal mit ihr darüber sprechen«, sagte Evaine. Aber Meredith würde nicht auf sie hören, denn sie empfand das Problem nicht als dringlich. Auf Allingham hatte nämlich bereits jeder eine eigene Anrede für den namenlosen Schreihals gefunden. Gérards Bezeichnungen reichten von *chouchou* – Kohlkopf, bis zu *pucette* – kleiner Floh. Meredith selbst sprach einfach von *déorling* oder *min héorte* und jeder wusste, wer gemeint war.

»Gut.« Rheda nickte und warf einen Blick über die Schulter zu Blythe und Arnaud. Sie zogen gemeinsam den Karren mit dem gesammelten Holz. Arnaud, der inzwischen genauso gut angelsächsisch wie französisch sprach, quasselte fortwährend auf die schweigsame Blythe ein. Einzig seine drollige Aussprache verriet seine Herkunft.

»Jedenfalls kann ich dann wieder zurück«, sagte Rheda und blickte wieder auf den Weg vor ihnen.

Evaine unterdrückte ein Seufzen. Sie hatte beinahe erwartet, dass sie das sagte.

»Noch vor dem Winter?«, fragte sie vorsichtig. Sie hatte keine Ahnung, wie das einsame Leben in der Hütte aussah, aber Rheda hatte sicher nicht ihre üblichen Vorbereitungen für die dunkle Jahreszeit treffen können.

»Natürlich. Was sonst?«

»Du könntest auch einfach hierbleiben«, schlug Evaine vor und musterte das schmale Gesicht mit den eindrucksvollen Augen von der Seite. Sie schätzte Rhedas Anwesenheit. Sie hatte sich längst an ihre spitze Zunge und die ruppige Art gewöhnt. Dafür hatte sie ihr in der schweren Zeit mit Meredith unablässig zur Seite gestanden. Wenn auch garstig vorgetragen, so war doch jeder einzelne Rat von ihr kostbar.

»Wieso sollte ich?«, fragte Rheda und zog eine ihrer schmalen Brauen spöttisch in die Höhe.

»Weil du hier sehr geschätzt wirst. Und gebraucht. Du hast in letzter Zeit vielen aus dem Dorf geholfen.«

So groß der Argwohn gegen Rheda anfänglich gewesen war, so konnte doch keiner daran zweifeln, dass sie Meredith geholfen hatte. Zögerlich hatten die Einwohner von Allingham angefangen, sie um ihren Rat zu fragen.

Rheda verzog das Gesicht zu einer Grimasse.

»Und wieso sollte mich das zum Bleiben bewegen? Welch herzerwärmende Aussicht, die Zipperlein von ganz Allingham zu behandeln.«

Evaine ließ sich nicht täuschen. Sie hatte längst verstanden, dass Rheda diese Hilfe nichts ausmachte. Wenn sie ihre Patienten auch mit höhnischen Kommentaren bedachte, so half sie doch bereitwillig, egal worum es ging oder zu welcher Tageszeit.

»Weil es auch Blythe guttut«, sagte Evaine und warf einen Blick zurück auf das stille Mädchen. Gerade kicherte sie leise über etwas, das Arnaud ihr mit stolz geschwellter Brust erzählte. »Es tut ihr gut, unter Menschen zu sein.«

Rhedas Miene wechselte von Hohn zu Verschlossenheit und sie erwiderte nichts. Evaine hatte sich nicht getraut, sie zu fragen, weshalb sie mit ihrem Kind allein im Wald lebte. Aber sie konnte sich vorstellen, dass sie bisweilen das Leben in einer Gemeinschaft vermisste. Und Blythe blühte geradezu auf. Sie lächelte und sprach immer häufiger.

»An Martinmas werden wir gehen. Sag dem Normannen, er soll mich und Blythe wieder zurückbringen. Immerhin hat er uns ja auch hergeschleppt.«

Rhedas und Gérards Beziehung war Evaine immer noch ein Rätsel. Rheda bemühte sich, Gérard mit aller ihr zur Verfügung stehenden Missachtung zu strafen. Die strikte Weigerung, ihn mit seinem Namen anzusprechen, gehörte dazu. Gérard hingegen bemühte sich, dies zu ignorieren.

»Bleibt doch wenigstens über Weihnachten. Ein wenig Gesellschaft wäre doch schön. Und für Blythe wäre das alles etwas Neues.«

»Ich lege keinen Wert auf Gesellschaft«, sagte Rheda kalt. Sie wandte sich nach hinten um. »Komm, Blythe.«

Sie nahm ihr Kind bei der Hand und beschleunigte ihren Schritt. Verdutzt blieb Meredith stehen, als Rheda mit Blythe im Schlepptau an ihr vorbeirauschte.

»Was hat sie denn?«, fragte sie neugierig.

Evaine blieb ebenfalls stehen und wartete auf Arnaud, der sich nun alleine mit dem Karren abmühte.

»Sie will Allingham verlassen. An Martinmas«, sagte sie und griff nach dem Bügel, um Arnaud zu helfen.

»Aber wieso? Sie kann doch hierbleiben.«

»Ich weiß es nicht.« Sie zuckte mit den Schultern. »Wenn du dich traust, kannst du sie ja danach fragen.«

Schaudernd schüttelte Meredith den Kopf. Sie folgten den beiden langsam den Pfad in Richtung des Dorfes und waren erstaunt, als sie Rheda und Blythe dort wieder einholten. Auf dem Dorfplatz hatte sich eine Traube von Menschen um Rheda gebildet. Blythe klammerte sich ängstlich an ihren Rock, während Rheda die anderen scheinbar unbeeindruckt und mit verächtlichem Gesichtsausdruck musterte. Evaine kannte sie inzwischen gut genug, um zu wissen, dass das ihre Art von Selbstschutz war.

»Du Hexe! Du willst dich an ihr rächen!« Mit drohend ausgestrecktem Zeigefinger deutete eine Frau mittleren Alters auf Rheda. Auch ohne es zu wissen, konnte man an ihrem runden Gesicht leicht erkennen, dass sie die Tochter von Mærwynn, der Hebamme, war. Sie hieß Leofwynn.

»Wofür sollte ich mich rächen? Immerhin konnte ich Mutter und Kind retten. Und das ganz ohne ihre Hilfe.«

Rhedas Stimme troff nur so vor Verachtung und jedes Wort heizte Leofwynns Zorn weiter an.

»Weil du des Teufels bist! Mit schwarzer Magie!«, keifte sie.

»Ich glaube, du gehst besser mit den Kindern vor«, sagte Evaine zu Meredith. Sie ließ den Karren stehen und lief eilig auf die Menge zu.

»Was ist los?«, fragte sie in die Runde.

»Sie!« Leofwynn spuckte das Wort geradezu aus. »Sie ist eine Hexe! Und sie hat meine Mutter vergiftet!«

Rheda verzog keine Miene bei diesen Worten und richtete einzig ihren bohrenden Blick auf Leofwynn.

»Leofwynn, was ist mit deiner Mutter?«, erkundigte sich Evaine.

»Sie war niemals krank! Jeder hier weiß das! Doch seit dieses Weib nach Allingham gekommen ist, geht es ihr von Tag zu Tag schlechter! Seit Wochen ist sie müde, isst kaum noch, hat Durchfall und Magenschmerzen. Und sie ist gelb wie ein Käselaib und ihre Pisse ist braun. Bierbraun!«

Mærwynns Zustand hörte sich wirklich besorgniserregend an und Evaines Blick glitt fragend zu Rheda. Und in ihrem Blick las Evaine das aufkeimende Interesse der Fachkundigen. Dann zuckte sie plötzlich teilnahmslos mit den Schultern.

»Damit habe ich nichts zu tun.« Sie drehte sich um und zog die verschüchterte Blythe mit sich.

Die Umstehenden wichen beinahe ängstlich vor ihr zurück und gaben eine Gasse für sie frei. Mit hochgerecktem Kopf und straffen Schultern marschierte sie schnurstracks davon.

»Hexe!« Leofwynn schrie gellend hinter ihr her, doch Rheda wandte sich nicht einmal mehr um.

Betroffen legte Evaine Leofwynn eine Hand auf den Arm. Mærwynn gehörte so fest zu Allingham wie der Slán oder die *burh*.

»Es tut mir leid, dass es deiner Mutter schlecht geht, Leofwynn«, sagte sie. »Bitte richte ihr meine Grüße aus, und wenn ich irgendetwas tun kann, lass es mich wissen.«

»Habt Ihr nicht längst genug getan!« Leofwynn schüttelte ihre Hand ab wie ein giftiges Insekt. »Ihr! Ihr schleppt all dieses Pack hier an. Normannen! Hexen! Ihr und Eure Schlampe von Schwester seid nicht besser als die! Und nun trifft uns alle Gottes Zorn!« Der anklagende Zeigefinger richtete sich im Nu auf Evaine und plötzlich fand sie sich selbst der aufgebrachten Menge gegenüber. Sie wusste kaum, wie ihr geschah. Empört hob sie zu erbittertem Protest an, bremste sich aber im nächsten Moment Sie erinnerte sich an einen Rat ihres Vaters nach einer Gemeinschaftsversammlung, bei der ihm die geballte Wut über eine Steuererhöhung entgegengeschlagen war. *Lass sie niemals wissen, dass du Angst vor ihnen hast!* Sie baute sich möglichst beeindruckend vor ihnen auf.

»Hüte deine Zunge, Leofwynn!«, sagte sie mit mehr Schärfe im Ton, als sie sich zugetraut hätte. »Und wage es nicht noch einmal, dergleichen über mich oder meine Schwester zu sagen! Statt hier herumzukeifen, solltest du am Krankenbett deiner Mutter wachen!« Sie funkelte die Übrigen drohend an. »Und ihr alle! Schert euch gefälligst ebenfalls nach Hause!«

Unter lautem Gemurre begannen sie, sich zu zerstreuen. Als Letzte von ihnen ging Leofwynn.

»Auch Euch wird noch die Strafe für Eure Sünden treffen!«, fauchte sie.

»Gewiss«, entgegnete Evaine kühl, »das gilt wohl für jeden hier auf Erden.«

Sie holte die anderen erst auf dem Hof der *burh* wieder ein.

»Was war los?«, wollte Meredith besorgt wissen.

»Mærwynn ist schwer krank. Sie suchen einen Sündenbock und haben ihn offensichtlich in Rheda gefunden.«

Merediths Blick glitt zu Rheda, die zusammen mit Blythe Arnaud beim Aufschichten des Holzes half.

»Kann sie denn nichts machen?«

»Ich weiß es nicht. Aber ich werde sie jetzt fragen«, sagte Evaine entschlossen und stapfte zu ihr herüber. Sicher entbehrte Leofwynns Hass jeglicher Grundlage. Dennoch schürte Rhedas überhebliche Art das Feuer. Warum konnte sie sich nie verbindlich verhalten? Wieso hatte sie Leofwynn nicht ihre Hilfe angeboten?

»Ich muss mit dir sprechen«, sagte sie scharf und zerrte Rheda mit sich. »Warum willst du Mærwynn nicht helfen?«, fragte sie, als sie außer Hörweite der Kinder waren. Wenn es sein musste, konnte sie genauso direkt sein wie Rheda.

»Oh, ich wusste nicht, dass das eben ein Hilfegesuch war«, erwiderte Rheda und verschränkte die Arme vor der Brust.

»Du hast deine Hilfe nicht einmal angeboten! Leofwynn ist verzweifelt und du bist ganz und gar hartherzig. Wenn du ein wenig umgänglicher wärst, würdest du vielleicht auch nicht so anecken. Aber du bist schroff wie ein Fels und genauso unnachgiebig!«

Rhedas Augen glitzerten spöttisch. Sie wirkte von dem Ausbruch allenfalls amüsiert und Evaines Vorwürfe prallten an ihr ebenso ab wie Leofwynns Anschuldigungen. Ihre Belustigung brachte das Fass endgültig zum Überlaufen.

»Ist es dir wirklich gleichgültig, dass sie stirbt? Oder freust du dich darüber?«

Das Glitzern verschwand abrupt und die Belustigung wich kühler Verachtung.

»Ihr habt recht, sie stirbt. In spätestens drei Tagen ist sie tot. Nennt es Gottes Willen oder den Lauf der Welt, aber daran kann nicht einmal ich etwas ändern.«

Leofwynns Schilderungen über Mærwynns Zustand waren beängstigend, aber es aus Rhedas Mund zu hören, klang endgültig wie ein Todesurteil.

»Und darum willst du es nicht einmal versuchen?«

»Ich kämpfe nun mal nicht gerne aussichtslose Kämpfe. Wer tut das schon?« Sie zuckte mit den Schultern, als gäbe es dazu nichts mehr zu sagen.

Kopfschüttelnd sah Evaine sie an in dem Versuch, doch noch irgendeinen Anschein von Mitgefühl an ihr zu entdecken. Rhedas Gefühlskälte war geradezu erschütternd. Schließlich rollte sie genervt mit den Augen und stemmte die Hände in die Hüften.

»Was denn? Soll ich danebensitzen und Händchen halten?«

Ihre Verbohrtheit war wirklich unfassbar!

»Ja! Manchmal brauchen Menschen einfach ein wenig Mitgefühl und jemanden, der ihnen die Hand hält. Früher oder später wirst auch du so jemanden brauchen! Davon abgesehen hat sie mit Sicherheit Schmerzen, hast du darüber schon nachgedacht? Natürlich nicht! Du bist ja viel zu sehr damit beschäftigt, dir einzureden, dass dir jeder andere außer dir selbst egal ist!«

Wutschnaubend gab Evaine auf und wandte sich ab.

»Vielleicht fahre ich damit ja besser!«, schrie Rheda ihr hinterher.

»Das wird erst die Zeit zeigen!«, schrie Evaine zurück und verschwand in der Halle.

In den nächsten zwei Tagen schien sich Rhedas Prophezeiung zu bewahrheiten. Mærwynns Zustand verschlechterte sich. Evaine ging sie besuchen und wachte unter Leofwynns hasserfüllten Blicken eine Weile an ihrer Seite. Seit Merediths Entbindung im September war sie kaum mehr wiederzuerkennen. Ihr rundes Gesicht war eingefallen und ihre kräftigen Arme abgemagert. Sie schwitzte und ihre Gesichtsfarbe war wirklich seltsam gelb. Die meiste Zeit schien sie in einem dösigen Zustand zwischen Wachen und Schlafen gefangen zu sein, in dem sie sich von Schmerzen gepeinigt auf ihrem Lager wand. Als Evaine nach einer Stunde wieder ging, war sie sich nicht sicher, ob Mærwynn ihre Anwesenheit überhaupt bemerkt hatte. Mærwynns Krankheit lastete bedrückend auf der Stimmung in Allingham.

Nach ihrem Ausbruch schien Rheda sie zu meiden. Anscheinend hatte sie Evaine deren Vorwürfe übel genommen. Aber Evaine bereute es nicht. Wenn Rheda wirklich so empfand, wie sie behauptet hatte, war es vielleicht wirklich das Beste, wenn sie Allingham zu Martinmas wieder verließ. Bis dahin war es nur noch ein paar Tage. Entsprechend viel gab es für Evaine zu tun.

Zu Martinmas wurde der *cyric-sceat* für die Abtei in Dorsome fällig, eine Steuer, die von jedem Land bewirtschaftenden Haushalt gezahlt wurde, meist in festgelegten Kornabgaben. Es war die Aufgabe des *Thegn,* diese Abgaben zu überwachen und rechtzeitig bei der Abtei abzuliefern.

Als Evaine drei Tage vor Martinmas die letzten Abgaben verzeichnete, war es bereits weit nach Sonnenuntergang. Müde löschte sie das Pergament mit Sand ab und faltete es ordentlich zusammen. Die Abtei konnte sich wirklich nicht beklagen. Dafür, dass Kaplan Leofric hier seinen Dienst verrichtete, wurde sie reichhaltig belohnt.

Evaine stand aus dem Holzstuhl auf und reckte sich seufzend. Sie blies die Kerze aus und verließ das ehemalige Gemach ihres Vaters. In der Halle war bereits alles still. Sie wollte gerade wieder gehen, als die Tür zum Hof leise geöffnet wurde und eine schmale Gestalt hineinhuschte. Abwartend blieb Evaine stehen. Geschickt huschte die Person zwischen den Schlafenden umher und wurde sich dann Evaines Anwesenheit bewusst. Es war Rheda.

»Wo bist du gewesen?«, flüsterte Evaine.

»Was denkt Ihr wohl?« Rhedas blaue Augen leuchteten im letzten Feuerschein in ihrem blassen Gesicht.

Sie war bei Mærwynn gewesen.

Evaine war froh, dass sie sich nicht in Rhedas Charakter getäuscht hatte. Irgendwo unter der schroffen Oberfläche hatte sie eben doch ein mitfühlendes Herz.

»Konntest du ihr helfen?«, fragte sie leise.

»Ich konnte ihre Schmerzen lindern«, entgegnete sie, »aber sie wird den Morgen nicht mehr erleben.«

Evaine bekreuzigte sich und befahl Mærwynns Seele im Geiste Gottes Gnade an.

Am nächsten Morgen bei Sonnenaufgang war Mærwynn tot und ganz Allingham hielt Trauer. Leofwynns Leid schien keine Grenzen zu kennen. Sie schluchzte beinahe pausenlos über Mærwynns Leichnam und musste mit Gewalt gezwungen werden, sich von ihm zu trennen, damit er in der Kirche aufgebahrt werden konnte. Da auf Leofwynn nicht zu zählen war, sprach Evaine selbst mit Kaplan Leofric und sie legten die Beisetzung für Martinmas fest.

Am Tag vorher ritt sie mit Gérard und einer kleinen Eskorte von Rittern nach Dorsome, um den fälligen *cyric-sceat* abzugeben. Anschließend ließ sie von den Mönchen eine Messe für Mærwynn lesen. Es war ein stürmischer Tag, der dem Herbst alle Ehre machte. Über ihnen hingen graue Wolken, die immer dunkler zu werden schienen und vom Wind gepeitscht über den Himmel jagten.

»Hast du noch einmal mit Rheda gesprochen? Wegen morgen?«, fragte Gérard, als die Palisaden von Allingham bereits wieder in Sichtweite kamen. Es war das erste Mal, dass er mehr als eine einsilbige Antwort gab. Auf dem ganzen Hin- und Rückweg war er noch schweigsamer als sonst gewesen.

»Ja, das habe ich«, entgegnete Evaine seufzend. Seit er von Rhedas Plänen erfahren hatte, Allingham zu verlassen, hatte er sie bereits zweimal darum gebeten.

»Und?«

»Ihr Entschluss steht fest. Sie will gehen.«

Mit Rheda zu sprechen war in etwa so sinnvoll wie der Versuch, den Strom des Slán durch bloßes Reden ändern zu wollen.

»Dieses dumme, halsstarrige Weib!« Gérards Miene war so umwölkt wie der Himmel über ihnen und seine Stimmung genauso düster.

Evaine wusste nicht, welche Hoffnungen er sich gemacht hatte. Vielleicht, dass Rheda ihre Kratzbürstigkeit ihm gegenüber ablegen würde. Aber daran hatte sich in den letzten anderthalb Monaten nichts geändert. Sie wollte ihn einfach nicht. Allerdings hegte Evaine den Verdacht, dass sie nicht einmal wusste, welchen Schatz sie so verächtlich mit Füßen trat. Einen aufrichtigeren und treueren Mann als Gérard würde sie wohl nicht mehr finden. Und wohl auch keinen, der ihrer rauen Art etwas abgewinnen konnte.

»Du kannst es nicht ändern«, sagte sie. »Ich glaube, sie hat einfach das Gefühl, nicht hierherzupassen.«

»Schwachsinn!«, schnaubte Gérard heftig. »Sie ist einfach nur stur und zickig und … und halsstarrig! Hast du ihre Hütte gesehen? Wir hatten zu Hause einen Schweinestall, der größer war! Und sauberer! Ist das wirklich das, was sie will? Ganz allein mit Blythe in diesem Loch leben? Ohne Freunde und Familie und ohne … ohne …«

»Ohne Mann?«, fragte Evaine leise.

Gérard presste mürrisch die Lippen aufeinander und starrte vor sich hin. Mitfühlend tätschelte sie ihm den Arm. Wie es schien, hatte auf Allingham wirklich niemand Glück in der Liebe.

»Woher kennt ihr euch eigentlich?«, fragte sie, um ihn abzulenken. »Als wir uns das erste Mal begegnet sind, hatte ich das Gefühl, Du kennst sie.«

Er nickte trübselig vor sich hin. Die Erinnerung schien seine Stimmung nicht gerade aufzuhellen.

»Bexhill«, entgegnete er. Evaine hatte schon die Befürchtung, sie müsste ihm die ganze Geschichte aus der Nase ziehen, ehe er schließlich doch zu erzählen begann. »Das war kurz nach unserer Landung in England. Robert und ich sollten dort mit ein paar Männern …«, er zögerte, es auszusprechen.

»… Proviant holen«, half Evaine ihm auf die Sprünge.

Er nickte bedächtig. »Ja. Vorräte und Proviant.«

Sie wussten beide, dass eigentlich von Brandschatzung und Plünderung die Rede war.

»Aber wir bekamen Gesellschaft und dieser …« – er unterdrückte ein Schimpfwort – »… de Vere kam uns nach und wollte das ganze Dorf dem Erdboden gleichmachen. – Wir haben ihn dann davon abgehalten.« Er betonte das »wir« nachdrücklich und Evaine musste ein Lächeln unterdrücken.

»Und Rheda?«, hakte sie nach.

»Sie war auch da. Vielleicht sollte sie dort jemanden behandeln. Keine Ahnung.« Seine Miene wurde noch grimmiger. »Jedenfalls ist sie die undankbarste Person, der ich je begegnet bin!«

Als sie auf die *burh* zuritten, hörten sie das Baby schon von Weitem schreien. Es klang, als wollte der kleine Kerl die gesamte *burh* zusammenbrüllen.

»Gut. Immerhin scheint er sich gut erholt zu haben«, sagte Gérard trocken. »Sonst könnte er wohl kaum so anhaltend rumkrakeelen.«

Evaine stieg besorgt von ihrem Pferd.

»Letzte Nacht bin ich schon ständig von seinem Lärm wach geworden«, fuhr Gérard düster fort. »Ich glaube, er tut es aus purer Langeweile.«

»Langeweile! Er hatte Bauchschmerzen!«

In der letzten Zeit wurden *déorlings* Koliken eher schlimmer als besser. Aber nach dem Vorfall mit Mærwynn hielt auch das Rheda nicht länger auf Allingham. Es würde von selbst weggehen, versicherte sie ihnen stattdessen. Und was beschwerte Gérard sich überhaupt? Er schlief immerhin am anderen Ende der großen Halle. Sie hingegen lag mit dem Baby und seiner Mutter in einem Zimmer. Weder Meredith noch sie selbst hatten letzte Nacht auch nur ein Auge zugetan. Allerdings könnte der Kleine zur Abwechslung wenigstens tagsüber verträglich sein.

»Was macht Meredith nur? Es kann doch nicht so schwierig sein, den kleinen Quälgeist zur Ruhe zu bringen!« Gérard saß ab und sah sich genervt nach einem Stallburschen um. Doch der Hof war leer.

Beunruhigt reichte ihm Evaine die Zügel ihres Pferdes und ging schnellen Schrittes auf die große Halle zu. Das Baby weinte immer noch. Allerdings war es kein wütendes Krakeelen, wie Gérard behauptete. Evaine kam es wie verzweifeltes, verlassenes Heulen vor.

Sie fand das Kind in seiner Wiege. Es hatte einen hochroten Kopf vom Brüllen und schluchzte erbärmlich. Die kleinen Händchen zu wütenden Fäusten geballt, lag es auf dem Rücken und schrie, als ginge es um sein Leben.

»Ja, ist ja schon gut, schsch …« Evaine hob das Bündel hoch und versuchte, das Kind zu beruhigen. Aber es nutzte gar nichts. Selbst sie konnte auf den ersten Blick sehen, dass er Hunger hatte.

»MEREDITH!«

Wo war ihre Schwester nur?

»Winnie! Hilda!«

Auch sonst antwortete niemand. Sie konnten *déorling* doch unmöglich hier allein lassen! Mit einer Mischung aus Wut und Sorge setzte Evaine sich in Bewegung, um seine Mutter zu suchen.

Mit dem brüllenden Säugling im Arm trat Evaine aus der Halle. Über ihnen war der Himmel inzwischen rabenschwarz.

»Er hat Hunger! Ich kann Meredith nicht finden«, rief sie Gérard zu. Gérard hatte die Pferde vor dem Stall angebunden und kam nun mit langen Schritten auf sie zu.

»Dieser blöde Stallbursche ist auch verschwunden«, murrte er. »Da stimmt doch was nicht.«

Die ganze *burh* schien verlassen.

Evaine warf einen besorgten Blick auf das wild protestierende Kind in ihren Armen.

»Warte!« Sie fasste Gérard aufgeregt am Arm. »Da ruft doch jemand!«

Gérard horchte und schüttelte den Kopf.

»Ich höre nur das Schreien von ihm da.«

Evaine versuchte, das Geplärr des Babys auszublenden. Da war etwas. Mit jeder Böe trug der Wind das Geräusch erneut zu ihr herüber. Ihr Name? Jemand rief ihren Namen! Nervös sah sie sich um.

»Jemand ruft nach mir.«

Gérard legte aufmerksam den Kopf schief.

»Bist du sicher? Ich höre immer noch nichts.«

»Bitte! Schnell! Sieh in den Ställen nach.«

Gérard begann, das Innere der Ställe zu durchsuchen. Evaine ging weiter zu den Vorratshütten, die sich links neben den Stallungen befanden.

Mit jedem Schritt kam sie dem gedämpften Rufen näher.

»EVAINE!«

Sie hörte die Schreie nun ganz deutlich. Ihr Puls beschleunigte sich, als sie die Stimme erkannte.

»Gérard!« Sie wartete nicht auf seine Antwort und rannte mit dem Baby im Arm zu der Hütte, in der sie im November das frisch geschlachtete Fleisch räucherten.

»Hierher! Es ist Meredith!«

»EVAINE! HILFE!« Meredith schrie aus Leibeskräften. Die hölzerne Tür der Hütte dämpfte ihre Stimme.

»MEREDITH! Ich bin's!«

Evaine riss an der Tür. Sie war abgeschlossen. Es war die einzige

Hütte mit einem Schloss. Ihr Vater hatte es vor einigen Jahren anbringen lassen, weil sonst immer der geräucherte Speck verschwand. Panisch hämmerte Evaine mit ihrer freien Hand gegen die Tür und spürte die Vibration von Merediths eigenen verzweifelten Schlägen.

Staub aufwirbelnd schoss Gérard um die Ecke.

»Schnell! Sie ist eingeschlossen.«

Prüfend wackelte er an der Tür. Dann schob er Evaine zur Seite. »Meredith! Geh zurück! Ich trete die Tür ein!«

Er nahm einige Schritte Anlauf und stürmte gegen die Tür. Erst beim dritten Versuch gab das solide Holz endlich nach und die Tür fiel krachend ins Innere der Hütte.

Meredith stolperte nach draußen. Ihr Gesicht war mindestens so rot wie das ihres Sohnes und tränenüberströmt, ihr Kleid vorn nass von eingeschossener Milch. Ohne Rücksicht auf Gérards Anwesenheit fingerte sie es auf.

»Oh Gott! Ich hab ihn weinen gehört!«, schluchzte sie und streckte die Arme nach ihrem Baby aus. Als es an der Brust seiner Mutter lag, hörte das verzweifelte Greinen endlich auf.

»Was ist passiert, Meredith?«, fragte Evaine.

Hatte sie sich selbst eingeschlossen? Aber wo waren alle anderen? Hinter Meredith löste sich eine kleine Gestalt aus der Dunkelheit. Es war Blythe, über ihre blassen Wangen zogen sich Tränenspuren.

»Rheda!«, gab Meredith weinend von sich.

»Das war Rheda?«, echoten Evaine und Gérard fassungslos im Chor.

»Nein, es waren Leofwynn und das Dorf! Sie wollen Rheda umbringen!«

Mit offenem Mund starrte Evaine ihre Schwester an.

»Umbringen? Wieso?«

»Sie sagen, sie hätte Mærwynn getötet.« Schniefend wischte Meredith sich mit einer Hand die Tränen von den Wangen. »Alle waren so aufgebracht. Ich habe versucht, sie davon abzubringen, aber … sie haben mich eingesperrt!«

Evaine wurde eiskalt. Das war ihre Schuld! Sie hatte Rheda gebeten, Mærwynn zu helfen.

»Wo sind sie?«, fragte Gérard.

»Sie … sie wollen Mærwynn begraben. Schon heute. Sie haben Rheda gefesselt und mitgenommen.«

Gérard wandte sich an Evaine.

»Wo ist der Friedhof? Schnell!«

In seinen braunen Augen lag nichts als Sorge.

»Unten am Fluss. Außerhalb von Allingham«, stammelte sie.

Er rannte los.

Sie starrte ihm einen Moment nach. Dann rannte sie hinterher. Sie konnte keinen einzigen Gedanken fassen. Sie wusste nur, dass sie ihm folgen musste. Es war mehr als eine Ahnung. Es war die jagende Gewissheit, dass Blut fließen würde, wenn sie nicht mit ihm ankam.

Sie stürmte den Slán Hill hinunter, vom Wind angeschoben. Die Röcke bauschten sich um ihre Füße. Sie preschte durch das Dorf, Gérard auf den Fersen. Aus den Augenwinkeln nahm sie wahr, dass auch hier alles verlassen war. Ihre Lungen begannen zu brennen. Aber sie konnte keinen Augenblick langsamer werden. *Bitte lass uns nicht zu spät sein, flehte sie im Stillen. Bitte lass uns rechtzeitig kommen!* Gérard hetzte weiter.

Sie ließen Allingham hinter sich und rannten den Pfad zum Fluss entlang. Dann endlich erreichten sie die Pforte des Friedhofs. Keuchend suchten sie die Szenerie ab: die versammelte Gemeinde, Frauen aus dem Dorf, Hilda und Gunna die Köchin, Winnie und einige Bauern, das frische Grab. Und Leofwynn. Wo war Rheda?

Sie waren noch dabei, das Grab zuzuschütten. Bei ihrem Erscheinen hielten die Totengräber zögernd inne.

»Wo ist sie?«, brüllte Gérard auf Französisch in die Runde.

Sie zuckten zusammen, doch niemand rührte sich.

»Wo ist Rheda?«, übersetzte Evaine und wischte sich den Schweiß aus den Augen.

Das Brausen des Sturmes war ihre einzige Antwort. Sie sah ein hasserfülltes Lächeln über Leofwynns Gesicht huschen und bekam Angst.

»Winnie!« Sie trat einen Schritt auf sie zu. »Winnie, wo ist sie?«

Panisch sah Winnie zu ihren Nachbarn rechts und links, schließlich zu Leofwynn. Evaine konnte die Zerrissenheit sehen, die sich auf ihrem Gesicht spiegelte. Sie brach in Tränen aus.

»WO IST SIE?«, brüllte Gérard erneut.

Gérards Stimme donnerte über die Stille des Friedhofs. Nur das Scharren der Schaufeln war zu hören. Wutentbrannt zog er sein Schwert hervor.

»Gérard!« Sie versuchte, ihn zurückzuhalten. Er schüttelte sie ab. Auf seinem gutmütigen Gesicht zeichnete sich pure Verzweiflung ab. Drohend trat er einen Schritt vor. Die grabenden Bauern hielten inne und starrten ängstlich auf Gérard und das Schwert.

Evaines Blick fiel plötzlich auf die frisch aufgeschüttete Erde, auf das ungewöhnlich große Grab. Die Erkenntnis traf sie wie ein Schlag.

»Ihr habt sie verschüttet!« Sie kreischte die Worte, ihre Stimme klang gar nicht nach ihrer eigenen. »Ihr habt sie lebendig begraben!«

Die Betroffenheit in den Gesichtern sagte ihr, dass sie recht hatte. Ihr Ausbruch erregte Gérards Aufmerksamkeit und er sah sie fragend an.

Mit zitternder Hand wies sie auf den Erdhügel.

»Das Grab.« Ihr Hirn klaubte benommen die französische Übersetzung zusammen. »Sie haben sie begraben. Lebend.«

Er stürzte auf das Grab zu. Die Totengräber sprangen erschrocken zur Seite, wichen seinen wütenden Schwerthieben nur knapp aus. Evaine rannte ihm nach.

Er ließ sein Schwert fallen und sprang in die Grube. Sie war bis zur Hälfte wieder aufgefüllt. Mit bloßen Händen begann er die lockere Erde zu durchwühlen, schaufelte Dreck und Steine beiseite.

»Sie wurde verurteilt!«, gellte Leofwynn dazwischen. »Wir alle hier haben sie verurteilt.« Ihre Augen waren rot verquollen, ihre Züge hassverzerrt.

»Dazu hattet ihr kein Recht!«, schrie Evaine zurück. »Nur der *hundred* darf sie verurteilen!«

Leofwynn fuhr zu den Bauern mit den Schaufeln herum.

»*Cleacaþ!* Macht weiter!«

»Nein!« Der Wind riss Evaine die Worte von den Lippen. Die beiden Totengräber sahen zögernd zwischen ihr und Leofwynn hin und her. Beschützend schob sie sich vor das Grab. Ein Panzer eiserner Entschlossenheit legte sich um ihr Herz.

»Wenn ihr noch einen einzigen Krümel Erde auf sie werft, dann werfe ich euch hinterher!«

»Aber sie hat meine Mutter getötet!«, schrie Leofwynn. »Sie ist eine Hexe! Sie hat verdient, was sie bekommen hat!«

»Genau! Ich habe es selbst gesehen!«, kreischte Hilda. »Eure Schwester war dem Tode nah, als sie ihr das Kind aus dem Leibe riss. Es ging nicht mit rechten Dingen zu!«

Einvernehmliches Gemurmel. Einige bekreuzigten sich.

»Sie ist eine Hexe! Wir haben es alle gesehen!«, krächzte Gunnas Stimme über den Friedhof. »Wie durch Zauberhand hat ihr Trank das normannische Kind geheilt.«

»Was? Was habt ihr gesehen?« Evaine spürte, wie sie die Beherrschung verlor. »Sie hat das Leben meiner Schwester und meines Neffen gerettet. Und sie hat Arnaud, ein unschuldiges Kind, vor dem Tod bewahrt! Und sie hat auch euch geholfen! Sie hat entzündete Finger geheilt und Knochen eingerenkt!«

Sie sah einen nach dem anderen an. Alle schwiegen betreten.

»Sie hat Mærwynn getötet! Aus purer Eifersucht ermordet!«, fiel Hilda ihr ins Wort und trat noch einen Schritt weiter vor. Es begann zu regnen. Kleine Tropfen, die der Wind ihnen schneidend ins Gesicht trieb.

»Das hat sie nicht! Wenn ihr jemandem die Schuld geben wollt, dann mir! Ich habe sie gebeten, Mærwynn auf dem Sterbebett von ihren Schmerzen zu befreien. Und auch dieser Bitte ist sie nachgekommen.«

»GOTT SEI DANK!«

Der Ausruf kam von Gérard. Unter der schwarzen Erde blitzte Rhedas Kleid hervor. Sie lag auf dem Rücken. Evaine spürte, wie ihr Herz noch schneller zu schlagen begann. *Bitte! Bitte! Bitte! Lass sie leben!* Gérards Hände schoben unablässig die Erde beiseite. Er legte ihren Kopf frei, wälzte sie herum. Ihr Mund war mit einem Knebel verschlossen, ihre Augen gegen den Schmutz fest zusammengepresst. Sie regte sich nicht.

»Sie soll sterben! Sie verdient es!«, schluchzte Leofwynn und sank auf den Friedhofsboden. Die anderen standen wie versteinert im zunehmenden Regen.

Gérard hatte Rheda den Knebel aus dem Mund entfernt. Das Ohr an ihrem Mund lauschte er auf ihren Atem.

»DANK SEI GOTT! Sie lebt!«

Gérard hob Rheda aus ihrem vorzeitigen Grab. Bewusstlos hing sie in seinen Armen. Dreckklumpen klebten in ihren Haaren, ihrer Nase, ihren Wimpern. Gérards Gesicht war unter dem Schmutz leichenblass, doch die Erleichterung war ihm anzusehen.

Pferdegetrappel schreckte sie auf. An der Pforte erschien Meredith mit einer Handvoll normannischer Ritter. Gérard trug Rheda zu Merediths Pferd hinüber. Ängstlich beugte Meredith sich über die Leblose.

»*Mín Gód!* Lebt sie?«

Evaine ließ ihren Blick über die versammelten Männer und Frauen von Allingham schweifen. Ihr Tun musste Konsequenzen haben, und zwar sofort.

»*Allingcynn!*« Sie erhob ihre Stimme so laut, dass es alle über den Sturm hinweg hören konnten. »Ihr habt heute gegen meinen ausdrücklichen Willen gehandelt. Ihr habt den Treueid gegenüber meinem Vater und mir gebrochen. Ihr habt widerrechtlich ein Urteil gesprochen gegen eine unschuldige Frau und euer selbst gefälltes Todesurteil vollstreckt, einen Lynchmord verübt an einer, die unserer Gemeinschaft großen Dienst erwiesen hat. Für jede einzelne dieser Taten werdet ihr Rechenschaft ablegen. Vor dem Gericht unseres *hundreds* und wenn es sein muss auch vor dem *shire moot!* Und jeder Einzelne von euch wird bezahlen für alles, was ihr Rheda heute angetan habt!«

Sie brachten Rheda in die Halle, wo sie langsam zu sich kam. Vom Dreck befreit, offenbarten sich unzählige Prellungen an ihrem ganzen Körper, Kratz- und sogar Bisswunden und ausgerissene Haarbüschel.

Evaine war entsetzt.

»Es tut mir so leid«, flüsterte sie und betupfte Rhedas Prellungen mit einem alkoholgetränkten Tuch, damit die Schwellungen wieder zurückgingen. »Was haben sie nur mit dir gemacht?«

»Was habt Ihr erwartet?« Rheda bemühte sich zwanghaft um ihren üblichen verächtlichen Ton.

»Lebst du deshalb allein?«, fragte Evaine leise.

»So ist es. Wenn Ihr einmal gesehen habt, wie sie Eure Mutter einem *ordæl* wegen Hexerei unterziehen und sie anschließend hängen, weil sie ihn nicht bestanden hat, dann zieht Ihr es vor, Menschen zu meiden.«

Sie sank zurück und schloss die Augen. Über ihren Kopf hinweg tauschte Evaine einen betroffenen Blick mit Meredith aus.

Gérard steckte den Kopf zur Tür herein.

»*Hú gæþ hit?*« Etwas unsicher brachte Gérard seine Frage vor.

Augenblicklich öffnete Rheda die Augen und zog eine ihrer Augenbrauen hoch. Gérard bekam rote Ohren und blickte hilfesuchend hinüber zu Evaine.

»Hab ich's falsch gesagt? Arnaud meint, es heißt ›Wie geht's dir?‹«, stammelte er verlegen.

»Nein, es war alles richtig«, beruhigte Evaine ihn gerührt.

Rheda hingegen war eher alarmiert. Wütend richtete sie sich auf. Die schwarzen Haare hingen wie struppiges Gefieder um ihren Kopf.

»*Gód*«, grollte sie und in ihren Augen blitzte es unheilverkündend. »Und weiter? Meinst du, mit ein wenig Gestammel in meiner Sprache kannst du mich umstimmen?« Erbost schüttelte sie den Kopf. »Das ändert gar nichts! Wann verstehst du es endlich, du Scheiß*orc*! Ich brauche dich nicht! Und ich will dich nicht!«

Evaine hatte bei ihren Worten die Luft angehalten. Gérards Miene zeigte im ersten Moment Verblüffung und wurde mit jedem fauchend hervorgestoßenen Wort grimmiger. Er brauchte keine Übersetzung, um zu wissen, was sie ihm gesagt hatte.

»Wie du willst!«, brüllte er auf Französisch und wurde knallrot im Gesicht. »Dann geh doch zurück! Geh zurück in deinen Schweinestall! Vielleicht verdienst du es ja!«

Dann stürmte er hinaus und warf die Tür donnernd hinter sich zu.

Am nächsten Morgen setzte Rheda ihren Willen durch und verließ Allingham. Wieder hinterließ ein Abschied eine Lücke in Evaines Alltag. Niemand mehr, der herumzeterte und keifte, der zu allem und jedem einen spöttischen Kommentar hatte. Ihr geschäftiges Kochen auf dem Feuer in der großen Halle blieb aus und der Duft ihres undefinierbaren Eintopfs. Selbst Blythes stilles Lächeln schien zu fehlen.

KAPITEL 15

Die Frau, die drei Tage später auf Evaine wartete, stand mit dem Rücken zu ihr und blickte gelangweilt in der Halle umher. Ihr blondes Haar war so lang, dass es unter ihrem grauen Reiseschleier hervorschaute. Weich und schimmernd wie ein goldener Wasserfall floss es über ihren dunklen Mantel bis zu ihrer Taille. Selbst in verstaubter Reisekleidung und dem pelzverbrämten Mantel wirkte sie grazil. Ungeduldig tippte sie mit ihrem zierlichen Fuß auf den Boden.

»Bonjour, Madame.«

Evaines Stimme ließ sie in anmutiger Bewegung herumfahren. Sie war mit Abstand die schönste Frau, die Evaine je gesehen hatte. Sie hatte völlig ebenmäßige Züge mit hohen Wangenknochen, einer zierlichen Nase und einem roten Mund gleich einer Rosenknospe. Ihre milchig weiße Haut zeigte auch nach der Reise nicht einen Anflug von Müdigkeit.

Sie streifte Evaine kurz mit ihren großen blauen Augen und stieß dann ein genervtes Schnauben aus, das in unangenehmem Gegensatz zu ihrer lieblichen Erscheinung stand.

»Ich habe es eben schon einmal gesagt: Ich wünsche, den Hausherrn zu sprechen.«

Der abfällige Ton in ihrer Stimme ließ Evaine augenblicklich Ablehnung empfinden.

Die Schöne winkte ihr mit der Hand, sich zu verziehen.

Offenbar sah Evaine in ihren Augen wie eine Magd aus. Als Evaine sich nicht in Bewegung setzte, fügte sie noch eine Spur kälter hinzu: »Und ich warte nicht gerne.«

Evaine ließ sich die Kränkung nicht anmerken und bemühte sich weiterhin um einen freundlichen Ton.

»Ich weiß sehr wohl, was Ihr wünscht. Darum bin ich hier.«

Man hatte ihr von der Ankunft der unbekannten Normannin samt ihres kleinen Gefolges von Rittern an diesem Morgen berichtet.

»Dann bring ihn gefälligst her! Oder ist er nicht hier?«

Wer auch immer sie war, sie wusste anscheinend nichts von Roberts neuem Wohnsitz.

»Vielleicht wärt Ihr so freundlich, mir vorher zu sagen, wer Ihr seid?«, hielt Evaine dagegen.

Zwischen den schön geschwungenen Augenbrauen erschien eine steile Falte des Unmuts.

»Ich wüsste nicht, was dich das angeht!«

Evaine straffte die Schultern und richtete sich kerzengerade auf. Sie war gut einen halben Kopf größer als die zierliche Person vor ihr.

»In seiner Abwesenheit bin ich die Herrin dieser *burh*«, entgegnete sie stolz.

Für einen Moment glitt ein Ausdruck von Überraschung über das engelsgleiche Gesicht.

»Ach ja?« Sie zog eine Augenbraue hoch und musterte Evaine ausgiebig.

Plötzlich war Evaine sich aufs Unangenehmste ihres schmutzigen Rocksaums und der frischen Babyspucke auf ihrem Kleid bewusst. Doch sie zwang sich, jeden Anflug von Unsicherheit zu unterdrücken.

»So ist es.« Sie reckte das Kinn vor und begegnete dem abschätzigen Blick so hoheitsvoll wie möglich.

Die Blonde verzog ihr Gesicht zu einem überheblichen Lächeln.

»Nun denn. Ich bin eine Freundin. Sag mir: Ist er hier?«

»Nein, er ist nicht hier«, erwiderte Evaine langsam. »Aber ich werde einen Boten nach ihm schicken. Wenn Ihr mir Euren Namen verraten wollt?«

Die andere stieß ein verächtliches, wenig damenhaftes Schnauben aus, als fände sie Evaines Hartnäckigkeit lächerlich. Evaine fand die Weigerung ihrer Besucherin keineswegs lächerlich. Eher beunruhigend.

In gespielter Belustigung gab die Blonde nach. Jedes Wort genüsslich betonend sagte sie, »Melisande de Vere, *Comtesse* de Le Besgue.«

Evaine wurde bleich.

Melisande. Arnauds Mutter. Evaine hatte sich wenig Gedanken um sie gemacht. Sie hatte nie versucht, sie sich vorzustellen. Und doch war sie geschockt, weil dieses kalte Biest unmöglich die Mutter des lieben Arnaud sein konnte. Und zugleich war sie de Veres Frau. Diese Rolle passte sehr viel besser zu ihr. Allein der Gedanke an de Vere ließ Evaine frösteln.

Ihr Entsetzen musste ihr deutlich anzusehen sein, denn in Melisandes Augen trat ein triumphierendes Glitzern.

»Wie ich sehe, hast du bereits von mir gehört.«

»Gewiss«, antwortete sie mühsam. »Sicher freut es Euch zu hören, dass Euer Sohn hier ist«, fügte sie hinzu und wunderte sich zugleich, warum Melisande nicht längst nach ihm gefragt hatte.

»Oh, gut«, sagte sie und wirkte zum ersten Mal ein wenig unsicher.

»Ich werde ihn unverzüglich holen lassen.«

Melisande blinzelte und der herablassende Ausdruck kehrte in ihre Miene zurück.

»Ja, wenn ich mich von der Reise erholt und erfrischt habe, kannst du ihn zu mir bringen.«

Evaine musste an sich halten. *Wenn sie sich erfrischt hatte?* Sie hatte nicht den Hauch einer Ahnung, was ihr Kind in den vergangenen Monaten durchgestanden, was ihr eigener Mann ihm angetan hatte!

»Dann werde ich Euch nun zu Eurem Zimmer bringen. Wenn das Euer dringendster Wunsch ist«, sagte sie voller Verachtung.

Melisande hatte es wohl herausgehört, doch Evaine konnte ihr ansehen, dass sie den Grund nicht einmal erfasste.

Evaine führte sie in eines der schlichten Gästezimmer. Mit hämischer Freude genoss sie Melisandes entgeisterten Gesichtsausdruck angesichts ihrer Unterbringung. Dann schickte sie Hilda mit Handtüchern, frischem Wasser und frischen Bettlaken zu ihr. Sie stellte sich vor, dass Melisande sie wohl gerne herumkommandieren, Hilda aber kein Wort verstehen würde. Bei dem Gedanken lächelte sie in sich hinein. Sie begegnete Ælfgifu und wies sie an, Arnaud ausfindig zu machen. Außerdem schickte sie einen der normannischen Ritter nach *Bonne-foi* zu Robert mit der Nachricht, dass Melisande da sei. Als der Ritter den Slán Hill hinunterpreschte, begann ihr Magen zu flattern. Jetzt würde sie ihn also wiedersehen, nach einem halben Jahr und ausgerechnet wegen Melisande. Zur Nervosität gesellte sich Übelkeit. Es war ein seltsames Gefühl, fast eine Ahnung. Was auch immer ihn an dieses Weib band, es gefiel ihr ganz und gar nicht.

Trotz der Sprachschwierigkeiten schaffte Melisande es dennoch, die Mägde herumzukommandieren, und bestand auf einem Bad, um sich den Reisestaub vom Körper zu waschen. Erst nach geraumer Zeit fühlte sie sich so weit wiederhergestellt, um ihr Kind zu sehen. Arnauds Erscheinen rief für eine kurze Zeit so etwas wie Gefühle in Melisande hervor. Ehrliche Freude strahlte in ihrem Gesicht und ein Anflug von Wärme durchbrach die eisige Kälte in ihren Augen. Der Anblick, wie sie den über das ganze Gesicht strahlenden Arnaud in die Arme schloss, versetzte Evaine einen weiteren Stich. Sie hatte Arnaud von ganzem Herzen lieb gewonnen und fühlte sich ersetzt. Als sie sich dessen bewusst wurde, schämte sie sich. Er war nicht ihr Sohn. Und egal wie sie war, Melisande war seine Mutter. Man konnte Arnaud ansehen, dass er nach ihrer Liebe und Aufmerksamkeit geradezu lechzte. Unruhiger als ein Bündel Flöhe sprang er um sie herum und blickte sie aus sehnsuchtsvollen, blauen Augen an, die ihren auf erstaunliche Weise ähnelten. Unmittelbar nebeneinander betrachtet schien Arnaud seiner Mutter wie aus dem Gesicht geschnitten. Dennoch zerstörte der radikale Unterschied zwischen Melisandes Eiseskälte und Arnauds einnehmend freundlichem Wesen den Eindruck von Ähnlichkeit.

»*Maman,* stell dir vor, ich kann lesen! Soll ich dir etwas vorlesen? Was immer du willst! Ich habe eine Fibel. Soll ich sie holen?« Aufgeregt trippelte er von einem Bein auf das andere und quasselte dabei unaufhörlich auf sie ein. Doch so überraschend Melisandes Zuneigung gekommen war, so rasch war sie auch wieder verflogen. Ihr abschweifender Blick verriet, dass sie das Interesse längst verloren hatte.

»Vielleicht später, mein Schatz«, sagte sie abwesend und tätschelte seinen blonden Schopf.

»Wirklich, ich kann's schon sehr gut … Sag's ihr, Evaine!« Erwartungsvoll fuhr er zu Evaine herum, ließ ihr dann aber doch keine Zeit zu antworten. »Ich habe jeden Tag mit Meredith geübt. Bis das mit dem Baby war. Aber seitdem hab ich abends Evaine immer was vorgelesen …«

Bei Evaines Erwähnung verschwand Melisandes Desinteresse schlagartig. Stattdessen fixierte sie Evaine wie einen Eindringling, dessen Gefährlichkeit sie nicht einschätzen konnte.

»Ich denke, das ist nicht nötig«, sagte sie eine Spur zu scharf und es klang, als spräche sie vom Lesen allgemein. Auf Arnauds Miene machte sich Entmutigung breit. Es versetzte Evaine einen Stich ins Herz und ihre Abneigung wuchs mit jedem Augenblick.

»Ähm … aber ich kann auch mit dem Schwert kämpfen«, fuhr Arnaud verunsichert fort. »Ich kann es dir zeigen. Kann ich es dir nicht zeigen? Nur einmal?«

»Ein anderes Mal. Ich bin müde. Ich hatte eine anstrengende

Reise«, sagte sie tadelnd, als hätte er von selbst daran denken müssen.

»Wann ist *Seigneur* d'Arbuste zurück?«, fragte sie stattdessen Evaine.

Da sie so ewig für ihre Erfrischung gebraucht hatte, konnte es nicht mehr allzu lang dauern. Der Bote war im Eiltempo nach *Bonne-foi* geritten und sie hatte das Gefühl, dass Robert ebenso eilig käme, wenn er von Melisandes Auftauchen erfuhr.

»Ich kann es Euch nicht sagen«, sagte Evaine dennoch, weil sie ihr diese Genugtuung nicht geben wollte.

»Nun, dann wünsche ich über seine Ankunft umgehend informiert zu werden. Solang werde ich mich zurückziehen und noch ein wenig ausruhen.«

In Arnauds Gesicht stand nun gnadenlose Enttäuschung und Evaine musste die Lippen zusammenpressen, um sich eine giftige Bemerkung zu verkneifen. Melisande war ihr jetzt schon mit jeder Faser zuwider.

Den Rest des Nachmittags versuchte Evaine, sich in den Vorratshütten zu beschäftigen. Sie zählte die eingelagerten Käselaibe und Butterfässer und vertat sich immer wieder. Anstatt sich zu konzentrieren, ertappte sie sich immer wieder dabei, wie sie auf jedes Geräusch von draußen lauschte. Sie hatte das doch hinter sich gelassen, dachte sie verzweifelt. Die jämmerliche Zeit, in der sie pausenlos darauf gewartet hatte, dass er zurückkam. Die Zeit, in der sie jedes Mal, wenn sie auf den Hof trat, nach Neuankömmlingen Ausschau hielt. Die Zeit, in der das Getrappel von Hufen ihren Herzschlag beschleunigte. Mit jedem Tag war ihre Hoffnung ein wenig mehr geschwunden. Und in den unerträglichen Wochen nach *déorlings* Geburt hatte sie schließlich aufgegeben. Er war nicht zu ihr zurückgekommen. Er war gegangen. Für immer. Und heute kam er für Melisande zurück.

Sie stieß ein unwirsches Schnauben aus und begann von vorn, als eine Bewegung an der Tür sie zusammenschrecken ließ. Es war Meredith mit dem kleinen *déorling* auf dem Arm. Evaine entspannte sich wieder und begann zum hundertsten Mal mit dem Zählen.

»Dieses Weib ist einfach scheußlich«, sagte Meredith. Evaine brauchte nicht groß zu raten, von wem sie sprach. Bereits wenige Stunden nach ihrer Ankunft hatte Melisande sich mit ihren fortwährenden Beschwerden und Forderungen beim gesamten Haushalt der *burh* mehr als unbeliebt gemacht.

»Wenn Rheda eine Hexe sein soll, was bitte ist dann Melisande?«

»Die Oberhexe!«, giftete Evaine.

»Mindestens!«, sagte Meredith kichernd und zog dem Baby eine ihrer Haarsträhnen aus dem Mund. »Oder noch besser: die Braut des Leibhaftigen!«

»Nein, wenn, dann ist sie dessen Mutter!«, sagte Evaine mit widerwilliger Belustigung. »Sie könnte selbst ihn herumkommandieren!«

Meredith gluckste leise.

»Versteckst du dich deshalb hier drin?«, fragte sie neugierig. Sie legte das Baby auf ihre andere Schulter und wischte ihm mit einem Tuch einen Faden Speichel ab.

»Ich verstecke mich nicht«, protestierte Evaine. »Ich mache eine Bestandsaufnahme.«

Wie zum Beweis deutete sie auf die Wachstafel in ihrer Hand, auf die sie allerdings noch nicht besonders viel geschrieben hatte. Meredith schüttelte belustigt den Kopf.

»Quatsch! Erstens haben wir die erst vor Allerheiligen gemacht und zweitens bist du schon den halben Nachmittag hier drin.«

»Ich werde halt ständig abgelenkt«, sagte Evaine spitz und ritzte scheinbar geschäftig mit dem Griffel in das weiche Wachs. »Wenn du mich ablenkst …«

Geräusche auf dem Hof ließen sie erneut zusammenzucken und straften ihre Worte Lügen. Meredith musterte sie mit hochgezogenen Augenbrauen.

»Du kannst dich entspannen. Er ist schon da«, sagte sie milde.

Evaines Kopf fuhr hoch. Gleich darauf senkte sie ihn wieder, während ihr Herz zu klopfen begann.

»Er ist in der Halle und spricht mit ihr.«

»Hm … gut …«, murmelte Evaine möglichst unbeteiligt.

»Deshalb habe ich dich auch gesucht«, fuhr Meredith fort. »Als ich eben durch die Halle ging, hörte es sich an, als würden sie in Kürze nach *Bonne-foi* aufbrechen.« Sie machte eine vieldeutige Pause. »Ich dachte, du willst vorher vielleicht noch mit ihm sprechen.«

Evaine fragte sich, wie sie auf diese Idee kam. Sie selbst hatte mit Alric seit ihrer Trennung noch kein vernünftiges Wort gewechselt.

»Ich muss ihn wirklich sprechen«, gab sie widerstrebend zu. Allerdings nicht im Entferntesten über das, woran Meredith dachte. »Vor der Gerichtssitzung im nächsten *hundred moot* muss ich mit ihm über Rheda sprechen.«

Das Vergehen des Dorfes durfte sie nicht ungestraft lassen. Sie würden den *fine* bezahlen, wie sie es ihr schuldeten. Und wenn Rheda dafür keine Anklage erheben wollte, so würde Evaine selbst es tun. Aber vorher musste sie mit Robert darüber sprechen. Wegen der Schwere des Vergehens, das beinahe das ganze Dorf einschloss, wollte sie seinen Rückhalt bei der Versammlung. Sie würden sich überwinden und gemeinsam an der Versammlung teilnehmen müssen. Und jetzt war er hier. Unwillig drückte sie ihre Fingernägel in das Holz des Griffels. Es gab keinen Grund, es noch länger aufzuschieben. Keinen einzigen. Nur, dass er sie verlassen hatte und nun zurückgekommen war, um das blonde Ungeheuer zu treffen.

»Bring es hinter dich, Evaine.« Meredith klang wie die Stimme ihres eigenen Gewissens. »Irgendwann musst du mit ihm sprechen.«

Doch sie wollte das nicht hören.

»Und das weißt du woher? Weil du dich so gründlich mit Alric ausgesprochen hast?«, entlud sich ihr Unmut. Merediths Mandelaugen blitzten verärgert.

»Das ist etwas völlig anderes«, sagte sie spitz. »Er hat mir ein Versprechen gegeben. Und dann hat er es gebrochen.«

Erhobenen Hauptes wandte sie sich zur Tür und murmelte *déorling* etwas zu, das wie »sie hat keine Ahnung« klang.

Evaine blickte ihr nach. Meredith irrte sich, und zwar gewaltig. Roberts Versprechen hatte in jedem seiner Worte gelegen, in jedem vertrauten Augenblick zwischen ihnen und in allem, das er für sie getan hatte. *Ich liebe dich von ganzem Herzen.* Allein das war ein Versprechen. Konnte man einen Menschen lieben und dann so gnadenlos im Stich lassen?

Nein, das konnte man nicht! Trotzdem war sie der Meinung, dass Meredith und Alric einen Fehler machten. Und sie wollte nicht denselben machen. Mit einem lauten Knall klappte sie die beiden Seiten des hölzernen Wachstäfelchens zusammen und machte sich auf den Weg.

An der Tür zur Halle blieb sie stehen. Ihr Puls hämmerte in ihren Ohren. Noch konnte sie umkehren. Noch konnte sie zurück in die Vorratshütten eilen und abwarten, dass er und Melisande aufbrachen. Von drinnen drang nur leises Gemurmel zu ihr. Sie hätte nicht ausmachen können, ob es wirklich Robert war. Sie war kein Feigling, doch sie konnte keinen Muskel regen, um die Tür zu öffnen. Stattdessen ließ sie den Kopf gegen das raue Holz sinken.

Dann ertönte aus dem Innern ein helles Lachen, wie der Klang eines Glöckchens. Ruckartig fuhr sie hoch. Sie lachten zusammen! Er war gekommen, um sich mit ihr zu amüsieren? Nach allem, was sie in den letzten Monaten durchmachen musste, kam er hierher, um sich mit diesem Biest zu amüsieren?

Wütend stieß sie die Tür auf und trat ein. Sie waren in der Nähe des Feuers. Auf Melisandes Wunsch brannte es bereits den ganzen Tag. Arnaud hing immer noch am Rockzipfel seiner Mutter und himmelte sie aus blauen Augen an, die eindringlich darum flehten, ihn zu beachten. Doch Melisandes Aufmerksamkeit galt ganz und gar dem Mann an ihrer Seite. Robert stand mit dem Rücken zu Evaine, als betrachtete er die züngelnden Flammen in der Feuerstelle. Melisande stand dicht bei ihm. Den Kopf leicht zur Seite geneigt, bot sie ihm den Anblick ihres verletzlichen, zarten Halses dar. Gleichzeitig bräuchte er sich nur ein winziges bisschen zu ihr herabzubeugen, um ihren perfekten Rosenmund zu küssen.

Die frisch ausgelegten Binsen auf dem Boden dämpften Evaines Schritte so stark, dass sie unmittelbar bei ihnen war, ehe Melisande sie bemerkte. Ihre blauen Augen huschten nur einen Augenblick zu ihr herüber. Doch Robert wirbelte zu Evaine herum.

Sein Gesicht war schmal, fast so hager wie bei ihrer allerersten Begegnung, während der Ruhr. Er hatte Ringe unter den Augen und einen dunklen Bartschatten am Kinn. Offenbar war er ohne einen Augenblick zu zögern hierhergeritten. Seine Augen schienen ihr noch dunkler als in ihrer Erinnerung, beinahe schwarz. Wortlos sah er sie an.

Auf einen Schlag war sie wie gelähmt. So viele Gefühle hatten sich in den vergangen sechs Monaten in ihr aufgestaut. Hoffnung und Enttäuschung, Verzweiflung, Hilflosigkeit, Einsamkeit und Wut.

Sie waren weg. Keines von ihnen war mehr übrig. Ersetzt durch ein einziges.

Ihre ganze Seele war erfüllt von brennender Sehnsucht nach ihm. Sie konnte nichts sagen, begegnete nur seinem Blick.

Schließlich ergriff er das Wort.

»Evaine.«

Schwach nahm Evaine wahr, wie Melisandes Blick unruhig zwischen ihnen hin und her pendelte.

»Ach ja, richtig.« Ihre Stimme zerschnitt die Stille. »Wir haben uns schon bekannt gemacht, während ich hier auf dich warten musste.« Sie bedachte Robert mit einem sehnsüchtigen Augenaufschlag. Er sah nur flüchtig in ihre Richtung. Dann ruhte sein Blick erneut auf Evaines Gesicht. Es fühlte sich an wie eine Liebkosung.

Ein bösartiges Blitzen durchzuckte Melisandes Augen.

»Ich habe ihr erzählt, dass wir beide alte Freunde sind«, säuselte sie. Ihre schlanke Hand legte sich zart wie ein Schmetterling auf Roberts Arm. Die zierlichen Finger drückten ihn sanft. Wie hypnotisiert folgte Evaine der Bewegung.

Robert schenkte Melisande einen seltsamen Blick, stieß ihre Hand jedoch nicht weg. Melisandes Daumen begann, langsame Kreise auf Roberts Arm zu ziehen. Evaine kämpfte gegen den Impuls an, laut »Lass das gefälligst!« zu schreien. Es war ihr unerträglich zu sehen, dass sie ihn berührte. Noch unerträglicher war die Tatsache, wie vertraut ihre Berührung wirkte.

Die Verärgerung in Melisandes Miene wich einem selbstgefälligen Lächeln. Es musste ein Talent von ihr sein, eine Gabe, instinktiv zu spüren, womit sie die Menschen ihrer Umgebung am sichersten verletzen konnte. Evaines Schwachpunkt hatte sie mit großer Sicherheit gefunden.

Schweigend verharrten sie wie bei einem unsichtbaren Kräftemessen, einem wortlosen Tauziehen. Erst Arnauds Kinderstimme riss die Erwachsenen aus ihrer Starre.

»*Maman,* kann ich jetzt die Geschichte fertig lesen? Du hast sie noch gar nicht zu Ende gehört …«

Robert unterbrach ihn.

»Du kannst deiner Mutter die Geschichte nach dem Essen zu Ende vorlesen.« Er sprach sanft, aber bestimmt. »Deine Mutter und ich müssen vorher noch etwas besprechen.«

Robert öffnete den Mund, als wollte er Evaine noch etwas sagen. Doch dann schloss er ihn wieder. Er wandte sich zum Gehen und schritt mit Melisande zu seinem Privatzimmer, ihre Hand immer noch in seiner Armbeuge.

Melisandes Anblick in der vertrauten Halle von Allingham ließ Robert stocken. Sie gehörte nicht hierher. Sie war Teil eines Lebens, das er endlich hinter sich lassen wollte und das ihn doch umso schneller einholte, je eiliger er davor davonlief. Doch der zweite Blick in die Halle änderte die Empfindung. Wie immer löste Arnaud ein Gefühl tiefer Zuneigung in ihm hervor. Er hatte den Jungen in den letzten Monaten nur ein paarmal gesehen, wenn Gérard mit ihm zusammen nach *Bonne-foi* gekommen war. Das letzte Mal war bereits Wochen her.

Er saß mit seiner Mutter in der Halle, Merediths Fibel auf dem Schoß. Bei seinem Eintreten begrüßte er Robert aufgeregt und strahlte über das ganze Gesicht. Melisande hatte sich währenddessen langsam von ihrem Platz erhoben. Ihre blauen Augen begegneten seinen. Dann glitt ein Lächeln über ihre Züge. Ein atemberaubendes Lächeln. Jenes Lächeln, das dem Empfänger das Gefühl vermittelte, bei seinem Anblick ginge in ihrem Herzen die Sonne auf.

Robert fühlte, wie ein Kribbeln seinen Rücken hinunterjagte.

Scheiße! Sie wollte etwas von ihm.

Am liebsten hätte er sie auf der Stelle angefahren, warum sie hier war. Aber Arnauds Anwesenheit zwang ihn, sich zu beherrschen.

»Ich hatte gehofft, dich hier anzutreffen. Ich wollte dich überraschen.« Zwitschernd wie immer kam sie zu ihm herüber. »Aber dann treffe ich hier ein, nach einer so langen Reise, und stelle fest, dass du gar nicht da bist.« Sie klang wie ein beleidigtes Kind und schob schmollend die Unterlippe vor. Es sah hinreißend aus und nervte Robert unsäglich. Wem wollte sie hier eigentlich etwas vormachen?

»Ich dachte, du bist in der Normandie«, sagte er.

Lächelnd winkte sie ab und rückte noch ein Stück näher an ihn heran. Er erinnerte sich dunkel daran, dass es ihre Art war, wenn sie jemanden ins Auge gefasst hatte. Die körperliche Nähe verfehlte selten ihre Wirkung, Außenstehenden sowie dem Opfer selbst innige Vertrautheit weiszumachen.

»Ach, was sollte ich noch da? Ich war schrecklich einsam!« Sie senkte die Stimme bedeutungsvoll. »Schließlich sind alle Männer, die ich liebe, hier.«

Er zog eine Augenbraue hoch und betrachtete sie kalt.

»Meinst du deinen Mann oder deinen Sohn?«

Ihr aufgesetztes Lächeln gefror ein wenig. Schnell stieß sie ein kurzes, unnatürliches Lachen aus.

»Beide natürlich!« Als hätte sie sich gerade an seine Gegenwart erinnert, sah sie zu Arnaud hinüber. »In meinem Herzen ist Platz für viele.«

Wieder eine Andeutung.

Robert wandte sich ab und starrte in das Kaminfeuer. Eifrig kam sie herbei und rückte wieder beunruhigend nah an ihn heran. Am liebsten hätte er auf der Stelle aus ihr herausgepresst, was dieser affige Quatsch sollte.

Etwas ließ Melisande innehalten und zog seine Aufmerksamkeit auf sich. Er wandte sich um und spürte, wie sein Herz für einen Schlag aussetzte.

Evaine.

Alles, was er in den vergangenen Monaten so zwanghaft unterdrückt hatte, all die Gefühle für sie, die er so mühsam unter Kontrolle zu halten versuchte, brachen gleichzeitig los. Wie ein Funke setzte ihr Anblick ihn in Brand. Sein Inneres verwandelte sich in ein Schlachtfeld, auf dem seine Sehnsucht und sein Verlangen nach ihr gegen seine Selbstbeherrschung und seine Vernunft stritten. Der Kampf wütete so heftig in seiner Brust, dass er ihn am Atmen hinderte und sein Herz in blutige Fetzen riss.

Er hätte verloren.

Hätte Melisande nicht neben ihm gestanden, hätte er den Kampf gegen sich selbst verloren. Er hätte Evaine an sich gerissen und bis zur Besinnungslosigkeit geküsst. Er hätte sein Gesicht in ihren Haaren vergraben und ihren Körper an seinen gepresst, bis er jede Distanz zwischen ihnen beseitigt hätte. Er hätte …

Vage nahm er eine Berührung an seinem Arm wahr, wie von einer lästigen Fliege. Er betrachtete Melisandes Gesicht, als hätte er sie nie zuvor gesehen und sah, wie sie die Lippen bewegte, ohne ihre Worte zu hören. Dann wurde sein Blick wieder wie magisch von Evaines grünen Augen angezogen. Er hatte sie jede Nacht gesehen. Jede Nacht, wenn er die Augen schloss, bis Erschöpfung und Alkohol ihn in den Schlaf zwangen.

Erst Arnauds helles Stimmchen drang durch die Flut seiner

Gedanken. Nachdem er den Jungen vertröstet hatte, zog er sich mit Melisande in sein altes Zimmer zurück und schloss die Tür hinter ihnen. Er war nicht mehr hier gewesen, seit er Allingham verlassen hatte. Bilder, Erinnerungen und Emotionen drängten auf ihn ein, die er hartnäckig in ihre Schranken wies. Er würde jetzt klären, weshalb sie hier war und das empfindliche Gleichgewicht störte, zu dem er endlich gefunden hatte.

»Was willst du hier?«, fragte er barsch.

Sie schenkte ihm wieder dieses aufgesetzte Lächeln.

»Ich habe es dir doch gesagt. Ich war einsam.« Sie machte eine Pause. »Ich hatte Sehnsucht.«

»Wenn du Sehnsucht hast, dann such deinen mörderischen Ehemann auf und belästige ihn damit. Was willst du von mir?«

In ihre Augen trat ein dunkles Blitzen und um ihre Mundwinkel begann es, zu zucken. Sie war hin- und hergerissen zwischen der aufkommenden Wut und einem letzten Versuch, ihn doch noch rumzukriegen.

Er half ihr bei der Entscheidung.

»Entweder du sagst mir auf der Stelle, weshalb du hier bist, oder ich setze dich noch vor Sonnenuntergang zurück auf dein Pferd! Hast du mich verstanden?«

Mit einem wütenden Fauchen riss sie ihre Hand von seinem Arm und er bemerkte erst jetzt, dass sie ihn immer noch getätschelt hatte.

»Ich will mein Kind!«

Er glaubte ihr kein Wort.

»Du hast ihn gesehen. Es geht ihm gut. Wenn das alles ist, kannst du noch länger bleiben und ihm Gesellschaft leisten.«

»Nein! Ich will ihn zurück! Und wenn ich gehe, werde ich ihn mitnehmen!«

Sie meinte es ernst. Entsetzt spannte sich sein ganzer Körper an.

»Nur über meine Leiche!«

»Versprich nichts, was du nicht halten kannst, Robert«, höhnte sie.

»Nie im Leben! Wenn du deshalb gekommen bist, kannst du gleich wieder verschwinden! Du schaust ihn ja nicht einmal an, du …«

Ein plötzlicher Gedanke ließ ihm das Blut in den Adern gefrieren.

»*Er! Er* will ihn, richtig?«, keuchte er. »*Er* will, dass du ihn zurückholst!«

Natürlich! De Vere hatte sie geschickt. Und wenn der Arnaud erst in seinen Fingern hätte …

Wenn er noch Zweifel gehabt hatte, so beseitigte der verkniffene Ausdruck um ihren Mund den letzten Rest. Erbost starrte sie ihn an. Sie hatte nicht damit gerechnet, dass er es erraten würde.

Die Gewissheit schürte seinen Zorn.

»Du dummes Miststück! Kapierst du eigentlich gar nichts?«, brüllte er. »Er will ihn umbringen! Dein eigener Mann will deinen Sohn töten!«

»Hörst du dich eigentlich reden? Du bist ja übergeschnappt!«

Sie stieß ein keifendes Lachen aus, das ihm endgültig die Beherrschung raubte.

»Mach, dass du hier wegkommst! Auf der Stelle!«

Er packte sie grob am Arm und schleifte sie in Richtung Tür. Und wenn er sie persönlich auf ihren Gaul setzen würde, sie würde keine einzige Nacht unter seinem Dach schlafen!

»Lass mich los! Das ist mein Sohn!«, schrie sie und versuchte gleichzeitig, ihm das Gesicht zu zerkratzen, damit er sie losließ. »Ich habe Opfer für ihn gebracht! Und ich habe bezahlt!«

Was sie sagte, verschlug ihm die Sprache. Er ließ sie so abrupt los, dass sie beinahe gestürzt wäre.

»Du? Du hast bezahlt?«, echote er ungläubig.

»Jawohl!« Sie rappelte sich hoch und baute sich vor ihm auf. »Ich bin die Einzige, die für diese Scheiße bezahlt hat! Ich habe diesen alten Sack heiraten müssen und seinen runzeligen Schwanz gelutscht! Er war mindestens hundert!« Fassungslos hörte er ihr zu. »Du hingegen«, einer ihrer spitzen Finger bohrte sich in seine Brust, »du hast nur deinen Spaß gehabt!«

Ihre Berührung war der Tropfen, der das Fass zum Überlaufen brachte. Mit einer ausholenden Bewegung stieß er ihre Hand beiseite und kam mit zusammengebissenen Zähnen auf sie zu. Sie wich ängstlich zurück.

»Und ob ich bezahlt habe!«, brüllte er. Er trieb sie durch das Zimmer wie ein fliehendes Tier. »Ich habe verdammt noch mal bezahlt! Ich habe mehr bezahlt, als ihr anderen zusammen! Ich ...« – seine Stimme bebte vor Zorn und hinderte ihn fast am Weitersprechen – »Ich habe alles, einfach alles verloren! Meine Familie, mein Erbe, meine Heimat! Alles! Ich habe jeden Tag in den verdammten neun Jahren bezahlt! Ich habe ein Kind, einen Sohn, den ich acht Jahre lang nicht zu Gesicht bekommen habe! Und weißt du was?« Ängstlich wich sie einen weiteren Schritt vor ihm zurück. »Im Unterschied zu dir werde ich auch für den Rest meines Lebens bezahlen! Denn er wird niemals wissen, dass ich sein Vater bin!«

Er wusste nicht, was er ihr noch alles an den Kopf geworfen hätte, doch ein erstickter Aufschrei von der Tür ließ ihn und Melisande gleichsam erstarren.

Wenn Evaine nicht so wütend gewesen wäre, hätte sie vielleicht gehört, wie erregt die Stimmen in Roberts Zimmer waren, und hätte sich zurückgezogen. Aber das hatte sie nicht. In ihrem Kopf hämmerte nur ein einziger Gedanke. Er hatte es schon wieder getan. Wieder hatte ihn jemand aus seiner Vergangenheit dazu gebracht, sie ganz und gar zu vergessen. Sie auszublenden, als wäre sie überhaupt nicht da. Aber diesmal würde sie es nicht dulden! Sie würde auf der Stelle zu ihm gehen und erst verschwinden, wenn sie mit ihm über Rheda gesprochen hatte. Die Wut in ihrem Bauch half ihr, die Tränen zu verdrängen, während sie mit stampfenden Schritten auf Roberts Zimmer zuhielt. Diesmal zögerte sie keinen Moment, ehe sie die Tür aufstieß und sie wartete nicht, bis er sie hereinbat. Er hatte auch nicht höflich gewartet, bis sie sich zurückgezogen hatte. Sie platzte in das Zimmer, doch weder Robert noch Melisande bemerkten ihr Erscheinen. Roberts Anblick ließ ihre Wut verpuffen. Sie hatte ihn noch nie so aufgewühlt erlebt. In Melisandes Gesicht spiegelte sich ehrliche Angst. Sie starrte die beiden an, während ihr Gehirn jedes einzelne von seinen Worten aufsaugte.

Mit einem Mal fiel es ihr wie Schuppen von den Augen. Arnauds Kinn und die Art, wie er den Mund beim Lachen ein wenig schief verzog. Plötzlich war es so offensichtlich, dass sie sich fragte, wie sie es je hatte übersehen können. Er war Roberts Sohn. Seiner und Melisandes.

Die Erkenntnis traf sie wie ein Schlag, hart und schmerzhaft. Sie gab ein ersticktes Geräusch von sich, als hätte man sie geschlagen. Er hatte ein Kind und er hatte es ihr nie erzählt. In all dieser Zeit, in der er ihr näher gewesen war als irgendein anderer Mensch, hatte er es für sich behalten. Sie hatte vor ihm ihre Seele entblößt, aber er hatte nichts von sich preisgegeben.

Robert und Melisande fuhren zu ihr herum. Robert starrte sie wie vom Donner gerührt an.

»Arnaud ist dein Sohn.« Ausgesprochen entfalteten die Worte ihre ganze Tragweite.

»Jetzt weiß sie es!«, fauchte Melisandes. Ihr engelsgleiches Gesicht verwandelte sich in das einer Furie. »Das ist alles deine Schuld! Dazu hattest du kein Recht. Es geht sie nichts an. Gar nichts!«

Fassungslos starrte Evaine Robert an, wartete auf eine Erklärung, hoffte, dass er es vielleicht doch abstreiten würde. Aber er sah sie nur schuldbewusst an.

»Evaine! Bitte, du darfst es niemandem sagen! Arnaud zuliebe. Bitte behalte es für dich.« Seine Stimme war voller Sorge.

Doch seine Sorge galt nicht ihr. Er versuchte nicht einmal, es ihr zu erklären. All seine Gedanken galten seinem Kind. Der Gedanke schmerzte sie bis ins Mark. Sie war unfähig, irgendetwas zu erwidern, und fühlte sich wie betäubt.

Mit gerunzelter Stirn sah er sie an, als wäre er nicht sicher, dass sie ihn verstanden hatte. »Evaine?«

Sachte griff er nach ihrem Arm. Mit einem Mal schlug ihr Schmerz in rasende Wut um.

»Fass mich nicht an! Fass mich nie wieder an!«

In Melisandes Augen glitzerte es. Evaines Schmerz bereitete ihr Vergnügen und plötzlich hasste Evaine sie mit einer Inbrunst, die sie sich nie zugetraut hätte. Er hatte bei ihr gelegen. Ihr war er so nah gewesen und sie selbst hatte er auf Abstand gehalten. Er hatte ihr ein Kind gemacht! Es war zu viel. Das war alles zu viel. Sie machte auf dem Absatz kehrt. Sie musste weg von hier, sonst würde sie an ihrem Elend ersticken.

»Evaine!« Sie ertrug ihn keinen Augenblick länger. Ohne sich umzudrehen stürmte sie aus dem Raum, rannte durch die Halle ins Freie und sog die kalte Luft ein. Hinter ihr hörte sie die Tür knarren. Sie rannte weiter.

»Bleib stehen!« Er kam ihr hinterher. Sie hörte seinen Atem und seine Schritte. Sie rannte immer schneller. Das Palisadentor stand offen und sie lief hindurch auf den Pfad nach Allingham. Ihre Lunge begann zu brennen und sie spürte Tränen, die ihre Sicht behinderten und über ihre Wangen liefen. Sie flog den Slán Hill hinunter, doch irgendwann holte er sie ein. Dann bekam er sie am Arm zu fassen und versuchte, sie festzuhalten. Er brachte sie aus dem Tritt und ihr Fuß stieß gegen einen Stein, sodass sie vollends das Gleichgewicht verlor. Kopfüber stürzte sie und riss ihn mit sich. Sie prallte schmerzhaft auf dem steinigen Boden auf und er fiel mit voller Wucht auf sie. Sein Gewicht presste die Luft aus ihren Lungen. Japsend versuchte sie zu atmen. Der Schwung ihres Sturzes schleuderte sie fort. Ineinander verschlungen rollten sie weiter. Alles verschwamm zu einem einzigen Grünbraun, während sich Stöcke und Steine in ihren Rücken bohrten. Hilflos kugelten sie über Äste und Wurzeln hinweg und prallten schließlich gegen etwas Stabileres, wo sie endlich liegen blieben.

Keuchend rang Evaine nach Luft. Als sie die Augen öffnete, lag

Robert auf ihr. Sie lagen mitten im Buchenhain. Einer der jungen Bäume hatte ihren Sturz gebremst.

Evaine starrte ihm ins Gesicht. Er blinzelte benommen. An der Stirn hatte er eine Platzwunde, aus der ein wenig Blut sickerte. Robert stützte sich auf den Armen ab. Ohne sein Gewicht konnte sie endlich besser atmen. Aber er ging nicht von ihr herunter.

Ihr Rücken und ihre Knie waren geprellt und die Haut ihrer Handflächen brannte von Schürfwunden. Doch das alles war unwichtig. Viel qualvoller war der Schmerz in ihrem Innern. Sie fühlte sich, als wäre ihr Herz wund und blutig. Sie leckte über ihre aufgerissenen Lippen und schmeckte eine Mischung aus Blut und Salz. Dabei bemerkte sie, dass ihr Tränen aus den Augen liefen.

»Geh runter von mir.« Sie schluchzte mehr, als dass sie sprach. Doch er schüttelte den Kopf.

»Evaine, bitte hör mir zu.«

»Nein! Ich will nicht!« Sie ignorierte den Schmerz in ihren Händen und versuchte ihn von sich zu schieben. »Du hattest alle Zeit der Welt, es mir zu sagen, und hast es nicht getan! Stattdessen hast du mich angelogen!«

»Ich konnte es nicht!«

Mit aller Gewalt stemmte sie sich gegen seinen Oberkörper, in dem Versuch, ihn loszuwerden. Er versuchte ihre Hände zu fassen, woraufhin sie begann, nach ihm zu schlagen. Wütend trommelte sie auf seinem Brustkorb und seinen Oberarmen herum. Sie schlug so fest sie konnte, empfand jedoch keine Befriedigung.

»Hör auf!«

Wie ein Schraubstock legten sich seine Hände um ihre Handgelenke und pressten sie neben ihrem Kopf auf den Boden. Dabei kam sein Gesicht ihrem ganz nah. Es machte sie rasend. Er machte sie rasend. Wie konnte er es wagen, ihr etwas zu befehlen? Wie von Sinnen wand sie sich unter ihm und versuchte, ihr Knie zwischen seine Beine zu rammen, bis er auch hier jede Bewegung unterband. Sein ganzer Körper drückte sie nieder.

»Du hast bei ihr gelegen!« Sie schrie ihm direkt ins Gesicht. Er schreckte nicht zurück, doch seine Augenbrauen zuckten und um seinen Mund erschien ein schmerzlicher Zug.

»Du hast mich verlassen! Im Stich gelassen, weil du nicht mit mir ins Bett wolltest. Aber mit ihr hast du es getrieben! Was war damals mit deinem heuchlerischen Ehrenkodex?«

Der Gedanke machte sie wahnsinnig und sie wehrte sich wieder voller Verzweiflung gegen seine körperliche Überlegenheit.

»Hör auf!« Seine Stimme war gepresst und er umklammerte ihre Hände fester als notwendig.

»Wieso ausgerechnet sie? Sie verdient dieses Kind nicht! Das sollte mein Kind sein. Ich sollte ein Kind von dir haben!«

Er sah sie an, als hätte sie den Verstand verloren. Es war lächerlich, aber sie wünschte es sich dennoch voller Verzweiflung.

»Was soll das?« Er war nun ebenfalls wütend und schüttelte sie aufgebracht, als wollte er sie zur Besinnung bringen. »Du weißt nicht, was du da sagst!«

»Warum wolltest du mich nicht?«

»Ist das alles, worum es dir geht? Ein Fick?« In seine Augen trat ein gefährliches Glitzern. »Gut! Das kannst du haben. Gleich hier?«

Er neigte seinen Kopf und küsste sie. Es war wild und grob. Sein Körper war fest an ihren gepresst. Bleischwer drückte er sie nieder und verhinderte jede Bewegung.

»Willst du das?«

Wieder küsste er sie. Es war leidenschaftlich, doch ohne Zärtlichkeit, ein purer Akt der Inbesitznahme. Er gab eines ihrer Handgelenke frei. Wild glitt seine Hand über ihren Körper. Sie wollte sie wegstoßen, doch in seiner eisernen Umklammerung konnte sie sich kaum bewegen. Fordernd befühlte er ihre Brüste und riss am Stoff ihres Ausschnitts. Sie wand sich erneut unter ihm. Ungeduldig begann er, an ihren Röcken zu zerren. Seine Knie stießen ihre Beine auseinander und sie konnte fühlen, wie erregt er war.

»Ist es das, was du willst?« Atemlos verharrte er und musterte ihr Gesicht mit fiebrigem Blick. Ihr Herz raste und ihr Atem kam keuchend. Doch er ließ ihr keine Zeit zur Antwort. Seine groben

Küsse verschlossen ihren Mund und verschluckten jeden Protest. Sie drehte den Kopf weg, um seinen gemeinen Küssen zu entfliehen. Ein Schluchzer entrang sich ihrer Kehle und wieder quollen Tränen aus ihren Augen. So wollte sie es nicht. Sie wollte ihn. Nicht das hier. Sie presste die Augen zusammen und versuchte, es auszublenden.

»Nein. Hör auf. Bitte.« Sie schluchzte nun haltlos und ihr ganzer Körper wurde von einem Weinkrampf geschüttelt.

Endlich hielt er inne. Unbeweglich verharrte er über ihr. An seiner Stirn rann eine Schweißperle hinab, als würde die Beherrschung ihn größte Anstrengung kosten. Er gab einen erstickten Laut von sich. Evaine wusste nicht, ob es ein Schluchzer oder ein Keuchen war. Schließlich wälzte er sich von ihr herunter.

Evaine rollte sich zusammen wie ein geschundenes Tier, in dem Impuls, sich vor ihm zu schützen. Doch er hatte ihr bereits den Rücken zugekehrt und das Gesicht in den Händen vergraben.

Sie wusste nicht, wie lang sie da gekauert und ihren Schmerz einfach laut hinausgeweint hatte. Aber irgendwann versiegten die Tränen. Sie fühlte sich hohl und leer. Sie holte tief Luft, dann hob sie den Kopf und blinzelte durch ihre vom Weinen geschwollenen Augen. Sie entdeckte Robert neben sich. Er hockte wie sie am Hang des Slán Hill. Sein Kopf war in den Händen vergraben. Er sah aus wie der Inbegriff eines Büßers.

Erschrocken stellte sie fest, dass sie bereit war, ihn anzuhören, und wusste nicht, ob sie sich dafür verachten sollte. Wieso sollte sie ihm noch eine Chance geben?

Er schien ihren Blick zu spüren, denn er hob den Kopf. Seine Augen waren ebenfalls gerötet. Er fuhr sich mit der Hand durchs Haar. Gedankenverloren glitt seine Hand zu seinem Nacken und massierte die blasse Narbe. Schließlich sah er sie an. Doch sie konnte seinen Blick nicht ertragen und starrte auf den Boden.

»Ich konnte es dir nicht sagen, weil ich Melisande mein Wort gegeben hatte.« Er machte eine Pause, als erwartete er, dass sie wieder auf ihn losgehen würde. Sie rührte sich nicht und starrte weiterhin auf den Boden.

»Aber jetzt weißt du es, also denke ich, dass ich dir alles sagen kann.« Er räusperte sich, als setzte er zu einer längeren Erzählung an. »Ich war bei ihrem Vater als Knappe zur Ausbildung.«

Das wusste Evaine bereits.

»Ich habe auf ihrer Burg gelebt, zusammen mit ihrer Familie, seit meinem zwölften Lebensjahr. In all der Zeit hat sie mich kaum je eines Blickes gewürdigt. Ich glaube, ich dachte sogar, sie mag mich nicht. Ich weiß es nicht mehr genau. Mir war sie damals jedenfalls egal.«

Evaine hörte schweigend zu.

»Mit neunzehn Jahren, nach sieben Jahren im Dienst ihres Vaters, hatte ich meine Ausbildung beendet und wurde zum Ritter geschlagen. Fortan war ich ein Ritter ihres Vaters. Ich denke, zu dieser Zeit bin ich ihr zum ersten Mal aufgefallen. Ich habe später oft über alles nachgedacht, was danach passiert ist. Manchmal glaube ich, es war purer Zufall.«

Er machte eine Pause. Gedankenverloren blickte er vor sich hin und spielte mit einem Grashalm in seiner Hand. Evaine musterte ihn verstohlen. Als er ihren Blick bemerkte, sah er sie an, doch sie schaute zurück auf den Boden.

Mit einem Seufzer fuhr er fort: »Ihr Vater hatte eine vorteilhafte Hochzeit für Melisande arrangiert, von der sie aber nicht begeistert war. Wahrscheinlich suchte sie nur jemanden, um gegen ihren Vater zu rebellieren. Ich war mir darüber nicht im Klaren. Sie vielleicht auch nicht. Jedenfalls schenkte sie mir auf einmal ihre ganze Aufmerksamkeit. Es hat mir wahnsinnig geschmeichelt. Sie hat so eine Art, einem das Gefühl zu geben, der Mittelpunkt ihrer Welt zu sein.«

Evaine wusste genau, was er meinte. Melisande verstand sich meisterhaft darauf, Männer um den Finger zu wickeln. Offenbar hatte sie bereits früh begonnen, sich darin zu üben.

»Ich war ein leichtes Opfer.« Er schüttelte über sich selbst den Kopf. »Bis dahin hatte ich nie so viel Aufmerksamkeit erhalten. Weder zu Hause, im Schatten meines älteren Bruders, noch als einer von vielen Knappen meines Dienstherrn.« Er lächelte zynisch. »Aber ich habe auch nicht viel Widerstand geleistet. Ich war nicht gerade erfahren, was Leidenschaft betrifft. Melisande war fünfzehn, schön und reich und sie wollte mich.« Er zuckte die Schultern. »Mehr brauchte sie nicht, um mich zu überzeugen.«

Schweigend blieb er sitzen und starrte auf seine Hände, während er seinen Erinnerungen nachhing.

Evaine studierte aufmerksam sein Gesicht. Er sah wehmütig aus und traurig.

»Ich war wie berauscht von ihr und unserer Liebe. Ich dachte, ich könnte keinen Tag mehr ohne sie leben. Anfangs ging es ihr ebenso. Aber nach einer Weile hat Melisande festgestellt, dass sie doch nicht vorhatte, ihr Leben mit einem zweitgeborenen Sohn ohne Erbe zu verbringen. Das einzige Problem war, dass sie schon schwanger war.«

Nervös zerrieb er den Grashalm zwischen seinen Fingern und warf die Reste dann zurück in den Dreck.

»Als sie es mir gesagt hat, wollte ich mit ihr weglaufen.« Um seinen Mund erschien ein bitterer Zug und er schnaubte verächtlich. »Aber sie wollte nur, dass ich jemanden hole, um es wegzumachen.«

Evaine schluckte und musste an den kleinen Arnaud und sein fröhliches Lachen denken.

»Ich kannte keinen. Und selbst wenn, hätte ich es nicht zugelassen.« Er fuhr sich mit der Hand über das Gesicht. »Danach ging alles ganz schnell. Ihre Familie hatte es bemerkt und die ersten Gerüchte machten die Runde. Man wollte sie nun schnellstmöglich verheiraten. Die arrangierte Ehe ist natürlich geplatzt, aber man traf eine neue Vereinbarung mit dem alten Le Besgue. Ich weiß nicht, ob er etwas ahnte, als er sie geheiratet hat, aber ich kann es mir fast nicht anders vorstellen. Schließlich hat er nie andere Kinder gehabt, auch nicht mit ihr. Aber er hat es trotzdem getan.

Vielleicht gerade deshalb. Immerhin hatte er so einen Sohn.«

Evaine fiel ein, was er ihr in der Nacht am Feuer gesagt hatte, als er dachte, sie wäre unfruchtbar. *Es ist schwer, keine Kinder zu haben.* Sie hatte so oft mit ihm darüber gesprochen. Nie hatte er ihr die Wahrheit gesagt.

»Warum hast du mich angelogen?«

Sie konnte nicht verhindern, dass die Enttäuschung ihre Worte beißend wie Essig machte.

»Ich habe nicht gelogen, weil er nicht mein Sohn ist«, sagte Robert mit Nachdruck und einem verbissenen Zug um den Mund. »Er ist der Sohn eines *Comte!* Eines angesehenen Mannes mit Vermögen und Ehre, sein rechtmäßiger Erbe! Und nicht der uneheliche Sohn eines Söldners, der seine Mutter irgendwo in der verschwiegenen Dunkelheit eines Pferdestalls geschwängert hat!« Robert holte schwer Luft. »Davon abgesehen musste ich Melisande versprechen, dass ich es niemals verrate. Ich habe es getan. Es war schrecklich. Du kannst dir nicht vorstellen, wie das ist. Irgendwo in Italien unter dem Sternenhimmel zu liegen und zu wissen, dass du ein Kind hast, das du niemals sehen wirst.« Er presste die Lippen zusammen und sein Gesicht ließ die ganze Qual erkennen, die er damals empfunden haben musste. »Die ersten zwei Jahre wusste ich nicht einmal, dass es ein Sohn ist, dass sie ihn gesund zur Welt gebracht hatte! Ich hatte die Normandie unmittelbar nach Melisandes Hochzeit verlassen und mir ungefähr ausgerechnet, wann ihre Niederkunft sein müsste. Aber ich habe nichts gehört, nicht von ihr und nicht von meiner Familie. Keine Nachricht, gar nichts.« Auch jetzt noch war sein Schmerz so groß, dass seine Stimme bebte. »Aber es war richtig. Auch für Arnaud. Wenn es bekannt wird, ist er nur noch ein Bastard. Ohne Familie, ohne Erbe und ohne Schutz.«

Er sah sie eindringlich an. Sie konnte die Bitte in seinen Augen lesen, ihm zu verzeihen. Aber sie war noch nicht bereit dazu und mied seinen Blick.

»Was … war mit dir?«, fragte sie stattdessen. »Warum konntest du sie nicht heiraten?«

Robert brach in höhnisches Gelächter aus, als wäre die Idee absolut irrsinnig.

»Du … du verstehst das nicht …«, murmelte er dann, ohne sie anzusehen. »Die arrangierte Ehe … Melisandes Verlobter … war … mein Vater …«

Seine Stimme erstarb.

Evaine gab ein ersticktes Keuchen von sich, das Robert gequält zusammenzucken ließ.

Sein eigener Vater?

»Es war ein Treubruch, verstehst du? Gleich zweifach«, murmelte er. Mit einem Mal traf sie das ganze Ausmaß seines Vergehens.

Ein Treubruch.

Er hatte bei der Verlobten seines Vaters gelegen! Er hatte die Tochter seines Herrn entehrt! Das konnte nicht wahr sein. Sie wollte das nicht glauben. Ihr ganzes Vertrauen in ihn basierte auf dem Glauben, dass er treu war. *Treue ist die wichtigste aller Tugenden. – Esto fidelis usque ad mortem.* Wie hatte er das tun können? Konnte man das Vertrauen seines Herrn schlimmer missbrauchen, als dessen Tochter zu entehren? Er hatte seiner eigenen Familie die Treue gebrochen! Was war mit all den Versprechen, die er ihr gegeben hatte? *Ich habe deinem Vater mein Wort gegeben.* Bedeutete das überhaupt irgendetwas?

Das Bild, das sie sich von ihm gemacht hatte, zersplitterte in tausend Teile. Sie starrte ihn an und hatte das seltsame Gefühl, sie sähe ihn zum ersten Mal.

Langsam setzte sich das Bild wieder zusammen. All die losen Fäden seines Lebens verwoben sich zu einem gänzlich neuen Anblick.

Er war ein Mann voller Schuld. Er hatte so viel Schuld auf sich geladen, dass die Last ihn beinahe erdrückte. *Ich bin es schuldig.* Ein Vergehen, das er niemals abgelten konnte. Und doch versuchte er es unentwegt. Endlich begriff sie.

Ich habe deinem Vater mein Wort gegeben. Ich habe es Melisande versprochen. Jede seiner Handlungen war gezeichnet von dem Bestreben, nie mehr sein Wort zu brechen. Als könnte er dadurch Vergangenes rückgängig machen!

Und sein Vater? Plötzlich verstand sie auch Roberts höhnisches Lachen. Niemals hätte er die Frau geheiratet, die sein Sohn entehrt hatte. Und niemals hätte er zugelassen, dass Robert bekam, was er für sich selbst gewollt hatte. Der Gedanke an Geoffrey ließ sie schaudern. Sie wollte sich Geoffreys Reaktion nicht einmal vorstellen.

Wieder massierte Robert die Narbe an seinem Hals. Und ohne ein Wort von ihm ahnte sie, wie es dazu gekommen war. Er hingegen starrte grimmig vor sich hin. Sein leerer Blick schien etwas ganz anderes zu sehen als die sanften englischen Hügel und Allinghams Felder.

Er sah den Burghof von *Montarbuste*. Meinte wieder den Regen zu spüren, der seine Kleider durchnässte und ihm in kleinen Rinnsalen hinten in den Nacken lief. Der Regen ließ ihn frösteln, aber noch schlimmer war der Gesichtsausdruck seines Vaters.

»Du bist eine Schande für deine ganze Familie!«

In seinem ganzen Leben hatte sein Vater selten die Stimme erhoben, jetzt brüllte er so laut, dass Robert bis ins Innerste zu zittern begann. Aus dem Augenwinkel konnte er sehen, wie seine Geschwister ängstlich zusammenzuckten. Cäcilia, Augustine, Aurel, Geoffrey und das gesamte Personal. Trotz des Regens hatte sein Vater jeden auf den Hof gerufen, da sie alle an seiner Schande teilhaben sollten.

»Es tut mir leid …«

»SCHWEIG GEFÄLLIGST!«

Die Heftigkeit seines Vaters ließ ihn augenblicklich verstummen. Auch ihm lief der Regen über das Gesicht, doch er verzog keine Miene. Sein Ausdruck war wie erstarrt, versteinert zu einer harten, leblosen Maske. Einzig das eiskalte Funkeln in seinen Augen verriet seinen brennenden Zorn.

»TREUE! Weißt du eigentlich, was das heißt?«

Mit der ganzen Hand schlug er ihm ins Gesicht. Robert war so bestürzt, dass er nicht einmal reagieren konnte. Der Schlag traf ihn mit voller Wucht, raubte ihm für einen Moment die Sinne. Er taumelte zurück. Blinzelnd versuchte er, sich auf das Gesicht seines Vaters zu konzentrieren. Er durfte nicht umfallen.

»Ein EID! Du hast ihn abgelegt! Aber weißt du, was das bedeutet?«

Sein Vater schlug erneut zu. Diesmal konnte Robert nicht verhindern, dass sein Kopf ängstlich zurückzuckte. Doch er blieb stehen. Sein Vater traf ihn wieder, noch fester. Das Klingeln in seinen Ohren verstärkte sich und sein Mund füllte sich mit Blut. Ihm wurde speiübel. Er sackte auf die Knie und erbrach sich in eine Pfütze. Keuchend versuchte er, wieder zur Besinnung zu kommen. Schon riss sein Vater seinen Kopf hoch.

»Du hast deinen Treueid gebrochen! ZWEIFACH! Und wofür? Für ein Weibsstück!«

Vor dem strömenden Regen und dem Schwindel in seinem Kopf verschwamm das Gesicht seines Vaters zu einer grässlichen Fratze. Er zerrte ihn an den Haaren. Der Druck auf seinen Kopf war so schmerzhaft, dass er mit aller Macht gegen einen erneuten Brechreiz kämpfen musste.

»Ich … liebe sie«, keuchte er in dem hilflosen Versuch, sich zu verteidigen für etwas, das unentschuldbar war. Er konnte seine eigene Stimme kaum hören vor dem Rauschen in seinen Ohren. Aber er befürchtete, dass er weinerlich und jämmerlich klang.

»Einen VERDAMMTEN SCHEISS tust du!« Seinen Vater fluchen zu hören, machte Robert mehr Angst als die Schläge oder sein Zorn.

»Getreu, bis in den Tod! Bedingungslos! Hast du das vergessen? Hast du das vergessen, als du geil wie ein Bock auf sie gestiegen bist? Hast du das vergessen, als du sie wieder und wieder genommen hast? Du hast alles vergessen! Du hast die Kontrolle über dich selbst vergessen!«

»Vater, bitte …«

»NEIN! Nenn mich nicht so! Du verdienst nicht einmal, meinen Namen zu tragen!«

Er zückte das Messer an seinem Gürtel. Entsetzt sah Robert, wie die Klinge auf seine Kehle zusauste. Dann spürte er einen kurzen, brennenden Schmerz. Instinktiv fuhr seine Hand zu seinem Hals. Er spürte glitschige Feuchtigkeit, die nicht vom Regen rührte, und roch Blut. Von der Klinge seines Vaters perlten dunkelrote Tropfen. Sein Blut.

Er starrte an sich herab, ungläubig, dass er noch lebte, und bemerkte erst jetzt die Fetzen seines Mantels. Lautlos war die Brosche, mit der er über seiner linken Schulter zusammengehalten wurde, zu Boden gefallen. Das feine Gold lag in der Pfütze. Das Motto seiner Familie, mit Schlamm und Erbrochenem besudelt. *Esto fidelis usque ad mortem.*

Sein Vater hatte sie abgetrennt. Benommen sah er hoch.

»Geh mir aus den Augen!« Sein Vater wies auf das Burgtor. »LOS! Ich kenne dich nicht mehr!« Dann wies er drohend auf das ängstliche Häufchen seiner Familie. »Und die kennen dich ebenfalls nicht mehr!«

Keiner von ihnen wagte es, ein Wort zu sagen. Ihre Gesichter waren nass. Robert wusste nicht, ob es Tränen waren oder Regen. Er spürte eigene Tränen, die sich mit den Regentropfen mischten, und war dankbar, dass auch dies niemand wissen würde.

»Schafft ihn raus.«

Das war das Letzte, was er für die nächsten neun Jahre von seinem Vater hörte. Danach schleiften ihn zwei Ritter über den Burghof hinaus. Die ganze Nacht kauerte er im Regen vor den Mauern von *Montarbuste*. Er hatte nichts mehr, außer den Kleidern, die er am Leibe trug, und wusste nicht, wohin er gehen sollte.

Im Morgengrauen kam sein Bruder Geoffrey mit einem Pferd und einem Schwert zu ihm nach draußen.

»Hier, Robert.« Er legte ihm die Zügel des Pferdes in die eine und das Schwert in die andere Hand. »Ich habe die ganze Nacht auf ihn eingeredet. Mehr wirst du nicht von ihm bekommen. Das ist dein ganzes Erbe.«

Er griff nach dem Beutel, der an seinem Gürtel hing, und band ihn an Roberts eigenen. »Und das ist von mir. Es ist alles, was ich im Moment habe. Es sollte für ein Schild reichen. Leb wohl.«

Er hatte es genommen und seinem Zuhause für immer den Rücken gekehrt.

Robert räusperte sich.

»Zur Strafe hat mein Vater mich verstoßen.«

Robert war erleichtert, alles endlich ausgesprochen zu haben. Es fühlte sich an, als hätte er sich einen Teil seiner Last von der Seele gesprochen. Sie war der einzige Mensch, der einzige in fast zehn langen Jahren, dem er davon erzählt hatte. Wenn man von dem namenlosen Beichtvater absah, dem er versucht hatte, seine Fehltritte kurz nach Arnauds Geburt zu beichten.

»Was … denkst du nun?«

Er hatte fast Angst, zu fragen. Nachdem er so viel geredet hatte, war das alles, worauf es ihm ankam.

Geistesabwesend zupfte sie ein paar Grashalme von ihrem Rock. Dann sah sie ihm zum ersten Mal in dieser Unterhaltung offen ins Gesicht. Ihre grünen Augen waren sanft und traurig.

»Es tut mir leid«, flüsterte sie. »Es tut mir leid um dich, dass du wegen eines einzigen Fehlers alles verloren hast. Und es tut mir leid um Arnaud, weil er niemals erfahren wird, was für einen wunderbaren Vater er hat.«

Ihre Worte erteilten ihm nicht die Absolution für seine Fehler, es war einfach nur ehrliches Mitgefühl. Und dennoch linderten sie seinen Schmerz so viel mehr als das gesichtslose *Ego te absolvo,* das ihm von der anderen Seite des Beichtstuhls entgegengeklungen war. Sie war der wärmste und mitfühlendste Mensch, dem er je begegnet war.

»Ich denke, ich fange an zu verstehen.«

»Ich hätte so gerne mit dir darüber gesprochen. Über Arnaud, über Melisande und mich, über alles. Aber ich konnte nicht.«

»Ja«, sagte sie schlicht.

Sie schloss die Augen und presste die Lippen aufeinander, als würden ihre weiteren Worte sie größte Anstrengung kosten. Ihn beschlich ein ungutes Gefühl. Schließlich fuhr sie fort zu sprechen.

»Robert, es tut mir leid, aber ich kann das hier nicht mehr.«

Unruhig strich sie sich durch die zerzausten Haare.

»Ich habe dir immer vertraut. Vom ersten Tag an, egal was alle anderen gesagt haben. Und selbst, als du Allingham verlassen hast, habe ich nie aufgehört, an dich zu glauben.«

Aber nun hatte sie ihre Meinung über ihn geändert. Er hatte plötzlich einen bleischweren Klumpen im Magen.

»Aber jetzt … Du versuchst verzweifelt, etwas rückgängig zu machen, das vor fast zehn Jahren passiert ist. Du willst Abbitte leisten, betest Nacht für Nacht um Gottes Gnade und kämpfst noch immer um die Vergebung deines Vaters. Aber … eigentlich bist du selbst es, der dir nicht verzeihen kann.« Sie sah ihm ins Gesicht. Hilflos wirkte sie, als könnte sie es selbst nicht verstehen. »Ich weiß nicht, worauf ich noch hoffen soll.«

Ein Teil seines Verstandes ahnte, was sie ihm sagen wollte, aber der größere Teil wollte es nicht wahrhaben.

»Was meinst du damit?«

»Ich meine, dass es dir niemals gelingen wird.« Sie schüttelte heftig den Kopf und die Verzweiflung gab ihrer Stimme einen scharfen Klang. »So funktioniert das einfach nicht. Du kannst dir Vergebung nicht erarbeiten. Egal, wie sehr du dich bemühst, egal, was du dir als Sühne auferlegst.«

Er verstand kein Wort.

»Du versuchst, deine Vergangenheit abzuschütteln. Stattdessen beherrscht sie dich. Sie und die Angst, den gleichen Fehler noch einmal zu machen. Aber ich bin nicht Melisande!«

Ihre grünen Augen blitzten plötzlich aufgeregt. Eilig schüttelte er den Kopf.

»Nein. Natürlich nicht, Evaine. Aber …«

»Und ich bin erst recht nicht dein Sühneopfer!«, fiel sie ihm ins Wort. »Wenn du glaubst, du müsstest dich quälen, um wieder Achtung vor dir selbst haben zu können, dann tu das! Aber ich kann – ich werde – nicht länger warten!«

Erwartungsvoll sah sie ihn an, wartete auf eine Antwort von ihm. Er begriff, dass sie ihm ein Ultimatum stellte. Aber er hatte es ihr doch eben erzählt? Warum verstand sie ihn immer noch nicht?

Wider seine Vernunft, wider jedes Pflichtgefühl hatte er sich mit Melisande eingelassen. Und er hatte alles verloren. Sie konnte nicht von ihm verlangen, das noch einmal zu tun. Eine Beziehung zu ihr widersprach jeder Vernunft und allem, wozu er erzogen worden war. Ob er sie liebte, spielte dabei keine Rolle!

Er brachte kein Wort heraus. Schließlich begriff sie. Etwas in ihren Augen erlosch, als hätte jemand eine Kerze ausgepustet. Sie erhob sich und strich ihr Kleid glatt.

»Ich werde Osric heiraten. Er hat mich gefragt und ich werde Ja sagen.«

Mit allem hatte er gerechnet, aber nicht damit.

»Nein, Evaine! Tu das nicht!«

Sie ignorierte seinen entsetzten Einwand, sah ihn nicht einmal an.

»Osric wird dann für mich sorgen. Dein Versprechen gegenüber meinem Vater erlischt somit.«

Er konnte nicht fassen, was sie da sagte.

»Bitte versteh es.«

Ihre Stimme zitterte. Dann lief sie zurück nach Allingham.

Wie erstarrt blieb er sitzen. Sie hatte es einfach aufgelöst. Das Versprechen, das Band, das sie zusammengehalten hatte, sie hatte es einfach zerschnitten.

KAPITEL 16

Evaine hatte ihre Entscheidung getroffen. Sie stand wieder auf der kleinen Lichtung im Wald. Sie hatte entschieden, Osric zu heiraten.

In den Wochen, die seit ihrem letzten Besuch vergangen waren, hatte der Wald sich verändert. Die Laubschicht auf dem Waldboden war noch dicker und die Bäume über ihr waren beinahe kahl und gewährten ihr den Blick auf den trüben Novemberhimmel. Evaine hatte Byrhthelm erneut gebeten, ein Treffen zwischen ihr und Alric zu arrangieren. Sie hatte ihm mitteilen lassen, dass sie noch einmal mit ihm über Meredith sprechen müsse. Das war zumindest die halbe Wahrheit.

Sobald sie die Lichtung erreicht hatten, schickte sie Byrhthelm weg. Für den Rückweg würde sie seine Begleitung nicht brauchen. Nun wartete sie wieder auf Alrics Erscheinen. Sie war sicher, dass er kommen würde. Jeder Mensch besaß einen Schwachpunkt. Evaine wusste inzwischen, dass Alrics besondere Schwäche seine Liebe zu Meredith war. Sie war der wunde Punkt und das Loch in seinem Panzer aus Hass, Stolz und Sturheit. Er würde kommen und sich zumindest davon überzeugen, dass es ihr gut ging.

Evaine starrte vor sich hin und konnte nicht verhindern, dass ihre Gedanken von Meredith und Alric zu ihren eigenen Sorgen wanderten.

Inzwischen kannte sie auch Roberts Schwachstelle. Die Liebe zu ihr war es nicht. Es war ein Gefühl, das so viel mächtiger war, als die Zuneigung zwischen zwei sich zufällig begegneten Menschen es je sein konnte. Es war ein Trieb, so alt wie die Zeit selbst und so unauflöslich wie das vermischte Blut, aus dem er geboren war. Es war die Liebe zu seinem Kind.

Sie hingegen war ein Opfer. Ein Sühneopfer, das er gewählt hatte. Er hatte sie zur verbotenen Frucht erklärt, der er für immer entsagen würde. Als müsste er sich selbst beweisen, dass er zu Unrecht aus dem Paradies verbannt worden war. An ihr versuchte er, die Zeit zurückzudrehen, als könnte er noch einmal entscheiden und diesmal richtig handeln.

In dem Augenblick, in dem sie das begriffen hatte, hatte sie den Glauben an ihn verloren. Bis zu diesem Moment hatte sie ausgeharrt, hatte gewartet und immer weiter gehofft, dass er es sich anders überlegen und zu ihr zurückkehren würde. In diesem Augenblick hatte sie begriffen, dass er es niemals tun würde. Er musste sich beweisen, dass er diesmal stärker war, dass er seinen Treueid diesmal halten, seine Pflicht erfüllen würde.

In der Zeit nach *déorlings* Geburt hatte sie sich eingeredet, ihre Hoffnungen begraben zu haben. Aber sie hatte sich selbst belogen und wusste es jetzt.

Was sie jetzt fühlte, war gänzlich anders als die nagende Hoffnung, die an ihr gezerrt und ihre Kräfte geraubt hatte. Jetzt war alles weg. Sie war nur noch müde. Sie war zu müde zum Arbeiten, zu müde zum Essen und selbst zu müde zum Schlafen. Sie wünschte sehnlichst, dieser Müdigkeit nachzugeben. Doch wenn sie es täte, käme ihr ganzes Leben zum Erliegen. Dann bliebe von ihr, von ihrem Leben, nichts mehr übrig. Ihre ganze Existenz war nur noch eine leere Hülle.

Und genau deshalb war sie heute hierhergekommen. Sie hatte Robert verloren und war gänzlich leer zurückgeblieben. Nun musste sie ihrem Leben eine neue Richtung geben, damit es nicht plötzlich stehen blieb, wenn sie einen Moment nicht darauf achtete.

Als Evaine den Blick hob, stand Alric bereits am anderen Ende der Lichtung. Diesmal wartete sie nicht, dass er herüberkam.

Sie ging selbst. Sie konnte einfach nicht mehr länger warten.

»Ist etwas passiert?«

Alrics Gesichtsausdruck war eine Mischung aus Unmut und Sorge und Evaine beeilte sich, seine Angst zu zerstreuen.

»Es geht ihr gut. Wirklich gut«, sagte sie. »Seit deinem Besuch hat sie sich erholt.«

Er nickte und obwohl er es nie zugegeben hätte, konnte sie sehen, dass ihn das erleichterte.

»Warum bist du dann hier?«, wollte er wissen.

»Ich dachte, du möchtest deinen Sohn vielleicht noch einmal sehen.«

Er antwortete nicht. Aber Sehnsucht und Hoffnung stahlen sich in sein Gesicht und gaben ihr die Antwort, auf die sie gehofft hatte.

»Hat Meredith dich geschickt?«, fragte er.

»Nein. Meredith weiß nicht, dass ich hier bin«, sagte Evaine ehrlich. Augenblicklich verdunkelten sich Alrics Züge. »Aber ich denke, du solltest ihn sehen. Wenn du möchtest, nehme ich dich mit nach Allingham.«

Alric antwortete nicht. Von widerstrebenden Gefühlen hin- und hergerissen erwiderte er Evaines Blick.

»Er … erzähl mir etwas von ihm«, stammelte er. Seine Sehnsucht, etwas von *déorling* zu hören, musste gewaltig sein. Aber offenbar schaffte er es noch nicht, sich zu einer Entscheidung durchzuringen.

»Er ist ein fröhliches Baby«, sagte sie sanft. »Er kann inzwischen lächeln und lächelt alles und jeden gerne an. Am liebsten mag er es, wenn Meredith ihm etwas vorsingt. Obwohl sie so schief singt.« Die Bemerkung entlockte Alric für einen Augenblick ein trauriges Lächeln. »Jedenfalls gurrt und brabbelt er dann, als wollte er mitsingen.«

Die Vorstellung trieb Alric die Tränen in die Augen und er wandte sich abrupt ab. Evaine konnte sehen, wie er mühsam um

Beherrschung rang. Als er sich zurück zu ihr drehte, hatte er sich wieder im Griff.

»Ich will ihn sehen«, sagte er dann.

»Ich hatte gehofft, dass du dich so entscheidest«, sagte sie. Sie wusste nicht, wie sie ihre nächsten Worte wählen sollte, also sagte sie es einfach geradeheraus.

»Ich bringe dich nach Allingham. Aber bring mich zuerst zu Osric.«

Der Ausdruck in Alrics Gesicht wechselte schlagartig zu Wachsamkeit und Misstrauen. Er suchte den Wald hinter ihr nach Spionen und normannischen Rittern ab, als rechnete er augenblicklich mit einem Angriff.

»Wolltest du mich nur deshalb treffen? Soll das ein Spielchen sein?«

»Was ich gesagt habe, habe ich ehrlich gemeint, Alric«, versuchte sie ihn zu beruhigen. »Aber ich gebe zu, dass ich einen Vorwand brauchte, um mit dir zu sprechen.«

Ihre Offenheit schien sein Misstrauen ein wenig zu besänftigten.

»Gut. Ich werde ein Treffen arrangieren.«

»Nein.« Selbst in ihren eigenen Ohren klang sie ungewöhnlich unnachgiebig. »Ich will, dass du mich zu ihm bringst. Jetzt.«

Alric schüttelte heftig den Kopf.

»Das geht nicht. Fremde dürfen nicht in das Lager.«

»Doch«, beharrte sie, »ich schon.«

Seit sie ihre Entscheidung getroffen hatte, überlegte sie, wie sie es Osric mitteilen könnte. Sie konnte ihm unmöglich über Byrhthelm eine Nachricht überbringen. Und sie konnte ihm auch nicht auf einer Lichtung mitten im Nirgendwo sagen, wie sie sich entschieden hatte. Es kam ihr unwirklich vor. Er kam ihr unwirklich vor. Der Mann, mit dem sie fast fünfzehn Jahre unter einem Dach im Haus ihres Vaters gelebt hatte, kam ihr vor wie ein Fremder.

Zu ihm zu gehen, in sein Lager, schien ihr plötzlich die einzige Möglichkeit. Sie musste sehen, wie er lebte, wo er schlief und in welcher Schüssel er sich wusch. Es war zu albern, um es Alric zu erklären. Aber sie spürte, dass sie es sonst nicht über sich bringen würde.

»Auf keinen Fall, Evaine. Er würde mich umbringen. Und dich gleich mit!«

Doch sie ließ sich nicht beirren.

»Ich bin ihm eine Antwort schuldig und ich bin gekommen, um sie ihm zu geben. Dafür wird er eine Ausnahme machen. Vertrau mir.«

Alric kniff die Augen zusammen und musterte sie mit fragendem Blick. Aber mehr würde sie ihm vorerst nicht verraten.

Noch einmal schüttelte er den Kopf.

Evaine schämte sich für ihre nächsten Worte, aber seine Sturheit ließ ihr keine Wahl. Er war ein Mann, den man fortwährend zwingen musste. Von selbst bewegte er sich kein Stück.

»Du bringst mich zu Osric. Dann bringe ich dich zu deinem Sohn«, sagte sie hart.

»Du erpresst mich«, knurrte er.

»Du lässt mir ja keine andere Wahl«, entgegnete sie.

Er musterte sie durchdringend.

»Verdammt! Also schön!«, presste er schließlich hervor. »Aber Osrics Wut werde nicht nur ich zu spüren bekommen.«

In einiger Entfernung und gut versteckt hatte Alric sein Pferd angebunden. Sie ritten weitab von Wegen oder Pfaden, stattdessen quer durch den Wald und mitten durch unwegsames Gebüsch. Zeitweise hatte Evaine den Eindruck, dass Alric sie absichtlich verwirren wollte.

Ihr Ziel war eine verfallene und längst vergessene Villa aus der Zeit, in der nicht Normannen, sondern Römer dieses Land besetzt hatten. Evaine hatte keine Ahnung gehabt, dass es sie überhaupt gab. Die Mauer, die vor ihnen emporragte, war so dicht mit Efeu und wildem Wein bewachsen, dass sie auf den ersten Blick wie ein Dickicht aussah. Alric saß ab und bedeutete ihr, das Gleiche zu tun. Es war totenstill. Dennoch wurde Evaine das Gefühl nicht los, beobachtet zu werden. Alric ließ die Pferde stehen und trat an die Mauer heran. Mit der Hand strich er lose herabhängende Ranken zur Seite und entblößte eine Tür aus überraschend frischem Holz. Alric klopfte an.

»*Hige sceal þe heardra, hearte þe cenre.* Noch größer die Entschlossenheit, noch kühner der Geist«, sagte er zu der verschlossenen Tür.

Die Zeile stammte aus dem Lied über die Schlacht bei Maldon. Es war das Lied, das die Männer in der Nacht vor ihrem Aufbruch aus Allingham gesungen hatten. Es passte zu Osric, dass er genau dies als Erkennung ausgewählt hatte. Vielleicht kannte sie ihn doch ein wenig.

Wie durch Zauberhand ertönte im Innern das Schleifen von Metall, als die Tür entriegelt wurde, und Evaine folgte Alric hinein.

Sie traten in einen großen Hof. Außen herum verliefen halb verfallene Arkaden und Ruinen von Wohn- und Wirtschaftsräumen aus verwittertem Stein. Der Hof war voller Männer und eindeutig ein Lagerplatz. In einer Ecke lag Kochgeschirr herum, zwei Pferde standen angebunden an einem Arkadenbogen, Kleidung war aufgehängt zum Trocknen und in der Mitte des Platzes qualmten die Überreste eines Feuers.

Sofort richteten sich alle Augenpaare argwöhnisch auf Evaine.

»Was hat das zu bedeuten, Alric?« Ein Mann mit ergrautem Haar und faltigem Gesicht ließ die Pfeile sinken, an denen er gearbeitet hatte, und erhob sich von seinem Platz.

Alric ging nicht auf seine Frage ein.

»Wo ist er?«, fragte er stattdessen den nächstbesten Mann in seiner Nähe. Der Angesprochene nickte quer über den Hof. Eilig packte Alric Evaine am Handgelenk und zog sie in die angedeutete Richtung. Sie folgte ihm, während sich die Blicke der Männer in ihren Rücken bohrten. Plötzlich bezweifelte sie, dass es eine gute Idee gewesen war. Sie spürte den Drang, zurückzugehen. Zurück durch die geheime Tür und einfach wieder nach Hause. Aber die

Mienen der Männer sagten ihr, dass das unmöglich war. Sie konnte nicht zurück.

Alric steuerte eine weitere Tür an, die nur noch halb in ihren Angeln hing. Wider Erwarten war es drinnen genauso hell wie draußen. Es sah aus, als wäre es einmal ein Flur gewesen. Jetzt standen von den vier Wänden nur noch drei und statt eines Dachs konnte man den Himmel über ihnen sehen. Alric wandte sich nach rechts. Evaine folgte ihm und machte einen großen Schritt über eine Pfütze. Der Mosaikboden war vermoost, an einigen Stellen gerissen und in den Fugen wuchsen Farne und Unkraut. Am Ende des Korridors befand sich eine weitere Tür, etwas besser erhalten. Erneut klopfte Alric an.

Als Osrics Stimme von drinnen ertönte, brach Evaine am ganzen Körper der Schweiß aus. Gott, was hatte sie sich nur gedacht?

»Hier ist Alric«, antwortete Alric auf Osrics Frage. Wieder Osrics gedämpfte Stimme, die ihm erlaubte einzutreten. Alric sah Evaine auffordernd an. Doch sie war unfähig, sich zu regen. Ihre Füße waren wie am Boden festgenagelt. Aber dafür war sie doch gekommen, sagte sie sich. Sie hatte sehen wollen, wie er jetzt lebte. Aber es beruhigte sie keineswegs.

Genervt schüttelte Alric den Kopf und öffnete die Tür selbst. Dann schob er sie kurzerhand hinein. Das Zimmer war nicht sonderlich groß und beinahe quadratisch. Das einzige Fenster war von Efeu zugewachsen und besaß keine Läden mehr. Es roch muffig und feucht, was von dem Schimmel und dem Moos kam, die an den Wänden gediehen.

Alric trat hinter ihr ein und schloss die Tür. Osric saß auf einem dreibeinigen Hocker, der aussah wie ein Melkschemel, an einem primitiven Tisch. Darauf lagen noch ein Messer und ein paar frische Apfelschalen, als hätte er gerade etwas gegessen. Bei ihrem Eintreten erhob er sich und wischte sich die Hände an seiner Tunika ab. Als er Evaine erblickte, fiel ihm für einen Moment die Kinnlade herunter, dann brach sich ein Wutanfall Bahn.

»Was zum Teufel macht sie hier?«, donnerte er. »Wieso hast du sie hergebracht?«

»Sie wollte mit dir reden«, antwortete Alric knapp.

»Und da bringst du sie einfach hierher? Hast du den Verstand verloren?«

Osrics Gesicht verfärbte sich rot.

»Raus hier«, presste er zwischen zusammengebissenen Zähnen hervor. »Wir reden später.«

Evaine tat es augenblicklich leid, Alric in diese Lage gebracht zu haben. Um Verzeihung bittend sah sie ihn an, aber er machte bereits kehrt und schloss die Tür hinter sich. Jetzt war sie mit Osric allein.

Innerlich zitternd stand sie ihm gegenüber. Er hatte seine Wut immer noch nicht ganz unter Kontrolle, denn sie konnte sehen, wie er vor Zorn mit dem Unterkiefer malmte.

»Es war meine Schuld. Ich habe ihm keine Wahl gelassen«, sagte sie und hoffte, damit größeres Unheil von Alric fernhalten zu können. »Bitte bestraf ihn nicht.«

Doch sie hatte sich geirrt.

»Halt dich da gefälligst raus.«

In seinen Worten schwang ein gefährlicher Unterton mit, der sie verstummen ließ.

»Also? Warum bist du hier?«, fragte er ein wenig beherrschter als eben, aber keineswegs freundlich.

»Du … du hattest mich etwas gefragt. Und ich schulde dir eine Antwort. Aber ich wollte sie dir persönlich geben.« Anfangs noch schwach, wurde ihre Stimme mit jedem Wort sicherer.

Interessiert kam Osric einen Schritt näher. Auf seinem Gesicht zeichnete sich ein selbstzufriedenes Lächeln ab. Anscheinend hatte er seine Wut für den Augenblick vergessen.

»Wenn du mir die Antwort persönlich mitteilen willst, kann ich wohl annehmen, dass sie positiv ist.«

Seine Selbstgefälligkeit ärgerte sie und sie hätte ihm gerne eine patzige Antwort gegeben. Aber sie begriff plötzlich, dass ihr das von nun an nicht mehr zustand. Wenn sie ihn heiraten wollte, musste sie lernen, alles hinzunehmen. Also schluckte sie die Worte hinunter.

»Vorher müssen wir allerdings noch ein paar Dinge klären«, sagte sie stattdessen.

»So?« Neugierig zog er eine Augenbraue hoch.

»Ja«, entgegnete sie fest. »Allingham.«

»Was ist damit?«

»Es gehört mir«, sagte sie langsam. »Ich werde es mit in meine Ehe bringen.«

In Osrics Augen lag ein Funkeln. Evaine konnte nicht abschätzen, ob es Gier oder etwas anderes war. Es irritierte sie. Aber sie zwang sich, fortzufahren.

»Wenn … falls wir Kinder haben, wird es ihr Erbe sein.« Sie machte eine kurze Pause und gab ihm Gelegenheit, Einspruch zu erheben. Er nickte wortlos und sie fuhr fort: »Sollten wir keine Kinder haben, dann«, sie holte Luft und achtete sorgsam auf jede Regung in seinem Gesicht, »wird Allingham an Meredith und ihre Kinder fallen.«

Angespannt wartete sie auf Osrics Reaktion. Sein Gesicht verriet nichts. Nur das unheimliche Funkeln in seinen Augen verstärkte sich. Schließlich zuckte er gleichgültig mit den Achseln.

»Einverstanden. Ich gehe sowieso davon aus, dass wir Kinder haben werden.«

Das war einfacher gewesen, als sie gedacht hatte. Dennoch fühlte sie sich nicht erleichtert. Auch die Aussicht, mit ihm ein eigenes Kind zu haben, konnte sie nicht aufheitern.

»Was noch?«, fragte er in gänzlich geschäftsmäßigem Ton. Er griff zu einem Becher, der auf dem Tisch stand, und nahm einen Schluck.

Evaine fühlte sich mit jedem Augenblick unwohler. Sie hatte gedacht, wenn sie hier war, würde es ihr leichter fallen. Aber es fühlte sich kein bisschen besser an. Egal, sie konnte nicht mehr zurück. Vielleicht war gerade das der Grund gewesen. Vielleicht hatte sie sich absichtlich in diese Lage gebracht, damit sie am Ende nicht doch noch kneifen konnte. Sie schüttelte den Gedanken ab und konzentrierte sich auf ihre weiteren Forderungen. Was jetzt kam, war noch schwieriger.

»Robert. Du hast gesagt, du wärst zu Kompromissen bereit.«

Langsam ließ Osric den Becher sinken und stellte ihn dann behutsam zurück auf den Tisch. Unterdessen fixierten seine grauen Augen sie unaufhörlich.

»Und was stellst du dir genau vor?«, fragte er.

»Ich werde nicht von Allingham weggehen.« Sie versuchte, ihre Stimme so bestimmt wie möglich klingen zu lassen. »Also wirst du Frieden mit ihm schließen müssen.«

Sie hielt den Atem an und erwartete, dass er erneut einen Wutanfall bekommen oder in höhnisches Gelächter ausbrechen würde. Vielleicht auch, dass er sie hinauswarf.

Aber er zuckte nur gelassen mit den Schultern.

»Gut. Ich werde mit ihm reden und darüber verhandeln.«

Das war alles? So einfach? Evaine konnte es nicht glauben.

»Allerdings erst nach unserer Hochzeit«, fügte er hinzu.

»Wieso erst danach?«, fragte sie scharf.

»Man könnte es schlicht Selbsterhaltungstrieb nennen«, sagte er mit spöttischem Lächeln, »oder sagen wir, ich halte es dann für sicherer, als ihm jetzt gegenüberzutreten.«

Evaine wollte ihm widersprechen, dass Robert ihn niemals heimtückisch unter dem Vorwand von Verhandlungen umbringen würde, doch Osric sprach bereits weiter: »Was hast du noch?«, wollte er wissen und hatte das vorherige Thema damit abgeschlossen. Und letztlich kam das auch ihrer letzten Forderung entgegen.

»Die Ehe soll möglichst schnell geschlossen werden.«

»Oh.« Das überraschte ihn, aber auch hier sträubte er sich nicht. »Ich hatte erwartet, dass du etwas Zeit für die Vorbereitungen brauchst. Aber wenn du es wünschst, soll es so sein.«

Sie vermutete, dass sie ihn damit gekränkt hatte. Ihre letzte Hochzeit war ein gewaltiges Fest gewesen und auch für Meredith hatte sie ihr Möglichstes getan. Aber diesmal wollte sie es anders. Es bedeutete ihr nichts mehr.

Er schwieg und sie fühlte sich genötigt, es ihm zu erklären.

»Bitte versteh es nicht falsch. Aber in Anbetracht der Umstände halte ich eine kleine Feier für das Beste.«

»Ganz wie du wünschst. Meinen Wünschen kommt es auch sehr entgegen.«

Verdutzt sah sie ihn an. Sie hatte nicht damit gerechnet, dass er ebenfalls Forderungen hatte.

»Und die wären?«

»In Anbetracht der Umstände«, wiederholte er ihre Floskel, »halte ich es für das Beste, wenn die Trauung nicht in Allingham stattfindet. Wir haben ja schon über meine Sorge bezüglich meiner Sicherheit gesprochen.« Er schenkte ihr ein wenig einnehmendes Lächeln. »Eine kleine Feier. Nur du und Meredith und einige meiner engsten Freunde in einer Kapelle, die ich wähle. Das ist meine Bedingung.«

Da er ihre Bedingungen so leicht akzeptiert hatte, musste sie seine wohl ebenfalls annehmen. Aber letztlich hatte sie auch nichts dagegen.

»Einverstanden.«

»Einverstanden«, bekräftigte er.

Schweigend standen sie sich in der muffigen Kammer gegenüber. Eigentlich war es noch unwirklicher als die Lichtung im Wald. Evaine spürte auf einmal ein hysterisches Lachen in sich aufsteigen und mühte sich, es wieder herunterzuschlucken.

»War das dann alles?«, fragte Osric schließlich.

Sie nickte nur.

»Dann sollten wir darauf trinken.«

Er griff nach dem Becher und füllte ihn aus einer Flasche, die auf dem Boden stand. Dann hielt er ihn ihr hin. Offenbar gab es nur den einen, sodass sie nacheinander trinken mussten. Sie griff danach und schloss schnell die Finger darum, als sie das Zittern ihrer Hand bemerkte.

Eilig führte sie ihn an die Lippen. Es war Wein vermischt

mit Wasser. Vielleicht war es einmal ein passabler Wein gewesen, obwohl er wohl niemals gut gewesen war. Jetzt jedoch schmeckte er abgestanden und war schon viel zu oft verdünnt worden. Sie nahm nur einen kleinen Schluck und reichte den Becher an Osric zurück. Er trank ebenfalls, aber ohne sie auch nur einen Moment aus den Augen zu lassen.

Dann stellte er den Becher wieder weg. Mit langsamen Schritten kam er immer näher. Sie wollte zurückweichen, verbot es sich aber. Als er gut eine Armeslänge vor ihr stand, zog er sie ruckartig in seine Arme, als würde er ein fliehendes Tier einfangen. Ehe sie wusste, wie ihr geschah, presste er seine Lippen auf ihre und drängte ihr einen festen Kuss auf. Sie zwang sich, stillzuhalten, und mühte sich, ihren rasenden Herzschlag wieder zu besänftigen. Osric vertiefte den Kuss und zwängte seine Zunge zwischen ihre Lippen. Wenn sie die Lippen nicht mit Gewalt zusammenpressen wollte, musste sie ihn gewähren lassen. Sie fügte sich in das Unvermeidliche und öffnete ihren Mund ein bisschen. Schon tastete sich seine Zunge vor und sie schmeckte den schlechten Wein.

Sie hatte gewusst, dass es anders sein würde. Sie hatte gewusst, dass sie niemals das Gleiche wie bei Roberts Kuss fühlen würde. Aber dass es so wenig war, verstörte sie doch. Es war einfach, was es war. Seine Zunge in ihrem Mund.

Es war nur ungewohnt, redete sie sich ein, während Tränen der Enttäuschung in ihre Augen schossen. Sie drängte sie eisern zurück. Sie würde schon noch Gefallen daran finden, sich daran gewöhnen. Als er endlich von ihr abließ, hätte sie beinahe erleichtert geseufzt.

Osric rückte ein wenig von ihr ab. Er atmete schneller und seine Lippen waren vom Kampf mit ihren ein wenig geschwollen. Schnell wandte sie den Blick ab.

Osric fasste sie unters Kinn und hob ihr Gesicht seinem erneut entgegen.

»Sonntag«, sagte er mit erregter Stimme. »Sonntag ist gerade noch lang genug.«

Bis dahin waren es nur vier Tage.

Sie nickte und zwang sich zu einer Grimasse, die, wie sie hoffte, ein Lächeln darstellte.

»Ich … gehe jetzt«, flüsterte sie mit erstickter Stimme. »Sag Alric, er soll mich nach Hause bringen.«

Osric schüttelte entschieden den Kopf.

»Nein, du kannst nicht gehen.«

Aus großen Augen starrte sie ihn an.

»Was?«

»Du kennst nun das Lager. Mein Versteck. Ich kann dir nicht trauen. Also kann ich dich auch nicht gehen lassen.«

Er konnte ihr nicht trauen?

»Aber ich werde deine Frau!«, brachte sie fassungslos hervor.

»Aber noch bist du's nicht«, entgegnete er ungerührt. »Und ehe du mir nicht vor Gottes Angesicht deine Treue geschworen hast, habe ich keinen Grund, dir zu trauen.«

»Aber … aber ich habe dir auch vertraut. Ich … ich würde dich niemals verraten«, stammelte sie.

»So?« Seine Stimme klang zynisch und er sah alles andere als überzeugt aus. »Niemals, sagst du?«

Sie wurde rot, weil er recht hatte. Im letzten halben Jahr hätte sie ihn jederzeit verraten, wenn sie gekonnt hätte.

»Ich … kann nicht bleiben. Ich … Meredith … sie hat keine Ahnung, wo ich bin.« Sie begann zu flehen und die eben noch zurückgehaltenen Tränen drängten nun unaufhaltsam in ihre Augen. »Bitte! Osric! Lass mich gehen! Ich verspreche dir, es nicht zu verraten! Bitte!«

Unwillig runzelte er die Stirn. Dann packte er überraschend ihr Handgelenk und zerrte es zu sich heran. Der Ärmel rutschte nach hinten und entblößte eine bläuliche Ader.

»Bist du bereit, einen Eid darauf abzulegen?«

»Ja!«, versicherte sie ihm eifrig.

Ohne ein weiteres Wort zu verlieren, zückte er den Dolch an seinem Gürtel und ließ die Klinge über ihr Handgelenk gleiten. Sie zuckte bei dem scharfen Schmerz zusammen und riss instinktiv an ihrer Hand. Aber er hielt sie fest.

Er schloss seine Faust um die Wunde an ihrem Handgelenk. Entsetzt sah sie Blut zwischen seinen Fingern hindurchrinnen.

»Schwöre es!«, sagte er eindringlich und starrte in ihre Augen. »Schwöre bei jedem Tropfen deines angelsächsischen Bluts, dass du niemals jemandem von diesem Ort erzählen wirst!«

Wie hypnotisiert blickte sie in seine stahlgrauen Augen, gefangen zwischen seinem bohrenden Blick und dem Griff um ihre Hand.

»Ich schwöre es«, sagte sie atemlos.

Langsam ließ er ihre Hand sinken und öffnete die Umklammerung um ihr Handgelenk. Es war ein feiner, glatter Schnitt. Immer noch quoll Blut daraus hervor und tropfte auf den Boden. Plötzlich neigte er sich herab und presste einen Kuss darauf. Als täte es ihm leid, ihr Schaden zugefügt zu haben. Die Geste irritierte sie, weil sie so wenig zu seiner kühlen Art zu passen schien. Er ließ sie so unvermittelt los, wie er sie gepackt hatte.

»Geh! Alric wartet draußen.«

Sie nickte benommen und verließ ihn, ohne sich noch einmal umzusehen.

Als sie das Lager hinter sich gelassen hatte, konnte sie wieder ruhiger atmen. Eigentlich war alles gut gelaufen. Sogar besser, als sie gedacht hatte. Sie hatte sich auf heftige Diskussionen eingestellt, auf seinen erbitterten Protest gegen alle Verhandlungen mit den Normannen. Dass sie so leicht ihren Willen bekommen hatte, überraschte sie.

Alles war gut. In einer Woche würde sie seine Frau sein. Und dennoch fühlte sie sich noch müder, noch erschöpfter als vorher. Eine Ehe mit Osric sollte ihrem Leben einen neuen Sinn geben. Es sollte sie weiter antreiben. Aber sie war noch genauso hoffnungslos wie zuvor. Weil sie letztlich nichts von dem bekommen hatte, was sie wollte. Weil sie nur Robert wollte. Sie blinzelte die Tränen zurück. Immerhin würde sie einen Ehemann bekommen. Und vielleicht Kinder. Sie würde wieder einen Grund haben, morgens aufzustehen. Sie würde wieder ein Leben haben. Vor ihr läge eine Zukunft. Mochte sie auch freudlos sein.

Sie spürte, dass Alric sie von der Seite beobachtete.

»Evaine?«

Sie hob den Blick. Er sah nachdenklich aus.

»Willst du ihn wirklich heiraten?«

Sie hatte beinahe damit gerechnet, dass er ihre Unterhaltung mit angehört hatte, aber es störte sie nicht.

»Ja, das will ich.«

»Ich wusste nicht, dass du so für ihn empfindest.«

Sie zuckte die Schultern.

»Die Dinge ändern sich«, sagte sie matt. »Und das Leben lässt mir nicht gerade viele Möglichkeiten, nicht wahr?«

»In der Tat. Was hat Meredith dazu gesagt?«

Es sollte wohl beiläufig klingen, tat es aber nicht. Sie konnte ihm ansehen, wie er überlegte, ob dies seine Beziehung zu Meredith verbessern würde oder nicht.

»Sie weiß es noch nicht«, gab sie kleinlaut zu. »Zuallererst ist es schließlich eine Sache zwischen Osric und mir.«

Es klang wie eine Entschuldigung. Sie konnte es Meredith nicht sagen, weil sie ihr den Grund nicht erklären konnte. Wie könnte sie ihr begreiflich machen, was sie über Robert erfahren hatte? Wie könnte sie ihr die Leere beschreiben, die in ihrem Leben herrschte und die sie unbedingt füllen musste, bevor sie sie völlig aufgesaugt hatte?

»Ich … ich werde es ihr schnellstmöglich sagen«, sagte sie mehr zu sich selbst als zu Alric.

Meredith war alles andere als erfreut, Alric auf Allingham zu sehen. Wie ein Habicht wachte sie über ihm, während er mit *déo-ling* beschäftigt war, und warf abwechselnd ihm und Evaine tödliche Blicke zu. Alric merkte kaum etwas davon und spielte hingerissen mit seinem Sohn. Er schnitt alle möglichen Grimassen, nur um sein zahnloses Lächeln zu sehen und die glucksenden Geräusche zu hören, die er dabei von sich gab.

»Nun schüttle ihn nicht so«, fuhr Meredith ihn an. »Gleich kommt ihm seine letzte Mahlzeit wieder hoch und das ist eine furchtbare Sauerei.«

In der Tat roch kaum etwas so schlimm wie halb verdaute Milch. Alric hörte auf, das Baby in die Luft zu heben und nahm es wieder auf den Arm.

»Hat er eigentlich keinen Namen?«, fragte er Meredith. »Du sagst immer nur *déorling* oder *er*. Aber er muss doch einen Namen haben.«

Meredith wurde knallrot. Und dann wütend.

»Das geht dich überhaupt nichts an«, fauchte sie und schoss auf ihn zu, um ihm das Baby abzunehmen. Aber diesmal war er vorbereitetet und wandte ihr den Rücken zu.

»Wieso geht mich der Name meines Sohnes nichts an?«, fragte er unwirsch. Geschickt wich er Meredith aus, die versuchte, um ihn herumzuspringen und ihm das Kind zu entwenden.

»Ich habe mich eben noch nicht entschieden!«

Verdutzt blieb er stehen, sodass sie ihm das Baby aus den Armen reißen konnte.

»Er ist schon zwei Monate alt und hat keinen Namen?« Ungläubig sah er zu Evaine, aber sie konnte auch nur hilflos mit dem Kopf schütteln.

»Irgendwann wird sie ihm sicher einen geben«, sagte sie matt. Sie hatte sich längst damit abgefunden, dass er einfach *déorling* war. Wahrscheinlich würde es einst genauso auf seiner Grabinschrift stehen. *Hier ruht déorling*. Ihrer Ansicht nach gab es wesentlich Schlimmeres. Alric sah das offenbar anders.

»Das ist absoluter Schwachsinn!«, sagte er heftig. »Er braucht einen Namen!«

»Du hast keine Ahnung, was er braucht!«

In einem Anflug von Verzweiflung wandte Alric die Augen gen Himmel, als flehe er wortlos um Geduld. Meredith wandte ihm demonstrativ den Rücken zu und trug das Baby zurück zu seiner Wiege. Doch nach der Spielerei war es ganz und gar nicht bereit, jetzt einfach so abgelegt zu werden und tat das lautstark kund. Eilig holte sie das Kind wieder heraus.

»Du könntest ihn Godric nennen, nach deinem Vater«, schlug Alric vor, als das Geschrei wieder abgeebbt war. »Ich hätte nichts dagegen.«

Meredith ignorierte ihn.

»Oder nach meinem Vater. Oder meinem Bruder.« In seiner Stimme lag ein flehender Unterton, doch Meredith sagte immer noch nichts.

»Warum bist du gekommen, Alric?«, seufzte sie stattdessen genervt.

»Weil ich ihn sehen wollte. Deine Schwester hat gesagt, es wäre in Ordnung.«

Meredith durchbohrte Evaine erneut mit Blicken.

»Es ist aber nicht in Ordnung«, sagte sie spitz und funkelte nun wieder Alric an. »Abgesehen davon hast du ihn jetzt gesehen! Also!«

Sie deutete mit einem Nicken Richtung Tür. Trotzig blieb er stehen und hakte die Daumen in seinen Gürtel. Merediths Augen verengten sich zu Schlitzen.

»Du kennst meine Bedingung«, verkündete sie. »Entweder ich oder der Aufstand! Und wenn du dazu immer noch nicht bereit bist, dann weißt du, wo die Tür ist!«

»Wir werden sehen«, presste er voll Zorn hervor und marschierte davon. In der offenen Tür wandte er sich noch einmal um.

»Sollte deine Schwester am Sonntag wirklich Osric heiraten, wird sich hier wohl eine Menge ändern.«

Meredith japste nach Luft und wirbelte zu Evaine herum, die am liebsten im Erdboden versunken wäre. Dieser Mistkerl!

»Oh, du wusstest es nicht? Tja, sehr unschön, wenn man Dinge auf diese Art erfährt«, sagte Alric mit gehässigem Lächeln und entfernte sich höchst zufrieden.

»Bist du sicher, dass du das tun willst, Evaine?«

Evaine schloss die Augen und unterdrückte einen frustrierten Seufzer. Seit Alrics Offenbarung hatten sie diese Diskussion jeden Tag geführt. An manchen mehrfach.

»Ich bin mir sicher«, entgegnete sie steif.

Meredith schüttelte den Kopf und ging in ihrer Schlafkammer auf und ab, während Evaine dabei war, sich anzuziehen. Sie würde heute ein ganz normales Kleid tragen, einen schlichten Schleier, keinen Schmuck. Nichts Besonders.

»Und warum gerade jetzt?«

»Weil er mich gefragt hat«, entgegnete Evaine. Sie würde Osric in wenigen Stunden heiraten und wollte dieses Gespräch einfach nicht mehr führen. Es war vorbei. Sie hatte sich entschieden.

Meredith stieß ein ungläubiges Schnauben aus.

»Du hättest ihn schon vor Jahren heiraten können. Damals wolltest du nicht. Bist du sicher, dass du nicht nur versuchst, es Robert heimzuzahlen, dass er gegangen ist?«

»Mit ihm hat es nichts zu tun!«

Allmählich riss ihr der Geduldsfaden. Aber Meredith ließ sich von ihrem scharfen Unterton nicht beeindrucken.

»Es sieht aber ganz so aus.« Sie blieb abrupt stehen und stemmte die Hände in die Hüften. »Du hast Robert vor kaum einer Woche wiedergesehen, nach über einem halben Jahr. Und anschließend hast du dir zwei Tage lang die Augen ausgeheult.« Auf Evaines erschrockenen Blick winkte sie ab. »Glaub doch nicht, ich hätte es nicht bemerkt. Und jetzt heiratest du ausgerechnet den Mann, der Robert am meisten hasst!«

»Weil er nun mal der Einzige ist, der mich gefragt hat!«, fauchte Evaine.

»Aber du musst doch nicht heiraten«, erwiderte Meredith verständnislos. »Lass dir doch einfach Zeit. Wieso jetzt? Wieso ausgerechnet ihn?«

»Wieso nicht, Meredith?«, fragte sie zurück.

Meredith blickte sie entgeistert an. »Es gibt unzählige Gründe, ihn nicht zu heiraten! Du magst ihn nicht! Du mochtest ihn nie! Und ehrlich gesagt mag ich ihn auch nicht sonderlich. Er ist kalt.«

Evaine schüttelte verächtlich den Kopf.

»Vielleicht ist es ja gerade darum so vernünftig! Ich habe mich schon zwei Mal auf einen Mann eingelassen, den ich .. « – sie schaffte es nicht, das Wort »liebte« zu sagen – »... mochte. Und beide haben mich zutiefst enttäuscht. Und dich hat es, weiß Gott, auch nicht weitergebracht.«

Meredith machte ein grimmiges Gesicht, ging aber nicht auf die Spitze ein.

»Was hat Robert letzte Woche zu dir gesagt?«, fragte sie stattdessen leise. »Hat es mit dieser Melisande-Hexe zu tun?«

»Ach ... ist doch egal«, murmelte Evaine und begann, sich mit ihrem Schleier abzulenken.

»Schön. Reden wir nicht darüber. Aber was ist mit allem, was Osric in den letzten Monaten getan hat? Die Mühle in Redlow? Der *ordæl?* Wie soll dein Leben mit ihm aussehen?«, fragte Meredith vorwurfsvoll. »Mich hast du damals davon abgehalten, in die Wälder zu gehen!«

»Ich will doch gar nicht von hier weg!« Sie hatte es ihr schon mindestens hundertmal erklärt, aber sie hackte immer wieder darauf herum. »Er hat gesagt, er wird mit Robert sprechen und Frieden schließen. Wenn ich ihn heirate, geht er endlich einen Kompromiss ein.«

»Das glaubst du doch selbst nicht!«

»Er hat mir sein Wort gegeben!«, entgegnete sie heftig. Selbstverständlich hatte sie Osrics Auftritt an Candlemas nicht vergessen. Und wie sollte er auf einmal all seinen Hass vergessen? Mit eisernem Willen brachte sie die innere Stimme zum Schweigen. Sie musste ihm glauben. Schließlich wäre sie bald seine Frau.

»Alric glaubt es auch nicht«, fuhr Meredith herausfordernd fort. Mit hochgezogenen Brauen wartete sie auf Evaines Reaktion.

»Wie gut, dass ihr beiden endlich etwas gefunden habt, in dem ihr euch mal wieder einig seid«, entgegnete Evaine. »So wird diese Ehe jedem hier von Nutzen sein.«

»Schön, dann opferst du dich also Allingham zuliebe«, höhnte Meredith.

»Ich opfere mich überhaupt nicht!«, brach es lautstark aus Evaine hervor. »Ich kann einfach nicht mehr! Verstehst du das nicht?«

»Nein! Erklär es mir!«

»Ich bin hohl!«, schrie sie plötzlich. »Ich bin einfach nur noch hohl und leer! Die Leere ... Sie frisst mich auf! Ich muss etwas tun, bevor sie mich völlig ausgelöscht hat!« Sie blickte aus dem kleinen Fenster hinaus, durch das der eisige Novemberwind in die Kammer fuhr. »Du weißt nicht, wie das ist, vollkommen leer zu sein ... Ich will wenigstens irgendetwas haben«, murmelte sie.

»Wer sagt, dass ich nicht weiß, wie sich das anfühlt.« Meredith stand plötzlich hinter ihr und schlang ihre Arme um Evaines Schultern. »Ich weiß genau, wie es ist, wenn sie gehen und alles von dir mitnehmen«, flüsterte sie und schmiegte ihre Wange an Evaines Rücken. »Es ist, als wäre man tot. Nur, dass man irgendwie keinen Frieden gefunden hat, wie ein Geist. Halb lebt man und halb ist man tot. Halb im Jetzt und halb gefangen in der Vergangenheit.«

Du hattest wenigstens ein Kind, wollte Evaine ihr entgegnen. Selbst das hatte sie nicht von ihm bekommen. Aber ein riesiger Kloß saß in ihrer Kehle und verbat ihr jede Antwort. Also stand sie einfach nur da in der Umarmung ihrer Schwester und ließ die Tränen langsam über ihre Wangen fließen.

»Bitte mach jetzt keinen Fehler. Noch kannst du zurück.«

Aber sie konnte längst nicht mehr zurück.

KAPITEL 17

Robert konnte immer noch nicht fassen, dass er Allingham verlassen hatte, ohne noch einmal mit Evaine zu reden. Sie wollte Osric heiraten! Osric! Bei dem Gedanken drehte sich ihm der Magen um. Allein die Vorstellung machte ihn rasend. Er hätte sie davon abbringen, auf sie einreden müssen, bis sie den Irrsinn dieser Idee einsah. Sie schütteln, bis sie wieder zur Vernunft kam. Stattdessen war er gegangen.

Schließlich war er nach *Bonne-foi* zurückgekehrt. Er hatte sich eingeredet, dass es sogar ganz gut wäre, ihr Zeit zu lassen. Jetzt könnte er sich dafür in den Hintern treten. Er hatte Melisande mitgenommen, weil er Angst hatte, sie mit Evaine dortzulassen. Sie hatte genug Unheil angerichtet. Nach einer Nacht auf dem Boden seiner Gästekammer, die noch spärlicher eingerichtet war als der Rest seiner Burg, hatte er sie am nächsten Morgen vor die Tür gesetzt.

Warum hatte er sich nicht im gleichen Augenblick auf ein Pferd gesetzt und war zurückgeritten? Weil er ein Feigling war. Er hatte sich eingeredet, er ließe ihr Zeit, dabei hatte nur er selbst kostbare Zeit verloren. Weil er eine Memme war, ein jämmerlicher Schlappschwanz, ein Weichei, ein Schwächling. Er bedachte sich selbst mit allen möglichen Schimpfworten und wusste doch, dass es nichts nutzte. Denn auch jetzt konnte er ihr nicht geben, was sie wollte.

Verzweifelt fuhr er sich mit der Hand durchs Haar und starrte weiter durch das Fenster nach draußen. Das Wetter war genauso trüb wie seine Stimmung.

Erstaunt stellte er fest, dass sein Vater mit ihm geredet hatte, ohne dass er auch nur ein Wort gehört hatte. Kaum dass Melisande *Bonne-foi* verlassen hatte, war sein Vater aufgekreuzt. Es gab nichts, das ihm weniger gepasst hätte. Aber es war ein weiterer Vorwand für ihn, zu bleiben, wo er war. Nun war wieder ein Tag vergangen, ohne dass er mit Evaine gesprochen hatte. Er fing an, sich selbst zu hassen.

Sein Vater redete immer noch – oder schon wieder? Robert wandte sich zu ihm um und betrachtete ihn eingehend. Seine aufrechte Haltung, die scharfen Linien um seinen Mund und der kalte Glanz in seinen Augen – alles spiegelte Härte und Unnachgiebigkeit wider. *Du kämpfst noch immer um die Vergebung deines Vaters.* Ihre Worte hatten ihn tiefer getroffen, als er zugeben wollte, und saßen wie ein Stachel in seinem Fleisch. Als er nach Ostern von Allingham weggegangen war, hatte er diese Anschuldigung weit von sich gewiesen. Jetzt starrte er den Mann an, der ihn vor neun Jahren verstoßen hatte, und fragte sich, ob sie recht hatte.

»Würde es dir etwas ausmachen, mir ausnahmsweise zuzuhören?« Der Ton seines Vaters war so scharf, dass Robert gar nicht anders konnte, als hinzuhören. Seine Augen blitzten inzwischen vor Verärgerung. Aber heute ließ es Robert seltsam kalt. Er war Geoffreys Geheimniskrämerei satt. Er kam ohne Ankündigung, gab nichts über seine Gründe preis und halste ihm irgendwelche politischen Verbündeten auf.

»Was willst du eigentlich hier?«, fragte er deshalb statt einer Antwort.

»Ich habe meine Gründe«, entgegnete sein Vater.

»Das ist mir schon klar«, sagte Robert ungerührt, »ich will sie nur endlich hören.«

Sein Vater kniff die schmalen Lippen noch fester zusammen.

»Wenn es dich etwas anginge, hätte ich es dir gesagt.«

Roberts Ärger wuchs.

»Wenn du als Nächstes wieder Gäste anschleppst und von mir verlangst, ihre unreifen Töchter zu heiraten, geht es mich sehr wohl etwas an!«

Sein Vater schwieg nur und nahm einen Schluck aus seinem Weinbecher.

»Wie? Willst du mich gar nicht an meine familiären Pflichten erinnern?«, höhnte Robert, von so viel Gelassenheit angestachelt.

»Du kennst deine Pflicht«, erwiderte Geoffrey kalt. »Und wenn es so weit ist, wirst du genau das tun. Aber sie ist noch jung. Es gibt also keinen Grund, eine Verlobung zu überstürzen.«

Offenbar war Roberts Meinung zu dieser Ehe nach wie vor nicht von Belang. Aber der zweite Teil der Bemerkung ließ ihn stutzen, sodass er glatt vergaß, sich darüber aufzuregen. Wieso hatte sein Vater es nun nicht mehr eilig?

Dann endlich begriff er.

»Du willst keine Beziehung zu Boulogne mehr?«, platzte er ungläubig heraus.

Für einen Moment zuckten Geoffreys Mundwinkel. Er hatte ins Schwarze getroffen.

»Das ist noch nicht entschieden«, sagte sein Vater schnell.

»Wieso nicht? Was ist schiefgegangen?«, fragte Robert schadenfroh.

Geoffrey stieß ein verächtliches Schnauben aus.

»Du irrst dich. Mal wieder. Vielmehr ziehe ich es vor, einige Dinge im Auge zu behalten, bevor ich eine Entscheidung treffe.«

Wieder eine vage Äußerung, aber Robert würde sich diesmal nicht hinhalten lassen. Offenbar hatte er eine feste Rolle im Spiel seines Vaters, sonst wäre er wohl nicht hier. Dann wollte er wenigstens wissen, welche Schachfigur er darstellte.

»Was für Dinge …?«

Ein Klopfen unterbrach ihn. Ehe er reagieren konnte, wurde die Tür bereits aufgestoßen und Gérard trat ins Zimmer.

Robert freute sich ehrlich, ihn zu sehen.

»Offenbar bin ich nicht der einzige Besuch.« Gérard machte

eine ungelenke Begrüßungsgeste in Richtung Geoffrey. Dieser bedachte ihn mit desinteressiertem Blick und nahm einen weiteren Schluck.

»Hast du Neuigkeiten?«, fragte Robert.

»In der Tat … aber keine guten. Vielleicht können wir irgendwo anders …«

Robert sprang augenblicklich auf, ließ seinen Vater in der Halle zurück und stieg mit Gérard die Stufen hinauf in sein Privatzimmer.

»Worum geht es?« Er wartete mit angehaltenem Atem und hörte im Geiste schon Gérards Antwort: *Evaine.*

»Um Rheda«, sagte Gérard.

Robert unterdrückte einen Seufzer der Erleichterung und blinzelte dann irritiert.

»Wen?«

»Rheda! Die Heilerin!« Dunkel erinnerte sich Robert. Sie hatte Meredith bei ihrer Entbindung geholfen und eine Zeitlang auf Allingham gelebt.

»Ja, richtig«, sagte er. »Also?«

Erregt berichtete Gérard von der brutalen Hexenjagd.

»Lebendig begraben! Kannst du dir das vorstellen?«

Roberts Betroffenheit wuchs mit jedem Wort von Gérards Erzählung.

»Evaine sagt, sie müssen vor das Gericht des *hundred* gestellt werden, um ihre Strafe zu bekommen! Eine Geldstrafe!« Gérard war rot angelaufen vor Empörung. »Sie gehören eingekerkert! Oder selbst vergraben!«

Robert verstand seine Entrüstung. Das angelsächsische Rechtssystem war kompliziert und zumindest für normannische Verhältnisse gewöhnungsbedürftig. *Auge um Auge* galt hier nicht. Stattdessen hatte jeder Mann, jede Frau und jedes Kind einen Geldwert in Höhe ihres gesellschaftlichen Ranges. Tötete man einen von ihnen, stand der Sippe dieses *weargeld* zu. Bei Angriffen, Attacken, Vergewaltigung und Ähnlichem wurde ebenfalls eine festgesetzte Geldstrafe an das Opfer gezahlt. Wohl dem, der sich für seine Taten freikaufen konnte!

»Sie werden bezahlen«, versicherte er. Ihm blieb auch nichts anderes übrig, als sich an die geltenden Gesetze zu halten. »Für jeden Prügel, jeden Tritt und jeden Kratzer, den sie ihr zugefügt haben.«

Robert klopfte Gérard beruhigend auf die Schulter. Das Ganze ging ihm erstaunlich nah.

»Du kannst Rheda sagen, wenn ich mit ihnen fertig bin, ist sie eine wohlhabende Frau.«

Genervt schob Gérard Roberts Arm von seiner Schulter.

»Sie will das Geld nicht! Und sie hat Allingham bereits am Tag danach verlassen.« Er sah am Boden zerstört aus. Robert dämmerte langsam, dass er nicht der Einzige mit Liebeskummer war.

»Wann ist es passiert?«

»Schon vor einer Woche. Evaine wollte es dir eigentlich bei deinem Besuch auf Allingham sagen. Aber dann … Melisande … Du weißt wohl besser als ich, weshalb Evaine danach so außer sich war.« Gérard winkte vielsagend ab.

Robert nickte. Nun starrten sie beide betrübt vor sich hin.

»Komm. Ich glaube, wir brauchen beide einen Schluck Wein«, sagte er und zog Gérard zurück zur Halle.

»Bei der reizenden Gesellschaft, die du mal wieder hast? Wohl eher nicht! Da reite ich lieber zurück nach Allingham«, grummelte Gérard, ließ sich aber dennoch von Robert weiterziehen.

Bei ihrem Eintreten stockte Geoffrey mitten im Gespräch mit einem Fremden.

»Du kannst dann gehen. Alles Weitere später.« Geoffrey entließ ihn mit einem Winken. Misstrauisch blickte Robert zwischen seinem Vater und dem Mann hin und her. Was zum Teufel …

Der Mann verbeugte sich ehrerbietig vor seinem Vater, war also einer seiner Handlanger. Ein Bote? Er eilte bereits zur Tür, wo Robert sich ihm in den Weg stellte.

»Gibt es Neuigkeiten?«, fragte er und blickte zwischen seinem Vater und dem Boten hin und her.

Der Mann hielt inne. Zwischen Geoffreys Brauen zeigte sich eine steile Falte des Missfallens.

»Nichts, was für dich von Interesse ist«, sagte Geoffrey kühl und winkte dem Mann erneut, sich zu verziehen.

»Wenn dieser Mann auf meiner Burg etwas zu berichten hat, werde ich es auch hören.«

Gérard schloss die Tür und lehnte sich demonstrativ dagegen. »Also?«

Robert hatte plötzlich eine Ahnung. Sein Vater war nur hier, um die Botschaft dieses Mannes zu hören.

Geoffrey hüllte sich in eisiges Schweigen und plötzlich riss Robert der Geduldsfaden.

»Ich bin keine Schachfigur! Ich will jetzt, verdammt noch mal, wissen, welches Spiel hier gespielt wird!« Er stürzte sich auf den Boten und packte ihn am Kragen.

»Das hier ist meine Burg. Und das da draußen sind meine Leute. Also wenn dir dein Leben lieb ist, dann rate ich dir, deine Botschaft jetzt loszuwerden!«

Der Mann brauchte nur einen Moment, um sich zu besinnen.

»Dover!«, stieß er hervor, »der *Comte* de Boulogne hat mit Truppen an der Küste angelegt. Er hat sich mit einheimischen Aufständischen verbündet und versucht, die Burg von Dover zu erstürmen. Aber die Garnison hat erbitterten Widerstand geleistet.« Fassungslos ließ Robert den Mann los und versuchte den Inhalt der eilig hervorgestoßenen Worte zu erfassen.

»Ihr meint, Boulogne hat einen Aufstand in Dover angeführt?«, fragte er ungläubig.

Er wusste, dass es seit Wochen in Kent gärte. Genauso wie in unzähligen anderen *shires*. Aber was hatte Boulogne damit zu tun?

Er blickte hinüber zu seinem Vater. Er wirkte nicht annähernd so perplex wie Robert.

»Was ist mit Odo de Bayeux?«, wandte Robert sich an den Boten.

Odo de Bayeux war *Eorl* von Kent. Die Burg von Dover war sein Hauptsitz.

»Man ging davon aus, er wäre mit dem größten Teil der Garnison aus Dover im Norden bei Unruhen an der Themse gebunden. Gegen Ende der Belagerung sah es so aus, als wäre er mit seinen Truppen herbeigeeilt. Daraufhin sind die Rebellen geflohen. Aber im Nachhinein war es wohl eher ein Ausfall von Rittern aus der Burg selbst.«

»Was ist mit Boulogne? Lebt er?«

»Er ist zurück über den Kanal nach Boulogne geflüchtet.«

»War das alles?«

Der Mann nickte eilig. Immer noch bestürzt winkte Robert ihm, sich zu verziehen, und Gérard gab wortlos die Tür frei. Während sich die Gedanken in seinem Kopf überschlugen, drehte Robert sich langsam zu seinem Vater um. Wortfetzen, Gespräche, verschwommene Eindrücke rauschten durch seinen Kopf und ergaben jäh ein klares Bild.

»Du wusstest es«, sagte er tonlos.

Geoffrey zeigte keinerlei Reaktion. Aber Robert brauchte keinen Beweis von ihm.

»Deshalb hast du dich an Ostern mit ihm getroffen. Auf meinem Grund und Boden.« Seine Stimme war leise vor unterdrücktem Zorn.

Er erinnerte sich plötzlich an die Bemerkung seines Vaters, er wäre zu reichhaltig belohnt worden.

»Ihr wart unzufrieden, du und Boulogne. Du wolltest dich damals mit ihm verbünden! Deshalb eine Ehe mit Ida de Boulogne!« Er sprach immer lauter. »Du hast mich benutzt! Du hast mit ihm ein Komplott geschmiedet! Unter meinem Dach! Einen Aufstand! Und jetzt bist du hier, um zu sehen, was daraus wird! Richtig?«

Geoffrey presste die Lippen zusammen.

»Und dir selbst hast du alle Türen offen gehalten!«

Schaffte Boulogne es, war Geoffrey dessen Verbündeter. Schlug die Rebellion fehl, blieb sein Vater ein unbescholtener Vasall des

Königs. Robert hätte beinahe gelacht, weil das Ganze so ausgeklügelt war. Doch das Lachen blieb ihm im Halse stecken.

»Wenn … wenn es bekannt wird …« Ihm blieb beinahe die Luft weg, als er darüber nachdachte. »Es wird so aussehen, als hätte *ich* mich mit Boulogne verbündet! Als hätte er sich auf Allingham mit *mir* getroffen!«

Man würde ihn des Aufstands beschuldigen! Ihm brach am ganzen Körper der Schweiß aus. Mit jedem weiteren Gedanken stand ihm das Ausmaß dieses Verrats größer vor Augen. Er würde wieder alles verlieren. Alles!

»Du hast mich geopfert! Nach allem, was ich durchgemacht habe! Du hast alles, was mir gehört, aufs Spiel gesetzt!«

Ihm war heiß vor Zorn. Er zitterte innerlich. Und dann, schlagartig, wurde ihm klar, dass er längst alles verloren hatte.

Evaine.

Er hatte sie aufgegeben.

Du buhlst noch immer um die Liebe deines Vaters. Du kämpfst um seine Vergebung.

Und wofür? Für einen Mann, der ihm jetzt schon zum zweiten Mal alles genommen hatte. *Treue. Esto fidelis* … Ihm wurde beinahe schlecht, wenn er daran dachte. Sein eigener Vater hatte ihn mit Schuld beladen, mit mehr Schuld, als ein Mann ertragen konnte. Und dabei bedeutete Treue für ihn nichts, wenn es ihm nicht von Nutzen war.

Evaine hatte recht! Er versuchte verzweifelt, sich vor seinem Vater reinzuwaschen.

Und dafür hatte er sie geopfert.

Die Schwere seines Fehlers bereitete ihm beinahe körperliche Schmerzen. Er hatte so lang um Gottes Gnade gefleht. Und hatte mit beiden Händen weggeworfen, was Gott ihm geschenkt hatte. Augenblicklich begann sein Herz noch schneller zu rasen, seine Lungen pumpten noch heftiger. Sein Zorn schlug in Entsetzen um.

»Ich habe sie GELIEBT!« Seine Stimme bebte. »Sie war das einzig Gute, dass mir in den letzten zehn Jahren passiert ist! Ich …«

Er konnte nicht weitersprechen. Er hatte so viel Zeit gehabt. Und nun war plötzlich kein Augenblick mehr über. Sie würde Osric heiraten. Er spürte, wie ihm mit jedem verrinnenden Moment die Luft ausging. Er könnte es nicht ertragen, wenn er zu spät käme.

»Bist du jetzt fertig?« Die Stimme seines Vaters troff vor Verachtung.

Robert starrte ihn an.

»Ich bin mit dir fertig«, sagte er leise.

Er hatte noch nie im Leben etwas so ernst gemeint. Dann stürmte er an Gérard vorbei aus der Halle. Rannte, rannte, rannte. Weil es um sein Leben ging.

Der Priester war ein kleiner, dicker Mann mit einem spärlichen Haarkranz und umso dichteren buschigen Augenbrauen. Während er sprach, bildete sein Atem in der kalten Luft Nebelschwaden vor seinen fleischigen Lippen. Evaine beobachtete seinen Mund und die ausgestoßenen Atemwolken, ohne etwas von seinen Worten mitzubekommen. Er schien genauso unkonzentriert, denn seine kleinen Augen unter den monströsen Brauen huschten immer wieder ängstlich über die Lichtung. Ohne Zweifel hatte Osric ihn bestochen, die Zeremonie heute hier abzuhalten. Er hatte sichtlich Angst, entdeckt zu werden. Evaine ließ ihren Blick ebenfalls über den Platz vor der Kapelle schweifen. Die wenig genutzte Kapelle des heiligen Adhelm lag abgeschieden im Wald zwischen Redlow und Allingham.

Die Befürchtung, dass irgendjemand sie hier finden würde, erschien Evaine lächerlich. Sie waren wie eingeschlossen von einer dichten, grauen Nebelwand, die alles hinter ihr liegende verschluckte. Als hätten sie eine mystische Schwelle überschritten. Eine andere Zeit, ein anderer Ort. Die Welt bestand nur noch aus den wenigen Menschen, die der Nebel hier zusammengedrängt hatte.

Es war nicht einmal ein Dutzend. Außer ihr nur Männer. Evaine kannte gerade mal drei. Byrhthelm, Alric und Osric.

Ihr Blick huschte zu Osric, der ihr gegenüberstand. Seine Miene war reglos und seine grauen Augen unverwandt auf sie gerichtet. *Seine Augen sind kalt.* Meredith hatte recht. Sie waren so kalt wie das Novembergrau, das sie umgab.

Osrics Blick durchbohrte sie, als könnte er ihre Gedanken lesen. Eilig schlug Evaine die Augen nieder. Sie knetete ihre Finger. Ihr war eiskalt. Jetzt war sie nicht mehr nervös oder aufgeregt. Sie hatte auch keine Angst mehr. Sie fühlte einfach gar nichts. Jedes Gefühl war eingefroren.

Sie sah erneut über die Köpfe der kleinen Schar. Es war eine grimmige Hochzeitsgesellschaft und sie las unterschwellige Ablehnung auf den Gesichtern der Männer. Als wären sie mit Osrics Entscheidung nicht einverstanden. Es wunderte sie nicht. Sie kannte ihren Ruf als Überläuferin, Verräterin. Normannenhure. Wie zynisch, dass Meredith ihre Entscheidung genauso wenig guthieß. Aber Meredith war immer noch nicht da.

Der Priester verhaspelte sich und zog Evaines Aufmerksamkeit auf sich. Er schielte in sein Gebetbuch und fuhr mit seiner Litanei fort. *Herr Gott hilf, dass ich das Richtige tue.* Unerwartet hatte sich das Gebet in ihre Gedanken gedrängt. Es war das erste Mal, dass sie wegen ihrer Hochzeit mit Osric zu Gott betete. Sie wusste nicht, warum sie sich scheute. Sie hatte es irgendwie bisher nicht gekonnt. In all ihrer Verzweiflung hatte sie in der vergangenen Woche kein einziges Gebet über ihre Lippen gebracht oder im Geiste gesprochen. Aber jetzt, in der Trostlosigkeit dieser Zeremonie, vor den Augen des heiligen Adhelm kam es hoch. *Gott hat uns verlassen.* Nach Ostern hatte sie Meredith noch heftig widersprochen. Und sie glaubte es immer noch nicht. Aber sie haderte aus tiefstem Herzen mit ihm. Wie konnte er ihr so viel schenken, um es ihr dann doch vorzuenthalten? Er hatte Robert zu ihr geführt. Sie hatte es vom ersten Moment an gewusst, als sie ihm vor einem Jahr vor den Toren ihrer *burh* in die Augen gesehen hatte. Warum hatte Gott das getan, wenn er wusste, dass Robert niemals den letzten Schritt würde gehen können? Robert konnte es einfach nicht wagen, noch einmal zu lieben, noch einmal zu riskieren. Oder war sie wirklich das Sühneopfer, das Gott von ihm verlangte? So wie er von Abraham damals Isaak als Opfer verlangt hatte? Aber wo war die Stimme des Engels diesmal, die dem Opfer Einhalt gebot? Die seinen guten Willen anerkannte und von der Vollendung absah?

Ein lauter Schrei zerriss das monotone Gemurmel des Priesters und brachte ihn abrupt zum Verstummen. Evaine lief ein Schauer über den Rücken. Der Nebel lichtete sich widerwillig, dann stürzte Robert aus dem trüben Dunstschleier auf die Lichtung.

Osrics Männer wichen erschrocken vor ihm zurück. Einige bekreuzigten sich, als wäre gerade ein Geist erschienen. Der Priester hinter Evaine gab ein ersticktes Quieken von sich.

Und dann schien die Zeit inmitten des dichten Nebels plötzlich stillzustehen. Keiner wagte es, sich zu regen oder ein Wort zu sprechen.

Sie blinzelte. Es war ein Geist. Ein Traum. Es konnte unmöglich wahr sein.

Sie blinzelte erneut.

Er war immer noch da und rannte auf sie zu. Wie gebannt folgten ihm die Blicke der Umstehenden. Doch er achtete weder auf sie noch auf Osric. Hinter ihm tauchten die Umrisse von Meredith auf, als hätte sie ihn hergeführt.

Oh Gott!

Evaines Herz begann, vor Aufregung gegen ihre Rippen zu hämmern. Einen Schritt vor ihr blieb er stehen. Winzige Wassertropfen hatten sich in seinen Haaren verfangen und hingen in seinen Brauen und Wimpern.

»Bitte sag, dass ich noch nicht zu spät bin. Bitte sag, dass du nicht seine Frau bist«, stieß Robert hervor.

Unter seinen hektischen Atemzügen stiegen weiße Dampfwolken wie Stoßgebete gen Himmel. Seine Augen glitten über Osric und den Priester hinweg und musterten ihre Finger auf der Suche nach dem verräterischen Goldring. Als er keinen entdeckte, glomm Erleichterung in seinen Augen auf.

»Ich weiß, ich habe kein Recht hierherzukommen. Aber bitte heirate ihn nicht!«

Augenblicke vergingen, in denen sie ihn nur anstarren konnte.

Er suchte in ihrem Gesicht nach einer Antwort. Die Verzweiflung in seinen Augen wuchs, als er keine fand.

»Ich habe dich enttäuscht … Und du hattest recht … in allem!«, sagte er stockend. »Ich hatte Angst. Ich habe alles weggeworfen, was du mir geschenkt hast. Und … ich konnte mir selbst nicht vergeben. Aber bitte sag, dass du es kannst!«

Evaines Kehle war wie zugeschnürt.

»Du hast mein Herz berührt, bis in meine Seele. Ich war … so einsam, ehe ich dir begegnet bin. Du hast mich gerettet. Nicht nur mein Leben. Meine Seele.«

Seine Worte sprengten das Eis in ihrem Innern und ließen ihre Gefühle emporlodern. Sehnsucht und Enttäuschung brannten so heiß, dass es schmerzte.

»Bitte … ich liebe dich aus der Tiefe meiner Seele!« Er hob hilflos die Hände. »Ich will der Vater deiner Kinder sein, ich will mein Leben mit dir teilen!«

Sie hatte so lang auf diese Worte gewartet. Viel zu lang … Sie jetzt endlich zu hören, ließ ihre Brust eng werden vor Bedauern. Es war zu spät, zu spät, zu spät! Wieso hatte er nur so lang gebraucht, zu begreifen?

»Wenn du nur ein Wort sagst, gehe ich sofort. Aber wenn es dir noch etwas bedeutet … was zwischen uns war …« Er holte verzweifelt Luft. »Du kennst meine Ängste, meine Träume, jeden meiner Fehler. Du bist der einzige Mensch, der mich wirklich kennt!«

Eine leise, brutale Stimme in ihrem Kopf strafte seine Worte Lügen. Er hatte ein Kind und es ihr nie erzählt. Er hatte seinen Treueid gebrochen … Melisande … sein Vater …

»Nein … ich weiß nicht …« Sie biss sich auf die Lippen, um den Schluchzer in ihrer Kehle zurückzuhalten. Er hatte sie so oft enttäuscht und so tief verletzt, bis sie nicht mehr wusste, wen sie eigentlich geliebt hatte.

Langsam sank er vor ihr auf dem gefrorenen Waldboden auf die Knie. Tränen rannen über ihre kalten Wangen. Ihr Verstand drängte ihr alle schmerzhaften Erinnerungen auf, warnte sie, versuchte sie zu schützen. Aber ihr Herz pochte, als wollte es ihren Brustkorb durchschlagen und sich in seine leeren Hände werfen.

»Bitte«, flüsterte er.

»*GENÓG!*« Mit einem Aufschrei erwachte Osric aus seiner Erstarrung. »*ÁLÆCCAÞ HIM!* ERGREIFT IHN!«

Evaine sah Osrics Männer auf Robert zustürzen, sah Meredith herbeilaufen, sah den Zorn in Osrics verzerrter Miene und sah das nervöse Zucken in Roberts Augen, als er die herannahenden Männer bemerkte.

Er riss die Hände nach oben.

»Sag ihm, ich bin unbewaffnet. Ich bin allein! Ich bin nur deinetwegen hier!«, rief er. »Bitte sag, dass du mich noch willst!«

Ihr Blick glitt über ihn hinweg, wie er noch immer zu ihren Füßen kniete, die Hände hinter dem Kopf verschränkt, ohne eine Waffe an seinem Gürtel. Er trug keinen Mantel und die Feuchtigkeit hatte seine Kleider bereits durchdrungen.

Ihr blieb kaum Zeit, den Mund zu öffnen.

Zwei Männer packten ihn an den Armen, rissen seinen Kopf zurück und pressten eine Messerklinge an seine Kehle.

Evaine sog vor Entsetzten scharf die Luft ein.

»*NÁ! OÞSTILLAÞ!* HÖRT AUF!«

»WAS SOLL DAS?« In Osrics Gesicht stand blanke Wut und eine Ader an seinem Hals pulsierte wild.

»Bitte! Lass ihn! Niemand ist bei ihm! Er ist unbewaffnet!« Sie umklammerte seinen Arm mit ihren klammen Fingern. »Lass ihn gehen. Ich flehe dich an.«,

Sie fühlte, wie sich seine Muskeln unter ihrer Berührung verhärteten. Sein Blick schoss zu ihren Fingern und dann wieder zurück zu ihrem Gesicht.

»Wieso?«

Ihre Kehle wurde trocken. Fiebernd suchte sie nach einer

Antwort und wagte es kaum, zu Robert hinüberzuschauen. Seine Augen hingen an ihren Lippen. Sie hatte ihm noch keine Antwort gegeben.

»Weil ich dich darum bitte«, sagte sie langsam. »Und weil du gesagt hast, du würdest mit ihm verhandeln! Du hast es mir versprochen.«

Seine Mundwinkel verzogen sich zu einem spöttischen Lächeln, das ihr das Blut in den Adern gefrieren ließ. Ihr Herz krampfte sich zusammen. Mit unerträglicher Langsamkeit richtete Osric sein Augenmerk auf Robert. Das Lächeln erstarb und er musterte ihn voller Verachtung.

»Was will er?«

»Er … er ist nur meinetwegen hier …« Ihre Stimme erstarb zu einem Flüstern, als sie begriff, was das bedeutete. Er war allein und unbewaffnet hergekommen. Er hatte alles aufs Spiel gesetzt. Wegen ihr.

»Ist das so?«, fragte Osric tonlos. Es klang wie die unheilvolle Ruhe vor dem hereinbrechenden Sturm. »Und was willst du?«, fragte er sie.

Wie von selbst suchte sie Roberts Blick. Er begegnete ihrem, als hätte er jedes Wort verstanden und als hinge sein Leben von ihrer Antwort und nicht von der Klinge an seiner Kehle ab.

»*Toi.* Dich.« Ihre Lippen formten die Worte wie von selbst.

Roberts Mundwinkel zuckten. Die Andeutung des gleichen Lächelns, das auch über ihre Züge huschte. Osric stieß ein drohendes Schnauben aus und das Lächeln in ihrem Gesicht gefror.

Augenblicklich begriff sie, dass es ein Fehler gewesen war.

»Schafft ihn weg«, stieß er wütend hervor, »und bringt ihm um!«

»Nein! NEIN!«

Die spitzen Schreie mussten von ihr gekommen sein, doch sie merkte es nicht mal. Sie stürzte nach vorn und wurde ruckartig zurückgerissen.

»Bleib gefälligst hier!« Osrics Hand schloss sich wie eine

Zange um ihren Arm. Sie taumelte und prallte gegen seinen harten Brustkorb. Seine Arme umschlangen sie fest.

»NEIN!« Sie schrie weiter, strampelte in seiner Umklammerung, während Robert vor ihren Augen weggeschleift wurde.

»Evaine!« Robert brüllte ihren Namen und bäumte sich gegen seine Angreifer auf, ungeachtet der Klinge, die sie an seine Kehle pressten.

»Wieso tust du das?«, schrie sie Osric an. »Du hast gesagt, du würdest mit ihm verhandeln!«

Osric lachte kalt.

»Natürlich hätte ich mit ihm verhandelt. Und falls er und seinesgleichen England zu verlassen gedächten, hätte ich sicher einige von ihnen am Leben gelassen.«

Roberts Anblick verschwamm vor ihren Augen. Wie hatte sie je so dumm sein können? Verzweifelt wand sie sich in Osrics Griff und wusste doch, dass es nichts nutzte.

»*Bídeaþ!* Wartet!«

Eine laute Stimme durchdrang den Tumult und ließ selbst Osric für einen Moment innehalten. Es war Alric.

Er war Robert und seinen Fängern in den Weg getreten. Abwehrend hatte er die Hände ausgestreckt.

»Wartet!«, wiederholte er eindringlich. Evaine spürte erneut Hoffnung in sich aufkeimen. Alrics blaue Augen streiften ihr Gesicht. Dann richtete sich seine Aufmerksamkeit auf Osric.

»Überlasst ihn mir«, sagte er langsam und ließ seine ausgestreckten Arme sinken. »Ich habe noch eine Rechnung mit ihm offen.«

Es war, als hätte sich vor ihren Augen unerwartet ein Abgrund aufgetan. Alrics Verrat traf sie völlig unvorbereitet. Wie konnte er das tun? Nach allem, was Robert für ihn und Meredith getan hatte!

»Nein! Alric!« Die Panik ergriff erneut von ihr Besitz. »Nein! Er hat dir das Leben gelassen! Wie kannst du das tun? Wie .. «

»Halt den Mund!«

Osrics heftiger Schlag traf ihre Wange und ihr Kopf flog zur Seite. Ein dumpfer Schmerz erfüllte ihren Kopf. Das Bild vor ihren

Augen drohte von Dunkelheit verschluckt zu werden. Mit aller Kraft kämpfte sie dagegen an und versuchte weiterhin, Alric zu fixieren. Aber immer wieder verschwamm sein Anblick vor ihren Augen.

»Von allen, die hier sind, habe ich wohl am meisten verloren.« Alrics Stimme drang gedämpft zu ihr hindurch, als käme sie von weit her. »Seine Leute haben meinen Bruder und meinen Vater getötet und meiner Mutter und meiner Schwester Unaussprechliches angetan. Und seinetwegen« – er wies verächtlich auf Robert und seine Stimme wurde noch eine Spur schärfer – »habe ich meine Frau und mein Kind verloren. Wenn es also jemandem von uns zusteht, Rache zu üben, dann mir!«

Alrics Worten folgte angespanntes Schweigen. Evaine versuchte erneut, den Mund zu öffnen. Doch aufsteigende Übelkeit zwang sie, ihn wieder zu schließen.

Osric schnaubte.

»Also gut. Geh und stille deine Rache.«

Er riss Evaine hoch, deren Beine unter ihr nachzugeben drohten.

»Um meiner Rache Genüge zu tun, wird einer von ihnen gewiss nicht reichen«, entgegnete Alric bitter. Er kam auf Robert zu und starrte ihm in die Augen. »Aber es ist immerhin ein Anfang.«

Auf sein Zeichen hin zerrten die beiden Männer Robert fort. Alric folgte ihnen und zog unterdessen sein Schwert. Die glatte Klinge glänzte fahl im Licht des trüben Tages. Der Anblick der Klinge verjagte die Benommenheit, die von Evaine Besitz ergriffen hatte.

»Nein! Alric!« Er wandte sich nicht einmal um und Osric riss sie an den Haaren zu sich. Aus dem Augenwinkel erhaschte sie, wie Meredith ihnen hinterherstürzte, ehe einer der übrigen Männer sie davon abhalten konnte. Als sie sich daran machten, ihr zu folgen, gebot Osric ihnen energisch Einhalt.

»Lasst sie! Sie hat ihn bisher auch nicht überzeugen können«, sagte er voller Spott. Dann riss er Evaine in seinen Armen herum. Er packte ihr Kinn mit einer Hand und zwang sie, ihn anzusehen.

»Und wir, meine Schöne, werden jetzt heiraten.«

Auf seinem Gesicht breitete sich ein kaltes Lächeln aus. Mit einem Nicken wies er den Priester an, fortzufahren.

Sie schleiften Robert von der Lichtung in den Wald, bis der Nebel Evaine vor seinen Augen verbarg. Er wehrte sich immer noch und spürte ein warmes Rinnsal Blut an seinem Hals.

Sein Blick wanderte zu Alric. Er folgte ihnen wie ein Henker. In seinen Augen lag ein undeutbarer Ausdruck und er spielte gedankenverloren mit dem Heft des Schwerts in seinen Händen. Augenblicklich erkannte Robert es wieder. Die Hochzeitsgabe von Meredith! Robert spürte, wie ein zynisches Lachen in seiner Kehle kitzelte.

Irgendwann hielten sie an. Um ihn herum war nichts als wabernder Nebel, der aus den toten Sträuchern ringsum unheilvolle Schatten machte.

Er schloss die Augen. Er war zu spät gekommen. Es war vorbei. Die Bitterkeit dieser Erkenntnis war schmerzhafter als die Aussicht seines bevorstehenden Todes.

Er öffnete die Augen, als Merediths aufgeregte Stimme in der Totenstille erklang. Schnell und schrill redete sie unablässig auf Alric ein, doch dieser brachte sie mit einem wilden Bellen zum Verstummen.

Roberts Blick streifte ihren und er sah Tränen in ihren Augen. Er konnte ein lautloses »*Excuse-moi*« von ihren Lippen ablesen. Er schluckte.

Es tat ihm auch leid. Viel mehr als ihr.

Auf Alrics Anweisung fesselte einer der anderen Männer Robert mit einem Gürtel die Hände auf dem Rücken.

Alric bezog vor ihm Stellung. Ihr Atem mischte sich in der kalten Luft, während er Robert schweigend und mit grimmiger Entschlossenheit musterte.

Für einen Moment wünschte Robert, er hätte ihn damals umgebracht. An jenem Tag, als er die Gelegenheit dazu gehabt hatte. Aber dann wusste er, dass dies nicht zu den Dingen gehörte, die er bereute. Er hatte ihn Evaine zuliebe verschont. Nichts, was er je für sie getan hatte, würde er bereuen.

Die beiden andern traten beiseite. Alric legte die Klinge an seine Kehle. So wie er selbst es vor einem Jahr bei ihm getan hatte. Robert fühlte das kalte Metall auf seiner Haut. Alric baute leichten Druck auf, drängte ihn nach unten. Robert schluckte und regte sich nicht. Er würde nicht auf den Knien vor ihm sterben. Wenn er ihn töten wollte, dann von Angesicht zu Angesicht!

Er biss die Zähne zusammen und machte sich auf das Ende gefasst. Aber er hatte nicht mit den andern beiden gerechnet. Unerwartet traf ihn von rechts ein Schlag in die Seite, gefolgt von einem gezielten Tritt in seine Kniekehle. Der Schmerz durchfuhr stechend seine Eingeweide und seine Knie brachen unter ihm weg. Ächzend stieß er die Luft aus und sackte unweigerlich nach vorn. Mit grimmiger Genugtuung stieß Alric ihn zu Boden. Als Robert keuchend zu Atem gekommen war, stand Alric hinter ihm und die Schwertspitze kitzelte seinen Nacken. Er hörte Schritte und harsche Anweisungen.

Robert hob den Kopf und sah benommen hoch. Mit grimmigen Mienen und sichtlich widerwillig entfernten sich Alrics Begleiter. Offenbar wollte der Henker mit seinem Opfer allein sein. Alric rührte sich nicht, ehe sie im Nebel verschwunden waren.

Übrig blieb nur Merediths tränenüberströmtes Gesicht vor den vorbeiziehenden Nebelschwaden. Sie presste eine Faust gegen den Mund. Robert schloss die Augen und versuchte, nicht an Arnaud zu denken. Er hätte nie gedacht, dass Gérard den Schwur je einlösen müsste, den er ihm gegeben hatte. Wenn er starb, würde er mit Arnaud verschwinden und erst nach dessen Volljährigkeit wieder auftauchen. Robert schluckte. Nun würde Arnaud tatsächlich nie erfahren, dass er sein Vater war. Sein eigener Sohn würde ihn nicht ein einziges Mal Vater nennen. Das Bedauern war so groß, dass er fast daran erstickte. Er wollte nicht sterben! Er wollte nicht sterben, ohne seinem Sohn ein einziges Mal sagen zu können, wie sehr er ihn liebte. Und ohne es Evaine zu sagen. Er wollte nicht sterben, ohne sie noch einmal im Arm zu halten, noch einmal den Geschmack ihrer Lippen auf den seinen zu spüren. Ein einziges Mal nur wollte er sie lieben, wollte er ihr so nah sein wie sonst niemandem auf der Welt!

Ein erneuter Wortwechsel auf Angelsächsisch drang nur schwach zu ihm durch. Er betete, dass Alric sich endlich beeilte, damit er es schaffte, die Tränen in seinen Augen zurückzuhalten. Er presste die Augen noch fester zusammen. Er sollte um Gottes Gnade flehen. Aber er hatte das schon zu oft in seinem Leben getan. Er wollte keine Gnade! Er wollte leben! Mit Evaine! Er wollte . . .

Robert riss die Augen auf, als sich die Fessel um seine Hände ruckartig löste und das Blut kribbelnd zurück in seine Finger floss. Er starrte zu Meredith empor.

Robert wagte nicht, sich zu regen, wagte nicht, zu hoffen. Und tat es doch.

Alric hinter ihm bellte etwas. Mit zitternden Lippen übersetzte Meredith.

»Steh auf.«

Robert konnte sich vor Überraschung nicht rühren.

»Robert, steh auf!« Hektisch nickte sie ihm zu, als er bereits ungeduldig von Alric hochgerissen wurde.

Das Schwert hing wieder an seinem Gürtel. Fassungslos starrte Robert ihn an.

Er sprach mit Meredith. Sie wirkte mindestens so erstaunt wie Robert. Unverständlich rauschte ihr Gespräch in seinen Ohren, übertönt vom Hämmern seines Herzens.

»Schlag ihn.«

Merediths Lippen gaben ihm bekannte Laute von sich, die dennoch keinerlei Sinn ergaben. Hatte sie mit ihm gesprochen? Er sah sie an, als wäre sie übergeschnappt.

»Du sollst ihn schlagen«, wiederholte sie eindringlicher. »Er sagt, du sollst fest zuschlagen … damit es echt aussieht.«

Trotzig reckte Alric ihm das Kinn entgegen.

Sein Blick flog zwischen Alric und Meredith hin und her.

»Es wird aussehen, als hättest du ihn überwältigt«, erklärte sie.

Völlig verdutzt begegnete Robert Alrics grimmigem Blick. Endlich begriff er, dass er ihm gerade das Leben schenkte. Sein Herz setzte einen Schlag aus, um dann jubilierend gegen seinen Brustkorb zu hämmern. Er würde leben!

Alric stieß ein ungeduldiges Schnauben aus und bot ihm erneut sein Kinn dar.

Robert ballte die Hand zur Faust, sah aus dem Augenwinkel, wie Meredith ängstlich den Blick abwandte. Er holte aus, hielt aber plötzlich inne.

»Danke«, sagte er leise und fand in Alrics Augen das Verständnis für seine Worte.

Dann schlug er zu.

Ein heftiger Schmerz durchfuhr seine Hand und Alrics Kopf flog zur Seite. Das Krachen seiner Faust auf Alrics Kiefer löste in ihm ein unerwartetes Gefühl der Befriedigung aus. Es steigerte sich beim Anblick der Wut in Alrics Augen, als er hustend Blut spuckte und ein Zahn auf dem Waldboden landete.

Auge und Auge, Zahn um Zahn, dachte Robert triumphierend. Der Scheißkerl hatte ihn gleich zwei Zähne gekostet!

Alric versuchte, die Fassung wiederzugewinnen und murmelte irgendetwas.

»Nein«, entgegnete Robert bissig, »noch sind wir nicht quitt.«

Er warf einen kurzen Blick auf Meredith, die zu Alric getreten war und ihm mitfühlend die Hand auf den Arm gelegt hatte. Unwillig, sich von ihr bemuttern zu lassen, stieß Alric sie weg.

Robert massierte seine pochende Hand und starrte in den Nebel. Evaine. Er musste sie da rausholen.

Er stieß einen leisen Pfiff aus und bald ertönte das Geräusch sich nähernder Pferdehufe. Daedalus war darauf trainiert, selbst in tosendem Schlachtenlärm Roberts Pfiff zu hören und zu ihm zu finden.

Robert schwang sich in den Sattel.

»*ÉALA!*« Alrics Ausruf ließ ihn herumfahren. Im nächsten Moment flog das Schwert durch die Luft und Roberts Finger schnappten instinktiv nach dem Heft. Fest und sicher landete es in seiner Hand. Alric nickte ihm zu und wandte sich dann ab. Wahrscheinlich, um Meredith in Sicherheit zu bringen.

Robert blickte kurz auf die Klinge in seinen Händen. *Auxilio Dei.* Mit Gottes Hilfe. *Dieux aie.* Der normannische Schlachtruf. Ob Alric das wusste? Robert jagte Daedalus in den Nebel.

Evaine kämpfte gegen Osrics Umklammerung, doch sie kam nicht gegen ihn an.

»Er ist tot!«, brüllte Osric sie an. »Siehst du die Männer dort? Sie waren Zeugen, als sein Blut über Alrics Klinge geflossen ist und diesen Boden getränkt hat!«

Sie sah nur unbekannte Gesichter, grimmige Fratzen. Aus dem Nebel lösten sich die beiden, die Robert eben fortgeschleppt hatten.

Robert war tot.

Der Schmerz durchfuhr sie so heftig, als würde ihr bei lebendigem Leib das Herz in Fetzen gerissen.

Er war tot.

Immer mehr Tränen drängten in ihre Augen, benebelten ihre Sicht, aber nicht den scharfen Schmerz in ihrer Brust.

»Sei still!« Osric schüttelte ihren schluchzenden Körper. »Sei still, verdammt!«

Er zog sie näher an sich heran, bis sein Gesicht ihrem bedrohlich nahe kam.

»Er ist tot! Und nun kannst du dich bei niemandem mehr verstecken! Es gibt niemanden, der dich schützt. Ich bin deine einzige Alternative! Besser, du freundest dich mit dem Gedanken an.«

Voll Grauen erkannte sie, dass er die Wahrheit sagte.

»Lieber sterbe ich mit ihm!«, spie sie ihm ins Gesicht.

Osric riss sie an den Haaren.

»Sei vorsichtig, was du dir wünschst!«, sagte er bebend vor Zorn. »Vielleicht erfülle ich dir deinen Wunsch. Aber vielleicht schicke ich dein Schwesterlein als Begleitung mit und jeden dieser elenden Verräter unter deinem Schutz!«

»Bastard!«, presste sie hilflos hervor.

Er schnaubte höhnisch und wandte sich an den Priester.

»Los! Mach! Sie hat gerade gesagt, sie ist einverstanden!«

Die kleinen Äuglein des Priesters lagen vor Angst tief in den Höhlen seines runden Gesichts. Er sah aus wie ein Schwein im Angesicht seines Schlächters. Er nickte so heftig, dass sein Doppelkinn wabbelte, und klappte mit zitternden Fingern das Gebetbuch auf, das er panisch an sich gedrückt hatte. Doch weit kam er nicht.

»Osric!«

Es war Byrhthelm.

»Ihr habt soeben einen Mann getötet, der sich ergeben hatte!« Seine ernste Stimme trug jedes seiner Worte durch den Wald. »Und wir alle haben zugesehen.«

In seinen Worten schwang eine Anklage mit, die sich gegen jeden von ihnen richtete.

Wieder drohte der Schmerz Evaine auseinanderzureißen. Sie hatten zugesehen! Sie hatten zugesehen, wie der Mann, den sie liebte, ermordet wurde! Plötzlich brannte ihr Herz vor Hass gegen jeden Einzelnen von ihnen.

»Aber diese Frau zur Ehe zu zwingen, ist Unrecht!«

Byrhthelm versuchte, sie zu retten. Sie wusste es. Dennoch weckte sein Anblick nur Verachtung in ihr. Er hatte Robert die Treue geschworen! Hätte sie an Candlemas nur alle ihrem Schicksal überlassen!

»Sie ist hergekommen, um ein Eheversprechen abzugeben!«, brüllte Osric zurück. »Und genau das wird sie jetzt tun!«

Sein Arm umklammerte Evaine noch eine Spur fester.

»Aber sie hat ihre Meinung geändert!«, beharrte Byrhthelm. »Sie ist eine von uns! Und es steht ihr zu, gemäß unseren Gesetzen behandelt zu werden.«

Byrhthelms Hartnäckigkeit weckte erste Zweifel in den Gesichtern der Anwesenden. Evaine sah es. Und Osric sah es auch.

»Sie selbst hat dieser Ehe zugestimmt! Und es war der Wunsch ihres Vaters! Ihr alle wisst es so gut wie ich! Die Normannen haben uns alles genommen! Unser Land! Unser Heim! Aber nicht unsere Frauen! Diese Frau bekommt er nicht!«

Seine Worte verfehlten die Wirkung auf ihre Zuhörer nicht. Niemand hatte die Geschichte mit Irmins Witwe vergessen. Bestürzt beobachtete Evaine, wie sich erneute Entschlossenheit auf den Mienen abzeichnete.

»Es bleibt ein Unrecht!« Byrhthelms Worte vermochten nun nichts mehr auszurichten. »Tut, was ihr meint. Aber ich werde nicht hierbleiben und dieses Unrecht bezeugen.«

Osrics Interesse war längst erloschen und er drängte erneut den Priester zu tun, wofür er hergekommen war. Fassungslos sah Evaine zu, wie Byrhthelm die Lichtung verließ und in die Unsichtbarkeit des Nebels abtauchte. *Ich wasche meine Hände in Unschuld.* Das wird dir nichts nützen, dachte sie niedergeschmettert.

Der Priester fuhr stammelnd fort. Sie blickte ihn an, aber er wagte nicht, ihr in die Augen zu sehen. Es fing an, sachte zu regnen, wie winzige eiskalte Nadelstiche. Dankbar konzentrierte sie sich darauf. Es war ein kleiner Schmerz. Sie konnte ihn ertragen. Gerade groß genug, um von der klaffenden Wunde in ihrer Seele abzulenken. Gerade groß genug, um ihr zu zeigen, dass sie noch lebte, wenngleich sie wünschte, mit ihm gestorben zu sein.

Es begann zu grollen. Ein dumpfes, Unheil verkündendes Donnern näherte sich rasend. Ängstlich huschten die Augen des Priesters hin und her. *Es ist der Zorn Gottes,* dachte Evaine. *Weil du seinen Namen in den Mund nimmst, während hier dieses Unrecht geschieht.* Das Donnern verstärkte sich. Ein rhythmischer Klang, der die lateinischen Gebete untermalte. Osric umklammerte ihren Arm, zog sie näher an sich heran, als wäre die Nervosität des Priesters auf ihn übergesprungen. Pferdehufe. Schlagartig erkannte sie das Geräusch. Es war ein sich nähernder Reiter. Sie versuchte, sich umzusehen.

Hinter ihnen drängten sich die verbliebenen vier Männer in einem ängstlichen Kreis um sie, den Priester und Osric.

Dann brach der Donner über sie herein.

Daedalus schoss aus dem Nebel und sprengte mit keilenden Hufen die Mauer, die sie um Osric und Evaine gebildet hatten. Es waren nur noch vier. Wie Schafe stieben sie auseinander und verschwanden im Schutze des Nebels. Schnaubend kam Daedalus vor Osric und Evaine zum Stehen. Der Priester duckte sich hinter ihnen, als wäre das schwarze Pferd eine Ausgeburt der Hölle. Robert richtete die Spitze seines Schwerts auf Osric.

»Gib sie mir zurück.«

Osric antwortete mit einem Zähnefletschen. Evaine stand neben ihm und schluchzte leichenblass seinen Namen. Er konnte jeden Augenblick der Verzweiflung heraushören und es schnitt ihm ins Herz. Nur einen Augenblick huschte Roberts Blick zu ihr herüber. Sie war leichenblass und ihre grünen Augen, ungläubig geweitet, schwammen in Tränen. Sie sah ihn an, als hätte sie geglaubt, ihn nie wiederzusehen.

Ruckartig zerrte Osric sie zu sich heran und im nächsten Moment glänzte der Stahl seines Dolches an ihrer Kehle.

Nein!

Robert umfasste das Heft des Schwerts fester.

Dann, ganz langsam, breitete sich ein verächtliches Lächeln auf Osrics Gesicht aus, weil er es zuerst begriffen hatte. Es stand seine Klinge gegen Roberts.

Osric wisperte in Evaines Ohr und stieß sie anschließend an. Widerwillen belebte ihre schreckerstarrten Züge.

»Er … er sagt, wenn du ihm auch nur ein Haar krümmst, bringt er mich um«, übersetzte sie kaum hörbar.

Roberts Muskeln zitterten, so fest umschloss seine Hand das Schwert.

»Und … und er fragt, ob du mich genug liebst, um abzusteigen.«

»Genug, um zu sterben«, flüsterte er zurück.

Lautlose Tränen strömten aus ihren Augen. Es war seine Schuld. Er war immer noch zu spät.

Er warf sein Schwert vor Osrics Füße. Dann lockerte er den Griff um Daedalus' Zügel und löste seine Füße aus den Steigbügeln. Er schwang sein Bein über den Sattel und saß ab.

Osric genoss den Moment sichtlich, ihm Auge in Auge gegenüberzustehen, wissend, dass er gewonnen hatte. Er drängte Robert zurück und schubste Evaine dann in Richtung des Pferdes. Statt auf sie richtete sich die Klinge nun auf Robert.

Ungeduldig half Osric ihr aufs Pferd und wurde noch gröber, als es ihr nicht auf Anhieb gelang. Daedalus war ein großes Pferd, ohne Hilfe war es schwierig. Und sie kannte den Nutzen des Steigbügels nicht. Unbeholfen schwang Osric sich hinter ihr in den Sattel. Ihm war der Steigbügel ebenfalls fremd. Die Erkenntnis schoss durch Roberts Verstand, während der lose Bügel an Daedalus' Sattel leicht hin und her schaukelte. Blitzschnell sprang er vor, packte Osrics Fuß und schlug seine Ferse mit aller Kraft gegen Daedalus' Flanke. Augenblicklich gehorchte Daedalus den langen Jahren eingefleischten Trainings und stieg wiehernd in die Höhe. Seine Vorderhufe schlugen aus und Evaine stieß einen spitzen Schrei aus. Ihre Finger griffen nach den Zügeln, aber sie packte ins Leere und verlor den Halt.

Robert sprang vor, duckte sich unter den Hufen und fühlte den Lufthauch, als sie nur um ein Haar an seinem Kopf vorbeisausten. Er riss Evaine vom Sattel, ehe sie zu Boden stürzen konnte. Osric würgte einen Überraschungslaut hervor und streckte den Arm nach ihr aus. Aber ohne die Füße in den Steigbügeln zu haben, brauchte er seine ganz Kraft, um sich festzuhalten.

Grenzenlose Erleichterung durchströmte Robert, als er Evaine wohlbehalten an sich zog und sie vor den keilenden Hufen in Sicherheit brachte. Es kostete ihn seine ganze Willenskraft, sie noch einmal von sich zu schieben.

»Robert …«

Seine Hand schloss sich eisern um ihre Finger.

»Ich lasse nicht mehr los«, flüsterte er. »Und jetzt lauf!«

Er rannte los und zerrte sie hinter sich her.

Der Nebel war ihre einzige Chance. Wenn sie rechtzeitig darin verschwinden konnten, ehe Osric das Pferd unter Kontrolle hatte …

Er rannte mitten hinein, ungeachtet der Richtung. Sträucher und Bäume flogen an ihnen vorbei, während die Schwaden um sie herum dichter wurden, sie einhüllten und sich hinter ihnen schlossen wie eine Mauer. Taumelnd wich er Ästen und Zweigen aus, die urplötzlich aus dem undurchdringlichen Vorhang vor ihnen auftauchten. Gedämpft erklangen das Donnern von Hufen und wütendes Gebrüll. Robert konnte nicht einmal sagen, ob es vor oder hinter ihnen war. Er hetzte weiter, Evaines keuchenden Atem in seinen Ohren. Er wusste nicht, wie lang sie umherirrten, ehe das Geräusch des Pferdes sich im wabernden Nebel verlor. Waren es Stunden oder nur Minuten? Doch allmählich verschmolz das Grau mit den Schatten der Nacht und der Wald verschluckte auch die letzten Reste Tageslicht.

Sie waren allein. Und in Sicherheit. Endlich blieb er stehen und wandte sich zu Evaine um. Im milchigen Nebel wirkte sie so unwirklich, dass er es kaum wagte, sie zu berühren. Und doch lag ihre Hand noch immer so herrlich lebendig in seiner, warm und verschwitzt vom Laufen.

Dann zog er sie in seine Arme.

»Evaine …« Er vergrub das Gesicht an ihrem Nacken und atmete ihren Duft ein. Er hatte gedacht, er würde das nie wieder tun. Er hörte, wie sie ebenfalls seinen Namen flüsterte. Er küsste sie, wieder und wieder.

»Wie bist du … ich dachte …« Wortfetzen drängten auf ihre Lippen. Er wollte nicht reden, doch er war ihr eine Antwort schuldig.

»Alric … Er hat mich gehen lassen … Alles ist gut«, wisperte er.

»Ich dachte, du kommst nicht … ich dachte …« Ihre leisen Worte mischten sich mit ihren verhaltenen Schluchzern. Sie betastete sein Gesicht, fuhr durch sein Haar, als könnte sie noch immer kaum begreifen, dass er bei ihr war.

Der Nebel umhüllte sie, schloss sie ein. Sie waren allein in einem Universum, das nur noch aus ihnen beiden bestand.

Er zerrte den Schleier von ihrem Kopf, nestelte die Nadeln aus ihrem feuchten Haar, weil er endlich seine Finger in ihren Locken vergraben musste. Er musste so viel. So viel, womit er viel zu lang gewartet hatte. Er seufzte auf, als der Zopf sich löste und sich die weiche Fülle über seine Hände ergoss.

Er wusste, sie verdiente mehr als das. Sie verdiente die Weichheit von Kissen, die Geborgenheit ihres Heims, ein Bett. Aber er brauchte sie.

»Evaine …« Er brachte kaum ein Wort heraus. »Ich … ich muss …«

»Ja! Ja!«

Ihre hitzige Antwort war ein Echo seines Drängens.

Getrieben von Verlangen glitten seine Hände über ihren Körper, fuhren unter ihre Kleider. Er musste sie fühlen. Jetzt. Er konnte keinen Tag, keine Nacht und keinen Augenblick länger warten. Sie musste endlich sein werden!

Ihre Hände erwiderten sein Drängen, zerrten den feuchten Stoff über seinen Kopf und ruhten erst, als sie über seine heiße Haut glitten. Er erschauerte unter ihrer Berührung.

Ihr Kleid fiel zu Boden und ihre Haut schimmerte in der Dunkelheit.

Gott, ja!

Als er ihre nackte Haut berührte, konnte er sich kaum mehr beherrschen und riss die letzten Kleider von seinem Körper. Er zog sie an sich, presste ihre weichen, heißen Brüste an seinen Brustkorb.

Sie schob ihn sachte zurück. Ihre Augen suchten seine.

»Verlass mich nie mehr. Nie!« Ihre Stimme bebte vor Erregung. »Schwöre es, Robert!«

»Nie! Nie mehr. Ich schwöre es. Bei meiner Seele!« Er hatte noch nie etwas so ernst gemeint. »Ich schwöre dir Treue, dich zu lieben und zu ehren, zu achten und dir beizustehen. Im Angesicht Gottes und bei meiner Ehre.«

Sie gab ein Geräusch von sich, das Schluchzen und Stöhnen zugleich war. Ihr erregter Atem mischte sich mit seinem. Ungeduldig zog sie ihn auf den feuchten Waldboden, auf den wilden Haufen ihrer Kleider. Sie zitterten vor Kälte und Verlangen.

»In Not und in Fülle, in Krieg und in Frieden«, murmelte er weiter.

Sie zog seinen Kopf zu sich herab und küsste ihn. Der Geschmack ihrer Lippen war noch süßer als in seiner Erinnerung und raubte ihm jede Beherrschung. Er schob ihre Beine auseinander und sah in ihre Augen. Sie glänzten wie Sterne in der Dunkelheit.

»Im Leben und Sterben«, flüsterte er und meinte jedes Wort, »bis der Tod mich nimmt oder die Welt endet. Das schwöre ich.«

Dann drang er in sie ein. Das Gefühl war so heiß und so schön. *Ein Fleisch,* schoss es ihm durch den Sinn. Bisher hatte er nie begriffen, was das hieß.

Sie war feucht und erregt und wand sich stöhnend unter ihm. Er begann, sich in ihr zu bewegen. Immer heftiger, immer tiefer. Weil es einfach nicht genug war. Er wollte mehr. Er wollte sich in ihr verlieren. Er wollte mit ihr verschmelzen, nicht mehr er selbst, nur eins mit ihr sein. Mit jedem drängenden Stoß fühlte er, wie sie der Erlösung näher kamen. Er wollte sie besitzen. Und sich ihr ganz überlassen. Seinen Samen in sie pflanzen, sein Blut mit ihrem mischen. Er wollte ihr ein Kind schenken. Eins, das seinen Namen trug und wusste, dass er sein Vater war.

Ihre Hände fuhren flatternd über seinen Rücken, krallten sich in seine Haut und ihr Körper bäumte sich unter ihm auf. Er fühlte, wie sie Erfüllung fand. Und dann verlor er sich ganz und gar in ihr.

Endlich. Endlich, war er nach Hause gekommen.

Er hatte Wurzeln geschlagen.

Seine Seele in ihrer.

KAPITEL 18

Diese Welt ist voller Hast und sie eilt näher an ihr Ende.

Wulfstan, Erzbischof von York

Verschlafen räkelte Evaine sich in den warmen Kissen und strich im Halbschlaf mit der Hand über den Platz an ihrer Seite. Er war leer. Sie verkrampfte sich unwillkürlich und wagte nicht, die Augen zu öffnen, aus Angst, dass alles nur ein Traum gewesen war. Sie presste sie noch fester zusammen und tastete mit der Hand unter der Decke nach dem kühlen Metall. Da war er. Am dritten Finger ihrer rechten Hand. Der schmale, goldene Ring, den Robert vor fast zwei Monaten in der Kapelle der *burh* über ihren Finger geschoben hatte. In Anwesenheit von Meredith und Gérard hatten sie ihren Eheschwur abgelegt und Robert hatte vor Gottes Angesicht die gleichen Worte wiederholt wie in der Nacht im Wald.

Evaine fühlte, wie sie sich wieder entspannte, und sank zurück in die Wärme des Bettes. Es roch wunderbar nach Robert. Sie hörte vertraute Geräusche, sanftes Klirren und Geplätscher von Wasser. Blinzelnd öffnete sie die Augen. Das Herrschaftszimmer von Allingham war bereits sonnendurchflutet. Sie musste den halben Morgen verschlafen haben.

»Wie? Schon wach?«

Roberts Stimme zauberte augenblicklich ein Lächeln auf ihr

Gesicht. Im nächsten Moment spürte sie seine Lippen auf ihren. Er verströmte einen intensiven Duft nach Seife und sie fühlte etwas Glitschiges auf ihrer Wange.

»Igitt.« Lachend schob sie ihn von sich und fuhr sich mit der Hand über die nasse Wange.

Robert grinste sie an. Die Hälfte seines Gesichts war voller Seifenschaum, die andere Hälfte bereits glatt rasiert.

»Begrüßt man so etwa seinen Ehemann?«, beschwerte er sich scherzhaft und platzierte einen Klecks Seife auf ihrer Nasenspitze.

Schmunzelnd wischte sie ihn weg, während er sich wieder zurück zur Waschschüssel begab.

»Hast du deinen Winterschlaf etwa schon beendet?«, fragte er und griff nach der Rasierklinge neben der Waschschüssel.

Sie unterdrückte ein Gähnen.

»Ist es schon spät? Bist du schon lang wach?«

Er lachte laut.

»Schon seit Sonnenaufgang! Es tut mir auch leid, dich zu wecken, aber ich musste mich endlich rasieren.«

Sie lehnte sich entspannt im Bett zurück. Er war furchtbar pedantisch, was das Rasieren betraf. Aber sie mochte es, ihn bei seiner täglichen Routine zu beobachten. Es war so herrlich normal.

Weihnachten und Neujahr waren inzwischen vorüber und wunderschön gewesen. Evaine hatte jeden Augenblick genossen.

Als *Cyning* William am Nikolaustag wegen zahlreicher Unruhen aus der Normandie nach England zurückgekehrt war, hatte Evaine bereits befürchtet, Robert müsste Weihnachten beim königlichen Rat in London verbringen. *Cyning* Edwards *witan* hatte jedes Jahr an Weihnachten in Winchester oder London getagt und ihr Vater hatte fast immer daran teilnehmen müssen. Doch die Wochen bis Weihnachten waren verstrichen, ohne dass Robert ein Bote des *Cyning* erreicht hatte. Zwar sagte Robert nicht viel, aber sie spürte, dass es ihn beunruhigte. Er hatte fest mit einer Einladung gerechnet. Evaine hingegen war immer noch der Meinung, dass Geoffrey ihn beim *Cyning* verunglimpft hatte, auch wenn Robert das strikt ausschloss. Letztlich war es ihr auch egal. Sie war überglücklich und erleichtert, dass er blieb. Und als sie am Heiligen Abend zusammen ins Bett gingen, zeigte er ihr gleich mehrfach, dass er es insgeheim auch war.

Sie warf die Decke zurück. Augenblicklich umfing sie die winterliche Kälte. Um ein Haar wäre sie zurück ins Bett gekrochen. Aber Roberts ausgeruhte Fröhlichkeit verursachte ihr ein schlechtes Gewissen. Sie zog scharf die Luft ein, als ihre Füße über den kalten Boden huschten. Eilig schlüpfte sie in ihr Kleid. Der Stoff war eiskalt auf ihrer Haut.

»Was machst du denn da?«

Roberts Hände schlangen sich von hinten warm um ihre Taille.

»Ich ziehe mich an«, sagte sie. Ein Schauer rann über ihren Rücken, als seine Lippen sanft an ihrem Ohr knabberten. »Du hast dich doch gerade beschwert, dass ich zu lang im Bett liege.«

»Ganz und gar nicht«, murmelte er in ihr Ohr »von mir aus kannst du den ganzen Tag im Bett liegen.« Seine Hände strichen lasziv über ihre Hüften. »Ich habe mich höchstens beschwert, dass du mir zu viel schläfst.«

Sie kicherte leise, während seine Lippen sich von ihrem Ohr ihren Hals entlangarbeiteten. Er drehte sie zu sich herum und küsste sie lang und tief. Da klopfte es laut an der Tür.

Robert reagierte nicht und begann stattdessen, den Rock des soeben angezogenen Kleides hinaufzuschieben.

Es klopfte erneut. Laut und drängend.

»Jetzt nicht!«, rief Robert bestimmt und Evaine unterdrückte ein Kichern.

»Robert!« Es war Gérard. »Ich würde dich nicht beim Kindermachen stören, wenn's nicht verdammt dringend wäre!«

Er klang ernst.

Robert stieß ein genervtes Stöhnen aus. Indessen schob Evaine ihren Rock wieder herunter.

»Ich komme ja!«, knurrte er. »Und du bleibst, wo du bist, bis ich zurück bin«, sagte er in gespieltem Ernst und schob den Rock wieder hoch.

Mit einem Seufzen küsste er sie fest auf die Lippen, ehe er zur Tür ging.

»Und wehe, das ist nicht wichtig«, murmelte er vor sich hin.

Evaine musste schon wieder lachen. Die letzten zwei Monate waren die schönsten ihres Lebens gewesen. Seit sie endlich Roberts Frau war, schien das Leben perfekt. So perfekt, dass es ihr manchmal ein wenig Angst machte. Ein so großes Glück konnte unmöglich von Dauer sein. Sie verjagte den bedrückenden Gedanken und stand endlich auf.

Als sie gewaschen und angezogen auf den Korridor trat, lächelte sie immer noch vor sich hin. Jetzt hatte sie wieder nicht mit ihm gesprochen. So ging es jedes Mal, wenn sie es ihm sagen wollte. Aber sie war auch nicht gerade hartnäckig. Irgendwie traute sie sich noch nicht. Es kam ihr vor wie ein süßer Traum, der sich augenblicklich verflüchtigen würde, wenn sie versuchte, jemandem davon zu erzählen. Und solang sie es keinem gesagt hatte, gehörte es ganz und gar ihr. Ihr süßes, kostbares Geheimnis.

Merediths aufmerksame Blicke sagten ihr, dass sie es bereits ahnte. Und auch jeder andere auf Allingham rechnete im neuen Jahr fest mit einer frohen Neuigkeit. Wenn sie morgens länger schlief, stupsten Hilda und Winnie sich vielsagend an und brachen in anzügliches Kichern aus. Und wann immer sie keinen Appetit hatte, räumte Ælfgifu ihre Platte mit wissendem Glitzern in den Augen ab.

Das selige Lächeln auf Evaines Gesicht vertiefte sich bei dem Gedanken, wie Robert bisweilen zärtlich über ihren Bauch strich, wenn er glaubte, sie schliefe. Er wünschte sich genauso sehr ein Kind wie sie selbst. Manchmal beobachtete sie ihn verstohlen mit Arnaud. Was mochte er empfinden, wenn sein Sohn ihn Mal für Mal mit *Sieur* anredete?

Darum wollte sie ihn auch nicht enttäuschen, falls ihr Traum doch noch zerplatzte. Aber allmählich traute sie der Hoffnung, die in ihr wuchs. Bei dem Gedanken breitete sich ein glückliches Prickeln in ihrem Bauch aus und sie summte leise, als sie in Richtung Halle ging.

Doch bei ihrem Eintreten konnte sie die Anspannung beinahe körperlich fühlen. Gérard hatte die Arme vor der Brust verschränkt und die dichten Brauen so gefurcht, dass sie über seinen Augen fast zusammentrafen. Robert sah so ernst aus, dass es ihr Angst machte.

Das selige Prickeln in ihrem Bauch löste sich in Luft auf. Stattdessen legte sich Sorge wie ein bleischwerer Klumpen hinein. Kein so großes Glück konnte von Dauer sein. Und jetzt war es vorbei.

Die Nachricht, die der Bote Robert am Morgen gebracht hatte, erschütterte ganz Allingham. Nach zwei Monaten, in denen Osric beinahe vom Erdboden verschwunden gewesen war und sie nicht das Geringste von ihm gehört hatten, war er zurückgekehrt. Er hatte einen von Roberts normannischen Vasallen angegriffen, Milon de Fournet, den Ritter, der im letzten Frühjahr Irmins Witwe geheiratet und von Robert den Besitz ihres verstorbenen Mannes erhalten hatte. Am Neujahrsmorgen bei Sonnenaufgang hatten sie den verschlafenen Hof überfallen. Milon und die anderen Normannen töteten sie noch in ihren Betten. Die Köpfe der Witwe und selbst ihrer Kinder spießten sie auf die Palisadenmauer um den Hof. Eine Warnung für jeden, sich nicht mit Normannen einzulassen.

Als Evaine hörte, was sie mit dem ungeborenen Kind gemacht hatten, das die Witwe von ihrem normannischen Ehemann erwartete, wurde ihr so schlecht, dass sie sich übergeben musste. Seither fühlte sie sich krank vor Angst. Sie konnte das Gefühl nicht abschütteln, dass dieser brennende Hass ihr galt. Das auf den Palisaden sollte ihr Kopf sein. Und der ihres unschuldigen Kindes. Ihres und Roberts.

Sie stand in der Halle und rieb sich fröstelnd die Arme. Trotz der unmittelbaren Hitze des Feuers war ihr eiskalt. Sie wünschte, sie müsste heute nicht hier sein. Robert bedachte sie hin und wieder mit besorgten Blicken. Sie wusste, dass er ihr das gerne erspart hätte, aber er brauchte sie als Übersetzer.

Die Nachricht über Osrics Gräueltaten hatte sich im ganzen *shire* wie ein Lauffeuer verbreitet und entsetzte nicht nur Normannen.

»Osric ist zu weit gegangen. Was er Irmins Witwe angetan hat, war ein Verbrechen.« Byrhthelms sonst so ruhige Stimme bebte vor Erregung. »Er hat das Blut seiner eigenen Leute vergossen und sich an unschuldigen Weibern und Kindern vergriffen!«

Evaine übersetzte für Robert, ohne Byrhthelm anzusehen. Das hatte er schon einmal gesagt. Aber als es galt zu handeln, hatte er sie ihrem Schicksal überlassen. Er hatte sie im Stich gelassen, obgleich er immer bestärkt hatte, wie sehr er ihren Vater respektiert hatte. Das würde sie ihm nicht verzeihen. Robert hingegen berührte Byrhthelms Verrat kaum, als sie ihm davon berichtete. Wahrscheinlich, weil er nie irgendetwas von ihren Leuten erwartet hatte.

»Ihr seid der Herr dieses *shire*! Es ist Eure Pflicht, jeden Mann und jede Frau zu schützen!«

Die Arme vor der Brust verschränkt und flankiert von Gérard, stand Robert äußerlich ruhig vor der kleinen Gruppe *Thegns*, die mit Byrhthelm gekommen war. Aber Evaine konnte in seinen Augen sehen, wie es in ihm brodelte. Bei Byrhthelms letzten Worten war es mit seiner Ruhe schlagartig vorbei.

»Ich habe im vergangenen Jahr unzählige Male versucht, Osric festzunehmen! Und Ihr wisst so gut wie ich, dass es mir gelungen wäre, wenn er nicht fortwährend Hilfe bekommen hätte! Hilfe von Männern, die mir angeblich die Treue geschworen haben! Hilfe von Männern, die mich jetzt um meinen Schutz anflehen!«

»Keiner von uns hat ihn unterstützt«, hielt Byrhthelm dagegen, wagte aber nicht, Robert dabei in die Augen zu sehen. Vielleicht hatten sie nichts getan. Aber sie alle hatten geduldet, was Osric in ihrer Mitte tat. Und sie hatten eisern geschwiegen über alles, was sie mitbekommen hatten. Bis jetzt. Heute waren sie nur hier, weil sie selbst Angst hatten. Angst, dass ihr Hof der nächste wäre und ihre Köpfe bald ebenfalls statt auf ihren Hälsen auf Palisadenpflöcken prangten.

»Ihr erwartet von mir die Einhaltung meines Eides? Nicht einer von Euch hat sich an den seinen gehalten! Ihr habt geschworen, zu hassen, wen ich hasse! Ihr habt geschworen, treu und wahrhaftig zu sein! Und doch hat keiner von Euch die Wahrheit über Osrics Vorhaben gesagt! Stattdessen habt Ihr geschwiegen! Und jetzt klebt das Blut dieser Frau und ihrer Kinder an Euren Händen!«

Evaine übersetzte Roberts Worte für die *Thegns* und unterband den Drang, die Hände an ihrem Rock abzuwischen. Das Blut der Opfer klebte auch an ihren Händen. Und kein Wasser der Welt konnte es abspülen und kein Gebet vermochte die erdrückende Last von ihrer Seele nehmen. Sie fühlte sich schuldig, weil sie diesen Hass geschürt hatte, dem jetzt Unschuldige zum Opfer gefallen waren. Ihre Zurückweisung hatte Osrics Zorn neue Nahrung gegeben und ein weiteres Ziel für seinen Kampf. Sie hätte sich niemals mit ihm einlassen dürfen.

»Also, werdet Ihr mir jetzt sagen, was Ihr wisst?«, fragte Robert herausfordernd und fixierte die versammelten *Thegns* einen nach dem anderen.

»Dafür sind wir gekommen«, entgegnete Byrhthelm kalt.

Evaines Herz begann ängstlich zu klopfen, während sie Byrhthelms Bericht Wort für Wort wiedergab.

»Wenn ihr dachtet, Osric wäre in den letzten zwei Monaten untätig gewesen, so irrt ihr. Er hat jeden Mann um sich geschart, der ihm die Treue hält. Und ich weiß, dass er im ganzen *shire* nach weiterer Unterstützung gesucht hat. Er wird Allingham angreifen. An Epiphanie.«

Evaine fröstelte erneut. Bis Epiphanie waren es nur noch drei Tage.

»Wie viele?«, fragte Robert tonlos.

Byrhthelm schüttelte den Kopf, »Ich kann es nicht sagen.«

»Und dieser Angriff auf Irmins Witwe. Wozu die Warnung?«

»Es ist eine Drohung für die Unentschlossenen unter uns. Entweder man ist für ihn oder gegen ihn.« Byrhthelms Blick streifte Evaine. »Und wie man sich jetzt entscheidet, wird er nicht vergessen.«

Schlagartig kehrte die Übelkeit zurück. Sie musste kreidebleich geworden sein, denn Robert musterte sie besorgt. Eilig winkte sie ab. Er hatte jetzt dringendere Sorgen.

Gérard hatte ihrer Unterredung mit grimmiger Miene zugehört.

»Wir können diese *burh* nicht vernünftig verteidigen«, sagte er auf Französisch zu Robert. »Schon gar nicht, wenn Osric hier jeden Fingerbreit kennt wie seine Arschritze.«

Grimmig stimmte Robert ihm zu.

»Diese Ratte weiß genau, was sie tut. Er kennt die Stärke der Tore und der Palisaden und jeden noch so kleinen Schleichweg hinaus und hinein. Und Alric war oft genug hier, um ihm zu sagen, über wie viele Ritter wir verfügen.«

Beklommen verfolgte Evaine ihren Wortwechsel.

»Wir sollten hier auf der Stelle verschwinden«, drängte Gérard. »Bonne-*foi* ist wesentlich sicherer.«

Roberts Miene verdüsterte sich zusehends.

»Ja. Aber dafür ist es zu spät«, murmelte er. »Der Ritt nach *Bonnefoi* dauert mehrere Stunden. Er hat hier doch längst alles im Auge. Auf eine solche Gelegenheit wartet er nur.«

Nachdenklich massierte seine Hand die Narbe an seinem Hals.

»Wo?«, richtete er sich nun wieder an die *Thegns*. »Frag sie, wo er steckt.«

Sie schüttelte den Kopf, weil sie schon wusste, wie Byrhthelms Antwort ausfallen würde. Osric hatte ihm nie vertraut. Wenn Osric es zuließ, konnte er ihm eine Nachricht übermitteln. Aber er hatte ihm nie verraten, wo er sich versteckt hielt. Byrhthelm war nie bei ihm gewesen.

Aber sie.

Sie war dort gewesen.

Sie hatte es Robert nie gesagt, weil sie nicht darüber gesprochen hatten. Über seine Fehler. Oder über ihre. Mit Gewalt hatte sie sich eingeredet, dass es keine Rolle mehr spielte. Sie hatte sich geirrt. Das Wissen ätzte plötzlich wie Säure, fraß sich in rasender Geschwindigkeit durch ihre Eingeweide.

»Byrhthelm … er weiß es nicht«, sagte sie langsam. »Aber … aber ich weiß es. Alric hat mich damals hingebracht.«

Robert starrte sie an. Einen Moment flackerte Ungläubigkeit in seinen Augen auf. Dann erlosch jeder Ausdruck auf seinem Gesicht. Ein unerträgliches Schweigen breitete sich aus.

»Raus! Alle!«

Mit angehaltenem Atem wartete Evaine, bis Gérard und die *Thegns* die Halle verlassen hatten. Als der Letzte von ihnen die Tür hinter sich geschlossen hatte, brach Roberts Zorn wie eine Flutwelle über sie herein.

»DU WEISST ES?« Er brüllte so laut, dass es ihr in den Ohren klingelte. »Du weißt es und hast es mir nicht gesagt?«

»Ich … ich …« Sie konnte kaum ein Wort hervorbringen. »Ich wusste nicht, dass du ihn immer noch suchst. Wir … wir haben nie darüber gesprochen.«

»Natürlich nicht! Worüber wolltest du denn sprechen? Dass du ihn fast geheiratet hättest? Dass er mich beinahe umgebracht hätte? Dass er dich umbringen wollte?«

Das Echo seines Gebrülls dröhnte durch die Halle. »Ich habe in den vergangenen Wochen nichts anderes getan! Ich habe ihn jeden gottverdammten Tag gesucht!«

Er fuhr sich wutschnaubend durch die Haare und ballte die Hände zu Fäusten. Sie schüttelte ungläubig den Kopf.

»Das hast du mir nie gesagt.«

»Weil ich Narr dich nicht ängstigen wollte! Und jetzt sag mir, warum du es mir verschwiegen hast!«

»Ich musste es ihm schwören«, presste sie hervor. »Bei meinem Blut. Du solltest doch am besten wissen, was das heißt!«

»Ja, verdammt, das weiß ich! Und ich weiß, dass du mir auch einen Schwur gegeben hast. Einen EHESCHWUR!«

Sie hatte ihn nie verraten wollen. Sie hatte einfach gedacht, es wäre nicht länger wichtig. Sie wusste kaum, ob sie den Weg noch einmal finden würde. Es war so lang her …

»Ich dachte, er ist sowieso nicht mehr dort. Ich … ich dachte, er ist auf und davon. Wieso sollte er noch dort sein? Er wäre nie so leichtsinnig … Er …«

Robert gab ein höhnisches Schnauben von sich.

»Oh doch, er ist noch dort! Und er hat jeden einzelnen Tag, jede Nacht genossen! In der Gewissheit, dass meine *eigene Frau* es mir nicht verraten hat!«

Seine Augen waren so hart, dass es sie erschreckend an Geoffrey erinnerte.

»Es tut mir leid«, flüsterte sie mit erstickter Stimme.

»Ja, mir tut es auch leid«, sagte er beißend, »weil uns das hier teuer zu stehen kommen wird! Kannst du mir verraten, wie …«

Mit einem lauten Knall wurde die Tür zur großen Halle aufgestoßen. Sie fuhren augenblicklich herum.

Beim Anblick des Mannes im Eingang erstarrte jede Faser in Evaines Körpers. Sie erkannte sein Gesicht. Sie hätte es überall erkannt. Unter tausend anderen. Und doch sah er anders aus als in ihrer Erinnerung. In ihren Albträumen war sein Gesicht blutverkrustet, eine teuflische Fratze mit einem auslaufenden Auge, aus dem der Kiel einer Gänsefeder ragte.

Zitternd wich sie vor ihm zurück.

Sein Auge sah ganz normal aus, als wäre nie etwas gewesen. Dann richtete es sich auf sie. Ein eisiger Schauer kroch ihren Rücken hinab. Er hatte sie genauso wenig vergessen wie sie ihn.

»Oh. Komme ich etwa ungelegen, FitzGeoffrey?« De Veres Blick glitt genüsslich zwischen Roberts angespannter Miene und Evaines verheultem Gesicht hin und her. »Ein Streit unter Liebenden?«

Der Klang seiner Stimme ließ ihr das Blut in den Adern gefrieren. Mit langsamen Schritten kam er näher. Evaine wich unwillkürlich weiter zurück und Robert rückte schützend an sie heran. Seine

Hand glitt zu seinem Gürtel, aber innerhalb seiner eigenen Wälle war er unbewaffnet.

»Wie kommst du hier rein, du dreckige Ratte?«

Robert hatte seine Sprache wiedergefunden, aber seine Worte gingen fast im nun über sie einbrechenden Lärm unter. Hinter de Vere strömte eine Flut von Rittern in die Halle. Schwerter, Helme und Kettenhemden spiegelten das Licht des Feuers wider wie zuckende Blitze.

»Man hat uns eingelassen, FitzGeoffrey.«

Eine durchdringende Stimme tönte über den Lärm hinweg. Sie kam Evaine seltsam bekannt vor, weckte ebenfalls Erinnerungen.

Die Reihen der Normannen teilten sich, um dem Sprecher Platz zu machen. Eine Gestalt von wenig beeindruckender Statur, aber stahlharter Autorität löste sich aus der Menge. In Roberts Gesicht stand Erstaunen.

»FitzOsbern?«

Schlagartig kehrte die Erinnerung an das Zelt von Berkhamsted zurück. An das normannische Gelage und den einzigen Mann im Zelt bei klarem Verstand.

»*Sieur le Comte …*«, Robert rang mühsam um Fassung. »Was …? Ich wurde nicht über Euer Kommen informiert.«

Er richtete sich kerzengerade auf. Evaine konnte seine Gedanken beinahe hören. De Veres Anwesenheit im Gefolge eines so mächtigen Mannes war mehr als beängstigend.

»Eure Männer haben mich eingelassen«, sagte FitzOsbern. »Sie scheinen sich noch zu erinnern, auf wessen Seite sie gekämpft haben.«

Robert blinzelte sichtlich irritiert über die seltsame Bemerkung.

»Ist dies Euer Wohnsitz?«, fragte FitzOsbern.

Es klang harmlos. Dabei schweifte sein Blick aufmerksam durch die Halle, beinahe prüfend, als verriete das alte Gebälk ihm etwas, das Robert vor ihm zu verschweigen suchte.

»Bisweilen«, entgegnete Robert. »Meine Burg liegt ein paar Stunden von hier.«

FitzOsbern machte den Eindruck, als hätte er ihm kaum zugehört. Stattdessen verharrte seine Aufmerksamkeit für einen Moment auf Evaine. Das Erkennen glitt sichtbar über seine Züge. Im Unterschied zu Boulogne war er nüchtern genug gewesen, um sich an sie zu erinnern.

»Eure Geliebte«, sagte er fast beiläufig. »Ich erinnere mich an sie.«

»Meine Frau«, korrigierte Robert knapp.

Um FitzOsberns Mund zuckte es und Evaine sah aus den Augenwinkeln, wie sich ein hämisches Lächeln auf de Veres Gesicht ausbreitete.

»Interessant«, sagte FitzOsbern mit seltsamem Unterton. »Spricht sie noch so gut Französisch wie in meiner Erinnerung?«

Evaines Herzschlag beschleunigte sich nervös. Er erinnerte sich an jedes Detail des Abends. Und auch daran, dass er sie für eine Spionin gehalten hatte. Sie schluckte und zwang sich zu einer ungelenken Verbeugung.

»*Sieur le Comte*« – sie konnte das verräterische Zittern in ihrer Stimme nicht unterdrücken – »Euer Besuch ehrt uns.«

»Das wird sich zeigen, *Madame.*«

Er betonte die höfliche Anrede so, dass es fast wie eine Beleidigung klang. Ängstlich glitt ihr Blick zu Robert. Sein Gesicht zeigte inzwischen offenen Argwohn.

»Bitte verzeiht meine Unhöflichkeit ...« – trotz der gewählten Ausdrucksweise war Roberts Ton scharf – »... aber verratet mir doch den Grund Eures Kommens. Und den Grund, warum Ihr mit einer Horde bewaffneter Ritter in meine Halle einfallt.«

»Wie Ihr wünscht.«

FitzOsberns Miene zeigte keine Regung. De Veres hämisches Lächeln hingegen steigerte sich zu einem dämonischen Grinsen.

»Robert FitzGeoffrey, *Seignieur d'Allingham.* Ihr seid angeklagt der Verschwörung, des Aufruhrs und des Verrats an seiner Majestät

William von England, Eurem König und Lehnsherren.« Er nickte den umstehenden Rittern zu. »Ergreift ihn!«

Schachmatt! Das war alles, was Robert denken konnte. Osric hatte ihn Schach gesetzt und gerade eben hatte de Vere ihn matt gespielt. Er hatte es Arnaud und Evaine wieder und wieder erklärt. *Du musst deinen Gegner im Auge behalten. Egal, was du tust. Achte auf jeden seiner Züge. Du musst seinen nächsten Spielzug vorausahnen, noch bevor er ihn macht.* Er hatte nichts von all dem vorausgeahnt.

Benommen beobachtete er, wie FitzOsberns Männer auf ihn zustürmten und Evaine grob beiseitestießen. Er sah die kühle Verachtung in FitzOsberns Augen und das selbstgefällige Glitzern in de Veres. *Schachmatt!*

Den vergangenen Sommer war er nur mit sich selbst beschäftigt gewesen. Halbherzig hatte er sich von Osric in kleine Gefechte verwickeln lassen, hatte unwichtige Bauernopfer erkämpft. Und während er die wahre Bedrohung kaum begriff, hatte de Vere heimlich, still und leise seinen Springer in Position gebracht. Ihn auf eine Art und Weise attackiert, mit der er nie gerechnet hätte.

Schachmatt! Er hatte gespielt und verloren.

Mit Gewalt rissen sie ihm die Arme hinter den Rücken und fesselten seine Hände. Der scharfe Schmerz ließ ihn wieder zu Bewusstsein kommen.

»Das ist nicht wahr!«, schrie er. »Ich habe nichts davon getan! Ihr müsst mir glauben. Ich bin kein Verräter! Ihr kennt mich!«

FitzOsbern betrachtete ihn nachdenklich.

»Dann habt Ihr also nicht Boulognes Aufstand in Kent unterstützt? Und Ihr habt Euch nicht mit ihm verbündet?«

»Nein!« Robert schüttelte heftig den Kopf. »Niemals! Nichts davon ist wahr!«

»Dann ist es auch nicht wahr, dass er an Ostern bei Euch gewesen ist?«

Robert zögert. Woher wusste er davon?

»Ich schwöre bei Gott, dass ich keinen Verrat begangen habe!«, sagte er schließlich. Aber plötzlich klang jedes seiner Worte lahm. Er hörte es selbst. FitzOsberns Miene blieb kühl.

»Dann steht Euer Wort gegen das eines anderen. Ich bin nur auf Befehl des Königs hier. Er selbst wird über Euch richten.«

»Wessen Wort?«, stieß Robert heftig hervor.

»Mein Wort!« Die fiese Stimme ging Robert unter die Haut, breitete sich in seinen Adern aus wie schleichendes Gift.

»Ihr? Wie wollt Ihr das bezeugen? Ihr wart nie hier!« Robert verlor fast die Beherrschung und die Wachen an seinen Armen umklammerten ihn noch fester.

»Meine Frau hat bei ihrem Besuch einige interessante Neuigkeiten aufgeschnappt.«

Robert schüttelte den Kopf. Er war wahnsinnig. Melisande hatte gar nichts aufgeschnappt. Sie hatte nichts erfahren! Was auch?

»Das ist eine Lüge! Alles Lüge! Es ging ihr nur um den Jungen!«

»Aber sie war doch hier? Nicht wahr?«, säuselte de Vere siegessicher.

FitzOsbern hatte ihrem Streit wortlos zugehört.

»Dann steht immer noch sein Wort gegen Eures, FitzGeoffrey. So wird der König entscheiden«, schloss er.

Robert bebte am ganzen Körper vor Zorn. Aber er konnte sich nicht wehren. Wenn er ernstlich Widerstand leistete, würde das seine Position schwächen und ihn nur noch unglaubwürdiger machen.

»In drei Tagen!«, stieß er hervor. »In drei Tagen werde ich mich selbst in London beim König einfinden. Aber ich brauche noch drei Tage!«

De Vere verfiel in hyänenhaftes Gelächter.

»Ach? Ganz von selbst?«, äffte er. Auch auf den Mienen der anderen zeigte sich spöttische Belustigung.

Robert ignorierte sie und konzentrierte sich auf FitzOsbern. Er lächelte nicht.

»Es ist mein Ernst. Ich schwöre bei meiner Seele, dass ich kommen werde, aber ich kann jetzt nicht gehen! Ich brauche drei Tage!«

»Macht Euch nicht lächerlich, FitzGeoffrey! Es wird sich sicher jemand finden, der Eure Angelegenheiten in Eurer Abwesenheit übernimmt.«

Er nickte de Vere kurz zu, was ausreichte, um jeden weiteren Protest verstummen zu lassen. Allmählich breitete sich Panik in ihm aus. Er konnte jetzt nicht gehen! In drei Tagen …

»Aber wo wir gerade dabei sind …« De Veres Stimme unterbrach seine Gedanken. »Ihr habt es selbst gesagt: Meine Frau war wegen des Jungen hier.« Er machte eine Pause und musterte Robert genüsslich. »Ich will ihn haben.«

»Nur über meine Leiche!« Seine Muskeln zuckten unter dem Drang, sich auf ihn zu stürzen, aber die Wächter hielten ihn fest.

»Das lässt sich schon bald einrichten. Aber wir können das Ganze abkürzen, indem Ihr ihn mir sofort gebt.«

»Nein!« Robert wandte sich erneut an FitzOsbern. »Der Junge wurde von seiner Mutter in meine Obhut gegeben! Ich verhandle darüber nur mit ihr!«

»Das mochte früher stimmen.« Jedes Wort von de Vere war schneidend wie eine Messerklinge. »Aber meine Frau ist tot.«

Alles Blut wich aus Roberts Gesicht. Wortlos starrte er ihn an. Dann verlor er jeden Funken Beherrschung.

»MÖRDER! Gottloses Schwein! Ihr habt sie umgebracht!«

Er riss so heftig an seinen Fesseln, dass das Leder sich schneidend in seine Haut bohrte. De Veres Lippen pressten sich zu einem Strich zusammen und seine Augen verengten sich gefährlich.

»RUHE!« Es war FitzOsbern.

Doch nicht einmal er schaffte es, den Zorn und die Verzweiflung in Robert zu besänftigen.

»Nein! Nur darum will er den Jungen! Er will ihn …« Ein heftiger Schlag in die Nieren ließ ihn keuchend nach Luft schnappen.

»Schweigt endlich!« FitzOsbern fuhr ihm erneut über den Mund. »Ihr solltet vorsichtiger mit solchen Anschuldigungen sein. Soweit ich weiß, ist seine Frau einer Lungenentzündung erlegen!«

Fassungslos blickte Robert von FitzOsbern zu de Vere. Melisande war an einer Lungenentzündung gestorben? Er hatte plötzlich das Gefühl, Gott selbst hätte seine Vernichtung beschlossen.

»Also gebt mir nun den Jungen.«

Voller Mordlust funkelte Robert de Vere an. Doch ehe er etwas sagen konnte, zog Evaine die Aufmerksamkeit auf sich.

»Nein. Ihr könnt ihn nicht mitnehmen. Er ist nicht hier.«

»Wo ist er?« De Veres Blick schoss zu ihr herüber. Robert konnte sehen, wie ihre Wangen noch eine Spur blasser wurden.

»Er ist auf *Bonne-foi*«, sagte sie dennoch, ohne zu zögern.

Robert begann im Stillen zu beten, dass Arnaud nicht von der Aufregung und den Rittern angelockt in die Halle gerannt kam. An der Tür erhaschte er einen Blick auf Gérard, der dabei war, die Halle zu verlassen. Robert spürte einen Hauch von Erleichterung. Vielleicht brachte er Arnaud gerade in Sicherheit. Doch seine Erleichterung hielt nicht lang an.

»Dann werden wir ihn dort holen!«, stieß de Vere wütend hervor.

Aber FitzOsbern winkte ab. Seine Geduld war nun endgültig aufgebraucht.

»Genug jetzt davon, de Vere. Ihr könnt den Jungen später zu Euch nehmen. Aber Ihr werdet unverzüglich mit FitzGeoffrey nach London zurückkehren.«

»Ihr werdet uns nicht begleiten?«

Robert konnte sein Entsetzen bei der Aussicht, allein unter de Veres Bewachung nach London gebracht zu werden, kaum verbergen.

»Nein. Zu meinem Verdruss seid Ihr nicht das einzige Ärgernis in diesem Land.«

Für FitzOsbern war die Angelegenheit damit erledigt. Brüsk wandte er sich um und verließ die Halle. Auf seinen wortlosen Befehl hin setzten sich seine Ritter in Bewegung. Robert wurde von der Wache vorwärtsgezerrt.

Evaine stürzte auf ihn zu. Er konnte Angst und unzählige Fragen in ihren Augen lesen. Aber er hatte nur noch für die wichtigsten Zeit.

»Ich habe das nicht getan!«, sagte er eindringlich, während die Wachen ihn wegschleiften. »Ich habe keinen Verrat begangen. Nie!«

Erleichtert las er in ihren Augen, dass sie ihm glaubte.

Er sah sich um. Wahrscheinlich konnte jeder seine Worte hören, aber er würde keine weitere Gelegenheit bekommen.

»Schick Gérard zu Egbert«, flüsterte er. »Noch heute! Er muss uns gegen Osric unterstützen! Und dann schick einen Boten zu Redwald. Du musst in der Abtei Zuflucht suchen! Brecht auf. Heute Nacht!«

Der eiskalte Wind fuhr Robert schneidend ins Gesicht, als sie die Tür nach draußen erreichten. Augenblicklich drang die Kälte durch jede Schicht seiner Kleider, doch die heiße Angst in seinen Adern verdrängte die Kälte. Sie zerrten ihn die Stufen hinunter auf den Hof. Er wandte sich nach Evaine um. Sie schüttelte den Kopf und machte den Mund auf, um etwas zu erwidern. Er konnte den Widerspruch in ihren Augen lesen. Sie würde Allingham niemals aufgeben wollen. Aber sie musste!

»Du kannst Allingham nicht allein halten! Genauso wenig wie *Bonne-foi!* Geht! Noch heute Nacht!«

Sie hielten an und er fand sich vor einem gesattelten Pferd wieder. Sie lösten seine Fesseln. Aber nur, um seine Arme jetzt vorne zu binden, damit er beim Reiten das Gleichgewicht besser halten konnte.

»Robert …«

Er hörte die Angst heraus und wandte sich ein letztes Mal zu ihr um.

»Ich komme zurück! Ich schwöre es! Ich komme zurück!«

Sie krallte sich an seinen Armen fest, als wollte sie ihn festhalten, während er bereits grob an den Schultern gepackt wurde.

»Schwör's beim Leben deines ungeborenen Kindes!«, stieß sie verzweifelt hervor.

Er brauchte einen Moment, um zu begreifen, was sie ihm

gerade gesagt hatte. Dann wurde seine Kehle eng und er spürte Tränen in seinen Augen. Ungeachtet der drängenden Männer beugte er sich zu ihr herab und gab ihr einen harten, letzten Kuss. Er schmeckte salzig nach Tränen.

»Ich schwör's beim Leben unseres Kindes«, presste er hervor.

Dann schlang er die gefesselten Hände um den Knauf des Sattels und wurde von hinten grob in den Sattel gestoßen. Augenblicklich setzten sie sich in Bewegung.

Der Hof war voller Menschen. Verschwommen wie in einem Traum nahm er die bekannten Gesichter wahr und spürte ihre Blicke. Seine Ritter musterten ihn mit einer Mischung aus Ungläubigkeit und Argwohn. Die beiden schwatzhaften Mägde waren vor Schreck verstummt. Robert konnte sich vorstellen, wie sie in wenigen Augenblicken in aufgeregtes Geschnatter ausbrechen würden. Er ritt an Meredith vorbei. Sie hielt das Baby umklammert. Wortlos bat er sie, sich um Evaine zu kümmern, und meinte in ihren Augen eine ebenso lautlose Antwort zu sehen. Sie näherten sich den Ställen und dem Tor. Von Arnaud war Gott sei Dank nichts zu sehen.

Am Tor wartete Gérard auf einem gesattelten Pferd.

»Ich komme mit.«

Gérards unerschütterliche Treue berührte Robert. Noch nie war ihm Gérards Gegenwart so tröstlich gewesen. Aber er wusste, dass er sich diesen Trost nicht erlauben durfte.

»Gérard, lass es. Bleib hier!«

Starrköpfig schüttelte er den Kopf.

»Mit ihm da wirst du nicht lebend in London ankommen«, sagte er und nickte in Richtung de Vere. Er lenkte sein Pferd neben Roberts.

»Er muss mich lebend beim König abliefern«, sagte Robert leise und sehr viel sicherer, als er sich dabei fühlte. »Aber alles, was mir auf dieser Welt etwas bedeutet, ist hier! Du weißt doch, was in drei Tagen passiert!«

Gérards Miene spiegelte seine innere Zerrissenheit wider.

»Ich bitte dich als Freund!«

Sichtlich schweren Herzens zügelte Gérard sein Pferd und blieb hinter Allinghams Palisaden zurück, indessen Robert unaufhaltsam durch den *bellgeat* hinauseskortiert wurde.

Sie machten keine Rast und ritten in scharfem Tempo durch die stille Januarlandschaft. Robert wusste nicht, was de Vere mehr zur Eile trieb, ihn in London einkerkern zu lassen oder die Aussicht, Arnaud danach in die Finger zu bekommen.

Als sie den froststarren Wald von Surrey erreichten, färbten die Strahlen der untergehenden Sonne die Wolkenbänder am Himmel glutrot, aber sie hielten erst an, als auch die letzten Reste des Tageslichts der Dämmerung gewichen waren.

Es war bitterkalt. Nachdem die Sonne hinter den Bäumen untergegangen war, wurde es noch kälter. Sie hatten Robert nicht einmal Zeit gelassen, einen Mantel mitzunehmen. Ihm war so verdammt kalt, dass er fürchtete, nicht mehr aufzuwachen, wenn er jetzt einschlief. Also starrte er unablässig in die Glut des spärlichen Feuers und die unerträgliche Angst um Evaine, Arnaud und Allingham hielt ihn wach.

Jetzt waren es nur noch zwei Tage bis Epiphanie. Egal wie sehr er darüber nachdachte, er wäre niemals rechtzeitig zurück. Allein der Ritt nach London dauerte noch einen weiteren Tag. Selbst wenn ein Wunder geschähe und der König ihn auf der Stelle freiließe, bräuchte er auch zwei Tage für den Rückweg. Die Gewissheit fraß ihn beinahe innerlich auf.

»Hier.« Einer der Ritter reichte ihm eine Kante trockenes Brot. Sein Abendessen.

Er zwang sich, auf dem trockenen Brot herumzukauen, obwohl er keinerlei Hunger verspürte. Aber es hielt ihn davon ab, einzuschlafen.

»Scheißkalt«, beschwerte sich einer von seiner Eskorte und schlug sich fröstelnd enger in seinen Mantel.

»Und scheißdunkel«, antwortete ein anderer, »man sieht kaum die Hand vor Augen.«

Robert warf einen Blick in den Nachthimmel.

Wenn Evaine seinen Rat befolgte, war sie jetzt bereits auf dem Weg zu Redwalds Abtei. Er betete inständig, dass es so war. Nicht einmal Osric würde es wagen, eine Abtei zu überfallen.

Er rechnete nach. Es musste beinahe Neumond sein. Das war gut, beruhigte er sich selbst, und warf erneut einen Blick auf den pechschwarzen Himmel. Keine Sterne. Und fast kein Mond. Vielleicht. Vielleicht könnten sie Allingham im Schutz der Dunkelheit unbemerkt verlassen.

»Was ist los, FitzGeoffrey? So verträumt?« De Vere riss ihn aus seinen Gedanken. Robert hob den Kopf und sah ihn an. Er kaute genüsslich auf einem Stück Hartkäse herum und in seiner behandschuhten Hand hielt er einen Weinschlauch.

Er hockte sich direkt vor Robert hin.

»Bisschen frisch, was?«

Robert wünschte inständig, de Vere würde verschwinden. Er hob die Hände an den Mund und blies hinein, um sie ein wenig aufzuwärmen und um de Vere nicht antworten zu müssen. De Vere schlug sich noch enger in seinen Mantel ein, als machte er es sich bequem, und nahm einen großen Schluck Wein.

»Dumme Sache, wirklich dumme Sache, das mit Euch und Boulogne«, meinte er in gespieltem Bedauern und verschloss den Schlauch, ohne Robert etwas anzubieten. »Wie es scheint, habt Ihr aufs falsche Pferd gesetzt, FitzGeoffrey.«

»Verpiss dich, du Ratte«, stammelte Robert mit klappernden Zähnen. Die Muskeln seines Gesichts waren so steif, dass ihm das Reden schwerfiel.

De Vere schnaubte verächtlich.

»Ganz schön großspurig für einen Verräter.«

»Dreckiger Lügner«, stieß Robert hervor.

Er spürte, wie der Hass in ihm brannte. Es war nicht viel, aber es war immerhin etwas, das ihn wärmte.

De Vere schnalzte scheinbar mitfühlend mit der Zunge.

»Zu dumm, dass Ihr das nicht beweisen könnt, FitzGeoffrey.«

Robert presste die Lippen zusammen und schwieg. Er hasste de Vere aus tiefster Seele. Und noch mehr hasste er die Tatsache, dass er recht hatte. Wenn er ehrlich mit sich selbst war, standen die Chancen, dass er überhaupt je zurückkam, schlecht. Bis zu einer Anhörung beim König konnte es Wochen dauern. Und er hatte keine Möglichkeit, seine Unschuld zu beweisen. Boulogne war nach seinem gescheiterten Aufstand über den Kanal in seine Grafschaft auf dem Festland geflohen. Die Auseinandersetzung konnte sich noch ewig hinziehen. Wenn man sein Schicksal von Boulogne abhängig machte, könnten Monate vergehen! Monate, in denen er eingekerkert wurde, während Allingham schutzlos Osric und de Vere ausgeliefert war! Er dachte kurz an seinen Vater und verdrängte den Gedanken wieder. Er konnte nichts weiter tun, als seine Unschuld zu beteuern.

Die heiße Verzweiflung brachte sein Blut erneut in Wallung und erhitzte seine tauben Wangen. Immerhin ließ das Klappern seiner Zähne ein wenig nach.

»Was habt Ihr FitzOsbern überhaupt erzählt?« Er wollte wenigstens wissen, welche Lügen de Vere über ihn erfunden hatte.

»Ach, nicht viel«, sagte de Vere in belanglosem Plauderton. »Es war nur eine kleine Andeutung von Melisande, dass Boulogne an Ostern bei Euch gewesen ist. Ich hatte es mir schwieriger vorgestellt, bei FitzOsbern Verdacht gegen Euch zu schüren.«

Melisande. Robert konnte ihren Tod immer noch nicht fassen. Und er konnte nicht glauben, dass sie einfach so an einer Lungenentzündung gestorben war.

»Wie ist sie gestorben?«, knurrte er.

»Ihr habt es von FitzOsbern gehört. Glaubt Ihr immer noch, ich hätte sie umgebracht?«, fragte de Vere spöttisch.

Robert schwieg. Er würde dafür seine Hand ins Feuer legen.

»Soll ich es Euch erzählen? Wollt Ihr Details? Sie fühlte sich nicht wohl, als sie von ihrem Besuch bei Euch zurückkam. Es ging schnell. Husten, Fieber. Und eine Woche später war sie steif wie ein

Brett. Ich habe sie gewiss nicht umgebracht. Dafür war sie ein viel zu unterhaltsamer Fick.«

»Ihr widert mich an.«

Robert hatte gewiss nicht mehr viel für Melisande übrig, aber die Art, wie de Vere über sie sprach, war nicht mal ihrer würdig. Dennoch klang es wie die Wahrheit und irgendwie passte es gut in sein verpfuschtes Leben. Er hatte an dem Versprechen zu ihr so lang festgehalten und darüber beinahe Evaine verloren. Und nun, da es um Arnauds Leben ging, starb sie. Es war ein Witz.

»Aber ich habe fest vor, mich mit Eurer angelsächsischen Hure zu trösten. Ich habe noch eine Rechnung mit ihr offen. Wie heißt es so schön, Auge um Auge.«

»Wenn Ihr sie anrührt, schlitze ich Euch von der Leiste bis zur Kehle auf«, stieß Robert zwischen den Zähnen hervor.

De Vere gluckste verächtlich und beugte sich dann weit zu Robert vor.

»Wenn es nach mir ginge ...« – er senkte die Stimme vor den Lauschern am Feuer »... hätte ich Eure Eingeweide bereits in Allinghams Halle verteilt und damit die Geier gefüttert. Dann wärt Ihr jetzt nur noch ein Vogelschiss!« Er lehnte sich wieder zurück. »Aber FitzOsbern legt Wert darauf, dass Ihr lebend nach London kommt. Mein Pech. Doch mit ein bisschen Glück verreckt Ihr noch heute Nacht in der Kälte. Und falls nicht, verreckt Ihr in London an einem Galgen.

»Das wird der König entscheiden. Es steht immer noch mein Wort gegen Eures!«

»Vielleicht.« De Vere zuckte gelangweilt mit den Schultern. »Aber im Unterschied zu Euch schert es mich einen Dreck, wie der König entscheidet. Ehe Ihr frei seid, habe ich längst, was ich will.«

»Da irrt Ihr!«, sagte Robert. »Glaubt Ihr, ich hätte nicht bemerkt, mit welcher Eile Ihr nach London hastet? Auch Ihr braucht vier Tage, bis Ihr zurück seid. Vier Tage sind eine lange Zeit und dann ist der Junge fort.«

Seine Worte ließen de Vere unbeeindruckt.

»Früher oder später finde ich ihn. Und dann wird ihn niemand mehr schützen.«

Nicht einmal Melisande, dachte Robert düster. Als sie noch am Leben war, war de Vere gezwungen gewesen, seine Machenschaften hinter ihrem Rücken auszuüben. Jetzt hingegen hatte er gänzlich freie Hand. Er war sogar Arnauds rechtmäßiger Vormund! Der Gedanke versetzte Robert in Panik. Er hatte nicht einmal das Recht, seinen eigenen Sohn zu beschützen! Wegen eines verdammten Versprechens. Eines Versprechens an ein dummes, selbstsüchtiges Weib!

Aber sie war tot.

Damit gab es nichts, was ihn länger an sein Versprechen zur Verschwiegenheit band. Ruckartig richtete Robert sich auf. In seinem leeren Magen prickelte es vor Aufregung. Vielleicht war sein Spiel noch nicht gänzlich verloren. Er hatte noch einen allerletzten Zug zu machen. Die Gedanken in seinem Kopf überschlugen sich.

»Was wäre, wenn Ihr bekommt, was Ihr wollt«, sagte er langsam. »Schon jetzt. Ohne den Jungen.«

Damit hatte er de Veres volle Aufmerksamkeit.

»Melisandes Erbe. Le Besgues Land und Titel. Ohne die Gefahr, es an Arnaud zu verlieren.«

De Vere stieß gereizt den Atem aus.

»Was soll das, FitzGeoffrey? Wollt Ihr mir süße Versprechungen machen? Ihr wisst genauso gut wie ich, dass das nur unter einer Bedingung möglich ist.«

»Lasst Eure Anschuldigungen gegen mich fallen und ich werde höchstpersönlich dafür sorgen!«

De Vere lachte eiskalt auf und die Köpfe der anderen wandten sich augenblicklich zu ihnen um. Doch de Vere nahm keine Notiz davon.

»Ihr wollt den Jungen selbst töten?«

»Nein«, entgegnete Robert schneidend und senkte die Stimme. »Aber ich werde jedem die Wahrheit über seine Herkunft verraten.«

Er würde Arnauds Erbe aufgeben, seine Titel und die Ehre seiner Herkunft. Aber es war ein kleiner Preis für seine Sicherheit.

Robert hörte, wie de Vere der Atem stockte, als er langsam begriff.

»Der Teufel soll mich holen!«, stieß er halblaut hervor.

Dein Wort in Gottes Ohr, dachte Robert grimmig.

»Dieses kleine, geile Flittchen! Diese kleine Schlampe hat ihm Euren Bastard untergeschoben! Dieser alte Trottel!«

Über diese Neuigkeit schien er sich königlich zu amüsieren.

»Ihr habt mir gerade vieles leichter gemacht!« Er lachte gellend. Robert sträubten sich vor Widerwillen die Nackenhaare.

»Freut Euch nicht zu sehr«, erwiderte er kalt. »Niemand wird Euch glauben. Arnaud sieht aus wie Melisande. Ihre Familie wird es bestreiten. Das hat sie immer.«

»Ich verstehe«, sagte de Vere langsam. »Und damit Ihr Euer kleines Geständnis vor den Ohren des Königs wiederholt, verlangt Ihr, dass ich meine Anschuldigung fallen lasse«, folgerte er blitzschnell.

»So ist es.«

Es war ein Pakt mit dem Teufel. Aber wenn Gott sich von ihm abgewandt hatte, blieb ihm keine andere Wahl. Er hatte seinen letzten Zug getan. Wenn seine Strategie nun nicht aufging, war sein Spiel endgültig vorbei.

»Ihr habt mich überzeugt.«

»Ich will Euer Wort darauf!« Robert reckte ihm die gefesselten Hände entgegen.

»Das könnt Ihr kriegen, FitzGeoffrey«, erwiderte de Vere und schlug ein.

Als es endlich Morgen wurde, hatte sich auf dem Stoff von Roberts Tunika eine feine Eisschicht gebildet. Seine Augen brannten vor Müdigkeit und seine Gliedmaßen vor schmerzender Taubheit. Er war so steif, dass man ihm helfen musste, erneut auf das Pferd zu kommen.

Sie ritten den ganzen Tag und erreichten London in der Dunkelheit. Robert war so erschöpft und durchgefroren, dass er kaum mehr etwas davon mitbekam. Seine ganze Kraft konzentrierte sich darauf, im Sattel zu bleiben. Dann schafften sie ihn in die neue Burg, die der König kurz nach der Eroberung im Südosten der Stadt nah der römischen Stadtmauer hatte errichten lassen. Sie schubsten ihn in ein Verlies, in dem es beinahe so kalt war wie draußen. Benommen beobachtete Robert, wie das Gitter hinter ihm zugezogen wurde, und hörte, wie sich der Schlüssel kreischend im Schloss drehte. Er blickte sich in der stockdunklen Zelle um. Der quadratische Raum schien leer bis auf einen Eimer, der vermutlich als Abort diente.

Müde ließ er sich in einer Ecke auf den Boden sinken. Wenigstens hatten sie ihm die Fesseln abgenommen. Für einen Augenblick bettete er den Kopf auf den Armen und schloss die Augen, weil er sie einfach nicht länger offen halten konnte. Zumindest kam es ihm nur wie ein Augenblick vor. Doch als er sie wieder öffnete, sah er durch den winzigen vergitterten Luftschacht in der Wand, dass bereits der Morgen graute. Jetzt war es nur noch ein einziger Tag bis Epiphanie.

Er versuchte nicht daran zu denken, dass Osric sie vielleicht längst aufgegriffen hatte. Bestimmt waren sie inzwischen wohlbehalten in der Abtei und in Sicherheit. Aber die nagenden Sorgen ließen sich nicht abschütteln. Mit jedem Augenblick wurde er unruhiger, bis er schließlich aufstehen musste. Jeder Knochen in seinem Leib schmerzte.

Er begann, in der engen Zelle auf und ab zu gehen. Eins, zwei, drei, Wand. Eins, zwei, drei, Wand. Mit jedem Mal rückten die Mauern näher, bis er sich panisch an die Gitterstäbe klammerte. In dem düsteren Gang war nichts zu hören und nichts zu sehen. Er brüllte in die Stille und bekam nur sein eigenes Echo als Antwort. Er versuchte es wieder und wieder, bis er schließlich die dumpfen Tritte eines Gefängniswärters hörte. Es war ein mürrischer Mann mit einem von Pockennarben entstellten Gesicht.

Robert gab ihm das goldene Kruzifix, das er unter seiner Tunika trug, damit er einen Boten zu seinem Vater schickte. Er wusste nicht mit Sicherheit, ob Geoffrey in London weilte, aber er vermutete, dass er dem Rat des Königs an Weihnachten beigewohnt hatte. Falls ja, sollte man ihm ausrichten, dass sein Sohn im Gefängnis sei. Mehr nicht. Robert wagte nicht, die Umstände seiner Gefangennahme preiszugeben, und hoffte dennoch, dass es ausreichte, seinen Vater hierherzubringen. Er konnte sich den Grund für seine Festnahme gewiss denken. Wenn er nicht sogar vorher davon gewusst hatte.

Der Mann nahm das Schmuckstück bereitwillig an. Robert hatte ernsthafte Zweifel, dass sein Vater je eine Nachricht erhalten würde. Der Wächter sah alles andere als vertrauenswürdig aus. Nachdem er mit gierigem Lächeln verschwunden war, blieb Robert nichts übrig, als weiter zu warten.

Als der Schatten seiner Gitterstäbe immer länger wurde, brachten sie ihm ein Stück halb verschimmeltes Brot und einen Krug schales Wasser. Robert leerte den Krug in einem Zug und machte sich nicht einmal die Mühe, den Schimmel vom Brot zu kratzen.

Geräusche auf dem Gang ließen ihn hochfahren. Er hörte das Schlurfen des Gefängniswärters und den rhythmischen Klang energischer Schritte. Mit klopfendem Herzen stand er auf und trat an das Gitter heran. Die Schritte kamen näher und er umklammerte die eiskalten Metallstäbe. Träge schleppte sich der Wächter um die Ecke, eine Fackel in der Hand. Ihm folgte die aufrechte Gestalt seines Vaters.

Robert spürte einen Anflug von Erleichterung. Immerhin war er gekommen. Und er war ihm bei Gott etwas schuldig.

Geoffrey nahm dem Wächter die Fackel ab und entließ ihn mit einem Winken, als wäre er eine lästige Fliege. Sichtlich enttäuscht, seine Neugierde nicht stillen zu dürfen, schlurfte der Mann davon.

Die Augen seines Vaters musterten Robert, ohne ein Gefühl erkennen zu lassen. Keine Schuld. Kein Bedauern.

»Ich habe von deiner Verhaftung gehört.«

»Dann kennst du ja sicher auch den Grund dafür. Besser als jeder andere«, sagte Robert beißend.

Geoffrey ging nicht darauf ein.

»Dein Ankläger, *Baron* de Vere …«

»Er ist Melisandes Ehemann«, sagte Robert ungeduldig, »oder vielmehr ihr Witwer.«

»Wie viel weiß er?«, fragte Geoffrey.

»Natürlich nichts!«, antwortete Robert heftig. »Höchstens, dass Boulogne an Ostern auf Allingham war.« Er lief wieder rastlos durch die Zelle und raufte sich die Haare. »Gott, wenn er wirklich etwas wüsste, säßest du hier drinnen und nicht ich!«

Geoffrey zog eine Augenbraue hoch.

»Und was willst du nun von mir?«

Robert hätte beinahe gelacht. Was könnte er schon von ihm wollen, von seinem einflussreichen Vater, dessen Intrigen ihn in diese Zelle gebracht hatten?

Er blieb stehen und blickte seinen Vater fest durch die Gitterstäbe an.

»Ich will eine Anhörung. Beim König.«

»Die wirst du bekommen«, entgegnete Geoffrey kühl. »Soweit ich gehört habe, hast du vor FitzOsbern deine Unschuld beteuert. Der König hat bereits verkündet, dass er sich in der Angelegenheit selbst ein Urteil bilden will. Ich gehe davon aus, …«

Robert fiel ihm ungeduldig ins Wort.

»Du verstehst mich nicht. Morgen! Ich will morgen vor den König!«

Geoffreys Gelassenheit wich wachsender Verärgerung.

»Sei kein Narr, Robert! Der König wird in dieser Angelegenheit nichts überstürzen.«

»Dann setz dich für mich ein! Ich bin dein Sohn, verdammt!« Vor Verzweiflung riss er an den Gitterstäben und erntete nur Geoffreys missfälligen Blick. Frustriert ließ er davon ab und lief erneut auf und ab.

»Du solltest es nicht so eilig haben«, sagte Geoffrey scharf. »Immerhin lautet die Anklage Hochverrat!«

Robert hielt abrupt inne. In der Stimme seines Vaters schwang so etwas wie Sorge mit, was ihn zutiefst erschreckte. Wenn der König de Veres Anschuldigungen glaubte, würde er mehr als nur Allingham verlieren. *Hängen, ausweiden und vierteilen.* Das war die Strafe für Hochverrat. Er schluckte.

»Den König zu drängen, wird ihn dir nicht mehr gewogen machen.« Der Anflug eines Gefühls in Geoffreys Tonfall war verschwunden. Als er weitersprach, klang er so ungerührt wie vorher.

Robert erwog einen Augenblick, ihm von seinem Handel mit de Vere zu erzählen. Dann entschied er sich dagegen. Die Interessen seines Vaters galten dem Hause d'Arbuste und seinen politischen Zielen. Robert und Allingham waren ihm egal.

»Jetzt gilt es abzuwarten, bis sich die Lage beruhigt hat. Falls Boulogne …«

»Ich kann nicht warten!«, unterbrach Robert ihn erneut. »Wenn ich nicht schleunigst zurückkehre, wird es in Allingham zum Aufstand kommen. Arnaud ist dort und meine Frau, ich muss zurück! So schnell es geht!«

»Deine …«

»Ja, meine Frau! Mir ist egal, wie du es anstellst, aber bring mich vor den König! Das bist du mir schuldig!«

»Willst Du mir drohen?« Geoffreys Stimme war leise und scharf. Und blieb ohne jede Wirkung.

»Und ob! Glaub mir, wenn es die Sache beschleunigen würde, hätte ich es längst gesagt! Aber es würde die Verhandlung nur noch komplizierter machen. Also werde ich schweigen. – Aber wenn Du mich hier verrotten lässt, während meiner Familie etwas zustößt, dann werde ich Deinen Verrat so laut herausschreien, bis es die Spatzen von den Dächern pfeifen!«

Geoffrey presste den Kiefer zusammen, dass die Muskeln an seinem Hals hervortraten.

Roberts Zorn schlug in Verzweiflung um.

»Er ist mein Sohn«, flüsterte er mit brüchiger Stimme. »Und dein Enkel. Wenn dir je etwas an mir gelegen hat, dann …«

»Ich werde sehen, was ich tun kann«, entgegnete Geoffrey schroff.

Ohne ein weiteres Wort wandte er sich zum Gehen und ließ Robert in der Dunkelheit zurück.

Robert hatte gehofft, dass sein Vater die Angelegenheit beschleunigen könnte. Doch der nächste Tag war Epiphanie und damit ein Feiertag. Und so verstrich er, ohne dass Robert außer dem pockennarbigen Wächter irgendjemanden zu Gesicht bekam. Ganz zu schweigen vom König. Immerhin hatte sich seine Verpflegung deutlich verbessert und er bekam frisches Brot, Käse und sogar einen Krug Ale. Am Morgen des nächsten Tages wurde er vom lauten Knirschen seiner Zellentür geweckt. Überrascht blinzelte er in das Licht der Fackel, die der Gefängniswärter trug. Hinter ihm standen zwei weitere Wachen. Robert erhob sich eilig. Ohne ein Wort legten sie ihm erneut Fesseln an. Auf seine Frage, wohin sie ihn brachten, erhielt er keine Antwort. Beim zweiten Mal war die Antwort ein harter Knuff, woraufhin sich jede weitere Frage erübrigte.

Von seinem Gefängnis aus ging es quer durch die Stadt und Robert schöpfte neue Hoffnung, als sie London im Westen durch Ludgate verließen und am Ufer der Themse entlang Richtung Süden ritten. Soweit er wusste, hielt König William sich über Weihnachten in seinem Palast in West Minster auf.

Sie brachten ihn tatsächlich dorthin. Als er schließlich vor das königliche Gericht gebracht wurde, war es schon nach Mittag. Die von Williams Vorgänger erbaute Palasthalle war riesig und voll mit unzähligen normannischen und einigen wenigen angelsächsischen Adeligen. Anlässlich des Weihnachtsfestes war nicht nur der innere Kreis des königlichen Rats, sondern die gesamte *curia regis* versammelt. Bei Roberts Eintreten erhob sich leises Gemurmel unter den Anwesenden. Robert erkannte eine Menge bekannter Gesichter, aber kaum einer wagte es, ihm ins Gesicht zu sehen.

Robert schlug das Herz bis zum Hals, als er, flankiert von seinen Wachen, vor den König geführt wurde. Der König war nicht gerade für seine Gnade gegenüber Verrätern bekannt. *Hängen, ausweiden und vierteilen*, dachte Robert wieder. Nicht, dass man von Letzterem noch etwas mitbekäme. Wenn einen am Galgen endlich das Bewusstsein verließ, schlitzten sie einen auf wie Schlachtvieh. Vierteilen war dann nur noch Formsache.

William von England saß auf seinem imposanten Thron. Selbst im Sitzen war der König von beeindruckender Statur.

Ohne Vorwarnung wurde Robert von seinen Wachen auf die Knie gestoßen und landete unsanft auf dem harten Boden. Er schluckte einen überraschten Schmerzenslaut hinunter und neigte stattdessen demütig den Kopf.

Mit hartem Ausdruck glitten die Augen des Eroberers über Robert hinweg. Auf sein Zeichen wurde Robert erneut auf die Füße gezerrt. Dann trat einer der unzähligen anwesenden Kleriker vor.

»Robert FitzGeoffrey, *Seigneur* d'Allingham?«, fragte der Mönch in Schwarz.

Während er sprach, ertönte das rhythmische Kratzen von Gänsekielen auf Pergament. Gleich mehrere Schreiber hielten den Ablauf des Prozesses fest.

»Der bin ich«, antwortete Robert.

»Ihr seid angeklagt vor dem Gericht seiner königlichen Majestät, William von England.« Er wandte sich um. »*Baron* de Vere ist Euer Ankläger.«

Erst jetzt bemerkte Robert de Vere in der vordersten Reihe der umstehenden Adeligen. Robert spürte, wie seine Handflächen feucht wurden.

Glücklicherweise war der Vorteil auf seiner Seite. Der Ankläger erhielt stets das erste Wort und damit musste de Vere seinen Teil der Abmachung zuerst einhalten. So wandte sich der Mönch auch nun an de Vere.

»Baron de Vere! Wessen beschuldigt Ihr den hier anwesenden Robert FitzGeoffrey?«

De Vere trat vor und verneigte sich zunächst ehrerbietig vor dem König.

»Eure Majestät, auf mein Bestreben habt Ihr diese Verhandlung gegen FitzGeoffrey einberufen.« De Veres Augen ruhten eindringlich auf Robert. »Aber bevor wir beginnen, lasst zuerst FitzGeoffrey sprechen.«

Durch die Halle ging ein Raunen.

Robert unterdrückte einen Fluch. Soeben hatte de Vere den Vorteil an sich gerissen.

Auch der König runzelte irritiert die Stirn. Als er wieder das Wort ergriff, drang seine ruppige Stimme bis in die hinterste Ecke der großen Halle.

»*Baron* de Vere. Dann überlasst Ihr das erste Wort dem Beschuldigten?«

De Vere neigte den Kopf als stumme Zustimmung und alle Augen richteten sich nun auf Robert.

Angespannt hielt Robert de Veres Blick stand. Er hatte keinen Grund, auf de Veres Wort zu vertrauen. Wenn er nun Arnauds Herkunft preisgab, hätte de Vere ihn ganz und gar in der Hand. Nervös glitt sein Blick durch die Halle und streifte die unbewegte Miene seines Vaters. Er begann, noch mehr zu schwitzen, obwohl es in der Halle keineswegs warm war.

»FitzGeoffrey?« Erwartungsvoll richtete der König seine durchdringende Stimme an Robert.

Robert spürte, wie sein Mund trocken wurde, und unterband den Zwang, sich zu räuspern.

»Eure Majestät, hört mich an, im Anliegen des Jungen Arnaud Le Besgue. Er wurde von seiner Mutter meiner Obhut anvertraut.«

Das Unverständnis in Williams Blick wuchs.

»FitzGeoffrey, habt Ihr verstanden, weshalb Ihr hier seid? Die Anklage, die *Baron* de Vere gegen Euch vorbringen wird, lautet Hochverrat!« Es klang, als zweifle er an Roberts Geisteszustand.

»Ich bin mir dessen bewusst, Majestät. Aber es geht um die Vormundschaft des Jungen. Seine Mutter ist tot.« Er schluckte und zwang sich, ohne Zittern weiterzusprechen. »Und ich bin der leibliche Vater des Jungen.«

Ringsum brandete Empörung auf und schwoll weiter an mit jedem Augenblick. Robert versuchte, es zu ignorieren, doch es klang wie das Echo seines immer wilder schlagenden Herzens. Mit einer herrischen Handbewegung brachte der König den Lärm zum Schweigen.

»Ihr sprecht von Arnaud FitzHenry, dem Erben der Grafschaft Le Besgue?«, fragte er scharf.

»Ja. Er ist mein Sohn.«

Stille folgte, nur erfüllt vom emsigen Scharren der Schreiber auf ihren Pergamentbogen. Robert hatte diesen Satz in seinem Leben kaum dreimal laut ausgesprochen. Und plötzlich fühlte er sich von etwas befreit, das seine Seele fast zehn Jahre lang in Ketten gelegt hatte. Endlich hatte er Anspruch auf etwas, das zu ihm gehörte wie ein Teil seiner Seele: seinen Sohn, sein eigen Fleisch und Blut.

Williams Kopf fuhr zu de Vere herum.

»Eure Frau war die Mutter des Jungen. Nach ihrem Tod seid Ihr sein rechtmäßiger Vormund. Was habt Ihr dazu vorzubringen?«

De Vere hob das Kinn und trat einen weiteren Schritt vor.

»Es ist wahr. Seine Mutter hat es mir auf ihrem Totenbett gebeichtet.«

Erneut setzte verhaltenes Gemurmel ein.

»Legt Ihr darauf einen Eid ab?«

»Ja«, antwortete de Vere, ohne zu zögern.

Die Augen des Königs wurden schmal und er konzentrierte sich nun wieder auf Robert.

»Er ist also Euer Bastard«, sagte er ruhig.

Die Anwesenden zuckten bei dem Wort zusammen. Der König war selbst ein Bastard. Das letzte Mal hatten vor über zehn Jahren Bürger der aufständischen Stadt Alençon gewagt, ihn als solchen zu bezeichnen. Er hatte ihnen Hände und Füße abschlagen lassen.

»Er ist mein Sohn«, entgegnete Robert fest. Es tat gut, es auszusprechen. »Seine Mutter hat es mir bei ihrem Besuch im Frühjahr gesagt. Deshalb ist sie auf Allingham gewesen.«

Dass er dem alten Le Besgue wissentlich seinen Bastard untergeschoben hatte, wäre auch zehn Jahre später noch ein Kapitalverbrechen. Sein Glück, dass Le Besgue längst tot war.

»Nun, Ihr wurdet nicht hierher geladen, um über das Anliegen des jungen Le Besgue zu verhandeln«, wechselte William das Thema.

Scheinbar war er nicht gewillt, so urplötzlich in dieser Angelegenheit zu entscheiden.

»Also, de Vere. Bringt Eure Anklage vor.«

De Vere neigte leicht den Kopf. Als er ihn wieder hob, sah Robert für einen Augenblick den Anflug eines eiskalten Lächelns in seinen Mundwinkeln.

Scheiße! Er würde sein Wort brechen! Robert wusste es, noch ehe de Vere den Mund aufmachte. Jetzt hatte er endgültig verspielt.

»Euer Gnaden« – de Veres Stimme war nicht allzu laut, aber Robert schien sie in den Ohren zu dröhnen – »Robert FitzGeoffrey hat sich zu Ostern des vergangenen Jahres mit dem *Comte* de Boulogne getroffen. Dieses Treffen diente einer geheimen Übereinkunft und einer Absprache bezüglich ihres gemeinsamen Aufstandes und Verrats an Euch, unserem König. Meine Frau hat es aus seinem eigenen Mund gehört, als sie vor wenigen Wochen bei einem Besuch ihres Sohnes auf Allingham weilte. Von diesem Aufenthalt hat FitzGeoffrey gerade selbst Zeugnis abgelegt. Auch das hat Melisande auf ihrem Totenbett gestanden.« Er legte eine dramatische Pause ein. »Somit lautet meine Anklage Hochverrat an Eurer Majestät, dem König von England.«

Jetzt war es totenstill.

Für einen Moment fehlten Robert die Worte und er konnte nur dastehen. Dann überschwemmte ihn das Entsetzen mit ganzer Kraft.

»Nein! Nein!«, schrie er, ohne dass ihm jemand das Wort erteilt hätte. »Das ist eine Lüge! Melisandes Besuch galt einzig und allein dem Jungen!«

Roberts Blut pulste durch seine Adern und er glaubte, das

Hämmern seines Herzens wäre in jedem Winkel der Halle zu hören.

»Wie viel Wert hat das Wort eines Mannes, der seinen eigenen Sohn verleugnet hat!?«, fiel de Vere ihm ins Wort.

Der Blick des Königs glitt zwischen ihnen beiden hin und her. Robert spürte, wie er mehr und mehr an Boden verlor.

»Ich schwöre bei meinem Leben und dem meines Sohnes, dass ich keinen Verrat an Euch begangen habe!«, stieß er hervor.

»Und Ihr, de Vere? Schwört Ihr das Gleiche?«

»Ich schwöre es. Bei meiner Seele«, entgegnete de Vere voll ergreifender Überzeugung und legte zur Unterstreichung die Hand auf die Brust. Robert hätte sich am liebsten auf ihn gestürzt.

»Dann steht Euer Wort gegen das Eures Anklägers, Fitz-Geoffrey«, wandte sich der König wieder an Robert. Seiner Miene war nicht zu entnehmen, wem von ihnen beiden er mehr Glauben schenkte.

Der König musterte ihn und de Vere prüfend und neigte sich schließlich zu seinem Halbbruder, Odo de Bayeux, der neben ihm stand. Der Bischof raunte leise in sein Ohr. Wieder zeigte Williams Miene keine Regung.

»Dann steht ein Wort gegen das andere. Also wird Gottes Urteil über die Wahrheit Eures Schwurs entscheiden«, beschloss der König schließlich.

De Vere riss erschrocken die Augen auf und sein Mund öffnete sich protestierend.

»Einverstanden!« Roberts Zusage war so prompt, dass de Vere keine Zeit für Ausflüchte blieb. »Ich bin bereit, mein Zeugnis Gottes Urteil zu unterstellen.«

Zum ersten Mal spürte Robert einen Funken Hoffnung und einen Hauch von Genugtuung. Im Bestreben, ihn immer weiter in die Enge zu treiben, hatte de Vere sich zu weit vorgewagt. Er hatte sich zu einem voreiligen Schwur hinreißen lassen. Und nun hatte er keine Wahl, als ihn in einem Gottesurteil zu verteidigen. Wenn er sich weigerte, galt es jedem der Anwesenden als Eingeständnis seiner Unwahrheit.

»Möge Gottes Urteil im Zweikampf entscheiden«, nahm William das Wort wieder auf und blickte abwartend zu de Vere. »Seid Ihr einverstanden?«

Vor Wut brachte de Vere nur ein Nicken zustande.

William winkte Geoffrey de Mandeville zu und besprach sich kurz mit ihm. Die Durchführung eines Duells oblag dem *constable*.

»Im Morgengrauen. Findet euch bei Sonnenaufgang auf dem Palasthof ein«, entschied er dann. »De Vere, Ihr bringt Eure Waffen selbst mit.« Williams Blick glitt über Roberts schäbige Aufmachung. »FitzGeoffrey, Euch werden Waffen und Schild gestellt. Außer … Eure Familie übernimmt dies.« Bei diesen Worten sah der König zu Roberts Vater hinüber.

»Selbstverständlich. Seine Familie wird diese Pflichten übernehmen«, entgegnete Geoffrey.

»Dann sei es Euch gestattet, die Nacht im Haus Eures Vaters zu verbringen, FitzGeoffrey. Ich vertraue auf den Leumund Eurer Familie.«

Damit war die Verhandlung vorbei.

Robert kehrte mit seinem Vater und seinen Begleitern nach London zurück, um die Nacht in dessen Stadthaus zu verbringen. Robert überlegte kurzzeitig, die Gelegenheit zu nutzen und einfach zu fliehen. Aber vermutlich wäre er nicht einmal bis an die Stadtgrenze gekommen. Sein Vater hatte sich bei seiner Ehre verpflichtet, ihn zum Duell zu bringen. Er würde ihn höchstpersönlich festnehmen lassen.

Als sie in dem wenig beeindruckenden Haus ankamen, war die Sonne bereits untergegangen. Geoffrey wies ein paar Diener an, Abendessen zu bringen, und zog sich dann mit Robert in sein Privatzimmer zurück. Eine pummelige Magd brachte Brot, Käse, Ale und sogar eine Platte mit kaltem Braten. Roberts Magen knurrte augenblicklich und er begann, eilig zu essen. Geoffrey beobachtete ihn zunächst schweigend.

»Du hast heute einen großen Fehler gemacht«, sagte er nach einer Weile.

Robert sah ihn kurz an und kaute dann weiter. Die Meinung seines Vaters kümmerte ihn nicht länger. Er hatte endlich begriffen, was ihm wichtig war.

»Die Abstammung des Jungen öffentlich zu machen, war ganz und gar überflüssig«, fuhr Geoffrey fort, als Robert nicht antwortete.

Er aß nichts und hielt lediglich einen Becher Ale in der Hand, von dem er aber noch nicht getrunken hatte. Er bevorzugte eindeutig Wein.

»Ich hätte es schon vor Jahren tun sollen«, entgegnete Robert.

»Und inwiefern hat dieses Geständnis deine Lage verbessert? Davon abgesehen, dass du morgen mit reinem Gewissen sterben kannst?«, fragte Geoffrey scharf.

Diese Frage hatte Robert sich ebenfalls gestellt. Obwohl er seine Hoffnung auf den Handel mit de Vere gesetzt hatte, überraschte ihn dessen Verrat nicht. Nun war er immer noch nicht frei und Arnaud war nicht länger der Erbe von Le Besgue. Dennoch bereute er es nicht.

Er hatte einen Sohn. Arnaud FitzRobert. Das klang gut. Arnaud d'Allingham. Sein Sohn und Erbe. Der Gedanke ließ die verdrängten Sorgen um Allingham in ihm hochsteigen.

»Hast du etwas aus Allingham gehört?«, wechselte er das Thema.

Geoffrey nickte.

»Ich habe Kundschafter in deinen *shire* geschickt. Wie es aussieht, ist die Burg von Allingham inzwischen von aufständischen Angelsachsen besetzt.«

Robert hatte damit gerechnet und kaute verbissen auf einem Stück Braten. Er würde es zurückbekommen, irgendwie und irgendwann.

»Und weiter? Was haben sie sonst noch gehört?«

»Nichts weiter.«

»Hast du keinen Boten zur Abtei geschickt? Zu Redwald?«

»Natürlich. Aber er ist nicht zurückgekommen.«

Robert wurde schlagartig schlecht und er bereute, überhaupt etwas gegessen zu haben. Entweder hatte Osric den Boten auf dem Weg zur Abtei abgefangen oder er hatte Redwalds Abtei ebenfalls niedergebrannt.

»Zu deinem Glück sind die Meldungen aus dem Westen und Norden weit kritischer. Im Westen hat Exeter weitere Städte zum Widerstand aufgefordert und im Norden rechnet man jederzeit mit einem Angriff durch Swegn Estrithson. Also hat der König dringendere Probleme und dir bleibt die Gelegenheit, deinen *shire* selbst unter Kontrolle zu bringen.«

Auch über ein Jahr nach Hastings waren der Westen und der Norden Englands noch nicht unter normannischer Herrschaft. Keiner der westlichen *shires* hatte sich dem König bisher unterworfen. Und Exeter, die größte Stadt im Westen, bildete sich zum Kern des Widerstands heraus und war sicher nicht zufällig Sitz von Gytha, der Mutter des verstorbenen Harold Godwinson.

Im Norden war in dem der Eroberung folgenden Chaos der *Eorl* von Northumbria bereits zum zweiten Mal den dortigen Auseinandersetzungen zum Opfer gefallen. Ohne Kontrolle der Anarchie preisgegeben, machte das den Norden zu einem attraktiven Ziel für Angriffe des Dänenkönigs Swegn. So oder so würde die Lage in England den König in Kürze zum Handeln zwingen. Und falls Robert sein Land bis dahin nicht in den Griff bekam, würde der König den Widerstand dort wie an allen anderen Brandherden zerschlagen. Gott allein wusste, was dann von Allingham übrig blieb. Dennoch hatte Robert keine Lust, sich von seinem Vater über die politische Lage in England belehren zu lassen.

»Hast du es gewusst?«, fragte er unvermittelt. Geoffrey maß ihn mit abschätzigem Blick.

»Ich will wissen, ob du von Boulognes Aufstand gewusst hast? Bist du deshalb im Herbst nach England gekommen? Oder vorüber hast du an Ostern mit ihm verhandelt?«

Robert wusste, dass sein Vater ihm auch jetzt nichts sagen würde. Aber diesmal musste er es wissen.

»Wenn die Sonne aufgeht, werde ich de Vere gegenübertreten«, sagte er völlig ruhig, »und ich werde mich an ihm rächen. Für jedes einzelne Mal, das er Arnaud nach dem Leben getrachtet hat. Aber dieser Kampf ist nur zur Hälfte mein Kampf. Und bevor ich mein Leben morgen Gottes Urteil unterstelle, will ich von dir wissen, ob du dieses Verbrechen begangen hast! Also sag mir, ob du davon gewusst hast!«

Geoffrey fixierte ihn und diesmal wich Robert seinem Blick nicht aus. Schließlich wandte Geoffrey den Blick ab.

»Boulogne hat mir an Ostern in der Tat einen Vorschlag unterbreitet, bei dem es um die Zukunft Englands ging«, sagte er vieldeutig.

Als er Roberts hochgezogene Augenbraue bemerkte, setzte er hinzu: »Er war der Meinung, der König habe ihm nicht genügend Ehre für seine Unterstützung erwiesen.«

»Genau wie du«, sagte Robert trocken.

Geoffrey bedachte ihn mit einem warnenden Blick, ehe er weitersprach: »Aber sein Angebot war mir zu unsicher. Ich sagte ihm zu, dass ich einer Verbindung mit dem Hause Boulogne nicht abgeneigt sei. Mehr nicht.«

»Und wolltest mich an seine Tochter verhökern.«

»Allem Anschein nach bist du deiner Weigerung ja treu geblieben und hast dich anderweitig gebunden.«

Statt einer Antwort nahm Robert einen Schluck Ale. Er wollte sich nicht mit ihm streiten. Er wollte die Wahrheit hören.

»In der Abwesenheit des Königs waren die *Thegns* in Kent unzufrieden mit der Regentschaft des Bischofs de Bayeux.«

»Wen wundert's«, seufzte Robert müde.

Odo de Bayeux war verschlagen, raffgierig und brutal. Er hatte Unsummen an Steuern eingefordert und Dutzende Burgen durch Frondienst aus der Erde gestampft. Doch Robert kannte das angelsächsische Naturell inzwischen gut genug, um zu wissen, wie stur sie unter Druck reagieren konnten. Als Preis schwelte der Aufstand in Kent an jeder Ecke.

»Jedenfalls erreichte Boulogne ein Schreiben aus Kent, worin seine Unterstützung im Aufstand gegen Odo de Bayeux erbeten wurde.«

»Also hast du es gewusst«, schloss Robert.

»Ja.«

Langsam drehte Geoffrey den Becher in seinen Händen Es war das einzige Zeichen von Unsicherheit, das Robert je an ihm gesehen hatte.

»Allingham liegt weit abgelegen von London. Es war der ideale Ort für ein unverfängliches Treffen mit Boulogne«, sagte er langsam. »Eine derartige Entwicklung ließ sich nicht absehen.«

Robert sah ihn an. Es klang wie eine Entschuldigung. Aber dennoch war es keine. Er kippte den Rest seines Ales hinunter und stand auf.

»Vor zehn Jahren habe ich dich und meine Familie verraten. Du hast mir gesagt, ich sei nicht länger dein Sohn. Dennoch warst du immer mein Vater.« Geoffrey sah von dem Becher in seinen Händen auf. »Heute hast du mich und meine Familie verraten. Und wenn ich morgen diesen Zweikampf lebend verlasse, dann glaub mir, bist du's nicht mehr.«

Eigentlich hatte es sich kaum gelohnt, West Minster überhaupt zu verlassen. Die Nacht war kurz gewesen und Robert hatte kein Auge zugetan. Noch bevor die Sonne sich im Osten erhob und die ersten zaghaften Strahlen den Horizont erhellten, stand Robert bereits wieder auf dem Hof der königlichen Palastanlage.

Über ihm wurde am Himmel allmählich Schwarz zu Blau. Es war die letzte und zugleich kälteste Stunde der Nacht. Die Luft war eisig und schmerzte beim Luftholen in den Lungen. Dennoch genoss Robert jeden tiefen Atemzug, weil die eisige Kälte das Brennen seiner Angst kühlte. Er war kein Feigling. Er hatte das oft genug in unzähligen Schlachten unter Beweis gestellt. Dennoch war ein Zweikampf auf Leben und Tod etwas anderes. Wer auch immer behauptete, er hätte davor keine Angst, war ein Lügner.

Mit langen Schritten ging er auf den eilig aus Latten zusammengezimmerten Platz zu. Er maß vierzig mal vierzig Fuß. An der Ost- und Westseite gab es je einen Einlass für die beiden Kontrahenten. Die Seite des Beschuldigten war die Westseite mit der aufgehenden Sonne im Gesicht. Robert fragte sich unwillkürlich, ob der König dies bei seiner Entscheidung beabsichtigt hatte.

Das von seinem Vater zur Verfügung gestellte Kettenhemd lastete schwer auf seinen Schultern. Es war sauber verarbeitet und machte einen zuverlässigen Eindruck. Aber es schien Robert sehr viel schwerer als sonst.

Am Eingang des Kampfplatzes stand ein Knappe seines Vaters und wartete darauf, ihm Helm, Schild und Lanze zu übergeben. Der Junge war vielleicht vier oder fünf Jahre älter als Arnaud und sichtlich begeistert, heute dabei zu sein.

»Hoffentlich geht es bald los!«, sagte der Junge und reichte ihm seinen Helm.

Robert nickte schweigend. Er wünschte ebenfalls, dass es bereits so weit wäre, weil dann endlich seine Angst verschwände. Hatte der Kampf erst einmal begonnen, blieb keine Zeit mehr dafür.

Trotz der frühen Morgenstunde war der Hof bereits voller Menschen und Betriebsamkeit. Robert war von seinem Vater und dessen Gefolge eskortiert worden. Und de Vere war ebenfalls in Begleitung einiger Edelleute zu seiner Unterstützung erschienen.

Selbst der König hatte schon das für ihn vorbereitete Podest an der Südseite des Kampfterrains eingenommen. Eingehüllt in einen voluminösen Pelzmantel wartete William auf das Aufgehen der Sonne. Um ihn herum standen Geoffrey de Mandeville, Odo de Bayeux und weitere seiner engen Vertrauten. Sie würden den Ausgang des Duells bezeugen. Alles in allem herrschte eine Stimmung freudiger Erwartung. Schaulustige aus allen gesellschaftlichen Schichten hatten sich trotz Kälte und Dunkelheit versammelt.

Einen Zweikampf auf Leben und Tod sah man nicht alle Tage.

Robert hasste die Unruhe, weil sie seine Nervosität verschlimmerte. Augenblicklich vermisste er die steinerne Gefasstheit, mit der Gérard jeder Schlacht entgegenblickte. *Bei Sonnenuntergang ist es vorbei. So oder so.*

Auf dem Hof wurde es allmählich ruhiger und in gespannter Erwartung blickte jeder nach Osten. Robert warf einen kurzen Blick auf die Schaulustigen an den Seiten des Kampfplatzes und begegnete dem ernsten Blick seines Vaters.

Von den Zuschauern erscholl leises »Ah« und »Oh«. Robert hob den Blick wieder zum Horizont. Es war so weit.

Auf Mandevilles Zeichen trat ein Herold an de Vere heran. Wieder hatte die Seite des Anklägers den Vortritt.

»Mann, wer seid Ihr, der Ihr heute bewaffnet an die Pforte dieses Duellplatzes gekommen seid? Nennt Euren Namen und den Grund Eures Kommens!«

»Ich bin *Baron* Aubrey de Vere, Ankläger im Prozess gegen Robert FitzGeoffrey. Und ich bin gekommen, um meine Anschuldigung mit meinem Leben zu beweisen.«

De Vere zog den Helm ab und Mandeville bestätigte seine Identität und prüfte die Rechtmäßigkeit seiner Waffen. Lanze, Schwert und Messer. Dann trat de Vere in den Ring.

Der Herold stellte Robert die gleichen Fragen.

»Ich bin Robert FitzGeoffrey, *Seigneur* d'Allingham. Ich wurde beschuldigt. Und ich bin hier, um meine Unschuld mit meinem Leben zu beweisen.«

Er lüpfte für Mandeville den Helm und zeigte seine Waffen vor. Mit ausdruckslosem Gesicht nahm der *constable* beides zur Kenntnis und erlaubte ihm ebenfalls, zwischen die Latten des Kampfplatzes zu treten.

Dann erschien ein Priester und ließ beide auf die Bibel schwören.

Anschließend winkte sie Mandeville zur Mitte des Kampfplatzes. Mit knirschenden Schritten gingen sie auf ihn zu. Mandeville forderte sie auf, sich gegenseitig die rechte Hand zu reichen. Widerwillig schluckte Robert und rammte die Lanze in seiner Rechten so lang in den Boden. Er war so hart gefroren, dass selbst die metallene Spitze kaum eindrang.

De Vere tat es ihm gleich und streckte seine Hand aus. Zum ersten Mal an diesem Morgen konnte Robert ihm ins Gesicht blicken. Er trug einen neu aussehenden Spangenhelm mit Nasensteg, dessen blitzendes Metall die feuerroten Strahlen der Sonne reflektierte. Seine Augen im Schatten des Helmes wirkten hart wie Stahl.

»Wieso sollte ich Euch die Hand geben?«, fragte Robert leise. »Beim letzten Mal habt Ihr mich betrogen und Euer Wort gebrochen.«

De Vere bedachte ihm mit seinem verächtlichen Lächeln. Aber es wirkte auf Robert nicht so geschmeidig wie sonst.

»Ihr seid mir noch etwas schuldig, FitzGeoffrey. Ihr, Euer Bastard und Eure angelsächsische Hure. Das ist meine Art, Gottes Rechtsprechung auf die Sprünge zu helfen.«

Robert wollte etwas erwidern, aber Mandeville bedachte ihn mit einem scharfen Blick. Gezwungenerweise ergriff Robert die dargebotene Hand und berührte Handfläche und Finger, die sich genauso kalt anfühlten wie seine eigenen.

Der Priester reichte ihnen erneut die aufgeschlagene Bibel und jeder von ihnen legte seine linke Hand darauf.

»*Sieur* Aubrey de Vere, schwört Ihr Eurem Widersacher Robert FitzGeoffrey und bei allen Heiligen, die Ihr mit Eurer Linken berührt, dass Ihr mit all Eurer Kraft und jeder Euch möglichen Weise kämpfen werdet, um Eure Anschuldigung zu beweisen und diesen Duellplatz vor Sonnenuntergang nicht eher zu verlassen, als bis er sich ergibt oder durch Eure Hand stirbt? So mögen Euch Gott und diese Heiligen helfen.«

Robert und de Vere starrten einander unentwegt an.

»Ich schwöre«, sagte de Vere.

Robert musste sich zwingen, seine Berührung weiterhin zu ertragen.

»*Sieur* Robert FitzGeoffrey, schwört Ihr Eurem Widersacher Aubrey de Vere und bei allen Heiligen, die Ihr mit Eurer Linken berührt, dass Ihr mit all Eurer Kraft und jeder Euch möglichen Weise kämpfen werdet, um Eure Unschuld zu beweisen? So mögen Euch Gott und diese Heiligen helfen«, sagte der Priester.

»Ich schwöre«, entgegnete Robert.

Für einen kurzen Moment schloss er die Augen. Als er sie wieder öffnete, spürte er, wie de Vere seine Hand zurückziehen wollte und verstärkte seinen Griff. De Veres Augen wurden schmal.

»Ich habe es Euch schon immer gesagt, de Vere«, zischte Robert so leise, dass weder der Priester noch Mandeville seine Worte verstehen konnten. »Eines Tages sind es nur noch Ihr und ich. Heute ist dieser Tag gekommen.«

Um de Veres Mundwinkel zuckte es.

Ruckartig ließ Robert die Hand los und unterband den Zwang, seine eigene an den Kleidern abzuwischen. Stattdessen riss er die Lanze aus dem gefrorenen Boden und trat langsam einige Schritte zurück.

Unterdessen wandte sich de Mandeville an die versammelten Zuschauer und warnte jeden bei Androhung höchster Strafen, sich dem Kampfplatz näher als vier Fuß zu nähern, einer der beiden Parteien zu Hilfe zu kommen oder einen der Kämpfer in irgendeiner Weise abzulenken.

Seinen Worten folgte Totenstille.

Robert blinzelte zu de Vere hinüber. Inzwischen stand die Sonne gerade hoch genug am Himmel, um ihn zu blenden. Für den Anfang hatte er eine schlechte Position. Trotz der eisigen Kälte fühlte er ein kleines Rinnsal Schweiß seinen Rücken hinablaufen. Der Priester und der *constable* verließen den Kampfplatz.

Roberts Finger klammerten sich um den Schaft der Lanze und den Griff seines runden Schilds. Ihm gegenüber trat de Vere ungeduldig von einem Bein auf das andere.

Dann durchdrang die markante Stimme des Königs die eisige Luft.

»*Laissez-les aller!* Lasst sie beginnen und ihre Pflicht im Namen Gottes erfüllen!«

Der Kampf war eröffnet.

Mit vorsichtigen Schritten bewegte Robert sich auf de Vere zu. Das gefrorene Gras knisterte unter seinen Füßen. De Vere seinerseits blieb abwartend stehen. Er kämpfte, wie er lebte. Lauernd, bis sich ihm eine Gelegenheit bot, heimtückisch zuzuschlagen.

»Worauf wartet Ihr, de Vere?«, rief Robert ihm zu.

Er hielt die schwarze Silhouette vor der rot glühenden Sonne fest im Blick, doch immer wieder zwang ihn das grelle Licht zum Blinzeln. De Vere war nur noch drei Schritte entfernt und nahe genug, um ihn mit der Lanze anzugreifen. Roberts Hand umklammerte das Holz noch fester. Mit dem Schild folgte er de Veres hektischen Bewegungen und angetäuschten Ausfällen.

De Vere zuckte nach links und wieder blendete ihn die Sonne. Instinktiv hob Robert den Schild und spürte im nächsten Moment den Aufprall der Lanze. Er hatte die Attacke nicht einmal kommen sehen und spürte die Vibration bis in jeden Muskel seines Arms. De Veres Lanze rutschte vom metallenen Buckel seines Schildes ab und der Aufprall warf Robert nach hinten. Kaum, dass Robert sicheren Stand gewonnen hatte, sah er die schwarze Silhouette erneut auf sich zustürzen. Er riss seinen Schild nach oben und verhinderte de Veres hoch geführten Stoß. Blind tat er, was Jahre des Kampfes ihm eingeschärft hatten, stieß seitlich an de Veres Schild vorbei und versuchte, seine linke Seite zu treffen. Er sah aber zu wenig, traf mit voller Wucht dessen Schild und spürte, wie der Schaft seiner Lanze in seinen Händen splitternd nachgab. De Vere taumelte zurück.

Robert richtete sich keuchend auf und schleuderte das nutzlose Holzstück in seiner Hand beiseite. Er zog das Schwert aus seinem Gürtel. Seine andere umklammerte noch fester den ledernen Griff des Schildes. Er machte ein paar tänzelnde Schritte zur Seite und versuchte vergeblich, um de Vere herumzukommen. Immer noch achtete de Vere darauf, die Sonne im Rücken zu haben. Dessen nächste Attacke zielte unter Roberts Schild und verfehlte nur knapp seinen Fuß. Robert ließ die harte Kante des Schilds auf de Veres Lanze niedersausen. Das Holz gab mit lautem Krachen nach, was von leisem Raunen aus dem Publikum begleitet wurde. Stolpernd drehte sich de Vere zur Seite. Sofort setzte Robert ihm nach. Doch de Vere wich geschickt aus und rettete sich mit ein paar Schritten nach hinten.

Robert ließ sich Zeit für eine Atempause. Endlich hatte er die Sonne nicht mehr im Gesicht. Unterdessen schleuderte de Vere die Reste seiner Lanze von sich, die klappernd gegen die Begrenzungslatten knallten. Robert wischte sich die ersten Schweißperlen von der Stirn. Das Surren von Metall gegen Metall entlockte den Zuschauern ein begeistertes Seufzen. De Vere hatte ebenfalls sein Schwert gezogen.

Schwer atmend musterten sie sich und warteten auf das unsichtbare Zeichen, durch das der Kampf weitergeführt würde. Roberts Finger umschlossen das Heft seines Schwerts. Es lag gut in der Hand. Doch sein Schild hatte einen Riss bekommen, als er de Veres Lanze zerschmettert hatte. Es würde nicht mehr viele Schläge aushalten. Dieser Umstand drängte ihn in die Offensive. Robert griff an.

Sein Schwert traf donnernd auf de Veres Schild und rutschte erneut am glatten Metall des Buckels ab. De Vere warf sich nach vorn. Schild prallte gegen Schild und ließ Robert zurückweichen. De Vere setzte ihm nach und hieb mit voller Kraft auf Roberts Schild ein. Das bereits instabile Holz begann zu knirschen. De Vere ließ nicht locker, angespornt vom unüberhörbaren Geräusch des berstenden Lindenholzes. Roberts Arm schmerzte vor Anspannung, während er die prasselnden Schläge abfing. Mit jedem splitterte Holz ab. De Vere drängte ihn Schritt für Schritt zurück, bis Roberts Fuß gegen eine der Absperrlatten stieß. De Vere holte erneut aus. Diesmal gelang es Robert, ihm zuvorzukommen. Er stieß sich von der Holzlatte ab und warf sich in de Veres erhobene Klinge. Klirrend wehrte er sie mit der Schmalseite seines Schwerts ab und holte mit den Resten seines Schildes aus. Er traf de Vere am Kiefer. De

Vere wankte zurück und spuckte Blut. Die Zuschauer konnten ihre Begeisterungsrufe kaum zügeln. Robert schleuderte den zerschmetterten Schild von sich. Er schwitzte inzwischen heftig unter dem Kettenhemd und der Schweiß auf seiner Stirn drohte ihm in die Augen zu laufen.

Schnell hatte de Vere sich wieder gefasst. Robert versuchte, einen Stich an seiner Deckung vorbei zwischen seine Rippen zu setzen. Im letzten Moment wich de Vere aus und der Stoß landete zwischen de Veres Körper und dem Schild. Robert zog seinen Arm zurück und stutzte. Er riss erneut an seinem Schwert, doch de Veres Hand hatte sich eisern um die Breitseite seiner Klinge geschlossen.

De Vere lächelte teuflisch und entblößte einen fehlenden Zahn und Blut in seinem Mund. Dann riss auch er an Roberts Schwert. Roberts Faust klammerte sich um den Griff.

Es war ein Tauziehen.

»Wollen wir mal sehen, ob Ihr tanzen könnt, FitzGeoffrey!«

De Vere begann, sich auf dem aufweichenden Boden um die eigene Achse zu drehen. Robert folgte der erzwungenen Bewegung. Er riss erneut an seinem Schwert und versuchte, mit der linken Hand an das Messer in seinem Gürtel zu kommen. Das brachte de Vere auf eine Idee. Er holte aus und hieb mit dem Schwert nach Roberts Rippen. Bewegungsunfähig an das Heft seines Schwerts geklammert konnte Robert ihm nur haarscharf ausweichen. Mit keuchendem Aufschrei schlug de Vere erneut zu. Diesmal zielte er besser. Robert sah die Klinge auf sich zusausen, ohne eine Möglichkeit, ihr auszuweichen. Endlich bekam seine Linke das Messer zu fassen. Er riss es nach oben und parierte den Schlag, kurz bevor er seinen Kopf traf.

Es war ein zähes Ringen. Geschickt wehrte Robert einige Schläge ab. Dann begann de Vere seine Beine zu attackieren, außerhalb der Reichweite des kurzen Messers. Robert versuchte, die Füße wegzuziehen und rutschte über den inzwischen zertrampelten Boden. Die Klinge traf ihn am Oberschenkel, kurz unterhalb des Kettenhemdes, und schnitt zischend durch Stoff und Fleisch.

Robert gab einen erstickten Schmerzenslaut von sich. Im selben Moment riss de Vere erneut an seinem Schwert und das Heft entglitt Roberts Fingern. Er stürzte auf den gefrorenen Boden und presste die Hand auf die klaffende Wunde in seinem Bein. Der Schmerz wallte lähmend auf und er spürte warmes Blut zwischen seinen Fingern hervorquellen. Laute Begeisterungsrufe schollen von jenseits der Absperrung zu ihnen herüber. Robert glitt auf dem nassen Boden erneut aus, ehe er mühsam auf die Füße kam.

Schnaufend kam de Vere auf ihn zu.

»Das war's dann wohl, FitzGeoffrey.«

Er schmetterte Roberts Schwert so heftig von sich, dass es weit hinter der Absperrung landete, vor den Füßen der Zuschauer, und warf seinen eigenen Schild hinterher, weil er ihn nun nicht mehr brauchen würde. Stattdessen griff er ebenfalls nach dem Messer in seinem Gürtel. Mit dem Schwert in der Rechten und dem Messer in der Linken trieb er Robert vor sich her. Bei jedem Tritt krampfte Roberts Bein vor Schmerzen.

De Vere ließ sich Zeit.

»Ich hoffe, Ihr habt heute Morgen gebeichtet«, sagte er mit einem Lächeln und spuckte erneut Blut aus, »denn gleich werdet Ihr vor Euren Schöpfer treten. Und morgen schicke ich Euren Bastard hinterher.«

Robert wich weiter zurück an die Latten der Absperrung.

»Ihr zögert es nur unnötig hinaus, FitzGeoffrey.«

»Gott ist mit den Rechtschaffenen!«, stieß Robert schwer atmend hervor. »Weder Ihr noch ich entscheidet über diesen Tag.«

De Vere lachte höhnisch und wischte sich mit dem Handrücken Spucke und Blut aus dem Mundwinkel.

»Dann sollte Gott sich besser beeilen.«

Robert biss die Zähne zusammen und parierte de Veres Schwerthieb mit dem Messer. Es glitt sirrend an de Veres Klinge hinab und verkeilte sich mit dessen Parierstange. Mit aller Kraft drückte Robert gegen de Veres Klinge, fand aber wegen seines Beins nur schlechten Stand. De Vere rückte näher und kam mit dem

Messer in seiner Linken in Reichweite. Er attackierte Robert von der Seite. Nur mit Glück konnte er ausweichen. Ein schmerzhafter Tritt traf ihn an der Schnittwunde seines Beins. Robert gab ein gurgelndes Keuchen von sich. Er sackte in die Knie. Benommen spürte er einen weiteren Tritt, diesmal gegen seine rechte Hand. Sein Messer flog wirbelnd durch die Luft.

Robert kämpfte darum, bei Bewusstsein zu bleiben, wenngleich ihm klar war, dass dies die letzten Augenblicke seines Lebens waren. Er kauerte auf der Erde und stützte sich mühsam mit den Händen ab.

Über ihm verdunkelte ein drohender Schatten die Sonne.

»Ergebt Ihr Euch, Robert FitzGeoffrey, und fleht um Euer Leben?«

De Vere sprach so laut, dass alle Zeugen des Duells hören konnten, wie er das Recht einhielt und Robert die Möglichkeit gab, sich zu ergeben.

Die Muskeln in Roberts Armen zitterten und seine Finger krallten sich in den Dreck. Er hob den Kopf und starrte nach oben. De Veres Gesicht war nur eine dunkle Fratze vor der gleißenden Wintersonne. Er schüttelte den Kopf.

»Nein. Nie! Ich ergebe meine Seele Gott, meinem Herrn«, presste er mühsam hervor.

»Er hat Euch heute schmählich im Stich gelassen«, antwortete de Vere und hob sein Schwert. »Aber gleich könnt Ihr es ihm persönlich sagen!«

Roberts Finger berührten etwas Kaltes. Aus dem Augenwinkel sah er, wie sich die Sonnenstrahlen in de Veres abgebrochener Lanzenspitze spiegelten.

In scheinbarer Demut neigte Robert den Kopf und schloss unmerklich die blutverschmierten Finger um das Holz des Lanzenschafts.

De Vere trat noch einen Schritt näher. Robert sah den Schatten des ausholenden Schwerts auf der Erde, hörte, wie de Vere tief Atem holte, um zum letzten Hieb anzusetzen.

In diesem Moment riss Robert das Lanzenstück hoch und rammte es de Vere in die Brust. Die Spitze durchbrach das Kettenhemd. Krachend gaben Knochen und Fleisch nach. De Veres Bewegung erstarrte. Robert richtete sich auf, lehnte sich vor und bohrte den Schaft noch tiefer zwischen de Veres Rippen.

Aus der Umgebung ertönten leise Schreie der Überraschung. De Vere hingegen gab keinen Ton von sich. Die Augen weit aufgerissen, ging sein Mund auf. Röchelnd versuchte er, Luft zu holen, doch es kamen nur blutige Blasen heraus. Dann löste sich der Griff um sein Schwert und es landete im Dreck. De Veres Körper sackte in die Knie und fiel rücklings auf die Erde.

Robert starrte ihn an und sank dann vollkommen erschöpft in sich zusammen. Das Atmen fiel ihm so schwer, als steckte die Lanze in seiner eigenen Brust, und mit jedem Pulsschlag rann neues Blut aus der Wunde an seinem Bein.

Er schloss die Augen.

Er war frei. Und Arnaud war in Sicherheit.

»Gott hat entschieden«, murmelte er leise und dachte dabei an Evaine.

Der Ring füllte sich inzwischen mit Leuten. Mandeville war herbeigeeilt, begutachtete den Toten und gab ein Zeichen in Richtung des Königs. Neugierige strömten dazu und beugten sich schaudernd über de Veres Leiche. Ein Priester sprach ein Gebet und schlug das Kreuzzeichen über ihm. Die Umstehenden unterbrachen ihre angeregten Gespräche über den Verlauf des Kampfes und bekreuzigten sich eilig.

Robert blieb einfach sitzen, wo er war. Er ignorierte das anerkennende Klopfen auf seiner Schulter und überhörte die Beglückwünschungen zu seinem Sieg. Noch mehr Menschen kamen dazu. Knappen, die begannen, die verstreuten Waffen einzusammeln, und Träger, die versuchten, de Veres Leiche vom Platz zu schaffen.

»Hilf meinem Sohn hoch.« Sein Vater war neben ihn getreten und wies den jungen Knappen von vorhin an, Robert auf die Füße zu ziehen. Er war nicht sonderlich kräftig und so kostete es Robert dennoch einige Anstrengung, ehe er wieder aufrecht stand. Sein Bein schmerzte höllisch und er spürte einen Anflug von Schwindel.

»Hol mir mein Schwert und ein Pferd«, sagte er zu dem Jungen. Der spurtete los, um die von de Vere weggeschleuderte Waffe wieder einzusammeln. Ohne ein Wort an seinen Vater wandte Robert sich ab und humpelte aus der Kampfarena.

»Deine Wunde blutet!«, rief Geoffrey ihm hinterher.

»Dann hol jemanden, der sie abbindet«, rief Robert zurück, ohne stehen zu bleiben. »In einer Stunde reite ich nach Allingham.«

KAPITEL 19

Sei getreu bis in den Tod …

Offenbarung 2,10

ALLINGHAM, sechs Tage zuvor

Über den Hof der *burh* hatte sich bereits Finsternis gesenkt. Evaine hatte selten eine so dunkle Nacht erlebt. Als hätte Gott ein schwarzes Tuch über die Welt gebreitet, um sie vor den Augen ihrer Feinde zu verbergen.

Nervös sog sie die Nachtluft ein, aber die beruhigende Wirkung blieb aus. Stattdessen wuchs ihre Beklommenheit. Sie lauschte in das Dunkel. Es war erfüllt von unaufhörlichem Rascheln, Flüstern und dem Scharren der Pferdehufe – untrügliche Zeichen ihres nahenden Aufbruchs. Sie hatten nicht gewagt, auch nur eine Laterne anzuzünden, aus Angst, Osric auf sich aufmerksam zu machen. Nun lag Allingham wie in tiefen Schlaf gehüllt, obwohl kaum ein Mensch auf der *burh* Ruhe fand.

Über den Hof drang leise eine Stimme. Es war Gérard, der den normannischen Rittern letzte Anweisungen gab. Gleich würde er Evaine und Arnaud zur Abtei in Dorsome begleiten. Wenn alles gut ginge, wäre er noch vor Morgengrauen zurück auf Allingham. Wie es danach weitergehen sollte, wussten sie auch nicht.

Allingham zu verlassen, war schrecklich. Aber sie ging. Zum

ersten Mal fühlte Evaine sich nicht in erster Linie ihrer Heimat verpflichtet. Sie musste an Arnaud denken und auch an ihr eigenes ungeborenes Kind.

Sobald sie die Abtei erreicht hätte, würde sie versuchen, mit Redwald zu sprechen, wie Robert es ihr aufgetragen hatte. Vielleicht würde er sie gegen Osric unterstützen. Genauso wie Egbert. Robert hatte zwar kaum eine Möglichkeit gesehen, Allingham zu schützen, und sie allein könnte es nie und nimmer. Aber sie hatte sich an das Letzte geklammert, was er ihr gesagt hatte, und Byrhthelm aufgetragen, mit Egbert zu sprechen.

In der Halle war es ebenfalls dämmrig. Sie hatten auch hier nur einzelne Lampen entzündet, um das Notwendigste erledigen zu können. Im spärlichen Licht wartete Meredith mit Arnaud. Er war ebenfalls reisefertig.

»Bist du so weit?« Instinktiv hatte Meredith die Stimme zu einem Flüstern gesenkt.

»Ja, ich habe alles, was ich brauche«, entgegnete Evaine und tastete nach ihrer Rocktasche unter ihrem Mantel. Es war Roberts blauer Mantel. Warm und weich umhüllte er sie und verströmte dabei Roberts einzigartigen Duft. Ein bisschen so, als wäre sie in seiner Umarmung geborgen. Zwei goldene Armreifen aus dem Besitz ihres Vaters ruhten schwer in ihrer Tasche. Sie hatte sie für alle Fälle als Rücklage mitgenommen. Daneben raschelte Roberts königliche Charta. Sie würde sie bei Redwald in der Abtei in Sicherheit bringen. Früher oder später würde Osrics Aufstand scheitern. Und dann musste Robert seinen Anspruch auf Allingham aufrechterhalten können.

»Fertig, Arnaud?« Sie mühte sich um einen munteren Ton und versuchte ein Lächeln, das kläglich misslang.

Er nickte stumm. Die Anspannung, die seit dem Morgen auf Allingham lastete, war auch für ihn spürbar. Wenigstens war ihm Roberts Anblick in Fesseln erspart geblieben. Gérard hatte ihren wortlosen Wink verstanden und ihn vor de Vere in Sicherheit gebracht. Dennoch wusste Arnaud sehr genau, was geschehen war und was das bedeutete.

»Die Pferde sind gesattelt.« Gérard wartete im Eingang der Halle und Evaine nickte. Die schwarze Kutte ließ ihn fast mit der Finsternis dahinter verschmelzen. Wäre ihr nicht so beklommen zumute gewesen, hätte sie über seinen Anblick lachen müssen. Mit seiner breiten Statur sah er trotz Verkleidung kein bisschen aus wie ein Mönch und seiner Miene fehlte jeder Anschein von Frömmigkeit. Sichtlich unwohl strich er sich mit der Hand über die kahle Stelle auf seinem Schädel. Er hatte sich hartnäckig geweigert, »sich wie ein feiges Weib zu verkleiden«, aber Evaine hatte ihren Willen durchgesetzt, bis hin zur Tonsur. Wenn Osric sie ohne Verkleidung aufgriffe, wären sie noch vor Morgengrauen tot. Er würde keinen Augenblick zögern, einen Normannen zu töten. Stattdessen setzte sie darauf, dass selbst er einen Hauch Skrupel verspürte, einen Mönch umzubringen.

Evaine schluckte mit einem Kloß im Hals.

»Bist du sicher, dass du hier bleiben willst?«, fragte sie ihre Schwester. Meredith trug keinen Mantel und würde mit *déorling* auf Allingham bleiben.

»Ja, das bin ich«, entgegnete sie fest. »Es würde dich und Arnaud nur gefährden. Und falls Osric hier auftaucht, wird Alric schon auf uns achtgeben.«

Evaine hatte den ganzen Nachmittag mit Merediths Entscheidung gerungen. Aber letztlich musste sie sich fügen, weil es einfach das Vernünftigste war. Ihre Flucht nach Dorsome würde nur gelingen, wenn sie schnell, unsichtbar und vor allem lautlos verlief. Mit *déorling* war das beinahe unmöglich. Und wie auch immer die Dinge zwischen Meredith und Alric lagen, so stellte ihre Ehe für Meredith doch einen gewissen Schutz dar. Sie hatte einen angelsächsischen Ehemann, einen angelsächsischen Sohn und war zumindest anfänglich klar auf Osrics Seite gestanden.

Evaine hatte dennoch Angst um sie. Auf Allingham zu bleiben, war für keinen sicher. Eine nächtliche Flucht unter der Gefahr, aufgegriffen zu werden, allerdings ebenso wenig.

Schweren Herzens schloss sie Meredith zum Abschied in die Arme, ergriff dann Arnauds Hand und folgte Gérard hinaus.

Im Hof warteten bereits zwei Pferde auf sie. Eins für Evaine und Arnaud und eins für Gérard. Je weniger Tiere, desto weniger Lärm würden sie machen. Das war auch der Grund, warum sie auf jeden Begleitschutz verzichtet hatten. Evaine saß auf und Gérard half Arnaud in den Sattel. Ihre Finger zitterten, als sie mit der Rechten nach den Zügeln der Stute griff. Den anderen Arm schloss sie fest um Arnaud.

»Alles in Ordnung?«, wisperte sie ihm zu.

Er nickte.

»Wenn … wenn wir in der Abtei sind … treffen wir dort *Sieur* Robert?«

»Wir werden dort auf ihn warten«, antwortete Evaine, bemüht, sicherer zu klingen, als sie war.

»Und wann wird er kommen?«

Die Sorge um Robert lag wie ein Stein auf seinem kleinen Herzen.

»Ich weiß es nicht«, erwiderte sie ehrlich. Mit eiserner Faust schloss sich die Ungewissheit auch um ihr Herz und der Druck in ihrer Brust nahm zu.

»Aber er wird kommen«, sagte sie fest und wusste nicht, ob sie damit Arnaud oder sich selbst beruhigen wollte.

Sie verließen die *burh* durch den *bellgeat.* Statt den Pfad hügelabwärts nach Allingham zu reiten, hielten sie sich unmittelbar an die Palisaden und verließen den Slán Hill auf der Rückseite. Durch einen leichten Strauchbewuchs kämpften sie sich querfeldein. In der Dunkelheit war von dem unebenen Hang unter ihnen kaum etwas zu sehen. Aber Evaines Stute war flink und kletterte geschickt wie eine Ziege hinab. Unten angekommen hielten sie sich weiter abseits der Pfade und orientierten sich allein am schwachen Schimmer des Slán. Wie eine Spur aus gegossenem Blei schlängelte er sich durch die Dunkelheit. Sie kamen nur langsam voran, doch die Nacht um sie herum war ruhig, sodass Evaines ängstliches Herzklopfen nach einer Weile nachließ und sich auch Arnaud in ihren Armen ein wenig entspannte.

Dann kam vor ihnen die Brücke in Sicht. Wie ein dunkler Schatten schwebte sie über dem matten Glanz des Flusses.

Weit und breit war der hölzerne Steg der einzige Übergang über den Slán. Er markierte die Grenze zwischen dem Land ihres Vaters und dem Land der Abtei. Irgendwo auf der anderen Flussseite kündete ein behauener Grenzstein davon. Danach war es nicht mehr weit und nach einer weiteren Flussbiegung könnten sie die Abtei bereits sehen. Dennoch stellte sich bei Evaine noch keine Erleichterung ein. Zunächst zwang die Engstelle sie, den Schutz des Unterholzes zu verlassen und auf den Weg zurückzukehren.

Und Osric wusste das auch.

Unmittelbar vor der Brücke sahen sie den Reiter auf der anderen Uferseite. Wie ein Gespenst hatte er sich aus der Dunkelheit gelöst. Weitere Schatten tauchten neben ihm auf und ohne sich umzudrehen wusste Evaine, dass hinter ihnen weitere ihnen den Rückweg versperrten. Er hatte schon auf sie gewartet.

»Evaine, sieh …« Arnauds Finger krallten sich in ihren Arm.

»Sch.« Eilig presste sie ihm eine Hand vor den Mund und riss mit der anderen an den Zügeln ihres Pferdes.

»Kein Wort«, wisperte sie in Arnauds Ohr. Gérard wandte sich hektisch im Sattel um. Er gab einen unterdrückten Fluch von sich, als er begriff, was sie längst begriffen hatte. Sie waren eingeschlossen. Vor und hinter ihnen lauerten Osrics Männer auf dem Weg. Rechts und links war eiskaltes Wasser, das unter der Brücke dahinfloss. Gelähmt von der Kälte kämen sie keinen *yard* weit, ehe Osric sie eingeholt hätte. Bedauern stieg in ihr auf. Sie wären fast in Sicherheit gewesen. Das leise Rauschen des Slán klang mit einem Mal wie Hohn in ihren Ohren. Nur noch eine einzige Flussbiegung. Von hier aus wäre es ein Kinderspiel gewesen. Moment!

Selbst ein Kind könnte den Weg finden.

Der Takt ihres Herzens beschleunigte sich, gleich den jagenden

Gedanken in ihrem Kopf. Wenn sie wenigstens Arnaud in Sicherheit bringen könnte … Wenn er Redwald berichten könnte … Sie versuchte, ihn zumindest etwas unter Roberts Mantel zu verbergen.

Die Reiter hatten sich noch keinen Schritt bewegt. Sie warteten darauf, dass sie ihnen wie reifes Obst in die Hände fielen.

Sachte drückte sie ihrem Pferd die Fersen in die Flanken und hoffte, dass das Klopfen der Hufe auf den Holzbohlen ihre Stimme übertönte. Schnaubend trottete ihre Stute los. Evaine neigte sich zu Arnaud herab.

»Hör mir jetzt genau zu.« Ihre Lippen bewegten sich kaum, als sie ihm ins Ohr raunte. »Sei ganz ruhig, bis ich es dir sage. Und wenn ich es tue, rennst du, so schnell du kannst. Du hältst dich immer am Fluss, bis du zu einer großen Fischreuse kommst, die zur Abtei gehört. Du kannst sie von dort aus sehen. Geh zum Tor und sag, du erbittest Einlass um der Gnade Christi willen. Dann müssen sie dich hineinlassen. Aber du sprichst mit keinem außer dem Abt. Weißt du, woran du ihn erkennst?« Arnauds Haar strich an ihrer Wange vorbei, als er wortlos nickte. »Sag ihm, du kommst aus Allingham und erzähl, was passiert ist. Dann wartest du. So lang, bis dein …«, sie hätte beinahe Vater gesagt, »… bis dein Herr dich holen kommt. Hast du alles verstanden?«

Er nickte erneut. Sie waren inzwischen mitten auf der Brücke angekommen. Gérard war ihr wortlos gefolgt. Mit jedem Schritt hoben sich die Umrisse des Reiters deutlicher gegen die Dunkelheit ab. Es war Osric selbst. Sie konnte es an seiner Haltung erkennen. Hart und abweisend und dennoch seltsam vertraut.

Ihr Instinkt riet ihr, so viel Abstand wie möglich zwischen sich und ihm zu lassen, doch ihr Verstand drängte sie vorwärts. Wenn Arnaud es zur Abtei schaffen sollte, musste sie erst auf die andere Flussseite. Dabei hatte sie keine Ahnung, wie sie seine Flucht bewerkstelligen sollte. Noch nicht. Also entschied sie, Zeit zu schinden.

»Offenbar hast du uns schon erwartet«, sagte sie laut zu dem Schatten vor sich, während sie langsam weiterritt.

»Das ist nicht nur deine Heimat, Evaine.« Osrics Stimme drang zu ihr herüber. »Wer zur Abtei will, muss hier den Fluss überqueren.«

»Und warum heute Nacht? Woher wusstest du es?«

Osric ließ sich Zeit mit einer Antwort. Es folgte Schweigen, nur erfüllt vom leisen Klackern, mit dem die Pferde einen Huf vor den anderen setzten und sie immer näher ans richtige Flussufer brachten. Und dann?

»Es hat ein wenig gedauert, bis er es mir sagen wollte«, sagte Osric schließlich. Evaine horchte beunruhigt auf. »Aber letztlich war es nicht mehr als gerecht. Immerhin hat er ihm ja auch gesagt, was er wusste.«

Eine Vorahnung ließ sie frösteln und grausige Bilder zogen an ihrem inneren Auge vorbei.

»Wer?«, fragte sie tonlos, obwohl sie die Antwort längst kannte.

»Byrhthelm.«

Ihr Magen verkrampfte sich zu einem eisigen Klumpen und verursachte heftige Übelkeit.

»Es wäre besser für ihn gewesen, er hätte es mir gleich gesagt. So ist es für ihn nicht gerade glücklich ausgegangen«, sagte Osric. Es klang alles andere als mitleidig.

»Eine Weile dachte ich wirklich, er hätte ein Rückgrat. Aber ein glühendes Eisen bringt jedes Rückgrat zum Schmelzen …«

»Hör auf!«, stieß sie erstickt hervor. »Du machst mich krank …«

Im nächsten Moment wusste sie, dass sie keine bessere Gelegenheit bekommen würde. Sie hatte inzwischen das Ende der Brücke erreicht. Ohne Vorwarnung schlang sie ihren Arm fest um Arnauds Hüften und sprang mit ihm zusammen vom Pferd. Dann stürzte sie an die Böschung, als müsste sie sich übergeben. Sie sank auf das gefrorene Ufergras und ließ Arnaud los.

»Jetzt«, wisperte sie und schubste ihn vorwärts. Dabei breitete sie den Mantel aus, um ihn möglichst gut vor Osrics Augen zu verbergen. Doch Arnaud kauerte wie gelähmt vor ihr, offenbar unfähig sich zu regen.

»Los! Lauf!«, zischte sie mit aufsteigender Panik. Wenn er es nicht schaffte …

Arnaud erwachte aus seiner Starre und kroch auf allen Vieren die Uferböschung hinab. Sie folgte seinem Schatten und glaubte für einen Moment, sie müsste sich tatsächlich übergeben. Während sie damit rang, wurde sie von einer harten Hand nach hinten gerissen.

»Was soll das?«

Es war Osric. Panisch hielt sie den Blick auf die Uferböschung fixiert. Arnaud duckte sich reglos im hohen Gras, wie ein Häschen.

»Ich … muss mich übergeben …«, keuchte Evaine und gab ein Würgen von sich, das nicht gespielt war.

Abrupt ließ Osric sie los. Mit tiefen Atemzügen sog sie die Nachtluft ein. Arnauds Schatten war verschwunden. Ihr Brechreiz ließ nach.

»Komm!« Osric zerrte sie hoch. »Früher warst du nicht so empfindlich.«

»Nein«, antwortete sie matt. Vor der Schwangerschaft war es nicht so schlimm gewesen und sie hoffte, dass er nicht die gleiche Schlussfolgerung zog. Er schubste sie zurück auf den Weg. Gérard war ebenfalls abgesessen und stand umzingelt von Osrics Männern.

»Macht Licht, damit wir uns unseren Fang einmal ansehen können.«

Das Schlagen von Feuerstein ertönte und gleich drauf das Zischen sich entflammenden Zunders. Dann brachte einer der Männer eine Fackel.

Osric leuchtete ihr damit direkt ins Gesicht und sie blinzelte in die Flamme.

»Eine Hure und ein Mönch. Wie passend«, sagte er trocken. »Eine bessere Verkleidung ist euch wohl nicht eingefallen, wie?«

Der Kloß in ihrem Magen wuchs erneut und mit ihm die Übelkeit. Er würde es ihnen nicht abkaufen.

»Er ist ein Bote der Abtei …«, bekräftigte sie. Im nächsten Moment biss sie sich auf die Lippen, weil ihre alberne Verteidigung sie umso unglaubwürdiger machte.

»Und was sagt unser Mönch dazu?«

Die Fackel schwenkte herum und beleuchtete Gérards Gesicht. Er kniff die Augen vor dem Feuerschein zusammen. Seine Lippen waren eine einzige schmale Linie. Er sagte kein Wort. Vermutlich, weil er auch nicht verstanden hatte, was Osric von ihm wollte. Langsam leuchtete Osric von seinem Gesicht abwärts über seine Kutte und blieb am Heft seines Schwerts hängen, das unter dem Mantel hervorblitzte.

»Ein Mönch mit Schwert …«, betonte Osric vielsagend, »und nicht zufällig auch noch ein normannischer Mönch, oder?«

Gérard erwiderte immer noch nichts, sondern starrte Osric nur an. In seinen braunen Augen lagen Trotz und pure Mordlust.

»Redwald hat ihn zu mir geschickt. Er bringt mich zur Abtei«, beharrte Evaine.

»Und wieso sagt er mir das nicht selbst?« Osric trat noch einen Schritt näher heran.

Entsetzt sah Evaine, wie Gérards Hand nervös zum Heft seines Schwerts zuckte. Wenn er danach griff, wäre er tot!

»Er … er hat ein Schweigegelübde abgelegt!«, platzte sie heraus und lenkte Osrics Aufmerksamkeit wieder auf sich selbst.

Einen Moment sah sie seinen verdutzten Gesichtsausdruck im flackernden Feuerschein, dann brach er in eiskaltes Gelächter aus. Um sie herum stimmten seine Leute zögerlich ein.

»Du konntest noch nie lügen, Evaine!«, rief er höhnisch.

Ihre Wangen begannen zu brennen.

»Dann sag mir doch, wie er dir eine Botschaft überbracht hat … der schweigsame Bote …« Er lachte erneut und griff bereits zu seinem Schwert.

»Er hat eine Nachricht gebracht! Hier!« Mit zitternden Fingern fummelte sie Roberts Charta aus der Tasche ihres Kleides und hielt sie ihm demonstrativ entgegen. Sie entrollte sich und entblößte das blutrote Siegel des Königs.

Osrics Lachen verstummte und er beäugte misstrauisch das Schriftstück. Evaine bemühte sich um einen selbstgerechten Gesichtsausdruck in der Hoffnung, dass keiner der Männer lesen konnte. Offenbar hatte sie Glück.

»Vielleicht ist er wirklich ein Mönch … das wäre Frevel …«, murmelte einer aus Osrics Reihen. Hin- und hergerissen zögerte Osric. Evaine schwenkte die Charta wie ein himmlisches Erkennungsmal.

»Nehmt ihn mit!«, knurrte er schließlich. »Ich werde später sehen, was ich mit ihm anfange.«

Evaine stieß den Atem aus, den sie unwillkürlich angehalten hatte, und mühte sich, die Charta erneut in ihre Rocktasche zu stecken. Unterdessen brachen Osrics Männer in Geschäftigkeit aus, entrissen Gérard sein Schwert, fesselten seine Hände und banden ihn an ein Pferd.

Nur Osric stand ihr immer noch reglos gegenüber. Nachdenklich musterte er sie im Schein der Fackel. Ihre Kehle wurde trocken vor Angst.

»Und … was ist mit mir?«, flüsterte sie krächzend. »Wirst … du mich töten?«

Ein schmerzlicher Ausdruck huschte über sein Gesicht.

»Ich weiß es noch nicht.« Es klang wie die Wahrheit. »Nehmt sie auch mit«, sagte er und befahl einem Mann, ihr ebenfalls die Hände zu binden.

»Mit wohin?«, fragte sie.

Schon im Gehen wandte Osric sich noch einmal um. »Keine Angst, Evaine. Wir gehen nach Hause. Nach Allingham.«

Augenblicklich bekam sie Angst.

Als sie Allingham erreichten, war es beinahe Morgen. Den ganzen Weg über hatte sie sich in schrecklichen Details ausgemalt, wie Osric versuchen würde, Allinghams Palisaden zu stürmen, bis die normannische Garnison aufgab. Oder, dass er die *burh* belagern würde, bis sich drinnen niemand mehr regte, und sie schließlich in eine Halle voll verhungerter Skelette eindrangen. Oder, dass er Feuer legte und Meredith und *déorling* mit ganz Allingham in Rauch und Flammen umkamen.

Doch nichts davon geschah. Als sie den *bellgeat* erreichten, öffnete sich das Tor beinahe von selbst. Beklommen stolperte Evaine Osrics Pferd hinterher, an das sie gefesselt war. Drinnen war der Hof in graues Zwielicht getaucht. Es herrschte Totenstille.

Ihre Sinne waren noch von der Dunkelheit geschärft und so roch sie es, bevor sie es sah. Durchdringend und metallisch. Blut. Dann sah sie die Leichen. Starre Soldaten in Pfützen trocknenden Bluts. Der Geruch nach Blut und Tod wurde so stark, dass sie ihn auf der Zunge zu schmecken glaubte. Augenblicklich erbrach sie einen Schwall vor ihre eigenen Füße. Sie hörte Osric angewidert grunzen und erbrach sich erneut, bis ihr Magen ganz leer war. Sie zitterte am ganzen Körper. Dann wurde sie bereits weitergezerrt und wäre fast in ihr eigenes Erbrochenes getreten.

Ihre Ankunft war offenbar bemerkt worden, denn der Hof füllte sich zögerlich mit Leuten. Mit angehaltenem Atem suchte Evaine unter ihnen nach bekannten Gesichtern. Doch sie erkannte kaum einen wieder. Es waren allesamt Osrics Leute.

Von der Tür der Halle ertönte ein heiserer Aufschrei. Meredith stürzte auf sie zu und schlang die Arme um sie.

»Was …?«

»Es ist meine Schuld«, schluchzte Meredith. Ihre Wangen waren noch immer tränennass. »Alric … er sagte, er wolle mich sehen … Ich hab ihn hereingelassen …«

»Genug!«, fuhr Osric ungehalten dazwischen und Meredith zuckte zurück. Hinter ihr tauchte in einigem Abstand Alric auf.

Er wirkte verschlossen und um seine Mundwinkel lag ein erbitterter Zug. Als er Evaines vorwurfsvollem Blick begegnete, meinte sie einen Anflug von Schuld aufblitzen zu sehen. Eilig schlug er die Augen nieder und stockte beim Anblick ihrer gefesselten Hände.

»Was soll das?« Der grimmige Ausdruck nahm zu.

»Sie ist eine Verräterin und wird wie eine behandelt«, entgegnete Osric knapp und saß von seinem Pferd ab. »Merk es dir gut.«

Angesichts dieser Drohung wurden Alrics Augen schmal.

»War das noch nicht loyal genug für dich?« Er nickte in Richtung der Leichen.

Instinktiv war Evaine seinem Blick gefolgt und wandte sich eilig ab, als die Übelkeit erneut in ihr hochstieg.

»Dieses Mal ja. Aber du hattest ja auch einiges gutzumachen.«

Alric schwieg. Anscheinend hatte Osric ihm nicht geglaubt, dass Robert ihn damals im Wald überwältigt hatte. Jetzt hatte er sich seine Loyalität zurückgekauft. Mit Blut.

Osric winkte zwei weitere Männer heran und wies auf Evaine. »Sperrt sie ein. Und ihren Beichtvater gleich mit.«

Unter Merediths Protest wurden sie über den Hof geschleift. Da Allingham keinen Kerker oder Ähnliches besaß, ließ Osric sie in die unterirdische Vorratskammer unter der Halle sperren.

Der niedrige Kellerraum war direkt aus dem lehmigen Boden gegraben worden und diente dazu, Milch, Butter und Käse über den Sommer halbwegs frisch zu halten. Zu dieser Jahreszeit war er kalt und feucht. Zitternd kauerte Evaine sich neben einem der Käseregale auf die Erde. Gérard starrte immer noch grimmig auf die Falltür, die sich mit lautem Knall über ihnen geschlossen hatte. Schließlich seufzte er und sah sich im Halbdunkel um. Durch die Ritzen der Luke fielen kaum ein paar Lichtstrahlen herein.

»Wenigstens werden wir nicht verhungern«, bemerkte er trocken.

Evaine warf ihm einen warnenden Blick zu. Wenn man ihn oben in der Halle sprechen hörte, wäre seine Tarnung dahin. Und er würde den Leichen im Hof Gesellschaft leisten. Sie ließ den Kopf wieder auf ihre Knie sinken.

»Immerhin ist Arnaud entkommen«, flüsterte sie. Hoffentlich war er bei Redwald und vorerst in Sicherheit. Aber wie lang? Wenn Robert nicht zurückkam … Sie presste die Augen fest zusammen. Sobald sie sich einmal erlaubte darüber nachzudenken, wäre es um ihre Selbstbeherrschung geschehen. Frierend kuschelte sie sich enger in Roberts Mantel und Gérard hockte sich neben sie.

»Zumindest habe ich nicht auf dich gehört und hier drunter meine Sachen angelassen«, murmelte er düster vor sich hin und wies auf die Kutte, »Sonst säße ich hier nicht nur mit nacktem Schädel, sondern auch mit nacktem Arsch.«

Evaine musste widerwillig lächeln und ließ den Kopf an seine Schulter sinken. Dann blieb ihnen nichts weiter übrig, als zu warten.

Die meiste Zeit über war es still in der Halle. Nur manchmal drangen Gesprächsfetzen zu ihnen herunter und einmal war Evaine sicher, *déorlings* Geschrei gehört zu haben. Nur zu den gemeinsamen Mahlzeiten war es lauter. Dann summte es über ihnen im hundertfachen Bass murmelnder Männerstimmen. Osric schien sich als Herr von Allingham einzurichten.

Zweimal am Tag öffnete sich die Luke über ihnen und ein Sack mit Brot und ein Schlauch mit Wasser, manchmal auch Ale, wurden heruntergeworfen. Jedes Mal nahm Evaine sich fest vor, darauf zu achten, von wem das Essen kam. Aber es ging zu schnell und sie war vom einfallenden Licht so geblendet, dass sie nichts sehen konnte. Als sie einmal versuchte, denjenigen anzusprechen, fiel die nächste Mahlzeit für sie und Gérard aus.

Sie saßen nun seit vier Tagen in der Finsternis. Immer noch hatten sie keine Ahnung, was Osric mit ihnen vorhatte. Geschweige denn, was über ihnen passierte. Der Ruhe nach zu urteilen, gar nichts. Inzwischen schien es Evaine, als täte Osric das gleiche wie sie selbst. Er wartete auf eine Nachricht von Robert.

Als sich die Klappe wieder einmal öffnete, stupste sie eilig Gérard an, der grunzend aus einem leichten Schlaf erwachte. Sie wusste nicht warum, aber es schien ihr die falsche Zeit für ihre Tagesration zu sein. Tatsächlich blieb der leise Aufprall auf dem Lehmboden aus. Stattdessen knarzte die alte Stiege, als jemand zu ihnen herunterkam.

Eilig sprang Evaine auf. Gérard hatte sich ebenfalls aufgerappelt und stand abwartend neben ihr. Im schwachen Licht, das durch die Luke fiel, erkannte sie Gyrths schlaksige Gestalt.

»Nur sie«, sagte er und bedachte Evaine mit einem hämischen Blick. Dann packte er sie beim Arm und zerrte sie grob die Stufen hinauf. Mit dumpfem Knall fiel die Klappe hinter ihr wieder zu.

Sie durchquerten die Halle und ihr wurde klar, dass man sie zum ehemaligen Privatzimmer ihres Vaters brachte. Als sie dort ankamen, hatten ihre Augen sich wieder an das Licht gewöhnt und ihre Lungen sogen gierig die frische Luft ein.

Osric erwartete sie, die Hände auf dem Rücken verschränkt. Trotzig verschränkte sie die Arme vor der Brust.

»Du hast dir ziemlich viel Zeit gelassen. Hast du inzwischen entschieden, was du mit mir machen willst?«, fragte sie herausfordernd.

Sie wollte ihm nicht das erste Wort lassen und wusste, wie sehr es ihn ärgern würde. Er durfte nicht wissen, wie viel Angst er ihr machte.

Wie erwartet kniff er bei ihren Worten ungehalten die Augen zusammen.

»In der Tat. Ich habe mich entschieden«, sagte er leise. »Und du solltest dich in Acht nehmen, damit ich es mir nicht wieder anders überlege.«

Gegen ihren Willen war sie erleichtert über seine Worte. Dann würde er sie also nicht töten.

»Wenn du mich nicht umbringen willst, was willst du dann von mir?«

Er kam ein paar Schritte auf sie zu und sie spürte den starken Drang, vor ihm zurückzuweichen.

»Ich will dich. Das wollte ich immer. Und kein Normanne wird mir das nehmen.«

»Mich oder Allingham?«, fragte sie scharf.

»Beides«, sagte er wie selbstverständlich. »Allingham ist dein Erbe. Wenn du meine Frau bist, gehört es mir. Genauso wie du.«

Sie wandte den Kopf und starrte auf die Buchrücken im Regal ihres Vaters.

»Ich bin bereits die Frau eines anderen«, presste sie hervor und wurde sich erneut des goldenen Eherings an ihrer rechten Hand bewusst. Nervös drehte sie ihn zwischen den Fingern.

»Ach ja … das …«, sagte Osric gedehnt. Sie spürte, wie sein Blick zu ihrem Ehering wanderte.

Angestrengt hielt sie die Bücher fixiert. Es war einfach lächerlich, dass sie hier immer noch standen, schoss es ihr durch den Kopf. Nicht einmal die Reihenfolge hatte sich geändert. Unwillkürlich wollte sie eines aus dem Regal nehmen und an einen anderen Platz setzen, denn nichts hier hatte mehr seinen angestammten Platz.

»Ich wollte dir etwas zeigen«, sagte Osric.

Argwöhnisch sah sie zu ihm herüber. Er war dabei, das Fenster zu öffnen. Scheinbar interessiert blickte Osric hinaus in den Hof. Neugierig trat sie näher. Beim Anblick gefror ihr beinahe das Blut in den Adern. Direkt vor ihr hing die kopflose Leiche eines Mannes an einem Galgen.

»Wer …«, sie wirbelte entsetzt herum. *Lass es niemand sein, den ich kenne!*

»Komm rein!« Osrics laute Stimme ließ sie zusammenzucken und augenblicklich öffnete sich die Tür. Sie hatte niemanden klopfen hören. Ein Mann mit einem Beutel in der Hand trat ein. Auf Osrics Zeichen schüttete er den Inhalt des Beutels auf den Boden. Mit leisem Plopp landete ein Kopf auf den Holzdielen des Zimmers und kullerte vor Evaines Füße, die entstellte Fratze ihr zugewandt.

»Kennst du ihn?«

Osrics Stimme schien von weither zu kommen. Sie starrte in die ausdruckslosen Augen des Toten und wunderte sich, dass sie sich nicht erneut übergeben musste. Vielleicht war ihr Gemüt inzwischen abgestumpft.

»Kennst du ihn?«, wiederholte Osric.

»Nein«, flüsterte sie kaum hörbar. Sie schämte sich, weil sie dankbar war, ihn nicht zu kennen. Es war nicht Robert. Und nicht Arnaud.

»Meine Männer haben ihn …«, er suchte nach dem passenden Wort, »… aufgelesen.«

Er entließ den Mann an der Tür mit einem Winken.

»Wer war er?«, murmelte Evaine.

»Ich nehme mal an, ein Bote deines Mannes. Wir haben uns nicht die Mühe gemacht, aus seinem Kauderwelsch schlau zu werden.«

So beiläufig, wie seine Worte waren, durchdrangen sie doch ihre Benommenheit. Für einen Augenblick ließ sie sich zu unkluger Hoffnung hinreißen. Doch ehe sie sich versah, war Osric neben sie getreten und beförderte den Kopf mit einem Fußtritt durch den Raum. Evaine zuckte entsetzt zusammen.

»Früher oder später mache ich mit deinem *orc* das Gleiche. Solang kann ich auf dich warten. Und bis dahin habe ich jede Erinnerung an ihn ausgebrannt!«

Sie wich vor ihm zurück und schüttelte den Kopf.

»Oh doch!« Er setzte ihr nach und packte jäh ihre Hand. Mit groben Griffen zerrte er an ihren Fingern und sie begriff, dass er ihr den Ehering abstreifen wollte.

»Nein!« Sie ballte die Hand zur Faust.

»Wollen wir wetten?« Seine Stimme bebte vor unterdrückter Wut und er schleifte sie durch den Raum. Sie sträubte sich nach Kräften, ohne zu wissen, was er vorhatte. Mit Schrecken blieb ihr Blick an der Glut des Kamins haften. Sie widersetzte sich noch heftiger. Ohne Erfolg. Er zerrte sie vorwärts. Mit einer Hand umklammerte er ihre Rechte, mit der anderen entzündete er ein Holzscheit an der glimmenden Glut. Sie erbleichte, als sich das brennende Scheit ihrer Hand näherte. *Ein glühendes Eisen hat noch jedes Rückgrat zum Schmelzen gebracht* … Sie versuchte panisch, sich zu befreien, aber er hielt sie in eisernem Griff umklammert.

»Du kannst ihn mir auch freiwillig geben …«

Zitternd hielt sie ihre Hand zur Faust geballt. Sie würde den Ring nicht abnehmen. Niemals!

»Wie du willst …«

Die Flamme züngelte unter ihrer Hand. Aus der Wärme wurde in Sekunden schmerzhafte Hitze. Das Metall des goldenen Rings schien die Flammen beinahe aufzusaugen. Immer heißer schloss er sich um ihr Fleisch. Sie presste die Zähne zusammen und versuchte den Schmerz zu unterdrücken. Tränen traten ihr in die Augen. Ihre ganze Hand schmerzte und der Ring brannte sich in ihren Finger. Mit einem Aufschrei öffnete sie die Faust.

Augenblicklich schleuderte Osric das Scheit in den Kamin, riss den glühenden Ring von ihrem Finger und warf ihn hinterher.

Tränen strömten über ihre Wangen. Sie sah dem Ring nach und wollte hinterherstürzen, doch Osric hielt sie fest. Sie gab auf. Ihre Hand pochte vor Schmerz, Brandblasen hatten sich auf ihrer Haut gebildet.

»Siehst du, früher oder später wirst du nachgeben. Und je früher, desto weniger tut es weh«, sagte er drohend.

»Auch wenn du den Ring verbrennst, bin ich immer noch seine Frau!«, schleuderte sie ihm schluchzend ins Gesicht.

»Noch!«, sagte er und ließ sie endlich los. »Aber glaub mir, ehe deine Brandwunde verheilt ist, ist er tot. Und so wie gerade werde ich jede Erinnerung an ihn auslöschen!«

Sie schüttelte den Kopf und taumelte zurück. Dabei wäre sie beinahe über den Kopf des Toten gestolpert. Instinktiv presste sie die unverletzte Hand auf ihren Bauch.

Es war ein Fehler, denn es war Osric nicht entgangen.

Seine Augen zuckten zwischen ihrer Hand und ihrem Gesicht hin und her. Schnell ließ sie die Hand sinken. Das war der zweite Fehler.

Sein Gesicht verdüsterte sich und es sah aus, als würde er vor Wut keine Luft mehr bekommen.

»Nein! Nein!«, brüllte er heftig. »Du wirst nicht die Brut dieses *orcs* bekommen!«

Noch nie hatte er ihr solche Angst eingejagt. Sie stürzte zur Tür, riss sie auf und prallte mit dem Wächter davor zusammen. Verdutzt fing der Mann sie auf und blickte zwischen ihr und Osric hin und her.

»Schaff sie weg!«, brüllte Osric weiter. »Schaff diese Hure weg, bevor ich sie umbringe!«

Von dem Wachen zurückgebracht, flüchtete sie zurück in die Dunkelheit der Vorratskammer, als könnte sie sich dort vor Osric verstecken. Aber nicht einmal hier unten waren sie und ihr Kind vor ihm sicher.

Als Gérard ihre verletzte Hand bemerkte, stieß er wüste Verwünschungen auf Französisch aus, ohne Rücksicht darauf, dass es jemand hören könnte. Doch oben in der Halle achtete scheinbar niemand auf sie.

Zitternd kauerte sie auf dem Boden, ganz und gar gefangen in einem Kokon aus lähmender Angst und Schmerzen. Beides zusammen beanspruchte ihr ganzes Denken. Jedes Geräusch, jeder Schritt über ihnen ließ sie ängstlich zusammenzucken und ihr graute vor dem Augenblick, in dem die Luke sich neuerlich öffnen würde. Wenn es über ihnen ruhig war, wurde sie über den tobenden Schmerz in ihrer Hand beinahe verrückt. Gérard suchte den Keller ab und brachte ihr ein Tuch, in das ein Käselaib eingeschlagen gewesen war. Sie begossen es mit etwas Ale von ihrer letzten Mahlzeit und betupften damit vorsichtig die schlimmsten Stellen. Die Berührung brannte so sehr, dass Evaine die Tränen in die Augen stiegen.

Irgendwann erklangen über ihnen wieder dumpfe Tritte und das Geräusch, mit dem die Luke geöffnet wurde. Evaine erstarrte beinahe vor Angst.

»Evaine …« Es war Meredith. »Gott … Deine Hand …«

Meredith trat aus dem grellen Lichtkegel heraus und hockte sich zu Evaine auf den Boden. Angesichts der feuerroten, nässenden Brandwunde schauderte sie entsetzt.

»Hier, das wird ein wenig helfen.« Sie stellte eine Schale neben

Evaine, die mit einer breiigen Masse gefüllt war. »Es ist ein Breiwickel aus Gartenmelde, Ringelblume und Beinwell. Gunna hat es mir gegeben.«

Vorsichtig häufte sie die Masse auf Evaines Hand. Allein die Berührung war so schmerzhaft, dass Evaine die Zähne zusammenbeißen musste, um nicht laut aufzuschreien.

»Dieses dreckige Schwein …«, schimpfte Meredith vor sich hin und warf einen Blick über ihre Schulter. Am Fuß der Stiege stand Alric.

»Weiß Osric, das ihr hier seid?«, dämmerte es Evaine plötzlich.

Meredith schüttelte den Kopf. Mit geschickten Griffen wickelte sie ein Tuch um die Breimasse.

»Ich muss jetzt gehen. Aber ich lasse dir den Rest da. Heute Abend solltest du den Umschlag erneuern.« Wieder sah sie kurz zu Alric. »Glaub mir, dann wird alles gut«, fuhr sie fort und drückte zum Abschied Evaines gesunde Hand. Dann huschte sie wieder nach oben. Alric blieb noch einen Moment stehen und betrachtete Evaine gequält.

»Evaine … ich hab das nicht gewollt …«, sagte er mit rauer Stimme. »Es tut mir so leid, ich …«

Sie glaubte ihm sogar.

»Geh, Alric«, sagte sie matt, »bevor euch jemand findet. Und kümmere dich um Meredith.«

Er nickte widerstrebend. Dann folgte er seiner Frau nach oben.

Für eine Weile half Merediths Umschlag und die Schmerzen in ihrer Hand wurden etwas erträglicher. Erschöpft von den andauernden Qualen und ihrer zermürbenden Angst fiel Evaine in einen traumlosen Schlaf. Als sie erwachte, hatte ihre Hand erneut zu pochen begonnen und der Umschlag war verrutscht. Neben ihr lag Gérard auf dem Boden und gab lautes Schnarchen von sich.

Sie richtete sich auf und begann, im Halbdunkel den Wickel von ihrer Hand zu lösen. Die Masse war inzwischen eingetrocknet und bröselte mit dem Tuch ab. Darunter hatte die Haut begonnen, sich in großen Fetzen zu lösen. Als sie frischen Brei auf der Brandwunde verteilt hatte, griff sie nach dem zweiten Tuch, das Meredith dagelassen hatte. Angesichts der bräunlichen Flecken stockte sie aber und musterte es kritisch. Es war dreckig und sah aus wie das abgerissene Stück eines alten Hemdes. Dann hätte sie es beinahe fallen gelassen, weil ihre Hand so heftig zu zittern begann. Der Stoff war mit krakeligen Buchstaben beschrieben. *Esto fidelis usque ad mortem.*

Er lebte! Und er würde sie holen! Vor Erleichterung schluchzte sie so laut und heftig, dass Gérard davon wach wurde. Erschrocken fuhr er auf. Doch sie brachte kein Wort der Erklärung heraus und schwenkte nur mit verheultem Lächeln das Tuch vor ihm hin und her.

Als sich die Luke das nächste Mal öffnete, hoffte sie inständig, dass es wieder Meredith war. Sie brannte darauf, Details der Nachricht zu erfahren. Wie war sie daran gekommen? Wer hatte sie ihr gegeben? Doch sie wurde enttäuscht. Es war Gyrth. Aufsteigende Furcht erstickte den Hoffnungsfunken, der sie in den letzten Stunden getröstet hatte. Ihre Beine schafften es kaum, einen Fuß vor den anderen zu setzten. Ungeduldig schubste Gyrth sie vorwärts.

»Na los, macht schon. Es gibt eine Überraschung für Euch«, sagte er und brach in schadenfrohes Gekicher aus, das Evaine eine Gänsehaut verursachte.

Beim Gang durch die Halle versuchte sie, sich auf ihre Hoffnung zu konzentrieren. Aus dem Augenwinkel nahm sie eine Bewegung wahr und bildete sich ein, am Ende der Halle Arnauds blonden Schopf gesehen zu haben. Doch als sie sich danach umblickte, war er verschwunden.

Als sie das Zimmer ihres Vaters erreichten, stand die Tür offen. Osric wartete bereits.

»Was …?« Ihre Kehle war so trocken, dass sie krächzte.

»Komm rein. Ich habe eine Lösung für unser … *Problem* … gefunden.« Osric nickte in die hintere Ecke des Zimmers.

Schritte weiterer Personen scharrten. Dann erschien Alric im Türausschnitt. Mit Rheda. Ihre stechenden Augen blitzten widerspenstig und sie schüttelte Alrics Griff um ihren Arm ab. Evaines Blick pendelte zwischen ihr, Alric und Osric hin und her. Schlagartig begriff Evaine, wofür Osric sie hergeholt hatte, und ihre Hand presste sich auf ihren Leib, als könnte sie ihr Baby dadurch beschützen.

»Nein!« Sie taumelte zurück und prallte gegen den Mann hinter sich. Er umfasste ihre Oberarme und schob sie mit der Kraft eines Ochsen vorwärts ins Zimmer. Die Tür schlug dröhnend hinter ihnen zu.

»Gib es ihr!« Osric wandte sich in befehlendem Ton an Rheda.

Ihre Miene verschloss sich noch mehr und ihre blauen Augen funkelten ihn boshaft an, als wollte sie ihn damit erdolchen. Aber sie rührte sich nicht.

Alric sah verunsichert von einem zum anderen. Offenbar hatte er keine Ahnung, worum es ging.

»Mach gefälligst!« Osric machte einen Schritt auf Rheda zu. »Sobald du getan hast, wofür ich dich geholt habe, kannst du gehen.«

»So einfach ist das nicht!«, fauchte Rheda und maß Osric mit einem herablassenden Blick. »Vielleicht ist es nicht stark genug, dann nutzt es nichts. Oder es blutet viel zu stark, dann …« Sie sprach nicht weiter, aber Evaine wusste, was sie sagen wollte. Eine Abtreibung konnte misslingen. Ihr wurde eiskalt.

»Dann sieh zu, dass es funktioniert! Oder muss ich dir noch mal auf die Sprünge helfen? Du hast die Wahl: ihr Kind oder dein eigenes!«

Rheda senkte den Blick. Dann griff sie in die Tasche ihres Kleides.

»Ein Kind?«, platzte Alric dazwischen und sah Evaine dabei an, als dämmerte ihm allmählich, worum es hier ging.

»Bitte lass es nicht zu«, flehte sie. »Bitte!«

»Her damit!« Osrics Geduld war inzwischen am Ende. Er entriss Rheda das kleine Fläschchen und wandte sich Evaine zu.

»Nein …« Evaine drängte sich gegen Gyrth. Er drückte sie unterdessen weiter vorwärts. Sie wehrte sich gegen seinen Griff, ohne den Schmerz in ihrer Hand zu beachten.

»Es ist schnell vorbei …« Osric öffnete das Fläschchen.

»Alric!«, kreischte Evaine.

Osric streckte den Arm aus, um nach ihr zu greifen, wurde aber von einer Hand um seine Schulter zurückgehalten.

»Das kannst du nicht machen!« Alric war bleich vor Entsetzen.

Osric schüttelte die Hand ab. Aber Alric drängte sich zwischen ihn und Evaine.

»Du weißt, was sie für meine Frau getan hat … für mein Kind …«, schützend baute er sich vor Evaine auf. »Ich kann das nicht zulassen …«

»Geh weg, Alric!«, knurrte Osric, aber Alric blieb, wo er war.

»Mach Platz oder ich bring dich um!«

»Sie hat meiner Frau das Leben gerettet!«, brüllte Alric.

Das Geschrei hatte mittlerweile die Aufmerksamkeit aus der Halle auf sich gezogen. Ein Gewirr von Stimmen drang zu ihnen herein und jemand hämmerte gegen die verriegelte Tür. Evaine glaubte, Meredith gehört zu haben.

»Tu's!«, rief Osric plötzlich.

Evaine verstand nicht, ob er mit ihr oder Alric sprach. Hinter ihr zückte Gyrth sein Messer und rammte es Alric in die Seite. Alric fuhr herum. Der Stoß rutschte ab und schlitzte Alric von der Hüfte bis zur Achsel auf. Sein Hemd färbte sich augenblicklich rot. Mit einem ungläubigen Keuchen fuhr Alrics Hand zu seiner Seite. Er keuchte und blinzelte gegen das verschwimmende Bild vor seinen Augen. Schwankend, als hätte er zu viel getrunken, sackte er in sich zusammen.

Dann machte Osric einen großen Schritt über ihn hinweg und packte Evaine grob am Kiefer. Gyrth hielt sie erneut mit beiden Händen fest. Osric riss ihren Kopf zu sich heran Hand näherte sich mit dem Fläschchen.

Evaine versuchte, den Kopf wegzudrehen, und presste so fest

wie möglich die Lippen zusammen. Seine Finger bohrten sich in ihre Wange.

»Haltet ihr die Nase zu!«, riet Gyrth hinter ihr und griff selbst zu. Sie hielt den Atem an, bis sie nicht länger konnte. Sobald sie nach Luft schnappte, kippte Osric die Flüssigkeit in ihren Mund. Bitter rann sie ihr in den Rachen, sie verschluckte sich und hustete. Osric ließ von ihr ab und der eiserne Griff um ihre Arme löste sich.

Sie versuchte, es wieder hochzuwürgen.

»Wehe …«, setzte Osric an, wurde aber von den Rufen vor der Tür unterbrochen. Evaine meinte immer noch, Meredith zu hören, aber auch tiefe Stimmen, die nach Osric verlangten.

»Alric …« Sie beugte sich über ihn.

Er lag in einer Blutlache, aber er atmete noch. Beim Klang ihrer Stimme blinzelte er und bewegte die Lippen, ohne dass ein Ton herauskam.

»Ich bin gleich zurück …« Gefolgt von Gyrth verließ Osric den Raum. Augenblicklich stürzte Meredith an ihnen vorbei ins Zimmer. Mit einem Aufschrei warf sie sich neben Alric auf den Boden. Sie stammelte seinen Namen und betastete die blutende Wunde. Er war inzwischen kalkblass, sein Atem flach.

»Dieser Dummkopf!« Wie ein Blitz schoss Rheda an Evaines Seite, kaum, dass sich die Tür geschlossen hatte. »Dieser Trottel!«

Eilig begann sie, Alrics Hemd zu zerreißen, und entblößte den klaffenden Schnitt. Er war beinahe so lang wie Evaines Unterarm.

»Oh Gott!« Meredith presste die blutverschmierten Hände vor den Mund. »Wird … wird er …«

»Ich weiß es nicht«, entgegnete Rheda mit eiserner Ruhe. »Wenn wir schnell sind, hat er noch eine Chance.« Sie betastete die Wunde. »Der Stich ist tief.«

Evaine sah in Merediths ängstliches Gesicht und merkte, wie aufsteigende Tränen ihre Sicht vernebelten.

»Er wollte mich retten … mein Baby …«, stammelte sie.

»Reißt Euch zusammen, dumme Gans!«, fauchte Rheda. »Das

war kein Abtreibungsmittel!« Sie wandte sich wieder Alrics Wunde zu. »Dieser Trottel hat sich ganz umsonst aufschlitzen lassen. Als ob ich tun würde, was Osric, dieser aufgeblasene Wicht, mir sagt! Allerdings werdet Ihr gleich heftige Magenkrämpfe bekommen. Nur um den richtigen Eindruck zu erwecken …«

Rheda schnappte sich Alrics Messer und schnitt damit sein Hemd in Streifen.

»Hier. Fest drücken.« Rheda schob Evaines gesunde Hand auf einen der Stofffetzen. »Und Ihr seht zu, dass sie Euch in die Küche lassen.« Sie listete Meredith eine ganze Reihe von Utensilien auf, die sich eher wie die Zutaten eines Kochrezepts anhörten. Fast so bleich wie Alric rannte Meredith los, die Aufzählung wie eine Litanei wiederholend.

»Soso. Ein Kind von einem Normannen«, sagte Rheda, während sie weiterhin versuchte, die Blutung zu stillen.

»Er ist mein Mann«, antwortete Evaine in dem Gefühl, sich verteidigen zu müssen.

Rheda zog spöttisch eine Augenbraue hoch.

»Sehe ich aus wie ein Pfaffe, dass mich das interessiert? Von mir aus könnt Ihr ins Bett gehen, mit wem Ihr wollt. Osric hingegen ist ganz besessen, Euch von dieser Besudelung zu befreien.«

Evaines Magen zog sich unangenehm zusammen. Sie wusste nicht, ob es an Rhedas Gebräu lag oder an dem Gedanken daran, was Osric mit ihr vorhatte. Sie fragte sich, was so wichtig war, dass es ihn hiervon weggeholt hatte. Aber irgendwann würde er zurückkommen.

»Was ist mit Blythe?«, fragte Evaine vorsichtig. »Hat er dich erpresst?«

Zwischen Rhedas Brauen erschien eine steile Falte und ihre Augen schienen noch unheilvoller zu funkeln.

»Es wird ihm noch leidtun, uns hierhergeschleppt zu haben. Wenn er ihr auch nur ein Haar krümmt, werde ich ihn vergiften, dass er sich windet und um einen schnellen Tod bettelt.«

Evaine zweifelte keinen Augenblick an ihren Worten. Untätig

blieben sie vor Alric sitzen. Inzwischen war sein ganzes Hemd in Streifen gerissen und in Blut getränkt.

Rheda studierte Alrics leichenblasses Gesicht mit zunehmend ernster Miene. Inzwischen hatte er das Bewusstsein verloren.

»Eure Schwester sollte sich besser beeilen«, murmelte sie. »Ich brauche etwas, das die Blutung wirklich stoppt.«

Als Meredith endlich zurückkam, war Rheda genauso erleichtert wie Evaine.

»Schnell! Verquirlt das Ei mit dem Honig und dem Rotwein!«

Hastig tat Meredith, was sie ihr sagte. Anschließend verteilten sie die zähflüssige Masse auf der Schnittwunde, während Rheda fortwährend leise Beschwörungsformeln murmelte. Doch ihre Miene erhellte sich nicht.

»Es blutet immer noch zu stark. Wahrscheinlich wurde die Leber verletzt.«

»Was können wir dann tun?«, fragte Meredith.

»Wir müssen die Wunde ausbrennen«, entgegnete Rheda düster.

Evaines Blick glitt zum Kamin. Der vergessene Schmerz in ihrer Hand kehrte zurück und ihr Magen zog sich erneut krampfhaft zusammen.

Meredith ballte die Hände zu Fäusten und stand auf.

»Dann machen wir es!«, sagte sie wild entschlossen, obgleich Evaine das Entsetzen in ihren Augen sehen konnte.

»Nein.« Rheda schüttelte entschieden den Kopf. »Nicht mal zu zweit könnt Ihr ihn festhalten. Wir würden alles Mögliche verbrennen, nur nicht seine Wunde!«

Evaine warf einen Blick auf Alric. Seine Lider waren geschlossen.

»Er hat längst das Bewusstsein verloren …«, wandte sie ein.

»Glaubt mir, wenn wir ihm mit einem glühenden Eisen zu nah kommen, ist er ruckzuck wieder wach!«

Hilflos ließ Meredith die Schultern sinken.

»Und was sonst? Wir müssen …«

Das leise Geräusch der Tür ließ sie innehalten. Erschrocken fuhren die drei Frauen herum. Evaines Magen protestierte mit scharfem Stechen gegen die Aussicht, Osric erneut gegenübertreten zu müssen.

Ganz langsam öffnete sich die Tür. Dann lugte ein liebes, kleines Gesichtchen durch den Türspalt.

Es war Arnaud.

Er flitzte auf Evaine zu und schlang stürmisch die Arme um ihren Hals.

»Was machst du hier?«, fragte sie ungläubig.

»Hast du meine Nachricht bekommen? Meredith hat gesagt, sie würde sie dir geben«, sagte er statt einer Antwort.

»Die Nachricht? Du warst das?«

Er deutete stolz auf die krakeligen Buchstaben. »Ich hab es selbst geschrieben, abgeschrieben von *Sieur* Roberts Fibel. Wir hatten kein Schreibzeug …, also haben wir sein Hemd genommen … und ein bisschen Blut.«

Daher die rostrote Farbe. Sie presste ihn erneut an sich und musste die Tränen unterdrücken.

»Wie bist du nur hier reingekommen?«

Er grinste verschmitzt.

»Durch das Tor. Mit einem Stapel Holz. Niemand hat gefragt.«

Noch im Nachhinein blieb Evaine vor Schreck beinahe das Herz stehen.

»Und Robert … er hat das gewusst?«, fragte sie.

Er nickte gewissenhaft.

»Er hat mich geschickt. Ich soll Euch warnen.«

»Wovor?«, mischte Meredith sich in das Gespräch ein.

»Vor dem Feuer, das ich gelegt habe.«

Evaine starrte ihn an.

»Feuer? Wo hast du Feuer gelegt?«

»Überall. Bei den Ställen, den Vorratshütten und hinter der Halle«, entgegnete er zufrieden und kramte wie zum Beweis Feuerstein und Zunder aus seiner Tasche. »Ich hab erst alles mit dem

Lampenöl aus der Kapelle getränkt, wie *Sieur* Robert gesagt hat. Es hat gut gebrannt. Und wenn es ordentlich qualmt, wissen alle Bescheid, dass es losgeht.«

Beklommen sah Evaine ihn an, hin- und hergerissen zwischen Hoffnung und Entsetzen.

»Heißt das, Robert kommt?«, fragte sie. Bei der Aussicht begann ihr Herz, wie ein nervöses Vögelchen in ihrer Brust zu flattern.

»Er ist schon da. Draußen im Hof.«

Ihr Kopf fuhr zum Fenster. Erst jetzt bemerkte sie den Lärm, der draußen herrschte. Sie waren so mit Alric beschäftigt gewesen, dass keiner etwas gehört hatte. Sie stürzte zum Fenster und riss es auf.

Er war da.

Eine Mischung aus Erleichterung und Furcht ließ ihre Knie weich werden. Zitternd sank sie gegen die Wand neben dem Fenster.

»Sag, dass er einen Plan hat«, flüsterte sie.

Was sie gesehen hatte, sah alles andere als beruhigend aus.

»Wir haben einen Plan«, sagte Arnaud stolz, »und ich soll Euch wegbringen.«

Evaine ließ ihren Blick durch das Zimmer schweifen.

»Evaine …« An Merediths Ton konnte Evaine hören, dass sie zu dem gleichen Schluss gekommen war. Sie konnten Alric nicht wegschaffen.

Sie wandte sich an Arnaud: »Was ist mit den Wachen vor der Tür?«

»Vor der Tür war niemand. Nur ein paar in der Halle.«

»Evaine, wir können ihn nicht unbemerkt tragen. Wir bekommen ihn kaum hoch!«

Sie nickte. So viel war ihr auch klar. Sie brauchten Hilfe.

»Arnaud, du musst Gérard holen. Er ist in dem Vorratskeller unter der Halle. Wenn Roberts Plan funktioniert und die Männer nach draußen zum Brand laufen, musst du ihn rauslassen! Er muss uns mit Alric helfen.« Er nickte eifrig.

Sie drückte ihm einen Kuss auf den blonden Schopf und schob ihn in Richtung Tür.

»Und jetzt geh, bevor dich jemand hier findet.«

Er flitzte los und hatte die Hand schon an der Klinke, als sie ihn noch einmal zurückrief.

»Warte! Wo sollen wir hin? Was hat er dir gesagt?«

Ein Lächeln huschte über sein Gesicht.

»Ihr sollt in die Kapelle kommen.«

Sie nickte. Die Kapelle. Das einzige Gebäude aus Stein in Allingham. Dann war Arnaud fort.

Als Evaine sich wieder Meredith und Rheda zuwandte, war Rheda ebenfalls aufgestanden und steuerte die Tür an.

»Halt!« Meredith griff nach ihrem Rockzipfel und hielt sie fest. »Wo willst du hin? Alric braucht dich!«

»Ich hole mein Kind! Ihr habt es gehört, gleich brennt hier alles lichterloh.« Es war jener Tonfall, der keinen Widerstand duldete.

Evaine konnte sie verstehen. Und Meredith ebenfalls. Ihre Hand löste sich von ihrem Rock und Rheda eilte hinaus.

Schweigend sahen die Schwestern sich an.

»Du solltest dasselbe tun«, sagte Evaine leise. »Geh und hol *déorling*. Dann komm zurück.«

Innerlich zerrissen glitt Merediths Blick zu Alric. Evaine ergriff ihre Hand, die immer noch seine umklammerte, und löste sie sacht.

»Ich bleibe bei ihm, bis Gérard kommt«, sagte sie und umfasste Alrics Hand so fest, wie Meredith es eben getan hatte. Sie fühlte sich beunruhigend kalt an. Unter der bleichen Haut raste sein Puls, war aber so schwach, dass sie ihn kaum mehr spürte. Meredith nickte schweren Herzens, dann stürzte sie ebenfalls hinaus.

Robert stand im Hof von Allingham. Er hatte es tatsächlich hierher geschafft. Es schien ein göttlicher Witz zu sein, dass er Allingham betrat, wie er es verlassen hatte. In Fesseln. Er warf einen Blick auf seinen Geiselnehmer. Gerade wischte Egbert sich mit der Hand zum wiederholten Male die Schweißperlen von der Stirn. Trotz der Kälte schien der korpulente Mann in Schweiß zu baden. Er war risikoscheu und wie an Candlemas hätte er es auch jetzt vorgezogen, zu verhandeln. Wäre ihm irgendeine Wahl geblieben, hätte Robert ihn niemals zu diesem Vorhaben bewegen können. Doch Osric selbst hatte ihm keine gelassen. Nach allem, was in Roberts Abwesenheit im *shire* geschehen war, hatte Egbert ein sehr genaues Bild davon, was Osric mit ihm machen würde.

Robert schwitzte ebenfalls, schon den ganzen Tag. Es war kalter, klammer Schweiß. Er vermutete, dass es an dem Fieber lag und der Entzündung in seinem Bein. Er hatte sich in London kaum die Zeit genommen, die Wunde zu versorgen, und auf dem zweitägigen Ritt zurück nach Allingham keine Gelegenheit gehabt, den notdürftigen Verband zu erneuern. Als Redwalds Mönche ihm in der Abtei einen neuen anlegten, hatten sich bereits erste Anzeichen einer Entzündung gezeigt. Aber das hatte ihn kaum interessiert. Er konnte Arnaud in die Arme schließen. Er hatte seinen Sohn zurück! Aber egal, wie fest er das Kind an sich presste, fand er keinen Trost darin, weil die nagende Angst um Evaine ihn innerlich zerfraß. Und alles, was Arnaud ihm anschließend erzählt hatte, nährte seine Angst noch.

Vorsichtig versuchte er, sein Bein zu entlasten. Das lange Stehen bereitete ihm heftige Schmerzen. Wenn er wenigstens nicht schon vorher so weit gelaufen wäre. Aber bereits seit dem Übergang über den Slán war er an Egberts Pferd gefesselt hinter ihm hergegangen. Zum ersten Mal befürchtete er, dass er sich damit übernommen hatte. Aber wenn ihr Plan gelingen sollte, durfte Osric keinen Verdacht schöpfen.

Egbert war in erregte Verhandlungen verstrickt, aber Robert verstand kein Wort von seinem Gespräch mit Osric. Laut Plan versuchte er gerade, Osric von seinem Seitenwechsel zu überzeugen. Roberts Gefangennahme und die toten Normannen in ihrem Geleit sollten die Aufrichtigkeit seiner Absicht beweisen. Robert betete zum wiederholten Mal, dass er es sich nicht anders überlegt hatte und ihn tatsächlich als Versöhnungsgeschenk an Osric verhökerte. Besser, ihm nicht zu lang Zeit für derartige Überlegungen zu lassen. Unruhig blickte sich Robert um. Noch zeigte sich kein einziges Rauchwölkchen. Seine Nervosität nahm zu, wenn er an die Rolle dachte, die er Arnaud bei dem Ganzen zugewiesen hatte. Aber er hatte keine andere Möglichkeit gesehen.

Er zwang sich, den beschwörenden Blick vom Himmel abzuwenden. Osric durfte keinesfalls zu früh Verdacht schöpfen. Sein Blick schweifte über den Hof und die bewaffneten Männer. Ein Teil von ihm sehnte sich danach, einen Blick auf Arnaud und Evaine zu erhaschen, um Gewissheit zu haben, dass es ihnen gut ging. Der andere Teil wünschte sie so weit entfernt von Osric wie möglich. Er fühlte, wie er erneut unter Osrics scharfer Beobachtung stand, und vermied es, irgendwo anders als auf seine Hände zu sehen. Immerhin fiel es ihm nicht schwer, die passende Miene aus Hilflosigkeit und unterdrücktem Zorn aufzusetzen. Als er den Kopf umwandte, begegnete er Osrics Blick. Einen Moment lang maßen sie einander. Robert las glühende Vorfreude in Osrics Augen. *Dreckiger Hund*, dachte er und spürte, wie der unterdrückte Hass in ihm schwelte. Sobald er ein Schwert in den Händen hielt, würde er diesen räudigen Köter aufschlitzen.

Seine leeren Hände zuckten. Und um Osrics Mundwinkel spielte ein gehässiges Lächeln, als hätte er es bemerkt. Osric war kein Narr. Ehe Egbert und seine Gefangenen eingelassen worden waren, waren sie zweimal auf Waffen untersucht worden. Niemand außer Osrics Leuten trug auf dem Hof auch nur ein Messer bei sich. Zumindest kein Lebender. Aus dem Augenwinkel meinte Robert zu sehen, wie es unter einem der braunen Tücher, die die von ihnen mitgeführten normannischen Leichen bedeckten, zuckte. Er zwang sich, weiter geradeaus zu starren und betete, dass es Osric entgangen war. In seinem Nacken bildete sich unterdessen ein feines Rinnsal Schweiß und rann seinen Rücken hinab. Zwei von ihnen waren wirklich tot. Die ersten beiden, die Osrics Leute entsprechend gründlich untersucht hatten. Die anderen hatten sie mit Schweineblut eingeschmiert und mit Pferdeäpfeln eingerieben, um einen Verwesungsgeruch vorzutäuschen.

Aber lang würden sie sicher nicht mehr still über den Sätteln ihrer Pferde liegen bleiben. Robert blickte sich erneut um. Hinter Allinghams Halle stieg eine zarte graue Rauchfahne in die Höhe. Gerade rechtzeitig konnte er seinen erleichterten Seufzer unterbinden. Jetzt würde es nicht mehr lang dauern, ehe Osric der Rauch auffallen würde.

Während Egbert und Osric ihre Verhandlungen weiterführten, bebte Robert innerlich vor Ungeduld. Unter Aufbietung all seiner Selbstbeherrschung gelang es ihm, unbewegt stehen zu bleiben und die Anzahl seiner Atemzüge zu zählen. Das Rauchfähnchen hatte sich inzwischen in gut sichtbare graue Schwaden verwandelt, die über Allinghams Halle in die Höhe stiegen. Der leichte Wind trieb sie über das Dach in Richtung Innenhof. Spätestens der unverkennbare Brandgeruch sollte allmählich jeden auf dem Platz aufschrecken. Und tatsächlich erklang prompt eine gellende Frauenstimme.

»FÝR! FÝR!«

Endlich.

Prickelnd durchfuhr Robert die Aufregung von Kopf bis Fuß. Osric fuhr herum in Richtung des Geschreis und bemerkte die Rauchschwaden. Er begann zu gestikulieren, Unruhe brach aus, dann wandten sich auch Roberts Begleiter um und der Griff um seine Arme lockerte sich. Ohne zu zögern, holte Robert mit den gefesselten Händen aus und schwang sie dem bulligen Mann zu seiner Linken mit voller Wucht in den Magen. Er keuchte und beugte sich vor. Robert gab ihm einen zweiten harten Schlag in den Nacken, der ihn zusammensacken ließ. Dann wirbelte er herum und versetzte dem Rechten einen Schlag gegen den Kiefer. Sein Kopf flog nach hinten und er torkelte einen Schritt zurück. Robert rannte los, achtete nicht auf den protestierenden Schmerz in seinem Bein. Hinter ihm ertönte lautes Geschrei, untermalt vom Klang klirrenden Metalls, und er wusste, dass die toten Normannen gerade zum Leben erwacht waren. Plötzlich spürte er Hände, die ihn festzuhalten versuchten. Er duckte sich unter einer schwingenden Klinge weg und warf sich nach vorn, in Richtung einer Pferdetränke. Er prallte auf dem Boden auf, die Tränke in Armeslänge vor ihm. Er robbte vorwärts und zog sich daran hoch. Mit den gefesselten Händen angelte er in dem trüben Wasser und spürte Triumph durch seine Adern pulsieren. Das Schwert, das Arnaud dort für ihn versteckt hatte! Er wälzte sich gerade rechtzeitig herum, um es einer Gestalt über sich zwischen die Rippen zu bohren. Der Angelsachse hustete und spuckte Blut, Robert gab ihm einen Tritt, der ihn seitlich zu Boden fallen ließ, und atmete auf. Über ihm zogen bereits dunkle Schwaden über den Himmel. Wegen der gefesselten Hände kam er nur mühsam auf die Füße. Um ihn herum war auf Allinghams Innenhof reinstes Chaos ausgebrochen. Osrics Männer waren hin- und hergerissen zwischen der Notwendigkeit zu löschen und dem unerwarteten Angriff. Aus der Halle strömten weitere Männer herbei. Die Normannen waren von ihren Pferden gesprungen und Egberts Männer hatten sich mit den bei ihnen versteckten Schwertern bewaffnet. Dazwischen schrillten spitze Schreie fliehender Mägde. Das Feuer in den Ställen breitete sich offenbar am schnellsten aus.

Jetzt, Arnaud, dachte er inbrünstig, denn jetzt, mitten in diesem Durcheinander, war der ideale Zeitpunkt, aus der Halle zu kommen und in die Kapelle zu fliehen!

Evaine kauerte neben Alric auf dem Boden. Ihr Atem stockte, während sie darauf wartete, dass das heftige Stechen in ihrem Magen nachließ. Rheda hatte wirklich ganze Arbeit geleistet. Mit zitternder Hand strich sie sich eine verschwitzte Strähne aus dem Gesicht. Was auch immer in dem Trank gewesen war, es machte sie regelrecht krank. Sie ergriff Alrics Hand, die sich seltsam kalt anfühlte. Immer noch blutete seine Wunde durch die aufgeweichten Stofffetzen. Sie hatte eine Decke über ihn gelegt. Nun versuchte sie angestrengt, nicht auf die Geräusche auf dem Hof zu achten. Aber es war schwer. Mehrfach war sie der Versuchung erlegen und bei besonders lauten Schreien zum Fenster geeilt. Was sie sah, konnte sie kaum ertragen. Innerhalb von Allinghams behüteten Palisaden wütete die reinste Schlacht, Robert mittendrin. Unfähig, den Blick von ihm abzuwenden, zuckte sie bei jedem Hieb, den er abfing, zusammen, bis sie es nicht mehr ausgehalten hatte und zurück an Alrics Seite gekrochen war. Dort hatte sie sein Messer an sich genommen und sich auf das Schlimmste gefasst gemacht.

Als Arnaud endlich mit Gérard zurückkehrte, waren die Schreie im Hof immer lauter geworden und Alric war so stark ausgeblutet, dass seine Fingernägel und Lippen bereits einen bläulichen Schimmer zeigten.

Gérard fluchte laut auf Französisch, als er Alric erblickte. Er hatte die Kutte inzwischen ausgezogen und trug wieder seine gewöhnlichen Kleider.

»Wird er sterben?«, fragte Arnaud mit der Faszination des Grauens, die nur Kinder haben können.

»Er blutet zumindest wie ein abgestochenes Schwein«, sagte Gérard und zog die durchtränkten Stofffetzen von der Wunde.

»Rheda meinte, seine Leber wurde verletzt.«

Bei Rhedas Erwähnung fuhr Gérards Kopf hoch und seine braunen Augen leuchteten aufgeregt auf.

»Sie ist hier?«

An seiner seltsamen Zuneigung zu ihr hatte sich offenbar nichts geändert.

»Osric hat sie hergeschleppt. Aber sie wollte Blythe suchen und dann von hier verschwinden«, sagte Evaine zwischen zwei tiefen Atemzügen und versuchte, genügend Luft für den nächsten Krampf zu sammeln.

Gérards Miene wurde noch düsterer und er blickte wieder hinab auf Alric.

»Habt ihr die Wunde nicht ausgebrannt?«, fragte er. Arnaud beugte sich wenig abgeschreckt über die Verletzung.

»Wir konnten ihn nicht festhalten und …«

»Hol das Schüreisen«, sagte Gérard, ohne sie ausreden zu lassen, und wies hinüber zum Kamin. »Ich halte ihn fest.«

Ihr Entsetzen musste ihr ins Gesicht geschrieben stehen, denn er sprach eilig weiter.

»Ich hab schon hundertmal dabei zugesehen und es sogar ein paarmal selbst gemacht. Es ist nur schwierig, wenn man es bei sich selbst machen muss … Wenn wir's nicht tun, ist er innerhalb der nächsten Stunden tot. Und viel Zeit haben wir auch nicht mehr.«

Evaine starrte auf Alrics blaue Lippen und überwand ihr Grauen.

»Gut«, flüsterte sie kaum hörbar.

Mit wackeligen Knien ging sie hinüber zum Kamin und nahm das Schüreisen. Eifrig kam Arnaud dazu und half ihr, die schwelende Glut mit ein paar kleinen Scheiten erneut anzufachen. Sie stocherte mit dem Haken darin herum.

»Es muss rot glühend sein!«, rief Gérard zu ihnen herüber.

Die abgestrahlte Hitze versengte ihr Gesicht, als sie sich über die glühende Kohle beugte. Sie versuchte den Schmerz in ihrer Hand und die Magenkrämpfe zu ignorieren.

»Beeil dich!« Gérard hatte Alric inzwischen auf die Seite gerollt, sodass der Schnitt nach oben zeigte, und sich rittlings auf ihn gesetzt.

»Arnaud, hilf mir, ihm die Hände festzubinden!«

Entschlossen stocherte Evaine mit dem Schürhaken in der Glut, genau dort, wo es am heißesten brannte, und legte noch ein wenig Holz nach, weil die Hitze noch nicht ausreichte.

»Reicht das?«, sie hielt das schwach glühende Eisen hoch.

»Muss es wohl.« Gérard winkte sie zu sich.

Evaine kniete sich neben ihm hin. Sie hatten Alrics Arme verschränkt und mit Gérards Gürtel zusammengebunden.

»Du musst es einfach nur fest gegen die Wunde pressen. Je mehr Adern du verschließt, desto besser. Mach weiter, egal wie er reagiert. Ich halte ihn schon fest«, sagte Gérard und schob Arnaud vorsichtshalber zur Seite.

Sie nickte. Ihre Zunge schien an ihrem Gaumen zu kleben und sie brachte kein Wort heraus. Sie starrte Alric an und hob den Schürhaken.

»Eins noch«, unterbrach sie Gérard. »Es wird ganz schön …«, er suchte nach Worten, »… es riecht einfach widerlich. Nur, um dich vorzuwarnen.«

Sie spürte, wie ihr Magen sich erneut zusammenkrampfte. Diesmal lag es nicht an Rhedas Trank. Sie holte tief Luft. Dann presste sie das glühende Metall mitten in die Wunde. Trotz Gérards Worten war sie nicht auf das überlaute Zischen versengenden Fleisches gefasst gewesen. Es hörte sich an wie ein brutzelndes Kotelett in einer Pfanne. Und wie Rheda prophezeit hatte, weckte der unsägliche Schmerz Alrics Lebensgeister. Sein Brüllen übertönte das ekelhafte Zischen und er wand sich wie ein angeschlagener Keiler.

»Weiter!«, befahl Gérard atemlos vor Anstrengung, ihn weiterhin festzuhalten.

Evaine versuchte, die Wunde der Länge nach zu verschließen, und mühte sich, nicht auf die zuckenden Muskeln unter dem glühenden Eisen zu achten. Dann stieg ihr der Geruch in die Nase. Gérard hatte recht. Es roch widerlich. Schlimmer noch erinnerte es sie an den Geruch, mit dem ihr eigenes Fleisch verschmort war. Sie presste die Lippen zusammen, um die Übelkeit zu beherrschen, während ihre Hand unerträglich zu pochen schien. Schweiß drang ihr aus jeder Hautzelle.

»Das reicht«, stieß Gérard endlich mit hochrotem Gesicht hervor.

Erleichtert ließ Evaine das Eisen sinken und warf es neben sich auf den Boden, wo es einen schwarzen Brandfleck hinterließ.

Alric gab gurgelnde Schmerzenslaute von sich und bäumte sich noch immer unter Gérards Umklammerung auf.

»Wein! Gib ihm irgendwas, um den Schmerz zu betäuben.«

»Wir haben hier nichts mehr!«

Den letzten Rest hatten sie für seinen Umschlag verwendet. Davon abgesehen hielt sie es für keine gute Idee nach seinem schweren Blutverlust. Er hätte mehr Alkohol als Blut im Körper.

Die Tür flog auf und Meredith stürmte herein, *déorling* in eine Decke geschlagen auf dem Arm. Mit ihr drang ein Schwall Hitze und Rauch in den Raum.

»Schnell! Die Halle steht schon in Flammen!«, rief sie aufgeregt und hielt abrupt inne. Jetzt erst bemerkte sie Gérard auf Alric, der sich ächzend unter ihm wand.

»*Eallwealda* … Allmächtiger …« Ihre Augen weiteten sich, als sie auch das Schüreisen bemerkte.

»Wir mussten es tun«, sagte Evaine und fühlte sich so erschöpft, als hätte sie selbst mit Alric gerungen.

Meredith nickte.

Alric gab ein neuerliches Keuchen von sich und verdrehte die Augen, dann war er plötzlich totenstill.

»Gott sei Dank!«, seufzte Gérard und ließ von ihm ab. »Er hat wieder das Bewusstsein verloren.«

Er stieg herunter, wischte sich den Schweiß von der Stirn und warf einen kurzen Blick auf die Wunde.

»Ganz schön hässlich«, meinte er grinsend. »Aber für 'nen Sachsen reicht's wohl.« Suchend sah er sich um. »Wirklich keinen Schluck Wein?«

Diesmal fragte er offenbar für sich selbst. Evaine schüttelte erneut den Kopf.

»Los! Wir müssen hier raus!« Meredith hatte ihre Sprache wiedergefunden. »Gérard, steh endlich auf!«

Tatsächlich wurde der Brandgeruch im Zimmer immer stärker und überlagerte inzwischen den Geruch von Alrics versengtem Fleisch. Gérard rappelte sich auf, löste eilig den Gürtel um Alrics Arme und hievte ihn sich wie einen Sack Mehl über die Schulter. Meredith presste *déorling* an ihre Brust und folgte ihm. Evaine nahm Arnaud fest an der Hand und bildete den Schluss.

Die Luft auf dem Hof schmeckte nach Rauch. Wie eine dichte schwarze Wolke breitete er sich aus, genährt von den Flammen, die Allingham zu glühender Asche verbrannten. Bis Sonnenuntergang wäre nichts als Staub übrig.

Robert zog das Schwert aus dem sterbenden Angelsachsen vor ihm und rang selbst schnaufend nach Luft. Seine Lungen brannten vor Anstrengung. Er blinzelte in den beißenden Qualm und versuchte das Zahlenverhältnis beider Seiten zu schätzen. Es sah gut für ihn aus. Von den normannischen Rittern seines Vaters stand noch mindestens die Hälfte und von Egberts Männern etwa ebenso viele. Trotz seines Zauderns hatte Egbert sich als fähiger Kämpfer erwiesen. Er brüllte fortwährend wie ein wilder Stier und schwang dabei unermüdlich seine doppelseitige Axt. Wenn sie bis Sonnenuntergang durchhielten, würden sie gewinnen. Robert biss die Zähne zusammen und betastete den Verband an seinem Bein. Wenn er selbst bis Sonnenuntergang durchhielt. Warm und glitschig quoll immer mehr Blut aus der Wunde. Der Schmerz war inzwischen so heftig geworden, dass er ihn durch den Rausch des Kampfes hinweg fühlte. Lang würde er sich nicht mehr auf den Beinen halten können. Wieder suchte er die Gesichter der Kämpfenden nach Osric ab. Er entdeckte ihn in einer Gruppe Angelsachsen. Als eiserner Kern boten sie den angreifenden Normannen Widerstand. Robert begegnete für einen Moment seinem Blick und las die gleiche Entschlossenheit in seinem Gesicht, die auch ihn selbst antrieb. Einer von ihnen würde heute fallen. Robert hielt seinen Blick fest und bahnte sich einen Weg zu ihm, durch den Rauch und die ineinander verschlungenen, aufeinander einschlagenden Leiber. Selbst mit größter Anstrengung konnte er die Schwäche in seinem Bein nicht überspielen, das er nur noch hinter sich herziehen konnte. Der Schmerz wuchs und ihm brach kalter Schweiß aus bei dem Bemühen, ihn zu unterdrücken. Erleichtert stellte er fest, dass Osric ihm entgegenkam. Robert stolperte über einen am Boden liegenden Toten, als ihn ein markerschütternder Schrei zusammenzucken ließ. Von der Seite fuhr eine Axt aufblitzend durch den Rauch und auf ihn nieder. Er duckte sich und stürzte sich seitlich weg. Dreck stob auf, als die Axt über den Boden schrammte. Der Angelsachse holte mit einem neuerlichen Schrei aus. Robert versuchte, auf die Füße zu kommen. Der einzige Vorteil gegen eine Axt war Schnelligkeit, aber die fehlte ihm. Seine Gelegenheit zum Gegenangriff verstrich. Schon donnerte ein weiterer Schlag auf ihn nieder. Er rollte sich zur Seite und prallte gegen die Pferdetränke. Über ihm schlug die Axt krachend ein und wurde nur einen Fingerbreit über seinem Kopf vom Holz des Trogs gebremst. Holz splitterte Robert ins Gesicht und Wasser tropfte aus der Kerbe. Mit einem Ächzen löste sich die Axt aus dem Holz. Mehr Wasser floss aus der Kerbe in Roberts Gesicht. Er zog sich hoch, während der Angelsachse über die Schulter ausholte. Fiebrig sah Robert sich um, suchte nach einem Schild oder etwas, das nicht wie sein Schwert unter der Wucht des Schlags zersplittern würde. Ein Eimer. Er ließ das Schwert fallen und griff danach. Als der beidhändige Schlag das nächste Mal auf ihn niedersauste, riss er den Eimer mit beiden Armen hoch und hoffte, dass er stabil genug war. Für einen Moment fühlte es sich an, als würden seine Schultern unter der Wucht des Rückstoßes ausgekugelt, dann zerbrach der Eimer splitternd in zwei Teile und die Axt sauste zwischen seinen Füßen in den Boden. Robert schleuderte den Rest des Eimers auf den Angelsachsen und traf ihn am Kopf. Er packte den Schaft der Axt und hievte sich daran hoch. Sein Gegenüber taumelte ihm entgegen, Robert warf sich auf ihn, landete auf ihm und versetzte ihm einen Schlag nach dem anderen ins Gesicht, bis sein Kopf bewusstlos zur Seite sackte. Schwer atmend rollte sich Robert von ihm herunter und kroch auf allen Vieren zurück zu seinem Schwert. Er stemmte sich an seinem Schwert hoch und blickte sich suchend um. Verdammt, er hatte Osric aus den Augen verloren. Sein Blick glitt über die Menge. Seine Aufmerksamkeit blieb an einem kastanienbraunen Schopf haften, der sich wie ein Pflug durch die Kämpfenden arbeitete. Osric. Irritiert folgte Robert der geradlinigen Schneise, mit der Osric von Robert weg auf die Stufen der Halle zustrebte. Dann sah er dort Evaine und Arnaud.

Er stürzte sich vorwärts, zwang sein protestierendes Bein zu einem eiligen Schritt nach dem andern. Er humpelte und stolperte, während Osric ihr immer näher kam. Evaine hielt Arnauds Hand, folgte Meredith und Gérard, ohne Osric zu sehen. Robert brüllte ihren Namen und konnte sich über den Lärm hinweg kaum selbst verstehen. Er hinkte weiter, stieß sich mit dem Schwert ab, um schneller vorwärtszukommen. Mit jedem rasenden Herzschlag schoss Blut aus seinem pochenden Bein. Dann schien sie ihn zu bemerken und erstarrte.

»LAUF!« Er brüllte aus Leibeskräften und bekam dabei kaum genug Luft, um weiterzulaufen. Evaine stand dort wie versteinert. Schritt für Schritt quälte er sich voran, obwohl mit jedem die Gewissheit wuchs, dass er nicht rechtzeitig bei ihr sein würde.

Evaines Blick pendelte zwischen Osric und Robert hin und her. Von unterschiedlichen Richtungen des Hofes hielten beide auf sie zu. Sie sah das Entsetzen in Roberts verschwitztem, bleichem Gesicht und die rasende Wut in Osrics. Mit weit ausholenden Schlägen bahnte Osric sich seinen Weg. Robert humpelte unter sichtbaren Schmerzen und schrie ihr etwas zu, das sie nicht verstand. Aber sie hatte schon begriffen, dass Osric sie als Erster erreichen würde.

Osric vergrößerte seinen Vorsprung. Robert brüllte. Diesmal konnte sie es verstehen. *Lauf!*

Sie ließ Arnauds Hand los und taumelte zurück. Osric kam immer näher. Gérard und Meredith waren ebenfalls stehen geblieben. Ihre Stimmen prasselten auf sie ein, ohne dass sie sie verstehen konnte. Sie hörte nur noch das Hämmern ihres eigenen Herzens. Er hatte sie beinahe erreicht und nahm die unterste Stufe der Treppe. Panisch wich sie zurück, als könnte sie ihm entkommen. Osric streckte die Hand nach ihr aus, Evaine hielt den Atem an. Dann schoss etwas seitlich auf ihn zu und sprang ihn an, fauchend wie eine Katze. Lange Haare flatterten in sein Gesicht und ein schlanker, kleiner Körper warf ihn beinahe rücklings die Treppe hinunter.

»Wo ist Blythe?« Rheda krallte sich an ihm fest. »Wo ist sie?«

Osric taumelte zurück und gab einen Laut der Überraschung von sich. Er versuchte sie abzuschütteln, doch sie klammerte sich an ihm fest, schlug ihre Nägel in sein Gesicht.

»Verdammte Hexe! Was willst du von mir?«, brüllte er und schleuderte sie von sich. Seine Miene zeigte gänzliches Unverständnis, als wüsste er nicht einmal, von wem sie sprach.

Rheda prallte auf die Stufe unter Evaine und rappelte sich sofort wieder auf.

»Wo hast du Blythe hingebracht?«, schrie sie, sprungbereit, als wollte sie sich wieder auf ihn stürzen.

Endlich begriff er und seine Augen verdunkelten sich vor Zorn.

»In die Ställe!« Er wies hinüber und wie von selbst folgten alle Augen seiner Bewegung. Der Stall war kaum noch zu sehen, ganz und gar eingehüllt in undurchdringliche Rauchschwaden.

»Aber wen kümmert's noch? Inzwischen ist sie nur noch ein Häufchen Asche!«

Rheda gab ein Wimmern von sich. Dann rannte sie los, schoss über den Hof, als wollte sie sich mitten hinein in die lodernden Flammen werfen.

»RHEDA!« Gérard ließ Alrics leblosen Körper zu Boden sinken. Meredith gab einen erstickten Laut des Protests von sich und stürzte auf Alric zu. Ohne einen Moment zu zögern, setzte Gérard Rheda nach, folgte ihr blindlings in den Rauch.

Mit angehaltenem Atem blickte Evaine von dem Spektakel zurück zu Osric. Ihre Blicke begegneten sich.

»Wo auch immer ich heute hingehe, dich nehme ich mit«, sagte er leise und spielte mit dem Schwert in seiner Hand. »Und wenn es die Hölle ist.«

Mit zwei großen Schritten war er bei ihr. Seine Linke umklammerte wie ein Schraubstock ihr Handgelenk.

»NEIN!« Sie zerrte ohne Erfolg an ihrer Hand. Über seine Schulter hinweg hielt sie nach Robert Ausschau. Noch hatte er die Stufen nicht erreicht.

»LASS SIE!« Arnaud klammerte sich an Osrics Bein. Der schnaubte höhnisch und wollte ihn gerade abschütteln, als Arnaud ihn mit voller Kraft in die Wade biss.

Osric schrie vor Schmerz auf und Arnaud biss erneut zu und knurrte dabei wie ein Hundewelpe.

»Du verlauster …« Unfähig, ihn anders loszuwerden, gab Osric Evaines Hand frei und schnappte nach Arnauds Tunika.

Augenblicklich sprang sie zurück und stürzte über eine Treppenstufe. Sie achtete nicht auf den Schmerz des Aufpralls und rutschte panisch weiter von ihm weg. Osric zerrte Arnaud zu sich hoch, der wild mit den Beinen strampelte. In seinen Mundwinkeln klebte ein wenig Blut wie bei einem tollwütigen Hund.

»Du dreckiger, kleiner Normanne, du …« Osric holte aus, als wollte er ihn durch die Luft schleudern und gefror dann in seiner Bewegung.

Robert hatte die Stufen erreicht. Sein Gesicht glänzte vom Schweiß und an seinem rechten Bein rann helles, rotes Blut in Strömen hinab.

»Lass … ihn … los …«, stieß er zwischen zusammengebissenen Zähnen hervor.

Osric stellte Arnaud auf die Stufen und presste den kleinen Körper fest gegen sich. Dann hob er langsam und drohend das Schwert.

»Lass … ihn los!«, wiederholte Robert auf Französisch und machte einen weiteren humpelnden Schritt auf Osric zu, auf die unterste Stufe.

»Er will den Jungen?«, fragte Osric und fuhr fort, ohne Evaines Antwort abzuwarten: »Sag ihm, er hat die Wahl: du oder der Junge.«

Sie brauchte es nicht zu übersetzten. Das Entsetzen in Roberts Gesicht sagte ihr, dass er ihn längst verstanden hatte. Seine Hand klammerte sich so fest um das Schwert, dass die Knöchel weiß hervortraten. Er konnte sich nicht zwischen seiner Frau und seinem

Kind entscheiden. Und sie wollte auch nicht, dass er es tat. Sie wollte nicht einmal wissen, welche Entscheidung er treffen würde.

»Er wählt den Jungen.« Ihre Stimme klang in ihren eigenen Ohren erstaunlich ruhig. Leise zwar, aber fest. Langsam erhob sie sich und richtete sich kerzengerade auf. Roberts Blick fuhr dunkel und gequält zu ihr herüber.

»Komm her, dann geb ich ihn frei.« Osric wies sie mit einem Kopfnicken an, näher zu treten.

Sie schüttelte den Kopf.

»Erst der Junge.«

Osric regte sich nicht. Seine grauen Augen glitten zwischen ihr, Arnaud und Robert hin und her. Er wog seine Chancen ab.

»Erst der Junge«, wiederholte sie und half Osric bei der Entscheidung, indem sie noch einen Schritt näher an ihn herantrat. Urplötzlich schubste Osric Arnaud nach vorn, Robert in die Arme, und riss Evaine an sich.

Robert hatte Arnaud zu Meredith und Alric weitergeschoben. Jetzt starrte er zu ihnen hinauf. Osric zerrte Evaine einen weiteren Schritt die Treppe hoch.

Mit einem Aufschrei der Verzweiflung schleuderte Robert sein Schwert zur Seite.

»Nein! Sag ihm, er kann mich haben! Er kann alles haben, wenn er dich freigibt!«

In einer Geste der Kapitulation breitete er beide Arme aus. Doch Evaine spürte, wie Osric hinter ihr den Kopf schüttelte.

»Heute gehe ich nicht mit leeren Händen!«, brüllte er Robert entgegen. »Diesmal geht sie mit mir!«

Osrics Atem schlug an ihr Ohr, als er leise hineinraunte, als wären es süße Versprechungen.

»Diesmal gehörst du mir.«

Krampfhaft schluckte sie die aufsteigenden Tränen hinunter. Er schleifte sie weiter hoch, in Richtung der brennenden Halle. Scheinbar wollte er versuchen, hinter der Halle über die Palisaden zu fliehen.

Mit jedem Schritt wuchs die Hitze. Als sie die Halle betraten, schlug sie über ihnen zusammen. Der Raum war schwarz von Rauch. Flammen zuckten in der Dunkelheit. Über ihnen rauschte und brauste es im Gebälk, als fräße sich das Feuer schmatzend wie ein hungriges Schwein hindurch. Unermüdlich leckten die Flammen an den mächtigen Sparren und zernagten sie. Die Luft war so heiß, dass sie beim Atmen in den Lungen schmerzte. Osric zog sie weiter hinein in die brennende Hölle. Schlagartig wurde sie sich Alrics Messer bewusst, das sie eingesteckt hatte. Vorsichtig ertastete ihre Hand es in der Tasche. Doch gegen Osric wäre sie nicht schnell genug. Sie fasste einen Plan: Sie täuschte einen Hustenanfall vor. Prustete und keuchte und beugte sich dabei weit nach vorn, als drohte sie zu ersticken. Instinktiv ließ Osrics Griff nach. Jetzt oder nie! Sie riss das Messer aus der Tasche und versuchte es ihm in die Kehle zu rammen. Doch er ahnte ihre Bewegung aus dem Augenwinkel und fing ihre Hand ab. Sie schrie auf, weil er ihr das Handgelenk verdrehte, bis sie das Messer fallen ließ. Ruckartig tat sie, was Robert ihr damals im Stall beigebracht hatte. Sie drehte sich von Osric weg nach unten, schob ihr Bein hinter seines, dann riss sie es weg. *Mehr Schwung und Übung,* hatte Robert damals gesagt. Wieder fehlte ihr beides. Doch es reichte, sie beide von den Füßen zu reißen. Sie stürzten gemeinsam auf den Holzboden. Evaine rammte ihm den Ellenbogen in den Magen und hörte, wie Osric keuchend nach Luft schnappte. Sie versuchte auf die Beine zu kommen, doch er zerrte sie an den Haaren zurück, sodass sie erneut auf ihn fiel. Osric wand sich unter ihr, versuchte die Oberhand bekommen. Sie wurde panisch, als er ihre Beine mit seinen umklammerte, bis sie sich nicht mehr regen konnte. Dann lag er auf ihr, drückte sie mit ganzem Gewicht zu Boden und schloss die Hände um ihren Hals. Er drückte zu, doch dann wurde er von ihr heruntergerissen. Robert! Evaine rang nach Luft und kroch keuchend unter den rudernden Beinen der beiden Männer hervor. Sie strampelten und wälzten sich inmitten des Infernos. Sie hörte Robert brüllen und verstand kein Wort. Über ihnen ächzten die Deckenbalken, als gäben sie ihren Widerstand gegen die Flammen auf. Evaine starrte zu Osric und Robert. Ineinander verkeilt rollten sie über den Boden. Roberts Hände lagen um Osrics Kehle, dafür hämmerte dieser Roberts Kopf immer wieder gegen die Dielenbalken.

Sie starrte zur Tür, an der die Flammen jetzt züngelnd hochstiegen, und wieder zurück zu den beiden. Gerade versetzte Osric Robert einen heftigen Schlag gegen den Kiefer. Sie riss sich zusammen und kroch zu ihnen herüber. Blicke und Hände glitten suchend über den Boden. Der Dolch. Sie robbte an die beiden heran und holte aus. Ihr Herz hämmerte panisch, während sie überlegte, wo sie hinzielen sollte. Sie wanden sich unablässig über den Boden, abwechselnd war einer von beiden oben. Robert bemerkte sie aus den Augenwinkeln und sah ihr Zaudern.

»Mach!«, brüllte er. Dann flog sein Kopf nach hinten, als Osric ihm einen neuerlichen Schlag verpasste. Prasselnd regnete brennender Schutt von oben herab.

»Mach!«, brüllte Robert erneut. Osric brüllte ebenfalls vor Zorn. Evaine holte aus. Sie hatte keine Zeit mehr. Sie ließ das Messer niedersausen, spürte, wie es durch Haut und Fleisch glitt, dann prallte sie gegen etwas Hartes, Knochen. Vor ihr hatte das Winden ein abruptes Ende. Robert war über und über voll Blut. Schwer atmend blinzelte er sie an. Dann stieß er zischend die Luft aus und schob Osric von sich. Sie hatte Osric das Messer in den Nacken gerammt und seine Wirbelsäule getroffen. Osrics Körper rollte von Robert herunter und Evaine starrte in die rauchgrauen Augen. Lebte er noch? Doch Robert ließ ihr keine Zeit zu überlegen. Mehr kriechend als laufend zerrte er sie mit sich zur Tür, hinaus aus der Halle.

Sie stolperten und stürzten beinahe die Stufen herunter. Hustend landeten sie auf Allinghams mit Blut und Asche bedeckter Erde.

»Evaine …« Robert zog sie an sich.

Sie zitterte am ganzen Körper. Er flüsterte ihren Namen,

presste sie an sich und bedeckte ihr rußgeschwärztes Gesicht mit Küssen. Sie presste ihr Gesicht an seine Brust. Er roch nach Blut. Nach bitterem Schweiß. Nach Angst und nach Asche. Und doch war es unendlich tröstlich.

Dann donnerte es. Ein unheilverkündendes Grollen, das immer lauter wurde. Die Erde unter ihren Füßen fing an zu beben. Evaine löste sich aus Roberts Umarmung und sah, wie Allinghams Halle berstend und krachend hinter ihnen zusammenbrach. Sie duckte sich und presste die Augen zusammen. Es klang wie der Untergang der Welt. Doch irgendwann verhallte der Donner und das Beben ließ nach. Sie hob den Kopf und sah direkt in Roberts dunkle Augen.

»Alles ist gut«, murmelte er. »Wir leben.«

Sie nickte benommen und verschränkte ihre Hand mit seiner. Mit verschwommem Blick blinzelte sie über den Hof. Der Kampf war vorbei. Tote und Verstümmelte bedeckten die Erde. Das Feuer hatte ganz Allingham in schwarzen Rauch aufgelöst. Klagend stieg er über ihnen in den Himmel. Die Welt war wirklich untergegangen.

Sie spürte Roberts Hand in ihrer. Er hatte recht, sie lebten noch. Sie blickte auf das kleine Häufchen Überlebender, in jedes einzelne rußgeschwärzte, tränenverschmierte Gesicht. Arnaud. Meredith mit *déorling* an Alrics Seite. Aus dem Rauch taumelten weitere auf sie zu. Es war Gérard mit Rheda und Blythe.

Evaine sah erneut in Roberts dunkle Augen und schaffte es zu lächeln.

Es war das Ende. Und ein Anfang.

EPILOG

… so will ich dir die Krone des Lebens geben.

Offenbarung 2,10

ALLINGHAM, August 1068

Es war ein schwülwarmer Tag. Kaum ein Windhauch bewegte die schlaffen Zweige der hohen Birken. Drückend lastete die Hitze auf Mensch und Tier, machte den Körper träge und die Gemüter umso gereizter. Emsige Schwalben segelten auf ihrer Jagd nach Insekten tief umher und versprachen das dringend benötigte Gewitter, das die Luft reinigen und sie von der quälenden Hitze erlösen würde.

Robert lauschte in die Stille über dem Hof. Es war beinahe Mittag und ganz Allingham schien in Schlaf verfallen zu sein. Er selbst fühlte sich alles andere als schläfrig, sondern so unruhig, dass er immer wieder von den Stufen der neuen Halle aufsprang, ein paar ziellose Schritte über den Hof machte, um sich am Ende wieder tatenlos hinzusetzen. Sie hatten die neue Halle genau auf den Resten der alten aufgebaut. Nach dem Brand im Januar hatten sie das ganze Frühjahr in *Bonne-foi* Zuflucht gesucht, während Allingham neu aus der Asche erwuchs. Diesmal hatte er sich Zeit gelassen für die neue Burg. Zwar war sie immer noch nicht aus Stein, aber dafür aus harten, stabilen Balken und mächtigen Stämmen. Der rechteckige Turm in normannischer Bauweise war viel höher als sein angelsächsischer Vorgänger, zweigeschossig, unten mit einer großen Halle zum Speisen, Feiern und Sitzen und oben mit mehreren Zimmern für die Familie und Gäste. So war die Burg wieder zum brodelnden Zentrum des Lebens in und um Allingham geworden.

Wieder stand er auf und machte ein paar humpelnde Schritte. Wenn er zu lang gesessen hatte, war sein Bein immer noch ein wenig steif.

»Setz dich doch. Glaub mir, es dauert noch ewig«, sagte Gérard neben ihm vollkommen gelassen. Er hockte im Schatten des hohen Turms und schnitzte an einem neuen Spielzeug für die Kinder. Es ging sehr viel langsamer als früher. Mühsam und noch ein wenig ungelenk bewegten sich die Muskeln unter den schwulstigen Brandwunden auf seinen Armen. Er hatte schlimm ausgesehen, als er Blythe aus dem Stall getragen hatte. Rheda hatte ihr Möglichstes getan, aber die Narben blieben. Inzwischen gewannen seine Finger ein wenig mehr von ihrer einstigen Beweglichkeit zurück und er übte mit unermüdlicher Geduld. Blythe selbst war glimpflicher davongekommen. Die Narben auf ihrem Rücken würden mit der Zeit verblassen. Doch über Gérards Lippen war nie ein Wort der Klage gekommen, nicht mal in den ersten Wochen, als die Schmerzen beinahe unerträglich gewesen waren. Rheda hatte unentwegt an seinem Krankenbett gewacht und dabei in einem fort mit ihm geschimpft und gezetert. Gérard pflegte nichts dazu zu sagen und still zu grinsen, als würden ihre Worte in seinen Ohren etwas ganz anderes bedeuten. Manchmal hatte Robert der Verdacht beschlichen, dass es weniger die Heilkraft ihrer Verbände war als ihre Gegenwart, die seinen Schmerz linderte. Wenngleich Rhedas Art Robert immer an eine Distel erinnerte, mochte er sie doch. Auch nach Gérards Genesung war sie in Allingham geblieben. Evaine behauptete, weil sie Gérard liebte. Aber ihre Beziehung blieb eigen. Zumindest in der Öffentlichkeit zeigte Rheda nie eine Spur von Vertrautheit. Aber manchmal, wenn sie sich unbeobachtet wähnte, konnte man in ihren unheimlichen Augen sehen, dass sie etwas für ihn empfand. Etwas Starkes, Tiefes, das auf der Gewissheit fußte, dass er für sie durchs Feuer ging.

Robert nahm seufzend wieder Platz und massierte die Narbe an seinem Oberschenkel.

»Vater …« Der Klang des Wortes erfreute ihn noch immer, egal wie oft er es inzwischen von Arnaud gehört hatte. Vielleicht, weil Arnaud selbst so lang gebraucht hatte, sich damit anzufreunden. Als Robert ihm schließlich offenbarte, dass er zwar seine Mutter verloren, aber seinen Vater gefunden hatte, tröstete ihn diese Nachricht keineswegs. Sie schien ihn eher zu verstören, als stellte das Wissen sein bisheriges Leben und seine Identität infrage. Eine Weile hatte er sich schlicht geweigert, es zu akzeptieren, und Robert weiterhin mit *Sieur* angesprochen. Evaine hatte ihm geraten, Arnaud einfach Zeit zu geben, bis er mit den veränderten Umständen zurechtkam. Irgendwann nach Ostern hatte er dann damit angefangen. Erst hatte er in Roberts Abwesenheit von ihm als seinem Vater gesprochen. *Hast du meinen Vater gesehen … Mein Vater hat gesagt …* Als Arnaud ihn dann zum ersten Mal auch so angesprochen hatte, waren Robert die Tränen in die Augen gestiegen. Er hatte seine ganze Selbstbeherrschung gebraucht, um unbeteiligt dreinzuschauen. Robert hatte schon oft von Eltern gehört, dass sie niemals das erste Wort, den ersten Satz ihres Kindes vergessen würden. Er würde diesen ebenso wenig vergessen.

Und heute wurde er zum zweiten Mal Vater.

»Vater …«, hob Arnaud erneut an. »Bekommt Evaine jetzt das Baby?«, fragte er und spielte mit dem abgerissenen Lederriemen seiner kleinen Steinschleuder. Robert hatte ihm diesen Sommer beigebracht, damit Kaninchen zu jagen.

»Ja. Darum sitzen wir hier und warten«, antwortete Robert.

»Bist du deshalb so nervös?«

Tatsächlich war er, seit Evaines Wehen in den frühen Morgenstunden angefangen hatten, das reinste Nervenbündel.

»Schon«, gab Robert zu, »und weil man eben nie weiß, was bei einer Geburt so alles passiert.«

Er wusste ja, dass Evaines Mutter bei einer Geburt gestorben war, und Meredith hatte die Geburt ihres Sohnes nur knapp überlebt.

»Und was genau passiert bei einer Geburt?«, hakte Arnaud nach.

Robert warf Gérard einen fragenden Blick zu. Gérard zuckte als Antwort nur mit den Schultern.

»Nun … ich weiß es auch nicht so genau …«, musste Robert schließlich zugeben.

Was nun oben in der Kammer geschah, konnte Robert nur ahnen. Hin und wieder flitzten Winnie oder Ælfgifu nach unten, holten Wasser oder Tücher oder sonst etwas. Wenn er sie etwas fragte, bekam er selten mehr als ein Kopfschütteln zur Antwort.

Meredith war schon seit einer Woche auf Allingham für den Fall, dass es losging, und hatte *déorling* bei seinem Vater gelassen. Der arme Junge hieß immer noch für jedermann *déorling*, obwohl sie ihn inzwischen auf den Namen Godric getauft hatten. Etwas verspätet hatten sie und Alric Roberts Hochzeitsgeschenk schließlich doch angenommen und bewirtschafteten ihre eigenen *hides* Land. Evaine vermisste sie und selbst Robert tat das bisweilen. Aber es war besser so, darüber waren sich alle stillschweigend einig. Das Verhältnis zu Alric hatte sich etwas erwärmt. Immerhin hatte Alric ihm bei ihrer letzten Begegnung keinen Kinnhaken verpasst, dachte Robert grimmig.

»Aber Gérard war schon mal dabei«, warf Arnaud ein und blickte herausfordernd zu ihm hinüber.

Gérard setzte eine Miene auf, die Robert an gestandene Kriegsveteranen erinnerte, die von ihren erbittertsten Kämpfen sprechen.

»Allerdings! Und ich würde lieber tausend Schlachten kämpfen, als noch mal bei einer dabei zu sein!«, sagte er voller Inbrunst.

Arnaud verzog zweifelnd den Mund, sagte aber nichts mehr. Wieder verfiel er in stummes Brüten und Robert konnte förmlich sehen, wie sein Verstand eine weitere quälende Frage hin und her wälzte. Erneut begann er, mit dem Lederriemen zwischen seinen Fingern zu spielen.

»Bei meiner Geburt …« – er sprach so leise, dass Robert ihn kaum verstehen konnte – »… da warst du nicht nervös …«

Es war keine Frage, sondern vielmehr eine traurige Feststellung.

Willig ließ er sich von Robert näher ziehen, bis er direkt zwischen seinen Beinen stand. Robert legte ihm einen Finger unters Kinn, damit er ihn schließlich ansah.

»Als du geboren wurdest, war ich tausend Meilen entfernt von dir in Sizilien. Und ich hatte keine Ahnung, dass es so war«, sagte er aufrichtig. »Als man mir davon erzählt hat, war das der schrecklichste Tag in meinem Leben. – Ich habe gedacht, ich würde dich niemals sehen und du würdest niemals wissen, dass ich dein Vater bin. Ich musste es deiner Mutter versprechen.«

Er las in Arnauds blauen Augen den Wunsch, ihm zu glauben, aber noch keine rechte Überzeugung.

»Als er von deiner Geburt gehört hat, hat er sich drei Tage lang betrunken und dabei Rotz und Wasser geheult«, fiel Gérard dazwischen.

Gleichermaßen erstaunt wie Arnaud wandte Robert sich zu ihm um. Gérard begegnete ihren Blicken mit einem entschuldigenden Achselzucken.

»Gib's zu. So ist es gewesen.«

So war es gewesen. Aber Robert war sich nicht im Klaren darüber gewesen, dass Gérard den Grund für seinen Ausfall kannte.

»Hast du das damals gewusst?«

»Du hast im Suff unendlich viel sinnloses Zeug geschwafelt. Irgendwann hab ich mir meinen Teil zusammengereimt.«

Die Erkenntnis, dass er sein Geheimnis schon so viel länger mit jemandem teilte, war jetzt noch seltsam tröstlich.

Robert wandte sich wieder Arnaud zu. Er bezweifelte, dass er Arnaud davon erzählt hätte, aber Gérards Bericht hatte sichtlich Eindruck auf ihn gemacht.

»Jedenfalls habe ich auch danach jeden Tag an dich gedacht. Und deine Mutter musste mir damals auch ein Versprechen geben:

Solltest du mich je brauchen, dann wollte ich für dich da sein. Der Tag, an dem ich dieses Versprechen eingelöst und dich zu mir geholt habe, war der bis dahin schönste in meinem Leben.«

»Dann warst du froh, als mein anderer Vater gestorben ist?«

Robert suchte nach einer Antwort. War er damals froh gewesen, als der alte Le Besgue gestorben war? Er glaubte es nicht. Inzwischen hingegen … war er natürlich froh, dass alles so gekommen war.

»Ich bin sehr froh, dass es Henry Le Besgue gab. Er war ein Vater für dich, als ich es nicht sein konnte. Aber nun bin ich sehr froh, dass ich selbst dein Vater sein kann.«

Das war sein Ernst. Er hegte keinen Groll gegen den Mann. Und er sah keinen Grund, Arnauds Erinnerungen an ihn zu zerstören. Er war tot. Ihm hingegen gehörte die Zukunft mit Arnaud.

Seine Worte schienen Arnaud zu trösten, als hätte er Angst gehabt, dass Robert seine Zuneigung zu Le Besgue nicht guthieß. Sichtlich erleichtert ließ er sich gegen Roberts Knie sinken. Eine Weile blieben sie schweigend in der brütenden Hitze sitzen.

»Hättest du gerne noch einen Sohn?«, fragte Arnaud schließlich.

Robert wuschelte ihm durch die Haare.

»Das ist mir ehrlich egal. Und du? Was hättest du denn gerne?« Arnaud sah ihn fragend an. »Einen Bruder oder eine Schwester?«

Er schien über diesen Zusammenhang noch nicht intensiv nachgedacht zu haben und wog bedächtig den Kopf.

»Ich glaube, es ist mir auch egal«, sagte er schließlich gnädig, »außer sie ist so nervig wie Ardith«, setzt er mit gerunzelter Stirn hinzu.

Tofis kleine Schwester war für ihn und Tofi ein fortwährender Quell des Ärgers.

»Nun, das wird man sehen.«

Sie warteten weiter, während aus Mittag Nachmittag wurde und aus den dunklen Wolken über ihnen die ersten vereinzelten Regentropfen fielen. Dann endlich steckte Meredith den Kopf durch die neue Hallentür. Robert fiel beinahe über seine eigenen Füße, so eilig sprang er auf.

»Und?«

Meredith setzte ein strahlendes Lächeln auf.

»Mutter und Kind sind wohlauf«, verkündete sie. Mit einem großen Schritt fiel er ihr um den Hals und küsste sie auf die Wange. Sie lachte aus vollem Halse.

»Und, was ist es?«, fragte Gérard, während Robert sich von ihr löste. Doch Meredith grinste nur.

»Geh und schau selbst, Robert. Du kannst zu ihnen.«

Robert stürmte zur Tür und flog durch die Halle, dann die Stufen zu den Gemächern hinauf.

Im Schlafzimmer war es noch warm und stickig. Trotz des geöffneten Fensters roch es nach Schweiß und Blut. Gérard hatte recht. Allein der Geruch erinnerte an eine Schlacht.

Evaine lag im Bett. Die Haare klebten nass an ihrer Stirn. Sie war blass, aber sichtlich glücklich. Auch sie sah aus, als hätte sie soeben einen Kampf gewonnen. Mit weichen Knien trat er ans Bett und blickte auf das Bündel in ihren Armen. Ihre grünen Augen wandten sich ihm zu und strahlten ihn an. Er hatte plötzlich einen Kloß im Hals, doch wie immer fand sie Worte, wenn er längst keine mehr hatte.

»Hier. Du hast eine Tochter.«

Sie reichte ihm seine schlafende Tochter. Robert sah andächtig auf ihr rosiges Gesicht hinab. Ihr leiser Atem hob und senkte ihre winzige Brust. Robert war der glücklichste Mensch auf der Welt. In seligem Schweigen betrachteten sie, was sie beide durch Gottes Gnade geschaffen hatten.

Evaines Aufmerksamkeit wandte sich einer leisen Bewegung an der Tür zu. Sie neigte den Kopf und schenkte Arnaud ein warmes Lächeln, als sie ihm auffordernd die Hand entgegenstreckte. Zögerlich trat er näher und ergriff ihre Hand.

»Sie ist noch sehr klein«, sagte sie und zog ihn sanft zu sich, »und sie wird einen großen Bruder brauchen.«

Ehrfürchtig nickte er beim Anblick des Babys.

»Das mach ich schon«, sagte er fest.

Robert und Evaine blickten sich über seinen Kopf hinweg an.

»Was denkst du?«, fragte Evaine und ihre grünen Augen schienen bis in den letzten Winkel seiner Seele zu sehen. Er schüttelte nur den Kopf, weil seine Kehle immer noch eng war und er kein Wort hervorbrachte. Aber er dachte, dass er die Krone des Lebens soeben in seinen Armen hielt.

– ENDE –

Nachwort der Autorin

Liebe Leserin, lieber Leser,

ich hoffe, Sie hatten bei der Lektüre meines Buches genauso viel Spaß wie ich beim Schreiben. Falls dem so ist, habe ich eine Bitte an Sie:

Bewerten Sie mein Buch!

Als junge Autorin liegt mir besonders viel an Ihrer Meinung und Ihrem Feedback. Ich freue mich sehr über eine Rezension meines Buchs mit ein paar kurzen Sätzen, was Ihnen daran gefallen hat. Nutzen Sie dazu einfach die Bewertungsfunktion am Ende des E-Books oder gehen Sie dazu auf www.amazon.de.

Vielen Dank!
Ihre Stefanie Margret

Historischer Hintergrund

Im Januar 1066 stirbt König Edward von England kinderlos. Ein erbitterter Kampf um den Thron entbrennt.

William, Herzog der Normandie, ist über Edwards Mutter mit ihm verwandt. Angeblich versprach Edward ihm die Krone bereits im Jahr 1051 bei einem Besuch in der Normandie.

Aber auf seinem Totenbett soll Edward seinem Schwager Harold Godwinson, dem einflussreichsten Adeligen Englands, den Thron vermacht haben. Bereits am Tag darauf krönen die angelsächsischen Adeligen Harold zu ihrem neuen König.

Im Laufe des Frühjahrs 1066 sammelt William eine Armee, um England gewaltsam zu erobern. Doch wegen schlechten Wetters verzögert sich die Kanalüberquerung bis in den September.

Während Harold sich auf einen Angriff aus der Normandie vorbereitet, wird England vom norwegischen König Harald Hardrada überfallen, einem weiteren Thronanwärter. Dieser hat sich mit Harolds Bruder Tostig verbündet und überfällt mit ihm gemeinsam Northumbria.

Am 20. September unterliegt die angelsächsische Armee der Earls Edwin von Mercia und Morcar von Northumbria den norwegischen Angreifern in der Schlacht bei Fulford. Harold zieht mit seinen Truppen in einem dreitägigen Gewaltmarsch nach Norden und schlägt Hardrada am 25. September bei Stamford Bridge.

In der Zwischenzeit sind die Normannen an der englischen Küste bei Pevensey gelandet und plündern die umliegenden Ortschaften. Während William in Hastings Lager bezieht, eilt Harold zurück nach Süden und trifft am 13. Oktober ein.

Am Morgen des 14. Oktober treffen beide Heere am *Senlac*, einer Anhöhe in der Nähe von Hastings, aufeinander. Das angelsächsische Heer wird vernichtend geschlagen. Harold und fast die gesamte angelsächsische Führungsschicht fallen.

Doch die Kapitulation der überlebenden Earls bleibt aus und William nimmt die Eroberung Londons in Angriff. Von Oktober bis November zieht das normannische Heer einen Kreis der Verwüstung um London und unterwirft Dover, Canterbury, Winchester und Wallingford. Mitte Dezember lagert Williams Heer in Berkhamsted, als die überlebenden angelsächsischen Adeligen William ihre Unterwerfung unterbreiten. William zieht daraufhin nach London, das Ende Dezember ohne großen Widerstand kapituliert.

Am 25. Dezember 1066 wird William der Eroberer zum König von England gekrönt. Massen von schaulustigen Londonern versetzen die normannischen Wachen in Nervosität. Zustimmungsrufe aus dem Innern der Kirche werden fälschlicherweise für gärenden Aufstand gehalten. Panisch zünden die normannischen Wachen die umliegenden Gebäude an. Williams Krönung endet in einer Katastrophe, ein düsteres Vorzeichen für die angelsächsische Bevölkerung.

Der Eroberung folgt die systematische Enteignung der überlebenden angelsächsischen Aristokratie. Titel und Ländereien fallen an Williams Gefolgsleute.

Bereits im März des Jahres 1067 kehrt William in die Normandie zurück und feiert in einem grandiosen Triumphzug seinen Sieg. England lässt er unter der Obhut seines Vertrauten William FitzOsbern und seines Halbbruders Odo de Bayeux zurück.

Doch zahlreiche Aufstände zwingen William am 6. Dezember 1067 zur Rückkehr nach England. Eustace de Boulogne, ein ehemaliger Mitstreiter Williams, unterstützt einen englischen Rebellionsversuch in Kent. Ihr Angriff auf Dover Castle wird im Winter

1067 niedergeschlagen. Es folgen zahlreiche weitere Aufstände in unterschiedlichen Gegenden, die William brutal unterdrückt.

Zwanzig Jahre nach Hastings sind nur noch fünf Prozent des Landes in angelsächsischer Hand und die gesamte Führungsschicht Englands ist normannisch mit eigener Sprache und Kultur.

Danksagung

Ich bedanke mich beim Team von Amazon Publishing, vor allem meinem Lektoren-Team, für die produktive Zusammenarbeit. Ich habe viel dabei gelernt.

Ich danke meiner Familie, die mich – wie bei allem – auch beim Schreiben dieses Romans unterstützt und begleitet hat. Ich danke euch für eure Rücksichtnahme, euer Interesse und die Bereitschaft, euch als meine Probeleser zur Verfügung zu stellen.

Besonderer Dank gilt meinen Eltern.

Meine Mutter war meine erste und begeistertste Leserin. Was hätte ich ohne unsere intensiven Gespräche und Diskussionen über die Gefühle und Beweggründe meiner Protagonisten getan? Deine differenzierte Kritik gab immer wieder den Anstoß, meine Charaktere tiefer zu hinterfragen und weiterzuentwickeln.

Und ich danke meinem Vater für die wochenlange und unermüdliche Prüfung meines Manuskripts. Deine Hilfe war unbezahlbar.

Vor allem danke ich meinem Mann Markus. Deine Begeisterung für meine Idee hat mich von der ersten Seite an getragen. Dein unerschütterlicher Optimismus und dein Glaube an mich haben mir über jeden Zweifel und jede Krise hinweggeholfen. Ich danke dir für deine Hilfe in allen Technikfragen, deine Unterstützung bei meinen Recherchen, dein Verständnis für durchgeschriebene Nächte, dein offenes Ohr, deine Ratschläge und für deine unerschöpfliche Geduld mit mir. Ohne dich würde es dieses Buch nicht geben.

Danke euch allen.

38976991R00456

Printed in Poland
by Amazon Fulfillment
Poland Sp. z o.o., Wrocław